Bernd Monath
Der Felsengarten von Utgard

[handschriftliche Widmung:]
Für
Meave,
verla... Kr... ...
L... ...
...

[Unterschrift]

...i...t..., 17/12/27

D1727087

BERND MONATH

Der Felsengarten von Utgard

Brighton
Verlag® GmbH

1. Auflage Framersheim Oktober 2019
ISBN 978-3-95876-710-2
Covergestaltung: TomJay – bookcover4everyone /
www.tomjay.de unter Verwendung einer Illustration von
©victor zastol'skiy - Fotolia.com
Satz: Ernst Trümpelmann
Lektorat: Brighton Lectors®

Verlag und Druck:
Brighton Verlag® GmbH, Mainzer Str. 100, 55234 Framersheim
www.brightonverlag.com
info@brightonverlag.com
Geschäftsführende Gesellschafterin: Sonja Heckmann
Zuständiges Handelsregister: Amtsgericht Mainz
HRB-Nummer: 47526
Mitglied des Deutschen Börsenvereins: Verkehrsnummer 14567
Mitglied der GLS Gemeinschaftsbank eG Bochum
Mitgliedsnummer: 58337
Genossenschaftsregister Nr. 224, Amtsgericht Bochum

Dieses Werk, einschließlich seiner Teile, ist urheberrechtlich
geschützt. Jede Verwertung außerhalb der engen Grenzen des
Urheberrechtsgesetzes ist ohne schriftliche Genehmigung des
Verlages unzulässig. Dies gilt insbesondere für die elektronische
oder sonstige Vervielfältigung, Übersetzung, Verbreitung und
öffentliche Zugänglichmachung.

Bibliografische Information der Deutschen Nationalbibliothek:
Die Deutsche Nationalbibliothek verzeichnet diese Publikation
in der Deutschen Nationalbibliografie; detaillierte bibliografische
Daten sind im Internet über http://dnb.d-nb.de abrufbar.

Die Handlung des Romans basiert auf teils wahren,
teils fiktiven Begebenheiten.

Rhein-Main-Gebiet, im Sommer 2019

Inhaltsverzeichnis

Erster Teil · 10
Murmansk im Regen · 11
Tête-à-tête mit Hindernissen · 31
SAR-Lupe · 36
Krankenbesuch bei Dr. Fetisov · 39
Aufbruch nach Franz-Josef-Land · 42
Schlechte Nachrichten · 53
Ein Geschenk mit Folgen · 55
Zurück nach Murmansk · 64

Zweiter Teil · 68
Ein Anruf zur unpassenden Zeit · 69
Krankenbesuche · 74
Illegaler Hausbesuch · 88
In der Gerbermühle · 93
Unerwünschter Hausbesuch · 95
Ein Flug über den Teich · 103

Dritter Teil · 110
Schatten der Vergangenheit · 111
Showtime · 114
Pawlow ist tot · 117
Connies Überraschung · 119
Lessing informiert Marianne · 127
In der Sackgasse · 134
Der Feind hört mit · 140
Unerwünschte Direktiven · 142
APONI: Im Land der Väter · 144

Vierter Teil · 148
Einbruch mit Folgen · 149
Nachts sind alle Katzen grau · 157
Videokonferenz mit Neuigkeiten · 161
Connies Garbaty-Karte · 163

Lauschaktionen 168
Beichte und Verschwörungstheorien 171
Die AKULA 181
Im Leibniz-Institut für Länderkunde 187
Golden Hill 193
APONI: Militärzeit und Studium 209

Fünfter Teil 212
Unerwünschter Besuch in Stockholm 213
Im Bauch der Vasa 219
APONI: Die CIA ruft 227
VRIL und Flugscheibentheorien 235
Unerwünschtes Empfangskomitee Teil 1 252
Wanzenalarm 256
Treffen im Tiergarten 258
Überraschende Motivationsprämie 262
Wanzenjagd 264

Sechster Teil 268
APONI: Jahrmarkt der Eitelkeiten 269
Überraschende Begegnung in Cancún 277
Tauchausflug mit Hindernissen 281
Begegnung im Spa 284
Entführung aus dem Serail 286
Fluchtgedanken 292
Böser Aprilscherz am Flughafen 297
Vor der Ermittlungsrichterin 305
Ein unmoralisches Angebot 309
Die AKULA im Fokus 320

Siebter Teil 326
Verschwitztes Gipfeltreffen 327
Liebesgrüße aus Moskau 333
APONI: Gedankengänge am Strand 335
Das doppelte Lottchen 341
Am »Eisernen Steg« 345
Motorradunfall und eine Beichte 349

Achter Teil 352
Aufbruch nach Alexandraland 353
Hoher Besuch auf der AKULA 359
Streitgespräch mit Connie II 360
Unterwegs nach Alexandraland 362
Eine besondere Einladung 371
Aponi: Gedankengänge Teil 2 389

Neunter Teil 392
Ankunft in Alexandraland 393
Ein Unglück kommt selten allein 398
Die Wände haben Ohren 401
Wieder auf der AKULA 403
Kriegsrat mit Überraschungen 404

Zehnter Teil 428
Aufbruch zum Kleeblatt 429
Ankunft im Arktischen Kleeblatt, 21:25 Uhr 433
Außengelände, 21:45 Uhr 437
Kuppelgebäude 1, 21:55 Uhr 439
Zentralgebäude, 22:15 Uhr 441
Kuppelgebäude 2: Böse Überraschung, 22:35 Uhr 442
Kuppelgebäude 3: Alte Bekannte, 22:45 Uhr 443
Kuppelgebäude 3: Küchengeflüster, 23:15 Uhr 450
Rückblick Kuppelgebäude 2:
Böses Erwachen, 22:45 Uhr 455
Am schwarzen Loch, 0:30 Uhr 460
Rückblick Kuppelgebäude 3:
Totgeglaubte leben länger, 23:02 Uhr 468
Duell unter dem Felsengarten, 1:15 Uhr 471
Rückblick Außengelände:
Eine Stunde zuvor, 0:15 Uhr 478
Der Felsengarten von Utgard, 1:46 Uhr 480

Akteure 483

Erster Teil

Murmansk im Regen

Murmansk
Montag, 16. Oktober 2017

»Sie haben *Riesenglück, Lessing! Nutzen Sie diese Gelegenheit!*«, hatte van Morten ihm zugeraunt. Kam es diesen Leuten nicht irgendwann blöd vor, so etwas zu sagen?

Missmutig stapfte Lessing im strömenden Regen auf maroden Betonplatten der Anlegestelle seinem Aufnahmeteam vorweg, von dem jeder Einzelne ihn im Grunde zum Teufel wünschte.

Murmansk hatte sie ungastlich mit maritimem Schrott begrüßt. Wesentlich authentischer konnte eine Seereise nicht beginnen – viel eintöniger allerdings auch nicht. Als wichtigster Stützpunkt der russischen Nordmeerflotte hatte der Hafen schon bessere Tage gesehen, war er ein strategisch günstiger Ort, um Schiffe oder U-Boote in den Atlantik zu entsenden.

Seine Rollkoffer hinter sich herziehend, peitschte Lessing trotz tief gezogener Kapuze der Schlagregen ins Gesicht, sammelten sich dicke Tropfen an seiner Nasenspitze, die er alle paar Minuten am Ärmel abwischte. Trotz des Regens roch er verbranntes Schweröl, dessen Rückstände ein vorbeifahrender Schlepper in schwarzen, plusternden Wolken aus seinem Schornstein paffte.

»Geht doch mal schneller da vorne!«, maulte Hansen von hinten.

Hansens Nörgelei schob den Vorhang seiner Erinnerungen beiseite.

»Geht doch mal schneller da vorne!«, schreit Wessel, als sie im strömenden Regen in Schlangenlinie dem Berg folgen. In der Ferne sind schemenhaft steinerne Ruinen zu erkennen. Am

Himmel galoppieren dickbäuchige Wolken zum Horizont wie Wale, die vor Harpunen flüchten, während der Wind mit gierigen Fingern über karge peruanische Felsen streicht. Ich versuche, dem lockeren Geröll auszuweichen, setze vorsichtig einen Fuß vor den anderen, um nicht abzurutschen.

Ich kann seinen Unmut verstehen. Seit Stunden laufen wir diesen höllisch schmalen Pass entlang. Ich will schneller gehen, aber ein Blick in den Abgrund drückt meinen Brustkorb zusammen, macht es für mich keineswegs leichter. Wessel balanciert von hinten an den anderen vorbei und ich erschrecke über sein verzerrtes Gesicht. Er legt mir seine Hand auf die Schulter. Ich gebe mir Mühe, nicht zusammenzuzucken.

»Du musst schneller gehen, Frank!«, sagt er eindringlich und nickt Richtung Bergspitze.

»In Ordnung«, antworte ich und zwänge mich an ihm vorbei. »Ist das hier ein Traum?«

Er zuckt die Achseln. »Es ist der Abgrund.«

»Der Abgrund von was?«

»Von allem.« Sein Gesichtsausdruck deutet an, dass es völlig offensichtlich ist.

»Ich dachte, du würdest nur in meinen Träumen erscheinen«, zugleich schaue ich auf seine Stiefel.

»Hmmm ... So kannst du's auch formulieren. Träume. In Wahrheit sind es Halluzinationen unter Stress. Oder wenn man sich wie du gerade den Kopf über allen möglichen Scheiß zerbricht! Wenn man am Abgrund steht und Risse an der Grenze zur Realität entdeckt.«

»Albert! Du bist tot! Wie oft soll ich dir's noch sagen? Soll ich mich schämen, dass ich noch lebe?«

BAMMM!
BAMMM!
BAMMM!

Markerschütternder Lärm riss Lessing ins Hier und Jetzt zurück. Im Bauch eines Schiffes schien ein irrsinniger Zyklop

Thors Hammer mit solcher Wucht gegen die Bordwände zu donnern, dass Lessing den Schalldruck im Ohr spürte. Unter seiner Kapuze schielte er durch den Regenschleier zum vertäuten Frachter hinüber, aus dessen Laderaum das ohrenbetäubende Getöse drang. Auf Höhe des Hecks gesellte sich noch infernalisches Gekreische hinzu, wie es entsteht, wenn rotierende Sägeblätter maroden Schiffsstahl malträtieren.

Lessing widerstand nur mit Mühe der Versuchung, seine Wut hinauszuschreien. Er hatte die Nase jetzt schon gestrichen voll. Vom Gestank, vom Lärm – und besonders vom Regen, der sein patschnasses Hemd wie ein kaltes Leichentuch an der Haut kleben ließ.

Sie haben Riesenglück, Lessing!

Klar doch. Zwölf Tage in einer winzigen Kabine auf einem alten Eisbrecher zu verbringen war ein Riesenglück. Lessing hielt an und knetete kurz seine tauben Finger, bevor er sich wieder an die Spitze der Karawane setzte.

Öligen Pfützen ausweichend, dachte er wehmütig an so manchen Auftrag vergangener Jahre zurück. Reportagen aus der Karibik mochte er am liebsten. Bei Sonne, Strand und Meer in erlesenen Hotels logieren, begleitet von ortskundigen Führern, die einem jeden Wunsch von den Augen ablasen. Große Reiseveranstalter wussten um die Werbewirksamkeit solcher Dokumentarfilme, hatten in früheren Jahren Journalisten wie Aufnahmeteams kostenlose Upgrades für geräumige Suiten oder ganze Wohnanlagen überlassen. Inzwischen war der Kostendruck auch im Sender angekommen und ließ Budgets immer mehr schrumpfen, zumal seine Einschaltquoten schon bessere Zeiten gesehen hatten. Er sollte den vergangenen Zeiten nicht nachtrauern. Damals hatte er während solcher Reisen fünf bis zehn Kilo zugenommen und anschließend seine liebe Mühe gehabt, sie wieder zu loszuwerden.

Für einen Fernsehjournalisten wie ihn, der sein Geld vor der Kamera verdiente, war gutes Aussehen unabdingbar. Gestern hatte er nach dem Duschen sein Spiegelbild kritisch beäugt. Ein Mann in den Vierzigern hatte ihn angesehen. Braune Augen, römische Nase, Henriquatre, schmale Lippen sowie ein gemeißeltes Kinn prägten sein Gesicht, in das er ein gewinnendes Lächeln zaubern konnte und das ihm so manche Tür öffnete. Volles, schwarzbraunes Haar fiel ihm in die Stirn. Leicht ergraute Schläfen verrieten, dass die erste Lebenshälfte bereits hinter ihm lag. Dennoch besaß sein eins zweiundachtzig großes Spiegelbild eine athletische Figur. Alles in allem war er mit seinem Aussehen zufrieden gewesen.

Jetzt lief er unrasiert und ungekämmt mit mürrischem Gesichtsausdruck den Pier entlang und musste diese Fahrt zu einer gottverlassenen Inselgruppe im Nordpolarmeer antreten, da Wessel in den Alpen verschollen war. Vor sechs Monaten war Albert zuletzt gesehen worden – auf eintausendachthundertvierzig Meter Höhe. Aufnahmen einer Überwachungskamera hatten ihn beim Ausstieg aus der Seilbahn zur Steinplatte gezeigt, Bergretter ihn tagelang gesucht. Vergeblich. Man habe die Hoffnung aufgegeben, ihn noch lebend zu finden, hatte man seiner Familie nach vier Wochen mitgeteilt.

Nun musste er Wessels Dokumentarfilm über Franz-Josef-Land übernehmen. Eine Überschrift hatte der Sender auch schon parat:

»Aufbruch ins Nichts«

Zumindest der Titel passte. *Wen interessiert es schon, ob in Alexandraland buntes Moos wächst?*, dachte Lessing und wischte sich erneut sein nasses Gesicht ab. *Wie soll man daraus eine spannende Reportage basteln?*

Er kannte Hansens Drehplan, konnte sich aber nicht damit anfreunden. Die Exposés für seine Dokumentationen schrieb Lessing ausnahmslos selbst – eine Angewohnheit noch aus Zeiten hinter der Kamera. Jetzt musste er nach fremdem Skript arbeiten! Ihre Aussichten auf zwei trübe, nasskalte Wochen hatte ihm sein Sender durch ein mäßiges Honorar versüßt, verbunden mit der vagen Zusage für eine Doppelfolge über die Lambayeque im nächsten oder übernächsten Frühjahr. Als Fernsehjournalist, der schon bessere Zeiten gesehen hatte, konnte er solche Aufträge unmöglich ablehnen. Er brauchte dringend bessere Einschaltquoten. Ob das jedoch mit einer Dokumentation ins Nordpolarmeer gelang, war zu bezweifeln.

Die Reportage abzublasen konnte sich der Sender nicht leisten. Kein Wunder – kostete eine Doppelkabine auf diesem abgehalfterten Eisbrecher pro Person stolze neunzehntausend Euro.

Ihm hatten sie eine kleine Einzelkabine bewilligt, alle anderen mussten Doppelkabinen beziehen. *Eine Extrawurst für den Herrn TV-Moderator.* Er konnte Hansens neidvolle Gedanken fast riechen.

Die Stimmung im Team hätte schlechter nicht sein können, als sie vor einer halben Stunde die barackenähnliche Hafenmeisterei verlassen hatten und im Dauerregen über den holprigen Pier gestiefelt waren, an dessen Ende die KAPITAN DRANITSYN lag. Jeder hing seinen Gedanken nach – genervt vom stundenlangen Warten aufgrund fehlender Drehgenehmigungen, die ihre Produktionsleitung verschlampt hatte.

Lessing strich zum wiederholten Mal sein nasses Haar zurück und schnickte angewidert seine Hand aus.

Mit dem Kamerateam – Connie ausgenommen – war er in der Vergangenheit nicht gut klargekommen. Hansen war ein pedantischer Regisseur, aber genialer Kameramann, der nach dem Malheur in Thailand nicht gut auf ihn zu sprechen war. Mit Connie – eigentlich hieß sie Cornelia – hatte er vor Jahren was gehabt. Sandra Kieling – die als Tontechnikerin ebenfalls zum Drehteam gehörte – wusste davon. Nicht zu vergessen Stolten: Ende zwanzig, ewiger Student, Beleuchter und Hiwi für alles, dem er bei ihrer letzten Weihnachtsfeier einen derben Streich gespielt hatte und der ihm seitdem die Pest an den Hals wünschte.

Alles in allem war also Ärger auf dem Schiff vorprogrammiert, wo man sich kaum aus dem Weg gehen konnte, begleitet von gut betuchten Touristen, die – aus welchen Gründen auch immer – zu dieser verwünschten Inselgruppe fuhren, um alte Holzbaracken oder buntes Moos zu besichtigen. *Ich hab so ein Riesenglück, dass ich am liebsten vor Freude schreien könnte*, resümierte er.

***

Nach einigen Hundert Metern entdeckten sie am Ende des Piers die KAPITAN DRANITSYN. Einen anfangs der Achtzigerjahre auf einer finnischen Werft gebauten Eisbrecher, der mehr als einen neuen Anstrich verdient gehabt hätte. Zögernd stiegen sie den hölzernen Landungssteg hinauf. Danach mussten alle erneut zum Pier hinab, um ihren zweiten Rollkoffer zu holen, stoisch beäugt von einer Handvoll Matrosen, die ihre Arme über der Reling verschränkt hatten und denen nasskalter Regen nichts auszumachen schien.

Am Einstieg wartete ein Herr älteren Semesters mit kleinen stechenden Augen, den Lessing in Gedanken unter »Kaiser Franz Joseph« verbuchte. Er trug eine schwarze Schiffermütze über grauem, hervorquellendem Haar und einen wild wuchernden Rauschebart, der seine Oberlippe gänzlich bedeckte.

»Guten Tag, Herr Lessing! Mein Name ist Professor Egerländer. Darf ich Sie als Expeditionsleiter im Namen von ›Polar Travel‹ an Bord unserer KAPITAN DRANITSYN begrüßen?«, klang es übertrieben gestelzt.

»Sie dürfen«, erwiderte Lessing trocken, »und sehen ja, wie wir ausschauen! Hätten Sie die Güte, uns zu den Kabinen zu bringen?«

»Natürlich! Folgen Sie mir!«, antwortete Egerländer, zugleich schaute er beim Laufen über seine Schulter. »Ich kann Ihnen gar nicht sagen, wie froh wir sind, Sie an Bord zu haben!«, kam es euphorisch über seine Lippen. Er führte sie

16

durch einen mit beigen Kunststoffplatten verkleideten Flur, auf dem unzählige Abriebspuren gummierter Stiefel klebten. Neunundvierzig Doppelkabinen besaß der Eisbrecher. Mit einladender Geste öffnete Kaiser Franz Joseph eine Kabinentür. Hansen, Kieling und Stolten blickten ernüchtert über Lessings Schultern zur spartanischen Einrichtung, deren Highlight aus drei Etagenbetten bestand.

Connie schubste Sandra hinein. »Oben, Mitte oder unten?«

Auch Hansen und Stolten bezogen ihre Unterkunft, bevor Lessing zwei Kajüten weiter seine Tür hinter sich schloss und durchatmete. Mit säuerlich verzogenem Mund schaute er sich um. Das also sollte sein Domizil für die nächsten Wochen sein. Zwei Meter breit, drei Etagenbetten, kleines Bad, Tisch im DIN-A3-, Fenster im DIN-A4-Format. Selbst Gefängniszellen besaßen mehr Platz – wenig rosige Aussichten.

***

Wie ein Lauffeuer hatte sich die Anwesenheit des deutschen Kamerateams an Bord verbreitet. Um 19 Uhr kam Lessings Truppe in der spartanisch anmutenden Bordmesse zum Abendessen zusammen. Zur Feier des Tages hatte Sandra Kieling ihre gewaltigen Brüste in ein schwarzes Nichts genötigt und genoss bewundernde Blicke von den Nachbartischen. Ganz im Gegensatz zu Connie, die wie üblich in Militärklamotten steckte. Das österreichische Expeditionsteam – bestehend aus zwei Dutzend Teilnehmern – hatte seine Tische zusammengeschoben. Alle trugen ein hellblaues Poloshirt, auf dem »Expedition Franz-Josef-Land 2017« prangte. Sie schielten zu den Deutschen hinüber, anscheinend davon angetan, gemeinsam mit einem Fernsehjournalisten auf große Fahrt zu gehen.

Lessing beeindruckte das wenig. Noch ließen sie ihn in Ruhe, aber das würde sich erfahrungsgemäß ändern. Allmählich würden die Leute ihre anfängliche Scheu verlieren, und ihn dann zu nerven beginnen.

Als seine Tischgenossen das Buffet inspizierten, ließ Lessing seine Augen durch den Speisesaal wandern. Die meisten Passagiere waren über sechzig. Vermutlich Ärzte, Ingenieure, Rentner – kaum junges Volk. Viele mit Eiserfahrung von Fahrten nach Feuerland, Alaska, Spitzbergen oder Grönland. Leute, die nicht genug bekamen von Gletschern, Eisbergen, Kälte, Einsamkeit oder spärlicher Flora.

Rechts neben den Österreichern saß, dem Slang nach zu urteilen, ein Texaner und beschallte lauthals sein achtköpfiges Gefolge, das andächtig seinen Worten lauschte. Gestenreich unterstrich er den Vortrag und dies in einer Lautstärke, die bis in den hintersten Winkel der Bordmesse drang.

Der Mann hieß Mike Muller und war Lessing von Sekunde an unsympathisch. Er mochte keine lauten, geschwätzigen Egomanen. Noch weniger gefiel ihm sein Aussehen. Mullers Kopf saß wie ein massiver Klotz ansatzlos auf dem gedrungenen Körper. Im Schein der Deckenleuchten glänzte sein aufgedunsenes, pockennarbiges Gesicht, woraus ein breites Riechorgan hervortrat. Grauschwarze Haare klebten am Kopf. Oberhalb der gewaltigen Knollennase verbargen getönte Brillengläser seine Augen. Lessings Blick schweifte zu den Japanern am übernächsten Tisch, die es fertigbrachten, zu essen, permanent zu schwätzen und gleichzeitig ihre Smartphones zu bedienen. Hinter den Asiaten sah Lessing zwei ältere Paare, die sich angeregt unterhielten, und ihm kurz zuwinkten, was er mit einem höflichen Nicken beantwortete.

»Schau dir das an! Was soll'n das sein?«, nörgelte Hansen, verzog angewidert seine Oberlippe, ließ die Suppe vom Löffel demonstrativ wieder auf den Teller tropfen und lenkte den Moderator vom Studium weiterer Tische ab. »Ochsenschwanzsuppe?« Hansen blickte übertrieben irritiert in die Runde. »Diese Brühe hat seit Jahren keinen Ochsenschwanz gesehen! Da wette ich!«

»Jetzt gönn dem Ochsen sein bestes Stück, Manfred!«, erwiderte Connie anzüglich. »Also, mir schmeckt's. Bestimmt findest du noch was anderes. Lass sie einfach stehen.«

»Ich frage mich, was du für einen Geschmack hast!«, ätzte Hansen und strich sich über den kümmerlichen Haarflaum, der seine Kopfhaut überzog.

»Gar keinen!«, höhnte Sandra, die keine Gelegenheit ausließ, ihre Reisegenossin zu provozieren.

Das gibt zwischen den beiden noch Mord und Totschlag, durchfuhr es Lessing. »Kommt, Leute«, beschwichtigte er. »Das Buffet bietet schon was, ob's schmeckt, ist eine andere Frage. Da müssen wir durch – es gibt Schlimmeres.«

Das Gezänk war vorbei – einten sie alle skeptische Blicke, die sie ihm zuwarfen, als hätte er einen über den Durst getrunken.

Nach dem Essen lag Lessing in der Koje. Seine Gedanken kreisten ums Team. Beim Abendessen hatte er einen ersten Vorgeschmack erhalten, was ihn erwartete. Er war auf sie für eine gute Reportage angewiesen und musste sich etwas einfallen lassen, bei Gelegenheit mit jedem das Gespräch suchen. Er würde sich bei Stolten entschuldigen und versprechen, ihn öfter in den Aufnahmen zu platzieren – das musste genügen. Sandra sollte er aus dem Weg gehen. Mit Manfred musste er seine Schlachten schlagen und sehen, wie es mit Connie lief.

Connie Sadek war ein anderes Kaliber, dass Enfant terrible im Team. Nach dem Ende des Schah-Regimes waren ihre Eltern nach Deutschland emigriert. »Connie« klang nicht persisch. Sie stammten zwar aus Teheran, waren jedoch Assyrer, also iranische Christen, daher ihr westlicher Name.

Lessing rief sich Connies Gesicht ins Gedächtnis. Die Deutsch-Iranerin besaß schulterlanges, kastanienbraunes Haar, einen bronzenen Teint, der wunderbar mit ihren großen braunen Augen harmonierte, markant geschwungene Brauen, ausgeprägte Wangenknochen und volle, sinnliche

Lippen. Dazu eine Nase, mit der man Konservendosen öffnen konnte. Nach dem Abitur war sie über ein Jahr lang allein durch Indien getingelt. Im Anschluss an einen freiwilligen Wehrdienst – davon drei Monate in Afghanistan – hatte sie ein paar Semester Geowissenschaften studiert, eine Ausbildung als Bankkauffrau abgebrochen, danach ein Studium als Kamerafrau absolviert und währenddessen als Rückraumspielerin in der deutschen Nationalmannschaft gespielt. Connie war fast so groß wie er, athletisch, zäh, hatte vor Jahren im Okavango-Becken bei seiner bisher strapaziösesten Reportage voll mitgezogen. Das hatte ihm imponiert. Sie war auf ihre eigene, ungezähmte Weise attraktiv. *Ein Raubtier, das man besser nicht reizen sollte.*

Als sie damals am letzten Tag wieder im Hotel gelandet waren, hatten sie miteinander geschlafen. Besser gesagt, sie hatte mit dem Absatz die Tür hinter ihm zugeschlagen, ihn aufs Bett geschubst und vernascht – musste er sich eingestehen. Er war von ihrem muskulösen Körper fasziniert gewesen. Ihre langen, spitzen Fingernägel, ihr Parfüm. Markante Gräben durchzogen Connies Gesicht. Ein Andenken an zwanzig Gauloises pro Tag. Trotzdem besaß sie elfenbeinweiße Zähne, worum jeder Zahnarzt seine Kamerafrau beneidete. Sie war der Pluspunkt im Team, ließ sich aber nichts vormachen, war weder für Schmeicheleien noch für Provokationen empfänglich. Sadek machte einfach ihr Ding. Meist lief sie in olivgrünen Armeeklamotten herum, mit schweren Knobelbechern an den Füßen. Wenn er darüber nachdachte, hatte er Connie selten in anderen Schuhen gesehen – und sie konnte damit umgehen. Während des Studiums hatte sie als Türsteherin gearbeitet und so manchem Chaoten durch gezielte Stiefeltritte einen Krankenhausaufenthalt beschert. Oh ja, seine Deutsch-Iranerin konnte auf sich aufpassen. Nur ein einziges Mal hatte Sadek in einem Film, als weiblicher Bodyguard, mitgespielt. Ihr gefiel der Zirkus vor der Kamera nicht, so die Begründung. Typisch Connie. Nach seiner Absage für eine Reportage in Südafrika hatte sie ihn zum Teufel gewünscht.

Sandra konnte nicht mit ihr. Lessing presste seine Lippen aufeinander. Kaum zu glauben, dass die Produktionsleitung beide zusammen in ein Aufnahmeteam gesteckt hatte. Seinen erfolglosen Einspruch hatte er mit persönlichen Animositäten begründet.

In Wahrheit hatte Sandra sie mit Pierre im Bett erwischt. Connie hatte sich ihrer Schilderung nach über seine Ausreden und Sandras Tobsuchtsanfall amüsiert, sich in aller Ruhe angezogen und ungerührt ihre Wohnung verlassen. Lessing hatte jedes Wort geglaubt. Außerdem besaß sie eine Eigenschaft, die er besonders schätzte: absolute Verlässlichkeit. Im Job – nicht im Bett, da war diese Wildkatze unberechenbar. Beim zweiten Mal hatte Connie sein bestes Stück blutig gebissen – als kleines Andenken, wie sie sagte. Wenn man sich mit ihr einließ – ob im Bett oder aus Freundschaft – musste man auf alles gefasst sein.

Sandra bildete das genaue Gegenteil: war weiblich, sinnlich, launisch, sensibel und darüber hinaus eine brillante Tontechnikerin. Sie war kühl, unnahbar, aber mochte ihn nicht – warum auch immer. *Nun teilen ausgerechnet beide eine Kabine.* Er schüttelte den Kopf.

Mit Hansen musste er das dickste Brett bohren. Jahrelang hatte Manfred hinter der Kamera gestanden, bevor er es davor versucht hatte – und – anders als er – gescheitert war. Das hinderte ihn nicht daran, sich für den besseren Kameramann zu halten – und für den besseren Journalisten. Mit ihm würde es Diskussionen um Inhalte und Aufnahmepositionen geben, würde Hansen versuchen, seinen Willen durchzusetzen. Da kam viel Überzeugungsarbeit auf ihn zu. Seufzend drehte sich Lessing zur Seite, lauschte dem sanften Brummen der Schiffswellen und schlief nach einigen Minuten traumlos ein.

***

Lautes Pochen riss Lessing aus dem Schlaf. Er schreckte hoch – sein Körper ein einziger Herzschlag –, war sofort hellwach. *Verdammt! Kein normaler Mensch klopft so an eine Tür! Sind die jetzt verrückt geworden?*, schoss es ihm durch den Kopf.

2:00 Uhr.

Durch das Bullauge drang Flutlicht in seine Kabine. Während der Polarnacht ging die Sonne zwei Monate lang nicht auf. Lessing erschauerte. Wie die Menschen diese dunkle Zeit ertrugen, war ihm ein Rätsel.

Tock!

Tock!

Tock!

Schon wieder! Er sprang aus seiner Koje und riss übertrieben heftig die Tür auf.

Vor ihm stand ein Berg von Russe, der in einer viel zu engen Steward-Uniform steckte. »Gutän Morgän! Kommän Sie sofort in Bordmässä! Bittä!«

Schlaftrunken fuhr sich Lessing übers Gesicht. *Ist unser Kahn jetzt am Absaufen oder warum reißen die einen mitten in der Nacht aus dem Schlaf?* Er schlüpfte in seinen Morgenmantel und folgte der weißen Wand zur Messe, in der sich fast alle Passagiere eingefunden hatten.

»Was ist denn los?«, motzte ihn Hansen zur Begrüßung an.

Lessing nickte und schaute sich um. »Ich wünsch dir auch einen guten Morgen!«, erwiderte er lakonisch. »Woher soll ich denn das wissen? Ich komme gerade aus meiner Kabine und weiß so viel wie du!« Das war immer so. Bei allen Widrigkeiten oder sonstigen Problemen wandten sich seine Leute immer an ihn, erwarteten, dass er über alles Bescheid wusste, für sie alles regelte.

Mehrere Österreicher hatten sich um ihren Expeditionsleiter versammelt und bestürmten ihn mit Fragen.

»Haben wir einen Eisberg gerammt?«

»Sinkt unser Schiff?«

»Ist jemand gestorben?«

Egerländer hob beschwichtigend beide Hände und setzte eine wissende Miene auf. »Das ist heute unser Glückstag! Unsere KAPITAN DRANITSYN hat einen Maschinenschaden!«

»Das nennen Sie einen Glückstag?«, fiel ihm ein vierschrötiger Landsmann ins Wort. Mit Stiernacken und hochrotem Kopf sah er aus wie ein gut beleibter Metzger.

»Ja!«, erwiderte Egerländer. »Morgen setzen wir zur 50. JAHRESTAG DES SIEGES über! Ohne Mehrkosten! Das Schiff nimmt erst in vier Wochen seine reguläre Fahrt zum Nordpol auf, daher steht sie uns jetzt zur Verfügung, wenn auch ohne vollen Service!«

»Und was soll daran so toll sein?«, fragte ein anderer.

»Die 50. JAHRESTAG DES SIEGES ist der größte Eisbrecher der Welt – atomgetrieben! Das Schiff ist geräumiger, luxuriöser, viel moderner! Bitte gehen Sie jetzt zurück in Ihre Kabinen. Wir sind noch im Fjord. Schlepper ziehen uns zum Hafen zurück. Morgen nach dem Frühstück geht's los!«

Unter beifälligem Gemurmel verließ Österreich die Messe.

Eine von Wessels wichtigsten Regeln hatte gelautet: Zieh zunächst das Team auf deine Seite, bevor du mit der Arbeit beginnst. »Bringen Sie mich bitte zum Kapitän, ich habe einige Fragen an ihn«, raunte Lessing dem Reiseleiter zu. Er wusste jetzt, wie er sich bei seinen Leuten auf einen Schlag mehr als beliebt machen konnte.

Auf dem Weg zur Brücke dachte er über ihr neues Domizil nach. *Die* 50. JAHRESTAG DES SIEGES: *fünfundsiebzigtausend PS, einundzwanzig Knoten, gute einhundertsechzig Meter lang, dreißig Meter breit, einhundertvierzig Mann Besatzung, vierundsechzig Kabinen.* Lessing kannte dieses Schiff bis ins Detail, ohne es je real gesehen zu haben. Wenn es seine Zeit zuließ und er zu Hause auf andere Gedanken kommen wollte, tauchte er in die Welt des Modellbaus ab; bastelte entweder historische Segelschiffe oder – wie es der

Zufall ausgerechnet letztes Jahr wollte – die 50. JAHRESTAG DES SIEGES.

Als Schönheit empfand Lessing den Eisbrecher nicht. Eleganz spielte aber auch keine Rolle, wenn es darum ging, Fahrstraßen ins Nordpolarmeer freizuhalten oder meterdicke Eisschichten zu knacken.

Die 50. JAHRESTAG DES SIEGES war kein Touristenschiff. Eisbrecher geleiteten Forschungs- oder Frachtschiffe entlang der Nordostpassage durch schwer erreichbare Arktisregionen. Nur in den kurzen Sommermonaten bekamen gut betuchte Abenteurer Gelegenheit, an Bord zum geografischen Nordpol zu schippern. Jetzt würden sie auf dieses Schiff wechseln!

***

»Glaub bloß nicht, dass du dich bei mir einschmeicheln kannst!«, fauchte Kieling mit blitzenden Augen, als ihre Kabinentür ins Schloss fiel.

»Das hatte ich auch nicht vor!«, erwiderte Sadek ungerührt und fügte mit amüsiertem Blick hinzu: »Willst du jetzt die nächsten zwei Wochen hier schmollend rumsitzen?« Sie strich ihre welligen kastanienbraunen Haare aus dem Gesicht, warf einen kurzen Blick durchs winzige Fenster nach draußen und sah ihre Kabinengenossin herausfordernd an. »Das mit Pierre war alles andere als in Ordnung, zugegeben, aber dazu gehören immer zwei!«

»Dazu gehören immer zwei!«, echote Kieling höhnisch und verzog ihre Oberlippe. »Erst hast du ihn scharf gemacht, dann bist du mit ihm ins Bett gesprungen! Genauer gesagt: Ihr habt es in meinem Bett miteinander getrieben!«

Sadek baute sich vor ihr auf. »Stopp, Lady! Nicht ich habe ihn, sondern er hat mich angebaggert! Warum glaubst du, ist es in deiner Wohnung passiert? Er wusste, dass du in Berlin warst, und hat es ausgenutzt!«

»Gegen deinen Willen natürlich! Du armes, unschuldiges Ding!«

»Er hat mir gefallen, Avancen gemacht, nicht zum ersten Mal übrigens – dann ist es halt passiert!«

»Komisch, dass du immer nur mit Typen ins Bett gehst, die in fester Bindung sind. Macht dich das scharf, solche Männer aufzureißen?«

Connie ließ sich nichts anmerken. *Genauso ist es, Schätzchen, aber was geht's dich an!* »Unsinn, es kommt, wie es kommt«, log sie. »Das ist Jahre her! Jetzt komm schon aus der Schmollecke raus oder soll das jetzt ewig so weitergehen?«

»Sag du mir nicht, wie ich mich verhalten soll! Da brauchst du eher Nachhilfeunterricht! Jetzt lass mich gefälligst in Ruhe!«, giftete Kieling und schmiss die Badtür hinter sich zu.

***

Nach einigen Minuten erreichten sie die Brücke. Kapitän Valentin Bukov wusste natürlich, dass er ein deutsches Kamerateam an Bord hatte. Lessing war von seiner Ausstrahlung beeindruckt. Er besaß schwarzgraue, oberhalb der Stirn etwas ausgedünnte Haare, ein fülliges Gesicht, das zu seiner robusten Statur passte, und einen gepflegten Vollbart unter zwei meerblauen Augen, die ihn aufmerksam musterten.

»Mr. Lessing, was kann ich für Sie tun?«, fragte er in fast akzentfreiem Englisch. Lessing drehte sich um, dankte Egerländer und komplimentierte Kaiser Franz Joseph hinaus. »Ich hörte, dass unser Schiff einen Maschinenschaden hat. Morgen sollen wir zur 50. JAHRESTAG DES SIEGES überwechseln.«

»Das ist korrekt. Tut mir leid, aber das lässt sich nicht ändern«, antwortete Bukov bedauernd. »Aber sie ist ein prächtiges Schiff!«

Lessing kratzte sämtliche Nanopartikel seines Wissens über das Schiff zusammen und gab Details zum Besten, die normalerweise nur ausgewiesenen Experten bekannt waren. Bukov war sichtlich vom Deutschen beeindruckt.

»Wie Ihnen bekannt ist, drehen wir eine Reportage über diese Reise. Ihre KAPITAN DRANITSYN besitzt neunundvierzig Passagierkabinen, die 50. JAHRESTAG DES SIEGES hat vierundsechzig – also dürften fünfzehn Kabinen frei sein!«

»Und?«

»Wir wären Ihnen außerordentlich verbunden, wenn meine Leute Einzelkabinen erhalten könnten. Genauer gesagt, die Kabinen sechsundvierzig, neunundvierzig, vierundfünfzig, einundsechzig und sechsundsechzig.« Schamlos hatte Lessing sämtliche Arktika-, Grand- und Junior-Suiten benannt.

Wenn Kapitän Bukov vom Wissen des deutschen Journalisten noch stärker beeindruckt war, so zeigte er es nicht und zuckte mit keiner Wimper. »Ich werde sehen, was möglich ist. Die Kabine sechsundvierzig ist allerdings belegt. Eventuell können Sie Nummer achtundvierzig haben. Sie ist nur unwesentlich kleiner.«

»Um vier Quadratmeter – ich weiß. Wir wären Ihnen zu Dank verpflichtet, wenn das machbar wäre, und es würde sich werbewirksam auf unsere Reportage auswirken.«

Bukov schürzte die Lippen. »Wie nennt das ein Amerikaner? Eine Win-win-Situation, glaube ich.«

Lessing lächelte. »Deal?«

Bukov sah ihn abschätzend an. »Deal!«, erwiderte er.

***

»Ich habe gute Nachrichten!«, eröffnete Lessing, als er sein Team zusammengetrommelt hatte. Inmitten seines Dreitagebartes kräuselte sich ein gut gelauntes Lächeln. »Jeder von euch bekommt auf der 50. JAHRESTAG DES SIEGES eine eigene Suite! Sitzecke mit Bettsofa, Extra-Bett, eigenes Bad, Dusche, WC, TV und Minibar. Außerdem besitzt das Schiff ein Restaurant, eine Lounge mit angeschlossener Bar, eine Bibliothek, Innenpool, Fitnessraum, Sauna, einen Shop und ein Hospital! Na, wie habe ich das gemacht?«, fragte er Beifall heischend in die Runde.

Spontaner Jubel brach aus. Kieling hüpfte wie ein aufgeregtes Küken herum und klatschte in die Hände, Stolten ballte nach Becker-Manier seine Faust und stieß ein lautes »Jaaa!« aus. Selbst Hansens Gesicht spiegelte Erleichterung, gepaart mit ehrlicher Vorfreude. Nur Connie klatschte zeitlupenhaft, sodass er zunächst rätselte, ob ihre Geste ironisch gemeint war.

Er hatte Pluspunkte gesammelt – bei fast allen. Bei Connie war Lessing erst sicher, als alle anderen draußen waren, sie ihn am Hemdkragen zu sich herangezogen und stürmisch geküsst hatte. »Gut gemacht, Alpha-Männchen, das war zur Belohnung!«, hauchte sie, gab ihm einen Klaps auf den Hintern und verschwand durch die Tür, bevor er etwas erwidern konnte.

***

Nach dem Frühstück verließen alle im Gänsemarsch die KAPITAN DRANITSYN, um auf den anderen Eisbrecher überzusetzen. Immerhin mussten sie sich nicht ums Gepäck kümmern, sondern es wurde vom Hafenpersonal aufgenommen, das sie mit einem Bus zum gegenüberliegenden Pier brachte. Durch leichten Nebel auf dem Wasser nahm Lessing schemenhaft eine rötlich schimmernde Silhouette wahr, von der weißer Dampf wie aus Nasenlöchern eines Drachens aufstieg. Mehrere Hundert Meter ging es den Landungssteg zurück, vorbei an der altbackenen Hafenmeisterei und wieder den anderen Pier zur 50. JAHRESTAG DES SIEGES hinab.

Wie ein rotes Ungetüm baute sich der Eisbrecher beim Näherkommen vor ihnen auf. Die eiskalte Luft roch nach Diesel und Ozon. Ohrenbetäubender Lärm drang ihnen vom

Schiff entgegen, als läge es im Trockendock. In seinem Inneren änderte sich das schlagartig. Statt tristem PVC-Belag waren die Flure mit grauem Teppichboden ausgelegt. An den mit dunklen Holzpaneelen verkleideten Wänden hingen dekorative Aufnahmen des Schiffes.

Kaum hatten sie den Eisbrecher betreten, spürten sie die Vibrationen anlaufender Schiffswellen und ein baldiges Ablegen des Eisbrechers ankündigten. Ein in weißer Uniform gekleideter Steward versicherte in holprigem Englisch, dass alle Koffer bereits in den zugewiesenen Kabinen seien, begleitet von skeptischen Blicken seiner Zuhörer, die das Organisationstalent russischer Schiffsbesatzungen nach Erfahrungen auf der KAPITAN DRANITSYN weit weniger optimistisch einschätzten.

Lessings Reisegefährten verschwanden in ihren Unterkünften. Nach dem »Ah!« und »Oh!« zu urteilen, schienen alle sehr angetan zu sein von dem, was sich den Augen bot.

Als Lessing seine Suite betrat, schnalzte er mit der Zunge. Sie besaß ein Doppelfenster, großzügiges Schlaf- und Wohnzimmer, geräumiges Bad, WC, Kühlschrank, TV und eine Kaffeemaschine. Dazu einen meterlangen Kleiderschrank, Bücherregale und einen opulenten Schreibtisch, den ein lederbezogener Bürostuhl bewachte.

»Hätte ich mir denken können, dass du die größte Suite in Beschlag nimmst«, hörte er Connies Stimme in seinem Rücken. Auf dem roten Teppichboden war sie lautlos so dicht an ihn herangeschlichen, dass Lessing ihren Atem im Nacken spürte und erschauerte. Genau das war ihre Absicht gewesen. Sie machte sich immer einen Spaß daraus, ihn auf die eine oder andere Weise zu überraschen und seine Reaktionen zu beobachten.

»So viel größer als eure ist sie auch nicht. Willst du tauschen?«, erwiderte er lächelnd.

»Nein, danke fürs Angebot.« Sie winkte lässig ab. »Aber vielleicht besuch ich dich mal. Lass dich überraschen!« Rückwärtsgehend deutete sie zum Abschied ironisch ein Salutieren an und schloss leise die Tür.

***

Als Lessing am frühen Abend den Speiseraum betrat, blickte er am Esstisch in angespannte Gesichter. Der Grund dafür offenbarte sich, kurz nachdem er Platz genommen hatte. Mike Muller schien den Schiffswechsel mit einem schottischen Freund in flüssiger Form gefeiert zu haben, denn wie abends zuvor unterhielt er seine Truppe – heute ziemlich angetrunken – mit lautstarkem Geplärre, das seinen Zuhörern sichtlich peinlich war. Muller lachte aus vollem Hals, ohne auf die übrigen Passagiere Rücksicht zu nehmen, unterband mit seinem Gegröle jede Unterhaltung an den übrigen Tischen.

Hansen sah Lessings genervten Blick und ahnte, was gleich passieren würde. »Lass es! Das führt zu nichts und bringt nur Ärger!«

Zu spät. Lessing war nicht der Typ, der wegsah. Diese Einstellung hatte ihm schon des Öfteren Scherereien eingebracht und sollte ihn auch an diesem Abend nicht verschonen. Er ging zum Tisch des Amerikaners hinüber und wies Muller vor seinen Gästen – leise, aber bestimmt – in die Schranken. Auf dem Rückweg zum Tisch folgte ihm ein »This is my wedding! I've payed hundred thousand Dollars for this trip! Fuck you, German!«

Lessing blickte in Connies Gesicht, die mit versteinerter Miene kaum merklich den Kopf schüttelte, ihn mit ihren Augen auf seinen Stuhl bannte und ihm damit zu verstehen gab, es nicht weiter eskalieren zu lassen.

Während sich sein Team am Buffet einfand, sah Lessing aus den Augenwinkeln, dass ein Drittel von Mullers Gästen dessen Tisch bereits verlassen hatte. Einige Österreicher signalisierten ihm mit Daumen-hoch-Zeichen ihre Zustimmung.

»Ups, da droht Ärger für unseren Freund«, raunte Hansen, Richtung Ausgang nickend, wo ein Berg von Kapitän an der Tür lehnte, nach einigen Sekunden Mullers Tisch ansteuerte und leise einige Sätze sprach, deren Bedeutung er durch eindeutige Gesten unterstrich.

Vermutlich musste ein Steward den Kapitän von Mullers Entgleisung unterrichtet haben. Jetzt machte Lobusov den Texaner zur Minna, der unter den Sätzen des Kapitäns sichtlich zusammenzuckte und mit ihm anschließend das Restaurant verließ. Alle hatten bei dieser Szene die Luft angehalten. Jetzt – nachdem beide gegangen waren – kam an den Tischen wieder leiser Dialog in Gang.

Tête-à-tête mit Hindernissen

Murmansk
Mittwoch, 18. Oktober 2017, 0:30 Uhr

Kurz nach Mitternacht feierte Dmitri Poliakow mit den Kollegen seinen Geburtstag, von dem er nicht ahnte, dass es sein Letzter sein würde.

Hätte er es geahnt, wäre Poliakow wohl vor Jahren nie nach Murmansk gezogen, wäre er vermutlich in Kildinstroy geblieben, hätte dort Mathematik studiert oder in seinem Städtchen aufgeweckten Kindern das Lesen beigebracht.

Stattdessen hatte er sich nach dem Elektrostudium in einem Kraftwerk jahrelang erst zum Schichtleiter, dann zum Pikettingenieur hochgearbeitet. Nun feierte Poliakow mit Kollegen der Spätschicht seinen Geburtstag, während seine Frau Irina auf ganz spezielle Weise auf seinen Ehrentag anstieß – im Bett mit Andrej Lyshkin, ihrem Liebhaber und Vorgesetzten.

Als Kraftwerksleiter hatte Lyshkin Irinas Mann immer dann zur Spätschicht eingeteilt, wenn beide ihr Stelldichein planten. So konnte er ihnen nicht in die Quere kommen.

Nach dem obligatorischen Sekt startete Lyshkin sein Verwöhnprogramm, das die Notärztin so mochte. Ihre ganzen Vorsätze ehelicher Treue vergingen in der Glut dieses Augenblicks und wenn Männer mit ihrem Schwanz dachten, wie nicht selten zu Recht unterstellt wurde, dann hatte sich Irinas Verstand gerade rückstandslos in ihrem Allerheiligsten zersetzt. Während Lyshkin seine Geliebte zielstrebig zum Höhepunkt trieb und sie ihre Lust herausschrie, brüllte sich Dmitri zur gleichen Zeit vor Schmerz die Seele aus dem Leib.

Die Geräuschkulisse ihres Liebesspiels übertünchte zwar die Sirene des Kraftwerks, nicht jedoch Irinas Handy, das wenig später anschlug.

Dong! Dong! Dong!

»Das tut so gut, mach weiter!«, stöhnte sie.

Dong! Dong! Dong!

Nach dem Abklingen der ersten Welle arbeitete sich Lyshkins Zunge erneut zielstrebig in Irinas Schoß vor, während sie ihre Schenkel voller Verlangen öffnete.

Dong! Dong! Dong!

Ding! Ding! Ding!

Jetzt gesellte sich der Klingelton seines Handys hinzu.

Er stockte: »Aber es könnte –«

»Lass es klingeln!«, unterbrach sie ihn keuchend. »Hör nicht auf!« Sie krallte ihre Finger in sein braunes Haar, zog Lyshkins Gesicht voller Verlangen heran.

Dong! Dong! Dong!

Ding! Ding! Ding!

Der Strom ihrer Lust versiegte zu einem Rinnsal, als er seine Zuwendung abrupt einstellte und zum Handy sprang.

»Lyshkin!«, zugleich sandte er ihr einen entschuldigenden Blick zu. Den Kopf auf beide Hände gestützt, schenkte sie ihm ein zitronensaures Lächeln.

»Ach, du bist's.«

Irinas Blick glitt an seinem nackten Körper hinab. Andrej war Anfang fünfzig und gut gebaut. Besonders mochte sie seine saphirblauen Augen. Er besaß markante Gesichtszüge, braunes Haar, einen gepflegten, kurz geschnittenen Oberlippenbart – alles in allem sah Andrej unverschämt gut aus. Die Ärztin posierte verführerisch und warf ihm übertrieben schmachtende Blicke zu, als er in ihre Richtung sah.

»Was gibt's denn so Wichtiges?«

Ihre Augen wanderten über Hals, Brust und Po. *Andrej profitiert davon, dass er jahrelang Leistungssport betrieben hat*, dachte sie neidisch. Bei ihr hatte sich bereits unterhalb des Bauchnabels eine Welle gebildet, war sie ein Stück weit davon entfernt, als schlank zu gelten.

»Wann? Eben? Ich hab nichts gehört!«

Irina tröstete sich damit, dass ihr Liebhaber – wie Andrej gerne betonte – auf ihre Rubensfigur stand und wenn er sein Gesicht in ihrem Schoß vergrub, wusste sie, dass es keine leere Floskel war.

»Das darf nicht wahr sein!«

Sie schloss die Augen und ärgerte sich, dass sie ihre Handys nicht ausgeschaltet hatten.

»Oh, mein Gott!«

Jetzt wurde sie hellhörig und setzte sich kerzengerade auf.

Lyshkin bedachte seine Geliebte mit einem Blick, der in ihr sämtliche Alarmsirenen auslöste.

»Ich komme sofort!«

»Was ist passiert?«, fragte sie, nachdem er das Gespräch beendet hatte.

»Dmitri ...«

»Was ist mit ihm?«, drängte die Ärztin, von bösen Vorahnungen getrieben. »Ist was Schlimmes passiert? Sag schon, was passiert ist!«

»Es gab einen Störfall im KLT-40!«

In stillem Entsetzen schlug sie ihre Hand vor den Mund. »Dort hat Dmitri heute Nachtschicht!«

Lyshkin setzte sich neben sie aufs Bett. Er sah Irina in die Augen und nahm ihre Hand. »Es tut mir so leid«, sagte er einfühlsam, während Tränen ihre Handknöchel hinabliefen. Gerade sie als Notärztin wusste, was das bedeutete.

***

Eine halbe Stunde später erreichten beide das Kraftwerk. Während Irina zu den Sanitätern eilte, kam Igor Potemkin, sein Stellvertreter, im Laufschritt auf Lyshkin zu.

»Hast du unsere Sirene nicht gehört?«, fragte er anstelle einer Begrüßung.

»Ich hab's dir schon am Telefon gesagt!«, erwiderte der Kraftwerksleiter genervt. »Nein!«

Kreuz und quer liefen Feuerwehrleute, Techniker und medizinisches Personal durcheinander.

»Was ist passiert?«, fragte er, in alle Richtungen blickend, um ein Gefühl für die Lage zu bekommen.

Potemkin presste seine Lippen zusammen. »Du hattest recht!«, entgegnete er deutungsvoll.

»Sie hätten neue Reaktoren anstelle der gebrauchten einsetzen sollen! Diese Dinger haben schon fast dreißig Jahre auf dem Buckel! Mit den Ultraschall-Scans hatten wir nachgewiesen, dass es mehrere Hundert Risse am Druckbehälter gibt!«

»Das weiß ich selbst!«, erwiderte Lyshkin unwirsch. »Was genau ist passiert?«

»Vasew nahm versehentlich die Sicherheitspumpen im nuklearen Teil vom KLT-40 außer Betrieb!«

»Ach du Scheiße!«

»Nach der Notabschaltung haben sie kaltes Wasser in den Reaktor gepumpt! Stell dir das mal vor! Kaltes Wasser! Den Rest kannst du dir denken!«

Temperaturunterschiede am Druckbehälter sind blankes Gift für Reaktorwände, bei denen bereits kleine Risse vorhanden sind. Es war absehbar, dass der Druckbehälter das nicht aushält! Poliakow, du Idiot! Das hätte dir klar sein müssen!, dachte Lyshkin.

»Poliakow und Vasew hat's erwischt!«

Ausgerechnet Dmitri, und das an seinem Geburtstag! Herzlichen Glückwunsch!, dachte er bitter.

***

Eine halbe Stunde zuvor riss am anderen Ende des Hafens gellendes Sirenengeheul den Fernsehjournalisten unsanft aus dem Schlaf. Minutenlang lauschte er abgehackten Kommandos, die von den Decks widerhallten. Jetzt spürte er, wie Schraubenwellen anliefen, das riesige Schiff ein Zittern durchlief und die 50. JAHRESTAG DES SIEGES langsam vom Pier ablegte.

0:30 Uhr.

Wir sollten doch erst gegen acht aufbrechen! Lessing schälte sich aus dem Kingsize-Bett und sah durchs Fenster nach draußen. Im Nebel zogen Positionslichter anderer Schiffe vorbei, die ebenfalls ablegten. Zumindest wurden dieser und der benachbarte Pier geräumt. Die durchdringende Alarmsirene war inzwischen verstummt. Lessing öffnete seine Tür, blickte nach links und rechts, zuckte mit den Achseln und ging wieder ins Bett. *Steht der plötzliche Aufbruch mit der Sirene in Verbindung? Was war passiert?* Die Frage wollte mit unter die Bettdecke, aber Lessings Verstand wehrte sich dagegen. Kaum hatte sein Kopf das Kissen berührt, ruhte er auch schon wieder in traumlosen Gefilden.

SAR-Lupe

Gelsdorf
Mittwoch, 18. Oktober 2017, 1:45 Uhr

Das Klinkergebäude am Rand des Gewerbegebiets zur rheinischen Ortschaft Gelsdorf konnte man glatt mit dem Sitz eines mittelständischen Unternehmens verwechseln. Das war aber auch die einzige Gemeinsamkeit. In den schmucklosen rotbraunen Neubau zu gelangen war allerdings nicht einfach. Ein Stacheldrahtzaun umgab das Areal. »Militärischer Sicherheitsbereich«.

Für das Ministerium und die Bundeswehr war das »Kommando Strategische Aufklärung« ihre zentrale Dienststelle für bedarfsgerechte Informationsgewinnung mittels elektronischer Aufklärung zur Vorbereitung von Maßnahmen oder Unterstützung von Einsätzen. Das Kommando war rund um die Uhr weltweit aktiv. Es verfügte über vier Bataillone elektronischer Kampfführung, eine Auswertezentrale und eine Untersuchungsstelle zur technischen Aufklärung.

Ein wesentlicher Baustein im Gefüge des Kommandos war die ebenfalls dort untergebrachte »Zentrale Abbildende Aufklärung«. Dank des Radarsatellitensystems »SAR-Lupe« verfügte man über eine neue Dimension technischer Möglichkeiten, mit denen die Erkenntnisfähigkeit beträchtlich gesteigert wurde.

Emissionen im elektromagnetischen Spektrum oder Satellitendaten wurden aufgenommen, analysiert, ausgewertet und zu einem Informationsbild verarbeitet. Anders ausgedrückt: Man schnüffelte in Bunkern, auf Schiffen, in Panzern, las anderer Leute E-Mails, hörte russische Funksprüche in Karelien ab oder belauschte Telefonate der Taliban. Meist trugen ihre Berichte rote Stempel mit der Aufschrift »Geheim – amtlich geheim halten«. Neuerdings spähten deutsche Satelliten die ganze Welt aus. Bei Tag oder Nacht, durch Nebel oder dicke Wolken.

Da der Militärhafen von Murmansk aktuell nicht zum Operationsgebiet gehörte, war Enders' Entdeckung blanker Zufall, die in Brigadegeneral Lüders Büro helle Aufregung auslöste. Unweit von Bonn befehligte er knapp achttausend Soldaten. Etliche saßen im sieben Etagen tiefen Bunker unterhalb eines Grashügels. Dort befand sich die Operationszentrale des »KSA«, deren Hauptaufgabe laienhaft mit dem Begriff »Spionage« beschrieben wurde, offiziell aber »Aufklärung« lautete. Wegen der Ukraine-Krise herrschte dort seit Wochen Hochbetrieb.

Ausgerechnet vom russischen Weltraumbahnhof Plessezk war am 22. Juli der letzte von fünf deutschen Radarsatelliten ins All gestartet, die aus fünfhundert Kilometern Höhe jedes Fleckchen Erde – außer den Polkappen – überwachen sollten.

Die deutschen Späher – vom Bremer Raumfahrtunternehmen ODR-Systems für vergleichsweise bescheidene dreihundertsiebzig Millionen Euro geliefert – erkannten sogar versteckte Fahrzeuge unter dem Blattwerk afrikanischer Wälder.

Im Vergleich zu Computer-Batterien im Kontrollzentrum der europäischen Weltraumbehörde wirkte die Satelliten-Kommandozentrale dagegen recht bescheiden. Nur acht Monitore standen auf weißen Tischen in einem kaum dreißig Quadratmeter großen Raum. Zwischen zwei Fenstern hing ein haushaltsüblicher Flachbildschirm an der Wand. Auf einer Weltkarte zeigte er Flugbahn und aktuelle Position der Satelliten.

Rund neunzig Minuten benötigte ein Satellit für eine Erdumrundung. Enders hatte die Laufbahn von AL-4 per Mausklick über Seweromorsk als Hauptquartier der russischen Nordflotte gesteuert, ungläubig die Aufnahmen aus erstem und zweitem Überflug verglichen und – ohne den Blick vom Bildschirm abzuwenden – sofort Alarm ausgelöst.

Einige Stunden später hatten Kanzleramt, Verteidigungsministerium und der BND einen Lagebericht samt Aufnahmen auf den Tischen, der vom gleichzeitigen Auslaufen russischer Kriegsschiffe in Murmansk berichtete. Fast zeitgleich meldete die russische Botschaft einen Störfall im Reaktor eines Kraftwerks und begründete damit die Verlegung ihrer Großschiffe als reine Vorsichtsmaßnahme.

Alles sei unter Kontrolle.

Tatsächlich ergaben die Erkenntnisse französischer, amerikanischer oder britischer Aufklärung nur in Murmansk solche Flottenaktivitäten, was allgemein Entwarnung bedeutete. Wie üblich wurden die SAR-Aufnahmen allen Verbündeten zur Verfügung gestellt und die Akte geschlossen.

Krankenbesuch bei Dr. Fetisov

Murmansk
Mittwoch, 18. Oktober 2017

»Wir können hier nicht viel für sie tun. Poliakow hat's am stärksten erwischt. Schwerste Verbrennungen. Vasew hat mehr Glück gehabt.«

Lyshkin blickte durchs Rollo ins Krankenzimmer der Intensivstation und sah zum Gruppenleiter, der wie eine Mumie bandagiert war.

»Heute Abend bringen sie ihn nach Sankt Petersburg.«

»Wie stehen seine Chancen?«

»Nicht im Flur«, entgegnete Dr. Fetisov und führte ihn durch einen langen weißen Korridor, bis sie das Büro des Chefarztes erreichten. Er deutete auf eine schwarze Sitzgruppe gegenüber seinem Schreibtisch und öffnete einen Wandschrank, der eine winzige Hausbar verbarg. Fetisov schenkte Wodka ein und reichte Lyshkin ein Glas.

Der Mediziner nahm einen tiefen Schluck, blickte den Freund abschätzend an und wärmte das Glas in seinen Händen.

»Sehr schlecht!«

»Wie hoch?«

»Schwer zu sagen. Keine zehn Prozent. Strahlung hat er keine abgekriegt, aber Verbrennungen dritten Grades.«

Fetisov strich nachdenklich in Kreisen über den Glasrand und lehnte sich seufzend zurück.

»Die Schädigung seiner Haut reicht tief. Es kam zum Absterben von Gewebe. Sowohl Oberhaut als auch Lederhaut sind betroffen, teils Fettgewebe unter der Haut, dazu tieferes Gewebe. Haarwurzeln, Drüsen, Sinneszellen – alles ist geschädigt. Seine Heilungsaussichten hängen von vielen Komponenten ab. Eine intensive Behandlung ermöglicht es oft bei schlimmen oder ausgedehnten Brandwunden, dass der Patient überlebt.«

»Also hat er eine Chance?«

Fetisov verzog seine Mundwinkel nach unten. »Bei Verbrennungen über achtzig Prozent der Hautoberfläche wie bei Poliakow sind die Heilungschancen gering. Maßgeblich sind auch Lebensalter sowie sonstiger Gesundheitszustand, inklusive möglicher Erkrankungen. Die Wundheilung kann von Diabetes beeinträchtigt werden und Poliakow ist Diabetiker.«

»Behältst du ihn hier?«

Fetisov schüttelte den Kopf. »Solche Verbrennungen wie bei ihm kann nur eine Spezialklinik weitergehend behandeln. Dort werden in der Regel erwachsene Patienten mit mehr als zehn Prozent verbrannter Körperoberfläche versorgt oder Kinder mit mehr als fünf Prozent. Poliakows Atemwege sind durch das Einatmen heißer Dämpfe auch geschädigt.«

»Hat er starke Schmerzen?«

Fetisov verneinte. »An Stellen mit solchen Verbrennungen spürt ein Patient nichts mehr. An den Rändern kann es noch zu Schmerzen kommen.« Er machte eine kurze Pause, bevor er fortfuhr. »Aber gut, dass du gekommen bist. Ich muss mit dir noch über eine andere Sache sprechen.«

Lyshkin sah ihn fragend an.

»Du und Irina ...«

»Was willst du damit andeuten?«

»Sag du's mir. Ihr glaubt vielleicht, dass es niemand bemerkt hat, aber da irrt ihr euch gewaltig.«

»Das ist unsere Privatsache!«

»Ist es eben nicht, wenn üble Gerüchte die Runde machen!«

»Welche üblen Gerüchte?«

Fetisov trank einen Schluck. »Andrej! Schau mich an! Die Leute wissen Bescheid. Sie reden drüber!«

»Sollen sie sich doch das Maul zerreißen!«

»Unterschätz es nicht«, erwiderte sein Gegenüber. Er beugte sich nach vorne und legte die Fingerkuppen aufeinander. »Du hast hier nicht nur Freunde. Oberst Valin konnte dich noch nie leiden und Rybkow ist stinksauer wegen dem Einbau gebrauchter Reaktoren. Er wäre euch beide lieber heute als morgen los! Poliakows Kollegen streuen zudem Gerüchte, dass du ihm diese Schicht womöglich extra aufgebrummt hast, um ihn loszuwerden!«

Ein Muskel zuckte unter Lyshkins Auge. Er sog die Wangen ein, als hätte er etwas Bitteres getrunken, und knallte sein leeres Glas auf den Tisch. »Das soll mir einer ins Gesicht sagen! Den prügele ich windelweich!«

»Andrej! Du kannst nicht die halbe Mannschaft zusammenschlagen! Lass dir was anderes einfallen! Vielleicht verzichtet ihr eine Weile auf eure Treffen, bis –«

»Bis Poliakow unter der Erde liegt?«, unterbrach ihn der Werksleiter bissig. Er überlegte kurz. »Nein«, sagte er und drückte dem Freund auffordernd sein leeres Glas in die Hand. Fetisov sah ihn mit hochgezogenen Brauen an, schenkte aber nach. Lyshkin ließ den Wodka in kleinen Schlucken seine Kehle hinabrinnen.

»Dann flieg wenigstens nicht mit nach Sankt Petersburg! Lass Irina das machen!«

»Ich werde darüber nachdenken.« Vielleicht war das gar keine so schlechte Idee. Er konnte langsam keine Krankenhäuser mehr sehen.

Aufbruch nach Franz-Josef-Land

50. JAHRESTAG DES SIEGES
Mittwoch, 18. Oktober 2017

Als Lessing am nächsten Morgen sein Frühstücksei köpfte, sah er in Hansens Miene von hinten Ärger auf sich zukommen, werkelte aber scheinbar sorglos weiter.

»I'm so sorry«, hörte er in seinem Rücken, während alle zu ihnen herübersahen und gespannt verfolgten, was passieren würde.

»I want to apologize for last night«, hörte er Mullers leise Stimme. »I'd drunk too much. Please accept my apology.«

Langsam drehte sich Lessing auf seinem Stuhl um, und war sitzend nur einen Kopf kleiner als Muller.

»We're on honeymoon. I also don't know, what's going on with me last night. My wife's mad. Please accept my apology«, wiederholte er. Lessing stand langsam auf, stellte sich mit seinen eins zweiundachtzig vor Muller und sah ihm in die Augen. Sein Lächeln überzog eine Glasur aus Raureif.

»Can happen!«

Lessings trockene Erwiderung bestand nur aus diesen beiden Worten. Danach streckte er seine Hand aus, in die Muller mit übertriebener Geste einschlug, für alle sichtbar zeigte, dass der abendliche Streit vergeben und vergessen war. Anschließend ging Muller zu seinem Tisch zurück, während Lessing Lobusovs anerkennendes Kopfnicken zur Kenntnis nahm.

»Was war das denn für eine Sirene heute Nacht?«, hakte Lessing bei einem vorbeilaufenden Steward nach.

»Ein Manöver!«, war in seinem Rücken zu hören. »Reine Routine! Alle Großschiffe mussten den Hafen verlassen! Kein Grund zur Beunruhigung.«

Deshalb hatten wir so früh abgelegt, dachte Lessing. »Das

ist für eine Übung aber ein erheblicher Aufwand!« Wieder blickte er zu Lobusov am Ausgang, der jedoch auf ein bestätigendes Nicken verzichtete und sich stattdessen zurückzog.

***

Lessing hatte schlecht geschlafen, obwohl keine Geräusche von den Antriebswellen in seine Luxussuite drangen. Trotz Lüftungsanlage war es in seiner Kabine drückend warm. Vor dem Frühstück unternahm er einen ersten Rundgang an Deck, warf im Mondlicht einen Blick hinaus zur eisfreien Barentssee und sog prüfend kalte Luft ein, die nicht nach Arktis, sondern nach Schmieröl roch. Knapp zwanzig Meter unter ihm schäumten die Wellen. Schneidender Wind blähte seinen Parka.

Auf dem Programm stand heute ein Rundgang über die 50. JAHRESTAG DES SIEGES – von Zodiacs bis zum Hubschrauber, vom Schwimmbad im Schiffsbauch bis zur Brücke auf dem obersten Deck. Sie durfte rund um die Uhr besucht werden. Kapitän Lobusov und seine Mannen ließen sich vom Passagiertross über ihre Schultern schauen und genossen die Weite im dämmrigen Licht der Sonne, die hinter dem Horizont verblieb.

Nach dem Frühstück folgte ihre mentale Vorbereitung auf Franz-Josef-Land. Ein Treffen im Konferenzraum mit dem österreichischen Expeditionsleiter, den Eisbärenwächtern und den Helikopterpiloten war angesagt. Egerländer hielt einen Vortrag über Geologie, Biologie, Ornithologie und Historie des Archipels, untermalt mit Bildern der erstaunlich robusten Pflanzenwelt, die ums Überleben in einer Region kämpfte, wo Durchschnittstemperaturen im Sommer von plus zwei Grad und im Winter von minus zweiundzwanzig Grad herrschten. Egerländer beschrieb, wie Franz-Josef-Land entdeckt wurde: mehr aus Zufall beim Wettlauf zum knapp neunhundert Kilometer entfernten Nordpol. Eine Expedition mit der TEGETTHOFF unter dem Österreicher Payer und dem Deutschen Weyprecht endete 1874 am Archipel. Den Pol erreichten sie nicht, dafür aber Neuland, bestehend aus hundertzweiundneunzig Inseln, in denen sich Österreich mit etlichen Namen verewigte, bis die Sowjets 1929 ihre Flagge hissten.

Den restlichen Vormittag verbrachte Lessings Team mit Probeaufnahmen von der Brücke, der Landeplattform und dem Mil Mi-8-Transporthubschrauber, während er einzelne Anlaufstationen ihrer Reise googelte und Hansens Drehbuch las. Je nachdem, was sie erwartete, mussten mehr oder weniger Schiffsaufnahmen gedreht werden, um Sendezeit zu füllen. Lessing hoffte auf Wale oder Eisbären, gruselige Ruinen und – das wäre ein Volltreffer – Skelette, die sich wunderbar in Szene setzen ließen. Nur im Hochsommer – wenn sich das Eis zurückzog und die aufgetauten Inseln etwas aufblühten – fuhr die 50. JAHRESTAG DES SIEGES zum entlegenen Archipel nördlich des achtzigsten Breitengrades. Jetzt machten sie eine Ausnahme, nachdem die KAPITAN DRANITSYN einen Maschinenschaden hatte.

Um den achtzigsten Breitengrad herum stand als erster Programmpunkt eine Polartaufe an, gepaart mit Ratespielchen, welche Luft- und Wassertemperatur aktuell herrschen würde. Lessing beobachtete einige besonders Verrückte, die in Badeanzüge schlüpften und auf dem Unterdeck zum Zodiac-Ausgang kletterten. Darunter auch Muller, der nach seinem gestrigen Fauxpas bei Mitreisenden um Anerkennung buhlte. Insgesamt waren es vierzehn Passagiere plus drei Mann Besatzung, die im düsteren Licht zwischen Eisschollen ins kalte Wasser sprangen und ihre Polartaufe empfingen. Wenig später kam steuerbords in zwei Seemeilen Entfernung eine kleine Insel in Sicht. Safari-Gefühle stellten sich bei den meisten ein, als sich der Eisbrecher langsam dem Eiland näherte, an dessen Strand gemächlich zwei Eisbären entlangtrotteten. Der schnelle Rückgang des Eises hatte sie dieses

Jahr offenbar an die Insel gefesselt. Mühsam für sie, sich nun allein mit dem kargen Grünzeug genug Speck für ihre monatelange Aufzucht der Jungen in einer Schneehöhle anzufressen.

Am Nachmittag kam Sturm auf, der den Eisbrecher so stark krängen ließ, dass nur Hartgesottene ihr Abendessen im Speisesaal einnahmen und die meisten in ihren Kabinen blieben. Abends lüftete Nadja beim Recap vor nur fünf Passagieren das Geheimnis: Lufttemperatur minus vier Grad, Wassertemperatur minus eins Komma zwei Grad Celsius.

***

Am nächsten Morgen kam kein Land in Sicht. Zeit, die Egerländer für eine zweite Vortragsrunde an Deck nutzte. Obendrein kam wieder stärkerer Wind auf. Einige Mitreisende trugen Anti-Seekrankheits-Pflästerchen hinter den Ohren. Während Hansen vorbeitreibende Eisberge filmte – zugleich das dämmrige Licht verfluchend –, umschwirrten immer mehr neugierige Vögel das Schiff. Lessing wusste, was das bedeutete: Sie würden bald auf Land stoßen.

»Welcher Idiot kam eigentlich auf diese Schnapsidee, während der Polarnacht eine Reportage zu drehen?«, schimpfte Hansen. »Wissen diese Deppen im Sender nicht, dass man zum Drehen Licht braucht?«

»Wir haben Ende Oktober, Manfred. Die Sonne kommt zwar kaum noch über den Horizont, aber Tageslicht haben wir trotzdem. Nimm's als Drehaufnahmen unter erschwerten Bedingungen. Man wächst bekanntlich mit seinen Aufgaben.«

Hansen bedachte ihn mit einer gemurmelten Verwünschung.

Kurz vor dem Mittagessen flogen Scharen von Dreizehenmöwen, Trottellummen und Gryllteisten als Begleittross neben dem Eisbrecher. Eine Felswand kam in Sicht, die sich beim Näherkommen wie ein brauner Eisberg vom Polarmeer abhob. Das Schiff hatte Franz-Josef-Land erreicht. Der Felsen voraus hieß »Rubini Rock«. Langsam näherten sie sich den Klippen, die Tausende Vögel als Nistplatz nutzten und sich von Hansens Kamera nicht stören ließen. Je dichter sie herankamen, desto ohrenbetäubender dröhnte ihr Geschrei, umso intensiver stieg der Gestank von Vogelkot in menschliche Nasen.

Fasziniertes Schweigen herrschte an Deck. Lessing beobachtete, wie besonders Japaner – bewaffnet mit Ferngläsern und monströsen Teleobjektiven – versuchten, jeden Quadratzentimeter des Felsens abzulichten.

***

Nachmittags rasselte im Nebel vor Jackson-Island der Anker ins Meer. Ihr geplanter Landgang wurde jedoch abgesagt, weil nicht zu erkennen war, ob Eisbären am Strand herumlungerten. Am nächsten Morgen entdeckte Hansen durch sein Teleobjektiv eine Bärin mit zwei Jungtieren. Da sie glücklicherweise von der Landebucht weit genug entfernt waren, sollte laut Egerländer ein erster Landgang möglich sein.

Das hieß, sich wind-, wasser- und kältedicht einzupacken. Schicht um Schicht wuchs Lessings Schutzschild – von Skiunterwäsche bis Gummistiefel. Rundlich wie Michelin-Männchen kamen alle am Unterdeck zusammen. Niemand wollte beim ersten Landgang an Bord bleiben. Selbst die älteste Passagierin – eine siebenundachtzigjährige Dame aus der Steiermark – kletterte mutig über den Laufsteg ins Zodiac.

Die Schlauchboote verfügten über zwei PS-starke Außenborder, die – voll aufgedreht – adrenalinfördernde Überfahrten garantierten. Der Bug von Lessings Zodiac stellte sich hoch. Salzwasser peitschte ihm ins Gesicht und fegte trübe Gedanken aus seinem Kopf, danach stürzte es ins nachfolgende Wellental und sorgte in seinem Magen für gehöriges Durcheinander. Neugierige Walrosse kamen in Sicht. Mit ihren langen Stoßzähnen begleiteten sie die Schlauchboote, tauchten auf, tauchten ab, schickten Grunzlaute herüber.

Immer näher kamen sie dem mehrere Hundert Meter hohen vergletscherten Plateaurand. Auf vorgelagerten Klippen döste eine Gruppe Stellar-Seelöwen. Einige reckten träge ihre Köpfe und beäugten neugierig die Ankömmlinge.

Ihre Landung war nass, der schwarze Strand übersät mit Mini-Eisbergen – Bruchstücke kalbender Gletscher. Gummistiefel hinterließen im angetauten Permafrost-Boden flache Abdrücke, begleitet von staunenden »Ahs« und »Ohs« über Kleinflächen von gelbem Arktik-Mohn, lila Steinbrech, weißgrünen Moosen oder roten Flechten. Dann ging es zu den spärlichen Überresten des Unterschlupfs, in dem Nansen 1895 überwintern musste. Kaum hatte Hansen erste Aufnahmen im Kasten, hallte ein Schuss durch die Stille. Ein neugieriger Eisbär hatte sich genähert. Ob er Appetit auf Touristen hatte? Valentin vertrieb den Bären mit weiteren Warnschüssen.

Zurück an Bord, machte sich bis zum Abend Enttäuschung breit, weil kein Packeis in Sicht kam, obwohl das rote Ungetüm seit Stunden gen Norden fuhr.

Endlich – während des Abendessens – ging ein Ruck durchs Schiff und war ein Rumpeln zu hören. Lessing und Hansen sahen einander vielsagend an: Eisberührung! Hastig schluckten sie ihre letzten Bissen hinunter, griffen zu den Kameras und eilten an Deck.

Eis – soweit das Auge reichte. Mühelos schob sich ihr Schiff durch dicke Schollen, knackte sie, drückte alles beiseite. Nach einer halben Stunde entdeckte Hansen eine Robbe, die auf dem Eis döste. Sie schien irritiert vom nahenden Koloss, drehte um, legte bäuchlings eine Pause ein, schaute unentschlossen zurück und glitt schließlich ins Meer. Ende der Vorstellung.

***

Am Samstagnachmittag ankerte das Schiff in der Tikhaya-Bucht vor Hooker Island. Sie war einer der wenigen Plätze in Franz-Josef-Land, an dem eine größere Ansammlung von Menschen mit Schafen, Ziegen und Hunden gelebt hatte. Wo 1931 das Luftschiff GRAF ZEPPELIN gelandet war, hatten sie eine Wetterstation betrieben.

Der Sturm war abgezogen und die hinter dem Horizont verborgene Sonne spendete genug Licht für einen Landgang.

Bevor alle Passagiere von Bord durften, sicherten zwei hauptberufliche Eisbärenjäger das Terrain rund um die verlassene Polarstation. Mit dem Hubschrauber sondierten sie zunächst das Gelände nach Eisbären. Trotzdem – so war beim Briefing zu hören – musste man jederzeit damit rechnen, dass plötzlich ein Bär wie aus dem Nichts auftauchen konnte.

Während ihre Expeditionscrew Ausschau hielt, schoben Mechaniker den zweiten Helikopter aus dem Hangar des Achterdecks und bauten die Rotorblätter zusammen. Ein Abenteuer hatte man den Passagieren versprochen und mulmig wurde es Lessing beim Anblick ihrer Vorbereitungen tatsächlich. Eine Empfindung, die sich noch verstärken sollte, da weder Sicherheitsgurte noch Türverriegelungen während des Fluges zuverlässig funktionierten. Zumindest wusste Hansen zu trösten, dass beide Piloten vierundzwanzig Stunden vor einem Flug keinen Wodka mehr anrühren durften, damit sämtlicher Restalkohol abgebaut war.

Die in rote Parkas verpackten Passagiere wurden in der Bucht schubweise abgesetzt und stiefelten am Strand auseinander. Auch Kreuzfahrer reisten nicht ohne Risiken. Für Fotos gaben Eisbärenjäger ihre geladenen Gewehre gerne mal aus der Hand – übrigens nicht nur an Erwachsene.

Auf der Suche nach Nahrung streunen Eisbären gern um verwitterte Hütten. Leichter Nervenkitzel lag also beim Streifzug durch den trostlosen Ort in der Luft. Kaum jemand hatte Augen für die Natur, die hier nur im Miniaturformat existierte. »Achtung«, mahnte Egerländer: »Ihr steht im Wald.« Zugleich deutete er auf winzige Polarweiden. Gar nicht so leicht, keinen dieser Baumzwerge zu zertreten.

Nebenan kalbte ein gewaltiger Gletscher ins Meer. Das Knacken und Knirschen berstenden Eises durchdrang diese unheimliche Stille vor einer Kulisse, die für Lessing etwas Surreales hatte.

Sein Aufnahmeteam begann, die Ausrüstung zu entladen.

»Kann ich helfen?«, war Egerländers Stimme hinter ihnen zu hören.

Bloß nicht!, dachte Lessing. *Wenn du mit anpackst, ist es, als würden zwei andere loslassen!*

»Geht schon«, sagte er kurz angebunden.

»Geh doch mal da rüber!« Hansen dirigierte Lessing fotowirksam vor eine halb verfallene Blockhütte und begann mit Belichtungstests. Zwei, drei Trockenaufnahmen, dann postierte er den Fernsehjournalisten etwas seitwärts, während Egerländer seine Reisegruppe mit Informationen zur Wetterstation fütterte.

»[...] *Zeitweise hatte sie eine ganzjährige Besatzungsstärke von bis zu fünfzig Personen. Am 27. Juli 1931 kam es hier zur Begegnung von Hugo Eckeners 127 GRAF ZEPPELIN und dem sowjetischen Eisbrecher MALYGIN. Im selben Jahr wurde in Vorbereitung des Zweiten Internationalen Polarjahres 1932 ein meteorologisches Observatorium errichtet, dessen erster Leiter Iwan Papanin war. Seit Schließung der Polarstation im Jahre 1959 ist sie allerdings nicht mehr bewohnt [...]*«

»Hörst du mir eigentlich zu?«, nörgelte Hansen. »Du sollst noch ein Stück weit rübergehen, hab ich gesagt! Noch ein Stück! Stopp! Bleib so! Connie! Sandra! Seid ihr soweit? Jetzt leg los!«

Lessing hatte einen faustgroßen Felsbrocken in seiner Hand und erläuterte vor laufender Kamera dessen Entstehung, während hinter ihnen Muller in eine Baracke stiefelte, ohne zu merken, dass gerade gedreht wurde.

»Aus!« Hansen brach entnervt seine Aufnahme ab. Zwei Sekunden später flog Muller wie eine Gummipuppe meterweit durch die Luft und blieb auf den dunklen Basaltblöcken regungslos liegen. Ein gewaltiger Eisbär trottete aus der maroden Holzhütte, die Muller zuvor betreten hatte, richtete sich auf, schüttelte seinen Kopf und brüllte angriffslustig in solcher Lautstärke, dass Lessing die Ohren schmerzten. Er witterte Mullers Blut und lief wiegenden Ganges in Richtung des Texaners.

Keine fünf Meter entfernt schrie Lessing auf, um das Tier abzulenken. Kurz entschlossen warf er seinen scharfkantigen Stein und traf den Bären an der Schnauze. Vor Überraschung und Schmerz brüllte das Tier auf, vollführte eine Kehrtwendung auf seinen Hinterpranken und stob davon.

Sofort rannten mehrere Crewmitglieder zu Muller, der noch immer leblos zwischen den Felsbrocken lag, während die Eisbärenjäger hastig ihre ausgeliehenen Gewehre einsammelten.

Sandra Kieling blickte wutentbrannt zum TV-Moderator. »Bist du jetzt total durchgeknallt?«, schrie sie leichenblass. »Du hättest das Vieh beinahe in unsere Richtung gelockt!«

»Mach halblang, Sandra. Wenn Frank den Bären nicht mit seinem Strike abgelenkt hätte, wäre er über Muller hergefallen. Das hätte ihm den Rest gegeben. So wie er durch die Luft geflogen ist, wäre es ohnehin ein Wunder, wenn er überlebt!«

»Ja!«, keifte Sandra, außer sich vor Wut. »Verteidige ihn noch! Steig noch als Belohnung mit ihm ins Bett, dem großen Helden! Der Idiot hat uns alle in Gefahr gebracht!«

»Fantastisch! Das ist einfach fantastisch!« Hansen schien sich für den Streit um ihn herum nicht im Mindesten zu interessieren. Er blickte stattdessen unverwandt zum Bildschirm, trippelte aufgeregt hin und her. Stolten spähte ihm neugierig über die Schulter.

»Ich hab's im Kasten! Wie er durch die Luft fliegt! Lessings Brocken, wie der Bär dann abhaut! Das ist ein Volltreffer, Leute! Ich muss jetzt den Ami aufnehmen! Das ist wie ein Sechser im Lotto!«

Der Streit war vergessen. Alle starrten Hansen entgeistert an, als hätte er den Verstand verloren. Stolten verzog angeekelt seine Oberlippe. Kieling wollte zu einer geharnischten Antwort ansetzen, aber Sadek kam ihr zuvor und sprach kopfschüttelnd aus, was alle dachten:»Manfred! Manchmal bist du wirklich pervers!«

»Was denn?«, echauffierte er sich.»Muller wird verarztet, aber wir müssen sehen, dass wir eine brauchbare Reportage hinkriegen! Das hätte für uns nicht besser laufen können!«

Lessing sah ihn ironisch von der Seite an.»Das sieht Muller garantiert anders. Er mag ein Prolet sein, aber das wünsche ich keinem. Er hat vor nicht mal vierundzwanzig Stunden geheiratet!«

»Fragt sich nur, zum wievielten Mal«, kommentierte Connie trocken.

Nachdem der Schiffsarzt Muller auf einer Trage vertäut hatte, flog ihn der Hubschrauber zurück zum Schiff, während sichtlich nervöse Jäger mit ihren Karabinern das Gelände sicherten.

Hansen kroch am Boden herum, filmte ungeniert die Blutlache zwischen den Basaltblöcken und ignorierte den Abscheu in den Gesichtern der anderen, denen seine Aktion wie Leichenfledderei vorkam. Kaum jemand mochte Muller, außer seiner frischgebackenen Ehefrau, vermutlich noch nicht einmal seine Gäste. Für Hansen war das zweitrangig. Seine Kamera folgte inzwischen der Blutspur des Eisbären, den Lessings Stein am Kopf verletzt hatte.

Er nutzt die Gunst des Augenblicks, ihm steht die Sensationsgier ins Gesicht geschrieben, kam es Lessing. Ein Vollblut-Kameramann. Er kann gar nicht anders, hat alles richtig gemacht, so brutal es klingen mag. Für unsere Reportage war das wirklich ein Glücksfall und erspart uns jede Menge Drehzeit. Eisbär überfällt Touristen und wird vom Fernsehjourna-

listen in die Flucht geschlagen – Hansen hat recht mit seiner Story, dachte er und gerade wegen dieser Denkweise ekelte es ihn vor sich selbst – war er schließlich ein Teil des Systems.

***

Unter den verbliebenen Passagieren und Crewmitgliedern an Bord hatte sich Mullers Unglück samt Lessings Heldentat wie ein Lauffeuer verbreitet. Ausgerechnet der vom Amerikaner verunglimpfte Deutsche hatte ihm mit seiner beherzten Aktion das Leben gerettet.

Die meisten verbanden damit insgeheim Schadenfreude. Gestern musste sich Muller beim Deutschen für seine Entgleisung entschuldigen und ihm tags drauf für die Rettung danken – sofern er überlebte. Als das Aufnahmeteam von der Landeplattform stieg, schlugen einige Lessing anerkennend auf die Schulter, während Hansen mit selbstzufriedener Miene folgte. In einer ruhigen Ecke schlich Connie an den Moderator heran und gurrte: »Helden finde ich sexy!« Lessing wusste zunächst nicht, ob das wieder ironisch gemeint war, aber ihre Hand zwischen seinen Schenkeln belehrte ihn eines Besseren und ihre forschende Zunge in seinem Ohr beseitigte alle restlichen Zweifel.

»Und wer will das wissen?«, keuchte er und versuchte distanziert zu wirken.

Ein wohliger Schauer durchlief seinen Körper, als sie meckernd in sein Ohr lachte. »Frag mal deinen Ständer dort unten, mein Süßer!« Einen Handkuss andeutend, flüchtete Lessing in seine Kabine, lehnte sich mit dem Rücken erleichtert gegen die Tür und musste das Erlebte erst einmal verarbeiten.

Wenig später plärrte es aus dem blechernen Lautsprecher über der Kabinentür. »Herr Lässing! Kapitän Lobusov ärwartät Sie in seinär Kabinä.«

Schlechte Nachrichten

»Seit wann bist du zurück?« Lyshkin nahm Irina in seine Arme, nachdem sie die Bürotür hinter sich geschlossen hatte. Er spürte ihr Zaudern, gab Poliakows Frau frei und deutete zur Sitzgruppe.

»Wir haben sie noch in der Nacht ins Mariinsky-Krankenhaus nach St. Petersburg gebracht.« Er sah ihr an, dass sie völlig übermüdet war. Im ungeschminkten Gesicht zeichneten sich dunkle Ringe unter den Augen ab, das sonst so gepflegte Haar war stumpf.

Die Liebe zu Poliakow war schon vor Jahren den Abfluss runtergegurgelt. Trotz unserer Affäre hängt sie noch an ihm, das ist mit jeder Faser ihres Körpers zu spüren.

Er stand auf, ging zum Schreibtisch und drückte eine Sprechtaste: »Elena, bitte zwei Kaffee, danke«, und setzte sich Irina wieder gegenüber. Hier im Büro mussten sie Abstand wahren.

Als er nichts erwiderte, fuhr sie fort. »Beide haben starke Verbrennungen. Es wurden nicht nur Hautschichten, sondern auch darunterliegende Muskeln, Sehnen, Knochen und Gelenke geschädigt.« Die Ärztin sprach im emotionslos professionellen Tonfall, den sie bei Patienten stets anwendete – selbst jetzt bei ihrem eigenen Mann. »Wenn sie's überleben, ist eine großflächige Hauttransplantation notwendig.«

»Hat er starke Schmerzen?«

»Beide liegen im künstlichen Koma. Außerdem würden sie keine Schmerzen empfinden, da zusammen mit Dermis und Subcutis auch ihre Nervenenden zerstört wurden.« Irina sagte es mit der analytischen Kälte eines pathologischen Berichts. Lyshkins Geliebte wartete, bis seine Sekretärin den

Kaffee abgestellt hatte, und sprach erst weiter, nachdem die Tür ins Schloss gefallen war.

»Es ist alles meine Schuld!«, brach es unvermittelt aus ihr heraus. Sie versuchte zu weinen, machte ein weinerliches Gesicht, doch ihre Tränenkanäle blieben die Produktion schuldig. Solange sie nicht weinen könnte, würde sie weiterhin durch die Katakomben ihres schlechten Gewissens irren, ohne Aussicht auf Erlösung. »Wenn wir nicht –«

»Hör auf!«, schrie Lyshkin flüsternd wie ein bergauf donnernder Wasserfall, umklammerte ihre Hände und schaute sie eindringlich an. Er schaffte es, wohldosierte Einfühlsamkeit mitschwingen zu lassen, während seine Hand sachte auf ihrem Arm ruhte.

»Du! Bist! Nicht! Schuld! Das ist Unsinn – und das weißt du! Es war menschliches Versagen! Alle bisherigen Untersuchungen haben das ergeben!«, ergänzte er, um einen freundlicheren Tonfall bemüht. »So was kann jederzeit passieren! Dmitri war zur falschen Zeit am falschen Ort! Betrachte es mit professionellem Abstand, dann wirst du mir zustimmen!«

Sie ging zum Fenster und blickte zum Hafen.

»Irina!«, sagte er und zog ihren Blick wieder auf sich. »Warum glaubst du, haben wir hier eine Krankenstation? Jederzeit kann so was passieren, deshalb gibt es euch ja!«

Seine Geliebte nickte, als hätte sie gerade etwas Wichtiges gelernt, aber so ganz – das verriet der zweifelnde Blick – war sie nicht überzeugt.

Ein Geschenk mit Folgen

Kapitän Lobusov hatte sich bei Lessing für dessen »heldenhaften Einsatz« bedankt und ihn über Mullers Gesundheitszustand informiert. Der Texaner hatte viel Glück gehabt. Die Pranke des Eisbären hatte ihn zwar an seiner Schulter erwischt, aber keine lebenswichtigen Organe verletzt. Zwei Rippen und sein rechter Unterarm waren gebrochen, dazu hatte ihm seine unsanfte Landung auf den Basaltsteinen Hautabschürfungen am ganzen Körper beschert – besonders im Gesicht.

Lessing verzichtete auf einen Besuch im Hospital. So weit ging die Liebe jetzt doch nicht. Er hatte ihm eine handschriftliche Genesungskarte zukommen lassen und sich mit dem Aufnahmeteam wieder in die Arbeit gestürzt.

Das Glück blieb ihnen auch in den nächsten drei Tagen treu. Am Sonntag sichteten sie kurz vor Hayes Island mehrere Grönlandwale, die sich neugierig dem Schiff genähert hatten, und gestern bannte Hansen eine Gruppe Pottwale auf seine Speicherkarte.

Heute Morgen filmten sie zwei Eisbären, die sich auf einer Eisscholle um die blutigen Überreste einer Robbe stritten und das vorbeifahrende Ungetüm von Eisbrecher völlig ignorierten, sodass Hansen minutenlang das Spektakel drehen konnte. Zusammen mit den Aufnahmen ihrer Landgänge und Mullers Rendezvous mit dem Eisbären besaßen sie genug Filmmaterial für ihre Reportage. Finaler Schnitt wie Bearbeitung würden sowieso erst im Sender erfolgen.

Als sie abends im Speiseraum an ihren Tisch kamen, fand Lessing auf seinem Teller einen an ihn adressierten Umschlag. Er drehte das Kuvert und las den Absender.

Mike Muller.

»Jetzt mach schon auf! Was schreibt er?«, drängelte Hansen.

»Falls du's noch nicht bemerkt hast. Mullers Karte ist nicht an dich, sondern an Frank adressiert!«, erwiderte Sandra Kieling pikiert.

Lessing nahm ein Steakmesser, öffnete säuberlich den Umschlag und zog eine Karte heraus.

Sehr geehrter Mr. Lessing, bitte besuchen Sie mich in meiner Kabine Nr. 4 auf dem Oberdeck. Leider bin ich durch den Unfall ans Bett gefesselt, sonst würde ich Sie aufsuchen. Mit freundlichen Grüßen Mike Muller

Ein Grinsen zerrte an Lessings Mundwinkel. Weder Mullers Gäste noch seine frisch angetraute Frau hatten sich nach dem Zwischenfall bei ihm gemeldet oder gar bedankt. Vermutlich war ihnen Mullers Auftritt noch peinlich und sie wussten nicht damit umzugehen. Aus den Augenwinkeln schielte der Fernsehjournalist zu ihnen hinüber. Bis auf Muller saßen alle am Tisch, unterhielten sich leise oder aßen.

Also ist er jetzt allein in seiner Kabine! Ich will meine Visite so kurz wie möglich halten, dafür brauche ich kein Publikum. Lessing blickte zum Chronometer und tupfte sich den Mund ab. »Entschuldigt mich für ein paar Minuten, bin gleich wieder zurück.«

***

Mullers Suite lag backbord am Ende des Flurs.

Tock! Tock! Tock!

»Mr. Muller? Can you hear me?«

»Herr Lessing?«, hörte er in akzentfreiem Deutsch.

»Ja!«

»Kommen Sie rein, die Tür ist offen!«

Lessing trat ein und sah Muller auf dem Bettsofa liegen. Mullers ohnehin aufgedunsenes Gesicht zeigte flächige Abschürfungen und Blutergüsse. Sein rechtes Auge war zugeschwollen. Der Texaner sah aus wie nach zwölf Runden im Boxring mit Jack Dempsey.

»Nehmen Sie einen Sessel und setzen Sie sich zu mir«, sagte er in bestem Deutsch.

Lessing verbarg seine Überraschung über dessen Ansprache, wollte den Besuch so schnell wie möglich hinter sich bringen und setzte sich neben ihn. »Wie geht's Ihnen?«

Sein Gegenüber krächzte ein Lachen. »Danke der Nachfrage, ging schon mal besser. Aber he! Mann! Wann hat man schon mal Gelegenheit, mit einem Eisbären zu ringen?« Er kicherte über seinen eigenen Spruch.

»Sie sprechen ausgezeichnet Deutsch.«

»Meine Eltern waren Deutsche. Bin in Heidelberg geboren. Eigentlich heiße ich Müller, aber mit dem ›Ü‹ haben wir Amerikaner es nicht so.« Er stützte sich auf seine Ellbogen und betastete vorsichtig seinen fleischigen Nasenrücken.

»Deswegen Muller?«

»Deswegen Muller«, echote er. »Ich war fast zwanzig Jahre in den ›Rose Barracks‹ bei Bad Kreuznach stationiert.« Unvermittelt ergriff der Amerikaner Lessings Rechte. »Danke! Sie haben mir vermutlich das Leben gerettet!«

»Nicht der Rede wert«, erwiderte Lessing kurz angebunden.

»Doch der Rede wert!« Mullers Berührung war ihm sichtlich unangenehm und er ließ es ihn durch seine Mimik spüren.

Muller gab seine Hand wieder frei. »Wissen Sie, was komisch ist?«

»Sagen Sie's mir.«

»Vor dreißig Jahren habe ich selbst einem das Leben gerettet.« Als Lessing nichts darauf erwiderte, fuhr er fort. »Ein besoffener Motorradfahrer hatte einen Mann angefahren, dabei fast seinen Unterarm abgetrennt. Ich hab's gesehen und ihn mit meinem Gürtel abgebunden, sonst hätt er's nicht überlebt. Verrückt, nicht wahr? Und jetzt haben Sie meins gerettet!«

»Alles gut. Das hätten Sie an meiner Stelle auch getan.«

Sein Gastgeber schürzte die Lippen. »Weiß nicht. Besonders beliebt gemacht haben –«

»Hören Sie, Muller ...«

»Schon gut, lassen wir das. Meine Geschichte ist noch nicht zu Ende.« Mit seiner bandagierten Linken deutete er zum Schreibtisch. »Das Kästchen dort drüben.«

Lessing stand auf, griff die mit schwarzem Samt bezogene kleine Box und legte sie aufs Bett.

Muller öffnete sie umständlich, nahm mit seiner gesunden Rechten einen unscheinbaren goldenen Siegelring heraus, klappte den Deckel wieder zu und legte ihn obenauf. »Wochen später schenkte mir der Mann seinen Ring als Andenken. Normalerweise liegt er im Tresor, aber vor einigen Wochen hatte ich ihn im Schmuckkasten meiner Frau deponiert, so ging er unfreiwillig mit auf Hochzeitsreise.« Muller lachte leise und verzog vor Schmerzen das Gesicht. »Jetzt wandert er zu Ihnen. So kommt er wieder dorthin, wo er herkam – nach Deutschland!«

Lessing schüttelte energisch den Kopf. »Ich kann ihn unmöglich annehmen! Es braucht keine Bezahlung. Das ist Ihr Ring!«

Muller hielt seine rechte Hand hoch und spreizte seinen kleinen Finger ab. »Er passt nicht mal über die Fingerkuppe! Ich hab ihn noch nie tragen können!«

»Trotzdem! Der Mann hat Ihnen den Ring geschenkt, Sie sollten ihn behalten!«

»Wozu? Er liegt nur im Schmuckkasten meiner Frau herum. Tragen kann ich ihn sowieso nicht! Wer weiß, vielleicht kommen Sie auch mal in so eine Situation! Dann schenken Sie ihn an Ihren Lebensretter weiter! Sie müssen zugeben, das hat doch was, oder?«

Widerwillig musste Lessing ihm recht geben.

Muller setzte sich ächzend auf. »Ich mache Ihnen einen Vorschlag: Sie nehmen den Ring und entscheiden, ob Sie ihn behalten oder ihn an seinen ursprünglichen Besitzer zurückgeben. Einverstanden?«

Lessing seufzte. »In Ordnung.«

Muller ließ den Ring in Lessings offene Hand fallen und legte das Etui darauf.

»Wissen Sie noch seinen Namen?«

»Natürlich! Bis vor ein paar Jahren hat er mir immer eine Karte vom Mainzer Weihnachtsmarkt geschickt. Der Mann heißt Stirböck. Karl Stirböck.«

***

Zurück am Tisch, berichtete Lessing von seiner Begegnung, ohne Mullers Geschenk zu erwähnen. Nach dem Abendessen blieb er in seiner Kabine, breitete auf dem Schreibtisch ein Taschentuch aus und legte Mullers Ring darauf. Er klappte am Schweizer Taschenmesser die Lupe heraus und fand rasch den Goldstempel: immerhin acht Karat.

Im Ringkopf saß ein nachtschwarzer Stein, dessen Fassung seinen unsymmetrischen Konturen folgte, in mittelbreite Schultern überging, und in einen gewölbten Reifen mündete. Diese Form der Bearbeitung war mehr als ungewöhnlich. Die Unterseite des Ringkopfes war fugenlos mit Gold verschlossen, der Stein von der Innenseite nicht zu sehen.

Lessing drehte den für seine Größe ungewöhnlich schweren Ring unschlüssig hin und her. Der rautenförmige, tiefschwarze Stein war nicht in Facetten geschliffen, sondern besaß eine treppenförmige Kubatur und erinnerte ihn an eine Stufenpyramide. Seine abgeflachte Spitze lag nicht zentrisch in der Mitte, sondern etwas außerhalb, als hätte ein Finger das oberste Plateau ein wenig verschoben.

Lessing öffnete die Schreibtischschublade und fand, was er suchte. Papier, Stift und Umschläge – alles mit dem Logo des Eisbrechers versehen. Er beschriftete zum Schein einen Umschlag, steckte Mullers Ring hinein, ging zur Poststelle, die sich steuerbord vor dem Restaurant befand, und ließ ihn wiegen. Einundzwanzig Komma sechs Gramm! Lessing schaute erstaunt zur LCD-Anzeige der Briefwaage. Anschließend ließ er ein leeres Kuvert wiegen: drei Komma zwei Gramm. Der Ring wog demnach achtzehn Komma vier Gramm! Auf dem Rückweg hielt er unschlüssig vor Connies Tür an.

Tock! Tock! Tock!

»Connie! Ich bin's. Hast du einen Moment?«

»Na?«, raunte eine Stimme dicht hinter ihm. »Haben wir Sehnsucht oder was willst du hier?«

Erschrocken drehte er sich um. »Im Anschleichen machst du jeder Raubkatze was vor!«, erwiderte Lessing ausweichend.

»Nur im Anschleichen?« Connie Sadek zauberte eine übertrieben enttäuschte Miene ins Gesicht.

»Veräpple mich nicht! Du hast doch ein paar Semester Geowissenschaften studiert. Ich will dir was zeigen und wissen, was du davon hältst.«

»Du kannst mir alles zeigen!«, schmachtete sie dermaßen übertrieben, dass nur das Gegenteil gemeint sein konnte. Zugleich öffnete sie ihre Kabinentür und deutete ihm an, einzutreten.

»Willst du was trinken? Die Minibar hat einiges zu bieten!«

»Ich nehme einen Cognac«, antwortete er und setzte sich in den Sessel vor dem Schreibtisch, während sie zwei Gläser abstellte und ebenfalls Platz nahm.

Als Lessing sie zögernd ansah, entblößte sie ihre perlweißen Zähne zu einem Lächeln. »Was hast du auf dem Herzen?«

Lessing ignorierte ihre Frage. Stattdessen legte er schweigend Mullers Ring samt Taschenmesser mit ausgeklappter Lupe auf den Tisch und lehnte sich abwartend zurück. Sadek nahm ihn in die Hand. Sofort schlich eine steile Falte in ihre Stirn.

»Genau das dachte ich auch!«, nickte er zufrieden. »Achtzehn Komma vier Gramm!«

Die Kamerafrau schüttelte den Kopf. »Irrtum. Ich merk schon, dass er schwer ist, aber so ein Ring wiegt keine achtzehn Komma vier Gramm!«

»Ich habe ihn im Umschlag auf einer Briefwaage gewogen. Brutto einundzwanzig Komma sechs, das Kuvert drei Komma zwei Gramm!«

Sie betrachtete den schwarzen Stein durch die Lupe. »Ungewöhnliche Struktur«, kam es leise über ihre Lippen, »hab noch keinen Stein wie den gesehen«, dabei drehte sie ihn in alle Richtungen. »Woher hast du ihn?«

»Ein Geschenk von Muller für meinen Einsatz. Halt dich fest! Muller hatte vor dreißig Jahren einem Deutschen das Leben gerettet, worauf der ihm diesen Ring geschenkt hatte. Jetzt beglückt er mich damit!«

»Ich habe eine Idee«, entgegnete sie. »Spritzt du dir noch dieses Vitamin B6?«

»Was hat das mit dem Ring zu tun?«

»Das wirst du gleich sehen! Bring mir eine Spritze, aber ohne Kanüle!«

Lessing stand auf und sah sie irritiert an. »Du machst es aber spannend.« Als er mit einer Zehn-Milliliter-Spritze zurückkam, hatte seine Gastgeberin inzwischen ein Handtuch auf dem Tisch ausgebreitet und ein Glas Wasser bereitgestellt. Lessing sah ihr verblüfft zu, wie sie den Deckel einer Kosmetiktube abschraubte, die Spritze mit Wasser aufzog und den Deckel vorsichtig bis zum Rand mit Wasser füllte. »Genau acht Komma fünf Milliliter«, murmelten ihre Lippen. Sadek zog eine Pinzette aus dem Schaft von Lessings Taschenmesser und ließ den Ring damit vorsichtig in den

Deckel gleiten, sodass verdrängtes Wasser auf das Handtuch tropfte. Lessing ahnte, was seine Kameraassistentin vorhatte. *Clever ist sie, das muss man ihr lassen!*

Mit seiner Pinzette holte Connie Sadek den Ring vorsichtig wieder heraus, sog verbliebenes Wasser in Lessings Spritze zurück und betrachtete erneut die Skala. »Exakt sieben Komma sechs Milliliter. Sein Volumen beträgt also null Komma neun Kubikzentimeter! Kannst du so was wie ein Lineal auftreiben?«

Lessing klappte schweigend am Taschenmesser den Fischentschupper auf, an dem ein Maßstab eingraviert war.

»Bestens«, Connie nickte anerkennend. »Der Stein misst acht mal fünf mal vier Millimeter, also null Komma sechzehn Kubikzentimeter. Dein Ring hat acht Karat, sein Metall wiegt bei null Komma sieben vier Kubikzentimeter rund acht Komma sechs und der Stein zwangsläufig zehn Gramm. Das entspricht einem spezifischen Gewicht von zweiundsechzig Komma fünf Gramm pro Kubikzentimeter!« Sie machte eine kurze Pause, um ihre Worte wirken zu lassen. »Das schwerste irdische Element ist Osmium mit zweiundzwanzig Komma sechs Gramm pro Kubikzentimeter. Dieser Stein wiegt fast dreimal so viel!«, ergänzte sie kopfschüttelnd. »Er dürfte überhaupt nicht existieren!« Normalerweise war es unmöglich, Connie aus der Fassung zu bringen. Lessing starrte die Deutsch-Iranerin an, als habe sie ihm ein Dutzend Fragen vor die Füße geworfen und ihn aufgefordert, daraus Antworten zu basteln.

»Aber es gibt ihn! Verdammt, Connie! Ich hatte in der Schule mit Mathe und Physik nie was am Hut!«

»Das merkt man!«, erwiderte sie ironisch. »Dir ist doch klar, was das bedeutet?«

»Ich denke schon«, erwiderte er sinnend und blickte in ihre kastanienbraunen Augen. »Das ist eine wissenschaftliche Sensation!«

Connie Sadek nickte heftig. »Genauso ist es!«

***

Lessing legte sich wenig später aufs Bettsofa und sortierte seine Gedanken:

Woher kommt der Stein?

Gibt es noch mehr davon? Wenn ja, wo?

Wer hat den Ring hergestellt?

Wie kann ich daraus eine Reportage basteln, wie sie am besten vermarkten?

Im Nachhinein ärgerte er sich darüber, dass er Connie eingeweiht hatte. *Die werde ich so schnell nicht mehr los. Sie hat Blut geleckt, das war ihr anzusehen! Mit etwas Grips hätte ich auch ohne sie zum gleichen Ergebnis kommen müssen!* Künftig musste er vorsichtiger agieren, genau überlegen, wer noch einzubinden sei.

Je weniger Mitwisser, desto besser.

Muller hatte von der Bedeutung des Steins keine Ahnung, ebenso wenig der Juwelier, der ihn gefasst hatte. Stirböck wusste auch nichts, sonst hätte er Muller den Ring nicht geschenkt. Ich werde ihn nicht zurückgeben! Das ist die Gelegenheit, einen Knaller zu landen, und die Chance meines Lebens – wenn ich es richtig anfange!

Lessing blickte auf das geöffnete Etui und starrte auf seinen Inhalt, den es nach allen mathematischen oder physikalischen Gesetzmäßigkeiten eigentlich gar nicht geben durfte. Trotzdem gab es ihn, weigerte er sich, vor seinen Augen zu verschwinden und seine Weltvorstellung in einen vorherigen Zustand innerer wie äußerer Zufriedenheit zurückzuführen.

Zurück nach Murmansk

50. JAHRESTAG DES SIEGES
Freitag, 27. Oktober 2017

Die letzten beiden Tage war Hansen mit Schneidearbeiten beschäftigt und verließ seine Unterkunft nur zu den Mahlzeiten. Stolten wuchtete sein Monsterobjektiv meist auf dem Vordeck herum und versuchte, Wale, Eisbären oder Robben abzulichten, während Sandra zarte Bande mit dem zweiten Offizier geknüpft hatte und bei den Mahlzeiten nun deutlich besserer Laune war.

Lessing nutzte die Zeit, um seine Reiseerlebnisse am Laptop festzuhalten, und Connie Sadek baute überschüssige Energie im Fitnessraum ab oder joggte fünfzig Runden ums Oberdeck. Zur Erleichterung des Moderators war von Muller nichts zu sehen, nahmen er und seine Frau die Mahlzeiten in ihrer Suite ein. Lessing hatte keine große Lust, ihm noch einmal über den Weg zu laufen – Geschenk hin oder her.

Wer wollte, durfte den Maschinenraum besichtigen. Ohrstöpsel lagen parat, um das Dröhnen der Antriebswellen zu dämpfen. Die 50. JAHRESTAG DES SIEGES war immerhin das stärkste atombetriebene Schiff der gesamten russischen Eisbrecher-Flotte.

Ab der südlichen Barentssee erreichten sie wieder wärmere Gefilde. Stundenlang zog es Lessing an Deck, wo die Sonne hinter dem Horizont verblieb, Wolken und Wellen in changierende Farben tauchte.

Am frühen Morgen legten sie in Murmansk gegenüber der ADMIRAL KUSNEZOW an, Russlands einzigem, über dreihundert Meter langen Flugzeugträger. Hafenalltag zwischen Eisbrechern, Fischerbooten und Containerschiffen – vor Plattenbauten, Birkenwäldern und Zwiebeltürmchen eines russisch-orthodoxen Kirchleins. Vorbei war die Magie des

Polarmeers. Eisbären konnten sie jetzt nur noch im Zoo besichtigen.

Kaum lag das Schiff vertäut am Pier, eilten die Passagiere mit ihrem Gepäck zu den großen Shuttlebussen, die sie zum Flughafen bringen sollten. Lessings Bus blieb als letzter im Hafen. Nach zehn Minuten begann Hansen zu meckern.

»Sorry«, sagte er, »fahren wir heute noch oder übernachten wir hier?«

Der Busfahrer drehte sich gelassen um und antwortete in gebrochenem Englisch: »Wir ärwartän noch zwei Pärsonän!«, dabei sah er Hansen an, als sei er eine lästige Fliege. Nach dreißig Minuten Wartezeit sah Lessing ein elegant gekleidetes Paar gemessenen Schrittes auf ihren Bus zukommen. Sie hatte eine leicht mollige Figur, graublaue, prüfend blickende Augen, ein ovales Gesicht und schulterlang geschnittenes Kupferhaar. Mit ihren hoch liegenden Wangenknochen und bogenförmigen Brauen strahlte sie Reserviertheit an der Schwelle zur Arroganz aus. Ihr folgte ein hochgewachsener, kräftig gebauter Mann, der ihr Leibwächter hätte sein können.

Diese Idioten haben anscheinend alle Zeit der Welt, dachte Lessing.

»Nett, dass Sie's noch einrichten konnten«, kommentierte er ihren Zustieg auf Englisch. »Wir warten hier seit einer halben Stunde!«

In das Gesicht des Mannes trat ein entschlossener Ausdruck. »Wenn ich Ihre Meinung wissen will, frage ich danach!«, klang es von oben herab in akzentfreiem Englisch.

Lessing bedachte den Russen mit einem abschätzigen Blick. Eine Flutwelle von Verwünschungen sammelte sich auf seiner Zungenspitze, stattdessen sagte er konziliant: »Sie sind so unverschämt, wie Sie unpünktlich sind!«

Der Mann schien einen Moment nachzudenken. Dann lächelte er ihm aufmunternd zu. »Da haben wir ja etwas gemeinsam!«

»Debattieren Sie doch nicht mit diesen Leuten!«, sagte dessen Begleiterin und entsandte einen Blick, der seinen Mund in vorauseilender Fügsamkeit wieder zuklappen ließ.

Lessing kam es vor, als würden beide über Ungeziefer sprechen. *Diese arroganten Arschlöcher! Vermutlich sind es neureiche Russen, deren Helikopter ausgefallen ist und die es jetzt mit stinknormalen Sterblichen in einem Bus aushalten müssen!*

Ihr Begleiter zuckte entschuldigend die Schultern, deutete ein kurzes Kopfnicken in Lessings Richtung an und folgte der Frau. *Sie hatte ihn gesiezt, also sind beide nicht liiert*, ging es ihm durch den Kopf.

Ruckartig fuhr ihr Bus an, als wolle er die Verspätung wieder einholen. Mit einem Mix aus Passagieren, Soldaten, Matrosen, Fernsehteam und Werftpersonal erreichten sie nach gut einstündiger Fahrt endlich den Flughafen.

Nachmittags flog sie ein Airbus nach Frankfurt. Seinen kostbaren Schatz trug Lessing am kleinen Finger, hatte er bis zum Besteigen der Maschine Sorge, Muller könne sein Geschenk in allerletzter Minute zurückfordern. Zugleich fixierte er den Stein mit einem Blick, als wenn er ihm all seine Geheimnisse damit entreißen könnte.

ZWEITER TEIL

Ein Anruf zur unpassenden Zeit

Mainz
Sonntag, 29. Oktober 2017

Ding! Ding! Ding!

»Das tut so gut, mach weiter!«

Lührs Zunge arbeitete sich zielstrebig Mariannes Venushügel hinab, deren Beine sich voller Erwartung öffneten.

Ding! Ding! Ding!

»Aber es könnte –«

»Hör nicht auf!«, unterbrach sie ihn keuchend. Sie krallte ihre schlanken Finger ins Haar, drückte Stefans Gesicht auf ihr Allerheiligstes und genoss seine Zunge, die suchend nach der Klitoris durch ihre Schamlippen strich.

Ding! Ding! Ding!

»Du bist ein verdammter Idiot!«, blaffte sie und warf ihm einen Schuh hinterher, dessen Pfennigabsatz einen Abdruck auf seinem Hintern zurückließ und den er mit einem Aufschrei quittierte.

»Bei Lessing!« Er sandte ihr einen Messerwurf von Blick zu. Den Kopf auf beide Hände gestützt, betrachtete Marianne ihn abschätzig.

»Ach, du bist's.«

Er war Anfang sechzig, sah aber immer noch gut aus, war attraktiv, mit markanten Gesichtszügen und besaß trotz des Alters pechschwarzes Haar.

»Hat das nicht Zeit bis morgen?«, fragte er in höflich desinteressiertem Tonfall.

Ihre Augen wanderten über Hals, Brust, Po.

»Nein, wir sind gerade beim Essen.«

Er war ein Diplomatensohn, in Santiago geboren, Umzug nach Kanada, Studium der Geowissenschaften in Vancouver und hatte schon vor dem ersten Arbeitstag ausgesorgt, war geschätzte fünfundzwanzig Millionen schwer, nachdem er reich geerbt und das Geld geschickt angelegt hatte.

»Na gut, warte einen Moment!«

Marianne Lessing schloss die Augen und wusste, was jetzt kam. »Ist für dich! Dein Ex«, kam es ironisch über seine Lippen.

Wie ein Fallwind raste ihre Laune binnen weniger Sekunden ins Tal ihres Gemüts. Sie schälte sich aus dem Bett, blickte ihn genervt an, nahm den Hörer und ließ sich in den Sessel fallen.

»Guten Morgen, Marianne,« schlich Lessings Stimme warm und weich in ihr Ohr.

»Du hast mir versprochen, mich in Ruhe zu lassen!«, drang ihre frostige Stimme in den Hörer. »Was willst du? Stefan ist da. Heute ist mein einziger freier Tag!«

»Ich habe was Interessantes für dich.«

»Geht's wieder um irgendwelche Tonfiguren und Fruchtbarkeitsgöttinnen oder suchst du nur eine Ausrede, um mit mir in Kontakt zu bleiben! Ich bin Chemikerin, keine Archäologin! Da bist du bei mir an der falschen Adresse! Ich kann nicht mehr lange, Stefan schaut schon!«, schwindelte sie.

»Was heißt, aber mach mir hinterher keinen Vorwurf!«, sagte sie unwillig.

»Also gut, meinetwegen! Komm Dienstag um neun ins Institut. Du wirst dich ja noch erinnern, wo mein Büro ist! Und keine Spielchen! Ich will von dir keine Entschuldigungstiraden hören! Hast du mich verstanden?«, giftete es in den Hörer.

Klack!

***

Max-Planck-Institut für Chemie in Mainz
Dienstag, 31. Oktober 2017

»Guten Morgen, Marianne.«

Skeptisch musterte sie ihn über ihre Brille hinweg, an deren Bügel eine goldene Kette baumelte.

Sie ist immer noch eine wunderschöne Frau, dachte er, hatte ihn damals an der Uni vom ersten Augenblick an beeindruckt. Nicht wegen ihrer knabenhaft schlanken Figur oder den faszinierenden Augen, die ihr aufgrund des deutlichen Gegensatzes zur hellen Haut eine ungewöhnliche Tiefe und Ernsthaftigkeit verliehen, sondern wegen ihres messerscharfen Verstands.

Mariannes Mundwinkel zuckten leicht nach unten. Lessing kannte keine Frau, die nur durch das Verziehen der Lippen allerfeinste Nuancen ihres Gemütszustandes zum Ausdruck bringen konnte.

Ihre Mundwinkel sprachen: *Mach's kurz, komm zur Sache und scher dich zum Teufel!*

Ihre Stimme sagte: »Guten Morgen. Schön dich zu sehen, aber ich habe nicht viel Zeit! Du siehst ja, wie es hier aussieht!«

Lessing setzte sich in den Sessel vor ihren Schreibtisch, zauberte ein rotes, goldumrandetes Schmucketui aus der Jackentasche, blickte sie schweigend an und legte es auf den Tisch. Sie sah immer noch fantastisch aus, hatte das dunkle, kinnlange Haar inzwischen strähnig blond gefärbt, jedoch den Ansatz natürlich belassen, sodass die Haare vom Dunklen ins Blonde übergingen. Ihr tiefrot geschminkter Mund gab ihrem Gesicht zusammen mit dem Seitenscheitel eine gewisse Strenge. Nach wie vor war er von ihren raubtierhaften, türkisgrünen Augen fasziniert, die dunkle Augenbrauen in dem ebenmäßigen Gesicht noch unterstrichen.

Die Wissenschaftlerin bemerkte seine Blicke und ihr Gesicht verzog sich zu einem Relief des Misstrauens. »Jetzt mach schon den Mund auf! Worum geht's?« Gleichzeitig strich sie in gewohnter Manier ihre Haare zurück, blickte abwechselnd zwischen ihm und dem Etui hin und her.

Als er keine Anstalten machte, zu sprechen, öffnete Marianne das Etui. »Ein Siegelring!« Ihr Blick belebte sich. Ein kaum wahrnehmbares Flackern der Augen verriet weiterhin

Argwohn, als könnten aus seinem Geist nur Intrigen, Hinterlist und Betrug entspringen. »Sieht komisch aus«, murmelte sie, zugleich petzte Marianne mit Daumen und Zeigefinger die Unterlippe.

Er zog eine beschriftete Karte aus seiner Hemdtasche und reichte sie über den Tisch. Lessings Ex-Frau löste sich als Erste aus dem Duell ihrer Blicke. Sie wandte den Kopf und sah zum Kärtchen.

> Nimm den Ring aus dem Etui.

»Was soll der Unfug? Sag einfach, worum es geht!«
Er zog die nächste Karte aus dem Hemd.

> Ich hatte versprochen, nichts zu sagen.

Widerwillig musste sie lachen und schüttelte den Kopf. »Immer noch derselbe Dickkopf! Jetzt red schon!«
Statt zu sprechen, folgte seine dritte Karte.

> Nimm den Ring in die Hand,
> dann wirst du sofort wissen, worum es geht.

Mit hochgezogenen Augenbrauen sah Marianne ihren Ex-Mann ironisch an. Ohne den Blick von ihm abzuwenden, griff sie blind nach dem Ring. Auf ihrer hohen Stirn formten sich Falten zu Fragezeichen. »Der Ring ist für seine Größe ungewöhnlich schwer!«

In Lessings Gesicht zauberte sich ein feines Lächeln.

»Jetzt mach schon den Mund auf!« Ihre Stimme klang rauer als beabsichtigt.

»Exakt achtzehn Komma vier Gramm!«

Marianne würdigte ihn keines weiteren Blickes, als habe er aufgehört, zu existieren, und murmelte ein, »kaum zu glauben«, während sie das Schmuckstück hin und her drehte.

Ohne den Ring aus den Augen zu lassen, öffnete seine Ex eine Schreibtischschublade, wühlte blind darin herum, kramte eine Lupe hervor und betrachtete ihn durch dickes Glas.

»Connie hat das spezifische Gewicht ermittelt«, fügte Lessing hinzu, bevor er seinen Köder auslegte. »Dieser Stein wiegt zehn Gramm. Bei seiner Größe entspricht das einem spezifischen Gewicht von zweiundsechzig Komma fünf Gramm pro Kubikzentimeter!«

»Connie? Ist die auch schon wieder dabei? Sadek soll nicht so einen Unfug erzählen! Das wäre dreimal so viel, wie das derzeit schwerste irdische Element!«

»Osmium.«

»Wenn du es weißt, warum redest du dann solchen Unsinn? Es wird dafür eine einfache Erklärung geben. Vielleicht fasst der Stein viel stärker in den Ring ein!«

»Ich hab mal gelernt, dass resultierende ›Weiße Zwerge‹ in etwa so groß sind wie die Erde, aber ungefähr eine Sonnenmasse besitzen. Ein würfelgroßes Stück solcher Materie wiegt so viel wie ein SUV! Also sind höhere Dichten möglich!«

»Wir sind aber nun mal nicht im Weltraum, sondern auf der Erde! Es muss dafür eine plausible Erklärung geben!«

»Marianne ...« Lessing zögerte. Als er weitersprach, klang seine Stimme einfühlsam, ein wenig nach Ledersofa und Diplom an der Wand. »Selbst wenn dieser Stein doppelt so groß wäre – was er nicht ist – betrüge sein spezifisches Gewicht immer noch das Zweifache von Osmium!«

»Ich glaube nicht an Hokuspokus! Es muss dafür eine einfache Begründung geben!«, wiederholte sie gebetsmühlenartig und betrachtete ihn erneut unter der Lupe. »Lass ihn ein paar Tage hier, dann kann ich dir Genaueres sagen.« Die Faszination in ihrer Stimme war unüberhörbar.

»Unter einer Bedingung: zu niemandem ein Wort!« Dabei bedachte er seine Ex-Frau mit einem durchdringenden Blick.

»Zu niemandem ein Wort,« echote sie geistesabwesend, während sein Ring unter der Lupe ins Unendliche wuchs.

Krankenbesuche

Mainz
Montag, 6. November 2017

Um auf andere Gedanken zu kommen, sank Lessing zurück in die Geborgenheit des Sofas, googelte und wurde schnell fündig. Mullers Hinweis zu Stirböcks Weihnachtskarte erwies sich als hilfreich. In einem Mainzer Vorort wohnte ein gewisser Karl Stirböck, in der Parsevalstraße 35a.

Der Frankfurter blickte zur Armbanduhr. Es war jetzt gleich zwölf. Kurz entschlossen schnappte er seine Lederjacke und verließ das Appartement. Um diese Zeit kam er gut durch den Verkehr. Nach einer halben Stunde bog er im Schneckentempo in eine teils grau, teils rot gepflasterte Straße ein, beiderseits gesäumt von freistehenden Häusern und gepflegten Vorgärten.

»Sie haben Ihr Ziel erreicht«, tönte das Navi.

Lessing parkte den Siebener unter einer alten Linde und warf einen abschätzenden Blick durch die Seitenscheibe. Er stieg aus und klingelte am schmiedeeisernen Tor eines mit überlappenden, cremefarbenen Platten verkleideten Hauses, das einen gepflasterten Weg zwischen Hauswand und Garage verschloss. Das Haus wirkte spießig.

Plötzlich drang eine Frauenstimme aus dem Eingang des Nachbarhauses. »Da können Se lange klingeln, es ist niemand zu Hause!«

Eine mollige Frau, Mitte fünfzig, mit ungepflegten grauen Haaren, deren Küchenschürze ihren Bauch nur ansatzweise kaschierte, trat aus der Eingangsnische. »Guten Tag«, entgegnete Lessing, ein Stück in ihre Richtung schlendernd.

Verblüfft sah sie ihn an. »Ich kenn Sie doch! Sie sind doch der aus dem Fernsehen!«, keuchte sie. »Karl! Karl! Komm schnell der ... –«

»Frank Lessing«, half er aus.

»Der Herr Lessing ist hier!«

Der Fernsehjournalist hob beschwichtigend beide Hände, während ein mageres Männlein neben die Frau trat. »Wir gucken immer Ihre Sendungen! Gefall'n uns gut! Ich hab's ihm immer wieder gesagt! Irgendwann kommen se vom Fernsehen, um deine Geschichte zu bringen, und ausgerechnet jetzt isser net da!«

Lessing nickte anerkennend. »Da hatten Sie den richtigen Riecher! Wo kann ich ihn denn erreichen?«

»Den find'n Se im Krankenhaus!«, erwiderte er.

»Der Arme hat sich das Bein gebrochen! Ein Wunder, dass er noch lebt!«, ergänzte seine Frau schnaufend.

»Na ja«, erwiderte Lessing lächelnd, »von einem Beinbruch stirbt man nicht.«

»Das sagen Se so leicht, der Mann is sechsundneunzig!«

»Aber im Hirn topfit!«, relativierte seine Frau.

Lessing amtete innerlich auf. Als er Stirböcks Alter hörte, dachte er sofort an einen senilen Greis, der sich womöglich an nichts mehr erinnern konnte.

»Ich würde ihn gern besuchen. Wissen Sie, in welchem Krankenhaus er liegt?«

»Hmm ... lassen Se uns 'n paar Fotos machen?«, fragte Stirböcks Nachbarin mit Pokergesicht.

»Ja!« Lessing schmunzelte. »Jetzt spannen Sie mich nicht so auf die Folter!«

»Jetzt spann mich nicht so auf die Folter! Was hast du herausgefunden?«

»Ich habe alle Register gezogen: MRT, Röntgenaufnahmen, Härteprüfung – das volle Programm.«

Marianne deutet auf den Stuhl vor ihrem Schreibtisch.

»Eine Frage vorab«, ignoriert sie meinen Einwand. »Woher hast du ihn?«

»Jemand hat ihn mir geschenkt.«

Sie verzieht ihre Mundwinkel. »Geht es etwas genauer?«

»Sag du mir was über den Ring!«

»Sag du mir was über die Herkunft!«

»So kommen wir nicht weiter!« Ich klatsche mit beiden Händen auf meine Oberschenkel, mache Anstalten, aufzustehen. »Er ist ein Geschenk! Ich kann meinen Ring nehmen, hier rausspazieren und woanders Analysen durchführen lassen. Ich muss dann zwar etwas für hinblättern, aber nage nicht am Hungertuch!«

»Ich will dabei sein!« Sie streicht ihre blond gesträhnten Haare zurück, die am Ansatz die natürliche dunkle Haarfarbe verraten.

»Wobei?«, frage ich verdutzt.

»Stell dich nicht dümmer, als du bist!« Sie schüttelt unwillig den Kopf. »Du bekommst deine Reportage und verdienst ein Vermögen damit! Mir geht es ausschließlich um die wissenschaftliche Reputation!«

»Jetzt erzähl doch erst mal, was du entdeckt hast!«

»Na gut.« Meine Ex-Frau räuspert sich, wie zu Beginn eines längeren Vortrags. »Fangen wir mit dem Metall an. Gelbgold, acht Karat, gepunzt.«

»Marianne!«, unterbreche ich sie. »Es geht mir um den Stein!«

»Du willst was von mir und nicht umgekehrt! Also lass mich ausreden! Entweder richtig oder gar nicht«, kreuzt sie gebieterisch die Hände.

Ich hebe beschwichtigend meine Arme und halte mir als Zeichen des Schweigens eine Hand vor den Mund.

»Schon besser! Also acht Karat Gelbgold. Nach seiner Punze zu urteilen, stammt der Ring aus den Dreißigerjahren. Der Stein wiegt zehn Gramm, bei acht mal fünf mal vier Millimeter entspricht das einem spezifischen Gewicht von zweiundsechzig Komma fünf Gramm pro Kubikzentimeter!«

Ich beiße mir in Gedanken auf die Zunge, aber schweige beharrlich.

»Er ist härter als Diamant! Sogar härter als Kohlenstoffnanoröhren!«

»Kohlenstoff – was?«, frage ich.

»Kohlenstoffnanoröhren, auch CNT, sind mikroskopisch kleine molekulare Nanoröhren aus Kohlenstoff. Ihre Wände bestehen wie die der Fullerene oder wie die Ebenen des Grafits – eine einzelne Ebene des Grafits wird als Graphen bezeichnet – nur aus Kohlenstoff, wobei die Kohlenstoffatome eine wabenartige Struktur mit Sechsecken und jeweils drei Bindungspartnern einnehmen. Der Durchmesser dieser Röhren liegt meist im Bereich von eins bis fünfzig Nanometer, es werden aber auch Röhren mit nur null Komma vier Nanometer Durchmesser hergestellt. Längen von bis zu einem halben Meter für Einzelröhren und bis zu zwanzig Zentimeter für Röhrenbündel wurden bereits erreicht –«

»Marianne«, sage ich vorwurfsvoll.

»In Ordnung, ich verschone dich mit dem Fachchinesisch. Seine Härte ist auch der Grund für die unregelmäßige Fassung. Vermutlich ließ sich der Stein mit den damaligen Werkzeugen noch gar nicht bearbeiten – also haben sie ihn aufgesetzt, seine Fassung angepasst, und mit dem Ring verlötet.«

Marianne machte eine Pause, um ihre Worte wirken zu lassen.

»Der Stein weist weitere Besonderheiten auf. Ist dir schon aufgefallen, dass er kein Licht reflektiert?«

Ich nicke bestätigend.

»Der Stein sieht aus wie ein schwarzes Loch. Sein Stufenprofil ist nur von der Seite her erkennbar. Er verschluckt Licht, bleibt tief schwarz, ob von einem oder hundert Watt angestrahlt – es macht keinen Unterschied! Als würde man in ein dunkles Loch starren!« Sie macht erneut eine Pause. »Er schmeckt nach nichts –«

»Du hast daran geleckt?«, frage ich ungläubig.

»Was denkst du denn?«, erwidert sie mit hochgezogenen Augenbrauen. »Das ist vermutlich der kostbarste Stein, den es momentan auf diesem Planeten gibt! Das ist dir hoffentlich klar!«

»Natürlich. Deshalb bin ich ja auch zu dir gekommen!«

»Er liegt hier in der Uniklinik!«, zerrte ihn seine Bewunderin in die Gegenwart zurück. »Ich hol schnell den Fotoapparat!« Mit den Worten: »Lass ihn nicht weg, Karl!«, verschwand sie im Haus. Die Bohnenstange trat dicht an Lessing heran. »Der hat wirklich was erlebt, das können Se mir glauben«, raunte er Lessing vielsagend zu. »Hat viel im Kriech mitgemacht, war bei der SS, verstehn Se? Hat dolle Sachen erlebt, war 'n paarmal verwundet, der alte Karl. Da können Se 'n paar Filme drüber drehen!«

***

Zurück in seinem Appartement, erhielt Lessing am Telefon keine Auskünfte, also fuhr er am nächsten Morgen zur Mainzer Uniklinik.

Eine dicke Wolkenschicht drückte auf die Stadt von oben herab und auf sein Gemüt. Während der Fahrt ging ihm vieles durch den Kopf. Der Fernsehjournalist war ein ausgezeichneter Menschenkenner, hatte im Verlauf seiner Kameraeinsätze und Reportagen Hunderte Personen interviewt und im Laufe der Zeit ein Gespür dafür entwickelt, Informationen aus Menschen zu saugen. Das kam ihm jetzt zugute.

Stirböck lag zum Glück nicht auf der Intensivstation. Gebäudetrakt B, Zimmer 1205. Mit Orangensaft und Schokolade aus dem Einkaufsladen fuhr Lessing in den zwölften Stock und erkundigte sich bei einer gut beleibten Stationsschwester nach dem Zimmer.

Lessing klopfte, wartete einen Moment und öffnete dann die Tür. Im Zimmer lagen drei Patienten. Der am Fenster passte zu Stirböcks Beschreibung, er schien aber zu dösen. Lessing trat näher, als sich dessen Zimmergenosse bemerkbar machte.

»Wach auf, Karl, hast Besuch!«

Karl Stirböck setzte sich im Bett auf. Trotz seines Alters besaß er volles, grauweißes Haar, das er streng nach hinten gekämmt hatte, buschige Augenbrauen, Hakennase und herrische Züge im faltigen Gesicht, das ein markantes Kinn mit Grübchen abschloss. Seine knochigen Finger erinnerten an Spinnenbeine, schlaksige Arme hingen an seinen Schultern. Zwei hellblaue Augen musterten Lessing durch eine kantige Brille, die seiner Erscheinung etwas von behördlicher Obrigkeit verlieh. *Stirböck versteht keinen Spaß, war es vermutlich gewohnt, sein ganzes Leben lang anderen zu sagen, wo es lang ging,* schoss es Lessing durch den Kopf. *Bei solchen Typen ist weniger Reden mehr, darfst du dir keinen Ausrutscher erlauben, sonst erfährst du nichts!* Stirböcks Aussehen erinnerte ihn unwillkürlich an den alten Kirk Douglas.

»Ich kenne Sie!«, hörte er statt einer Begrüßung. »Sie sind –«

Der Fernsehjournalist legte lächelnd seinen Zeigefinger auf den Mund als Zeichen, es für sich zu behalten. »Können wir irgendwo reden?«, nebenbei deponierte er Orangensaft und Schokolade am Bettende. »Helfen Sie mir auf! Wir gehen raus. Ich will eh eine rauchen!«

Der Fernsehjournalist hatte Glück. Im Raucherzimmer war niemand, konnten sie sich ungestört unterhalten. »Sie sind dieser Lessing, der mit den Reisereportagen! Ich hab's gewusst, dass irgendwann einer von euch Typen auftauchen wird! Habt euch ganz schön viel Zeit gelassen! Schauen Sie sich an, was von mir übrig ist!«, klang es vorwurfsvoll.

Stirböck interpretierte Lessings wohldosiert bedauernde Miene richtig, und ließ einen bitteren Unterton durchklingen.

»Sie sind nicht wegen mir hier!«

Lessing schüttelte mitfühlend den Kopf, schwieg jedoch weiterhin. Er kannte diesen Menschenschlag. Den größten Fehler, den er jetzt machen konnte, wäre langatmige Ausreden von sich zu geben. Je weniger er sprach, desto mehr hatten seine Worte Gewicht. *Du hast nur diese eine Chance! Wenn du sie vergibst, ist hier und jetzt die Spur zum Stein zu Ende!*

»Ich dachte ... ist auch egal.« Stirböck straffte sich. »Ist jemand gestorben oder warum sind Sie hier?«

Lessing griff in seine Jackentasche und breitete ein Taschentuch auf dem Tisch aus.

»Sie reden nicht viel, stimmt's?«

Lessing nickte.

Stirböcks Blick wanderte zum Taschentuch, worauf der Ring lag, den er sofort erkannt hatte. Abfällig schürzte der Österreicher die Lippen. »Ist Muller tot?«

»Nein. Ich soll Ihnen Grüße bestellen.«

Stirböck schnaubte. »Muller ist ein Arschloch, aber er hat mir das Leben gerettet! Vielleicht sollte ich etwas dankbarer sein.«

»Vielleicht sollten Sie das.«

Sein Gegenüber sah ihn abschätzend an. »Hübsches Steinchen, nicht wahr? Ein Kamerad, dessen Vater Juwelier war, meinte, er wäre nicht viel wert. Trotzdem hat er was, verschluckt Licht, als wenn man in einen tiefen Brunnen schaut.« Stirböck drehte ihn nachdenklich zwischen seinen Fingern. »Wie kommt er in Ihre Hände?«

»Ich habe seins gerettet.«

Feixend förderte der Österreicher eine Zigarette zutage und setzte die Spitze bedächtig in Brand. »Musste das sein?« Seine Stimme hustete einen Lacher.

Lessing grinste und gab zu verstehen, dass er Muller auch nicht mochte. »Immerhin haben Sie ihm jahrelang noch Weihnachtskarten geschickt.«

»Sie sind gut informiert!«

»Ist mein Job«, erwiderte sein Besucher trocken.

Es war Stirböck anzusehen, dass es ihn Überwindung kostete, den Ring wieder zurückzulegen. »Was wollen Sie von mir?«, fragte er, Asche von seiner Zigarette schnippend.

Lessing war alarmiert. Bisher zeugten seine Fragen von Interesse, jetzt hatte sein Tonfall etwas Lauerndes, Hinterhältiges. Als Instinktmensch setzte er alles auf eine Karte. »Zunächst will ich Ihnen den Ring zurückbringen.«

Stürme des Misstrauens bliesen Stirböck Wolken voller Argwohn ins Hirn. »Ich will ihn nicht – er gehört Muller – oder Ihnen!«, antwortete der Österreicher und blies den Rauch in längst vergangene Zeiten. »War's das?«

Lessing atmete innerlich auf und sah der Rauchfahne nach. Mit seinem Angebot – ihm den Ring überlassen zu wollen – hatte er vorgetäuscht, dass ihm wenig daran lag, er für ihn scheinbar keine Bedeutung hatte. »Ich hätte gern etwas darüber gewusst. Woher haben Sie ihn?«

»Ah …«, sein Gegenüber meckerte boshaft. »Daher weht der Wind!«

Im Kopf des Frankfurters schrillten alle Alarmsirenen. *Weiß er etwas über die Wirkung des Steins? Es scheint so! Er* rief sich innerlich zur Räson. *Das ist unmöglich! Als der Ring noch in seinem Besitz war, gab es die technischen Mittel zur Untersuchung des Steins wie heute noch gar nicht!* Der Fernsehjournalist ignorierte den provokanten Unterton in Stirböcks Bemerkung. »Mich würde seine Geschichte interessieren.« Kaum ausgesprochen, biss er sich innerlich auf die Zunge.

»Sie interessieren sich mehr für ein Steinchen als für meine Lebensgeschichte!« Stirböck lachte gehässig, stieß missmutig Rauch durch geblähte Nasenlöcher aus und führte den Stummel seiner Einäscherung zu.

Noch so ein Fehler und du bist raus! Wie welke Blätter tanzten Lessings Gedanken durcheinander, von Böen der Anspannung in alle Richtungen getrieben. Wann immer er sie zu greifen versuchte, wirbelten sie davon. Endlich bekam er eins der Gedankenblätter zu fassen, knatternd, flatternd, widerspenstig wollte es entwischen, doch er hielt es entschlossen fest.

»Nein«, erwiderte der TV-Mann, »aber er ist ein Teil Ihrer Biografie. Sie haben schließlich Muller damit Ihr Leben entlohnt! Das bietet Stoff für eine interessante Geschichte – wie vieles andere auch!« Lessing beugte sich vor und sah Stirböck eindringlich an. »Erzählen Sie mir Ihre Lebensgeschichte! Dann entscheiden wir gemeinsam, ob wir eine Reportage daraus machen!« Bewusst setzte er Worte wie »wir« oder »uns« ein, um den Österreicher stärker einzubinden und Mitspracherechte zu suggerieren.

Stirböck sah ihn über den Brillenrand seiner benebelten Gläser zweifelnd an.

Lessing war es schleierhaft, wie er durch die Brille überhaupt etwas sehen konnte. »Was haben Sie zu verlieren? Sie werden noch einige Zeit hierbleiben müssen, und ich bin ein aufmerksamer Zuhörer!«

»Ich werd's mir überlegen. Kommen Sie morgen wieder!« Stirböck stand auf, griff seine Zigarettenschachtel und verließ das Zimmer, ohne sich noch einmal umzudrehen.

★

»Also gut!«, gab Stirböck halbherzig nach. »Wo wollen wir anfangen?«

Lessing deutete zum Ring, wusste aber, welchen Fehler er gestern begangen hatte. Wenn er ihn allzu sehr in den Fokus des Interesses rückte, könnte Stirböck schnell die Geduld verlieren und ihn mit einem mürrischen Satz hinauswerfen. *Reiß dich zusammen, und hab Geduld! Lass ihn seine Geschichte chronologisch erzählen, dann fällt nicht auf, dass es dir eigentlich nur um den Ring geht!* »Am besten fangen wir vorne an. Ihr Vater war Schiffsführer, sagten sie. Waren Sie als Kind oft an Bord?« Im selben Augenblick schaltete Lessing sein Handy unmerklich in den Aufnahmemodus. Er hörte dem Österreicher geduldig zu, heuchelte Interesse, und unterbrach ihn kein einziges Mal, als sein Gegenüber

Einzelheiten aus der Jugendzeit erzählte. Seine Kriegserlebnisse – sofern sie der Wahrheit entsprachen – hätten jedem Roman von Jack London zur Ehre gereicht. Lessing durchlief ein Wechselbad der Gefühle, wagte aber nicht, konkret nach dem Ring zu fragen, sondern hoffte, dass Stirböck von selbst darauf zu sprechen kam.

***

Mainzer Uniklinik
Freitag, 10. November 2017

»Das klingt alles sehr spannend, aber das müssen wir mit Dokumenten und Fotos belegen!«, sprach Lessing eindringlich auf seinen Zuhörer ein. »Außerdem muss ich dem Sender was zeigen, um sie überzeugen zu können! Möglichst Originaldokumente oder irgendetwas, das sich gut in Szene setzen lässt. Für eine Reportage braucht es Fotografien, handschriftliche Dokumente, Pläne, Karten – so was würde helfen!«

»Die kann ich liefern, aber dann musst du warten, bis ich wieder zu Hause bin.«

Lessing überlegte fieberhaft, das würde sehr viel Zeit kosten, außerdem musste er Stirböck dazu bringen, endlich über den Ring zu sprechen.

»Brauchst du was aus deiner Wohnung?«, fragte der Fernsehjournalist betont gleichmütig. »Ich könnte dir frische Sachen holen und nebenbei alles mitbringen, was du für unsere Geschichte brauchst.«

Inzwischen duzten sie sich, das gehörte zu seinen vertrauensbildenden Maßnahmen, die er bei Klienten nutzte.

Stirböck deutete auf sein Krankenhemd. »Was soll ich für Klamotten brauchen? Ich hab meine Kippen nicht hier, muss stattdessen diesen Mist rauchen«, zugleich deutete er abfällig auf seine Zigarettenpackung. »Meine Tochter bringt mir keine mit, das fiese Stück!«

»Wenn du sagst, wo ich sie im Haus finde, könnte ich Zigaretten und Material mitbringen!«

Der Alte bedachte ihn mit einem Blick, der Lessings Zwiebelnatur Schicht für Schicht zu durchdringen schien. Danach sah er mit verzogener Oberlippe auf die vor ihm liegende Schachtel und dachte über das Angebot seines Besuchers nach. »Also gut! Aber sag dem Nachbarn im rechten Haus vorher Bescheid, sonst hast du ruckzuck die Bullen am Hals!«

Der Frankfurter nickte bestätigend, atmete innerlich auf und verzichtete auf den Hinweis, dass er sie bereits kennengelernt hatte.

»Heute schaff ich's nicht mehr. Reicht es, wenn ich dir morgen Vormittag alles mitbringe?«

Stirböck blickte nickend zur offenen Schachtel. »Morgen früh komm ich eh noch mal unters Messer. Bring mir übermorgen ein paar Schachteln Zigaretten aus der Werkzeugkiste im Keller mit.«

Lessing hob unwillkürlich die Brauen. »Du deponierst Kippen in einem Werkzeugkasten? Warum das denn?«

»Würdest du was Wertvolles in einer Werkzeugkiste verstecken?«

»Garantiert nicht! Aber wozu verstecken?«

»Kennst du Christiane, meine Tochter?«, fragte Stirböck gedehnt.

»Bedaure.«

»Dann frag nicht! Außerdem gibt's da nichts zu bedauern«, fügte er deutungsvoll hinzu. »Dann bringst du mir noch den Schuhkarton mit, der unten links im Wohnzimmerschrank steht!«

***

Noch immer hatte Stirböck nicht über den Ring gesprochen. Lessing verlor langsam die Geduld und war ein Stück weit frustriert. Nachdem er das Krankenhaus verlassen hatte, führte ihn sein erster Weg zum Schlüsseldienst, den er ein paar Hundert Meter weiter bei der Hinfahrt entdeckt hatte und motivierte den Angestellten mit einem Fünfzig-Euro-Schein Extraprämie, zwei Nachschlüssel binnen zehn Minuten zu fräsen. Acht Minuten später war Lessing um siebzig Euro ärmer und um zwei illegal gefräste Schlüssel reicher.

Danach fuhr er zu Stirböcks Haus, meldete sich artig bei den Nachbarn an, die ihr Glück nicht fassen konnten, ihm erneut zu begegnen und öffnete die Eingangstür mit dem Schlüssel. *Die Welt will betrogen werden. Wenn du ihn morgen wieder zurückgibst, kommst du immer noch mit den Ersatzschlüsseln hinein!*

Die Inneneinrichtung passte zur Außenfassade. Dunkel gebeizter Wohnzimmerschrank, beiger Kachelofen mit Jagdszenen, Nachdrucke von Gebirgslandschaften, Zinnteller und Kuckucksuhr an der Wand. *Sie verströmt den typischen Geruch von spießig-deutschen Wohnzimmern aus den Sechzigern*, überlegte er.

Die Kellertreppe führte zu einem hell gefliesten Flur, links zu einer winzigen Waschküche und in ein dahinter liegendes Zimmer, in dem Dutzende Aktenordner sowie eine Sammlung alter Brockhaus-Bände verstaubten. Am Heizraum vorbei ging es neben der Waschküche zu einem kleinen Hobbyraum, in dem Stirböcks Werkzeugkiste auf einem leeren Bierkasten stand.

Darin lagen Hämmer verschiedener Größen, Meißel, Metallfeile, Stemmeisen, Schraubenzieher, Nägel, Schrauben – alles verrostet. Seit Jahren diente der Werkzeugkasten anscheinend nur noch als Versteck für Stirböcks Zigaretten. Lessing nahm drei Schachteln heraus, stieg die Treppe hinauf und fand den besagten Karton im Wohnzimmerschrank. Darin lag aber nur Krimskrams, das nichts mit den Schilderungen des Hausbesitzers zu tun hatte! Offensichtlich wollte Stirböck erst über Urlaubsbilder, Sportmedaillen oder Ehrenurkunden sprechen, bevor er wertvollere Exponate zeigen wollte. *Wo sind die Sachen, von denen er erzählt hat? Gibt es sie überhaupt oder hat er alles nur erfunden und freut sich über einen dankbaren Idioten, der ihm stundenlang zuhört?* Lessing blickte hektisch umher und konnte nicht länger als zehn Minuten im Haus zu bleiben, sonst würden sich Stirböcks Nachbarn fragen, was er so lange darin trieb.

***

Als Lessing am Sonntagmorgen in froher Erwartung mit Schlüssel, Karton, Zigaretten und Orangensaft ins Krankenzimmer trat, bemerkte er sofort Stirböcks miese Laune.

»Na endlich!«, maulte der Österreicher statt einer Begrüßung, betrachtete eingehend seinen Schlüssel und deutete ihm an, die Sachen auf den Tisch zu legen.

»Heute geht's nicht«, meckerte er mit rauer Stimme. »Gleich kommt die Visite, dann muss ich auf Wanderschaft. Zum Röntgen, zur Blutentnahme – was weiß ich. Komm morgen wieder!« Stirböck drehte sich im Bett zur Seite, deutete damit an, dass ihr Gespräch beendet war, bevor es überhaupt begonnen hatte, und ließ einen konsternierten Fernsehjournalisten im Raum stehen. Es blieb ihm nichts anderes übrig, als unverrichteter Dinge wieder abzuziehen.

Am nächsten Morgen traf er Stirböcks Bett verwaist an. Eine der Stationsschwestern eröffnete ihm, dass sich seine Blutwerte verschlechtert hätten und ihr Patient einige Tage auf der Intensivstation bleiben müsse.

Als Lessing am Mittwoch erneut auftauchte, fing ihn die Stationsschwester bereits im Flur ab. Sie, von überschaubarem Reiz, war der Hirtenhund der Station. Jeder Eindringling, der ihrer Herde zu nahe kam, wurde neugierig beschnüffelt.

»Herr Stirböck ist gestern auf der Intensivstation plötzlich verstorben. Seine Blutwerte sind immer schlechter geworden, damit hat man in seinem Alter immer rechnen müssen.«

Frustriert verließ Lessing das Krankenhaus und umklammerte in seiner Jackentasche die gefrästen Nachschlüssel. Stirböck hatte ihm sein halbes Leben erzählt, jedoch keine Silbe über den Ring verloren – und jetzt war er tot.

Illegaler Hausbesuch

Frankfurt am Main
Mittwoch, 15. November 2017

Lessing tat, was er immer tat, wenn er abschalten wollte – er legte sich in die Badewanne. Seit einer halben Stunde döste der Frankfurter im warmen Wasser und ließ alle paar Minuten heißes zulaufen. Er versuchte, seine Enttäuschung über Stirböcks plötzlichen Tod zu verdrängen. Lessing stieg aus der Wanne, strich in typischer Geste seine Haare zurück und begann sich abzutrocknen. Danach zog er frische Unterwäsche an, legte sich aufs Bett und starrte zum Deckenventilator. Er griff zum Siegelring auf dem Nachttisch, streifte ihn über den kleinen Finger und betrachtete ihn nachdenklich.

Warum wollte Stirböck ausgerechnet diesen Karton haben, wenn der Inhalt nichts mit seinen Kriegserlebnissen oder dem Ring zu tun hatte? Darin war nichts, aber auch gar nichts enthalten, was zur Erzählung des Alten passte.

Das war der falsche Karton!, schoss es ihm durch den Kopf. *Es muss mindestens noch einen geben, worin Stirböck seine Kriegserinnerungen aufbewahrt und vielleicht etwas über die Herkunft des Rings verrät!*

Jetzt, wo Stirböck tot war, tickte die Uhr – könnten jederzeit neugierige Erben ins Haus schleichen, um sich umzusehen. *Ich muss möglichst schnell noch mal hin, aber darf kein Licht einschalten, sonst wissen seine Nachbarn, dass jemand im Haus ist! Also muss ich nachts hinein, mit der Suche warten bis es hell wird und abends, wenn es dunkel ist, wieder hinaus.* Die Aussicht, einen ganzen Tag in Stirböcks vermieftem Haus verbringen zu müssen, hob nicht gerade seine Stimmung.

Am nächsten Tag parkte er den Wagen noch vor dem Morgengrauen einige Hundert Meter vom Haus des Österreichers entfernt. Während der Nacht hatte es geregnet. Über der Stadt trieben immer noch einige Kumuluswolken, leisteten dem steifen Ostwind hartnäckig Widerstand, der sie vertreiben wollte. Es war deutlich kälter als gestern. Im Licht der Straßenlaterne beobachtete Lessing eine kleine Schneeflocke, die zur Frontscheibe sank und ihm Gesellschaft leistete.

Wenig später schlich er im Dunkeln ins Haus und wartete geduldig, bis es hell wurde. Bis zum frühen Nachmittag durchsuchte er systematisch beide Wohngeschosse, öffnete jeden Schrank, jede Dose, jeden Behälter, blätterte jedes Buch im Wohnzimmer durch, drehte im Schlafzimmer jedes Wäschestück um, und fand außer Haushaltsgeld sowie einer Schmuckdose aber nichts. Jetzt im Keller war Zeit, sich etwas genauer umzuschauen. Ein Durchgang mit hölzernem Rundbogen führte zur Einliegerwohnung, rechts zum Bad, gegenüber in einen dämmrigen, nur durch ein Kellerfenster belichteten Raum. Seine Hand tastete nach dem Schalter.

KLACK!

Ein halbes Dutzend Strahler sorgte augenblicklich für Licht, ließen ihn anerkennend durch die Zähne pfeifen. Eine Hausbar im Landhausstil, mit Überbau und beleuchteter Theke, dominierte den Partyraum.

Plötzlich klangen Geräusche an der Haustür. Lessing hielt den Atem an, konnte zwar nichts verstehen, aber die Stimmen kannte er! Das waren seine Freunde aus dem Nachbarhaus, die sich Zutritt zum Haus verschafft hatten. *Wenn sie dich hier erwischen, ist es vorbei! Was suchen die hier?* Der Journalist schlich leise ins Bad, schloss die Tür, drehte den Schlüssel herum und wartete. Nach einer halben Stunde knarrte es in verschiedenen Nuancen, als würde Stirböcks Treppe jeder einzelnen Stufe im Chor des Gesamtknarrens ein Solo zugestehen. *Offensichtlich inspizieren sie jetzt das Kellergeschoss!* Jetzt hörte er leise Gesprächsfetzen.

»[...] verrückt, wenn sie uns hier erwischen [...]«

Er beobachtete, wie die Türklinke langsam nach unten gedrückt wurde, und hielt den Atem an.

»[...] wirst du kaum was finden. Lass uns wieder verschwinden!«, sagte eine Männerstimme. Kurz darauf hörte er abermals das Knarren der Treppe und einige Minuten später die Haustür ins Schloss fallen. Erleichtert ließ Lessing die Luft aus seinem Mund entweichen.

Das war knapp! Sekunden später legte sich eine Flaute über das aufgepeitschte Meer seiner Nerven. Mit der gleichen Akribie durchsuchte er alle Räume im Untergeschoss, ohne einen Hinweis zu finden. Im Erdgeschoss durchstöberte er nochmals alle Zimmer. Stirböcks Haushaltsgeld in der Dose war verschwunden, die Schatulle im Schlafzimmer aber noch da. Enttäuscht ließ sich Lessing in einen Sessel fallen. Stundenlang hatte er mehrfach sämtliche Räume durchsucht – ohne nennenswerten Fund.

Stirböck hatte von seinen Kriegserlebnissen erzählt und wollte ausgerechnet diesen Karton haben, dessen Inhalt überhaupt nicht zu seinen Erzählungen passte. Hatte er sich vertan? Unwillkürlich schüttelte Lessing den Kopf. Trotz seiner sechsundneunzig Jahre war Stirböck hellwach gewesen, ein Irrtum ausgeschlossen. *Vielleicht konnte ich gar nichts besorgen, weil das Material außer Haus ist! Das wäre zumindest eine Erklärung.* Womöglich war es so wertvoll oder belastend, dass es Stirböck an einem anderen Ort aufbewahrt hatte, eventuell in einem Schließfach? Dann müsste es einen Schlüssel geben. *Wo würde ich im Haus so einen Schlüssel verstecken?* Es gab Tausende von Möglichkeiten. Lessing schaute zur Automatik.

14 Uhr.

Er musste warten, bis es dunkel wurde, um das Haus wieder verlassen zu können.

Aus Langeweile hörte er die Bänder von Stirböcks Interviews ab.

.
.

.
.

.
.

»[...] Würdest du was Wertvolles in einer Werkzeugkiste verstecken?

Garantiert nicht! Aber wozu verstecken?

Kennst du Christiane, meine Tochter? [...]«

.

.

.

Lessing zuckte zusammen. Nach drei Stunden Band hören durchdrang die Erkenntnis seine benebelte Wahrnehmung wie ein Backstein eine blinde Fensterscheibe.

[...] Würdest du was Wertvolles in einer Werkzeugkiste verstecken? [...]

Wieso was Wertvolles? Zigaretten waren nicht wertvoll! Stirböck hatte sie nur vor seiner Tochter verstecken wollen! *Wenn Stirböck von »wertvoll« sprach, musste er was anderes gemeint haben, das hoffentlich noch in der Kiste liegt!*

Lessing hastete erneut die Treppe hinab zum Hobbyraum, riss die Kiste auf, warf achtlos eine Sammlung verrosteter Stemmeisen beiseite und durchwühlte den zentimeterdicken Bodensatz.

Er musste nicht lange suchen.

Nach einer Minute fiel ihm unter verrotteten Schlössern, Schraubenziehern, Kneifzangen, Stahlbürsten, Unmengen von Schrauben und angelaufenen Schlüsseln etwas ins Auge, das einem Tresorschlüssel ähnelte. Auf seiner Vorderseite war eine vierstellige und auf der Rückseite eine zweistellige Nummer eingraviert. *Du hattest wirklich Sinn für Humor, du altes Schlachtross. Legst den Schlüssel einfach zum Schrott, der unter dem eisernen Krimskrams nicht auffällt. Respekt! Ich wäre dir nicht auf die Schliche gekommen, wenn du dich nicht verplappert hättest!*

Ein Problem gelöst, tauchte das nächste am Horizont auf. *Aber zum Schließfach welcher Bank passt der Schlüssel?* Eine Stadt wie Mainz besaß locker vierzig Banken. *In der mittleren Schublade des Wohnzimmerschranks liegen Kontoaus-*

züge! Hastig packte Lessing alles wieder in die Werkzeug-
kiste, spurtete ins Wohnzimmer und riss die Schublade auf:
Auszüge von Volksbank und Sparkasse lagen darin – von 2012.
Immerhin eine Spur.

Der Fernsehjournalist erinnerte sich an Connies Banklehre, mailte ihr zwei Fotos vom Schlüssel und rief sie an.

»Was meinst du?«

»Schwer zu sagen. Tresorschlüssel von Banken sind vom
Grundsatz her alle gleich, aber in Details unterschiedlich.«

»Das hilft mir nicht viel weiter.«

»Woher hast du den Schlüssel?«

Lessing stand am Scheideweg. Verweigerte er die Antwort,
würde sie misstrauisch werden – andererseits brauchte er
Connie. Wenn er sie aber informierte, würde sie unbedingt
beteiligt sein wollen. *Dafür ist es ohnehin zu spät! Sie weiß
vom Ringstein und seiner Besonderheit. Die wirst du nicht
mehr los!* Marianne würde begeistert sein.

»Bist du noch im Sendezentrum?«

»Ja.«

»Treffen wir uns um neun in der Gerbermühle? Es geht
um den Ring.«

»Einverstanden. Hatte mich sowieso schon gewundert,
dass seit der Arktisreise nichts mehr von dir kam.«

»Kurz nach unserer Rückkehr hat Marianne ihn untersucht. Es gab Ärger.«

»Wundert mich nicht. Hätte ich dir gleich sagen können.
Bis später.«

Klack.

Er schob ernüchtert seine Unterlippe vor. *Irgendwie wird
es bei den Damen langsam zur Gewohnheit, ohne Abschied ein
Telefonat zu beenden.* Einsame kleine Schneeflocke, einsamer
kleiner Frank.

In der Gerbermühle

Connie Sadek legte ihr Besteck zurück und genoss den letzten Bissen ihrer »Tagliatelle Alfredo«. »Wenn dein Gespür für Marianne ebenso gut wäre wie für Restaurants, hättest du eindeutig weniger Ärger am Hals«, kam es ironisch über ihre Lippen.

»Danke für den Hinweis«, erwiderte er bissig. »Ich habe mir zwar Ärger eingefangen, aber dafür Informationen über den Stein bekommen, die du kaum glauben wirst!«

Er suchte den Blick des Kellners, der am Tresen Gläser polierte, errang seine Aufmerksamkeit und orderte zwei Cognac.

Er blickte nach draußen zum Main, wo gerade ein Schubschiff im Flutlicht der Schleuse vorbeizog und wartete, bis der Kellner außer Reichweite war. Connie wärmte das Glas in ihren Händen, nahm einen tiefen Schluck, und sah ihn erwartungsvoll in ihrem Militärdress an.

Lessing berichtete in allen Einzelheiten von Mariannes Untersuchung, jedoch nichts von den tragischen Begleitumständen. Anschließend von Karl Stirböck und seiner Lebensgeschichte – soweit er sie kannte –, die mit dem Ring in irgendeiner Weise verbunden war.

»Ich kenne Marianne gut genug und Lühr.« Etwas flackerte in ihren Augen auf, etwas, das er nicht identifizieren konnte.

»Hast du den Ring wieder?«

Connie erntete ein Nicken. »Wenn er solche Eigenschaften besitzt, wie du sie schilderst, traue ich deiner Ex samt ihrem Schwarm dafür einen Mord zu!«

Lessings Brauen hatten sich zusammenzogen, bis sie wie Felsmassive über seinen dunkelbraunen Augen lasteten, doch als er schließlich aufschaute, klang seine Stimme gelassen. »Da will ich dir nicht widersprechen.«

»Zurück zum Tresorschlüssel«, wechselte seine Kamerafrau das Thema. »Aus meinen Bankzeiten weiß ich noch, dass die Polizei ein Zentralregister über Schließfächer führt. Leider bist du kein Eigentümer – auf die offizielle Tour geht's also nicht.«

Lessing sah sie vielsagend an. Connie hatte schon immer gute Kontakte zu Leuten, die abseits offizieller Pfade unterwegs waren. »Und wie sieht deine ›inoffizielle Tour‹ aus?«

»Ich hab da einen Bekannten«, erwiderte seine Kamerafrau gedehnt. »Kostet dich 'n Tausender, dafür bekommst du den Namen.«

Lessing grinste und küsste ihre Hand, was sie mit spöttischem Blick quittierte. »Dafür bekommst du keinen Rabatt.« Sie verzog ihre Lippen zu etwas, das einem Lächeln ähnelte, »aber wenn's los geht, bin ich dabei! Und jetzt gib mir den Schlüssel!« Connie Sadek sprach mit einem Unterton in der Stimme, der von unverhohlener Vorfreude kündete.

Unerwünschter Hausbesuch

Frankfurt am Main
Dienstag, 21. November 2017

»Das können wir nicht zulassen, alter Knabe«, entgegnet Stefan Lühr gedehnt.

»Hör endlich auf, mich ›alter Knabe‹ zu nennen, sonst gibt's Ärger! Wenn hier einer alt ist, dann du!«

»Der Ring verlässt das Institut nicht!«

»Ach ja? Hast du in diesem Fall mitzureden? Das wäre mir neu!«, erwidere ich emotionslos.

»Der Ring bleibt hier! Er ist für die Wissenschaft von unermesslichem Wert und zu wichtig, um ihn einem Sensationsreporter wie dir zu überlassen!«

»Frank! Sei doch vernünftig! Wir entschädigen dich auch angemessen!«, beschwört mich Marianne.

»Soso, aber ein Möchtegern-Nobelpreisträger wie du ist dafür prädestiniert?«, sage ich leise, ihr Angebot ignorierend.

»Hört mir gut zu! Ich nehme jetzt meinen Ring, und verlasse euer feines Institut. Versucht nicht, mich aufzuhalten!«

»Lass ihn gehen, Stefan. Bitte, es bringt nichts!«, sagt sie niedergeschlagen.

Ich greife nach dem Ring, als sich Lühr auf mich stürzt und mir in den Arm fällt. Unser Gezerre fegt den Glaskasten vom Tisch. Er fällt zu Boden, zersplittert, verstreut Glaskügelchen bis in die hintersten Winkel des Labors. Ich reagiere schneller, greife den Ring und kämpfe mit Lühr darum. Meine Ex-Frau rauft sich die Haare und schreit hysterisch: »Hört sofort auf!«, zugleich bearbeitet sie mit ihren Fäusten unsere Rücken. Stefan kommt ins Straucheln, rutscht auf den Glaskügelchen aus, landet krachend auf dem Rücken, und bleibt regungslos mit gebrochenen Augen liegen. Eine zerborstene Ecke des Glaskastens hat sich durch seinen Rücken gebohrt und ragt aus seiner Brust.

Marianne schreit auf und greift sich an den Kopf: »*Du hast ihn umgebracht! Du hast Stefan umgebracht!*« *Ihre Stimme schrammt hart an Hysterie vorbei.*

Ich sitze am Boden zwischen unzähligen Glassplittern und schaue betroffen zu Lühr, dessen starre Augen das Licht der Schreibtischlampe widerspiegeln. »*Wieso ich?*«, *frage ich entgeistert. Angst kriecht in mir hoch. Angst vor ihr. Angst um mein Leben.* »*Du hast ihn geschubst! Nicht ich! Dabei ist er ausgerutscht. Es war ein Unfall!*«

Wach.

Der bronzene Gongschlag schwappte durchs Wohnzimmer, riss Lessing aus seinem Tagtraum und begrub weitere Überlegungen unter einer Welle Ärger, die in ihm wegen der Störung aufbrandete. Lessing öffnete die Wohnungstür. Ein Paar mittleren Alters stand vor ihm. Sie war einen Kopf größer als er, Mitte fünfzig und hatte ihre in Ansätzen ergrauten Haare streng nach hinten zu einem Dutt gebunden. Ihre Gesichtszüge mit der römischen Nase strahlten etwas Erhabenes aus. Die rundliche Figur des Mannes steckte in einem tadellos geschnittenen Anzug, der seinen Bauchansatz gut kaschierte. Er hatte dünnes, grau-blondes Haar, das sich an seinen Schläfen stark lichtete.

»Herr Lessing? Das ist Kommissar Sievers, mein Name ist Jacoby, Hauptkommissarin.« Währenddessen zeigten beide ihre Ausweise. »Entschuldigen Sie die Störung, aber wir hätten Sie gerne gesprochen.«

Sein Herz fiel aus dem Brustkorb und landete klatschend in seinen Eingeweiden.

»*Du machst dir einfach zu viele Gedanken.*«

»*Und du dir zu wenige!*«

»*Wenn wir keine Fehler machen, kommt uns niemand auf die Schliche.*«

»*Marianne! Er! Ist! Tot! Und wir sind schuld!*«

»Er war zu gierig! Eure Prügelei um den Ring wäre nicht nötig gewesen.«

»Aha! Und du bist weniger gierig? Du wolltest den Ring auch nicht mehr herausrücken oder hast du das schon vergessen?«

»Aber ich muss mich nicht um den Ring schlagen, es gibt andere Möglichkeiten«, erwidert sie. *»Wenn ich den Ring haben will, bekomme ich ihn, das wissen wir beide.«*

»Daher weht der Wind! Willst du mich mit alten Geschichten erpressen?«

»Erpressen ist das falsche Wort. ›Entschädigen‹ trifft es besser!«

»Entschädigung wofür?«

»Du weißt sehr genau wofür! Frag deine Connie!«

»Das ist eine Sache zwischen uns beiden. Sie hat damit nichts zu tun! Wie soll ich außerdem wissen, ob die Polizei sein Verschwinden mit uns in Verbindung bringt, wenn wir keinen Kontakt halten?«

»Ganz einfach: Wenn die Kripo vor deiner Tür steht, dann weißt du's!«

»Herr Lessing? Geht es Ihnen gut?«

Sein Wachsgesicht zeigte Spuren von Leben. »Äh ... natürlich. Guten Abend, kommen Sie herein.« Er gab den Eingang frei, deutete seinem Besuch an, einzutreten und unterdrückte zugleich den unbändigen Wunsch, in Panik zu flüchten.

Ihr Kollege wanderte auf dem konturlosen, anthrazitfarbenen Boden zur Sitzgruppe, während sie aus dem Panoramafenster zum Westhafen blickte. »Nettes Appartement haben Sie«, eröffnete Jacoby anerkennend. *Zeig mir deine Wohnung und ich sage dir, wer du bist.*

Bauhaus und Moderne hatten Spuren in dem Appartement hinterlassen. Strenge Formgebung, glatte Flächen, sparsame, aber kostspielige Dekoration.

Wird die puristische Einrichtung als modernes Wohnen aufgefasst, ohne der Kargheit einer spartanischen Atmosphä-

re zu huldigen, dann lebt sie, wie hier, von wenigen geometrischen Formen; kombiniert mit Werkstoffen wie Kunststoff, Glas, Metall oder Keramik.

Hier eine Immendorff-Bronze, dort eine futuristisch anmutende Plastik – Skulpturen thronten auf weißem, glänzendem Mobiliar. Zwei Dutzend Bücher füllten ein Regal – alle mit weißem Einband. Kleine und größere weiße Schränke schienen an anthrazitfarbenen Wänden zu kleben. Auf einem länglichen Unterschrank stand ein Fernseher, daneben ein Buddha aus blütenweißem Porzellan. Konzentration auf das Wesentliche nahm man hier wörtlich. Der minimalistische Wohnstil ließ den Raum seine Wirkung durch schlichte Eleganz entfalten. Die Dekoration hatte Lessing punktuell eingesetzt, um die Strenge der Farb- und Formgebung zu akzentuieren. Großformatige, abstrakte Bilder in kräftigen Farben, moderne Skulpturen oder skulpturale Leuchten sorgten dafür, dass dieses Ambiente nicht zu klinisch wirkte. Schränke, Wohnzimmertisch, Couch, Sessel, Leuchten – alles weiß. Jedes größere Element stand einerseits für ein stilistisches Thema und sollte andererseits einen begrenzten Raumeffekt bewirken, der die gestalterische Hauptaussage kontrastierte, ohne sie aufzuheben. Innenarchitektur war eins ihrer Hobbies.

Die Kommissarin schlenderte zur Glasfassade, durch die abendliches Sonnenlicht flutete. *Er hat wirklich Geschmack, das muss man ihm lassen.* Auf der mit großformatigen Travertinplatten gepflasterten Außenterrasse standen drei Granitbecken, in denen gelbe Narzissen blühten – Mitte November. Durch das verglaste Geländer sah sie einen betagten weißen Passagierdampfer, der vergeblich versuchte, einem Tankschiff zu folgen. Ein Kind winkte. Sie winkte scheu zurück und lächelte.

Jacoby drehte sich um und setzte sich neben ihren Kollegen, der Lessing unverwandt musterte. Beeindruckt sanken ihre Mundwinkel nach unten. »Blick zum Main wie zum Hafen. Muss eine Stange Geld gekostet haben!«

»Ist nur gemietet.«

»Muss man sich trotzdem leisten können.« *Ob ich mich hier wohlfühlen könnte?* Sie entschied, dieses Gedankenabenteuer nicht weiter zu verfolgen. In die einzelnen Etagen von Lessings Verstand kehrte langsam wieder Ruhe ein. Er ignorierte ihren Kommentar und blickte stattdessen Jacobys Kollegen an, der ihm gegenübersaß. »Was kann ich für Sie tun?«

»In der Speicherstraße wurden in den letzten Tagen vermehrt Autos aufgebrochen. Ist Ihnen in letzter Zeit irgendetwas Ungewöhnliches aufgefallen?«

Ein Vogelschwarm unendlicher Erleichterung flatterte aus dem dunklen Verlies seines schlechten Gewissens. *Die sind nicht wegen Lühr hier!* »Nicht, dass ich wüsste«, antwortete er beiläufig.

»Haben Sie demnächst eine längere Auslandsreise vor?«, fragte Jacoby leise.

Lessing rutschte auf dem Sessel herum. »Ich weiß nicht, ob ich Ihre Frage richtig verstehe. Ich bin Fernsehjournalist. Wenn ich einen entsprechenden Auftrag bekomme, bin ich natürlich oft im Ausland unterwegs! Verdächtigen Sie mich jetzt, Autos zu knacken?«, fragte er eingeschnappt.

Jacoby hob beschwichtigend eine Hand. »Das sind Routinefragen, die wir stellen müssen. Falls Ihnen etwas auffällt, sagen Sie uns bitte Bescheid«, zugleich legte sie eine Visitenkarte auf den niedrigen Glastisch.

»Versprochen«, erwiderte der Frankfurter versöhnlich und eskortierte beide zum Aufzug. Hinter den Kripobeamten schloss er die Wohnungstür und lehnte sich erleichtert dagegen. Bilder verzahnten sich zu Erinnerungen.

»Wir müssen ihn verschwinden lassen!« Mariannes frostige Stimme ist dazu geeignet, die Raumtemperatur um einige Grad zu senken.

Ich unterdrücke den Drang, aus dem Labor zu stürmen, einfach nur davonzurennen. Da ist er wieder, mein eiskalter, ab-

gebrühter Engel. Lühr ist noch keine fünf Minuten tot, schon denkt meine Ex-Frau weiter. Ich spüre eine Erektion zwischen meinen Beinen, schäme mich dafür und rufe mich zur Ordnung. »Leichter gesagt als getan!«, entgegne ich.

Sie knabbert nachdenklich an ihrer Unterlippe. »Es ist jetzt halb acht. Der Wachdienst kommt erst um neun, also haben wir Zeit! Ich besorge Müllsäcke, dann bringen wir ihn zu deinem Auto.«

»Warum zu meinem? Er war dein Liebhaber, nicht meiner! Außerdem kam ich mit dem Taxi und bin das restliche Stück gelaufen!«

»Dann nehmen wir Stefans Wagen und bringen ihn zur Onedin. Letzte Woche haben wir sie am Steg vor dem Haus vertäut. Dort bekommt es keiner mit, wenn wir ihn an Bord bringen.«

»Bist du verrückt? Nach Neustadt sind es über sechshundert Kilometer!«

»Hast du eine bessere Idee?«, fragt Marianne lakonisch.

»Und dann?«

»Versenken wir ihn in der Ostsee, mit zwanzig Kilo Blei an den Füßen!«

Ich bin von ihrer Kaltschnäuzigkeit abgestoßen und betört zugleich. In diesem Moment begehre ich sie, wie am Anfang unserer Beziehung.

»Ich kümmere mich jetzt ums Band der Videoüberwachung!«

»Und ich räume hier auf.«

»Vorher verarzten wir deine Unterarme«, sagt sie und deutet zugleich auf meine Schnittverletzungen.

Während Marianne die Videobänder austauscht, tasten meine Hände vorsichtig in den Glassplittern nach dem Ring. Mein Blick fällt auf Lührs geschlossene Faust. Widerwillig drücke ich seine Finger auseinander und finde ihn in seiner Handfläche. Als Marianne zurückkommt, wickeln wir Lühr in eine Plastikfolie, schleppen ihn zu seinem Wagen und säubern das Laboratorium.

Als wir nachts um zwei seine Villa in Neustadt erreichen, ist meine Verzweiflung abgestandener Niedergeschlagenheit gewichen. Es ist Neumond und stockdunkel. Lühr hat etwa meine Figur. Die Nachbarn werden denken, dass er mit seiner Partnerin das Wochenende im Haus oder auf seiner Jacht verbringt. Ich parke den Wagen in der Doppelgarage. Durch eine Hintertür schleifen wir ihn dicht an der bewachsenen Einfriedung entlang zum Wasser.

»Alles in Ordnung?«

Nein!, will ich schreien. Nichts ist in Ordnung! Ich habe genug von diesem Wahnsinn!

»Geht schon«, antworte ich stattdessen, aus Angst, mich vor ihr zu blamieren, wenn ich meinen Gefühlsnotstand offenbare.

»Es gefällt dir nicht!«

»Wie könnte es?«, bricht es unvermittelt aus mir heraus. »Wie bekommen wir ihn ungesehen aufs Schiff? Den Landungssteg kann man einsehen.«

Meine Ex-Frau deutet vielsagend zum Wasser.

»Diese Brühe hat keine zehn Grad, wir holen uns den Tod!«

»Schön, dass du deinen Sinn für Humor behalten hast!«, höhnt sie. »Dann holen wir uns eben den Tod! Eine andere Möglichkeit gibt es nicht! Wir verknoten eine Eisenstange an ihm und drücken ihn unter Wasser. Dann schwimmen wir zur Onedin, ziehen ihn hinter uns her und vertäuen ihn am Schiff.«

»Wenn uns einer beobachtet, sieht es so aus, als wenn wir ein romantisches Nachtschwimmen veranstalten«, murmele ich widerwillig.

»Eben«, nickt sie mir zu. »Darum nackt!«

»Romantisches Nachtschwimmen bei zehn Grad Wassertemperatur?«, frage ich pikiert. »Hätte nicht damit gerechnet, dich noch mal nackt zu sehen!«, ergänze ich boshaft.

Sie ignoriert meine Frotzelei. »Wir segeln erst in Küstennähe, danach einige Seemeilen Richtung Hiddensee. Vom letzten Tauchgang sind noch zwei Bleigürtel an Bord, das reicht!«

Wir befestigen die Eisenstange an seinem Körper, ziehen uns aus, und schleifen ihn ins Wasser. Ich bin als Sporttaucher einiges gewohnt, aber die Kälte des Wassers überrascht mich doch. Insgeheim bewundere ich Marianne, die, ohne das Gesicht zu verziehen, ins Wasser steigt. Wir schwimmen nebeneinander, ziehen Stefan unter Wasser hinter uns her.

Ein paar Meter vor der Jacht schlingt sie plötzlich ihre Arme um meinen Hals und küsst mich leidenschaftlich. Im ersten Moment zucke ich überrascht, erwidere dann innig ihren Kuss und spüre das kalte Wasser nicht mehr, das mir noch vor Sekunden den letzten Rest Wärme aus dem Körper saugen wollte.

Wir schwimmen zur Luvseite des Schiffes, vertäuen ihn an der Bordwand und steigen über die Heckleiter auf das Deck. In der Kajüte reicht sie mir ein Handtuch.

»Was sollte das denn eben im Wasser?«, frage ich geschmeichelt, während ich mir mit dem Handtuch die Brust abtrockne.

»Bilde dir ja nichts darauf ein!«, entgegnet meine Ex-Frau. »Das war für die Galerie – falls uns jemand beobachtet hat!«

Ding! Ding! Ding!

Das Klingeln riss Lessing aus seinem Tagtraum. Als er endlich das Telefon in der Hand hielt, verstummte es.

Ein Flug über den Teich

London, MI6
Mittwoch, 22. November 2017

Dr. Ian Hunt war im Stress. Anne zupfte nervös an ihm herum, hatte das Taxi versehentlich schon für 20 Uhr bestellt. Judy quengelte dauernd wegen einem Mitbringsel, sein Handkoffer wartete geduldig darauf, befüllt zu werden – und vor ihm saß schwanzwedelnd Jolly Joker mit seiner Leine im Maul. Alles in allem war er gut beschäftigt. Er tätschelte tröstend JJ's Schnauze, drückte seiner Frau mit einem Kuss vielsagend die Leine in die Hand, stelzte wie ein Storch durch sein überfrachtetes Arbeitszimmer und grabschte nach Unterlagen auf dem Schreibtisch, die er für seinen Kurztrip über den Atlantik brauchte.

Ring! Ring!

Ihre Türglocke schlug an.

Hastig stopfte Hunt seine Dokumente in den Flugkoffer, fegte wie ein Rugbyspieler an Hund und Kind vorbei ins Bad, räumte mit der Rechten seine Toilettenutensilien hinein und verließ – Anne flüchtig einen Kuss auf den Mund drückend – die Wohnung.

»Mr. Hunt?«

Nach dem Atlantikflug saß der Engländer zusammengesunken in der Empfangshalle und war eingeschlafen. Normalerweise sah Hunt gut aus, kamen seine vollen tiefschwar-
zen Haare, dunklen Augen und sein geschwungener Mund
bei den Damen bestens an. Jetzt saß er zusammengesunken
wie ein Landstreicher auf einer Bank, wobei dieser Eindruck
noch dadurch verstärkt wurde, dass er sich vor dem Abflug
hatte nicht mehr rasieren können und nun schwarze Bart-
stoppeln sein Gesicht bevölkerten.

»Dr. Hunt.

Dr. Hunt!

Wachen Sie auf, Dr. Hunt!

Wachen Sie auf!

DR. HUNT! AUFWACHEN!«

Schlaftrunken fuhr Hunt hoch. Durch den verschwom-
menen Blick sah er zwei Klone in schwarzen Anzügen und
dunklen Sonnenbrillen vor ihm stehen, die sich nur in den
Haarfarben unterschieden.

»Wir sind Ihr Empfangskomitee«, sagte der Blonde mit einem Grinsen im Gesicht, während sein dunkelhaariges Pendant schweigend nickte.

Hunt betrachtete sie unschlüssig. Dann zuckte er die Achseln, stand auf, griff seinen Rollkoffer, folgte ihnen quer durch
den Flughafen und stieg auf dem Vorplatz in einen schwarzen Lincoln.

»Hallo Ian!«, begrüßte ihn eine schwarzhaarige, asiatisch
anmutende Frau, der etwas eigenartig Vergangenes anhaftete, etwas von inszenierten Parteitagen und Kombinat vietna-
mesischer Herrschaft.

»Hallo Linh.« Hunts Augen sahen so müde aus, wie sich
seine Stimme anhörte. »Lange nicht gesehen.«

»Siehst müde aus, Ian.«

»So fühle ich mich auch.«

»Was gibt es denn so Wichtiges, das dich über den Teich treibt?«, fragte sie.

»Nichts Positives«, entgegnete der MI6-Analyst deutungsvoll und erzählte ihr auf dem Weg in die Stadt den Grund seines Besuchs, während sie ab und an die Lippen schürzte, ihn aber bis zur Ankunft kein einziges Mal unterbrach.

***

Linh Carter betrat mit ihrem Gast den großen Konferenzraum, dessen Wände gebogene Projektionsschirme dekorierten. »Hallo Peter, sind alle da?«

Der Angesprochene bejahte mit einem Kopfnicken.

»Guten Morgen!«

Ein vielstimmiges Gemurmel war als Antwort zu hören.

»Ich möchte Ihnen Dr. Ian Hunt vorstellen«, dabei blickte sie in die Runde. »Die meisten von Ihnen kennen Dr. Hunt bereits. Ian ist MI6-Analyst.« Sie machte eine kurze Pause, als sich Sicherheitsberater Sinclair neben ihr am Kopfende in seinen Bürosessel fallen ließ und ihr kurz zunickte.

»Er ist für nachrichtendienstliche Erkenntnisse im Zusammenhang mit der nationalen Sicherheit zuständig. Seine Abteilung berät den Britischen Premierchef und andere politische Entscheidungsträger.« Carter machte wieder eine kurze Pause, um ihre Worte wirken zu lassen.

»Seine Abteilung sammelt sicherheitsrelevante Daten aus einer Vielzahl von Quellen rund um den Globus: von Einzelpersonen, ausländischen Medien oder aus Satellitenüberwachungen. Da der Wert solcher Hinweise davon abhängt, wie zuverlässig beziehungsweise wie vollständig sie sind, liegt es an Analysten wie Dr. Hunt, nützliche Informationen daraus zu ziehen. Es ist so, als kämen Puzzlestücke aus aller Welt zusammen und müssten in der richtigen Reihenfolge zusammengelegt werden, um ein stimmiges Bild zu erhalten!«

Linh beugte sich zu ihrem Gast. »Leg los!«, raunte sie aufmunternd, und setzte sich neben Sinclair.

Hunt schaute abwartend in die Runde. »Am 16. Oktober kam es in einem Reaktor in Murmansk zu einem Störfall. Infolge des Unfalls hatten alle Großschiffe den Militärhafen Richtung Fjord verlassen.«

Aufgeregtes Gemurmel füllte augenblicklich den Raum.

»Soweit ich weiß, hat Russland der internationalen Atomenergiebehörde offiziell nichts gemeldet!«, ergänzte Linh Carter.

Hunt nickte ihr bestätigend zu.

»Und was«, fragte Carters Vorgesetzter am Kopfende des Tisches, »haben Sie herausgefunden?«

»Ich fürchte, nichts Gutes«, erwiderte Hunt. »Ich zeige Ihnen jetzt zwei Radaraufnahmen, die ein deutscher Aufklärungssatellit im Abstand von neunzig Minuten am Tag des Störfalls aufgenommen hatte.« Gleichzeitig deutete er zur gegenüberliegenden Wand. »Beide Aufnahmen haben den gleichen Bildausschnitt mit der Kola-Bucht als Zentrum. Diese Bucht ist ein siebenundfünfzig Kilometer langer Fjord der Barentssee, der in den nördlichen Teil der Kola-Halbinsel einschneidet. Er ist teils sieben Kilometer breit und hat eine Tiefe bis dreihundert Meter.« Hunt ließ das Pfeilsymbol seines Laserpointers diagonal über die obere Aufnahme wandern.

»Murmansk liegt am unteren, Severomorsk am oberen Bildrand. Um 23:05 Uhr lagen fast alle Schiffe vertäut an den Piers. Nur zwei Schlepper«, sein Pfeil fuhr zu zwei kleinen hellen Punkten auf dem graugrünen Meer, »und die ADMIRAL KUSNEZOW waren in Bewegung.« Hunt schwenkte seinen Laser zu den vertäuten Schiffen. »Hier ankern der Raketenkreuzer PJOTR WELIKI, die MOSKWA und die KERTSCH. In Severomorsk liegen die K 1112, K 129 und ein großer Frachter.«

Hunts Laserpunkt schwenkte zur unteren Aufnahme. »Um 0:35 erreichte der Satellit wieder dieselbe Position und hat diese Situation dokumentiert. Sie sehen jetzt den Flugzeugträger bereits östlich von Severomorsk, die Typhoons und alle anderen Großschiffe innerhalb des Fjords in Fahrt.«

»Das steht im Zusammenhang mit dem Störfall«, warf ein dekorierter General ein. »Unsere russischen Freunde hatten wegen dem Reaktorschaden Angst um ihre dicken Pötte und wollten sie schleunigst in Sicherheit bringen!«

»Vergleichen Sie bitte beide Aufnahmen«, indessen blickte Hunt von einem Sitzungsteilnehmer zum nächsten.

»Auf dem oberen Bild sieht man ein Großschiff, das unten fehlt!«, warf ein Uniformierter ein.

»Korrekt!«

»Dann muss es bereits tiefer im Fjord sein und ist deshalb nicht mehr zu sehen!«, erwiderte sein Nachbar.

Hunt schüttelte den Kopf. »Das ist nur ein Bildausschnitt. Wir haben die ganze Aufnahme akribisch abgesucht – da ist absolut nichts. Schon gar nichts von solcher Größe. Das Schiff ist immerhin knapp zweihundertfünfzig Meter lang!«

Sinclair legte den unteren Zeigefingerknöchel seiner Linken an die Oberlippe. »Wo ist das Geisterschiff geblieben?«, murmelte er nachdenklich. »Fahren Sie fort!«

»Wir haben es vorläufig auf den Namen LAURIN getauft!« Gleichzeitig wuchs der Kartenausschnitt, bis nur noch das unbekannte Schiff – dem Aussehen nach ein Frachter – zu sehen war. »Ich denke, wir sind uns einig, dass kein Zauberer das Schiff in einen Zylinderhut hat springen lassen.« Vereinzelt war gedämpftes Lachen zu hören.

»Wenn also ein Schiff solcher Größe in der ersten Aufnahme zu sehen ist, aber binnen neunzig Minuten spurlos verschwindet, gibt es dafür nur eine mögliche Erklärung!« Hunt legte erneut eine Kunstpause ein. »Es muss auch jetzt noch da sein, nur sehen wir es nicht!«

»Jetzt widersprichst du dir selbst!«, unterbrach ihn Linh

Carter. »Wenn das Schiff im oberen Bild zu sehen war, warum nicht auch auf dem unteren?«

Hunt lächelte nachsichtig. »Weil es von Land verdeckt ist!«

Einigen Sitzungsteilnehmern stand die Verblüffung ins Gesicht geschrieben.

»Also haben die Russen jetzt auch in Murmansk eine maritime Bunkeranlage! Das muss ja ein ganz schöner Kaventsmann sein, wenn er einen so großen Frachter aufnehmen kann!«

»Sie bringen es auf den Punkt, Sir!« Hunts Lächeln vertiefte sich. »Das ist die einzig logische Erklärung! Und damit stellen sich eine Menge Fragen:

Wo genau liegt der Bunker?

Wie groß ist er und – gibt es Weitere?

Warum wurde das Schiff nicht wie andere in Sicherheit gebracht?

Was ist so außergewöhnlich an dem Schiff, um es in einen geheimen Bunker zu schleppen?«

DRITTER TEIL

Schatten der Vergangenheit

Frankfurt am Main
Freitag, 24. November 2017

»Frank!

Wach auf, Frank!«

»Mmmhh?«

»Wenn du deine Aufgaben nicht erfüllst, kommt eines nachts der Klabautermann, um dich zu holen!«

Eine Stimme springt mir in den Kopf. Eine Stimme, die ich seit Wochen nicht mehr gehört hatte. *Dann kommt der Klabautermann, um dich zu holen*, wiederhole ich in Gedanken.

»Ich glaube, du hast da was falsch verstanden, Stefan.«

Lühr lacht meckernd und blickt mich durch eingefallene Augenlider an.

»Kleine Überraschung, alter Knabe! Du darfst nicht einschlafen! Geh nach vorne! Reff das Segel! Mach schon!«

»Was ist mit deinen Augen passiert?«

Stefan bohrt sich gedankenverloren im rechten Ohr. »Sind geschrumpft. Ist bei Wasserleichen so!«

Wieder dieses meckernde Lachen. Er tritt hinter dem Ruder hervor und wankt zu mir herüber. Ich bin überhaupt nicht überrascht ihn hier zu sehen, trotzdem erschrecke ich über sein blasses, teigiges Gesicht. Er grinst mit dem, was von seinen Zügen noch übrig ist, und legt mir seine Hand auf die Schulter. Ich versuche, nicht zu erschauern.

»Ihr habt ja einen Riesenspaß gehabt in der Jacht, nachdem ihr mich angedockt hattet. Hat's dich angetörnt, mich draußen an der Bordwand zu wissen?«

»Du bist pervers! Lass mich in Ruhe! Ich muss mich ums Segel kümmern!«, sage ich und hangele an der Reling zum Bug nach vorne, aber seine Hand bleibt auf meiner Schulter liegen, was bedeutet, dass sich sein Arm hinter mir wie ein Gummi-

band in die Länge zieht. Ich halte an, weil ich weiß, dass ich seine Hand so nicht loswerde.

»Na komm, sag schon, alter Knabe! Hat dich tierisch geil gemacht, stimmt's?«

Ich setze mich wieder in Bewegung. »Das Segel muss gerefft werden! Wir sind gleich im Hafen!«

»Und du glaubst, damit kommt ihr durch?« Lühr schnauft verächtlich.

»Es war ein Unfall!«

»Oh ja, deshalb habt ihr auch nicht die Polizei gerufen, sondern mich in der Ostsee versenkt.« Er kratzt sich nachdenklich am Kopf, ohne zu merken, dass ganze Haarbüschel an seinen Fingern kleben.

»Wir waren in Panik! Was hätten wir denn tun sollen?«

»Panik? Du warst in Panik, aber Marianne nicht! Hast du mal darüber nachgedacht, dass sie mich auf diese Weise elegant absorviert hat? Und sie erbt alles! Das Haus, die Jacht, selbst meinen Job im Institut!«

»Du willst nur einen Keil zwischen uns treiben!«

Lühr lacht schallend. »Nein, alter Knabe, das besorgt ihr schon ganz alleine! Riechst du das?«, fragt Lühr und reckt seine verknöcherte Nase in die kühle Luft.

»Was?« Doch im selben Moment, als ich frage, rieche ich es ebenfalls. Ein frischer, belebender Duft, ähnlich dem Parfüm, das Connie benutzt hatte, als wir in –

Wach.

Lessing riss die Augen auf und starrte in Connie Sadeks Gesicht, das nur wenige Zentimeter von seinem entfernt war. »Connie? Wie kommst du denn hierher?«

»Was glaubst du wohl? Durch die Tür natürlich! Sie war nur angelehnt!«

»Wie lange bist du schon hier?«

»Vielleicht ein, zwei Minuten. Deine Augenlider haben dauernd gezuckt. Schlecht geträumt?«

Lessing winkte ab und setzte sich endgültig auf. »Ich muss aufstehen.«

»Oder ich komm zu dir unter die Decke!«

Showtime

Frankfurt am Main
Freitag, 1. Dezember 2017

»Connie!«, sprach Lessing ungehalten. »Jetzt spann mich nicht so auf die Folter! Ist dein Kontakt fündig geworden?«

»Ist er!«, drang es aus dem Hörer. »Das kostet dich neben dem Tausender noch was.«

»Und das wäre?«

»Ein Abendessen und ein paar Flaschen Champagner!«

Lessing seufzte. »Also gut. Wie sieht's morgen aus?«

»Einverstanden! Koch was Schönes!«

Klack!

***

Am nächsten Tag brachten Connie – bei großzügiger Auslegung der Geschwindigkeitsbegrenzung – die 193 PS ihrer BMW 1000 RR binnen zwanzig Minuten von Mainz nach Frankfurt. Sie warf ihren Helm in die weiße, lederne Sitzecke, stellte den Seitenkoffer ab, schälte sich aus ihrem Motorraddress und ließ sich in einen der Sessel fallen, die Lessings Wohnzimmer bevölkerten. »Ich hoffe, du hast was Anständiges gekocht!«, sagte sie statt einer Begrüßung.

Lessing saß auf der Couch, hatte seine Füße über Eck des niedrigen Glastisches gelegt und betrachtete sie ungeniert.

»Soll ich mich gleich ausziehen oder essen wir vorher?« Es klang wie eine Entschuldigung.

Der Frankfurter schlenderte zur offenen Hausbar, drehte den Verschluss einer Flasche Remy Martin XO auf, schnupperte daran, goss ein und reichte ihr ein Glas.

***

»Das muss ich dir lassen«, sagte Connie, legte das Besteck auf den leeren Teller und lehnte sich zurück. »Du hast nichts verlernt. Das sind die besten Tortiglioni, die du je gekocht hast.«

»Danke für die Blumen«, erwiderte Lessing lakonisch, zugleich schenkte er nach. »Freut mich, wenn's schmeckt. Jetzt rück schon raus. Was hat dein Kontakt herausgefunden?«

»Einiges, was dir nicht gefallen wird!«

»Connie ...« Lessing sah sie über den Rand seines Weinglases mahnend an und trank einen Schluck goldfarbenen Riesling.

»Es ist eine Mainzer Bank!«

Lessing prostete ihr zu. »Bravo! Gut gemacht!«

»Freu dich nicht zu früh! Wie hattest du vor, ans Fach zu kommen?«

»Mit dem Schlüssel natürlich.«

Sie zog ihre Augenbrauen hoch. »Aber das Fach gehört dir nicht!«

»Du meinst, ich komme trotz des Schlüssels nicht ran?«

Sie schüttelte den Kopf und nippte am Glas.

»Dann müsscn wir uns was einfallen lassen.«

Ihr war aufgefallen, dass er zum ersten Mal das Wort »wir« in den Mund genommen hatte.

»Du hast nicht zufällig eine Idee?«, fragte er mit konspirativem Unterton in der Stimme.

»Hab ich! Aber erstens ist es illegal und zweitens ... –«

»Wird's teuer!«, unterbrach er sie ahnungsvoll und blickte in ihr wölfisch grinsendes Gesicht.

»Wieviel?«

Sie winkte lässig ab. »Ich hab dich nur aufziehen wollen und das Problem längst gelöst!«

In Lessing schrillten alle Alarmsirenen. Connie Sadek war schon immer unberechenbar gewesen. Verlässlich im Job, ansonsten aber unberechenbar und ein wenig verrückt. *Leistet Wehrdienst und geht freiwillig für drei Monate nach Af-*

ghanistan. Weil ich gerade nichts Besseres vorhatte, war ihre Antwort auf seine Frage nach dem »warum?« gewesen. Fallwinde des Misstrauens bliesen ihm Wolken voller Skepsis in seine Stimmbänder: »Was hast du angestellt?«

Sie stützte die Ellbogen auf den Tisch, legte den Kopf auf die verschränkten Hände und schaute ihn halb erwartungsvoll, halb spöttisch an. »Was glaubst du?«

Lessing schnaubte: »Dir ist alles zuzutrauen!« Er deutete zum schwarzen Motorradkoffer, den seine Kamerafrau neben dem Tisch abgestellt hatte. »Was ist da drin?«

Ihr Lächeln vertiefte sich. »Rate mal, da kommst du nie drauf!«

Es kam zu einem kurzen Schweigen, währenddessen sie interessiert einen Punkt an der Decke betrachtete.

»Das glaub ich jetzt nicht!« Als er seine Besucherin ansah, bleckte Sadek ihre perlweißen Zähne.

»Showtime!«

Connie schob die Teller beiseite, legte ihren Koffer vor Lessing auf den Tisch und klappte behutsam den Deckel zurück.

Pawlow ist tot

Murmansk
Samstag, 2. Dezember 2017

»Es tut mir so leid.« Lyshkin wusste nicht, wohin mit seinen Händen. Mit einem Mal schossen ihr Tränen in die Augen. Destillate der Hilflosigkeit. Bäche der Bestürzung und Trauer traten über die Ufer, strömten über Irinas hübsches Gesicht. Er nahm sie sanft in die Arme und wartete, bis sich ihre Verzweiflung in Schweigen aufgelöst hatte.

»Ist schon gut«, sagte Irina Poliakowa mit erstickter Stimme. »Du kannst ja nichts dafür.«

»Du auch nicht!«, erwiderte er eindringlich und zog sie sachte an sich. »Irina! Das hatten wir doch schon mal.«, fügte er geduldig hinzu.

Ihr Unterkiefer mahlte vor Zorn. »Ihr hättet diese gebrauchten Reaktoren niemals einbauen dürfen! Ihr tragt die Verantwortung für das, was passiert ist!«

Während Lyshkin, ihr Liebhaber, noch Ausschau hielt nach einem Mauseloch, in das er sich verkriechen konnte, hörte er Lyshkin, den Werksleiter, sagen: »Die Entscheidung lag nicht bei uns. Sie haben beide Eisbrecher außer Dienst gestellt und Order erteilt, die Reaktoren bei uns einzubauen, das weißt du so gut wie ich!«

»Bauen sie jetzt wenigstens den lädierten Reaktor aus?«

Lyshkin presste die Lippen zusammen, nahm seine Geliebte fester in den Arm und schüttelte schweigend den Kopf. »Sie haben ihn inzwischen eingehend untersucht – keine Mängel.«

»Keine Mängel!«, höhnte die Notärztin. »Die sitzen in Moskau hinter den Schreibtischen und sind weit weg! So lässt es sich locker Entscheidungen treffen! Wer garantiert uns, dass der zweite Reaktor keinen Schaden nimmt?«

Nach kurzem Klopfen öffnete sich die Tür. »Entschuldigen Sie die Störung, aber –«

»Tut mir leid, Andrej, aber ich muss dringend mit dir sprechen!« Ein Bär von Mann schob sich an Lyshkins Sekretärin vorbei und baute sich vor ihm auf.

»Ich wollte ohnehin gerade gehen«, sagte Irina, war dankbar für die Unterbrechung, und verließ hastig das Büro.

Lyshkin war verärgert über die Störung und ließ es am Tonfall erkennen.

»Was gibt es denn so wahnsinnig Wichtiges, Boris?«

»Wir wollen, dass beide Altreaktoren sofort ausgebaut werden!«

»Das ist nicht deine Baustelle, also halt dich da raus!«

»Solange ich hier die Verantwortung für das Personal trage, werden diese Reaktoren nicht in Betrieb genommen! Hast du mich verstanden? Du bist hier nur Untermieter, Andrej!«

Lyshkin schob seine Unterlippe vor. »Was hältst du davon, Moskau zu informieren?«

Boris Rybkow trat noch dichter an ihn heran, bis sich beide Nasenspitzen fast berührten. »Ich habe eine bessere Idee! Ich fahre selbst nach Moskau! Mal sehen, was sie von deinen Reaktorspielchen halten!« Damit drehte er sich um und machte Anstalten, das Büro zu verlassen.

»Die Idee – gebrauchte Reaktoren einzubauen – stammt nicht von mir, sondern war eine Direktive aus Moskau!«

Wie vom Donner gerührt blieb Rybkow stehen und ging nach einem kurzen Moment kommentarlos hinaus.

Connies Überraschung

Frankfurt am Main
Samstag, 2. Dezember 2017

Ungläubig starrte er auf den Inhalt. »Wie hast du das gemacht?«, fragte Lessing ehrfürchtig.

Sie grinste verschwörerisch. Seit der gemeinsamen Untersuchung des Rings auf dem Eisbrecher hatte sich ihrer gelegentlichen Zweisamkeit noch eine konspirative Komponente hinzugesellt – ein kumpelhaftes Dichthalten.

»Das willst du gar nicht wissen«, erwiderte sie in einem Tonfall, der weitere Nachfragen verbot. Sie lehnte sich zurück und verschränkte die Arme vor ihren Brüsten, als wolle sie diese dahinter verbergen – ein zum Scheitern verurteiltes Bemühen.

Lessing räumte das Geschirr ab und breitete den Inhalt des Koffers andächtig auf dem Tisch aus. Zwei abgegriffene schwarze Lederkladden, eine goldene Taschenuhr, zwei Fotoalben, abgelaufene Dienstausweise, eine Schmuckschatulle, – es kam ihm vor, als würde er in die Anfänge des letzten Jahrhunderts abtauchen.

»Hast du schon mal reingesehen?«

Sie schüttelte den Kopf. Er sah in ihr braun gebranntes Gesicht mit dem spöttischen Grinsen und lächelte dünn zurück.

Connie grinste noch breiter. »Zusammen mit dir ist es spannender«, entgegnete sie und setzte sich neben ihn. Er sog ihr Parfüm ein und spürte, wie das Bukett die Saiten in seinem Unterleib zupfte.

Reiß dich zusammen, es gibt Wichtigeres! Er öffnete die Schatulle und blickte auf einen dekorativen Orden. Das Halskreuz aus Bronze war feuervergoldet, beidseitig fein emailliert, besaß auf der Vorderseite im Zentrum das goldene

Ehrenzeichen der NSDAP, und auf der Rückseite eine Faksimile-Unterschrift »Adolf Hitler«. Die Halsbandaufhängung trug den Hoheitsadler über dem Lorbeerkranz mit gekreuzten Schwertern.

Lessing pfiff überrascht durch die Zähne.

»Er war Pilot!« Sie hielt ein abgewetztes Flugbuch hoch, auf dem Stirböcks Name in Druckbuchstaben stand.

Connie nahm Stirböcks Taschenuhr, öffnete den Sprungdeckel und hielt sie ihm hin, damit er die Inschrift lesen konnte.

| Eigentum der Waffen-SS |
| Reichsführerschule |
| Burg Wewelsburg |

»Schau an, da hatte Stirböcks Nachbar also doch recht!«, sagte er. »Hätte ich mir eigentlich denken können. Er war mit über neunzig noch ein harter Knochen!«

Zugleich legte Lessing die geöffnete Schatulle neben den Koffer.

»Unser hochdekorierter Freund war bei der Waffen-SS und hat vermutlich jede Menge Dreck am Stecken, sonst hätte er das Zeug nicht im Schließfach versteckt!«

»Macht Sinn«, erwiderte sie einsilbig.

Connies Gastgeber schlug das Album auf. Modriger Geruch stieg vom schwarzen Fotokarton in die Nasen, auf dem vergilbte Fotos klebten. Sie zeigten Soldaten vor Jagdflugzeugen. Alles junge Burschen, die vor der Kamera um die Wette strahlten. Am Ende fand sich Stirböcks Porträt in einer schwarzen SS-Uniform.

Sie öffneten eine Kladde und begannen fast Wange an Wange zu lesen.

Cognac, 30. Januar 1943
Greifen kurzzeitig von Sizilien aus in Kämpfe um Tunesien ein.

.

.

.

Cognac, 30. Mai 1943
Seeziele mit der neuen Focke-Wulf Fw 200 bekämpft.

.

.

.

Cognac, 23. Juni 1943
Haben mit der Staffel im Nordatlantik die britischen Frachter
Shetland und Volturno versenkt, große Feier am Abend.

.

.

.

Cognac, 11. Juli 1943
Sichteten im Nordatlantik einen Konvoi mit mehreren großen
Truppentransportern. Haben trotz starker Flak-Abwehr ange-
griffen. Ich wurde getroffen und schwer verletzt.

.

.

.

Cognac, 24. März 1944
Werden nach Saint Jean d'Angély-Fontenet verlegt.

.

.

.

Saint Jean d'Angély-Fontenet, 1. Juli 1944
Fliegen nach Banak, Nordnorwegen. Sollen von dort aus wie-
der Versorgungsflüge zu den Wetterstationen im Polarmeer
aufnehmen.

Waren am Anfang die Einträge nur kurz, hatte Stirböck nun
zunehmend mehr Text verfasst.

Banak, 6. Juli 1944

Sollen einen Arzt zum erkrankten Wettertrupp »Schatzgräber« nach Alexandraland bringen. Er muss eventuell mit dem Schirm abspringen. Heikle Sache. Flug wurde auf morgen verschoben.

Banak, 7. Juli 1944

Die Besatzung des Wettertrupps besteht aus zehn Kameraden. Sie haben die Insel erkundet, kartografiert, zwei Ausweichlager eingerichtet, nördlich der Station Minen verlegt und ihre Lage eingemessen.

Das Verhängnis kam über die Stationsbesatzung aber nicht vom Feind, sondern durch einen Eisbären. Er war als willkommene Abwechslung zur Konservennahrung geschossen und teilweise als Mett roh verzehrt worden. Er besaß Trichinen, die der Koch nicht erkannt hatte. Bis auf Hoffmann, der kein Fleisch aß, erkrankten in der Folgezeit alle anderen Kameraden. Sie hatten Glück, dass ausgerechnet Hoffmann als ausgebildeter Krankenpfleger verschont blieb und sich um sie kümmern konnte.

Sowohl für die Anlandung eines Schiffes, als auch für Flugboote war das Eis um diese Jahreszeit noch nicht ausreichend gewichen – blieb also nur ein Landflugzeug.

Sie hatten dem Arzt verheimlicht, dass er eventuell abspringen muss. Außerdem hatte er sich keineswegs freiwillig gemeldet und war auch nicht ledig, sondern verheiratet und Vater zweier Töchter. Karl-Heinz und ich beschlossen, ihn nicht springen zu lassen, sondern haben um 22:30 Uhr die Landung riskiert, wobei das rechte Innenrad aufgerissen wurde. Auch der Sporn wurde beschädigt. Unsere Maschine kam nach etwa vierhundert Meter Ausrollstrecke in einer Schmelzwassermulde zum Stehen.

Obwohl es gegen Mitternacht ging, war es dank des Polartages so hell, dass wir einige Fotos machen konnten. Die Wetterstation, nur etwa fünf Kilometer vom Landepunkt entfernt, erreichten wir gegen 1 Uhr. Auf halber Strecke kam uns Hoffmann entgegen. Die Behausung der Station lag – mit Farbe und

Tarnnetzen getarnt – etwas vertieft in einer Felsspalte. Ihre Lage hatte Schmelzwasser eindringen lassen, sodass alles nass und stickig war. In den Kojen fanden wir neun ausgemergelte, fiebrige Kameraden. Einige hatten alle Hoffnung aufgegeben, während andere – in etwas besserem Zustand – uns mit einem Lächeln begrüßten.

Wir hatten nach der Landung sofort einen Funkspruch abgesetzt und die nötigen Ersatzteile angefordert, aber keine Bestätigung erhalten. Vom Landeplatz schleppten wir Medikamente, Nahrungsmittel und Sprengmittel zur Station. An Schlaf war kaum zu denken.

Die eine Hälfte der Mannschaft kümmerte sich um die Kranken, die andere richtete eine Startbahn her, sprengte größere Felsbrocken weg und füllte Senken mit Geröll auf – eine Scheißarbeit.

Alexandraland, 8. Juli 1944
Wir haben noch immer keinen Kontakt und nutzten die Zeit, um das Fahrwerk am defekten Rad abzustützen und eine Mulde auszuheben, die aber mit Schmelzwasser vollief.

Alexandraland, 9. Juli 1944
Haben noch immer keinen Kontakt zur Heimat, jedoch Funkkontakt mit dem Frachter LANDVOGT. Die Welt ist ein Dorf. Karl-Heinz und der Kapitän kommen aus der gleichen Ortschaft und kennen sich. Karl-Heinz erzählte mir von einer Riesenschweinerei, nachdem sich die beiden kurz getroffen hatten. Die LANDVOGT würde seit längerer Zeit eine zweite, streng geheime Station auf Alexandraland anlaufen, nur gut sieben Kilometer von Schatzgräber entfernt. Diese Mistkerle hatten sich trotz SOS-Signal nicht um die kranken Kameraden gekümmert, sondern hätten sie aus Gründen der Geheimhaltung krepieren lassen. Morgen marschiere ich mit Heinrich und Walter dorthin. Mit etwas Glück haben sie Ersatzteile für uns und werden hoffentlich nicht auf uns schießen.

Alexandraland, 10. Juli 1944
Wir sind wieder zurück – mit einem Ersatzrad. Wir alle muss-
ten Geheimhaltungserklärungen unterschreiben und haben
keine Ahnung, was unsere Leute dort treiben. Einige hundert
Meter vor der Basis hatte uns eine Patrouille abgefangen. Sie
alle haben strengste Order, keinen Kontakt zu anderen Statio-
nen aufzunehmen und werden nur von der LANDVOGT an-
gelaufen.
Keine Ahnung, was diese Geheimniskrämerei soll. Gegen diese
Station ist Schatzgräber ein Winzling. Wenigstens haben sie
uns ein neues Rad überlassen – immerhin.

Banak, 11. Juli 1944
Wir sind wieder in Banak gelandet und froh, dass wir alle ret-
ten konnten. Nicht nur das Bodenpersonal bereitete uns nach
dieser großartigen, kühnen und trotz allem vom Glück be-
günstigten Rettungsaktion einen begeisterten Empfang. Auch
General Roth, Fliegerführer in Trondheim, ließ es sich nicht
nehmen, uns zu begrüßen, uns Dank und Anerkennung für die
ungewöhnliche Leistung auszusprechen.
.
.
.

»Puh ...« Lessing schlug Stirböcks Kladde zu, lehnte sich zu-
rück und verschränkte seine Hände hinter dem Kopf. »Nichts!
Kein einziger Hinweis auf den Stein.« Der Frust war seiner
Stimme anzuhören.

Connie ließ ihre Beine über die Armlehne baumeln. »Über
den Stein vielleicht nicht, aber diese Geheimstation klingt interessant! Wir sollten versuchen, etwas über sie in Erfahrung
zu bringen. Wer weiß, vielleicht wird eine super Reportage
daraus! Zumindest wissen wir, dass sie im Umkreis von sieben Kilometer um Schatzgräber lag!«

»Toll! Das sind knapp hundertfünfzig Quadratkilometer

Gelände! In der Arktis wohlgemerkt!«, lamentierte Lessing. »Wir brauchen eine Idee, sonst ist unsere Suche zu Ende!«

Sie stand auf, wanderte zum Fenster, lehnte sich lässig an die Brüstung und sah ihn mit provokantem Augenaufschlag an. »Soll ich dich auf andere Gedanken bringen? Manchmal kommen einem dabei die besten Ideen.« Connies Haltung zwang ihn, ihren Körper anzuschauen. Sein Blick glitt zum Dekolleté, gewährte ein weit aufgeknöpftes Armeehemd mehr Einblicke, als es verbarg, weiter zur angewinkelten Hüfte, ihren Schenkeln – während er die ganze Zeit eine Distanziertheit vortäuschte, zu der weder er noch sein Unterleib fähig waren.

Wind kommt auf. Die Jacht beginnt leicht zu schaukeln. Ein gleichförmiges schwaches Klopfen ist im zwei Sekunden Takt zu hören. Ich trockne Mariannes Rücken mit einem Handtuch ab und spüre, wie sie unter meinen Berührungen zusammengezuckt.

Das leise Pochen ändert sich nicht, bleibt uns wie der Taktgeber eines Klaviers erhalten.

Sachte streiche ich über ihre kalten Schultern, vergrabe meine Nase in ihr Haar und küsse zärtlich ihren Nacken, während meine Hände sachte ihre steifen Brüste streicheln.

»Das halte ich jetzt für keine gute Idee!«, sagt sie anfangs, doch ich lache nur und beginne, sie zwischen den Beinen zu massieren, während ihre Finger unter mein umschlungenes Handtuch gleiten, um das geschwollene Tier darunter zu befreien. Es zeigt, dass ihre Zuneigung zu mir trotz der Scheidung nicht gewillt war, in Agonie zu versinken und Marianne diese Form von Ablenkung in unserer Situation mehr als willkommen heißt.

Danach gibt es kein Halten mehr. Von sachtem Klopfen begleitet, taumeln wir wild knutschend zur trapezförmigen Matratze ins Vorschiff. Ich spüre, wie ihr wohlige Schauer über den Körper laufen und dringe sanft in sie ein.

Die Beckenbewegungen passen sich unbewusst dem rhythmischen Klopfen an. Ich fühle eine Mischung aus Faszination und Grauen. Unsere Blicke treffen sich. Einen kurzen Moment lang spiegelt sich in unseren Augen gegenseitiges Erschrecken, ahnen wir, was dieses Pochen verursacht, dass es Stefans Kopf ist, den leichter Wellengang gegen die Bordwand schlagen lässt.

Diese Vorstellung lässt unsere Erregung potenzieren, treibt uns in die finstersten Verließe abgründiger Fantasie.

Wie im Fieber nehme ich den salzigen Geschmack ihrer feuchten Spalte auf, als ich meine Zunge darin versenke, und an ihrer Knospe zu spielen beginne. Grunzend umklammern ihre Schenkel meinen Kopf, als wollten sie ihn nie mehr freigeben. Keuchend lecke ich sie im selben Rhythmus, wie sein Kopf gegen die Bordwand pocht.

Mein Glied pulsiert in ihrer melkenden Hand, saugt ihr Mund an meiner Eichel. Wir spüren die Wellen der Erregung, die den Gleichklang unserer Körper ersehnt, bis nicht mehr zu unterscheiden ist, wo die schmerzhafte Schwellung zwischen ihren Fingern beginnt und mein Züngeln in ihrer Spalte endet.

Unsere Individualität verdampft im Hexenkessel gemeinsam empfundener Raserei, verkocht in wechselseitiger Gier, dann lacht Marianne plötzlich über warme Spritzer auf ihren Lippen, während mein Gesicht sie – von kreisenden Hüften umschlossen – unter stetem Pochen zum Orgasmus treibt.

Connie baute sich vor ihm auf und wedelte mit der Hand vor seinen Augen herum. »Alles klar, Frank? Jemand zu Hause?«

Ihre Geste zerrte ihn wieder nach Frankfurt zurück. »Sonst war nichts im Fach?«, versuchte Lessing, seinen geistigen Ausflug zu kaschieren. »Kein Geld oder Schmuck?«

Sie schüttelte schweigend den Kopf.

»Woher weiß ich, dass du nichts abgezweigt hast?«

Connie Sadek stellte sich vor, ihm mit geballter Faust zwischen die Augen zu schlagen. »Weil ich's dir sage, du blöder Wichser«, erwiderte sie freundlich.

Lessing informiert Marianne

Frankfurt am Main
Freitag, 8. Dezember 2017

»Ich kann dich kaum verstehen, die Verbindung ist so schlecht. Bist du im Auto unterwegs?«

»Ja«, wiederholte Lessing. »Gibt's was Neues von der Kripo?«

»Nein, bin auch nicht scharf drauf und froh, wenn Sie mich in Ruhe lassen. Was willst du?«

Sie erlaubt sich keinen Funken Emotion, dachte er, *will keine Schwäche zeigen!*

»Wie geht es dir?«

»Danke, geht schon. Warum rufst du an?« Sie sagte es in einem geschäftsmäßigen Tonfall, der verriet, dass sie am liebsten das Gespräch sofort beendet hätte.

»Ich habe Neuigkeiten – unter anderem, was den Ring betrifft.«

»Red schon!«

»Wenn du nach Frankfurt kommst, können wir in Ruhe darüber sprechen. Ich will dir etwas zeigen – außerdem gibt es Tortiglioni mit Lachssoße!« Es war ihr Lieblingsessen. *Mit Speck fängt man Mäuse.*

»Ich muss später sowieso nach Frankfurt und bin um acht da. Gewöhn dir übrigens ab, am Telefon Andeutungen zu machen. Wer weiß, wer alles mithört. Wir dürfen uns keine Fehler erlauben!«

Klack.

»Wir dürfen uns keine Fehler erlauben und müssen bis morgen bleiben! Es wäre sonst unglaubwürdig, wenn wir heute schon aus Neustadt wieder abfahren würden.« Beide Ellbogen auf den Frühstückstisch gestützt, sieht Marianne mich abschätzend über ihren Tassenrand hinweg an.

Noch vor Sonnenaufgang hatten wir abgelegt und seine Leiche in der fünfzig Meter tiefen Ostsee versenkt. Am späten Vormittag waren wir zurückgesegelt, hatten das verliebte Pärchen gespielt, den Rest des Tages mit gegenseitigen Schuldzuweisungen verbracht und uns in der Nacht erneut geliebt – mit deutlich weniger Feuer als auf dem Schiff.

»Ich habe mir überlegt, wie wir vorgehen«, sagt sie.

»Erzähl.«

»Wir brechen heute Nacht einen lautstarken Streit vom Zaun, den unsere Nachbarn hören. Dann ziehe ich Stefans Sachen an, mime den Betrunkenen, torkele zur Jacht, und segle zur Ostsee hinaus! Du mietest ein Motorboot und holst mich an einer Position ab, die ich dir durchgebe. Die Jacht treibt anschließend führerlos auf dem Wasser. Es sieht dann so aus, als wäre Stefan betrunken über Bord gegangen. Du fährst mit dem Zug nach Frankfurt und ich spiele die besorgte Frau, die nach einem Streit ihren Mann vermisst.« Sie machte eine kurze Pause. »Wir dürfen vier Wochen keinen Kontakt zueinander aufnehmen! Keine Telefonanrufe! Weder vom Festnetz noch vom Handy, auch keine SMS, Mails oder dergleichen! Hast du mich verstanden?«

Nach einer unruhigen Nacht dämmern meine Gehirnzellen noch im Sumpf geistiger Trägheit. Ich denke einen Augenblick darüber nach, während Eigelb von meinem Löffel auf die Zeitung tropft. »Aber kann man ein Motorboot nicht orten?«, erwidere ich müde, reiße ein Stück Croissant ab und tupfe in Trumps vom Eigelb verschmierten Gesicht herum.

Marianne hatte vom Kiosk Brötchen und Zeitungen besorgt, sich bei den Nachbarn für den nächtlichen Lärm entschuldigt und wie immer getan, um keinen Verdacht zu erregen. Jetzt bin ich hier in Stefans Haus, trage seine Sachen, sitze mit seiner Geliebten – meiner Ex-Frau – am Tisch, die mir ihre Alibiversion erzählt, als würde sie übers Wetter plaudern.

»Nicht, wenn es ein älteres Boot ist. Ich gebe dir ein Navigationsgerät mit, damit du meine Position bestimmen kannst. Hörst du mir überhaupt zu? Woran denkst du?«

»Sorry wegen heute Nacht«, lüge ich.

»Du brauchst dich nicht dafür zu entschuldigen. Es gehören immer zwei dazu!« Mit einer fahrigen Geste streicht sie ihre Haare zurück. »Du weißt noch immer, auf welche Knöpfe du bei mir drücken musst, um mich in Fahrt zu bringen, selbst wenn ich es im Grunde gar nicht will!«

Das Kompliment ist mir fast peinlich. »Ich weiß nicht, was über mich gekommen ist. Vielleicht weil sein Kopf draußen rhythmisch gegen die Bordwand schlug – mich hat es angetörnt«, gestehe ich.

»Du bist wirklich pervers!«

»Dich hat's auch angeheizt, das habe ich dir angesehen, also erzähl mir nichts!«

Marianne schürzt ihre rot geschminkten Lippen.

»Kompliment übrigens für deine Alibikonstruktion! Du bist immer noch ein durchtriebenes, abgebrühtes Stück!«, sage ich mit widerwilliger Bewunderung.

»Früher hat dich meine durchtriebene, abgebrühte Art scharf gemacht oder hast du das inzwischen vergessen?«

»Ich habe Stefan nie gemocht, mich immer gefragt, was du an ihm findest. Deine Begeisterung für ihn muss aber inzwischen kräftig gelitten haben, denn allzu traurig scheinst du über seinen Abgang nicht zu sein!«

»Die Zeiten ändern sich, außerdem ist das meine Privatangelegenheit und geht dich nichts an!«

Schweigen.

»Als er vor zwei Jahren Institutsleiter wurde, hat er versucht, auch privat den Vorgesetzten zu spielen, und dagegen bin ich allergisch, wie du weißt!«

»Oh ja, das weiß ich. Dummer Fehler von ihm.« Durch Stefans Tod sind wir nun Komplizen, unfreiwillig aneinandergekettet. Ich muss auf andere Gedanken kommen. »Wer wird jetzt Institutsleiter?«, frage ich und sehe sie aufmerksam an.

»Das liegt doch auf der Hand. Ich natürlich!«

Ding! Ding! Ding!

Wach.

Schlaftrunken tastete er nach seinem Handy.

»Hallo?«, brummte er.

»Hast du mein Klingeln nicht gehört oder warum lässt du mich hier draußen herumstehen?«, plärrte Mariannes Stimme in sein Ohr.

Lessings Blick irrte durchs Wohnzimmer und blieb an der Wanduhr haften.

20:05 Uhr. Er war auf der Couch eingeschlafen und hatte das Läuten überhört. Jetzt stand sie vor der Tür und er hatte nichts auf dem Herd. In einer Minute würde sie mit dem Aufzug im fünften Stock sein.

Er rannte ins Bad, hielt seinen Kopf für ein paar Sekunden unter kaltes Wasser und trocknete sich ab, als die Türglocke anschlug.

»Warum machst du nicht auf?«, fragte sie mürrisch beim Eintreten.

»Hast du richtig gedrückt? Ich hab nichts gehört!«, balancierte er auf dem dünnen Seil der Wahrheit.

Sie schien ihren Anfall von Gekränktheit überwunden zu haben, setzte eine erwartungsvolle Miene auf und schnupperte. »Ich rieche nichts. Sagtest du nicht etwas von Tortiglioni mit Lachssoße?«

»Ich muss dich enttäuschen. Der Lachs war nicht gut und ich will dir keinen Pfusch vorsetzen. Beim nächsten Mal – versprochen.«

»Abwarten. Du siehst müde aus, wilde Nacht gehabt?«

Lessing ignorierte die Provokation, machte stattdessen eine einladende Geste Richtung Sessel.

»Die Kripo war vor einigen Tagen hier.«

»Und das sagst du mir erst jetzt?«, erwiderte seine Besucherin erschrocken.

Er öffnete seine Hausbar, goss Cognac in zwei Schwenker, reichte ihr ein Glas und forderte sie erneut auf, sich zu setzen. »Reine Routinebefragung wegen mehrerer Autoaufbrüche in unserer Straße.«

Ihr Blick belebte sich. Ein kaum wahrnehmbares Flackern ihrer Augen verriet Unglauben. »Sie haben dich nicht wegen Stefan befragt?«

»Warum sollten sie? Waren sie bei dir?«

»Was glaubst du denn? Natürlich waren sie bei mir! Ich habe ihn ja schließlich als vermisst gemeldet!«

»Und?«

Marianne setzte sich ihm gegenüber, strich mit gewohnter Geste ihre blond gesträhnten Haare zurück und ignorierte Stirböcks Habseligkeiten, die Lessing auf dem Wohnzimmertisch drapiert hatte. »Für die Kripo war alles schlüssig. Stefans Nachbarn haben meine Aussage bestätigt. Die Polizei spricht inzwischen von einem tragischen Unglück.«

Er sank zurück in die Nestwärme des Sofas. »War ja auch eins – wenn man's genau nimmt!«, kommentierte er und fing sich einen mahnenden Blick ein.

»Du scheinst ja Stefans Unfall gut weggesteckt zu haben, wenn du dich darüber amüsieren kannst!« Mariannes Stimme klang gepresst und ein trotziger Ausdruck trat in ihre Augen.

Lessing spürte ein taubes Gefühl auf der Zunge. »Der Schein trügt. Ich habe Albträume deswegen – nicht nur nachts!« Versonnen ließ er seinen Zeigefinger über den Glasrand gleiten. Eine Weile herrschte beklommenes Schweigen, dann durchbrach er die aseptische Stille. »Gratulation übrigens – hätte nicht gedacht, dass sie dich so schnell zur Leiterin des Instituts ernennen würden.«

»Danke! Was hast du erwartet? Der Betrieb muss ja weitergehen!«

Du willst es verdrängen – genau wie ich. Am Besten gar nichts mehr damit zu tun haben, doch so einfach ist es nicht!

»Was hast du inzwischen über den Ring herausgefunden?«

Lessing berichtete vom österreichischen Piloten, seinen

Krankenhausbesuchen, dem Einstieg in Stirböcks Haus und vom Inhalt des Schließfachs, der auf dem Tisch lag.

»Du hast nichts über die Herkunft des Steins erfahren?«, klang es vorwurfsvoll. »Du hättest diesen Stirböck gleich zu Anfang danach fragen müssen!«

»Habe ich ja versucht. Wäre ich weiter mit der Tür ins Haus gefallen, hätte er endgültig zugemacht. Er war so schon misstrauisch genug – hör dir die Mitschnitte an.«

Seine Ex-Frau winkte ab. »Kein Bedarf. Wie bist du überhaupt ans Schließfach gekommen oder hat er dir nach seinem Tod eine Vollmacht ausgestellt?« Ihre Stimme klang lauernd, wie meist, wenn Marianne das Skalpell ihrer Neugier zückte.

Da war er wieder, dieser staubtrockene Humor, der für Norddeutsche so typisch war, gepaart mit einer Prise Überheblichkeit. Auch an einer ironisch sarkastischen Ader mangelte es ihr nicht – im Gegenteil. Seine Ex-Frau wusste genau, dass sie gut war. Oft genug ließ sie es andere spüren. Eine norddeutsche Rittmeisterin aus edlem holsteinischem Gestüt. Das war Marianne – privat wie beruflich. Nur im Bett legte sie ihre vornehm reservierte Art ab, mutierte zu einer heißblütigen Wildkatze, die sich nahm, was sie wollte und wenn sie es nicht bekam, aus Frust Kratz- oder Bisswunden hinterließ.

»Connie ...«, erwiderte Lessing vielsagend.

»Habe ich's mir doch gedacht!« Sie stieß ein nervöses Lachen aus. »Deine Geheimwaffe für halbseidene Aktionen«, schnaubte sie.

»Immerhin kam Connie ans Fach heran«, fügte er mit hörbarer Genugtuung hinzu und deutete mit einer Geste zum Tisch. Der Journalist legte beide Hände um den Schwenker, nippte am Glas und ließ den Cognac in kleinen Schlucken seine Kehle hinabrinnen. Wohlige Wärme breitete sich im Magen aus. »Ohne Connies Untersuchung wäre ich gar nicht auf die Besonderheiten des Rings gestoßen. Das haben wir ihr zu verdanken. Stirböck und Muller hatten ja auch nichts bemerkt!«

»Deine Connie!«, spöttelte die Chemikerin.

»Das Flugbuch hat uns ein Stück weitergeholfen. Stirböck war SS-Mann und als Co-Pilot bei der Evakuierung eines Wettertrupps im Nordpolarmeer dabei.«

Sie widerstand der Versuchung, die Sachen zu inspizieren, blickte ihn stattdessen unverwandt an. »Ich verstehe nicht. Was hat das SS-Zeug mit dem Ring zu tun? Ich will nur wissen, woher der Stein kommt!«

»Aus dem Logbuch geht nicht hervor, wo Stirböck ihn gefunden hat, aber es enthält Hinweise auf eine zweite, geheime Basis in Alexandraland!«

Mit einer unwilligen Geste gebot sie ihm, zu schweigen. »Ich sage es noch einmal: Ich bin nicht an irgendwelchen Nazistationen interessiert! Es geht mir einzig und allein um den Stein! Er ist einzigartig! So wie es ausschaut, hast du es verbockt und dann lässt du mich für diesen Naziramsch antanzen?« Ihre Augen verengten sich zu Schlitzen. »Ich suche den Fundort des Steins, keine verstaubten Nazistationen!«

»Marianne ...«, es klang, als wolle er es einem Kind erklären. »Vergiss ihn! Wir haben keinen einzigen Anhaltspunkt, woher er stammen könnte, aber diese Geheimstation könnte eine Sensation sein!«

»Dafür kann ich mir nichts kaufen! Du verschwendest meine Zeit! Melde dich, wenn du was vorzuweisen hast, ansonsten lass mich in Ruhe!«

Heftig stellte sie das Glas ab und ging im Stechschritt zur Tür, ohne sich noch einmal umzudrehen.

In der Sackgasse

Frankfurt am Main •
Sonntag, 10. Dezember 2017

»Hab dich lange nicht so geknickt gesehen«, hauchte Connie in sein Ohr. »Soll ich dich etwas aufmuntern?« Zugleich strich sie sachte über seinen Innenschenkel.

»Danke, du Verführung auf zwei Beinen«, erwiderte Lessing und drückte ihr flüchtig mit spitzen Lippen einen Kuss auf den Mund.

»Mmmh ... mehr davon«, gurrte sie.

Seufzend ließ er sich im Sessel zurücksinken. »Erst die Arbeit, dann das Vergnügen. Ich weiß nicht, wie wir weiterkommen sollen.« Nachdenklich kratzte er sich am Hinterkopf. »Wir haben keinen einzigen Hinweis, woher Stirböck den Stein hat. Da geht nichts mehr.«

Sie angelte sich einen Keks. »Sag du mir nicht, was geht!« Der Ansatz eines Lächelns umspielte ihre Mundwinkel. »Vergiss den Ring! Diese ominöse Geheimstation ist viel interessanter! Schau dir mal im Internet an, welches Bohei um diese Wetterstation auf Alexandraland gemacht wird. Wenn wir herausfinden, wo diese verborgene Basis ist und was die Nazis dort getrieben haben, wäre das eine Story, die sich weltweit vermarkten lässt!« Zugleich sah sie ihn mit funkelnden Augen an.

Lessings Rechte vollführte vage Zeichen in der Luft. »Darüber habe ich auch schon nachgedacht – in diese Richtung recherchiert – allerdings bisher ohne Erfolg.«

»Vielleicht sollten wir deine Bänder mit Stirböck noch mal abhören. Kann ja sein, dass dir was entgangen ist«, erwiderte sie und deutete auf den belegten Wohnzimmertisch.

»Ein Versuch kann nicht schaden«, pflichtete er ihr bei und griff zum Handy.

[...] Sowohl für die Abholung durch ein Schiff, als auch für die Landung eines Flugbootes war das Eis um diese Jahreszeit jedoch noch nicht ausreichend offen oder zurückgewichen [...]

.
.
.

[...] Zuerst aus Wettergründen und dann aufgrund eines Funkspruchs von der Station auf Alexandraland, wurde der Flug mehrmals verschoben [...]

.
.
.

[...] Die Wartezeit bis zur Wetterbesserung nutzten wir für die sorgfältige Vorbereitung des Rettungseinsatzes. Die ganze Besatzung erhielt Ostbekleidung und Bergschuhe, die für den Absprung vorgesehenen Männer zusätzlich Winterschutzanzüge, Bandagen und Notproviant sowie neue Rückenfallschirme. Im Flugzeug bunkerten wir an allen möglichen Stellen Proviant für zehn Tage, Notproviant, Winternotausrüstung mit Schlitten, Kochgerät, Spaten und Hacken, ausreichendes Bordwerkzeug, Zündkerzen, Kraftstoff in Fässern zum Warmlaufen, Feuerlöscher und Signalmunition. Zur Versorgung der Kranken hing im Bombenraum ein Fallschirm-Versorgungsbehälter mit Obstkonserven, frischem Weißbrot, Büchsenmilch und Medikamenten [...]

.
.
.

[...] Beim Anflug in den Cambridge-Sund sichteten wir ein U-Boot, das ebenfalls zur Rettung aufgebrochen war, aber an der Packeisgrenze festlag. Wegen treibender Eisschollen war die Wasserung eines Flugbootes ebenfalls nicht möglich, Plan eins somit hinfällig. Rauchzeichen erleichterten das Auffinden der getarnten Station. Den Versuch, auf der von unseren Kameraden ausgewählten und gekennzeichneten Bahn zu landen,

gaben wir nach einer Probe auf. Das Gelände war wellig, felsig und für eine Landung ungeeignet, zudem verlief die sechshundertfünfzig Meter lange Bahn im Bogen und hatte Querneigung [...]

.

.

.

[...] Als wir an der unbekannten Basis ankamen, hatten sie uns erst einmal eingebuchtet. Alle mussten Geheimhaltungserklärungen unterzeichnen. Frauen waren auch dort, mit überlangen Haaren bis zum Hintern, aber wir hatten andere Sorgen und sie keinen Blick für uns. Wenigstens Schumanns rechte Hand, Obersturmbannführer Sandberg, hatte Verständnis und überließ uns sein Reserverad – von Flugkamerad zu Flugkamerad. Dafür wurde er von den anderen Wissenschaftlern heftig kritisiert. Wenn sie einen Schaden am Flieger hätten, so ihr Argument, würden sie nicht mehr wegkommen, sondern müssten die gesamte Ausrüstung vier Kilometer über unwegsames Gelände zur Nordbucht schleppen, wo die LANDVOGT gegenüber der KEHDINGEN ankerte [...]

.

.

.

[...] Unsere Mechaniker machten sich sofort an den Radwechsel und an den Austausch des Sporns. Dann rollten wir das schwere Flugzeug zum vorgesehenen Startgelände, einem flachen, etwas höherliegenden Rücken mit festerem Boden. Immer wieder blieben die Räder stecken und wir mussten sie ausgraben – eine Scheißarbeit war das. Und schon tauchte das nächste Problem auf: Wie sollten wir die Kranken zum Flugzeug schaffen? Den Ersten schleppten wir unter größten Anstrengungen auf einer Trage zur Maschine, danach waren wir völlig fertig [...]

[...] Hoffmann erinnerte sich daran, dass ein übereifriger Planer seinerzeit der Expedition zwei Fahrräder mitgegeben hatte, die aber inzwischen unter der Eisdecke verschwunden waren. Mit Lötlampen holten wir sie aus dem Eis und fabrizierten daraus mit Rädern, Skiern, einem umgedrehten Schlitten und einer Trage, so etwas wie einen Wagen. Damit brachten wir die restlichen Kranken zum Flugzeug [...]

.

.

[...] Wir richteten eine Startbahn von etwa fünfhundertfünfzig Meter Länge und fünfundzwanzig Meter Breite her, an deren Ende sich eine Schneemulde befand. Aus der Maschine hatten wir zur Gewichtserleichterung alles ausgebaut, was nicht unbedingt erforderlich war. Die Motoren liefen dank der mitgeführten Zusatzbatterien einwandfrei an. Größte Anspannung herrschte unter den Insassen, von denen viele zum ersten Mal in einem Flugzeug saßen. Die Aufregung wich erst, als der Start wie geplant verlaufen und unsere Maschine, nach nochmaligem Aufsetzen jenseits der Schneemulde, endgültig in der Luft war. Aufgewirbelte Steine hatten die Haut der Rumpfseite aufgerissen. Doch das war Karl-Heinz und mir völlig egal. Dass uns nach all dem, was wir erlebt hatten, der Rückflug nach Banak wie eine Kleinigkeit vorkam, ist nicht weiter verwunderlich [...]

.

.

.

»Das war's! Weiter kamen wir nicht.« Lessing tippte auf den Aus-Button.

»Immerhin gibt es einige Hinweise: Wer sind ›Schumann‹ und ›Sandberg‹? Sagen dir die Namen etwas?«

Lessing schüttelte den Kopf. »Das werde ich noch herausfinden.«

»Mit der ›Nordbucht‹ haben wir einen Hinweis, wo die LANDVOGT ankerte, nur gibt es dort Dutzende von Buchten.

Jede könnte damit gemeint sein«, murmelte sie nachdenklich, einen zweiten Keks kauend.

»Eben nicht«, erwiderte Lessing mit feinem Lächeln, lehnte sich zurück und schmunzelte. »Ich wusste, dass alle Wetterdaten der Arktisunternehmen dokumentiert wurden. Deswegen habe ich das meteorologische Logbuch der KEHDINGEN aufgestöbert.« Lessing grinste über das ganze Gesicht. »Netterweise hatten sie die Koordinaten ihres Ankerplatzes darin vermerkt.« Er zeigte ihr die Kopie eines Auszugs.

N 80° 45› 42.5772 E 47° 52› 36.9336

Der Fernsehjournalist genoss ihren verblüfften Gesichtsausdruck, prostete ihr zu und genehmigte sich einen Schluck Riesling.

Connie beugte sich im Sessel nach vorne, strich mit beiden Händen ihre Haare aus dem Gesicht und erlaubte ihm tiefe Einblicke in ihr Dekolleté. »Gut gemacht! Zeig mir die Stelle auf der Karte!«

»Ich habe die Koordinaten in Google Maps eingegeben ... et voilà!« Sein Finger deutete auf eine Bucht am östlichen Ende der Insel. »Hier ankerte die KEHDINGEN«, zugleich wies er auf einen Punkt unterhalb des Schriftzuges »Cambridge Bay«.

Connie wickelte gedankenverloren eine Haarsträhne um den Zeigefinger. »Hast du auch was über diese ›LANDVOGT‹ herausfinden können?«

Lessing verneinte. »Sie war kein Wetterschiff, hatte demzufolge keine Daten eingespielt. Außerdem gab es in der Wehrmachtzeit kein Schiff namens LANDVOGT – es ist ein Tarnname.«

Connie Sadek petzte mit Zeigfinger und Daumen ihre Unterlippe. »Also gut: Stirböck erwähnt im Flugbuch, dass diese Wetterbasis gute sieben Kilometer von der Geheimstation entfernt war. Den Ankerplatz des Wetterschiffs kennen wir jetzt, also wird Schatzgräber nicht allzu weit davon entfernt gewesen sein. Die LANDVOGT ankerte laut Stirböck gegenüber der KEHDINGEN, knapp vier Kilometer von der Geheimstation entfernt. Hast du einen Zirkel?«

Lessing grinste verstehend, als hätte er gerade Karthago eingenommen, eilte in sein Arbeitszimmer und kam mit Reißzeug und Geo-Dreieck zurück. Connie hatte inzwischen seine topografische Karte von Alexandraland auf dem Wohnzimmertisch ausgebreitet.

Er stellte anhand des Maßstabs den Zirkel auf eine Kartenstrecke von sieben Kilometer ein, setzte ihn am Ankerplatz der KEHDINGEN an und schlug einen Halbkreis auf der Karte. Dann wiederholte er dieselbe Prozedur am vermuteten Ankerplatz der LANDVOGT mit einer übertragenen Länge von vier Kilometern – und wurde enttäuscht. Die Bleistiftlinien beider Halbkreise kreuzten sich nicht.

»Fehlanzeige!«

Lessing biss sich auf die Unterlippe und konnte seine Enttäuschung nur schwer verbergen. »Irgendwo machen wir einen Fehler!«

»Wir sollten versuchen, an SS-Akten heranzukommen. Vielleicht erfahren wir dort etwas über diese geheimnisvolle Station«, schlug sie vor. »Ich kann mich ja mal umhören«, ergänzte seine Kamerafrau vielsagend.

Lessing schüttelte den Kopf. »Umhören? Was kennst denn du für Leute?« Skeptisch blickte er sie an.

Connie zauberte ein dämonisches Grinsen ins Gesicht. »Das willst du gar nicht wissen«, raunte sie.

»Gut! Versuch dein Glück. Ich will Schumann und Sandberg auf die Spur kommen. Vielleicht ergeben sich daraus Hinweise, was sie dort getrieben haben.«

Connie Sadek schwang ihre Beine von der Fensterbank und stellte das Glas ab. Dann streckte sie sich, bog ihre Wirbelsäule durch, bis sie hörbar knackte, und verließ mit federnden Schritten ohne ein Wort des Abschieds sein Appartement.

Der Feind hört mit

Frankfurt am Main
Sonntag, 10. Dezember 2017

Das war's! Weiter kamen wir nicht.
Immerhin gibt es einige Hinweise: Wer sind Schumann und Sandberg? Sagen dir die Namen etwas?
Das werde ich noch herausfinden.
Mit der Nordbucht haben wir einen Hinweis, wo die LAND-VOGT ankerte, nur gibt es dort Dutzende von Buchten. Jede könnte damit gemeint sein.
Eben nicht. Ich wusste, dass alle Wetterdaten der Arktis-unternehmen dokumentiert wurden. Deswegen habe ich das meteorologische Logbuch der KEHDINGEN aufgestöbert. Net-terweise hatten sie die Koordinaten ihres Ankerplatzes darin vermerkt.
Gut gemacht! Zeig mir die Stelle auf der Karte!
»Scheiße! Er nennt seine Koordinaten nicht!«, motzte Cline und sah seinen Kollegen vorwurfsvoll an. »Unsere Kamera ist zu weit weg, ich kann nichts erkennen.«
»Sei still und hör weiter zu!«, gab der Angesprochene zurück.
Ich habe diese Koordinaten in Google Maps eingegeben ... et voilà! Hier ankerte die KEHDINGEN.
Hast du auch was über diese LANDVOGT herausfinden kön-nen?
Sie war kein Wetterschiff, hat demzufolge keine Daten ein-gespielt. Außerdem gab es in der Wehrmachtzeit kein Schiff namens LANDVOGT – es ist ein Tarnname.
Also gut: Stirböck erwähnt im Flugbuch, dass diese Wetter-basis gute sieben Kilometer von der Geheimstation entfernt war. Der Ankerplatz des Wetterschiffs kennen wir jetzt, also wird Schatzgräber nicht allzu weit davon entfernt gewesen

sein. Die LANDVOGT ankerte laut Stirböck gegenüber der KEHDINGEN, knapp vier Kilometer von der Geheimstation entfernt.

Hast du einen Zirkel?

»Was will Sadek denn jetzt mit einem Zirkel?«

»Wenn du nicht deine Klappe hältst, erfahren wir's nie!«, bekam er zur Antwort.

Fehlanzeige. Irgendwo machen wir einen Fehler.

Wir sollten versuchen, an SS-Akten heranzukommen. Vielleicht erfahren wir dort etwas über diese geheimnisvolle Station. Ich kann mich ja mal umhören.

Umhören? Was kennst denn du für Leute?

Das willst du gar nicht wissen.

Gut! Versuch dein Glück. Ich will Schumann und Sandberg auf die Spur kommen. Vielleicht ergeben sich daraus Hinweise, was sie dort getrieben haben.

Cline blickte über die Schulter seinen Kollegen erwartungsvoll an. Sag Hamill Bescheid, das sollte er wissen!«

Unerwünschte Direktiven

Murmansk
Samstag, 30. Dezember 2017

»Ich halte nichts von dieser Geheimniskrämerei! Das weißt du genau!« Boris Rybkow verschränkte beide Arme ablehnend vor der Brust und blickte Lyshkin über den mit Papierstapeln überfrachteten Schreibtisch hinweg an.

Der Angesprochene legte seine Fingerspitzen aneinander: »Fängst du schon wieder damit an! Ich habe es dir schon mal erklärt! Das war nicht meine Entscheidung, sondern kam von oben! Wolltest du deswegen nicht nach Moskau?«

Rybkow ignorierte die Frage. »Wenn damals keine Gefahr bestand, wie du sagst, warum dann diese ganzen Sicherheitsmaßnahmen? Ihr habt die halbe Mannschaft damit verrückt gemacht – abgesehen von den Gerüchten, mit denen ich fertig werden muss!«

Im Werksleiter klingelten alle Alarmglocken. Fetisov hatte von Gerüchten über ihn und Irina erzählt. Jetzt hatte Rybkow diesen seltsamen Unterton in der Stimme. War das Zufall oder sah er schon Gespenster? *Will Rybkow mich mit meinem Verhältnis zu Irina erpressen? Wieviel weiß er? Wieviel wissen die anderen? Rybkow geht zwar nicht über Leichen, aber er weiß, an welchen Stellschrauben er drehen muss, um zu bekommen, was er will!*

Lyshkin beschloss, den Stier bei den Hörnern zu packen: »Welche Gerüchte?«

»Stell dich nicht dümmer, als du bist! Die Geheimniskrämerei über die Verlegung des Kraftwerks natürlich! Das wird ja wie ein Staatsgeheimnis gehütet!«

Ihm fiel ein Stein vom Herzen. *Es geht nicht um meine Affäre mit Irina. Rybkow stößt auf, dass er keine Informationen über den neuen Standort bekommt!* Der Werksleiter rollte betont gelassen seinen Bürosessel zurück, als wolle er Distanz zwischen sich und seinen Besucher bringen. »Boris! Das mit dem Störfall ist über zehn Wochen her und kalter Kaffee!«, beschwichtigte Lyshkin.

»Kalter Kaffee? Was bist du nur für ein Arschloch!«, blaffte Rybkow mit hochrotem Kopf. »Zwei Menschen sind dadurch gestorben! Das nennst du ›kalter Kaffee‹?«

»Störfälle können wir nie ganz ausschließen, das wissen wir beide!«

Boris Rybkow beugte sich vor. »Das stinkt zum Himmel! Ich sage dir, was ich davon halte! Ich glaube, dass euch das alles am Hintern vorbeigeht!«

Es kam zu einem kurzen Schweigen, währenddessen Lyshkins Blick zum Fjord abschweifte.

»Das letzte Wort ist in der Sache noch nicht gesprochen! Ich werde mich noch mal an Moskau wenden! Außerdem solltest du wissen, dass es auf dich zurückfällt, wenn noch etwas passiert! Keine gute Publicity für dein geliebtes Kraftwerk! Denk mal drüber nach!« Rybkow stand brüsk auf und verließ grußlos Lyshkins Büro. Andrej würde sich noch wundern. Es war ganz schlecht, Boris Rybkow zu unterschätzen. Die Eierköpfe in Moskau würde er jetzt gleich anrufen, Druck machen und die Untersuchung wieder in Gang bringen. Es war zwar Lyshkins Kraftwerk, aber er – Kapitän Boris Rybkow – war immer noch eine lebende Legende!

APONI: Im Land der Väter

Watertown
Sonntag, 4. Juli 1993

»Der Wind steht günstig, sie wittert nichts«, flüsterte Onatah seiner Enkelin zu, die neben ihm im tiefen Gras lag. Er hatte seine schwarzen Haare nach hinten zu einem langen Zopf geflochten. Kein einziges graues Haar war darin zu finden, obwohl der Mohawk schon fünfundsiebzig Jahre alt war. Das Reh kam grasend näher, hielt alle paar Sekunden inne, reckte seinen Kopf, ob von irgendwo Gefahr drohte, und äste danach seelenruhig weiter.

»Du musst warten. Hab Geduld! Nur der geduldige Jäger hat am Ende Erfolg.«

»Kann ich jetzt ...–«

»Noch nicht«, raunte er. »Warte noch einen Moment. Gleich ...« Onatah zögerte, fixierte das Wild, als könne er es mit seinen Augen hypnotisieren.

»Jetzt.«

Ihr Großvater lag im Gras direkt neben ihr – zu wenig Platz zum Spannen des Bogens. Langsam rollte sie sich um ihre Längsachse einen Meter zur Seite, hielt den Bogen flach über dem Erdboden, legte einen Pfeil auf, spannte bis zum Äußersten – immer das Reh durch das Gras fixierend – und gab die Sehne frei.

Mit feinem Surren schnellte der Pfeil durchs Gras, traf das Reh ins Herz, das noch eins, zwei Schritte trippelte und dann zusammenbrach. Aponi sprang sofort auf, zückte im Spurt ihr Messer, überbrückte die fünfzehn Meter bis zu dem tödlich verwundeten Tier, und erlöste es, indem sie ihm mit einer kurzen Bewegung die Kehle durchschnitt.

Ein Meisterschuss – von seiner dreizehnjährigen Enkelin. Onatah nickte anerkennend. Andere hätten versucht, zu knien, den Bogen senkrecht gehalten und wären vermutlich vom Reh entdeckt worden. Aber nicht Aponi, so ihr indianischer Name, was »Schmetterling« bedeutete.

Sie hatte Talent.

Jetzt, im Juli, waren wieder Sommerferien in Deutschland, die Lana Greene – so ihr bürgerlicher Name – stets bei ihren Großeltern in Watertown verbrachte; einer verschlafenen Kleinstadt mit knapp dreißigtausend Einwohnern im Bundesstaat New York, nur wenige Meilen von den ausgedehnten Wäldern Vermonts entfernt, dem ursprünglichen Stammesgebiet der Mohawk, Oneida, Onondaga, Cayuga und Seneca – auch unter dem Dachbegriff »Irokesen« bekannt.

Vor einigen Jahren hatte er ihr das Bogenbauen beigebracht, gezeigt, wie man den Wind zur Jagd richtig einsetzt, Bodensenken, Gebüsch oder hochstehendes Gras als Tarnung nutzt, und mit seiner Umgebung verschmilzt, um dem Wild so nahe wie möglich zu kommen. Geduldig hatte sie gelehrt, bei brütender Hitze, Regen oder Schnee auszuharren, bis das Wild in einer Distanz war, um es mit Pfeil und Bogen, Tomahawk oder einem gezielten Messerwurf erlegen zu können.

Letztes Jahr lernte sie die Lockrufe von Bären und Wildschweinen perfekt zu imitieren.

Anders als sein Sohn pflegte Onatah die Bräuche seiner Vorfahren, legte Wert auf Tradition und vermittelte sie seiner Enkelin. Onatah war ein begnadeter Mechaniker und besaß eine kleine Werkstatt am Rande Watertowns. Vom Balkon im Obergeschoss seines Hauses hatte man einen grandiosen Blick über den Ontariosee, der nur wenige Hundert Meter entfernt war.

Onatah, alias John Greene, war längst im Ruhestand, führte aber noch gelegentlich Reparaturen aus und hatte umso mehr Zeit für Lana, mit der er zum Verdruss ihrer Großmutter tagelang durch Vermonts Wälder streifte. Schon als Dreikäsehoch hatte Lana mit ihm Verstecken gespielt und vom

Großvater im Vorgriff zur Jagd alle Kniffe gezeigt bekommen. Aber sein Interesse galt nicht nur der Jagd. Er war Gründungsmitglied der berüchtigten »American Indian Movement AIM« (Bewegung Amerikanischer Indianer) von 1968. Eine Gruppe junger Rothäute, wie sie die Weißen damals nannten, die in den frühen Siebzigerjahren militante Methoden anwandten, um einen autonomen Status der Reservate durchzusetzen.

Durch spektakuläre Aktionen, wie ihre Besetzung des »Bureau of Indian Affairs« oder die Ausrufung einer unabhängigen Oglalla-Nation, machte die AIM erstmals auf sich aufmerksam. Nach einigen Wochen hatte das Militär den Aufstand niedergeschlagen. 1974 war Onatah, was so viel wie »von der Erde« bedeutete, wesentlich daran beteiligt, die Mohawk in ihr ehemaliges Jagdgebiet bei den Adirondack Mountains zurückzuführen. Anerkennend beobachtete Greene, wie Aponi begann, ihren Fang fachgerecht auszuweiden.

VIERTER TEIL

Einbruch mit Folgen

Frankfurt am Main
Samstag, 30. Dezember 2017

Nach dreizehnstündigem Flug traf Lessing beim Betreten seines Appartements fast der Schlag. Zerfetzte Kissen, geplünderte Schränke, herausgerissene Schubladen – in seiner Wohnung sah es aus wie in einem Hochregallager nach einem Erdbeben. Im Schlafzimmer dekorierte seine Wäsche den flauschigen Teppichboden. Herausgerissene Jackenfutter, durchwühltes Bett, zerschnittene Matratzen – es würde Tage zum Aufräumen brauchen.

Kopfschüttelnd arbeitete sich Lessing über Wäscheberge zum Bad vor. Selbst seinen Waschkorb hatte man durchwühlt.

Wie in einer Kirche lief Lessing andächtig zwischen verstreuten Kleidungsstücken umher, peinlichst darauf bedacht, nichts zu berühren, während er gedankenverloren mit Daumen und Zeigefinger Stirböcks Ring drehte. *Die Tür war nicht aufgebrochen. Hatte jemand einen Schlüssel zum Appartement? Seine Uhren, das Bargeld – alles war da. Was hatten sie gesucht?*

Er hob seine Linke und betrachtete kritisch den Ring. *Sind sie hinter dir her?* Spontan fiel ihm Marianne ein. In einem Anfall von Sentimentalität hatte er ihr letztes Jahr einen Wohnungsschlüssel überlassen. Sie hatte ihn zurückgegeben, aber vielleicht Nachschlüssel machen lassen – und Marianne war hinter dem Ring her wie der Teufel hinter der armen Seele.

Connie? Spontan schüttelte Lessing den Kopf. Connie war interessiert, jedoch nicht der Typ, der in Wohnungen einbrach. *Wer wusste noch vom Ring? Marianne, Connie, Muller, Stirböck und Lühr.* Stirböck und Stefan waren tot, Muller würde ihm nicht den Ring schenken, um ihn ihm danach wieder abzunehmen. Connie schloss er aus – blieb noch Marianne. *Oder ein anderer weiß davon!*

***

Lessing streckte seine Hand aus, ließ Jacobys Erscheinung auf sich wirken und pfiff innerlich durch die Zähne. Die Hauptkommissarin besaß eine vollschlanke Figur und hatte ihr Haar kunstvoll zu einem typischen Sechzigerjahre-Beehive hochgesteckt. *Wie Audrey Hepburn in »Frühstück bei Tiffany«*, durchfuhr es ihn. Strahlende, grün-graue Augen musterten ihn und ihr unerhört sinnlicher, pinkfarben geschminkter Mund zuckte verdächtig. Sie strahlte eine natürliche Anmut aus, als wäre es für sie alltäglich, in diplomatischen Kreisen zu verkehren.

Tausend Komplimente sammelten sich auf seiner Zungenspitze, stattdessen sagte er gelassen: »Vielen Dank, dass Sie so schnell gekommen sind.«

Im Stil eines Models schritt sie auf ihn zu. Einen Fuß vor den anderen setzend, zelebrierte Jacoby ihren Gang, als hätte sie im Leben nichts anderes getan. Der offene Mantel ließ seinen Blick zum schwarzen Kleid wandern, dessen Ausschnitt ihr Dekolleté über Gebühr zur Geltung brachte und ihm den Schweiß aus den Poren trieb. Ein süffisantes Lächeln und immer noch zuckende Mundwinkel verrieten, dass sie sich der Wirkung auf ihn sehr wohl bewusst war.

»Starren Sie Ihre Gäste immer so an?«, eröffnete seine Besucherin schmunzelnd.

Er tat so, als müsse er kurz überlegen. »Nein«, entgegnete Lessing kopfschüttelnd. Der Unterton seiner Stimme sagte etwas anderes. »Wo ist denn Ihr Kollege abgeblieben?«, fragte er rasch, um das Gespräch in andere Bahnen zu lenken.

Das Lächeln wich einem Ausdruck spöttischer Amüsiertheit: »Herr Lessing: Erstens ist es Samstagabend, da sind fast alle im verdienten Wochenende.« Mit den Händen in den Manteltaschen stieg Jacoby vorsichtig zwischen den am Boden verstreuten Sachen herum, »und zweitens möchten Sie gewiss kein halbes Dutzend meiner Leute in Ihrem Schlafzimmer herumturnen sehen, oder?«

Lessing nickte. »Danke für die Rücksichtnahme. Darf ich?« Nachdem seine Besucherin ihren Mantel abgestreift hatte, starrte er sie an wie einen prächtigen Schmetterling, der gerade aus seinem Kokon geschlüpft war. Ihr knöchellanges Abendkleid schien das Ergebnis einer Kopulation zwischen schulterfreiem Nichts und einem Negligé zu sein. Die Ärmel endeten an den Ellbogen, gaben den Blick frei auf Armreife und Kettchen, die bei jeder Bewegung ein feines Klingen erzeugten.

»À la Bonne heure!« Lessing ließ seinen bewundernden Blick an ihr hinabgleiten, was ihm einen erneuten ironischen Seitenblick einbrachte.

»Ich war gerade auf dem Weg ins Wiesbadener Staatstheater, als Sie anriefen.« Es klang wie eine Rechtfertigung. »Der fliegende Holländer«, fügte die Kommissarin hinzu.

»Äh ... Verzeihung ... Ich wollte nicht aufdringlich sein.«

»Keine Sorge«, erwiderte Jacoby nachsichtig, »ich kann auf mich aufpassen.«

»Möchten Sie einen Kaffee?«, übertünchte Lessing seine Verlegenheit.

»Wenn es keine Umstände macht.«

»Macht es nicht.«

Langsam folgte sie ihm Richtung Küche und blickte sich aufmerksam um.

Minimalistisches Wohnen in seiner puristischen Interpretation. Vor einigen Wochen hatte sich Lessings Einrichtung durch die Beschaffenheit der Möbel ausgezeichnet, deren Eleganz sich aus Form, Material und Oberfläche ergab. Jedes Stück wirkte aus sich heraus, bedurfte nicht der Ergänzung durch weitere Gegenstände, verlangte puristische Möblierung, Zurückhaltung und Ordnung. Jedes überflüssige Detail hätte die Anmutung aufgehoben.

Minimalistisches Interieur verlangte nach einfarbigen Wänden, klaren Linien, sparsamer Dekoration und die Beschränkung auf wenige Farben, wie Weiß, Grau oder Schwarz. Der Reiz entstand aus dem zufälligen Zusammenspiel von Materialien und Formen. Herumliegende Gegenstände oder überfüllte Regale hätten diese Harmonie nur gestört. Im Gegensatz zum letzten Besuch herrschte heute das absolute Chaos, wich Jacoby vorsichtig den Hindernissen umgestürzter skulpturaler Leuchten oder zersplitterten Fotorahmen aus.

Die Hauptkommissarin nickte anerkennend, als sie in Lessings Küche blickte. Eine Abzugshaube aus Edelstahl überdeckte einen mittigen Küchentisch, in dessen polierter Granitplatte ein opulenter Herd eingelassen war. Lessing werkelte noch am Kaffeeautomaten und drehte ihr den Rücken zu.

»Wissen Sie schon, was gestohlen wurde?«

Er überlegte kurz. »Soweit ich es bis jetzt überblicken kann – nichts.«

»Also hat jemand etwas ganz Bestimmtes gesucht.« Die Kripobeamtin ließ ihre Finger über das glänzende weiße Holz eines Siedeboards gleiten. Kurz darauf vernahm sie das plärrende Geräusch des Kaffeeautomaten. Lessing kam mit zwei dampfenden Bechern zurück ins Wohnzimmer und deutete ihr an, sich zu setzen.

»Die Tür war nicht aufgebrochen, Geld oder Schmuck waren unangetastet, aber sämtliche Wäsche wurde aus den Schränken gerissen.«

»Können Sie sich vorstellen, was der oder die Täter gesucht haben?«

»Keine Ahnung.«

»Gibt es etwas, das noch nicht lange in Ihrem Besitz ist? Eine wertvolle Uhr, ein Schmuckstück vielleicht?«

Lessing starrte aus dem Fenster, spielte gedankenverloren am Siegelring, stutzte und hob seine Hand. »Den hier.«

Jacoby betrachtete den Ring näher. »Sieht nicht sonderlich spektakulär aus. Warum sollte jemand hinter so einem Ring her sein?«

»Er verschluckt sämtliches Licht, was darauf fällt.« Lessing drückte ihr den Ring in die Hand.

Jacoby hielt ihn vor eine Lampe, die den Einbruch unbeschadet überstanden hatte. »Tatsächlich! Woher haben Sie ihn?«

Lessing erzählte ihr von seiner Polarreise.

»Falls es dem Einbrecher wirklich um den Ring geht, wäre der Kreis unserer Verdächtigen überschaubar.« Seine Besucherin nippte am Kaffee und blickte sich um. »Dass Ihre Tür nicht aufgebrochen, sondern mit einem Schlüssel geöffnet wurde, spricht dafür. Da wäre Ihre Ex-Frau, Lühr, Ihre Kollegin, und dieser Muller. Sonst wusste ja niemand etwas davon, es sei denn, jemand aus diesem Kreis hätte geplaudert.«

Lessing rutschte unruhig im Sessel herum. Die Vorstellung, dass ausgerechnet ihm nahestehende Personen den Einbruch verübt haben könnten, gefiel ihm noch weniger als das veranstaltete Chaos.

»Tut mir leid, dass ich Ihnen die Abendveranstaltung verdorben habe. Essen Sie gerne italienisch?«

Ein Anflug von Belustigung huschte über ihre Gesichtszüge. »Warum fragen Sie?«

»Ich würde gerne als kleine Entschädigung etwas zaubern. Ich bin ein sehr guter Koch!«

Jacoby warf den Kopf in den Nacken, lachte glockenhell auf und bedachte ihn mit einem Blick, an den er sich gewöhnen könnte. »Laden Sie immer weibliche Kripobeamten zum Essen in die eigene Wohnung ein?«

»Keine Ahnung«, Lessing zuckte mit den Achseln und sah seine Besucherin mit unschuldigem Blick an. »Sie sind die Erste.«

»Also gut. Aber unter einer Bedingung.«

»Und die wäre?«

»Ich gehe Ihnen zur Hand.«

»Kommen Sie mit. Es gibt Tagliatelle Carbonara, nichts Besonderes, aber passt zu allen Gelegenheiten!«

***

Lessing zapfte zwei Espresso und zuckte zusammen. Barbara Jacoby stand dicht hinter ihm, berührte ihn fast. Er hatte sie wegen des Kaffeeautomaten nicht kommen hören. Sie stand so nah, dass er ihren warmen Atem im Genick spürte und erschauerte. Sanft strichen ihre Hände über seinen Rücken, hoch zum Nacken. Lessing spürte ihre warmen Lippen an seinem Ohr und konnte sich nicht mehr beherrschen. Wild riss er sie an sich, küsste sie stürmisch und stolperte mit ihr über verstreut liegende Gegenstände hinweg Richtung Schlafzimmer, in dem das Chaos noch größer war, aber keine Beachtung fand. Sie verfingen sich in herumliegender Wäsche, fielen lachend aufs Bett und rissen sich gegenseitig die Kleidung vom Leib.

Sie stöhnte, als sich Lessings Gesicht zwischen ihren Brüsten rhythmisch bewegte, Haut kostete, ihr Parfüm aufnahm. Fingernägel hinterließen rote Striemen auf seinem Rücken, während ihre Hand seinen geschwollenen Penis melkte. Jacoby setzte sich rücklings auf ihn und löste die Haarspange ihrer Turmfrisur. Wie ein Baldachin fluteten ihre langen Haare auf ihn herab. *Sie müssen im Stehen bis zum Po reichen*, dachte Lessing noch mit den Restpartikeln an Verstand, bevor ihn seine Gier übermannte. Wie im Fieber strich seine Zunge über ihre Haut, verlor er sich in ihren Haaren, während am Gegenpol seines Körpers ihr Mund seine Eichel liebkoste. Beide surften auf der Welle ihrer Erregung. Ihr helles Lachen befeuerte ihn, brachte ihn fast um den Verstand.

»Au! Das tut weh!«

Lessing schaute sie verdutzt an. Seine Gespielin deutete vorwurfsvoll auf den Ring. In seiner Erregung murmelte er eine Entschuldigung, streifte ihn achtlos ab, und begann, sie erneut zu verwöhnen, aber er war nach ihrem Einwand nicht mehr richtig bei der Sache. Während ihr Becken immer schneller einem G-Punkt-Orkan Windstärke zwölf entgegenkreiste, dachte Lessing idiotisches Zeug, bis beide schweißgebadet und völlig erschöpft in den Schlaf sanken.

***

Aber es war kein erholsamer Schlaf. Dicht unter der Oberfläche seines Bewusstseins suchten ihn Bilder von Ertrunkenen heim, die keine Menschen mehr waren, sondern erloschene Entwürfe menschlicher Existenzen.

Kurz vor Mitternacht öffnete Lessing die Augen und schielte zur leeren Bettseite. Dreizehn Stunden Flug, danach dieses intensive Liebesspiel – er spürte jeden Knochen im Leib. Langsam setzte er sich auf und bemerkte, dass nicht nur seine Besucherin, sondern auch ihre Kleidung verschwunden waren. Jacoby musste – während er geschlafen hatte – sein Appartement verlassen haben. Lessing schälte sich aus dem Bett, schlurfte ins Bad und ließ kaltes Wasser über den Kopf laufen, um seinen Kreislauf wieder anzukurbeln. Einer spontanen Eingebung folgend, ging der Frankfurter zurück ins Schlafzimmer und blickte zum Chaos am Boden.

Wo ist der Ring? Schlagartig verflog seine Müdigkeit. Bestürzung breitete sich in ihm aus wie eisiges Wasser, das in Taucheranzügen über nackte Rücken kroch. Sein Blick hetzte durchs Schlafzimmer und blieb am Nachttisch hängen. Taschentücher, zwei aufgerissene Packungen Kondome, Armbanduhr, Brillenetui – kein Ring!

Frau weg!

Ring weg!

Lessing war wütend. Er hatte sich wie ein blutiger Teenager seinem Trieb überlassen, anstatt wachsam zu bleiben. Hektisch riss er die Bettdecken weg – nichts! Er hob die Matratzen hoch, spähte durch die Spanten der Lattenroste in den Bettkasten – nichts! Seine Finger hasteten im Regal durch Bücher und Aktenordner – nichts! Seine Befürchtung mutierte zur Gewissheit. *Diese angebliche Kommissarin hatte mich verführt, um mir den Ring abzunehmen! Jacobys schmerzhafter Aufschrei hatte nur dazu gedient, dass ich den Ring abstreife und sie ihn später stehlen konnte!* Er blickte auf die am Boden liegende verknautschte Jeans und zum Hemd. Beides – unachtsam auf den Boden geworfen – lag so beieinander, dass man darin mit einiger Fantasie eine Leiche hätte vermuten können. Mit einem kleinen Hoffnungsschimmer durchwühlte er Hemd und Hose – nichts. Er sprang ins Wohnzimmer zum Handy. *»Dieser Anschluss ist vorübergehend nicht erreichbar«*. Er versuchte es auf dem Festnetz, *»Kein Anschluss unter dieser Nummer«*, und googelte nach dem Polizeirevier, dessen Adresse auf der Visitenkarte stand.

»Nein, Frau Jacoby können Sie nicht sprechen. Sie kommt erst in zwei Wochen aus dem Urlaub zurück«, hallte es aus dem Hörer.

Lessing beendete das Telefonat und sank konsterniert im Sessel zurück.

Seine Bettgenossin war weder Barbara Jacoby noch eine Kripobeamtin. Vermutlich war sie es sogar gewesen, die sein Appartement nach dem Ring durchsucht hatte. *Du hast dich benommen wie ein verdammter Anfänger! Marianne wird begeistert sein!*

Beim Aufräumen bemerkte Lessing die rot leuchtende Abhörtaste des Anrufbeantworters.

»Hallo Frank, ruf mich bitte zurück. Ich weiß jetzt, wo unsere Nordbucht liegt.« *Immerhin geht der Tag nicht als Totalverlust in die Geschichte ein,* sagte er sich.

Nachts sind alle Katzen grau

Frankfurt am Main
Donnerstag, 4. Januar 2018

Lessing hatte es sich nach dem Abendessen im Bett bequem gemacht, begann nach Heinz Sandberg im Internet zu surfen und wurde schnell fündig.

Sandberg wurde 1912 in Kassel geboren, studierte in Berlin-Charlottenburg, später an der ETH Zürich. 1932 erwarb er ein Diplom als Ingenieur für Mechanik. Er war enger Mitarbeiter eines Wissenschaftlers, von dem die Schumann-Resonanz ihren Namen hatte.

Als Sandberg in die NSDAP eintrat und zum glühenden Verehrer Hitlers mutierte, kam es zum Zerwürfnis zwischen den beiden. Danach arbeitete er ähnlich wie Wernher von Braun an Forschungsprojekten innerhalb des Heereswaffenamtes und führte Versuche mit UFO-ähnlichen Flugscheiben durch.

[...] Die Scheibe hatte zwei Pole, zwischen denen ein Potenzial-Gefälle erzeugt wurde. Beide Pole verfügten über Unmengen freier Elektronen. Ein Regel-Mechanismus ließ sie durch zwei Kraftringe am Schiff entlang fließen und erzeugte wiederum ein starkes Magnetfeld. Jedes Magnetfeld, das sich in seiner Intensität verändert, erzeugt ein elektrisches Feld, das senkrecht dazu angeordnet ist. Wenn beide Felder in Resonanz treten, wird eine Vektor-Kraft erzeugt [...]

Das kapiert kein Mensch. Lessing schnaufte genervt und begann, trotz seiner Müdigkeit weiterzulesen.

[...] Der Effekt des resultierenden Feldes ist mit dem Effekt eines Gravitations-Feldes identisch. Stimmt der Schwerpunkt nicht mit dem Zentrum des resultierenden Feldes überein [...] *Ich hätte damals in Physik besser aufpassen sollen* ...

»Du hättest damals in Physik besser aufpassen sollen!«, höre ich Lührs Stimme und sehe, wie er das Steuerrad dreht. Ich frage mich, wie er durch geschlossene Augenlider etwas sehen kann. Seine hefegraue Gesichtshaut ist verschrumpelt. Sein Gesicht sieht im Sonnenlicht besonders schlimm aus.

»Hast du's jetzt kapiert, alter Knabe? Der Effekt des resultierenden Feldes ist mit dem Effekt eines Gravitations-Feldes identisch! Das ist doch ganz einfach zu verstehen! Stimmt sein Schwerpunkt nicht mit dem Zentrum des resultierenden Feldes überein, so beginnt ein Schiff, sich in Richtung auf dieses Zentrum hin zu beschleunigen. Da dieses System ein Teil des Schiffes ist, bewegt es sich natürlich mit dem Schiff und erzeugt ununterbrochen ein resultierendes Feld, dessen Anziehungspunkt kurz vor dem Schwerpunkt des Schiffes liegt, wodurch dieses solange beschleunigt wird, wie das Feld besteht.«

Ich winke ab. »Sag mir lieber, was ich machen soll!«

»Am Leben bleiben!«, bellt Lühr gegen den Wind, höre ich sein meckerndes Lachen. »Klar zur Halse!« Er lässt die Onedin so weit abfallen, bis das Vorsegel einfällt. »Hol das Segel ein!«, brüllt er und lacht dabei. Das Heck dreht durch den Wind. Der Baum schlägt mit Schwung herum und ich kann gerade noch rechtzeitig meinen Kopf einziehen. Lühr lacht erneut aus vollem Hals. »Musst schon aufpassen! Segeln ist nichts für Traumtänzer! Kannst schnell vom Baum ins Wasser befördert werden! Du willst mir doch dort unten nicht Gesellschaft leisten, oder?« Lühr lacht gellend wie über einen guten Witz. »Alles klar bei dir?«

»Ihr verdammten Idioten!«, brüllt Stirböck gegen den Sturm und wankt aus der Kajüte nach oben.

»Wo kommen Sie denn her?«, fragt Lühr verblüfft.

»Blöde Frage! Das sehen Sie doch! Aus Ihrer Kombüse!«, poltert der SS-Mann. »Wie soll ich dort unten was kochen, wenn ihr da oben solche Manöver durchführt?«

Langsam zweifle ich an meinem Verstand. Werde ich verrückt?

»Hauen Sie ab! Sie haben auf meinem Schiff nichts verlo-
ren!«, donnert er Stirböck an.

»Das hätten Sie wohl gerne, was?«

Lühr stochert mit einem Finger in einer leeren Augenhöhle
herum und kratzt geistesabwesend am Grind. »Wenn Sie schon
mal da sind, dann machen Sie sich wenigstens nützlich! Ver-
stehen Sie was vom Segeln?«

»Ich verstehe was vom Fliegen und Kochen!«, erwidert Stir-
böck und klatscht in die Hände.

Wach.

Plötzlich hatte Lessing den Eindruck, die Temperatur sei
im Schlafzimmer um einige Grad gefallen. Druck schnürte
seine Brust ein, als umschlossen Finger sein Herz, um es zum
Stillstand zu bringen. Er hatte das Gefühl, nicht allein im Appartement zu sein. Leise stieg er aus dem Bett, schlich zur
Küche und schaltete das Licht ein.

Es ging alles blitzschnell. Als es vorbei war, lag er vor seiner Küchentheke am Boden, und sein Kopf fühlte sich an, als
sei eine Granate darin explodiert. Bunte Blitze zuckten vor
seinen Augen. Lessing taumelte und stützte sich an der Küchenzeile ab. Im nächsten Moment flog er quer durch den
Raum, landete mit dumpfem Klatschen erneut auf dem Boden. Sein Aufprall trieb ihm alle Luft aus den Lungen. Blitzschnell rollte er zur Seite und zog die Knie an. Der maskierte
Angreifer stürzte sich auf ihn. Lessing stieß ihm beide Füße
entgegen. Der Mann sprang zurück, packte seinen Knöchel
und schleuderte ihn herum, sodass er auf dem Bauch zu liegen kam. Er versuchte sich hochzustemmen, spürte, wie sein
Kontrahent sich auf ihn warf, schlug blindlings nach hinten in
der Hoffnung, etwas zu treffen, das für Schmerzen empfänglich war.

»Ganz ruhig«, sagte eine Stimme.

Sein Gegenüber war um einiges größer als er, besaß helle,
durchdringende Augen. Mit einem lauten Knall setzte plötz-

lich eine Neonröhre aus, flackerte, verbreitete eine gespenstische Wirkung. Im flackernden Licht sah Lessing einen Totschläger in der Hand des anderen. *Diskutieren oder Kämpfen?* Das Versagen der Ratio.

Reflexe.

Er duckte sich und führte einen Schlag gegen das Handgelenk des Einbrechers. Im Hochkommen rammte Lessing seinen Schädel gegen die Kinnspitze des anderen, sah den Mann taumeln, packte eine Kasserolle und schleuderte sie ihm entgegen.

Mit aller Kraft trat er nach der Hand mit dem Totschläger. Er fingerte nach einer Pfanne, umspannte den Griff und prallte wie von einem Rammbock getroffen zurück, als ein Faustschlag seine Magengrube traf. Hilflos knallte Lessing gegen den Herd. Einem Derwisch gleich wirbelte sein Kontrahent heran. Ein Tritt streifte Lessings Schulter, ein anderer sein Knie. Grunzend ging der Fernsehjournalist zu Boden. *Wo war die Pfanne?*

Dort lag sie.

Lessing warf sich nach vorn. Der andere war schneller und schleuderte ihn Richtung Herd. Reflexartig versuchte er sich festzuhalten, knickte ein, als er Tritte in seine Kniekehlen einstecken musste, und riss im Sturz einen Topf mit sich. Ein Wasserfall ergoss sich über ihn. Durchnässt wälzte er sich auf dem Küchenboden, sah den anderen über sich gebeugt, packte den leeren Topf mit beiden Händen, und rammte ihn so heftig er konnte gegen die herabsausende Faust des Eindringlings.

Dieser stieß einen überraschten Schmerzenslaut aus. Mit einer blitzschnellen Drehung rotierte Lessing um seine eigene Achse, riss sein rechtes Bein hoch und verpasste seinem Gegenüber einen Tritt gegen den Brustkorb. Als sich Lessing nach dem Totschläger bückte, sauste ein Topf auf ihn nieder. *Hört das denn nie auf?*, dachte er noch, bevor es dunkel wurde.

Videokonferenz mit Neuigkeiten

London
Donnerstag, 18. Januar 2017

»Sie sind alle zugeschaltet.«

»Danke, ich komme.« Hunt verließ sein Büro und ging den Flur entlang, bis er vor einer Tür stand, die ein elektronisches Schloss sicherte. Er tippte die zehnstellige Geheimzahl ein und öffnete die schalldichte Tür. Der fensterlose Raum war modern eingerichtet. In der Mitte stand ein kleiner Konferenztisch. Hunt nahm gegenüber dem Wandmonitor Platz, dessen Bild in vier Quadranten unterteilt war. In den beiden oberen Segmenten sah er Linh Carter und Horst Blomberg.

Räuspernd startete Hunt ohne direkte Begrüßung.

»Wir haben Neuigkeiten. Der Frachter ist kein Frachter, sondern die nächste Generation der AKADEMIK LOMONOS-SOW«, führte er grimmig aus. »Das ist ein schwimmendes Atomkraftwerk! Ihr seht jetzt ein paar Aufnahmen, die euch bekannt vorkommen werden.«

Im Rücken des Engländers wurden im zehn Sekunden Takt Satellitenaufnahmen projiziert. »Russland arbeitet seit 2012 an sogenannten ›schwimmenden Kernheizkraftwerken mit geringer Leistung‹. Es handelt sich um ein Konzept dezentraler Energieversorgung. Diese Anlagen sollen eine thermische Leistung von hundertfünfzig Megawatt haben. Neben der Strom- und Wärmeerzeugung können sie auch Meerwasser entsalzen.

Diese schwimmenden Kraftwerke – hundertvierundvierzig Meter lang, dreißig Meter breit, einundzwanzigtausendfünfhundert Tonnen schwer – sind für die Serienproduktion vorgesehen. Ihre Bestimmungsorte sind küstennahe Gewässer bei Städten oder Industrieanlagen.« Hunt blickte abwechselnd zu beiden, bevor er fortfuhr.

»Ein erster Prototyp, das Kernkraftwerk AKADEMIK LO-MONOSSOW, wurde in Sankt Petersburg gebaut. Sieben weitere Anlagen sind geplant. Fünf davon werden bei Offshore-Bohrinseln auf den Halbinseln Kola und Jamal für Gazprom zum Einsatz kommen. Weitere sollen russische Städte im entlegenen Osten mit Strom und Wärme versorgen. Das da«, zugleich nickte er in Richtung einer Projektion, »ist eine Spezialausgabe – mit doppelter Leistung!«

»Aber warum haben die Russen das Schiff in einem Bunker versteckt?«, fragte Blomberg.

»Genau das ist unser Problem – wir wissen es nicht!«

»Das ist nicht unser Einziges«, legte Linh nach. »Gute Arbeit, Ian! Kommt nächste Woche nach Langley! Für Mittwoch setzen wir eine größere Konferenz an!«

Connies Garbaty-Karte

Frankfurt am Main
Donnerstag, 18. Januar 2018

»Und? Fehlt was?«, fragte Connie Sadek, nachdem Lessing vom Überfall berichtet hatte.

»Nein, der Kerl war wohl auch bedient. Als ich wieder zu mir kam, war er bereits über alle Berge. Bist du schon an die SS-Akten herangekommen?«

Sadek schüttelte ihren Kopf.

»Vielleicht sollte ich noch einmal in Stirböcks Haus nach weiteren Hinweisen suchen.«

Sadek hob unwillkürlich die Brauen. »Dass du im Werkzeugkasten den Schlüssel für Stirböcks Schließfach gefunden hattest, war schon ein glücklicher Zufall, aber schau dir das mal an.« Sie hatte sich so dicht neben ihn gesetzt, dass ihre Haare seine Wange kitzelten.

»Im Internet habe ich einen Bericht über die Rettungsaktion von dieser Wetterstation gefunden.« Sie nahm ihr Glas und trank den Riesling in einem Zug aus. »Dem Bericht lag eine Karte bei.«

Aus ihrer Tasche nahm sie ein mehrfach gefaltetes Blatt und breitete es auf dem Tisch aus. »Ein nautischer Assistent der Expedition namens ›Garbaty‹ hatte eine Geländeskizze rund um diese Wetterstation angefertigt und den nördlichen Bereich von Alexandraland kartiert.«

Höhenlinien mit Meterangaben markierten zwei Gletscher. Dazwischen waren auf der Karte Nummern und gestrichelte Linien zu sehen, deren Bedeutung eine kurze Legende erklärte. Sie markierten Ausgleichslager, Minengürtel, Landeplatz der FW 200-C3, Transportlager sowie den Ankerplatz der KEHDINGEN. Eine unscheinbare »1« bezeichnete die Lage der Wetterstation, die unter dem Tarnnamen

»Schatzgräber« geführt wurde. Unterhalb des Ankerplatzes deutete sie auf eine Eintragung.

$$\boxed{\text{SÜDBUCHT}}$$

»Wir haben an der falschen Stelle gesucht«, raunte sie. »Stirböck sagte, die Wissenschaftler hätten gemault, weil sie im Notfall ihre Ausrüstung zur Nordbucht hätten schleppen müssen, wo die LANDVOGT gegenüber der KEHDINGEN ankerte.« Connie legte eine Kunstpause ein, um ihre Worte wirken zu lassen. »Gegenüber war schon richtig, aber wenn die Ankerbucht der KEHDINGEN hier lag, muss unsere NORDBUCHT genau dort liegen!«, dabei ließ sie ihren Finger vom Ankerplatz der KEHDINGEN über eine Landzunge nach Norden zu einer kleinen Bucht wandern.

Er schaute verblüfft zur Karte, dann in ihr grinsendes Gesicht. »Du bist genial!« Lessing küsste Connie flüchtig auf die Wange, murmelte, »bin gleich wieder da« und kam kurz darauf mit seinem Zirkelbesteck zurück. Er rechnete Stirböcks Distanz von sieben Kilometern zwischen Schatzgräber und Geheimstation auf Garbatys Karte um, pikste die Zirkelspitze auf den Standort der Wetterstation und schlug einen Kreisbogen. Anschließend folgte das gleiche Prozedere an der Nordbucht mit umgerechnet knapp vier Kilometern. Im Gegensatz zum ersten Versuch vor einigen Wochen überschnitten sich jetzt beide Bleistiftlinien, markierte ihr Schnittpunkt die Lage der Geheimstation.

Lessing lehnte sich zurück und sah sie freudestrahlend an. »Connie, wir haben es geschafft! Das war erstklassige Arbeit!« Er gab ihr spontan einen Handkuss.

»Das ist mir zu wenig!« Zugleich begann sie, sein Jeanshemd aufzuknöpfen, er sich durch rasches Aufstehen jedoch ihren Avancen entzog, was ihm einen vorwurfsvollen Blick bescherte.

»Ich bin auch nicht untätig gewesen«, erwiderte er bedeutungsvoll und erzählte, was er inzwischen über Sandberg herausgefunden hatte.

»Also wissen wir jetzt, womit er sich beschäftigt hat, aber nicht konkret, warum er in dieser geheimen Basis war«, resümierte seine Kamerafrau und wickelte gedankenverloren eine Haarsträhne um den Zeigefinger. »Vielleicht haben sie dort ein UFO entdeckt!«

Lessing sah seine Besucherin mitleidig an. »He!«, sagte seine Kamerafrau und schlug ihm spielerisch auf den Arm. »Das war ein Witz!«

»Kein Witz!«, entgegnete der TV-Moderator. »Es muss einen triftigen Grund geben, warum die Wehrmacht mit solchem Aufwand am Ende der Welt eine Geheimstation baute. Entweder hatten sie dort was Bedeutendes wie dein UFO gefunden –«

»Oder machten dort Versuche, die zu gefährlich waren, um sie auf dem Festland durchzuführen!«, folgerte Connie.

»Du denkst an Atombomben?«

Lessing erntete ein Nicken, aber wiegelte ab. »Dafür die gesamte Maschinerie nach Alexandraland transportieren? Das hätten sie viel bequemer in Polen oder Tschechien haben können.«

»Wertvolles Siedlungsgebiet durch Atomversuche riskieren? Das wäre nie infrage gekommen. Womöglich experimentierten sie mit gefährlichen atomaren Antrieben.«

»Auch dafür brauchst du jede Menge technisches Material«, sagte er skeptisch. »Ich hätte gerne gewusst, wie das Gelände dort vor dem Bau der Geheimstation aussah.«

»Versuch, an historische Luftbilder von Nobile, Amundsen oder Eckener heranzukommen! Vielleicht finden sich darauf Hinweise, was sie dort getrieben haben.«

Lessings Intellekt war ein Jungbrunnen extravaganter Ideen, von dem er behauptete, ihn nach Belieben an- und ausschalten zu können. Insgeheim ärgerte er sich darüber, nicht selbst auf den Einfall gekommen zu sein.

»Das ist eine klasse Idee, du bist unbezahlbar!«

»Ich wäre gerne für dich ein bisschen mehr«, gurrte sie.

***

»Ich müsste mal ins Bad.« Unwirsche, dumpfe Laute stellten sein Ansinnen infrage. Connie setzte sich auf die Bettkante und blickte ihn über die Schulter fragend an. »So ganz warst du eben nicht bei der Sache«, sagte sie vorwurfsvoll.

Lessing strich ihr sanft über den sommersprossigen Rücken. »Ertappt«, sagte er entschuldigend.

»Was hast du angestellt?«

»Der Ring ist weg.«

»Was? Wie hast du das denn gemacht? Hat er sich in Luft aufgelöst?«

»Vor einigen Wochen standen zwei Kripobeamte vor meiner Tür. Angeblich befragten sie Anwohner wegen häufiger Autodiebstähle in unserer Straße.«

»Und?«

»Letzten Sonntag kam ich aus Singapur zurück. Jemand musste mein Appartement durchsucht haben. Frag nicht, wie es hier ausgesehen hat. Ich habe zwei Tage lang aufgeräumt.«

»Und?«, fragte Connie Sadek gedehnt.

»Ich hatte noch eine Visitenkarte von dieser Kripobeamtin. Sie kam sofort vorbei, hatte sich die Bescherung angesehen und gefragt, was jemand gesucht haben könnte. Schmuck, Geld oder andere Wertsachen waren noch da, also hatte ich ihr den Ring gezeigt. Als ich später von der Toilette zurückkam, war sie mit dem Ring verschwunden.«

»Du bist aufs Klo gegangen und sie war mit dem Ring allein im Wohnzimmer?«

»Natürlich! Wer denkt denn, dass eine Kripobeamtin einen Ring klaut?«

»War an ihr etwas Besonderes? Irgendeine Auffälligkeit?«

»Sie hatte lange, bis zum Hintern reichende Haare.«

In Connies Augen flackerte so etwas wie Irritation auf. »Sie ist mit offenen Haaren bei dir herumgelaufen?«

»Nein ... äh ... die hatte sie erst später geöffnet.«

Sadek grinste ihn rotzfrech an. »Später erst ... soso ...«, und ließ am Tonfall ihrer Worte erkennen, dass sie ihm keine Silbe davon glaubte. »Bin mal gespannt, was Marianne von dieser Geschichte hält. Ich an deiner Stelle würde mir eine andere Story überlegen!«

Lauschaktionen

Frankfurt am Main
Donnerstag, 18. Januar 2018

Und? Fehlt was?

Nein, der Kerl war wohl auch bedient. Als ich wieder zu mir kam, war er bereits über alle Berge. Bist du schon an die SS-Akten herangekommen? Vielleicht sollte ich noch einmal in Stirböcks Haus nach weiteren Hinweisen suchen.

Dass du im Werkzeugkasten den Schlüssel für Stirböcks Schließfach gefunden hattest, war schon ein glücklicher Zufall, aber schau dir das mal an. Im Internet habe ich einen Bericht über die Rettungsaktion von dieser Wetterstation gefunden. Dem Bericht lag eine Karte bei. Ein nautischer Assistent der Expedition namens Garbaty hatte damals eine Geländeskizze rund um diese Wetterstation angefertigt und den nördlichen Bereich von Alexandraland kartiert.

Wir haben an der falschen Stelle gesucht. Stirböck sagte, die Wissenschaftler hätten gemault, weil sie im Notfall ihre Ausrüstung zur Nordbucht hätten schleppen müssen, wo die LANDVOGT gegenüber der KEHDINGEN ankerte. Gegenüber war schon richtig, aber wenn die Ankerbucht der KEHDINGEN hier lag, muss unsere NORDBUCHT genau hier liegen.

Du bist genial! Ich bin gleich wieder da.

Connie, wir haben es geschafft! Das war erstklassige Arbeit.

Das ist mir zu wenig.

Ich bin auch nicht untätig gewesen.

Also wissen wir jetzt, womit er sich beschäftigt hat, aber nicht konkret, warum er in dieser geheimen Basis war, resümierte seine Kamerafrau und wickelte gedankenverloren eine Haarsträhne um den Zeigefinger. Vielleicht hatten sie dort ein UFO entdeckt.

He! Das war ein Witz!

Kein Witz! Es muss einen triftigen Grund geben, warum die Wehrmacht mit solchem Aufwand am Ende der Welt eine Geheimstation baute. Entweder haben sie dort was Bedeutendes wie dein UFO gefunden –

Oder sie führten dort Versuche durch, die zu gefährlich waren, um sie auf dem Festland durchzuführen!

Du denkst an Atombomben? Dafür die gesamte Maschinerie nach Alexandraland transportieren? Das hätten sie viel bequemer in Polen oder Tschechien einfacher haben können.

Wertvolles Siedlungsgebiet durch Atomversuche riskieren? Das wäre nie infrage gekommen. Womöglich experimentierten sie mit gefährlichen atomaren Antrieben.

Auch dafür brauchst du jede Menge technisches Material. Ich hätte gerne gewusst, wie das Gelände dort vor dem Bau der Geheimstation aussah.

Du solltest versuchen, an historische Luftbilder von Nobile, Amundsen oder Eckener heranzukommen. Vielleicht finden sich darauf Hinweise, was die Herrschaften dort getrieben haben.

Das ist eine klasse Idee, du bist unbezahlbar!

Ich wäre gerne für dich ein bisschen mehr.

***

Ich müsste mal ins Bad.

So ganz warst du eben nicht bei der Sache.

Ertappt.

Was hast du angestellt?

Der Ring ist weg.

Was? Wie hast du denn das gemacht? Hat er sich in Luft aufgelöst?

Vor einigen Wochen standen zwei Kripobeamte vor meiner Tür. Angeblich befragten sie Anwohner wegen häufiger Autodiebstähle in unserer Straße.

Und?

Letzten Sonntag kam ich aus Singapur zurück. Jemand musste mein Appartement durchsucht haben. Frag nicht, wie es hier ausgesehen hat. Ich habe zwei Tage lang aufgeräumt.

Und?

Ich hatte noch eine Visitenkarte von dieser Kripobeamtin. Sie kam sofort vorbei, hatte sich die Bescherung angesehen und gefragt, was jemand gesucht haben könnte. Schmuck, Geld oder andere Wertsachen waren noch da, also hatte ich ihr den Ring gezeigt. Als ich später von der Toilette zurückkam, war sie mit dem Ring verschwunden.

Du bist aufs Klo gegangen und sie war mit dem Ring allein im Wohnzimmer?

Natürlich! Wer denkt denn, dass eine Kripobeamtin einen Ring klaut?

War an ihr etwas Besonderes? Irgendeine Auffälligkeit?

Sie hatte lange, bis zum Hintern reichende Haare.

Sie ist mit offenen Haaren bei dir herumgelaufen?

Nein ... äh ... die hatte sie erst später geöffnet.

Später erst ... soso ... Ich bin mal gespannt, was Marianne von dieser Geschichte hält. Ich an deiner Stelle würde mir eine andere Story überlegen!

»Ruf Hamill an, langsam wird's interessant!«

Beichte und Verschwörungstheorien

Frankfurt am Main
Montag, 22.01.2018

»Dank Connie kennen wir inzwischen den Ort der Geheimstation!«

»Ich weiß nicht, was das jetzt wieder soll! Ich habe es dir schon einmal gesagt, ich bin raus! Mich interessiert deine Nazistation nicht im Mindesten, nur der Stein, von dem wir dank deines Unvermögens nie erfahren werden, woher er stammt. Weil du es verbockt hast!«

»Das ist nicht der Hauptgrund, warum ich dich hergebeten habe. Connie kommt in einer halben Stunde, wir haben nicht viel Zeit!«

Seine Ex-Frau rollte die Augen, drehte auf dem Absatz um und ging im Stechschritt Richtung Wohnungstür.

Bevor sie seine Wohnung verlassen konnte, rief er hastig: »Der BND hat mich nach Stefans Verschwinden befragt!«

Marianne Lessing blieb stehen, als wäre sie gegen einen Baum gerannt.

»Sie wissen auch vom Ring«, ergänzte er gedehnt. »Ich frage mich … woher?«

»Von mir nicht!«

»Dann hat dein Stefan geplaudert!«

»Oder deine Connie!«

»Connie habe ich schon gefragt. Sie hat mit keinem darüber gesprochen – und ich glaube ihr.«

»Das hättest du mir auch am Telefon sagen können!«

»Eben nicht! Hör dir an, was ich herausgefunden habe, danach kannst du immer noch flüchten!«

Die Wissenschaftlerin blickte genervt zur Uhr, setzte sich aber wieder. »Red schon!«

»Dieser Sandberg, von dem Stirböck sprach, war Wissenschaftler und arbeitete im Umfeld eines Dr. Otto Schumann. Vielleicht hast du den Namen schon mal gehört.«

»Natürlich! Die Schumann-Resonanz! Sie beschreibt das Phänomen, dass elektromagnetische Wellen bestimmter Frequenzen entlang des Erdmantels stehende Wellen bilden.«

Lessing nickte. »Bis zum Ende des Zweiten Weltkriegs existierte in Deutschland neben anderen obskuren Verbindungen ein Geheimbund namens ›Vril-Gesellschaft‹. Es gibt eine Reihe verschwörungstheoretischer und pseudohistorischer Hinweise, wonach dieser Bund angeblich am Aufstieg des Nationalsozialismus beteiligt war und übernatürliche Energien benutzt haben soll, um revolutionäre Fluggeräte zu entwickeln, sogenannte ›Reichsflugscheiben‹.«

Die Neugier schmolz förmlich aus ihren Gesichtszügen und machte breitester Ablehnung Platz. »Lass mich mit dem okkulten Unsinn in Ruhe!«

Lessing hob beschwichtigend beide Hände. »Lass mich ausreden!«

»Gute Idee!«, sagte Connie Sadek statt einer Begrüßung, ließ sich wie gewöhnlich in einen Sessel fallen und platzierte ungeniert ihre Beine über Eck des niedrigen Wohnzimmertisches.

»Wo kommst du denn her?«, fragte Marianne mit verzogener Oberlippe, zugleich blickte sie ihren Ex-Mann scharf an. »Hat sie etwa einen Schlüssel?«

Connie Sadek blickte unter der Sichel aus dunklem Haar auf, die über ihre Stirn gefallen war. »Entspann dich, die Tür war nur angelehnt.«

Lessing schaute von einer zur anderen, dann fuhr er fort. »Im Zusammenhang mit der Nutzung ›schwingungsmagischer Energien‹ habe das Tragen von Langhaarfrisuren eine bedeutende Rolle gespielt. Diese Energien sollten auch zum Antrieb von sogenannten ›Jenseitsflugmaschinen‹ dienen.«

Die Wissenschaftlerin suchte in den Augen ihres Ex-Manns jenes Flackern, das die Gegenwart häuslichen Wahnsinns verriet. Dann warf sie den Kopf in den Nacken und lachte glockenhell auf. »Langhaarfrisuren als Möchtegern-antrieb für UFOs?«, erwiderte sie und sah ihn auf eine Weise an, als habe sie ihm nahegelegt, künftig nicht mehr auf allen vieren zu kriechen.

Sadek lehnte sich zurück und verfolgte schweigend die Auseinandersetzung.

Lessing schaute Marianne irritiert an. »Gut«, erwiderte er, »konzentrieren wir uns auf die Fakten.«

Ein Frosch saß ihm im Hals und wollte raus.

»Worauf willst du hinaus?«

»Ist das nicht offensichtlich?« Lessing legte Zeigefinger auf Zeigerfinger. »Sandberg war Flugingenieur, außerdem ein Mitarbeiter Schumanns, der angeblich solche Reichsflug-scheiben entwickelte. Damals war deutsche Ingenieurskunst weltweit führend. Warum also auch nicht bei der innovati-ven Entwicklung von Flugzeugen?« Sein Zeigefinger wander-te zum Mittelfinger. »Stirböck sprach von Frauen in dieser Geheimstation, deren Haare bis zum Hintern reichten. Das müssen eindeutig Vril-Damen gewesen sein!« Sein Zeige-finger tippte auf den Ringfinger. »Vril-Damen und Sandberg waren nachweislich an der Entwicklung von Reichsflugschei-ben beteiligt. Also deutet alles darauf hin, dass diese Geheim-station etwas damit zu tun hatte!«

»Frank«, Marianne Lessing sprach wie zu einem senilen Greis. »Das ist nichts anderes als mythisch-verklärte Wun-derwaffen-Propaganda der Nazis!«

Sadek proviantierte sich mit einer Handvoll Erdnüsse und verschwand im Bad.

Lessing griff ihre Hände und sah Marianne eindringlich an. »In jeder Sage steckt ein Körnchen Wahrheit! Diese Reichs-flugscheiben sollen in einer unterirdischen Polarbasis in der Antarktis stationiert gewesen sein.« Und wenn es nicht die Antarktis, sondern die Arktis, genauer gesagt, Alexandraland gewesen wäre?«

»Glaubst du ernsthaft an diesen Unsinn? Das sind doch Hirngespinste! Bist du unter die Verschwörungstheoretiker und Esoteriker gegangen? Wach auf, Frank! Das ist esoterisch-braune Soße!«

»Lange vor dem Bau dieser Schatzgräber-Station arbeiteten Sandberg und Vril-Damen in dieser geheimen Basis, wo Russland Jahrzehnte später eine riesige Station errichtete. Alles Zufall? Nie im Leben! Dort ist etwas, das für einen Transport zu groß, aber zu wichtig ist, um es zu ignorieren! Diese Vril-Frauen haben dort mit Sandberg und anderen Wissenschaftlern Experimente mit Flugscheiben durchgeführt, da wette ich!«

Der Frosch kletterte unter seinen Gaumen.

»Bist du übergeschnappt?«

»Ist er nicht!«, entgegnete Connie, die langsam wie eine Braut zum Altar mit ausgestreckten Armen aus dem Bad schritt. »Schaut mal, was ich gefunden habe.« Sie führte beide Hände vorsichtig zum Tisch, als würde sie etwas Unsichtbares ablegen, nahm ihr Handy und schaltete die Taschenlampe ein. Im hellen Seitenlicht glitzerte ein einzelnes Haar, das so lang wie der ganze Tisch war.

Marianne funkelte ihn böse an. »Wo kommt das denn her?«

»Aus dem Bad«, antwortete Connie Sadek lakonisch. »So ein langes Haar habe ich noch nie gesehen. Zumindest Franks Theorie mit seinen Vril-Frauen scheint zu stimmen, denn mindestens eine von ihnen war hier im Appartement gewesen, n'est-ce pas? Hast du uns vielleicht etwas zu beichten?«, fragte sie boshaft.

Tausend Kränkungen sammelten sich auf Mariannes Zungenspitze, die sie alle hinunterschluckte. »Also von mir aus könnt ihr weiter in okkulten Sphären schweben, das interessiert mich nicht! Ich kümmere mich um den Stein!«

»Vergiss den verdammten Ring! Diese geheime Nazistation ist viel wichtiger! Stirböck könnte den Stein überall gefunden haben. In der Rhön, an der Ostsee, Norwegen, Schweden ...«

»Gib ihn mir noch mal. Ich will im Institut weitere Messungen durchführen. Vielleicht kann ich herausfinden, aus welcher geologischen Region er stammt.«

Lessing rutschte unbehaglich auf seinem Sessel herum, von seiner diabolisch grinsenden Kamerafrau beobachtet.

»Sag's ihr!«

Der Frosch kraxelte auf seine Zunge.

Marianne zog ihre Nase kraus und furchte die Stirn. »Was sollst du mir sagen?« Die Wissenschaftlerin bedachte ihn mit einem Blick, den er zu gut kannte. »Was weiß sie schon wieder, was ich nicht weiß?«

Er richtete den Blick nach unten.

»Ich habe Mist gebaut«, erwiderte Lessing zögerlich und wünschte sich zu verschwinden, zurück in den Mutterleib.

»Was ist passiert?«, platzte es aus Marianne Lessing heraus. »Sag, was passiert ist!«

Der Frosch sprang ihm aus dem Hals und glotzte ihn an.

»Der Ring ist verschwunden.«

»Sag das noch mal!« Die Stimme seiner Ex-Frau überschlug sich fast.

»Kurz vor Silvester wurde bei mir eingebrochen. Ich hatte diese Kripobeamtin angerufen, die daraufhin mein Appartement auf Spuren untersuchte. Als ich später aus dem Bad kam, war Jacoby samt dem Ring verschwunden.«

Marianne blähte die Nasenflügel und kräuselte verächtlich ihre Lippen. »Ich glaub dir kein Wort! Du hast diese Jacoby gevögelt, sonst wäre wohl kaum so ein langes Haar in deinem Bad!«

»Und wenn es so wäre?«, schnappte er zurück. »Du hast mit deinem Stefan ja wohl auch nicht nur Monopoly gespielt, oder?«

»Was hast du denn mit einer Kripobeamtin zu schaffen?«, fragte Connie Sadek gedehnt.

»Sie befragte alle Anwohner wegen vermehrter Autoaufbrüche in letzter Zeit.«

»Klingt merkwürdig. Mir soll's egal sein. Macht euren Zoff später unter euch aus«, entgegnete Sadek, griff in ihre Tasche und ließ mit einem lauten Knall einen Stapel Papiere auf dem Tisch landen. »Frank liegt richtig. Ein Bekannter von mir hat alte SS-Akten aufgestöbert, die Hinweise auf eine geheime Basis namens ›UTGARD‹ auf Alexandraland enthalten.«

»Bekannte, soso«, presste die Chemikerin hervor. »Ich frag mich, was du für zwielichtige Typen als Bekannte hast!«

Connie Sadek lehnte sich aufreizend zurück und grinste impertinent.

»Lass Connie in Ruhe! Sei froh, dass sie etwas gefunden hat!«, verteidigte er seine Kamerafrau. »Du bist doch nur ständig am Nörgeln!«

Connie sah beide abwechselnd an und schüttelte den Kopf. »Ich frage mich, wie ihr das nur so lange miteinander ausgehalten habt.«

»Ich frage mich, wie wir das nur so lange miteinander ausgehalten haben.« Marianne rührt ihren Tee und schaut versonnen zum Waldsee hinaus. Ich sehe sie an und entgegne: »Wir haben uns mal geliebt, hast du das vergessen?« Über den Tassenrand hinweg sieht sie mich nachdenklich an.

»Wie geht's dir?«, frage ich einfühlsam.

»Das sollte ich eher dich fragen«, erwidert sie. »Du bist der Emotionalere von uns beiden!« Das saß.

»Manchmal denke ich, wir sollten zur Polizei gehen. Es war schließlich ein Unfall.«

Sie schaut sich um, ruckt mit dem Oberkörper vor und faucht mich an. »Zur Polizei? Wie erklären wir denn den Bleigürtel um seinen Bauch? Sie werden uns einen Mord anhängen! Halt bloß den Mund! Schau mich an! Ist das klar? Mach keinen Fehler!«

»Um Himmels Willen, sprich leise!«, entgegne ich, »die Leute schauen schon. Was soll diese Bemerkung?«

Marianne zuckt die Achseln. »Wenn du dich nicht auf ihn gestürzt hättest –«

»Ich habe mich nicht auf ihn gestürzt, das weißt du genau!«, erwidere ich empört. »Du hast auf uns beide eingeprügelt, dabei ist er in den Glaskasten gestürzt!«

»Beweis es!«

»Du bist ein solches Miststück ...«, schleudere ich ihr flüsternd entgegen.

»Kann sein, aber dieses Miststück hält dich immerhin davon ab, dich bei der Kripo auszuheulen. Also überleg genau, wem du was sagst ...«

»Ist mir auch egal und eure Angelegenheit«, setzte Sadek nach. »Will vielleicht jemand mehr darüber wissen? Ich mein ja nur ...«, ergänzte sie und betrachtete gelangweilt ihre Fingernägel.

»Mach's nicht so spannend«, sagte er auffordernd.

»Der Begriff ›Utgard‹ kommt aus dem altnordischen, bedeutet so viel wie ›Außenwelt‹, und ist in der nordischen Mythologie ein Gebiet außerhalb der von Menschen ›Midgard‹ und Göttern ›Asgard‹ bewohnten Welten. Ein Ort für Riesen und Trolle. Nach der nordischen Kosmologie liegt er im Osten. Der Herrscher dieser Welt ist ein Riese namens Utgardloki. Sagen berichten, dass Riesen nach Utgard verbannt wurden und deshalb nicht nach Midgard zurückkehren können.«

»Ist das alles?«, fragte die Chemikerin lauernd.

»Was steht in den Akten?«, hakte er nach.

»Nichts, was Näheres über UTGARD verrät, allerdings gibt es Hinweise, dass dort Kriegsgefangene, Zwangsarbeiter und Wissenschaftler eingesetzt wurden. Ich habe der ›Dienststelle zur Benachrichtigung nächster Angehöriger von Gefallenen der ehemaligen deutschen Wehrmacht‹ einen Besuch abgestattet. Sandberg verschwand kurz vor Kriegsende – war für ihn als SS-Obersturmbannführer wohl auch gesünder.«

»Weißt du, wohin?«

»Vermutlich nach Skandinavien oder Südamerika. Auf alle Fälle steht er nicht auf den Paperclip-Listen.«

»Paperclip?«, fragte Marianne.

»Unter dem Decknamen ›Operation Paperclip‹ wurde im Sommer 1945 die erste Gruppe deutscher Wissenschaftler in die USA deportiert. Danach habe ich mir den Spaß gemacht und nach dem Namen Stirböck recherchiert, den gibt's ja nicht so oft. Unter ›Karl Stirböck‹ bin ich auf eine ›Traditionsgemeinschaft Kampfgeschwader 40‹ gestoßen, die Bilder seiner Beerdigung ins Netz stellte. Sie haben bei der Andacht an seine Rettungsaktion von damals erinnert. Viel braune Soße, wenn ihr mich fragt.« Zugleich fuhr sie ihren Laptop hoch.

»Und was hat das alles mit uns zu tun?«

Sadek ignorierte ihren Einwand und klickte auf der Homepage des Veteranenbundes den Eintrag »Beerdigung unseres Flughelden Karl Stirböck« an. Fotos von Uniformierten und Familienmitgliedern zeigten sich auf dem Bildschirm des Laptops.

»Stopp!«, rief Lessing verblüfft und deutete bei einem Gruppenfoto auf eine Dame mit dunkelgrauer Turmfrisur. »Das ist diese angebliche Kripokommissarin!«

»Das musst du wissen, aber mir ist bei der Dame etwas aufgefallen«, entgegnete Sadek deutungsvoll. »Schaut euch mal die Namen unter dem Foto etwas näher an. Na? Fällt euch was auf?«

Heinz Marquardt, Helga Demmer, Klaus Bopp, Heinrich Kemmler, Georg Reisler, Gudrun Fröbe, Heidrun Fries, Olga Orlop, Fritz Bechleitner, Krista Egsbrand, Rudolf Seeberger, Friedrich Schnell.

»Du immer mit deiner Geheimniskrämerei«, nörgelte die Chemikerin, während Lessing zur Decke hinaufblickte.

»Du solltest weniger reden, mehr denken!«, bekam sie zur Antwort. Die folgende Stille holte Lessings Blick in die Waa-

178

gerechte zurück. Seine Gedanken oszillierten zwischen Foto und Namen, versuchten, sich in einem Sinn zu verhaken, Seilschaften der Logik zu flechten. Er starrte auf einen imaginären Punkt, zugleich legte sein Herzschlag einen Trommelwirbel ein.

»Sandberg!«, bellte er lauter als beabsichtigt. »Sie hat die Buchstaben des Namens vertauscht! Das muss Stirböcks Tochter Christiane sein! Also hat Sandbergs Sohn Stirböcks Tochter geheiratet und später den Namen geändert!«

Sadek klatschte langsam Beifall. »Mir war's sofort aufgefallen. Du hast länger gebraucht, aber immerhin«, lobte sie gönnerhaft.

»Ziemlich einfallslos«, quengelte seine Ex-Frau. Früher oder später kommt jeder drauf, das ist offensichtlich.«

Die Deutsch-Iranerin widersprach. »Nur, wenn du beide Namen in Verbindung bringst. Wer den Namen ›Sandberg‹ nicht kennt, wird nie einen Zusammenhang mit dem Namen ›Egsbrand‹ vermuten. Der Dame samt ihrem Gatten gehört übrigens eine Firma ›Egsbrand‹, die ihren Sitz in Stockholm hat!«

»Dieses Miststück hat unseren Ring gestohlen! Damit kommt die nicht durch! Den holen wir uns zurück und machen sie zur Minna!«, sagte Marianne leidenschaftlich. »Außerdem wollte ich mir schon immer die VASA in Stockholm anschauen«, fügte die passionierte Seglerin hinzu.

»Bestens, dann könnt ihr euch ja dort weiterfetzen!«

Lessing ignorierte Connies spöttische Bemerkung und blickte Marianne skeptisch an. »Sie war nicht alleine, sondern hatte noch ihren angeblichen Oberkommissar dabei«, gab er zu bedenken. »Wir haben nicht den Hauch einer Ahnung, wer noch alles hinter den Egsbrands steht, das könnte uns auf die Füße fallen!«

»Willst du dieser Schlampe das etwa durchgehen lassen? Der Ring ist ein Vermögen wert, ganz abgesehen von seinem Nutzen für die Wissenschaft!«

Connie Sadek schüttelte den Kopf. »Ich glaube nicht, dass es gefährlich wird. Sie hätte dir schon beim ersten Treffen eine Pistole unter deine Nase halten und den Ring abknöpfen können. Hat sie aber nicht, sondern ihre Kriponummer durchgezogen, um an ihn heranzukommen.«

»Wie auch immer. Wir wissen jetzt, wo er ist und sind wieder im Geschäft!«, entgegnete Marianne Lessing bestimmt. »Wann fliegen wir?«

Die AKULA

Langley
Mittwoch, 24. Januar 2018

17:30 Uhr.

Linh Carter öffnete den Kalender ihres Smartphones und sah zu Sinclairs Einladung.

Operation Murmansk
Raum 617
18 – 19.00 Uhr.

Noch war Zeit.

Übernächtigt rieb sich die CIA-Abteilungsleiterin beide Augen. Sie war die Tochter chinesischer Einwanderer, die es zu etwas gebracht hatten. Immerhin bekleidete sie einen höheren Posten in der CIA, was Vor-, und wie sie zurzeit merkte, auch Nachteile hatte.

Sie strich das nachtschwarze Haar aus dem Gesicht und beobachtete durch schmale, auffallend schräg stehende Augen den Ameisenverkehr unten auf Langleys Hauptstraße. Linhs Blick wanderte hinüber zum großen Park und verlor sich in der Ferne. Die untergehende Sonne tauchte den Horizont in rotgoldenes Licht. Von Westen näherte sich eine Wolkenbank, die Regen ankündigte. Sie hatte keinen Schirm dabei und bis zur Haltestelle waren es knappe zehn Minuten.

In letzter Zeit ging einiges schief, hatten sie selbst zu viele Fehler gemacht. Die Deutschen hatten mit ihren Satelliten vor Monaten dieses Geisterschiff entdeckt und Alarm geschlagen.

Sinclair hatte sich bei den Europäern zunächst artig bedankt und ihr anschließend den Kopf abgerissen – nicht zu Unrecht. Schließlich war ihre Abteilung für die Fernaufklärung rund um Murmansk zuständig.

17:20 Uhr.

Sie überflog Hunts Protokoll zur letzten Besprechung und fasste in Gedanken seine wichtigsten Punkte zusammen.

Das Schiff – dem Aussehen nach ein Frachter – trug den Namen AKULA und hatte sich in Luft aufgelöst, ohne dass Überwachungssatelliten seinen Verbleib erklären konnten. Wenn also ein Brocken solcher Größe auf einer Satellitenaufnahme zu sehen war, sich dann aber neunzig Minuten später in Luft auflöste, mussten die Russen neuerdings in Murmansk eine Bunkeranlage besitzen!

- *Wo genau liegt der Bunker?*
- *Wie groß ist er und gibt es weitere?*
- *Warum wurde das Schiff im Bunker verankert und nicht wie andere nach dem Störfall in Sicherheit gebracht?*
- *Was war so anders an dem Schiff oder seiner Ladung, um ausgerechnet diesen Frachter mit sechzigtausend Tonnen in einen Bunker zu manövrieren, was mit Sicherheit nicht einfach gewesen war. Diese AKULA gehörte der »Nowoflot«, einer privaten Reederei, was die Sache noch mysteriöser machte.*

Ich will Antworten!, hatte Sinclair am Ende der letzten Besprechung gefordert. Linh Carter grinste wölfisch. Heute würde er Antworten bekommen. Ob ihm diese aber schmecken würden, stand auf einem anderen Blatt.

17:45 Uhr.

Carter nahm den Fahrstuhl ins sechste Geschoss, wo die Konferenzräume untergebracht waren. Ihr Tisch war bereits für ein Dutzend Personen eingedeckt. Porzellantassen, glänzende Kaffeekannen und mit Wasser gefüllte Karaffen dekorierten den langen Tisch und warteten auf ihre Abnehmer. Mit dem Fensterband im Rücken ließ sie sich in einen Bürosessel fallen und blickte zur Automatik, während nach und nach weitere Teilnehmer eintrudelten, ihr ein achtungsvolles Nicken schenkten.

Manche lässig gekleidet, andere im Anzug, und Militärs in akkurat sitzenden Uniformen.

Mark Sinclair betrat als letzter den Konferenzraum. »Okay, sind alle da? Dann legen Sie los!«, bat er Linh und setzte sich ans Kopfende des Tisches.

Zu Beginn fasste Carter noch einmal die wichtigsten Punkte zusammen, wurde aber bereits nach wenigen Sätzen von Sinclair ungeduldig unterbrochen. »Wissen wir doch alles! Sagen Sie uns lieber, um welches Schiff es sich handelt!«

»Es ist die AKULA!«, konterte sie. »Angeblich ein Frachter. Er gehört offiziell der ›Nowoflot‹, einer privaten Reederei!«

»Das wird ja immer mysteriöser!«, schnaubte Sinclair. »Was hat denn ein Frachter dieser Reederei im Geheimbunker einer Militärbasis verloren?«

»Das ist noch nicht alles!« Ihren Gesichtszügen nach zu urteilen, genoss Carter die Aufmerksamkeit, die sich auf sie fokussierte. »Schauen wir mal, wem diese Reederei gehört!« Im nächsten Augenblick blendete Carter eine Reihe Fotos ein, die eine atemberaubend schöne Frau zeigten. »Das ist Ivanka Rasina!« Sie betonte es auf eine Weise, als sei damit alles gesagt.

Sinclair legte seine Stirn in Falten. »Kennt jemand dieses Herzchen?«

»Sie ist auch gern auf Reisen«, warf Carters Nachbarin mit einer Stimme ein, die nichts Gutes verhieß.

Rasina hatte schwarze, tadellos frisierte Haare, einen gebräunten Teint, auffällig dunkle Augen, lange Wimpern und perfektes Make-up. Diese Frau legte extrem viel Wert auf ihr Aussehen.

»Sie hatten schon mit ihr zu tun?«, fragte Sinclair.

Bevor die Gefragte antworten konnte, fuhr Carter fort: »Das ist Viktor Rasins Tochter – alte kosakische Familie. Er ist Vorstandsvorsitzender von ›Siverstal‹. Sein Vorfahr führte im 17. Jahrhundert einen Bauernaufstand an. Er ist ein milliardenschwerer Oligarch, aber anders. Rasin ist mit der Tochter eines skandinavischen Zulieferers verheiratet und lebt vornehmlich in Luxemburg. Keine Koks-Exzesse wie bei anderen Clans, keine Ski-Sausen zum Geburtstag, keine Skandale.«

Sinclair schien einen Moment nachzudenken, dann lächelte er ihr aufmunternd zu.

»Heute gehört Rasin mit einem Privatvermögen von rund zehn Milliarden Dollar zu den reichsten Russen. Abgehoben hat er dennoch nicht. Aufgewachsen in Tscherepowez, sechshundert Kilometer nördlich von Moskau, holten ihn seine Eltern ins Schmelz- und Walzwerk. Rasin paukte sich hoch. Lauter Einser in der Schule, Lenin-Stipendium beim Wirtschaftsstudium in Sankt Petersburg – mit 27 Jahren wurde er Finanzdirektor im Stahlwerk.

1993 hat Rasin – angeblich im Auftrag des alten Generaldirektors – ein Handelshaus gegründet, Stahl verkauft und firmeneigene Aktien im Rahmen einer Privatisierung angehäuft. Irgendwann war er dann Mehrheitsaktionär. Am Ende gehörten ihm fast neunzig Prozent von ›Siverstal‹. Viktor Rasin hat beste Kontakte zu Putin, war wie er einst in Dresden beim KGB. Später brachte ihm sein gutes Deutsch den Co-Vorsitz in einer deutsch-russischen Arbeitsgruppe ein, die Waffenexporte über inoffizielle Verkaufskanäle koordinierte.

Leute wie er haben die richtigen politischen Kontakte und profitieren in großem Stil von Exportmonopolen in den Weltmarkt. Er ist mit Putins Sicherheitschef Korsakow befreundet, der Russlands Waffenexporte kontrolliert und berät Putin in Fragen militärischer und industrieller Kooperation mit dem Ausland. Heute gehört er zu Russlands milliardenschweren Oligarchen und besitzt mehrere Großkonzerne, wobei Töchterchen Ivanka seine Reederei ›Nowoflot‹ leiten darf.«

»Ich würde sie nicht unterschätzen. Sie ist ein Sprachgenie, Rasins Charmewaffe und mit allen Wassern gewaschen«, kommentierte Sinclairs Nachbarin. »Sie spricht ein halbes Dutzend Sprachen akzentfrei.«

»Sie haben meine Frage noch nicht beantwortet. Was sucht ein privater Frachter in einer militärischen Bunkeranlage?«

Linh Carter straffte sich: »Das Schiff gehört zwar offiziell zu Rasins ›Nowoflot‹, ist aber als militärisches Spezialschiff einzustufen. Vermutlich hat Rasin die AKULA gesponsert. Faktisch hat er sich nie um das Schiff gekümmert. Aber Sie haben recht. Was macht diesen Frachter so einzigartig, dass er in einem geheimen Bunker in Murmansk ankert? Das ist die Kernfrage!«

»Warum haben sie das Schiff nicht wie alle anderen aus dem Fjord gebracht, wenn es so wertvoll ist? Das wäre viel einfacher gewesen!«, wandte jemand ein.

Auf diese Frage hatte Linh Carter gewartet und konnte sich innerlich ein Triumphgefühl nicht verkneifen. »Das war unmöglich! Wir haben inzwischen herausgefunden, dass der Reaktorunfall vor einigen Monaten auf diesem Schiff geschah!«

Sinclair sah sie von der Seite überrascht an. »Dieser Frachter ist atomgetrieben?«

»Exakt, Sir! Die Anlage besitzt acht gebrauchte Kernreaktoren des Typs KLT-40S, die auch russische Atomeisbrecher der TAYMYR-Klasse antreiben.«

»Linh«, bemerkte Sinclair fingertrommelnd. »Kurzfassung!«

»Es ist ein schwimmendes Atomkraftwerk!«

Aufgeregtes Gemurmel füllte den Raum.

»Ruhe!«, rief Sinclair zur Ordnung. »Wo ist das Schiff jetzt?«

Ian Hunt räusperte sich.

»Ian?«

»Die AKULA muss unseres Erachtens noch in Murmansk ankern. Wir haben kein Auslaufen beobachten können.«

»Darauf würde ich gerne später zu sprechen kommen und jetzt fortfahren, Sir!«, entgegnete Carter.

Sinclair machte eine fahrige Geste. »Amüsieren Sie uns mit Einzelheiten!«, und nickte seiner Nachbarin zu, die fragend eine Thermokanne in der Hand hielt.

»Es sind autarke Kernkraftwerke mit vergleichsweise geringer Kapazität, gebaut auf schwimmenden Plattformen. Nach Fertigstellung sollen diese Kraftwerke in küstennahen Gewässern in der Nähe von Städten oder Industrieanlagen eingesetzt werden. Diese AKULA ist die nächste Generation des Prototyps AKADEMIK LOMONOSSOW, nur bedeutend größer. Es handelt sich um ein erweitertes Konzept einer dezentralen Energieversorgung durch Kernkraftwerke. Neben ihrer Strom- und Wärmeerzeugung kann die AKADEMIK LOMONOSSOW bei Bedarf auch Meerwasser entsalzen. Dieses Monster dagegen«, dabei deutete Carter auf eine Projektion, „ist im Gegensatz zum Prototyp selbstfahrend, rund zweihundertfünfzig Meter lang, fünfzig Meter breit und verdrängt über sechzigtausend Tonnen! Jeder Reaktor der Version KLT-40S liefert eine elektrische Bruttoleistung von fünfunddreißig Megawatt. Ihre acht Reaktoren haben zusammen eine thermische Leistung von dreihundert Megawatt und sind für eine Laufzeit von vierzig Jahren ausgelegt!«

»Gute Arbeit, Linh!«, lobte Sinclair.

Carter fuhr ungerührt fort: »Wir kennen inzwischen auch ihren Bestimmungsort!«

»Lassen Sie sich doch nicht jeden Wurm aus der Nase ziehen!«, nörgelte Admiral Blower ungehalten.

Carter fing sich einen ironischen Seitenblick von Sinclair ein.

»Die AKULA soll im Herbst nach Alexandraland aufbrechen!«

»Meine Güte, das ist eine Insel im Nordpolarmeer! Was um alles in der Welt gibt es dort so Wichtiges?«, fragte Sinclair erstaunt.

»Russlands Arktische Kleeblattstation!«, erwiderte Blower, und der Tonfall seiner Stimme war nicht dazu angetan, die Gemüter zu beruhigen.

Im Leibniz-Institut für Länderkunde

Leipzig
Freitag, 2. Februar 2018

Im Zeppelinmuseum in Friedrichshafen hatte Lessing keine Aufnahmen von Nobile und Amundsen finden können, aber von einem wissenschaftlichen Angestellten den Tipp erhalten, dass die GRAF ZEPPELIN auf ihrer Expeditionsreise 1931 erstmals arktische Gebiete fotografiert hatte. Die Aufnahmen würden im Leibniz-Institut für Länderkunde im Archiv für Geografie aufbewahrt.

Also fuhr Lessing mit dem Sprinter nach Leipzig und kam frühmorgens an.

»Sie müssen zu Frau Dr. Scheuerlein. Zweiter Stock, rechter Flur, Zimmer 206.«

Der Fernsehjournalist bedankte sich, stieg die breite Treppe ins Obergeschoss hinauf, folgte der Wegbeschreibung und klopfte an besagtem Zimmer an.

»Herein!«

Lessing öffnete die Tür und sah eine gut beleibte Dame, Anfang fünfzig, mit pausbäckigem Gesicht, hinter einem überfrachteten Schreibtisch sitzen, deren Augen ihn durch eine Metallbrille musterten. Graue, ungekämmte Haare und ihre grobe Strickjacke vermittelten nicht gerade das Bild einer Frau, von der ein Mann träumen würde. *In diesem Hinterzimmer verstaubt die wahrscheinlich schon seit dreißig Jahren, so wie sie aussieht*, dachte er. Sie stand auf und kam andächtigen Schrittes auf ihn zu.

»Guten Tag, Herr Lessing. Ich kenne einige Ihrer Sendungen. Frau Freudental sagte mir, dass Sie sich für das fotogrammetrische Programm der GRAF ZEPPELIN interessieren?«, hörte er eine sonore Stimme, die so gar nicht zu ihrem Äußeren passen wollte.

»Das ist richtig«, antwortete Lessing. »Vielen Dank, dass Sie sich Zeit für mich nehmen.«

»Aber ich bitte Sie! Ich werde Ihnen alles darüber erzählen! Jede Einzelheit!« Das Eis schien gebrochen.

»Ich bin hauptsächlich wegen der historischen Aufnahmen hier«, wagte er zu widersprechen.

»Papperlapapp!« Sie hängte sich in seinem Arm unter. »Umfassendes Studium noch so kleiner Details ist für eine Reportage Ihres Formats von größter Bedeutung.«

Sie blieb abrupt stehen und sah ihn durch dicke Brillengläser an, die wie Lupen wirkten und Scheuerleins Augen übernatürlich groß erscheinen ließen. »Sie recherchieren doch für eine Reportage, oder?«, fragte sie argwöhnisch. Lessing nickte bestätigend.

»Dachte ich mir. Wir gehen jetzt ins Archiv. Dort werde ich zunächst über die damaligen Umstände referieren, bevor wir uns den fotogrammetrischen Ergebnissen zuwenden. Ich habe mir den ganzen Vormittag für Sie reserviert!«

***

»[...] Die am Forschungsprogramm der Arktisfahrt beteiligten wissenschaftlichen Kommissionen – neben der Aerogeodätischen Kommission waren dies vornehmlich die Aerologisch-Meteorologische, Erdmagnetische, Geografische und Ozeanographische Kommission – präzisierten die vorgesehenen Aufgaben. Nach einer Tagung im Januar 1931 unter Vorsitz von Samoilowitsch, der Fridtjof Nansen nach dessen Tod als Vorsitzender des Forschungsrates als Expeditionsleiter nachgefolgt war, wurde die Geografische Kommission aufgefordert, sich baldmöglichst mit den Aerogeodäten in Verbindung zu setzen, um festzulegen, was genau fotografiert werden soll. Anfang Juli lag ein ausgearbeiteter Plan für die aerofotogrammetrischen Aufnahmen vor und umfasste folgende Schwerpunkte:

Nowaja Semlja:
- Bestimmung der Südgrenze ihrer Gletscher.
- Aufnahme einer unbekannten Küstenstrecke an der Ostseite zwischen Matotschkin-Schar und Russanow Bucht.
- Feststellung der Lage des Inlandeises im nördlichen Teil der Doppelinsel.

Karisches Meer:
- Fotogrammetrische Aufnahme der Wieseinsel.
- Erforschung des Gebietes zwischen Wiese- und Einsamkeitsinsel.

Sewernaja Semlja:
- Fotogrammetrische Aufnahmen des gesamten Landes.
- Bestimmung der südlichen und nördlichen Grenze ihrer Gletscher.

Sannikow-Land:
- Untersuchung des Gebietes östlich von Sewernaja Semlja, das im Süden von der Wilkitzki-Expedition und im Norden von der Nansen-Expedition begrenzt wird.«

Lessing wurde ungeduldig: »Und Alexandraland?«

»Kommt noch, lassen Sie mich fortfahren!
- Fotogrammctrische Aufnahme der Gegend nördlich vom Taimyrsee und die Umgebung des Sees.
- Forschung nach der legendären Byrranga-Kette, die sich vom Taimyrsee in der Richtung zur Dicksoninsel hinzieht.
- Feststellung der Grenze des Kontinentalschelfs im Westen und Osten von Sewernaja Semlja.

Andrejew-Land:
- Sollte die zur Verfügung stehende Zeit einen Vorstoß nach Osten erlauben, wäre von großer Wichtigkeit, das Gebiet zwischen den Neusibirischen Inseln und der Wrangel-Insel nach weiteren Landmassen abzusuchen, das zwischen 72° N. und 175° O. liegen soll.

Ende Mai 1931 begab sich Aschenbrenner, der zu diesem Zeitpunkt die Vorbereitung von aerogeodätischen Arbeiten verantwortete, nach Friedrichshafen. Zwischen ihm und

Verantwortlichen der ›Luftschiffbau Zeppelin GmbH‹ wurden Einzelheiten zum Umbau des Luftschiffes für das aerofotogrammetrische Programm besprochen. Im Bericht geht Aschenbrenner auf Reihenbildmessgeräte ein, die möglichst lückenlos das überflogene Gelände erfassen sollten: eine Panoramakamera für automatischen und halbautomatischen Betrieb mit Einbau für Senkrecht- und Schrägaufnahmen, eine Zweifach-Reihenbildmesskammer für vollautomatischen Betrieb mit Einbau für Schrägaufnahmen steuerbord oder backbord, eine Schlitzverschlusskammer für einfache und stereoskopische Bildaufnahmen [...]«

Lessing war kurz davor, einzuschlafen.

»[...] Im Bericht wurde weiterhin die Disposition für spezifische Geländetypen beschrieben, der mitzunehmende Filmvorrat festgelegt, was umso schwieriger zu berechnen war, da sowohl Fahrtroute und Fahrthöhe als auch die zu erwartenden Sichtverhältnisse unklar waren. Es wurden angegeben: eintausendzweihundert Meter für die Panoramakammer, einhundertvierzig Meter für die Handmesskammer und neunzig Meter für den Reihenbildner.«

»Frau Dr. Scheuerlein, die Aufnahmen –«

Sie ignorierte seinen Einwand und fuhr unbeirrt fort. »Ferner wurde auf das geplante Programm aus technischer Sicht eingegangen, sodass bei geringer Flughöhe unter tausend Metern genügend Aufnahmen für eine Erstellung von topografischen Karten zur Verfügung standen. Für die Genauigkeit wurde auf die Bedeutung einer exakten Zusammenarbeit zwischen Schiffsführung und Aerogeodäten hingewiesen. Die Handmesskammer des Zeiss-Aerotopograf war für Platten und Filme geeignet, sollten aber nur für einzelne Aufnahmen als Reserve zum Einsatz kommen. Die Zweifach-Reihenmesskammer war für fortlaufende Aufnahmen des Geländes vorgesehen und bestand aus zwei gekoppelten Kammern. Bei einer einmaligen Auslösung des Verschlusses entstanden gleichzeitig zwei überlappende Bilder.«

Plötzlich war Lessing hellwach. »Sie meinen, es wurden Aufnahmen überlagert, so wie wir Menschen mit zwei Augen sehen und das Bild räumlich zusammengesetzt?«

»Genau! Jede Kammer enthielt eine Kassette, in der Filmmaterial für je vierhundertsechzig Aufnahmen vorhanden war. Und jetzt erkläre ich Ihnen [...]«

***

Lessing hatte irgendwann aufgegeben, den Vortrag der Wissenschaftlerin unterbrechen zu wollen, und weitere zwei Stunden über sich ergehen lassen, bis Dr. Scheuerlein endlich auf die Bildaufnahmen zu sprechen kam.

»[...] Herr von Gruber legte zahlreiches Aufnahmematerial in Vergrößerungen sowie eine ausgewertete Karte von Nowaja Semlja mit Schichtlinien vor. Es sind tausendzweihundert Aufnahmen mit der Koppelkammer gemacht worden, von denen etwa die Hälfte ausgewertet werden konnte, und zwar dreihundert bis vierhundert Aufnahmen durch stereoskopische, der Rest durch monokulare Ausmessung. Er schlug vor, als größten Maßstab für die Auswertung eins zu zweihunderttausend und für die Reproduktion eins zu fünfhunderttausend zu wählen. Die Auswertungen von der Taimir-Halbinsel erfolgten im Maßstab eins zu dreihunderttausend bis eins zu fünfhunderttausend, da in den Aufnahmen die Gebirge weiter entfernt lagen und nur Übersichten gewonnen werden konnten [...]«

Lessing überkamen Mordgedanken. *Wenn sie nicht bald auf den Punkt kommt, schlage ich ihr den Schädel ein!*

»[...] Die Fertigstellung der Ausmessarbeiten bis zur reproduktionsfähigen Reinzeichnung dauerte ein Jahr. Die Publikation erfolgte in Petermanns Monatsheften. Dr. Aschenbrenners Aufnahmen waren vorzüglich gelungen. Eine Entzerrung der Originalaufnahmen und die Auswertung wurden in Angriff genommen. Das Aufnahmematerial der Herren

Dr. Aschenbrenner und Basse ergänzte sich gegenseitig. Beides musste zusammen ausgewertet werden, um ein vollständiges Bild zu erhalten. Das Gesamtwerk hat nachgewiesen, welch hohe Bedeutung in wissenschaftlicher und wirtschaftlicher Hinsicht die deutschen Arbeiten im Luftbildwesen und in der Fotogrammetrie schon damals hatte [...]«

Nur ein kleiner Schlag ...

»[...] Auf der Suche nach heute noch existenten Materialien sind Nachforschungen in verschiedenen Archiven angestellt worden. Dies waren zum einen das Archiv der ›Luftschiffbau Zeppelin GmbH‹, die vorrangig Unterlagen hinsichtlich der Vorbereitung und Durchführung der Arktisfahrt, wie z.B. das Fahrtenbuch archiviert, und zum anderen die ›Inphoris GmbH‹ als Nachfolgeunternehmen der ›Fotogrammmetrie GmbH München‹. Ein Großteil der Korrespondenz von Leonid Breitfuß bewahren wir hier im Leibniz-Institut auf. Hier befindet sich ebenso eine größere Anzahl von dokumentierten Aufnahmen, die mit Carl-Zeiss-Apparaten erstellt wurden. Zum Beispiel haben wir eine Karte mit der Fahrtroute der GRAF ZEPPELIN und schwarz markierte Gebiete, von denen Aufnahmen erstellt wurden. Für Franz-Josef-Land wurde keine gesonderte Karte erstellt, jedoch liegen zahlreiche Aufnahmen vor. Nach Landung des Luftschiffes vor der Hook Insel wurden besonders intensiv Prinz-Georg-Land und Alexandraland fotogrammetrisch erfasst.«

Plötzlich sah Lessing Land in Sicht. Die Frage, die ihn von Anfang an beschäftigt hatte, ehe sie unter einer Flut an Informationen verschüttet ging und lediglich als kleiner Funke weiter schwelte, entflammte mit blendender Strahlkraft.

»Können Sie mir die Aufnahmen von Alexandraland auf eine CD brennen?«, fragte er beiläufig.

»Kein Problem. Was meinen Sie – wenn Ihr Filmteam die Aufnahmen für die Reportage macht – soll ich eher ein helles oder ein dunkles Kleid anziehen?«

Golden Hill

Sankt Goar
Samstag, 10.02.2018

»Niemals!«, drang es aus dem Hörer. »Entweder sie oder ich! Mit dieser Schlampe will ich nichts zu tun haben! Erst recht nicht in meinem Haus!«

»Marianne«, Lessing bemühte sich um einen ruhigen Tonfall. »Erstens ist sie keine Schlampe und zweitens hat sie den entscheidenden Hinweis geliefert, wo eventuell die UTGARD-Basis zu finden ist.«

»Was interessiert mich dein UTGARD? Mir geht es einzig und allein um den Stein, das weißt du!«

»So, wie es ausschaut, hängt beides zusammen.«

»Mir egal, ich will mit der Sadek nichts zu tun haben!«

Mit Marianne über Connie zu diskutieren, war in etwa so absurd wie einem Mönchsgeier die Vorzüge veganer Ernährung zu erläutern.

»Wegen des Steins ist Stefan gestorben. Beides sollte dir mehr wert sein, als deine Ressentiments gegen Connie – außerdem habe ich eine Überraschung für dich. Gibt es den Beamer in meinem Arbeitszimmer noch?«

Schweigen.

»Ich habe nichts verändert.«

»Den brauche ich, also überleg's dir. Morgen Abend um 18:00 Uhr in Sankt Goar. Jetzt gib dir einen Ruck!«

»Und warum soll ich mir das antun?«

Lessing ließ einige Sekunden verstreichen, bevor er den Dolch zückte und zustach. »Weil ich inzwischen den Fundort des Steins kenne!«

***

Mit gemischten Gefühlen fuhr Lessing die schmale Straße durch das Rheintal nach oben und versank in längst vergangene Zeiten. Als er vor einigen Jahren in einem Sportflugzeug die Gegend aus der Luft betrachten konnte, war ihm die kurvenreiche Straße mit ihren absonderlichen Windungen wie ein achtlos hingeworfener Gartenschlauch vorgekommen.

Marianne hatte nach dem Unfall ihrer Eltern das Gestüt samt hundertzehn Hektar Weidefläche verkauft. Zur gleichen Zeit hatten ihm seine Südafrika-Reportagen üppige Honorare eingebracht, was ihnen die Möglichkeit eröffnete, »Golden Hill« zu erwerben. Ein Anwesen mit knapp dreihundert Quadratmeter Wohnfläche, ansehnlichem Grundstück, altem Baumbestand und hauseigenem Swimmingpool.

Bis nach Mainz war es zwar eine knappe Stunde mit dem Wagen, aber Golden Hill – oberhalb des Rheintals gelegen – war es ihnen wert gewesen.

Neujahr 1998 kam ihm in den Sinn. Damals hatten sie das lange Wochenende zum Jahreswechsel mit Freunden dort oben verbracht und am Neujahrsmorgen Holger und Jeanette heimlich dabei beobachtet, wie sie es im Pool miteinander getrieben hatten.

Als am späten Vormittag ihre Gäste kaum das Haus verlassen hatten, waren sie im Pool übereinander hergefallen und hatten sich geliebt, während draußen bei minus achtzehn Grad die gleißende Sonne den Neuschnee in ein weißes Diamantenmeer verwandelte. Er würde diesen Moment niemals vergessen. Bis vor zwei Jahren hatten sie dort eine wundervolle Zeit verlebt, dann war da die Sache mit Connie – und Marianne hatte ihm seine Koffer vor die Tür gestellt.

Seine Ex war kein Kind von Traurigkeit und hatte – ob aus Trotz, verletztem Stolz oder warum auch immer – später mit Stefan angebandelt. Insgeheim hatte sich Marianne Hoffnungen gemacht, Lothars Nachfolge anzutreten, dann wurde überraschend Stefan zum Institutsleiter berufen, woran sie noch heute knabberte. In einem Anfall von Mitteilsamkeit hatte sie ihn damals in Neustadt an ihren Gedanken teilhaben lassen:

[...] *Aber als er vor zwei Jahren Institutsleiter wurde, hat er versucht, auch privat den Vorgesetzten zu spielen, und dagegen bin ich allergisch, wie du weißt [...]*

Es gab eine stillschweigende Übereinkunft, dass er die Hälfte der Unterhaltskosten übernahm und Marianne dafür keine Liebhaber dauerhaft im Haus behielt, als würden sich beide an die Hoffnung klammern, dass es noch einmal zwischen ihnen funktionieren könnte.

Lessing blinzelte, sandte weitere Gedanken auf den Schrotthaufen verrosteter Erinnerungen und parkte den Wagen vor der Garage. Als er wenig später das Haus betrat, empfand er zum ersten Mal seit ihrer Trennung wieder den Unterschied zwischen Alleinsein und Einsamkeit. Er ließ das Gefühl im Foyer zurück. Bis dorthin durften seine Melancholie und Selbstzweifel mitkommen. Keinen Schritt weiter.

✳✳✳

Durch das Panoramafenster blickte er hinab ins Rheintal, in dem der Strom träge dahinfloss. Er hatte inzwischen seine Schuhe ausgezogen und genoss die wohlige Wärme der Fußbodenheizung, die durch großformatige Schieferplatten langsam in ihm aufstieg. Er liebte ›Golden Hill‹ immer noch – und nicht nur das Haus.

Wenn er Marianne zum Siedepunkt gebracht hatte, war sie zur Furie mutiert, die beim Sex alles um sich herum vergaß, und sich die Seele aus dem Leib schrie. Connie war da ganz anders, jederzeit Herrin über ihre Emotionen. Sie konsumierte Sex eher, verglich Männer mit Weinsorten, mal lieblich, mal herb, mal mit weichem Abgang.

»Oh!«, sagte Marianne, die sich leise an ihn herangeschlichen hatte. »Da wächst was.« Zugleich blickte sie ironisch zum Reisverschluss seiner Hose, den sein eregiertes Glied bogenförmig nach außen wölbte. »Schwelgst du etwa in Erinnerungen?«, fragte sie auf ihre distanzierte, norddeutsche Art, die seine Erregung noch steigerte.

Bevor er etwas erwidern konnte, klingelte das Handy. Während des Telefonats öffnete Marianne seinen Reißverschluss und begann, sein bestes Stück zu bearbeiten.

»[...] Müssen wir auf Mittwoch verschieben, ich kann jetzt leider nicht kommen!«, ächzte er.

»Oh doch, und ob du kommst!«, hauchte sie, noch bevor er sein Gespräch beenden konnte. Ihre Gläser ließen sie im Wohnzimmer, ihre Schuhe im Flur, ihre Kleidung auf der Treppe und ihre Unterwäsche vor der Schlafzimmertür.

Lessing revanchierte sich und ließ seine außergewöhnlich lange Zunge, die er zur Freude der Damenwelt in sensiblen Körperöffnungen talentiert einzusetzen wusste, in Mariannes Schoß austoben.

Später, als sie halb auf, halb neben ihm lag, hörten sie das Röhren eines Motorrades, das Connie Sadek ankündigte. Sofort sank Mariannes Laune auf den Nullpunkt. Statt Kuscheln mit Frank war Tuscheln mit Connie angesagt.

Einige Minuten später scholl Big Bens Gongschlag durchs Haus, ließ Marianne die schwere Bronzetür öffnen.

»Hallo Connie! Schön, dich zu sehen!« Der Unterton in ihrer Stimme verhieß das genaue Gegenteil.

»Hallo Marianne«, erwiderte Connie mit aufgesetzter Freundlichkeit. Es klang wie: »Du mich auch!«

Lessing schüttelte den Kopf. Es kam ihm so vor, als würde er mit beiden Frauen in einer dunklen Pulverkammer sitzen.

»Ihr seht so abgekämpft aus. Komme ich etwa ungelegen?«, fragte Connie süffisant.

»Ach woher! Jetzt, wo du schon mal da bist«, sagte die Gastgeberin salbungsvoll, »komm rein!«

»Ich will mich nicht aufdrängen, Frank meinte –«

Marianne stellte sich vor, Connie genüsslich beide Augen auszukratzen, hakte sich bei ihr unter und machte ein Kompliment über ihre Haare. »Frank ist mit seinen Einladungen immer sehr großzügig«, erwiderte sie übertrieben vertraulich. Vom Champagner eben gelebter Zweisamkeit war kein Tropfen mehr übrig. »Immer noch Single? Du bist nicht mehr die Jüngste. Du solltest langsam unter die Haube kommen, Teuerste.«

Connies Mundwinkel zuckten spöttisch. »Bin kein Familienmensch!«

»Ist das deine Legitimation, jeden abzuschleppen, den du möchtest?« Mariannes aufgesetzte Freundlichkeit schlug um in blanke Ablehnung.

»Ich bin halt kein Kind von Traurigkeit. Es gehören immer zwei –«

»AUFHÖREN!«, bellte Lessing. Er schob beide ins Wohnzimmer, bevor jemand ein Zündholz in seiner gedanklichen Pulverkammer entfachen konnte, zerteilte stattdessen mit dem Schürhaken die Glut im Kamin und legte zwei große Buchenscheite hinein.

Die alte, unbewältigte Kränkung hing Marianne wie schlechter Geschmack im Mund, aber wich der Einsicht, dass ihre zerknitterte Laune dadurch auch nicht besser wurde.

Schwaches Kaminfeuer beleuchtete zwei lederne Kanapees. Die Frauen setzen sich, während Lessing alte Fotoaufnahmen und eine Karte von Alexandraland auf dem Tisch ausbreitete. Marianne setzte bedächtig die Spitze einer Zigarette in Brand. Der Fernsehjournalist blickte verstohlen zu den Frauen hinüber, während sie Fotos und Karten studierten, sich dabei keines Blickes würdigten.

Mit Marianne teile ich das Wissen um Stefans Schicksal und öfter wieder das Bett, was Connie nicht weiß, aber ahnt. Marianne weiß nicht, dass mich Connie wieder vernascht hat. Wenn die beiden sich jemals aussprechen sollten, bin ich hoffentlich weit weg. »Connie gab den entscheidenden Hinweis. Nachdem wir wussten, wo die Nordbucht lag, war der Rest ein Kinderspiel. Die Wetterstation Schatzgräber und der Ankerplatz der LANDVOGT mit jeweils bekannten Entfernungen zu UTGARD führten zu einem gemeinsamen Punkt.« Lessing tippte mit dem Finger auf eine Stelle der Karte, an dem sich zwei eingetragene Halbkreise überschnitten. »Genau dort lag UTGARD! Wir –«

»Wie schön für dich!«, die Stimme seiner Ex-Frau troff vor Spott. Sie schnippte Asche von ihrer Zigarette und blies den Rauch Richtung Decke. »Du kannst ja dort deinen Urlaub verbringen! Was ist mit dem Stein?«

»Was hältst du davon, wenn du Frank mal ausreden lässt?« Connie hatte wieder das Streichholz an der Zündfläche, war bereit, es zu entfachen und den Raum voller Pulverfässer zur Explosion zu bringen.

Marianne sandte ihr einen entrüsteten Blick zu. Insgeheim beneidete sie Connie, ohne es sich einzugestehen. Sie neidete ihr den Egoismus, sich einfach durchs Leben treiben zu lassen und blaue Flecken zu ignorieren. Sie neidete ihr die Fähigkeit, auf nichts Rücksicht zu nehmen und die Dreistigkeit, es ungehemmt zu zeigen.

Bevor seine Ex-Frau antworten konnte und die Situation zu eskalieren drohte, zog Lessing sein Trumpf Ass aus dem Ärmel, während er Laptop und Beamer vorbereitete. »Stirböck hat den Stein auf Alexandraland gefunden!«

Die Wissenschaftlerin lehnte sich vor, ein Monument des Misstrauens. »Und woher willst du das wissen? Hat er's dir aus dem Grab zugerufen?«

Morden verbindet, dachte Lessing. Damals auf der Rückfahrt hatte er sich eingestanden, dass er Marianne noch immer mochte, ihre kühle Erscheinung, die guten Manieren, der melancholische Blick, unter dem er sich manchmal entblößt fühlte – selbst nach all den Jahren. »Letzte Woche war ich im Leibniz-Institut für Länderkunde und habe Fotomaterial aufgetrieben«, zugleich tippte er auf Wiedergabe. An der Wand projizierte sein Beamer mehrere Luftbildaufnahmen. »Die GRAF ZEPPELIN hatte im Sommer 1931 geografische und meteorologische Untersuchungen auf Franz-Josef-Land durchgeführt. Ihre Aufgabe bestand darin, weite Teile des Gebietes fototechnisch zu erfassen. Hier sind Aufnahmen von der Hook Insel«, ergänzte er. »Aber jetzt wird es interessant. Das sind Fotos von Alexandraland.« Aus mehreren Blickwinkeln waren vereiste Hügelkappen zu sehen, bis Lessing seine Vorführung anhielt. »Schaut euch dieses Foto genauer an, fällt euch was auf?«

»Jetzt mach's nicht so spannend!«, erwiderte Marianne ungeduldig, während Sadek zur Wand ging.

»Was sind das für Punkte?«

»Volltreffer!«, sagte Lessing anerkennend, wofür er einen beleidigten Blick seiner Ex-Frau einheimste.

»Genau diese Punkte sind der Schlüssel!« Er tippte eine weitere Taste, die einen Bildausschnitt vergrößerte.

»Frank!«, Marianne Lessing konnte ihren Unmut nur noch schwer verbergen. »Mach endlich den Mund auf!«

»Einen Teufel werde ich tun! Ihr beide seid meine Rückfallebene, falls meine Gedankengänge falsch sein sollten! Also schau dir gefälligst diese Aufnahme an!«

Widerwillig ging sie nach vorne zur Deutsch-Iranerin und konzentrierte sich auf die Vergrößerung. »Geht's noch ein wenig größer?«, raunte Sadek.

»Dein Wunsch ist mir Befehl.« Der nächste Tastendruck erzeugte eine weitere Vergrößerung. »Die Besatzung hatte damals Luftaufnahmen mit einer enormen Pixeldichte gefertigt, das kommt uns jetzt zugute.«

Connie deutete auf ein Dutzend schwarzer Punkte. »Das müssen Felskuppen sein, die aus dem Schnee ragen«, murmelte sie.

»Glaube ich nicht!«, grübelte Marianne. »Schau aufs Muster! Die linken Punkte sind größer als die rechten.« Die Größeren links sind elliptisch, die Rechten eher rund.«

»Du hast recht«, raunte Sadek anerkennend.

Jetzt fachsimpeln beide. Marianne geht ganz in dem Prob-

lem auf, hat ihren Groll gegenüber Connie für einen Augenblick verdrängt, dachte er. Marianne hatte sie damals im Hotel in flagranti im Bett erwischt. Es sollte ein Überraschungsbesuch zum Abschluss der anstrengenden Reportage sein. Ohne Anmeldung war seine Ex nach Botswana geflogen, hatte sich den Zimmerschlüssel besorgt, mit einem hauchdünnen Negligé ins Bett gelegt und gewartet. Als er bis spät in der Nacht nicht erschien, hatte sie sich an der Rezeption nach Connies Zimmer erkundigt, um von ihr zu erfahren, wo er sein könnte.

Dumm gelaufen.

Nach dem Anklopfen hatte seine Kamerafrau die Tür geöffnet und Marianne ihn in Connies Bett erwischt. Ein Raum voll explodierender Pulverfässer – das war's. Zurück in Deutschland hatte Marianne sofort die Scheidung eingereicht.

»Hast du einen Ausdruck davon?«

Lessing blinzelte die Erinnerungen weg, nickte und wies schweigend auf den Tisch. Die Deutsch-Iranerin nahm den Bleistift und verband mit einem Lineal die rechten mit den linken Punkten.

»Noch mal zurück zur Totalen.« Connie ging wieder nach vorne und zeigte auf den Schatten eines steilen Berghangs. »Die Sonne steht rechts oben.« Sie hielt den Ausdruck der Vergrößerung daneben, auf dem sie ihre Striche eingetragen hatte. »Alle Linien verlaufen parallel zueinander, und zwar im gleichen Winkel, wie die Silhouette der Bergkuppe.« Connie sah beide abwechselnd an. »Und das ist noch nicht alles!«

»Und das ist noch nicht alles!«, erwidert sie. »Komm mit! Ich will dir im Laboratorium etwas zeigen!« Sie wartet meine Antwort nicht ab, sondern geht vorweg.

Durch die verglaste Wand des Labors fällt von einer Tischlampe dämmriges Licht in den Flur. Sie öffnet die Tür, macht eine einladende Geste und deutet auf einen weißen Tisch, auf dem ein quadratischer Glaskasten in der Größe eines Umzugskartons steht. Am Glasboden haftet mittig eine kleine Knet-

masse. Darin ist der Reif eingedrückt, sodass mein Stein lotrecht nach oben zeigt.

»Du hast meinen Ring hier unbeaufsichtigt liegen lassen? Bist du verrückt geworden?«

»Du brauchst dich nicht aufzuregen!«, erwidert sie. »Von den anderen ist niemand mehr im Institut, außerdem ist er nicht ohne Aufsicht.«

»Guten Abend, alter Knabe.«

Ich fahre herum. Am Türrahmen des Nebenraums lehnt ein gut gekleideter Mann mit verschränkten Armen und lässig überkreuzten Beinen. Sein Konterfei kenne ich zu gut. Pechschwarze, ausgedünnte Haare, Kinnbart, eckige Brille – Stefan Lühr. Ich schaue beide abwechselnd an und presse meine Lippen zusammen. »Hätte ich mir denken können, dass du deinen Mund nicht halten kannst! Das war noch nie deine Stärke, du hattest es mir versprochen! Zu niemandem ein Wort!«

»Ich habe Stefans Expertise gebraucht! Du wirst gleich sehen, warum. Außerdem hast du deinen Mund ebenso wenig gehalten und den Ring deiner Connie gezeigt!«

»Das ist nicht ›meine Connie‹, aber mein Ring! Und ich entscheide, wer ihn zu sehen bekommt, nicht du!«

Lühr, ihr Vorgesetzter und Lebensgefährte, blickt mich gönnerhaft an, streicht sich nachdenklich über seinen Kinnbart und meint selbstgefällig: »Zeig's ihm!«

Marianne stellt sich vor den Glaskasten, nimmt von einem anderen Tisch einen kleinen Karton in die Hand und kippt den Inhalt hinein. Hunderte winziger Glaskügelchen ergießen sich aus dem Karton und bilden wie durch Zauberhand eine fußballgroße Halbkugel um meinen Ring.

Ich bin völlig durcheinander, unterlasse jeden Versuch, das Geschehen vor meinen Augen auch nur ansatzweise zu begreifen. Fasziniert gehe ich in die Knie, lasse meinen Blick über Ring und Kügelchen gleiten, die im Licht der Schreibtischlampe glänzen. Sie bilden eine perfekte Halbkugel um den Ring.

»Wie funktioniert das?«

Marianne schweigt, drückt stattdessen mit der flachen Hand von oben vorsichtig auf die Halbkugel aus Glasperlen und erzeugt eine dauerhafte Delle.

Ich bin vom Anblick wie verzaubert.

»Der Stein im Ring erzeugt ein Antigravitationsfeld. Innerhalb dieses Feldes ist alles schwerelos!«, höre ich meine Ex-Frau ehrfurchtsvoll flüstern.

»Antigravitation!« Ich schüttele andächtig den Kopf. »Das ist fantastisch!«

»Anders als elektromagnetische Felder, ließ sich bisher Gravitation weder künstlich erzeugen, abschwächen oder verstärken.«

Marianne sieht mich von der anderen Seite durch den Glaskasten an: »Frank! Wir müssen unbedingt den Fundort wissen! Dort gibt es mit Sicherheit noch mehr davon!«

»Jetzt pass auf!« Er nimmt einen Schlüsselbund, taucht ihn in die Schale aus Kügelchen und lässt los. Während der Schlüsselbund zu schweben beginnt, fällt ein Großteil der Glaskügelchen herab. »Die Wirkung des Antigravitationsfelds konzentriert sich auf den massereichsten Gegenstand, danach im absteigenden Maß auf masseärmere Objekte innerhalb seiner Einflusszone«, sagt Mariannes Gefährte und nimmt seinen Schlüssel wieder heraus.

»Wieso bleiben die Glaskugeln jetzt am Boden liegen?«, frage ich verblüfft. »Müssten sie nicht schwerelos aufsteigen, nachdem der Schlüssel wieder draußen ist?«

»Dein Verhältnis zur Physik scheint ungetrübt von jeder Sachkenntnis zu sein, alter Knabe, wenn ich mir die Bemerkung erlauben darf!«, feixt Lühr.

»Nein«, belehrt mich Marianne. »Schwerelos bedeutet in diesem Fall: Die Materie bleibt, wo sie ist.«

Als Bestätigung nimmt Lühr eins der am Boden liegenden Kügelchen und lässt es eine Handbreit über dem Boden wieder los, damit wir die nun schwebende Glasperle sehen können.

»Wir haben das Feld vermessen. Mit rund zehn Gramm

Eigengewicht erzeugt der Stein ein Feld mit einem Durchmesser von vierundzwanzig Zentimetern und neutralisiert darin eine Masse von dreihundertachtundsechzig Gramm! Dieser Stein ist die Blaupause für eine technische Revolution! Flugzeuge brauchen keine Flügel mehr, Satelliten keine Raketen, um in den Orbit zu gelangen – ein paar Gravitationsgeneratoren am Rumpf würden genügen, um sie schweben zu lassen!«

»Frank«, höre ich erneut ihre eindringliche Stimme. »Von wem hast du den Ring? Wir müssen unbedingt wissen, woher er stammt!«

Ich beiße mir nachdenklich auf die Unterlippe. »Wenn der Stein ein Antigravitationsfeld erzeugt, wieso hat er dann selbst eine der Gravitation unterliegende Masse?«

Mariannes Blick lässt mich ahnen, dass ich ins Schwarze getroffen habe. »Genau das fragen wir uns auch!«

»Wir wissen es nicht«, bekennt er.

Ich rätsele weiter: »Der Stein wurde entweder künstlich erzeugt oder ist der Splitter eines Meteoriten und kommt aus dem All. Der Größte, der je gefunden wurde, ist der Hoba-Meteorit in Namibia und wiegt rund sechzig Tonnen. Es fliegen weltweit knapp dreißigtausend Flugzeuge jeden Tag um den Globus. Selbst wenn wir diesen Meteoriten finden und er mehr Masse als Hoba hätte, würde das kaum für eine technische Revolution reichen!«

»Falsch gedacht!«, kontert sie. »Auch dieser Stein unterliegt physikalischen Gesetzmäßigkeiten! Wenn wir genügend Substanz davon hätten, könnten wir wahrscheinlich seine Wirkungsweise entschlüsseln! Anders gefragt: Wie erzeugt er das Antigravitationsfeld? Wir brauchen unbedingt mehr Material, auch für Zerstörungsproben! Diese zehn Gramm reichen bei Weitem nicht aus!«

»Zerstörungsproben von einem Stein, der härter ist als ein Diamant?«, erwidere ich trocken.

»Wir sollten uns darüber erst Gedanken machen, wenn wir ausreichend Material von unserem Stein besitzen!«

[...] *wenn wir ausreichend Material von unserem Stein besitzen, hallt es in mir nach. Schau schau, jetzt ist es schon »unser Stein«* ...

»Den Fundort zu lokalisieren wird schwierig, aber wir werden es versuchen. Sobald ich mehr weiß, hörst du von mir«, *antworte ich und mache Anstalten, meinen Ring aus dem Glaskasten zu nehmen.*

»Was hast du vor?«, *fragt mich meine Ex-Frau lauernd.*

»Was glaubst du wohl? Ich nehme mir den Ring wieder!«

»Das können wir nicht zulassen, alter Knabe«, *entgegnet Stefan Lühr gedehnt.*

»Hör endlich auf, mich ›alter Knabe‹ zu nennen, sonst gibt's Ärger!«

»Es sind Schatten! Frank! Stimmt's? Frank! Hörst du mir überhaupt zu? Sag doch was!« Zugleich gestikulierte Marianne vor Lessings Augen herum. »Bist du geistig wieder auf Weltreise?«

Sein Blick klärte sich. »Du hast den Nagel auf den Kopf getroffen!«

»Unmöglich!«, relativierte sie sogleich. »Wenn es Schatten sind, dann müssten sie stets zum Objekt führen.«

»Nicht immer«, murmelte Connie. »Es gibt Ausnahmen.«

»Und die wären? Willst du jetzt die Physik neu erfind −«

Mitten im Satz traf Marianne der Blitz der Erkenntnis. Sie erinnerte sich an die Versuchsanordnung mit dem Ring, Lührs Glaskugeln und dem Schlüsselbund, wo die Antigravitationswirkung zunächst auf die größte Einzelmasse wirkte.

»Bei einem schwebenden Gegenstand würde sein Schatten nicht bis zum Objekt reichen. Es sind Felsen, schwebende Felsen!«, flüsterte Marianne ergriffen, als hätte sie Angst, jenseits der Wohnungstür gehört zu werden. »Wie beim Ringstein neutralisiert etwas im Boden die Gravitation und lässt Felsbrocken darüber schweben. Stirböck muss den Stein dort gefunden haben!«

Lessing klatschte langsam Beifall. »Du hast recht! Kommt mal mit!« Er ging in sein altes Arbeitszimmer und legte ein weißes Handtuch auf den Schreibtisch. Aus seiner Aktentasche holte er drei präparierte Papierkugeln heraus, an denen Garn befestigt war und hängte sie in verschiedenen Höhen an eine Deckenlampe.

»Jetzt passt auf.« Lessing schaltete seine Schreibtischlampe an und richtete das Licht schräg von oben aus. »Seht ihr? Es bildet sich eine Punktstruktur wie auf dem Foto!«

Connie Sadek sah ihn zweifelnd an. »Ok, der Stein erzeugt Antigravitation, das wissen wir, aber er bringt deswegen nicht Felsen zum Schweben. Wer hat diese Brocken angehoben?«

»Das kann alle möglichen Gründe haben«, erwiderte er. »Vielleicht ein Lawinenabgang, Eisbären et cetera.«

»Fußball spielende Eisbären?«, fragte sie.

Alle lachten.

Lessing deutete zur Versuchsanordnung. »Vergleicht diese Strukturen auf dem Foto mit meinem Modell. Sie stimmen exakt überein.«

»Im Boden steckt der gleiche Stein wie im Ring«, stimmte die Wissenschaftlerin zu, »aber er muss gigantisch sein, wenn er Felsbrocken dieser Größe zum Schweben bringt. Du hast nicht zu viel versprochen! Von dort«, dabei deutete sie zur Vergrößerung an der Wand, »stammt der Stein! Wir haben den Fundort endlich entdeckt!«

»Schau ihn an, wie er grinst. Du hast noch einen Trumpf im Ärmel, stimmt's?«, weissagte Connie und bleckte dabei ihre Zähne.

»Stimmt«, gestand Lessing und projizierte eine topografische Karte von Alexandraland. »Ich habe über zwei Dutzend Aufnahmen ausgewertet. Der schwebende Steingarten liegt circa drei Kilometer westlich von dieser Felskuppe, die ihr auf dem ersten Foto gesehen habt. Das wäre genau hier.« Lessing blendete ein rotes Kreuz ein.

»Ich ahne, worauf du hinauswillst«, raunte Connie.

Er ging nicht auf ihren Einwand ein, sondern fuhr, an Marianne gerichtet, fort. »Dank Connies Garbaty-Karte kennen wir jetzt die beiden Ankerplätze der KEHDINGEN und der LANDVOGT. Außerdem wissen wir, dass die Schatzgräber-Station gute sieben Kilometer von UTGARD, und laut Stirböck, knapp vier Kilometer von der Nordbucht entfernt war. Schlägt man von dort einen Halbkreis von vier und von unserer Wetterstation einen mit sieben Kilometer, dann schneiden sich beide Kreisbögen exakt hier!«

Es erschien eine topografische Karte mit Eintragungen erwähnter Kreisbögen, die sich an einer rot markierten Stelle schnitten.

»UTGARD war exakt bei den schwebenden Felsen errichtet worden, allerdings erst nach 1931, denn auf den Fotos der GRAF ZEPPELIN sind ja nur die schwebenden Felsbrocken zu erkennen!«, relativierte Connie.

Lessing nickte. »Die Nazis müssen vom schwebenden Steingarten gewusst haben.«

»Natürlich! Wozu hätten sie sonst die ganzen Aufnahmen gemacht, wenn sie anschließend auf eine Luftbildauswertung verzichtet hätten? Das ist ihnen bestimmt aufgefallen!«

»Also haben sie UTGARD dort gebaut, um die Anomalie untersuchen zu können.«

Marianne Lessing legte ihre Zeigefinger zusammen und presste sie gegen den Mund. »Aber warum war Sandberg dort? Warum keine Geologen, sondern ein Flugingenieur? Das ergibt keinen Sinn!«

»Denk an meine Theorie mit den Reichsflugscheiben, aber es gibt noch eine Hürde«, fuhr Lessing fort und blendete eine Satellitenaufnahme ein. »Das ist eine russische Militärstation namens ›Nagurskaja‹. Sie ist Russlands nördlichste Grenzschutzbasis. Letztes Jahr haben sie auf Alexandraland eine zweite Militärbasis namens ›Arktisches Kleeblatt‹ errichtet, in der hundertfünfzig Soldaten über Jahre hinweg autark leben können. Das Ding ist so groß wie eine riesige Einkaufsmall. Angeblich wurde sie gebaut, um Russlands Anspruch auf die arktischen Gebiete zu untermauern.«

Beide Frauen waren von der schieren Größe des futuristisch anmutenden Komplexes beeindruckt. Drei verglaste Kuppelgebäude umgaben ein zentrales Hauptgebäude mit dreizackigem Grundriss. Seine Fassade war in den russischen Nationalfarben rot, weiß und blau gehalten, das Areal von einem Dutzend Flutlichtmasten hell erleuchtet.

»Jetzt überblende ich unsere topografische Karte mit dieser Satellitenaufnahme. Der Schnittpunkt beider Halbkreise und das rote Kreuz mit dem Standort des Steingartens auf der Karte stimmen exakt mit der neuen russischen Basis überein!«

Marianne stieß überrascht die Luft aus. »Also haben die Russen am Standort von UTGARD ihre Militärbasis errichtet.« Sie schürzte ernüchtert die Lippen und schlug sich mit den Händen sachte auf ihre Oberschenkel. »Das ist kein Zufall.«

»Natürlich nicht«

»Russland wusste nach dem gewonnenen Krieg auch davon, hat seine Militärstation an gleicher Stelle errichtet und dort mehrere hundert Soldaten stationiert!«

»Vermutlich wurde das Arktische Kleeblatt unter anderem auch deshalb gebaut, um die schwebenden Felsen vor Spionagesatelliten zu verbergen.«

»Das war's dann und spielt für mich keine Rolle mehr«, sagte Marianne niedergeschlagen. »Ich bin raus, will aber den Ring haben! Wann fliegen wir endlich nach Stockholm?«

»Nach meinem nächsten Auftrag in gut zwei Wochen.«

»Wird auch Zeit! Vielleicht fällt für euch noch eine spannende Reportage ab, wenn euer Sender interessiert ist, aber für mich ist hier Schluss. Wir können ja schlecht bei den Russen an der Tür klingeln. Ich wünsch euch noch was!« Sie stand auf und verließ enttäuscht sein Arbeitszimmer.

Die Deutsch-Iranerin nickte in Richtung der Aufnahme.

»Dazu ist das letzte Wort noch nicht gesprochen.« Ihr Tonfall wechselte unvermittelt ins Dunkle, Schlangenartige. »Ich will da rein!«, raunte sie in einem Ton, dass Lessing Schauer über den Rücken liefen und er im Geiste hastig das Streichholz in Connies Hand ausblies.

APONI: Militärzeit und Studium

Watertown
Montag, 23. April 2001

Zum Leidwesen ihrer Mutter – und zum Stolz des Vaters – entschied sich Lana Greene für eine Laufbahn bei den US-Marines.

Ihr Vater, der mit indianischer Tradition wenig im Sinn hatte, war von Ramstein wieder in die USA versetzt worden. Also kehrte Familie Greene Europa den Rücken. Sie hätte zwar bei ihren deutschen Großeltern bleiben und in Mainz studieren können – vermutlich lag es an den indianischen Wurzeln väterlicherseits –, aber es zog sie mehr zu Großvaters ausgedehnten Jagdgründen.

Als Onatah Jahre später starb, war sie tagelang mit dem Gewehr durch Vermonts Wälder gestreift und hatte Pumas gejagt. Inzwischen war sie eine passionierte Jägerin, besaß eine Jagdlizenz, und genoss diese unendliche Weite, die ihr Deutschland nicht bieten konnte. Nach Onatahs Tod war niemand mehr da, der seine Enkelin in ihrem Drang zügelte oder auf dessen Wort sie viel gab. Der alte Mohawk hatte Lana immer zu Höchstleistungen angespornt, selten gelobt, nur hier und da Ratschläge erteilt, aber nie überschwänglich zu Erfolgen beglückwünscht.

Dass Greenes Großvater auf eine Jagd mit Pfeil und Bogen bestanden hatte, kam ihr jetzt zugute. Während andere tagelang mit Sammeln von Blättern, Moosen oder Flechten als mit ihren eigentlichen Aufgaben beschäftigt waren, hatte sie zu Beginn der einwöchigen Durchschlageübung zunächst das richtige Holz gesucht und stundenlang einen Bogen gebastelt. Während ihrer fünf Tage dauernden Einzelkämpferübung hatte sie mehrmals Wild erlegt, kein Gramm Körpergewicht verloren und ihren Lehrgang mit Auszeichnung abgeschlossen, während andere bis zu zehn Kilogramm Gewicht eingebüßt hatten. In den Folgejahren riskierte Greene ihre Knochen in mehreren Auslandseinsätzen, verdiente ordentlich Geld, kehrte den US-Marines den Rücken und studierte in Washington, D.C.

Leichenteile fotografieren, Blutspritzer untersuchen, Einschusslöcher vermessen – das Masterprogramm »Crime Scene Investigation« bereitete junge Forensiker auf Tatort-Inspektionen und Terrorszenarien vor. Das Studium galt als Sprungbrett für eine Karriere bei den Geheimdiensten. Das Kürzel »CSI« kannten in den Vereinigten Staaten alle, spätestens seit der gleichnamigen Fernsehserie. Im Kern ging es um Beweis- und Spurensicherung als Teil klassischer Polizeiarbeit am Tatort oder im Labor.

Sean Blumfeld, Gastredner einer kleinen Anti-Terror-Einheit, die auf nukleare Angriffe spezialisiert war, besuchte Greene am liebsten. Wie man es von einem amerikanischen Geheimdienstler erwartete, lästerte er gerne über russische Kollegen. »Man sollte eben keine Viren züchten, die man nicht kontrollieren kann«, sagte er und zeigte seinen Studenten Bilder mit narbenübersäten Opfern künstlich hergestellter Windpocken-Viren. Die Toten waren unverpixelt, teils in Großaufnahme zu sehen. Bei Nachfragen gab es keine Kopien seiner Präsentation. Die Fotos seien streng geheim, so Blumfeld.

FÜNFTER TEIL

Unerwünschter Besuch in Stockholm

Stockholm
Freitag, 23. Februar 2018

»Ich weiß nicht, warum wir hier stundenlang im Auto sitzen müssen!«, nörgelte seine Ex-Frau. »Wir sollten −«

»Es passiert was!«, unterbrach Lessing. »Schau hin, da ist sie! Die werde ich mir schnappen! Du bleibst im Wagen, während −«

»Du spinnst! Ich sitze doch hier nicht im Wagen rum!«

»Hör zu!«, sprach er eindringlich auf sie ein. »Keiner weiß, wer noch alles im Haus ist. Falls ich nicht zurückkomme, musst du die Polizei alarmieren! Ich brauche dich hier als Lebensversicherung, hast du mich verstanden?«

Widerwillig gab Marianne nach.

Lessing stieg aus dem Auto, lief geduckt der Baumallee entlang zum Haus und hatte Glück. Die vermeintliche Hauptkommissarin hatte das Garagentor nicht geschlossen. Er schlich ins Haus und folgte den Geräuschen zur Küche, in der Jacoby an einer Spüle zugange war. Leise schlich der Journalist heran, bis er dicht hinter ihr stand.

»Man sieht sich immer zweimal im Leben, n'est-ce pas?«

Krista Egsbrand hörte auf zu werkeln, drehte sich um, und sah ihn mitleidig an. »Du bist tatsächlich gekommen. Ich hätte dich für klüger gehalten! Denkst du, man spaziert hier einfach so herein?«

Woher weiß sie, dass ich vorhatte, zu kommen?, ging es ihm siedend heiß durch den Kopf. »So ähnlich! Hauptkommissarin Barbara Jacoby alias Christiane Sandberg, geborene Stirböck, alias Krista Egsbrand und eine der letzten Vril!«

Die Angesprochene sah ihn amüsiert an. »Ich wüsste gern, wie du das herausgefunden hast, aber das heben wir uns für später auf.« Krista Egsbrand schlenderte an ihm vorbei Richtung Wohnzimmer und nahm aufreizend langsam in einem Ohrensessel Platz.

Lessing ignorierte ihre einladende Geste und blickte durch die raumhoch verglaste Wand zum Melarsee hinab. »Kein Wunder, dass euer Haus den Namen ›Havsutsikt‹ trägt. Bei dieser Aussicht ist das fast noch eine Untertreibung. Glückwunsch! Und jetzt will ich meinen Ring zurück – sofort!«

»Was redest du da für einen Unsinn? Ich habe deinen Ring nicht!«, widersprach Egsbrand.

»Hör mit dem Unfug auf, Barbara, Christiane oder Krista! Plötzlich warst du mitten in der Nacht verschwunden – und seltsamerweise mein Ring auch! Dazu dein bühnenreifer Auftritt als Kripobeamtin! Vermutlich wolltest du mir schon beim ersten Besuch den Ring abjagen!«

»Ich habe dir weder den Ring gestohlen, noch sonst was, das schwöre ich dir!«

Lessing schnaubte verächtlich. »Wo soll er denn sonst sein?«

»Keine Ahnung! Ich sage dir, ich habe ihn nicht, aber unsere Nacht sehr genossen!«

»Deswegen bist du auch bei Nacht und Nebel verschwunden!«, feixte Lessing.

»Vater wurde durch dein Auftauchen stutzig. Irgendwas Wichtiges musstest du über unseren Stein herausgefunden haben, sonst hätte sich wohl kaum ein Fernsehjournalist die Mühe gemacht, ihn im Krankenhaus auszuhorchen!«

»Und weiter?«

»Er hat mir von deinen Besuchen erzählt und dir dein Märchen – eine Reportage über ihn drehen zu wollen – keine Sekunde lang abgenommen! Dir ging es einzig allein um den Ringstein, besonders um seine Herkunft! Was ist daran so außergewöhnlich? Sag's mir!« Zugleich sah Egsbrand ihn aufmerksam an.

»Eins nach dem anderen«, wiegelte er ab. »Was hat dein Vater dort in der Station gemacht?«

»Das weißt du doch, also wozu die Frage?«

Woher weiß sie, dass ich über die Anomalie bei der Station Bescheid weiß? »Also hat es was mit den schwebenden Felsen zu tun!«

»Natürlich! Entscheidend für jede Flugzeugentwicklung sind Tests mit Modellen im Windkanal. Deutschland besaß damals die leistungsfähigsten Anlagen der Welt. Der Peenemünder Windkanal von 1939 hatte eine Leistung von achthundert Kilovoltampere und konnte eine Machzahl von vier Komma vier erzeugen, aber das Problem war nicht durch Windkanäle zu lösen. Der vertikale Steigflug führte zum Schlingern der Flugscheiben. Die Motoren waren einfach zu schwach.«

»Du kennst dich gut aus, alle Achtung!«

Krista Egsbrand zuckte die Achseln. »Wir stellen Flugmotoren her, also sollte ich mich in dem Metier auskennen.«

»Kraft ist Masse mal Beschleunigung«, fachsimpelte Lessing. »Weniger Gewicht braucht weniger Schub, also entweder man verringert das Gewicht des Flugkörpers –«

»Oder verringert jene Kräfte, die einer Beschleunigung entgegenwirkcn wie in diesem Fall – die Gravitation!«, vervollständigte sie.

»Das Gelände bei der alten Nazistation auf Alexandraland ist eine fast gravitationsfreie Zone! Also Ideal für Versuche mit Flugscheiben! Deshalb hatten sie UTGARD dort gebaut! Sie testeten die Flugeigenschaften ihrer UFOs bei verringerter Gravitation!«

Mit zuckenden Mundwinkeln klatschte Krista Egsbrand langsam Beifall.

Lessing ignorierte ihre Provokation. »Was verursacht diese Anomalie?«, fragte er, obwohl er die Antwort längst kannte.

»Wir wissen es nicht. Das ist ein magischer Ort, wo physikalische Gesetzmäßigkeiten außer Kraft gesetzt sind und von dem eine geheimnisvolle, eugenisch wirkende vitale Energie ausgeht. Wir nennen sie ›Vril-Kraft‹!«

Sie weiß nicht, dass ein ungleich größerer Bruder des Ring-steins die Antigravitation erzeugt, sonst würde Krista nicht so einen Unsinn erzählen oder tut sie nur so? »Deine Nazis haben ihre Eugenik als Rassenhygiene propagiert!«, spottete Lessing. »Wollt ihr jetzt Supermänner züchten?«

»Die Eugenik als Wissenschaft steht im Dienst einer gesünderen Menschheit, um ihr bessere Zukunftschancen zu eröffnen.«

Lessing winkte ab. »Was wurde aus Sandberg?«

»Kurz vor Kriegsende ist er geflüchtet, um einer Gefangenschaft zu entgehen.«

»Warum ist er nicht wie andere Wissenschaftler in die USA emigriert?«

Krista Egsbrand beugte sich nach vorne, stützte beide Ellbogen auf ihre Oberschenkel und formte die Finger beider Hände zu einem Spitzdach. »Er war ... SS-Obersturmbannführer ... –«

»Und hatte Zwangsarbeiter, Kriegsgefangene und ausländische Wissenschaftler in UTGARD unter sich, stimmt's?«, setzte Lessing fort. »Wahrscheinlich sind etliche gestorben. Kein Wunder, dass er den Russen als Stationsleiter nicht in die Hände fallen wollte. Sie hätten mit ihm vermutlich kurzen Prozess gemacht!«

»Davon weiß ich nichts. Ich wurde erst zwanzig Jahre später geboren! Er hat nie von der Station erzählt, nur, dass es dort einen schwebenden Steingarten gibt und es ein magischer Ort ist.«

»Warum hast du dich bei deinem ersten Besuch«, er dehnte das Wort wieder bewusst, »als Kripobeamtin ausgegeben?«

»Kurt und ich wollten den Ring wieder in unseren Besitz bringen und wissen, was du darüber herausgefunden hast. Es muss überaus wichtig sein, so wie du dich im Krankenhaus aufgeführt hast!«

»Also warst du doch hinter dem Ring her!«

»Natürlich! Hätte Vater gewusst, dass er etwas Besonderes ist, hätte er ihn nie verschenkt!«

»Gib ihn mir zurück!«

»Aber! Ich! Habe! Ihn! Nicht!«

»Ich glaube dir kein Wort! Ihr habt wahrscheinlich auch meine Wohnung verwüstet! Ich zeige dich an wegen Diebstahl!«

»Kannst du das beweisen? Und wir dich wegen Hausfriedensbruch und Diebstahl!« »Kannst du das beweisen?«

»Oh ja! Wir wissen von deiner Unterhaltung mit dieser Sadek, als du mit deinem Einbruch in Vaters Haus geprahlt hast! Spiel jetzt bloß nicht den Moralischen! In Häuser einzubrechen oder Schließfächer auszuräumen ist auch keine feine Art! Was lag im Fach? Die Sachen gehören mir! Nicht ich bin der Dieb, sondern du!«

Woher weiß Krista vom Schließfach und dass ich in Stirböcks Haus war? Hören sie meine Wohnung ab? Seine Gedanken überschlugen sich. *Hatte ich mit Marianne im Appartement über den Unfall gesprochen? Dann weiß sie, dass wir für Lührs Tod verantwortlich sind!* Er konnte sich an keine Einzelheiten mehr erinnern. *Bleib ruhig! Wenn sie etwas davon wüsste, hätte sie dich längst damit erpresst, also weiß sie nichts!* Lessing ließ sich den Gefühlssturm, der in ihm tobte, nicht anmerken. »Ihr hört meine Wohnung ab!« Es war keine Frage, sondern eine Feststellung.

Krista Egsbrand stand abrupt auf, ging einige Schritte und sah ihn eindringlich an. »Ich schwöre dir beim Leben meiner beiden Töchter – ich habe den Ring nicht, aber will wenigstens den Inhalt des Schließfachs! Ich bin seine Tochter! Wenn du nur einen Funken Anstand im Leib hast, dann gibst du mir seine Sachen zurück! «

»Wann habt ihr die Wanzen in meiner Wohnung versteckt?«

»Warum ist das so wichtig? Sag mir lieber, was im Schließfach war!«

217

Sie kennt den Inhalt des Fachs nicht! Also kann Krista ihre Wanze nur beim zweiten Besuch versteckt haben. Vorher hatte ich mit Connie ja ausgiebig darüber gesprochen! Glück gehabt!

»Unwichtiges Zeug«, log er. »Nur seinen Dienstausweis und ein paar alte Erinnerungsfotos aus Kriegszeiten.«

»Und das soll ich dir abnehmen? Warum sollte er ausgerechnet solche Sachen in einem Schließfach deponieren?«

»Dein alter Herr war bei der SS, das hast du selbst gesagt!«

»Mein Vater hat sich niemals etwas zuschulden kommen lassen! Er war nur Pilot und führte Befehle aus!«

»Natürlich!«, spottete Lessing. »Alle SS-Leute waren Engelein! Was ist eigentlich aus Sandberg geworden?«, versuchte er, das Gespräch in eine andere Richtung zu lenken.

»Er setzte sich zu Kriegsende nach Schweden ab. Dort baute er den Betrieb auf und heiratete einige Jahre später meine Mutter. Zwanzig Jahre nach Kriegsende wurde ich geboren. In den Achtzigern trat sein Sohn Kurt in die Firma ein und wir heirateten.«

»Also bist du dreiundfünfzig. Dafür hast du dich gut gehalten!«, erwiderte er bewundernd.

»Danke für die Blumen.«

»Und jetzt gib mir den Ring!«

»Gib mir die Sachen aus dem Schließfach!«

Plötzlich blickte sie an ihm vorbei und wirkte unendlich erleichtert. »Na endlich! Warum hast du so lange gewartet?«

»Spar dir die Ablenkung und hör auf, mich zu veräppeln!«

»Verschwinden Sie«, sagte eine tiefe Bassstimme hinter ihm. »Oder muss ich erst Gewalt anwenden?«

Lessing drehte sich langsam um und blickte in den dunklen Doppellauf einer Schrotflinte, mit der Kurt Egsbrand auf seinen Kopf zielte.

»Lass ihn gehen – er weiß nichts. Wenn er den Ring hätte, wäre er gewiss nicht hier aufgetaucht!«

»Raus hier – sofort!«, sagte Egsbrand im schneidenden Tonfall und schob Lessing mit seiner Flinte rückwärts zur Tür.

Im Bauch der Vasa

Stockholm
Samstag, 24. Februar 2018

»Und?«

»Das war eine prima Idee, sich die VASA anzuschauen«, lobte er. »Ich habe noch nie ein so großes historisches Segelschiff gesehen.«

»Das ist ja auch kein Wunder«, entgegnete sie. »In der Größenordnung gibt es nichts Vergleichbares. Ein Nachbau der BATAVIA in Holland, das war's dann auch. Alle anderen Großsegler von damals wurden versenkt oder verbrannt.«

»Es gibt noch den Nachbau der HERMIONE.«

»Richtig, aber sie ist eine französische Fregatte aus einer ganz anderen Epoche, gute einhundertfünfzig Jahre später. Die VASA war eine schwedische Galeone, die zu den größten bewaffneten Segelschiffen ihrer Zeit zählte. Kurz nach der Jungfernfahrt 1628 sank das Schiff nach nur etwa dreizehnhundert Metern Fahrt wegen konstruktiver Instabilität. Nach ihrer Bergung 1961 wurde sie mehrfach restauriert, danach hier im Museum ausgestellt.«

Über siebenhundert Statuen, deren fratzenhafte Gesichter Schwedens Stärke demonstrieren und seine Gegner ängstigen sollten, zierten das Schiff. Beeindruckt beäugten beide das Gewimmel aus römischen Kriegern, Löwen, Nixen, Fantasiefiguren und griechischen Gottheiten.

Sie begannen mit der Besichtigung des Achterdecks. Marianne deutete zum Heckspiegel des Schiffes. »Diese Skulpturen entstanden im Renaissance- und frühen Barockstil, ihre Motive stammen hauptsächlich aus der Bibel, aber auch aus griechischen und römischen Sagen oder schwedischen Königshäusern.« Sie liefen am Hauptmast vorbei und bestaunten am Vorschiff den riesigen Bugspriet. Als passionierte Seglerin faszinierten Marianne Großsegler wie die VASA, der als Einziger des 17. Jahrhunderts erhalten geblieben war. Mit eingezogenen Köpfen stiegen sie hinab zu den tieferen Batteriedecks. Die Deckshöhe betrug keine zwei Meter. Geduckt schlichen sie an Magazine für Tauwerk vorbei, lugten in Geschosskammern und passierten mehrere Kammern, bis sie eine offene Decksluke erreichten, die durch rot-weiße Plastikketten mit Warnschildern gesichert war.

> Stängd på grund av byggnadsarbeten!

(Wegen Bauarbeiten gesperrt!)

Marianne kniete am Rand der Öffnung und lugte in den dunklen Schiffsbauch.

»Dort unten brennt Licht!«

»Bist du verrückt? Du kannst doch nicht da runterklettern!«, fuhr er sie an, als seine Ex-Frau Anstalten machte, hinabzuklettern. Führten beiderseits des Hauptmastes noch treppenartige Abgänge in tiefere Gefilde, ging es jetzt auf schmalen Sprossen weiter. Marianne deutete auf vergitterte Kellerleuchten, die im schummrigen Kielraum tief unten leuchteten. »Natürlich will ich weiter runter! Die Lampen haben sie ja wohl kaum zur Dekoration angebracht!«

»Also ich steige da nicht hinab!«

»Dann bleib halt oben, aber ich lasse mir diese Gelegenheit nicht entgehen, mir dieses Schiff auch im hintersten Winkel anzusehen!«, sprach sie und stieg weiter ins schwach beleuchtete Innere des Schiffes. Fluchend folgte Lessing. Sie lachte. Es war ein angenehmes Lachen, das ihre Schultern zum Beben brachte und ihm wohlige Schauer über den Rücken laufen ließ. Tief im Bauch des Schiffes schlug ihm feuchter Geruch von Teer und modrigem Holz entgegen, den ein leichter Luftzug herantrug. Seitlich an den Bordwänden hingen aufgerollte Seile verschiedenster Größen über geschlossenen Geschützpforten.

Im matten Licht der Kellerlampen veranschaulichten lebensechte Figuren das Bordleben. Matrosen rollten Fässer, einige werkelten an einem Geschütz, andere spleißten Tauwerk oder flickten Segel. Es war ein gespenstisches Bild, wie in einem Wachsfigurenkabinett.

Diese unheimliche Szenerie gefiel Lessing überhaupt nicht. »Und wenn sie oben die Schotten dicht machen?« Die Decke verlor sich einige Meter über ihnen im Dunkeln. Lessings Worte hallten vom uralten Eichenholz zurück. Es war so düster, dass er ihr Mienenspiel nur erahnen konnte.

»Erstens gibt es bei alten Segelschiffen keine Schotte und zweitens ist es erst früher Nachmittag.« Aus der Finsternis hinter ihnen war plötzlich ein Schaben zu hören.

Lessing drehte sich um, versuchte, in dem diffusen Licht etwas zu erkennen.

»Hast du was gehört?«, fragte er sie.

Marianne verneinte und lief weiter Richtung Bug, vorbei an meterhoch aufgeschichteten Holzfässern, die sich über ihnen im Finsteren verloren. »Das ist ja ein riesiges Fasslager!«, staunte er.

Eine vergitterte Kellerleuchte war defekt. Aus der nachtschwarzen Wand vor ihm hallten Mariannes Worte. »Was dachtest du denn? Eine Besatzung von knapp tausend Mann auf so einem Dreidecker erforderte enorme Mengen an Nahrungsmittel, die für mehrere Monate reichen mussten. Ihre Wasser- und Weinlast betrug je hunderttausend Liter! Diese Menge verblüfft auf den ersten Blick, allerdings wurde Wasser an Bord schnell faulig, während der Wein auf einer mehrmonatigen Reise genießbar blieb.« Sie lief weiter voran, bis sie im Bug des Schiffes ein großes Magazin erreichten, in dem Tauwerk, Segelblöcke und Holzfässer lagerten.

Klack!

Laut schloss die Luke.

»Warum schließt du die Tür? Willst du mich jetzt hier vernaschen?« Marianne drehte sich um und sah hinter ihm einen

Mann lässig gegen die Tür lehnen. Grinsend machte er ein »Psst-Zeichen« mit der rechten Hand, an dessen Ringfinger ein silberner Totenkopfring steckte, und sein unterstes Fingerglied vollständig verbarg. Alles an dem Mann war blond. Haare, Augenbrauen und Wimpern, die eisblaue Augen bedeckten. Tiefe Furchen zogen in Wellen über seine Stirn. Er blickte vielsagend auf seine Automatik, die ein Schalldämpfer verlängerte.

Marianne griff unwillkürlich nach Lessings Hand. Intuitiv spürten beide, dass jemand vor ihnen stand, für den ein Menschenleben nichts zählte. *So sehen eiskalte Killer aus*, dachte Lessing. »Wer sind Sie? Was wollen Sie von uns?«, fasste er sich ein Herz.

»Wer ich bin?« Der Blonde tat so, als müsse er nachdenken. »Ich bin Gerd Becker, Ihr Schutzengel«, erwiderte er schmunzelnd. »Und«, gleichzeitig deutete er mit seinem Zeigefinger auf Lessing, »ich mag Ihre Filme. Wissen Sie eigentlich, in welches Wespennest Sie gestochen haben, als Sie Krista Egsbrand aufsuchten? Wären Sie nicht dieser Schnapsidee verfallen, wären jetzt beide noch am Leben!«, klang es bedauernd.

»Die Egsbrands sind tot!«, sagte Lessing emotionslos. Er spürte Mariannes klammernden Händedruck.

»Natürlich!«

Wenn Becker so freimütig davon erzählt, wird er uns kaum lebend hier herauslassen! Irgendwas müssen wir tun!, schoss es ihm durch den Kopf.

»Warum?«, fragte Marianne. Lessing hielt die Luft an.

Ihr Gegenüber ignorierte die Frage. »Sie haben nicht die leiseste Ahnung, mit wem Sie sich angelegt haben.«

»Und warum ›helfen‹ Sie uns, indem Sie beide umbringen?«

Der Blonde zauberte ein Lächeln ins Gesicht und lehnte sich gegen ein Holzfass. »Ganz einfach: Ich will, dass Sie am Leben bleiben und weiter Filme drehen.« Wieder erscholl gedämpftes Lachen, das die gespenstische Situation noch mehr unterstrich. Becker hatte nicht vor, sein wahres Motiv preiszugeben.

»Woher kennen Sie uns?«

»Lühr – der so plötzlich auf unerwartete Weise verschwunden ist – hatte den BND über Ihr ungewöhnliches Schmuckstück informiert, kaum, dass er davon wusste«, dabei nickte er in Mariannes Richtung. »Was der BND weiß, bleibt nicht lange geheim.« Er lachte verhalten.

»Wer ist Ihr Auftraggeber?«

Becker schüttelte bedauernd den Kopf und betrachtete seine Fingernägel. »Wenn Sie das wüssten, müsste ich Sie leider zu den Egsbrands schicken.« Der Killer schwenkte lässig seine Automatik. »Ich will Ihnen grundsätzlich nichts Böses«, sagte er mit jener aufgesetzt-abgezirkelten Freundlichkeit, von der er wusste, dass sie dazu geeignet war, bei seinen Zuhörern Schnappatmung auszulösen. »Allerdings ...«

»Was müssen wir tun, damit Sie uns gehen lassen?«, Marianne fragte so emotionslos, wie sie nur konnte.

Becker tat erneut so, als müsse er nachdenken. »Wir möchten, dass Sie diese ganze Angelegenheit vergessen. Den Ring, Alexandraland, die Station und die Egsbrands samt ihrer Gilde. Haben wir uns verstanden?«

»Wir haben verstanden!«, erwiderte Marianne Lessing. »Wir tun, was Sie sagen.«

Becker lehnte sich zurück, betrachtete beide unter gesenkten Lidern in Erwartung, dass sie noch etwas anfügen werde, doch Lessings Ex-Frau konnte nicht mehr sprechen.

Becker nickte anerkennend. »Gut! Und jetzt geben Sie mir den Ring!«

Lessings Gedanken überschlugen sich. *Ich muss überzeugend sein, sonst knallt er uns ab!* Er hob seine schmucklosen Hände, ging langsam auf Becker zu, bis der Lauf der Waffe gegen seinen Bauch stieß, sah ihn an und erwiderte so ruhig er konnte: »Wir haben ihn nicht, glauben Sie mir! Deshalb kamen wir nach Stockholm. Krista Egsbrand hatte sich als Kripobeamtin ausgegeben und mir den Ring gestohlen! Auf einem Foto von Stirböcks Beerdigung hatte ich Krista Egsbrand wiedererkannt und zur Rede gestellt, aber sie hatte den Ring nicht.«

»Und tags drauf turtelt Familie Lessing munter hier im Schiff herum?«, fragte Becker mit hochgezogenen Augenbrauen.

Bevor Lessing antworten konnte, schaltete sich Marianne wieder ein, die sein »meine Frau« sehr wohl registriert hatte. »Wir glauben nicht, dass die Egsbrands etwas gegen uns unternommen hätten.«

»Sie glauben, das hätte die beiden davon abgehalten, sich Ihrer zu entledigen?« Becker sah Marianne zweifelnd an. »Aber das war schon ganz schön abgebrüht, das muss ich Ihnen lassen!« Becker sah beide durchdringend an.

»Ich glaube Ihnen! Nehmen Sie's als erste und letzte Warnung! Raushalten! Vergessen Sie Alexandraland und alles, was damit zu tun hat! Bleiben Sie noch eine halbe Stunde hier drin und sorgen Sie dafür, dass wir uns nie wieder begegnen!« Er öffnete die Tür, schaute zum Kielraum und verließ ohne Hast das Magazin.

Lessing lehnte sich erleichtert gegen die grob behauene Holztür.

»Hast du seine Augen gesehen?«, fragte Marianne schaudernd. »Er hätte uns mit einem Fingerschnippen auslöschen können. Das war knapp! Alles nur wegen dieses verdammten Rings!«

Becker hatte den Ring nicht, sonst hätte er nicht danach gefragt, diese Egsbrands besaßen ihn ebenfalls nicht – also wo war er? Sie waren umsonst nach Schweden gekommen und zwei Menschen waren gestorben, dachte er.

»Stefan hat mit dem BND sein eigenes Spiel gespielt«, sagte sie ernüchtert.

»Was hast du erwartet? Schließlich –«

Plötzlich war jenseits der geschlossenen Luke Lärm zu hören, gefolgt vom Plopp! Plopp! Plopp! aus Beckers Automatik – dann herrschte plötzlich Stille.

Lessing schlug das Herz bis zum Hals. Er wollte die Tür öffnen, aber Marianne drückte ihn entschlossen gegen die Luke und flüsterte: »Dreißig Minuten hat Becker gesagt! Egal, was da draußen passiert ist! Wir warten eine halbe Stunde, erst danach gehen wir raus!«

Er nickte. Minuten zogen sich wie Ewigkeiten hin. Um sich abzulenken, dachte er an den Ring. *Wer hatte ihn? Jetzt, nachdem sie Becker versprochen hatten, sich nicht mehr um die Station oder Alexandraland zu kümmern, war der Ring alles, was ihnen blieb. Der Stein wäre eine gewinnbringende Reportage wert, aber ohne ihn besaßen sie nichts!*

***

»Lass uns nachsehen«, sagte Marianne, zur Uhr blickend.

Lessing öffnete vorsichtig die Luke und schaute in ein schwarzes Nichts. Becker musste mit seiner Automatik zwei weitere Kellerleuchten ausgelöscht haben. In einiger Entfernung spendete eine noch funktionierende Lampe etwas Licht wie ein einsamer Leuchtturm.

Er nahm seine Ex-Frau an der Hand und tastete sich langsam Richtung Lichtquelle, bis sein Fuß gegen etwas Weiches stieß, worüber er fast gestolpert wäre. Der Frankfurter ging in die Hocke und ertastete im Dunkeln etwas, das quer im Gang lag.

»Was ist denn?«, fragte sie ungeduldig.

»Hier liegt was, gib mir dein Feuerzeug!« Das spärliche Licht der Flamme spiegelte sich in Beckers starren Augen, dessen Kopf seltsam verdreht war.

Marianne Lessing schrie auf, fasste sich aber sogleich wieder. »Da ist noch jemand hinter uns her!«

»Hinter uns oder hinter ihm«, relativierte der Fernsehjournalist. *Genickbruch. Wie konnte jemand diesen Vollprofi dermaßen überraschen – und warum?*

Marianne tippte auf seine Schulter. »Durchsuch ihn!«

»Bist du verrückt? Ich fass den nicht an!«

»Jetzt stell dich nicht so an! Mach schon!«

Lessing begann, die Taschen von Becker zu durchsuchen und ließ mit einem Schmerzschrei das heiße Feuerzeug fallen.

»Brüll nicht so!«, tadelte sie. »Sein Mörder kann noch hier unten sein!«

Lessing fluchte, weniger aus Schmerz, mehr aus innerer Einsicht. Er fühlte nach seinem Handy, schaltete die Taschenlampen-App ein und leuchtete auf Beckers Brieftasche, die er aus seiner Brusttasche gezogen hatte.

APONI: Die CIA ruft

Langley
2009-2011

Der CIA waren Lana Greenes Leistungen nicht verborgen geblieben. Sie beherrschte mehrere Sprachen, hatte länger im Ausland gelebt, mehrere Jahre gedient und war auf dem besten Weg, ihr Studium mit Auszeichnung abzuschließen. Dazu konnte sie – nicht ganz unwichtig für einen Geheimdienst – auf sich aufpassen, wie ihre heil überstandenen Kommandoeinsätze bei den US-Marines bewiesen.

Die Aufnahmeprüfung schloss jeweils mit einem Kommandoeinsatz ab. Dazu gereichten ihr die gemeinsamen Jahre mit Onatah sehr zum Vorteil.

Anfänglich.

Greenes Mission bestand darin, in ein befestigtes Militärlager einzudringen – mehr nicht. Mit harmloser Farbballmunition, Scharfschützengewehr, Automatik, Schalldämpfer, Kunststoffmesser mit gefärbter Schneide, Marschkompass und einer primitiven Geländeskizze bewaffnet, hatte sie achtundvierzig Stunden dafür Zeit. Sie durfte Wachmannschaften entführen, sich als Stationssoldat tarnen oder durch den Untergrund buddeln – alles war erlaubt. Und je schneller sie ihre Aufgabe bewältigte, desto mehr Punkte gab es.

Das Kennwort für einen Missionsabbruch lautete »Cäsar«. Am Nachmittag hatte man sie ungefähr eine Meile vom Militärlager entfernt auf einer Lichtung in der tropisch grünen Dschungelhölle Französisch-Guyanas mit einem Black Hawk abgesetzt.

Hier lag auch Europas Außenposten in Südamerika. Das Land zwischen Brasilien und Surinam gehörte seit 1946 als Übersee-Département zu Frankreich und war fast so groß wie Portugal. Tropischer Regenwald bedeckte mehr als fünfundneunzig Prozent der Fläche. Bei dreißig Grad im Schatten und neunzig Prozent Luftfeuchtigkeit wurden hier jedes Jahr zweitausend Soldaten gedrillt, davon rund achthundert französische Fremdenlegionäre aus aller Welt. Die meisten davon suchten den Absprung aus ihrem alten Leben.

»Um zu wissen, wie es in der Hölle aussieht, muss man sie besuchen!«, so ihr Leitspruch. Und die Amerikaner – nur ein Dutzend Meilen von ihrem Übungslager entfernt – waren herzlich eingeladen, diesen Höllentrip auch ihren CIA-Aspiranten zu gönnen.

Es gab auf dem Globus wohl kaum einen unwirtlicheren Ort. Jeden Monat starben mehrere Soldaten. Das Klima war von vielen nur alkoholisiert zu ertragen. Kourou war die Hochburg der Fremdenlegion und ihrer Dschungelkämpfer, die es Tag für Tag mit Drogendealern, Rebellen oder Waffenschmugglern aufnahmen. Die Garnison lag direkt am Atlantik unweit des »Centre National d'Études Spatiales«, Frankreichs Weltraumagentur, wo europäische Ariane-Raketen ins All starteten.

Reagiere niemals so, wie es dein Gegner von dir erwartet!, war einer von Onatahs Ratschlägen gewesen. Nach dieser Devise ging seine Enkelin vor. Nach zwei Stunden Marsch durch den feuchtheißen Dschungel erblickte Greene durch dichten Blätterwald eine große Lichtung, in deren Zentrum das Militärlager lag. Sie presste sich flach an den Dschungelboden, schob vorsichtig einige Farnblätter beiseite und spähte zum Lager. Es bestand aus mehreren rotbraunen Holzbaracken mit Wellblechdächern, die ein gemauertes Hauptgebäude im Zentrum umgaben. Das Lager war durch einen meterhohen, mit Rollen aus NATO-Draht versehenen Zaun gesichert. Vier hölzerne Wachtürme flankierten die Ecken. Eine auf Holzpfosten aufgeständerte Stromleitung führte von einer kleineren Baracke zum Hauptgebäude und von dort aus strahlenförmig zu anderen Bauten. Aponi grinste. Dummer Fehler. Sie wusste jetzt, wo sich die Trafostation befand.

Plötzlich spürte sie eine sanfte Berührung an ihrer linken Wade, die zur rechten hinüberwanderte. Die CIA-Aspirantin drehte langsam ihren Kopf und sah eine mittelgroße Anakonda quer über ihre Beine hinwegschleichen, die anscheinend kein Interesse an ihr hatte.

Den Wachposten außerhalb des Lagers hatte sie schnell ausfindig gemacht. Er döste auf einer Plattform am Rande der Lichtung und war nicht der einzige, nachdem sie durchs Zielfernrohr das Terrain gründlich sondiert hatte. Geduldig schob sich Greene vom Buschwerk getarnt immer weiter, bis der Außenposten auf seiner Plattform im Zielfernrohr erschien.

Plopp!

Aponi traf seine Schulter und hinterließ einen apfelgroßen, roten Fleck. Es gehörte zum ungeschriebenen Gesetz solcher Übungen, dass ein Getroffener sofort aus dem Spiel war und regungslos am Platz verblieb. Das kam ihr zugute, denn seine Kameraden hatten auf den anderen Wachtürmen nichts davon bemerkt.

Sie kroch weiter durchs Unterholz, wich einer faustgroßen, Respekt einflößenden schwarzen Spinne aus und kletterte wie ein Chamäleon an Pfosten und Streben langsam zur Plattform des Außenpostens hinauf. Dicht an den Mann gedrängt, legte Aponi ihr Scharfschützengewehr auf einen armdicken Holm und nahm den Wachsoldaten des hinteren linken Wachturms ins Visier. Normale Munition verließ mit achthundert Metern pro Sekunde das Mündungsrohr, die Farbmunition jedoch lediglich mit dreihundert Metern. Sie blickte auf den im Zielfernrohr integrierten Distanzmesser:

635 Meter

Und drückte den Abzug. Einundzwanzig, zweiundzwanzig

Plopp!

Durchs Zielfernrohr sah Greene einen roten Flecken auf seinem Rücken – erledigt. Jetzt musste es schnell gehen.

Hinterer Wachturm, rechts.

465 Meter – kein Problem.

Einundzwanzig, zweiund –

Plopp! Schauen, Treffer, weiter!

Vorderer linker Posten auf dem Wachturm.

310 Meter.

Einundzwanzig.

Plopp! Schauen war unnötig, die Entfernung lächerlich gering.

Vorderer rechter Wachturm.

77 Meter.

Plopp!

Innerhalb einer Minute hatte Greene sämtliche Posten auf den Wachtürmen ausgeschaltet. Sie grinste den Außenposten an, legte ihren Zeigefinger an die Lippen, erntete ein Daumen-hoch-Zeichen und kletterte wieder zum Boden hinab. Alle fünf Minuten patrouillierte innerhalb des Zauns eine Doppelstreife am Haupttor vorbei. Sie wartete, bis die Streife eine Runde gedreht hatte und ihr den Rücken zudrehte, dann pirschte sie – durch quecksilberverseuchten Schlamm und abgeholzte Freiflächen – näher ans Zaungelände heran.

Eine Ellbogenlänge robben.

Pause.

Eine Ellbogenlänge robben.

Pause.

Sie wartete, bis beide Posten wieder das Haupttor passiert hatten, stand auf und hielt sich demonstrativ das Gewehr über den Kopf. »Abbruch!«, schrie Greene. »Mich hat eine Lanzenotter gebissen! Ich brauche dringend das Gegengift! Ich wiederhole! Abbruch meiner Übung!«

Beide Streifenposten blickten sie jenseits des Zauns verdutzt an, unschlüssig, was zu tun sei.

»Verdammt noch mal!«, bellte Greene, immer noch ihr Scharfschützengewehr über dem Kopf haltend, »macht endlich das Scheißtor auf! Ich muss zum Sani!«

Ihre Ansprache zeigte Wirkung.

Das eiserne Schwingtor öffnete. Beide Wachen kamen auf sie zu gerannt, griffen ihr unter die Achseln und schleiften die vermeintlich verletzte Aspirantin im Laufschritt ins Lager. Auf Höhe des Tores wirbelte sie herum, versetzte einem Soldaten einen Sidekick und schlug dem anderen gegen die Halsschlagader.

Plopp! Plopp!

Rote Farbkleckse zeichneten sich auf den Uniformen der verblüfften Soldaten ab – beide waren ab sofort aus dem Spiel.

»Sorry, Freunde, aber ich habe das Kennwort zur Aufgabe nicht benutzt. Nehmt es mir nicht übel!«

Sie rannte zielstrebig zur Baracke, worin Greene die Trafostation vermutete. Sie riss die Tür auf, grinste erleichtert und sorgte durch einen Kurzschluss für den Ausfall der gesamten Stromversorgung – inklusive sämtlicher Überwachungskameras. Ihre Aufgabe – ins Militärlager einzudringen – hatte sie längst erfüllt, aber getreu ihrem Naturell reichte ihr das bei Weitem nicht!

Greene schlich zum Hauptgebäude und deutete dem am Foyer sitzenden Posten hinterrücks mit dem Kunststoffmesser einen Kehlenschnitt an, sprang zur Seite und versetzte einem Wachsoldaten, der gerade hereinkam, einen realen Tritt in dessen Magengrube. Ein kurzer demonstrierter Schnitt – erledigt.

Im Anschluss schlich Aponi die Treppe hinauf und setzte zwei weitere Uniformierte außer Gefecht.

Plopp! Plopp! Plopp!

Am Ende des Flurs fand sie hinter einer Tür zwei Soldaten in eine Unterhaltung vertieft, die sie mit roter Farbmunition pro forma ins Nirwana beförderte.

Plopp! Plopp!

Im Vorzimmer des Basisleiters feuerte sie auf zwei Adjutanten, die hinter einem Schreibtisch gelauert hatten.

Plopp! Plopp! Plopp!

Danach stieß Lana Greene mit einem kräftigen Fußtritt die Tür mit der Aufschrift »Chief« auf.

Wie ein Budda saß Major Clarke reglos hinter seinem Schreibtisch, erwartete seelenruhig ihr Eindringen und sah die CIA-Aspirantin vorwurfsvoll an. »Sie haben eine Verletzung vorgetäuscht, sich ergeben und betrogen!«, sagte er zur Begrüßung.

»Wer behauptet, dass ich mich ergeben habe?«

Clarke schnaubte. »Muss ich das Video abspielen?«

»Ich habe keineswegs aufgegeben! Das war eine Finte! Zu keiner Zeit habe ich das Kennwort für ›Abbruch‹ benutzt und nehme es auch jetzt nicht in den Mund!«, fügte sie mit hörbarer Genugtuung hinzu.

»Eine Finte! So so!« Er schaute sie an, als ob er an ihrem Verstand zweifeln würde.

»Wir hatten die Sirene zur Beendigung der Übung eingeschaltet, aber sie hat nicht funktioniert, weil Miss Greene die Stromversorgung sabotiert hatte!«

Lana wiegte den Kopf und deutete mit ausgebreiteten Armen einen Kratzfuß an. »Bedaure.«

»Wie praktisch für Sie! Haben wir uns jetzt richtig ausgetobt? Das Lager zu Ihrem privaten Abenteuerspielplatz umfunktioniert? Sind jetzt alle Soldaten eliminiert, was überhaupt nicht zu Ihren Aufgaben gehörte?«

Vielleicht, dachte sie, *solltest du dich zufriedengeben.* Achselzuckend ging Lana Greene Richtung Tür, verharrte und drehte sich unvermittelt um. *Was für ein arrogantes Arschloch!*

»Nein noch nicht alle. Aber gleich!«

Plopp! Plopp! Plopp!

Mit diesen Worten gab sie einen kurzen Feuerstoß in Richtung des Majors ab, dessen Brust einen Augenblick später drei faustgroße rote Farbkleckse dekorierten.

***

Zurück in Langley schaute Lana Greene nach oben zum Gremium, das vor ihr wie auf einer Richterbank saß.

»Warum haben Sie das gesamte Stationspersonal eliminiert?«

»Ich dachte, ein kleiner Bonus wäre für mein Punktekonto förderlich.«

»Die Besatzung eines ganzen Militärlagers zu eliminieren? Dafür wollen Sie auch noch Bonuspunkte haben? Sind Sie jetzt völlig übergeschnappt?«

»Ich war mit Sicherheit nicht auf einer Friedensmission unterwegs!«

Tatsächlich hatte Greene das Kennwort kein einziges Mal gebraucht. Man konnte ihr nicht nachweisen, dass sie die Übung formal abgebrochen und die Situation zu ihrem Vorteil missbraucht hatte. Tatsache war: Noch nie hatte ein Prüfungskandidat in so kurzer Zeit sein Ziel erreicht. In weniger als drei Stunden – das war absoluter Rekord.

Sie kannten natürlich Greenes Akte. Wussten Bescheid über Militäreinsätze, Herkunft, ihren Großvater und von der Einzelkämpferausbildung, die ihre Kandidatin mit Auszeichnung abgeschlossen hatte.

Vielleicht hätte es mit beiden Wachen am Eingangstor etwas schneller gehen müssen. Für sie galt es, eine Mission nicht nur zu erfüllen, sondern stets zu übertreffen. Lana war selten zufrieden. Wenn sie etwas erreicht hatte, heftete sie es emotionslos ab und wandte sich der nächsten Aufgabe zu. *Großvater wäre stolz gewesen*, dachte sie, bis die Prüfungskommission ihre abschließende Entscheidung verkündete.

»Wir haben uns dafür entschieden, ihre Übung nicht zu werten. Und da ihnen die Übungsverhältnisse in Französisch-Guyana jetzt bekannt sind, werden Sie eine zweite Prüfung absolvieren müssen. Gehen Sie gern auf Rummelplätze?«

***

233

»Was hältst du von ihr?«

»Ich halte sie für durchgeknallt. Schau dir Greenes Akte an. Bei den Auslandseinsätzen hatte sie sich nie an ihre Zielvorgaben gehalten, sondern immer Extrawürste gebraten! Ich halte sie für unberechenbar und schlichtweg für ungeeignet! In Bagdad sollte sie eine Diplomatenfamilie eskortieren. Nachdem sie alle herausgeschleust hatte, zettelte Greene in der Stadt einen Aufstand an, den wir gar nicht befürworteten! In Nordkorea sollte unser Sonnenschein einen Südkoreaner befreien. Sie kam nicht nur mit dem Gefangenen zurück, sondern schleppte Hundert weitere Nordkoreaner an, die in den Westen wollten!«

»Ja, unsere kleine Mohawk legt ihre Aufträge oft ziemlich eigenwillig aus, erfüllt aber stets die Mission.«

»Sagen wir, sie sorgt in ihrem Sinne für eine Auftragserweiterung!«, kam es sarkastisch zurück.

»Wir wollen doch, dass unsere Leute eigenständig denken!«

»Ja, aber nicht dabei Kopf und Kragen riskieren oder andere in Gefahr bringen! Greenes Aktion in Korea hätte auch schief gehen können! Das wissen wir beide! Und einen Gefangenen aus Nordkorea herauszuholen, ist ja wohl auch keine Routinemission, oder?«

»Sie ist gut! Wirklich gut!«

»Ich habe kein gutes Gefühl bei ihr. Sie ignoriert Befehle und hält sich nicht an Vorgaben! Wenn jeder macht, was er will, den Auftrag nach Gutdünken umformuliert oder erweitert, sind wir nicht mehr Herr der Lage! Diese Mohawk kommt mir vor wie ein Pulverfass – mit einer viel zu kurzen Lunte dran. Irgendwann knallt's!«

VRIL und Flugscheibentheorien

Langley
Samstag, 24.02.2018

»UTGARD – was wissen wir darüber? Ist diese Station unseren Leuten bekannt?«

Dr. Ian Hunt schüttelte den Kopf. »Das muss unseren Leuten damals durchgerutscht sein!«

»In den Akten findet sich auch nichts«, ergänzte Linh Carter. Weder Schauberger noch Schumann haben diese Station jemals erwähnt!«

Sinclair hieb mit der Faust auf den Tisch. »Verdammt noch mal! Ich will, dass hier professionell gearbeitet wird! Wieso findet diese Sadek mehr über UTGARD heraus, als unsere eigenen Geheimdienste? Was geht noch aus dem Gespräch zwischen Lessing, seiner Ex und diesem Recherchegenie hervor?«

»Connie Sadek ist eine Kamerafrau und investigative Journalistin«, wagte Linh Carter einzuwenden. »Solche Leute sind auch nicht doof, können recherchieren und haben Kontakte. Unser Geheimdienst hat keine Exklusivrechte, was die Beschaffung von Informationen betrifft.«

Sinclair rutschte ungehalten in seinem Bürosessel herum. »Sollte ich vielleicht diese Sadek statt unseres Geheimdienstes mit der Beschaffung von Informationen beauftragen?«, fragte er sarkastisch. »Immerhin ist sie euch mindestens um eine Nasenlänge voraus! Was habt ihr aus den abgehörten Gesprächen noch erfahren?«

»Es gab wohl ein inhaltlich bedeutsames Treffen außerhalb seiner Wohnung, wo Lessing beide Frauen informierte. In den abgehörten Gesprächen nehmen sie öfter Bezug darauf, ohne Einzelheiten zu nennen.«

»Wo fand dieses Gespräch statt?«

Linh Carter duckte sich, als würde sie einen Blitzschlag fürchten. »Vermutlich in Lessings ehemaliger Villa, wo seine Ex-Frau wohnt«, flüsterte sie.

Mark Sinclair bekam einen seiner berüchtigten, cholerischen Wutanfälle.

»Warum haben diese verdammten Idioten nur Lessings Wohnung, nicht aber sein Haus verwanzt? War doch klar, dass sie uns zuliebe nicht nur in seinem Appartement, sondern auch woanders darüber quatschen würden!«

»Mit allem gebotenen Respekt, Sir«, versuchte Hunt, die Situation zu entspannen. »Wir haben ein Gespräch mit wichtigem Inhalt verpasst, zugegeben, aber sie hätten es auch an jedem anderen Ort führen können und wir können nicht alle Wohnungen, Plätze oder Parks observieren.«

Hunts ruhige Worte zeigten Wirkung.

»Ist ja gut«, murrte Sinclair, »also weiter!«

»Wir haben es vermutlich mit einer weiteren Gruppierung zu tun, die wir nicht unterschätzen sollten. Ich fürchte, hier brauchen wir Nachhilfeunterricht. Ihr Einverständnis vorausgesetzt – würde ich dazu tiefer einsteigen. Es ist wichtig, um die Zusammenhänge besser verstehen zu können.«

Sinclair blickte nickend zum Chronometer.

Unauffällig gab Linh Carter einem Mitarbeiter ein verabredetes Zeichen. Die Tür öffnete sich und ein adrett gekleideter Mann trat ein.

»Wir haben dazu einen Experten eingeladen. Darf ich Ihnen Horst Blomberg vom BND vorstellen?«

Sinclair streckte ihm seine Hand entgegen. »Gut! Bin gespannt, was Sie uns zu erzählen haben! Linh, die üblichen Verdächtigen für 14 Uhr zusammentrommeln! Außen, Innen, Verteidigung – Sie wissen schon! Ich will alle auf einen gemeinsamen Informationsstand bringen!«

***

»Guten Tag. Mein Name ist Horst Blomberg vom Bundes-
nachrichtendienst.« Er blickte in die Runde und trank einen
Schluck Wasser. »Ich habe die Aufgabe, Sie über einige historische Begebenheiten der NS-Zeit ins Bild zu setzen, die bis
in unsere heutige Zeit nachwirken.«

Leichtes Gemurmel füllte den Raum.

»Ruhe! Lasst den Mann ausreden«, plärrte Sinclair.

Blomberg nickte dankbar und gab Linh Carter unauffällig
einen Wink. Sie drückte auf einen schwarzen Knopf unterhalb der Videowand. Im zwanzig Sekunden Rhythmus projizierte der Beamer Aufnahmen aus den Dreißiger- und Vierzigerjahren mit Darstellungen von Emblemen, Signaturen,
futuristisch wirkenden Flugzeugen und fliegenden Untertas-
sen aus der NS-Zeit.

»Wissen Sie etwas über die ›Thule-Gesellschaft‹, ›Vril-Gesellschaft‹, ›Haunebu‹ oder ›Reichsflugscheiben‹?«

Blomberg blickte in fragende Gesichter.

»Die Reichsflugscheiben sagen mir was«, gab ein Uniformierter am anderen Ende des Konferenztisches zögernd zur
Antwort.

»John?«

»Im Frühjahr 1945 zerstörten deutsche Soldaten eine Fab-
rik bei Prag. Bis heute halten sich Gerüchte, ein Mann namens
Epp habe seine dort entwickelte Flugscheibe nach Kriegsende in unserem Auftrag weitergebaut. Es gibt tatsächlich
Akten über Epp. Darin wird deutlich, dass er tagelang mit
unseren Behörden einen Deal aushandelte, um seinen Diskus
bauen zu können, doch unsere Ingenieure taten das als Hirn-
gespinst ab. Epp köderte auch mit seiner Behauptung, für die
Sowjets am Bau eines Rundflüglers mitgewirkt zu haben. Man
bezeichnete ihn laut Armeeakten als ›intelligent swindler‹!«

Blomberg nickte anerkennend. »Joseph Epp wurde 1914 in
Hamburg geboren, der in seinen letzten Lebensjahren – vor
allem nach seinem Tod 1997 – zu zweifelhaftem Ruhm in der
rechtsesoterischen Szene gelangte.

Im Gegensatz zu vielen anderen hatte Epp nachweislich Konstruktionen hubschrauberähnlicher Flugscheiben gezeichnet und spätestens nach dem Zweiten Weltkrieg mit dem Bau eines Modells begonnen. Epps Aussagen, wonach er bereits in den frühen Dreißigerjahren Flugscheiben konstruiert hatte, können wir nicht nachweisen, sie bilden aber eine wichtige Größe in esoterischen Neonazi-Kreisen.«

Blomberg machte eine kleine Pause, um seine Worte wirken zu lassen.

»Epp hatte nie behauptet, an Geheimprojekten des Dritten Reichs rund um Flugscheiben oder angeblichen Wunderwaffen beteiligt gewesen zu sein, vielmehr sah er sich aufgrund von Ideenklau als Opfer dieser Kreise. Zwei Fotos von angeblichen Flugscheiben über dem Prager ›Skoda-Werk‹ heizten den Mythos um deutsche UFOs seit Jahrzehnten an. Epp bietet eine seltene nachweisbare Biografie, dass Ideen von Flugscheiben keine reine Erfindung neonazistischer Kreise sind, sondern es solche Überlegungen tatsächlich gab!«

»In den Fünfzigerjahren experimentierte Kanada mit dem ›Avrocar‹, einer Flugscheibe, die kaum vom Boden abhob und schwer lenkbar war. Bauweise und Antriebsart vermeintlicher Flugscheiben haben sich als flugunfähig erwiesen!«, ergänzte ein anderer.

Blomberg nickte, ohne näher darauf einzugehen. »Die Nationalsozialisten und ihr Okkultismus – eine geradezu dämonische Verbindung. Die Nazis hatten sich ein komplexes Glaubenssystem erschaffen. Darunter gab es Wahrheiten, einige Halbwahrheiten, aber auch völlig absurdes Zeug. Je mehr man sich mit dem Thema beschäftigt, desto mehr erinnert es an Science-Fiction. Vielleicht wissen Sie, dass fast alle NS-Größen auch okkulten Geheimbünden angehörten: Göring, Eichmann, Bormann, besonders Himmler und Hitler waren nicht nur vom Okkultismus fasziniert, sie waren davon besessen! Es war unglaublich, wieviel Einfluss die Geheimgesellschaften bei der Gründung des Dritten Reiches hatten.

Ihre Vorstellungen von Okkultismus, Spiritismus oder Rassismus ergaben eine explosive Mischung.«

»Was hat das alles mit uns zu tun?«, fragte Sinclair ungehalten.

»Ich bitte Sie um ein wenig Geduld, Sir«, flüsterte Carter.

Blomberg nutzte die Unterbrechung und trank einen Schluck Wasser. »Es gab zwei Gesellschaften, denen man – historisch gesehen – besondere Beachtung schenken muss. Eine ›Thule-Gesellschaft‹, als politischer Geheimbund Ende des Ersten Weltkrieges mit weit über tausend Mitgliedern und eine sogenannte ›Vril-Gesellschaft‹.

Diese Thule-Gesellschaft hatte okkulte Tendenzen, entfaltete eine massive, vor allem antisemitisch geprägte Propagandatätigkeit, indem sie Juden als ›Feinde des deutschen Volkes‹ bezeichnete und angebliche Beweise für eine ›jüdische Weltverschwörung‹ anführte, die es zu bekämpfen gelte. Ziel dieser Thule-Gesellschaft war die Errichtung einer Diktatur sowie die Vertreibung aller Juden aus Deutschland.«

Blomberg schaute erneut in die Runde. »Als Emblem der Gesellschaft wählten sie ein Hakenkreuz mit Strahlenkranz hinter einem blanken Schwert. Als Motto galt: ›Halte dein Blut rein‹ und ›Bedenke, dass du ein Deutscher bist‹. Die Grußformel ihrer Mitglieder war: ›Heil und Sieg‹. Unter den Verehrern dieser Thule-Gesellschaft gab es auch viele führende Mitglieder der späteren NSDAP. Es entstand eine seltsame romantische Mischung. Teils wurde das Mittelalter mit Geschichten vom ›Heiligen Gral‹ verbunden. Man mischte aber auch germanische Folklore mit etwas Science-Fiction. Das alles wurde zusammen mit den politischen Zielen in einen Kessel geworfen. Man wollte vorankommen, Deutschland wach rütteln. Sie brauchten einen neuen Fokus, etwas, an dem sie sich orientieren konnten. Nach 1919 verlor die Thule-Gesellschaft schnell an Bedeutung und löste sich 1925 auf. In jüngerer Zeit ist sie Anknüpfungspunkt vielfältiger Verschwörungstheorien oder Fiktionen. Man unterschied zwischen okkultem Glauben, okkulten Gesellschaften, verborgenen Gesellschaften und Geheimgesellschaften.« Blomberg machte eine Pause und nippte wieder am Glas. Eine Videowand blendete nun in kürzeren Intervallen Aufnahmen von gut aussehenden Frauen ein, die extrem lange Haare trugen.

Blomberg deutete zur Leinwand. »Eine aus Wien stammende ›Maria Oršić‹ war Anfang der Zwanzigerjahre maßgebliches Gründungsmitglied eines weiteren Geheimbundes, der sogenannten ›Vril-Gesellschaft‹. Diese ist für uns von größerer Bedeutung. Ihre ursprünglich nur weiblichen Mitglieder wie Sigrun, Gudrun, Heidrun oder besagte Maria Oršić hatten sich mit magischen Energien befasst, die in Verbindung zur sogenannten ›Vril-Kraft‹ stünden.«

»Was ist Vril?«, fragte eine Uniformierte.

»Menschen, die an ›Vril‹ glaubten, waren fasziniert davon. Sie hielten ›Vril‹ für eine real fassbare Energie – etwas, dass man nutzen konnte. ›Vril‹ als eine Quelle der Energie und des Lebens.« Blomberg machte erneut eine kurze Pause. »Diese Vril-Damen trugen Haare bis zu den Kniekehlen. Ihre ultralangen Frisuren galten als Antennen für eine Art feinstofflicher Kräfte, die es zu kultivieren und zu lenken galt.«

Einige Sitzungsteilnehmer schüttelten amüsiert den Kopf.

»Diese Vril-Damen waren sehr geschickt. Gegenüber konservativen Wirtschaftsführern gaben sie sich als gediegene Damen des Großbürgertums, bei Wissenschaftlern als ambitionierte Enthusiastinnen und bei Politgrößen als revolutionäre Patriotinnen aus – wie es gerade nützlich war. Maria Oršić hatte Verbindungen zu den höchsten Spitzen. Himmler, Canaris, Göring, – selbst zu Hitler! Sie haben Kontakte geschmiedet, Interessen gebündelt, Ziele konsequent verfolgt.

Offiziell war der Name ›Vril-Gesellschaft‹ nie in Verwendung, doch ab 1921 war er bei den meisten Mitgliedern gebräuchlich. Der anfängliche Kontakt zur Thule-Gesellschaft erlosch bald, da viele Auffassungen nicht miteinander harmonierten. Ein Ziel war die Entwicklung einer neuartigen

Technologie: ein Mix aus fortschrittlicher Technik und esoterischem Gedankengut. 1922 engagierten mehrere Vril-Damen geeignete Wissenschaftler für ihre Vorhaben. Unter anderem Professor Schumann, der sich mit Schwerkraft und Elektrogravitation beschäftigte. Er ist zweifellos eine Schlüsselperson gewesen. Ohne ihn würden die meisten technischen Ideen der Vril-Gesellschaft vermutlich in theoretischen Überlegungen steckengeblieben sein. 1934 wurde die Vril-Gesellschaft in eine Firma namens ›Antriebstechnische Werkstätten OHG‹ transformiert. Von einer esoterischen beziehungsweise okkultistischen Vereinigung war von da an keine Rede mehr. Die Vril-Damen haben nicht am Reißbrett gestanden oder mit Schraubenschlüsseln hantiert – doch sie haben durchgesetzt, dass es fähige Männer für sie taten!«

»Trotzdem«, warf Sinclair am Kopfende des Tisches ein. »So wie Sie diese Vril-Mädels beschreiben, waren die Herren Wissenschaftler eher hinter ihren Röcken her!«, und deutete zur Bekräftigung auf die Abbildungen der betörend schönen Frauen.

Blomberg wartete geduldig, bis die Lacher verklungen waren, und setzte seinen Vortrag fort. »Schumann arbeitete im Verborgenen an Triebwerken für Flugmaschinen. Viktor Schauberger forschte ebenfalls an einer alternativen Antriebstechnik namens ›Repulsine‹, die in der Lage sein sollte, die Schwerkraft durch ›Freies Schweben‹ zu überwinden. Eine sogenannte Repulsine wird häufig als Antrieb mit Flugscheiben in Verbindung gebracht.«

»Ich kenne die Story um dieses Ding«, schnaubte eine Frau mit streng zurückgekämmten Haaren. »Die Behauptung, mit solch einer Erfindung ließe sich ›Freie Energie‹ erzeugen, bedeutet, dieser Apparat wäre faktisch ein Perpetuum mobile! Das widerspricht sämtlichen Gesetzen der Thermodynamik und ist totaler Quatsch!«

Sinclair strich sich übers Kinn. »Was denken Sie, John?«

Der Angesprochene lehnte sich zurück und petzte nachdenklich seine Unterlippe. Ein unauffälliger Mann mit grauem Haarflaum und fleischigem Gesicht, in dem seine Augen unruhig hin und her sprangen.

»Ich würde nicht so schnell urteilen. Soviel ich weiß, haben sie an einem Antigravitationsantrieb gearbeitet, bei dem Schwerkraft und Quantenphysik miteinander kombiniert wurden. Deutsche Wissenschaftler waren in den Dreißiger- und Vierzigerjahren führend in der Flugzeugkonstruktion. Es gab Prototypen von Jets, die vertikal abhoben. Sie beherrschten auch Nurflügler sowie die Tarnkappentechnik. Die Horton Brüder beispielsweise hatten gegen Ende des Zweiten Weltkriegs so einen Jäger gebaut. Er sah fast wie ein UFO aus, also warum sollten nicht andere an weitergehenden Flugscheiben gebastelt haben? Wenn sie sich in den Kopf gesetzt hatten, ein überlegenes Flugzeug zu bauen, dann haben sie daran gearbeitet – ohne Rücksicht auf Verluste.«

Sinclair schürzte die Lippen. »Fahren Sie fort«, sagte er in Richtung des Deutschen und unterstrich seine Worte durch eine fahrige Handbewegung.

»Die Geburtsstunde des ›UFOs‹ schlug im Jahre 1934 mit der ›Jenseitsflugmaschine‹, die anfangs ein Fehlschlag war. 1936 verlegten die ›Antriebstechnischen Werkstätten‹ ihr Versuchsgelände zu den ›Arado-Flugzeugwerken‹. So lange Frieden herrschte, hatte sich die Vril-Gesellschaft auf eine Zusammenarbeit mit Automobilherstellern konzentriert, um ihre fantastisch anmutenden Pläne verwirklichen zu können. Nach Gesprächen mit Canaris änderte sich das zu Kriegsbeginn. Diese Vril-Gesellschaft wollte nun schlagkräftige, vorzugsweise flugfähige Waffen entwickeln. Die ›Antriebstechnische Werkstätten‹ hat vermutlich an verschiedenen offiziellen Rüstungsprojekten mitgearbeitet, aber auch Zulieferaufgaben übernommen. Auf ihrem Versuchsgelände wurde das erste, mit Antischwerkrafteffekt betriebene Experimentalflugzeug gebaut. Sein maßgeblicher Erbauer war angeblich dieser Dr. Schumann!«

»Jetzt fällt's mir ein. Ich kenne den Namen!«, sagte sein Gegenüber.

Blomberg fuhr fort. »Mit Mühe gelang es dem Piloten, sein ›Rundflugzeug 1‹ wieder auf den Boden zu bringen, bevor es umkippte und buchstäblich auseinanderflog. Seine Trümmer waren im Umkreis von über hundert Meter verstreut. Das führte zum Ende von RFZ 1, war aber zugleich der Anfang der Vril-Flugkörper. Finanzielle Unterstützung kam aus Canaris' Budget der Abwehr. Besonders Hitler und seine Generäle waren an Wunderwaffen interessiert. Es entstanden – nach dem Experimentalgerät RFZ 2 – das Experimentalflugzeug ›Vril 5‹ sowie das sehr viel größere ›Vril 7‹. Parallel dazu wurden an verschiedenen Standorten unter der Leitung der SS weitere Experimentalflugzeuge namens ›Haunebu‹ und ›Hauneburg‹ entwickelt. Im Umfeld von Schumann agierte auch ein Mann namens Sandberg.«

»Kennen wir den Mann?«

Ian Hunt räusperte sich.

»Ian?«

»Obersturmbannführer Sandberg war einer von Schumanns Assistenten und hatte Flugzeugbau studiert.«

Blomberg nutzte den kurzen Dialog, trank umständlich einen Schluck Wasser und versuchte, keine Eiswürfel in den Mund zu bekommen. »All diese Experimentalflugzeuge hatten ein Problem: Ihr vertikaler Steigflug führte zum Schlingern der Flugscheiben. Ihre Motoren waren nicht stark genug. Das gleiche Problem hatten übrigens die Kanadier zehn Jahre später auch. Erst im November 1959 konnte eine Scheibe erstmals knapp über dem Boden mehr taumeln als fliegen. Zwei Jahre später stellten sie das Projekt ein.«

»Sind Schumann und Sandberg im Rahmen von ›Projekt Paperclip‹ in die USA emigriert?«, warf ein anderer ein.

»Was bedeutet Paperclip?«, fragte Carters Nachbarin.

»Der Name Paperclip leitet sich von den in Akten eingesteckten Büroklammern ab, die Seiten mit relevanten Wissenschaftlern kennzeichneten. Ursprünglich sollten hundert von ihnen einreisen, tatsächlich waren es deutlich mehr. Kern des Wissenschaftlerteams war die unter Führung von Wernher von Braun stehende Gruppe von Raketenexperten, die 1946 in die USA kam«, erklärte Hunt.

Blomberg nickte ihm bestätigend zu. »Im Rahmen der Operation Paperclip wurde Schumann nach Amerika gebracht. In den Jahren 1947–1948 arbeitete er auf dem Luftwaffenstützpunkt Wright-Patterson und kehrte Jahre später an seine alte Wirkungsstätte nach München zurück. SS-Obersturmbannführer Sandberg verschwand am Ende des Krieges und jetzt wird es interessant!« Blomberg hob seine Stimme etwas, um mehr Aufmerksamkeit zu erregen. »Sandbergs Kriegskamerad, ein Mann namens Stirböck, der bei einer Rettungsaktion auf Alexandraland als Co-Pilot fungierte, schrieb ins Flugbuch, dass er in einer geheimen SS-Station Frauen mit ultralangen Haaren begegnet war. Sandberg leitete diese Station namens ›UTGARD‹.«

»Stellt sich die Frage, was unsere Nazis dort gemacht haben!«, kommentierte sein Nachbar zur Rechten.

»Geben unsere Akten etwas über UTGARD her?«

»Nein, das haben wir im Vorfeld der Sitzung abgefragt. Wir haben absolut nichts darüber!«, erwiderte Linh Carter bedauernd.

»Wir wissen es auch nur durch ein abgehörtes Gespräch. Lessings Mitarbeiterin hatte in alten SS-Akten recherchiert.«

»Nach Ihren Ausführungen hatten Sandberg und diese Vril-Frauen definitiv mit Flugscheiben zu tun. Vielleicht haben sie auf der Insel Experimente durchgeführt!«, warf ein Uniformierter ein.

»Das vermuten wir auch!«, bekräftigte Blomberg.

»Blödsinn!«, konstatierte Sinclair. »Warum sollten sie an solch einem abgelegenen Ort Versuche durchführen? Sie erwähnten ja schon Prag oder andere Orte in Deutschland. Das ergibt keinen Sinn!«

Hunt stand auf. »Sandberg hatte auch Kontakte zu Leuten, die an ›Haunebu‹ gearbeitet haben, das ist Fakt!«, erwiderte er. »Das war eine Variante solcher Reichsflugscheiben!«

»Für unsere Russen ergibt das sehr wohl jede Menge Sinn!«, konterte der BND-Mann. »Sagt Ihnen das ›Arktische Kleeblatt‹ etwas?«

Auf der Leinwand erschienen drei imposante, circa fünfzig Meter durchmessende, verglaste Kuppelgebäude, die ein zentrales Gebäude mit dreizackigem Grundriss umgaben.

»Natürlich sagt mir der Name was. Das ist eine riesige Militärbasis, die Russland 2017 auf Alexandraland für ein paar Milliarden gebaut hat«, kam es leicht genervt vom Tischende zurück. »Das Monster ist vierzehntausend Quadratmeter groß, und beherbergt einige Hundert Mann! Mehr wissen wir noch nicht«, gab Sinclair zu.

»Raten Sie mal, wo dieses ›Arktische Kleeblatt‹ errichtet wurde!«, feixte Blomberg.

In Sinclairs Augen blitzte es warnend auf. Die vorlauten Ratespielchen des Deutschen gefielen ihm nicht. Er machte eine ungeduldige Geste.

»Exakt am Standort von UTGARD!«, sagte Blomberg triumphierend und verschwieg, dass er diese Information nur dem abgehörten Gespräch von Lessing und Sadek verdankte. »Was ist dort so wichtig, dass die Russen dafür Milliarden investieren?«

Aufgeregtes Gemurmel schwoll immer mehr an.

»Ruhe!«, bellte Sinclair und nickte Blomberg zu.

»Kurz vor Kriegsende flüchtete Sandberg, um der Gefangenschaft zu entgehen. Als ›Kurt Egsbrand‹ gründete er in Schweden eine Firma für Flugmotoren. Egsbrands Sohn heiratete später die Tochter seines Kameraden, Christina Stirböck.« Danach ließ der BND-Mann die Katze aus dem Sack. »Ausgerechnet diese Dame gab sich vor einigen Wochen bei Lessing als Kripobeamtin aus und wollte ihm den Ring ihres Vaters wieder abluchsen. Wir wissen aus sicherer Quelle, dass in Lessings Wohnung ein Haar mit einer Länge von fast eineinhalb Meter gefunden wurde, diese Christina Egsbrand also eine Vril ist!«

Vereinzelte Lacher hallten durch den Konferenzraum.

»Warum wollten sie einen Ring klauen?«, fragte jemand.

» Und dafür soll ich den Nationalen Sicherheitsrat zusammenrufen? Weil Sie ein eineinhalb Meter langes Haar gefunden haben?«

Blomberg nickte heftig. »Ja, Sir!«

Entgeistert blickte der Sicherheitsberater zu Linh Carter, die einen Moment innehielt und dann ebenfalls entschlossen nickte.

Sinclair runzelte seine Stirn und überging die Frage nach dem Ring. »Was gibt es da zu lachen? Mr. Blomberg: Ich fürchte, durch dieses Verwirrspiel blicken wir langsam nicht mehr durch!«

Der Deutsche sah ihn abschätzend an.

Linh Carter straffte sich. »Erstens: Ein SS-Obersturmbannführer namens Sandberg, alias Egsbrand, arbeitete neben anderen an der Konstruktion von Reichsflugscheiben. Zweitens: Sandberg leitete eine geheime Nazistation namens UTGARD auf Alexandraland, von deren Existenz wir bis heute nichts wussten. Drittens: Vril-Damen, die auch etwas mit den Flugscheiben zu tun hatten, wurden mit überlangen Haaren in UTGARD gesichtet. Viertens: Am Standort von UTGARD hat Russland letztes Jahr einen riesigen Militärkomplex errichtet!«

Blomberg und Hunt bejahten gleichzeitig. »Exakt auf den Punkt gebracht!«

Sinclair lehnte sich zurück und strich sich über seine grauen Haare. »Egal, ob Flugscheiben oder was anderes! Diese Nazis haben dort in ihrer UTGARD-Station irgendwas ausgeheckt, was von großer Bedeutung ist, sonst hätten die Russen Jahrzehnte später nicht genau dort Milliarden in einen Militärkomplex versenkt!«

Betroffenes Schweigen breitete sich aus.

»Sie meinen, die Kleeblattstation ist so was Ähnliches wie ›Area 51‹?«, fragte Linh Carter.

»Wir müssen wissen, was die Russen dort treiben! Flugscheiben hin oder her!«, wandte ein anderes Konferenzmitglied ein.

»Sie sagen es, Susan!« Sinclair rollte den Bürosessel zurück und klatschte mit den Handflächen auf seine Oberschenkel. »Heute nachmittag informiere ich den Sicherheitsstab des Weißen Hauses. Finden Sie so schnell wie möglich heraus, was dort vor sich geht!« Die Teilnehmer standen auf und verließen bis auf Sinclair, Carter, Hunt und Blomberg den Konferenzraum.

***

Als sie allein waren, lehnte sich Sinclair zurück, und sah sie der Reihe nach an. »Okay, was ist wirklich dran an dieser Vril-Kiste?«

Blomberg räusperte sich.

»Horst?«, sagte Sinclair auffordernd in seine Richtung. »Ich darf Sie doch Horst nennen?«

»Selbstverständlich, Sir.« Der Deutsche stützte seine Ellbogen auf die Tischplatte und legte die Fingerspitzen aufeinander. »Ich fürchte, mehr als uns lieb ist, Sir! Diese Egsbrands agieren garantiert nicht alleine. Wir vermuten, dass mehrere okkulte Geheimbünde bis in unsere Zeit überlebt haben, aber nur ein Teil des Problems sind, und wenn sie schon während der NS-Zeit beste Kontakte zu höchsten politischen oder wirtschaftlichen Kreisen pflegten, wird das heute nicht anders sein.«

Sinclair stülpte seine Unterlippe vor. »Wie kommen Sie darauf?«

Carter und Hunt verfolgten schweigend den Dialog.

»Lessing hatte die Egsbrands in Stockholm zur Rede gestellt, weil er dachte, sie hätten ihm den Ring gestohlen. An-

247

geblich haben sie ihn aber nicht. Lessing glaubt ihnen. Ein paar Stunden später wurde ein Killer auf Lessing angesetzt, der kurz darauf ermordet wurde. Da spielen also noch andere mit, die im Dunkeln agieren!«

»Ian?«

»Ich stimme Horst zu. Dieser Killer war Gerd Becker, ein Profikiller aus der Champions League.«

»Wenn er so gut war, warum ist er jetzt tot?«

»Vielleicht wurde er überrascht!«

Sinclair verschränkte seine Arme vor der Brust und sah Linh Carter missmutig an. »Wie soll ich diese Vril-Verschwörungstheorie im Weißen Haus an den Mann bringen? Die sperren mich doch in eine Klapsmühle!«

»Das werden sie nicht tun, Sir, weil wir ...«, Blomberg zögerte, als müsse er weiter nachdenken.

Carter musste innerlich grinsen. *Sinclair ist nicht der Einzige, der sich auf Effekthascherei versteht.*

»... etwas für Sie haben!«

»Und das wäre?«

Statt einer Antwort zog der BND-Mann einen Briefumschlag aus dem Jackett, öffnete ihn, zog ein Haar heraus und spannte es vorsichtig mit ausgebreiteten Armen. Wie eine Spinnwebe glänzte es im Licht mehrerer Deckenstrahler. »Dieses Haar ist ein Meter vierzig lang!«, sagte er andächtig und setzte eine erwartungsvolle Miene auf.

Carter und Hunt beugten sich neugierig nach vorne und schienen von Blombergs Mitbringsel überrascht.

Unwillkürlich pfiff der MI6-Agent anerkennend. »Wo hast du das denn her?«

»Erinnerst du dich an das abgehörte Gespräch zwischen den Lessings und dieser Sadek, als sie das superlange Haar in seiner Wohnung erwähnt hatte?«

Hunt nickte.

»Erstens wollten wir wissen, ob Krista oder Christina Egsbrand, diese angebliche Kripobeamtin, tatsächlich in Lessings Wohnung war und zweitens, ob dieses Haar wirklich echt ist.«

»Und?«, fragte Sinclair fingertrommelnd.

»Wir haben uns im Hause Egsbrand etwas näher umgesehen und sind – wie Sie sehen – fündig geworden!«

Sinclairs kindliche Miene verwandelte sich zurück in die eines erwachsenen Mannes. »Also gibt es diese Vril-Frauen samt ihrem okkulten Hokuspokus tatsächlich! Damit«, zugleich deutete er auf das Haar, »komme ich im Weißen Haus garantiert ein Stück weiter! Er mag geheimnisumwitterte Frauen. Besonders, wenn sie aus der rechten Ecke kommen. Kann ich das behalten?«

»Selbstverständlich, Sir«, erwiderte Blomberg mit feinem Lächeln.

***

»Linh, kommst du mal? Mark will dich sprechen.« Der Kopf ihrer Kollegin im Türspalt war wieder verschwunden.

Linh Carter überflog die letzten Mails, fuhr mit dem Aufzug vicr Stockwerke nach oben und ging gemessenen Schrittes ins Büro am Ende des Flurs.

»Ist ein kleiner Klugscheißer, dein Blomberg!«, sagte Sinclair zur Begrüßung, ohne vom Schreibtisch aufzublicken.

Carter zuckte die Achseln und setzte sich in einen Sessel vor dem Schreibtisch. Er ging hinüber zur versteckten Hausbar, goss Whiskey ein, drückte Linh Carter ein Glas in die Hand und sah sie abwartend an. Es gehörte inzwischen zur Routine, dass sie Besprechungen in einem Vieraugengespräch noch einmal Revue passieren ließen.

»Das war heute Märchenstunde, Schatzsuche und Star Wars in einem!«

Linh lachte. Es war ein angenehmer, herzhafter Laut.

»Es bleiben noch genug Baustellen offen:
- Angefangen hat das alles mit Lessings Ring, dessen Stein

eine außergewöhnlich hohe Dichte besitzt. Wer hat ihn jetzt?

- Die Egsbrands samt ihrem Nazi-Vril-Geheimbund müssten eigentlich über UTGARD Bescheid wissen – was also wollen sie von Lessing? Es kann ihnen nur um den Ring gehen! Er hat zwar nichts mit UTGARD zu tun, aber aus technologischen Gründen müssen wir an ihn herankommen. Unsere Wissenschaftler sind ganz verrückt danach!
- Wer hat diesen Becker beauftragt, die Lessings umzubringen? Und – nicht weniger wichtig – wer hat ihn umgebracht? Einen Profikiller von diesem Kaliber eliminiert man nicht so nebenbei. Lessing hat also einen starken Verbündeten im Hintergrund, den wir nicht kennen, vermutlich er selbst nicht.
- Außerdem sind mir das zu viele Zufälle mit dieser Sadek«, raunte Linh Carter. »Anhand eines Schließfachschlüssels macht sie die Bank ausfindig, organisiert den Inhalt des Fachs und kommt an SS-Akten mit Informationen heran, die nicht mal wir besitzen – wir sollten die Dame gründlich ableuchten!«

»Was ist mit diesem Ringstein? Kommen wir da ran? Klingt, als wäre er für unsere Wissenschaftler interessant.«

»Interessant ...«, echote Carter. »Das ist eine ziemliche Untertreibung. Natürlich wollen sie ihn.«

»Dann treiben sie ihn verdammt noch mal auf!«, erwiderte Sinclair in einer Art, als wäre es das Einfachste der Welt.

»Sie haben vielleicht Humor!«, schnaubte Carter. »Der Ring ist verschwunden – ich erwähnte es bereits!«

Sinclair beugte sich nach vorne und sah ihr offen in die Augen. »Linh! Sie sollen Probleme für mich lösen, nicht, mir welche bereiten!«

»Wir könnten die Egsbrand und Lessing noch einmal in die Mangel nehmen. Wir vermuten, dass einer von beiden den Ring hat.«

»Sehen Sie«, zugleich legte er Carter jovial lächelnd seine

Rechte etwas zu lange auf die Schulter. »Das ist doch schon mal ein Ansatz!«

»Wie weit können wir gehen?«

»Sie haben alle Freiheiten!«, entgegnete Sinclair vielsagend. »Ich verlasse mich auf Sie!« Der Tonfall seiner Worte verriet, dass die Unterredung beendet war.

Unerwünschtes Empfangskomitee Teil 1

Frankfurt am Main
Sonntag, 25. Februar 2018

Drei Tote! Krista und Kurt Egsbrand, dann dieser Becker. Gedankenversunken zog Lessing seinen Trolli Richtung Gepäckausgabe.

»Herr Lessing?«

Sie hatten gerade die Ausweiskontrolle hinter sich gebracht, als ein untersetzter Mittvierziger, mit schütteren blonden Haaren – von drei Polizisten flankiert –, ihn ansprach.

»Ja«, antwortete der Fernsehjournalist und schaute zu den Uniformierten. »Gibt's Probleme?«

»Kriminalkommissar Brönner!«, stellte sich sein Gegenüber vor und zeigte den Ausweis. »Wie man's nimmt. Folgen Sie mir!«

»Und unsere Koffer?«

»Darum kümmern wir uns!«

Wenig später schritten sie durch eine schwere Stahltür, auf der »Bundespolizeidirektion Flughafen Frankfurt am Main« prangte. Brönner deutete ihnen an, sich zu setzen. In Lessing stoben Gedanken wie orkanartige Böen durch den Kopf. *Sie werden uns die Morde anhängen! Erst Stefan, danach die Egsbrands, jetzt Becker! Es will kein Ende nehmen!* »Was ist passiert?«, fragte er mit nervösem Unterton in der Stimme, während Marianne ihre Hände zusammenpresste.

»Sagen Sie's mir«, erwiderte Brönner und lehnte sich mit verschränkten Armen zurück.

»Hören Sie, das war alles ein Missverständnis! Es ist normalerweise nicht meine Art, in fremde Häuser einzudringen, aber hier hatte ich meine Gründe!«, schoss es aus ihm heraus.

Brönner ermunterte ihn mit einer Geste, mehr zu erzählen.

Lessing berichtete, dass Barbara Jacoby sich als Kripobeamtin ausgegeben und ihn bei ihrer Spurensuche bestohlen hatte. Auf einem Beerdigungsfoto hatte er Jacoby zufällig wiedererkannt, als Krista Egsbrand in Stockholm ausfindig gemacht und sie zur Rede gestellt.

»Also, wenn ich's richtig verstehe, hat Ihnen Krista Egsbrand etwas geklaut, was Sie sich zurückholen wollten?«

»Ja! Aber Egsbrand beteuerte, nichts gestohlen zu haben!«

»Um was handelt es sich?«

»Um einen Ring.«

»Wegen eines Rings fliegen Sie extra nach Stockholm? Muss ja was ganz Besonderes sein!«, spöttelte Brönner.

»Nichts Wertvolles, eher von ideellem Wert.«

»Wollen Sie Anzeige erstatten?«

»Ich glaube, das bringt nichts. Ich kann den Diebstahl ja nicht beweisen!«

»Interessante Geschichte. Vielleicht komme ich noch mal darauf zurück, aber das ist nicht der Grund, warum Sie hier sitzen. Sie haben die VASA besichtigt?«

Lessing lief es eiskalt den Rücken hinab. Er sah Brönner schweigend an und nickte. Bevor sein Gegenüber weitere Fragen stellen konnte, erzählte Lessing seine Version der Geschichte. Von den Egsbrands, deren Ermordung durch Becker und dessen Tötung.

Brönner faltete seine Hände, stellte die Ellbogen auf den Tisch und sah ihn nachdenklich an. »Wissen Sie was? Ich nehme Ihnen diese abstruse Geschichte sogar ab! Und wissen Sie, warum?«

Beide schüttelten gleichzeitig den Kopf.

»Kein Mörder ist so blöd, dass er neben dem Opfer ein goldenes Feuerzeug mit seinem eingravierten Namen liegen lässt!«

Mariannes Feuerzeug! Ich hatte es fallen lassen und dann vor lauter Aufregung vergessen, es wieder einzustecken!

»Hätten Sie mir eine andere Geschichte aufgetischt, kämen

Sie beide jetzt in Untersuchungshaft! Sie und Ihr Ring scheinen ja äußerst begehrt zu sein. Wahrscheinlich starb Becker deswegen. Übrigens erfreuen sich Ihre Egsbrands bester Gesundheit und haben gestern Strafanzeige gegen Sie gestellt!«

Brönner erntete ungläubige Blicke. »Die Egsbrands sind nicht tot?«

»Tote stellen keine Strafanzeigen! Vermutlich wollte Becker Ihnen nur ein wenig Angst einjagen, ist ihm aber nicht gut bekommen. Wahrscheinlich hatten Sie einen Schutzengel, der seinen Job allzu ernst nahm«, witzelte Brönner. »Haben Sie in nächster Zeit vor, zu verreisen?«

Beide schüttelten erneut den Kopf.

»Sollten Sie aber! Verschwinden Sie einfach für ein paar Wochen, machen Sie einen ausgedehnten Urlaub, möglichst weit weg, und vergessen Sie den Fall!«

***

Im Wagen überschüttete Marianne ihn mit Vorwürfen. »Wieso hast du mein Feuerzeug dort liegen lassen?«

»Du hast ja auch nicht daran gedacht!«, erwiderte er. »Vor mir lag eine Leiche, falls du das vergessen haben solltest!«

»Das Feuerzeug hatte mir Stefan geschenkt!«

»Trotzdem – woher soll ich im Dunkeln wissen, dass dein Name darauf eingraviert ist. Du hättest es mir sagen müssen!«

Ihre Brauen zogen sich zusammen, lasteten wie Felsmassive über grau-grüne Augen. »Wie war das? Vor mir lag eine Leiche, falls du das vergessen haben solltest!«, konterte sie mit seinen eigenen Worten.

»Becker hatte geblufft und den Egsbrands kein Haar gekrümmt! Er wollte uns nur Angst einjagen und mir den Ring abknöpfen, deshalb diese theaterreife Nummer!«

»Aber Fakt ist – jemand hat Becker umgebracht und das ist kein Theater!«

»In einem gebe ich Brönner zu hundert Prozent recht.«

»Und das wäre?«

»Sein Tipp mit dem Urlaub ist richtig gut«, erwiderte er. »Was hältst du davon?«

»Nach allem mit Stefan, dem verschwundenen Ring, den Egsbrands und Becker? Ich bin mehr als urlaubsreif!«

»Denkst du oft an Stefan?«

Sie schüttelte stumm den Kopf. Etwas zu schnell, etwas zu heftig für seinen Geschmack. Lessing war ein guter Menschenkenner, spürte, dass sie ihm auswich, widerstand aber der Versuchung, sie zu bedrängen. »Mexiko?«, wagte er zu fragen.

»Yucatán, Playa del Carmen!«, präzisierte sie. »Und buch, so schnell du kannst!«

Wanzenalarm

»Das ist doch ein Witz«, drang Connie Sadeks Stimme aus der Freisprecheinrichtung seines Wagens. »Die vermeintlich ermordeten Egsbrands sind am Leben, stattdessen ist dein Killer tot?«

»Das ist nicht ›mein Killer‹!«, gab er entnervt zurück. »Sei froh, dass du nicht dabei warst! Das war ein eiskalter Typ! Ich will nicht wissen, wieviel Leute der schon auf dem Gewissen hat!«

»Mach dich locker – jetzt bist du ihn los.«

»Vorschnell ist die Jugend mit dem Wort!«, entgegnete er lakonisch. »Becker hat mir zuliebe wohl kaum Selbstmord begangen, also treibt sich sein Mörder noch dort draußen herum!«

»Du siehst Gespenster! Er war ja hinter diesem Becker her, nicht hinter euch beiden, sonst hätte er –«

»Connie ...«, unterbrach Lessing sie gedehnt.

»Ja, Schatz?«, drang es konziliant aus dem Lautsprecher.

»Hast du noch mehr solche aufmunternden Worte?«

»Im Moment nicht, aber du erwähntest, dass die Egsbrands deine Wohnung verwanzt haben.«

Lessing schnaubte. »Nicht nur die, sondern auch der BND, wenn man Becker glauben darf.«

»However – deine Wohnung ist also verwanzt! Du hast Glück, ich kenne zufällig jemanden, der Geräte zum Aufspüren von Wanzen besitzt.«

»Zufällig?«

»Was willst du? Wanzen in deiner Wohnung oder nicht?«

»Wann kann dein ›Bekannter‹ kommen? Es drängt, wie du dir denken kannst.«

»Am Samstag. Übrigens ... nur so zu meinem Verständnis: Telefonierst du gerade aus deinem Auto?«

»Ja. Warum willst du das wissen?«

»Hast du schon mal daran gedacht, dass dein Wagen auch verwanzt sein könnte?«

Klack!

Treffen im Tiergarten

Berlin
Mittwoch, 28. Februar 2018

»Was seid ihr nur für Arschlöcher!« Hamills Kieferknochen mahlten. Er funkelte seinen Kollegen an und schaute sich verstohlen um. »Einen besseren Platz hättest du dir übrigens für ein Treffen auch nicht aussuchen können!«, ergänzte er bissig. Sie saßen bei frühsommerlichen zweiundzwanzig Grad unter Ulmen auf der Terrasse eines Restaurants im Berliner Tiergarten.

»Das Lokal war nicht meine Idee. Blomberg gab mir den Tipp.« Arthur Collins wartete geduldig, bis die kurvige Bedienung Kaffee, Tee und Wasser abgestellt hatte und zum nächsten Tisch eilte. »Glaubst du im Ernst, dass wir euch bei eurem Flachwurzler von Präsidenten alles auf dem Silbertablett servieren?«

Hamill setzte zu einer geharnischten Antwort an, aber Collins gebot ihm mit einer Geste zu schweigen. »Seine paranoiden Sicherheitsberater stecken doch ihre Nasen in alles, was die CIA auskocht! Und wenn's ihm gerade in den Kram passt, posaunt er's per Twitter in die ganze Welt hinaus! Nein danke, kein Bedarf!« Hamill verschränkte beleidigt seine Arme vor dem Bauch und sah aus wie ein schmollender Buddha.

Eine Wespe hatte sich an seiner Tasse niedergelassen. Er scheuchte sie sanft beiseite und trank einige Schlucke. »Mag sein – auf formaler Ebene mag das gelten, aber unter uns ...«

Eine Weile herrschte beleidigtes Schweigen.

»Erzähl mir nicht, dass du wichtige Dinge, die du auf ›kollegiale Art‹ erfährst, für dich behältst! Du schreibst darüber genauso deine Dossiers wie alle anderen! Weißt du, wer das bei euch zu sehen bekommt? Bei eurer aktuellen Administration brauchst du dich nicht zu wundern, wenn wir über-vorsichtig sind!«, dabei deutete Collins mit dem Zeigefinger zur Wespe, die für Hamill unsichtbar an der Rückseite seiner Tasse gelandet war.

»Faule Ausreden sind das!«, fuhr ihn der Amerikaner an. »Du hättest mich wenigstens anrufen können!« Er blies auf die Wespe, die daraufhin das Weite suchte und schlürfte seinen Tee.

»Jack! Ihr vom CIA traut euren Leuten doch ebenso wenig! Außerdem sind es besondere Umstände«, erwiderte der MI6-Mann und sah Hamill beschwichtigend an. »So, wie es ausschaut, haben wir undichte Stellen auf beiden Seiten!«

»Das kannst du allerdings laut sagen«, bestätigte Hamill und fügte versöhnlich hinzu: »Das ist auch für uns ein Problem. Spitzel können wir in unseren Läden keine gebrauchen!«, und behielt für sich, dass auch CIA-Spione im MI6 saßen. *Nachrichtendienstliche Tätigkeit ist eben ein schmutziges Geschäft. Informationsbeschaffung um jeden Preis!*

»Was habt ihr herausgefunden?«

»Hat dir Carter nichts von Blombergs Vortrag erzählt?«

»Ich will deine Version hören!«

Collins berichtete von Lessings abgehörten Gesprächen über Wetterstationen, geheimen Basen, vom Ring, dem außergewöhnlichen Stein und dessen Diebstahl, vermutlich durch Krista Egsbrand.

»Wollt ihr an sie ran?«

»Nein, Lessing war bei ihnen, um sich seinen Ring zurückzuholen, jedoch ohne Erfolg. Wir haben ihn im Auge – soll er mal schön den Ring für uns auftreiben. Unsere Physiker sind schon ganz scharf darauf!«

Unsere auch, dachte Collins, behielt das aber für sich.

»Warum kommt der MI6 jetzt plötzlich um die Ecke?«

»Na ja. Die Beziehungen zwischen uns und den Russen nach der Skripal-Affäre sind momentan nicht die besten.«

»Aha! Jetzt habt ihr nach dem ganzen diplomatischen Gezerre die Hosen voll, und wir sollen für euch die Drecksarbeit erledigen, stimmt's?«

»Hör dir erst mal unseren Vorschlag an, dann kannst du immer noch motzen!«, widersprach Collins und beobachtete interessiert, wie Hamills Wespe in dessen Teetasse kroch. »Lessing ist derzeit unser einziger Zugang. Bei ihm müssen wir ansetzen, und zwar schnell«, sinnierte er. »Wir haben uns diese Sache durch den Kopf gehen lassen«, zugleich legte er seine Fingerspitzen aufeinander. »Was hältst du von folgender Idee ...«

Hamill setzte eine erwartungsvolle Miene auf, die sich im Laufe von Collins Schilderung immer mehr aufhellte. Die Maske der Reserviertheit, welche er noch zu Beginn des Gesprächs getragen hatte, war verflogen. *Das Imperium schlägt zurück*, dachte er grimmig, nachdem sein Gegenüber geendet hatte.

»Ich muss mich korrigieren. Ihr seid keine Arschlöcher, sondern Hyperarschlöcher! Aber es könnte funktionieren! Wer sich das ausgedacht hat, dem haben sie schon bei der Geburt das Gewissen amputiert!«

Collins zuckte mit den Achseln, deutete warnend zur Wespe, die um Hamills Kopf herumflog und sich am Teller mit den Keksen niederließ. Der CIA-Mann blickte unschlüssig zum Insekt, dann auf seine gefaltete Zeitung und überlegte, das Tier erneut zu verscheuchen oder ihm endgültig den Garaus zu machen.

»Sei es, wie es sei, es könnte funktionieren! Ich spreche mit meinen Leuten drüber und sage dir Bescheid. Wie geht's eigentlich Jane? Müsste sie nicht langsam aufs College gehen?«

»Sie macht nächstes Jahr ihren Abschluss!«, sagte Collins ironisch.

Hamill sah seinen Kollegen ernst an. »Wenn es klappen soll, muss alles perfekt ablaufen! Wir haben jemanden bei den Russen im Ministerium sitzen, der was arrangieren kann, aber es braucht einige Zeit an Vorbereitung.« Hamill nahm sein Glas, trank es in einem Zug leer, holte aus, um seine Wespe mit dem Glasboden zu zerquetschen und ließ sein Glas herabsausen. Im letzten Moment drehte er das Handgelenk und stülpte es über seine vorwitzige Wespe, die – im Glas gefangen – hektisch darin herumflog.

Schwein gehabt, dachte Collins. Lessing würde weniger Glück haben.

Überraschende Motivationsprämie

Murmansk
Mittwoch, 28. Februar 2018

»Das glaube ich jetzt nicht!«, erwiderte Lyshkin entgeistert.

»Jetzt im Ernst! Sie hatten dir doch vor Jahren eine Kur verweigert! Sie wollen, dass du ausgeruht wiederkommst, bevor das Kraftwerk ans Netz geht! Drei Wochen für zwei Personen! Gratuliere! In Moskau wissen sie schon, was du hier für eine Arbeit leistest! Die Sache hat nur einen Haken!«

»Aha, ich wusste doch, dass was faul ist!«

»Moskau will keine weiteren Debatten über gebrauchte Reaktoren führen! Es gehört zum technischen Grundkonzept, dass sie überholt und wiederverwendet werden. Das schont auch unsere Umwelt.«

»Das schont auch unsere Umwelt«, echote Lyshkin höhnisch.

»Andrej! Unsere Reaktoren sind in Ordnung! Das war ein Bedienungsfehler, das wissen wir beide ganz genau, also mach aus einer Mücke keinen Elefanten!«

»Du hast gut reden! Zwei meiner Leute sind bei dem Unfall gestorben!«, bekam er schnaubend zur Antwort.

»Menschliches Versagen wird es immer geben, ob bei alten oder neuen Reaktoren!«

»Das ist richtig, aber bei neuen wäre es trotz menschlichen Versagens nicht zur Katastrophe gekommen!«

»Wir haben mehrere Hundert Reaktoren in Kraftwerken oder Schiffen – die meisten davon sind ältere Anlagen. Wenn du konsequent bleiben willst, müsstest du alle stilllegen!«

Lyshkin blickte aus dem Fenster hinaus zum Fjord. Drei Wochen Urlaub. *Vielleicht hatte Moskau doch recht. Jetzt bestechen sie einen mit drei Wochen Traumurlaub. Drei Wochen mit Irina ...* Er sah sie schon verführerisch aus dem Meer in einem Nichts von Bikini auf ihn zukommen, dass ihm fast der Schweiß ausbrach, wenn er daran dachte. *Bestechung hin oder her. Das haben wir uns nach den ganzen Monaten verdient und wird Irina wieder neuen Lebensmut einhauchen – unter Sonne, Strand und Palmen – nicht hier im verregneten, nasskalten Murmansk, wo einem schon beim Frühstück die Tristesse wie Butter am Brot klebt!*

Wanzenjagd

Frankfurt am Main
Samstag, 3. März 2018

»Das ist ganz einfach«, sagte Rodriguez. Ein baumlanger, hagerer Bursche mit dünnen blonden Haaren und traurigen Augen, die auf einem Balkon Tränensäcke ruhten. Er trug ein dunkelblaues Kapuzen-Sweatshirt, auf dem in gelben Lettern »Fuck you« stand. »Es gibt eine neue Generation von GSM-Wanzen, die können problemlos in alle Teile der Welt senden! Der Einsatz eines neuen ›Linear-Junction-Detectors‹ ist besonders wichtig zur Feststellung sogenannter ›Schläfer‹. Es handelt sich dabei um Abhörgeräte und Wanzen, die zum Zeitpunkt ihrer Überprüfung ausgeschaltet sind.« Er machte eine kurze Pause und strich sich über das Kinn. »Es gibt Wanzen, die befinden sich nicht im aktiven, sondern im ausgeschalteten Zustand. Sie senden zum Zeitpunkt ihrer Untersuchung nicht. Durch herkömmliche Detektoren sind sie – wenn ausgeschaltet – nicht zu entdecken.« Rodriguez öffnete seinen Koffer und holte ein Messgerät heraus. »Aber mit diesem Non-Linear-Junction-Detector kann ich aktive, abgeschaltete, defekte oder zeitweilig arbeitende Abhöreinrichtungen aufspüren.«

Lessing nickte beeindruckt.

»Das Signal des Detektors – der mit einem HF-Sender ausgestattet ist – wird gebündelt auf zu prüfende Oberflächen abgestrahlt. Sofern in der Flächensubstanz Halbleiterbauelemente eingebunden sind, induziert diese HF-Strahlung eine Spannung an den P-n-Übergängen der Halbleiterbauelemente. Dabei pulst die induzierte Spannung analog zur Frequenz. Das wiederum führt dazu, dass dieser P-n-Übergang wie ein Leiter wirkt, der von Strom durchflossen ist. Somit kann er ein eigenes elektromagnetisches Feld induzieren und et voilà: Die HF–Oberwellenstrahlung dieses Feldes wird vom Detektor angemessen! Durch zeitgleichen Empfang der Sekundärstrahlung des Halbleiters ist es möglich, Bauelemente von Wanzen zu orten. Gleichzeitig kann auch eine Differenzierung zu nicht relevanten Funden in Form von Metallkranzschichten durchgeführt werden. So einfach ist das!«

Lessings Gesichtsausdruck sah so verständnislos aus, als habe man versucht, einem Neandertaler Einsteins Relativitätstheorie zu erklären. »Hören Sie, ich habe kein Wort von dem verstanden, was Sie gerade gesagt haben, aber lassen Sie uns jetzt loslegen. Ich will diese Dinger aus meinem Appartement haben!«

***

Während Lessing seine Eingangstür öffnete, legte Rodriguez den Zeigefinger auf den Mund. Er trat als Erster ein und begann mit seinem Detektor, systematisch die Räume des Appartements zu untersuchen.

Nach einer Stunde hatte er zwei Wanzen im Wohnzimmer und eine in der Küche entdeckt. Dazu eine Spion-Kamera an der Verandatür.

Im Schlafzimmer gab Rodriguez' Detektor plötzlich den Geist auf. »Puh, das ist mir noch nie passiert! Das Gerät ist durchgebrannt!«

»Wie kann denn das passieren?«

Connies Bekannter zuckte die Achseln und zauberte aus seinem Koffer ein zweites Messgerät hervor. Er legte erneut seinen Zeigefinger an die Lippen und ging dicht an ein Regal mit Büchern und Aktenordnern heran. Die Nadel des Detektors schlug jetzt nicht mehr aus, sondern zitterte am äußersten Anschlag. Er schaltete den Detektor ab und zog die untersten Aktenordner nach vorne, zugleich fiel Lessings verloren geglaubter Ring auf den Teppichboden. Rodriguez pfiff überrascht durch die Zähne. »Was haben wir denn da?«, fragte er ungläubig.

Lessing konnte sein Glück kaum fassen. *Als ich mit Jaco-by im Bett gelandet war und meinen Ring achtlos abgestreift hatte, muss er auf dem Teppichboden aufgesprungen und aus-gerechnet durch das Griffloch in einem Ordner gelandet sein!* Lessing schüttelte innerlich den Kopf. Die Wahrscheinlich-keit für solch einen Treffer war kleiner als bei einem »Hole-in-One« auf dem Golfplatz.

Erwähne den Ring nicht! Noch wirst du abgehört!, durch-zuckte es ihn. »Nichts Besonderes«, sagte der Fernsehjour-nalist betont gleichmütig, hob ihn auf und ließ ihn in der Hosentasche verschwinden. »Der wird Ihr Gerät kaum zum Durchbrennen gebracht haben. Lassen Sie uns weiter nach-sehen, ob wir noch etwas finden!«

SECHSTER TEIL

APONI: Jahrmarkt der Eitelkeiten

Arizona
2009-2011

Der Eingangsbereich des Erlebnisparks bestand aus einem grau asphaltierten Vorplatz, den ein Stabgitterzaun zur Straße hin sicherte, während ihn an den Seiten baumhohe, akkurat geschnittene Hecken flankierten und an die Gärten von Schloss Versailles erinnerten. In einer rot-weiß gestreiften Wand war mittig ein rotes zweiflügliges Tor angeordnet, dessen gewaltiger Sturz oben mit der Heckenkrone abschloss.

Das Tor öffnete sich wie von Geisterhand und gab den Blick frei auf eine dahinter liegende Heckenfront, mehr konnte sie vorerst nicht erkennen.

Unterhalb des Torsturzes pendelte ein breites Schild, auf dem bunte Luftballons neben einem lachenden Clownsgesicht zu sehen waren und auf dem in geschwungenen Lettern »Happy time« stand. Lana ging davon aus, dass sie hier alles andere als eine glückliche Zeit verbringen würde und schritt langsam durchs Tor.

Jenseits des Eingangs durchzog ein grau gepflasterter Fußweg parkähnliche Rasenflächen. Nach zwanzig Metern gabelte er sich, endete rechts an einem grau-blauen Container und zwang sie in die andere Richtung. Die monströsen Heckenwände wirkten in ihrer Höhe bedrückend. Lana strich mit ihrer Hand darüber und spürte Widerstand, der sich als Betonwand entpuppte, woran die künstlichen Hecken wie Tarnnetze befestigt waren. Vorbei an grasgrünen WC-Containern folgte Greene dem gepflasterten Pfad, beiderseits begrenzt durch diese meterhohen Heckenwände, die – wie ein überdimensionaler Irrgarten wirkend – jegliche Sicht versperrten.

Sie passierte eine Schießbude, auf der in großen Buchstaben »Volltreffer« prangte. An den Seiten lagen Plüschtiere, Blumensträuße aus Plastik und Lebkuchenherzen mit verschiedenen Aufschriften, die es zu gewinnen gab.

Es roch verführerisch nach Bratwurst, Pommes Frites und Frikadellen, aber als sie näher an eine Wurstbude herantrat, stellte sie fest, dass die Würstchen aus Kunststoff bestanden und der Grill kalt war. Woher kam der Bratenduft? Warum gab man sich so viel Mühe mit einem Trainingsparcours? Vermutlich wurden hier nicht nur CIA–Agenten auf ihre Tauglichkeit hin getestet, sondern er diente wohl auch als Übungsgelände zur Terrorbekämpfung oder zur Evakuierung größerer Menschenmengen.

Inzwischen war die Dämmerung hereingebrochen. Ihr Weg führte an einem quaderförmigen Komplex vorbei, dessen rot-weiß gestreifte Fassade im Schein mehrerer Straßenlaternen noch stärker zur Geltung kam, eingerahmt von dieser allgegenwärtigen grünen Heckenwand. An der Stirnseite trat sie durch den Eingang und stand in einem langen, durch das ganze Gebäude führenden Korridor. Alle paar Meter rüttelte sie an verschlossenen Türen. Sie erinnerten unwillkürlich an den Zellentrakt einer Vollzugsanstalt.

Am anderen Ende verließ sie das Gebäude wieder, folgte minutenlang dem Irrgarten entlang baumhoher Pseudohecken, bis diese gegenüber einer fußballfeldgroßen Freifläche eine rot-weiße Wand mit zwei tunnelartigen Öffnungen beidseitig einfassten. Eine etwa zehn Meter breite Wasserstraße führte von einem Tunnel U-förmig zum anderen. Knapp über die Wasseroberfläche ragende Spundwände umgaben die sich bildende Mittelinsel, auf der ein Gittermast durchhängende Stromleitungen überspannte.

Aus dem linken Tunnel schwamm majestätisch ein riesiger weißer Schwan, der sich bei näherer Betrachtung als zweisitziges Tretboot entpuppte. Leichte Strömung ließ ihn durch den Kanal treiben, bis er im rechten Tunnel wieder anmutig verschwand.

Sie folgte dem Weg zu einem dunkelblauen Informations-stand. Der künstliche Fluss schlängelte sich laut Übersichts-karte durch das gesamte Parkgelände. Aufmerksam prägte sie sich die Karte ein. Auf der Theke stand ein zum Dach ge-faltetes Blatt, auf dem stand:

> Heute freier Eintritt für Lana Greene.
> Gehen Sie zur Schießbude, und empfangen
> Sie dort weitere Instruktionen.

Die Prüfungskommission hatte offensichtlich Sinn für Hu-mor.

Greene drehte sich um, beschattete ihre Augen gegen das Laternenlicht und entdeckte den Schießstand zwischen ei-ner Waffelbude und einem seitlich abgestellten Lastwagen, dessen Ladefläche aufgeklappt war und Hunderte Stofftiere auf Hühnerstangen präsentierte.

Es handelte sich um einen Lotteriewagen, bei dem man ein Dutzend Lose aus farbigen Papierröllchen kaufen musste, um ein Plüschtier zu gewinnen, das einen am Ende doppelt so teuer zu stehen kam, als wenn man es gleich im Geschäft gekauft hätte.

Keine Menschenseele war zu sehen, kein Ton zu hören.

Sie schlenderte zur Schießbude hinüber. Auf der Theke lagen eine MP5, daneben eine Automatik – beide mit Schall-dämpfer, ein Messer, ein Seil und ein Kompass, der ein Blatt mit weiteren Anweisungen fixierte.

> Wählen Sie von fünf Gegenständen drei aus.
> Ihr Auftrag:
> Schalten Sie die Stromversorgung für den
> Spielbetrieb ein und verlassen Sie innerhalb
> von 120 Minuten den Erlebnispark.
> Sobald Sie Ihre Wahl getroffen haben, läuft die Uhr.

Mit MP5, Automatik und Seil folgte Lana Greene der vorgegebenen Route, vorbei an Jahrmarktbuden, Imbissständen und Versorgungscontainern.

17:20 Uhr.

Das war kein Erlebnispark, sondern ein riesiger Irrgarten, wo an Plätzen und Verzweigungen verschiedenste Attraktionen auf Besucher warteten, kam ihr in den Sinn.

Der Pfad führte zwischen gepflegten Rasenflächen an den omnipräsenten Heckenwänden entlang zu einer Geisterbahn, aus deren Eingang gierige Monsterköpfe hervorlugten. Sie konnte entweder Bahn fahren oder dem Weg folgen. Greene verzichtete auf eine Fahrt und lief weiter.

Leise schwappte kitschiges Klavierspiel herüber, erinnerte an Saloons alter Wildwestfilme und ließ sie spüren, wie sehr ihr die bisherige Stille aufs Gemüt geschlagen hatte. Normalerweise sorgte Karussellmusik für stetes Hintergrundrauschen, kreischten Kinder oder drängten sich Erwachsene an Imbissbuden.

Weder war etwas davon zu hören noch zu sehen – nichts bewegte sich auf diesem Friedhof des Amüsements.

Lana folgte der Musik durch den Irrgarten zu einer Lichtung, die ein Riesenrad dominierte. Dem Weg am Rad vorbei folgend, stets von hohen Heckenwänden eingezwängt, erreichte sie eine Kreuzung mit Wegen in alle Himmelsrichtungen.

Wohin gehen?

Greene schaute nach oben zu den Stromleitungen, die von rechts nach links verliefen.

Strom.

Also keinesfalls gerade aus! Es galt, den Strom einzuschalten, also musste sie nur den Leitungen folgen, aber in welche Richtung? Ihr Blick fiel zum Chronometer.

17:30 Uhr.

Achselzuckend wählte sie den rechten Weg und landete nach etlichen Biegungen bei einem unscheinbaren Container, auf dem ein gelbes Warnschild mit rotem Blitz zu sehen war.

Volltreffer!

Das Innenleben der Schaltstation bestand lediglich aus einem gegabelten Wand-Schalthebel mit seitlich angebrachtem Monitor. Ohne lange nachzudenken, klappte Greene den blutroten Schalthebel nach unten.

Augenblicklich flammte der Bildschirm auf und zeigte das Innere des Quadergebäudes, das sie vor Kurzem durchschritten hatte. Ein Dutzend vermummte Soldaten rannten schwer bewaffnet aus ihren geöffneten Unterkünften. Unschwer zu erraten, wen sie suchten.

Die CIA-Aspirantin verzog das Gesicht. Die Konstrukteure der Anlage hatten definitiv Sinn für Humor.

Mit dem Einschalten des Stroms wurden nicht nur die technischen Anlagen in Betrieb genommen, sondern auch sämtliche Türen im Quadergebäude geöffnet. Vermutlich musste sie an den Soldaten vorbei, um zum Ausgang zu gelangen.

Das perfide Drehbuch barg einen gewissen Hang zur Ironie in sich, denn mit der Erfüllung ihrer Aufgabe hatte sie sich selbst jede Menge Probleme mit einem Dutzend Verfolger eingehandelt, die alles daransetzen würden, um sie am Verlassen des Parks zu hindern.

Inzwischen plärrte das Klavierspiel – skurril überdreht – und war nur noch eine akustische Karikatur seiner selbst.

Greene stieg aus dem Container und folgte im Laufschritt dem Gang weiter, der nach mehreren Biegungen frontal an einer Heckenwand endete.

Den Humor der Regisseure hatte sie richtig eingeschätzt. Es gab keinen zweiten Ausgang, also musste sie zum Eingang zurück, um den Erlebnispark verlassen zu können – nun jedoch unter gänzlich anderen Bedingungen.

Vorsichtig schlich Lana auf dem gleichen Pfad wieder retour. Sie musste sich in einer Melange aus Paintball-Töten und Verstecken ihren Weg zum Ausgang bahnen. Ihr Vorteil bestand in der schieren Größe des Parks, worin sich das Dutzend ihrer Verfolger zwangsläufig verlieren und sie sich irgendwie hindurchmogeln musste. Die Achterbahn besaß keine Bewacher, aber am Riesenrad lauerten zwei Uniformierte.

Plopp! Plopp! Plopp! Plopp!

Auf dem Rücken der Soldaten bildeten sich rote Farbkleckse. Beide hoben ihre Gewehre hoch, als Zeichen ihrer Aufgabe.

Ständig um sich blickend, schlich Lana achtsam den gepflasterten Weg weiter zurück, ignorierte die Geisterbahn und erreichte wieder den U-förmig angelegten Kanal, bei dem im Wasser hängende Hochspannungskabel unmissverständlich andeuteten, dass er unter Strom stand und sich eine Flucht hindurch verbot.

Ich muss zum anderen Ufer!

Aber wie?

Greene lief zurück, wandte sich an der Kreuzung nach rechts und erblickte nach mehreren Biegungen ein Pferdekarussell.

Ihr wurde erneut bewusst, weshalb die Anlage so bedrohlich gewirkt hatte. *Bis auf das Klavierspiel ist es absolut still. Niemand ist zu sehen, nichts ist zu hören. Das ist so ungewöhnlich wie ein Fußballspiel vor leeren Rängen.* Hinter dem Karussell entdeckte die CIA-Aspirantin einen schmalen Durchgang, der zur Schwebebahn führte. Sie setzte sich in ein scooterähnliches Gefährt und betätigte den Schalter. Langsam nahm ihr Wagen Fahrt auf, gewann an Höhe und fuhr wenig später, oberhalb der künstlichen Wasserstraße, in einen Tunnel. An seinem Ende erspähte sie zwei Maskierte in einem Schwan und eröffnete sofort das Feuer.

Plopp! Plopp! Plopp! Plopp! – erledigt.

Das Gefährt fuhr weiter, mal in die Höhe, mal knapp über dem Rasen.

Klatsch! Klatsch! Klatsch!

Auf Höhe des Riesenrads zerplatzten rote Farbkugeln an ihrer Frontscheibe.

Zwei Vermummte saßen in einer Gondel und feuerten auf sie herab. Greene sprang nach einigen Sekunden hinaus, rollte sich ab und hetzte weiter den Pfad am künstlichen Wasserlauf entlang, der zum Tunnel führte, und dort abrupt endete.

Ihr Rückweg war durch die Verfolger versperrt.

Gehetzt blickte Greene umher. An der Tunnelwand entdeckte sie einen schmalen Vorsprung.

Beide Füße auf dem Sockel, wie eine Ballerina möglichst weit nach außen gedreht, tastete sie sich mit ausgestreckten Armen an der Tunnelwand entlang, wohl wissend, dass der Kanal unter Strom stand. Nach einigen Minuten wurde sie von einem Schwan-Boot überholt. Spontan sprang Onatahs Enkelin hinein und am Ende des Tunnels auf die Mittelinsel. Plötzlich einsetzende Karussellmusik schwoll zu einem infernalischen Gejaule rasch wechselnder Tonfolgen an, das mit Musik nichts mehr gemein hatte. Aus einer Biegung tauchte vor dem gegenüberliegenden Tunnel ein weiterer Schwan auf, der Richtung Eingang fuhr. Ungeduldig blickte sie zur Automatik.

18:25 Uhr.

Über eineinhalb Stunden waren bereits vergangen. Majestätisch näherte sich das Gefährt. Greene konnte es kaum abwarten, sprang hinein und kauerte so tief wie möglich am Boden. Minuten später entdeckte sie am Ufer zwei Uniformierte, wartete, bis ihr Schwan beide Männer passiert hatte und gab einen Feuerstoß ab.

Plopp! Plopp! Plopp! Plopp!

Nach quälend langsamer Fahrt entdeckte sie endlich ein Areal, das ihr bekannt vorkam. Das war die Stelle, von der sie anfangs den Kanal entdeckt hatte.

Der Eingang konnte nicht mehr weit entfernt sein.

18:35 Uhr.

Die Mohawk zwang sich zur Ruhe. Es waren immer noch

genug Verfolger hinter ihr her. Als ihr Gefährt dicht an den Spundbohlen vorbeifuhr, sprang sie ans andere Ufer und hechtete zur grünen Heckenwand, die sich kaum von ihrer Montur abhob. Greene stellte den Hemdkragen hoch, zog ihren Kopf ein und kroch langsam an der Wand entlang, immer spähend, ob Maskierte zu sehen waren. Eine Viertelstunde später erreichte sie das große rote Eingangstor, widerstand jedoch der Versuchung, schnell hindurch zu sprinten. Durch einen Spalt zwischen Tor und Wandzarge entdeckte sie einen maskierten Heckenschützen, schoss,

Plopp! Plopp!,

und schwenkte augenblicklich das Gewehr. Keine Sekunde zu früh, denn sein Komplize hatte hinter dem zweiten Torflügel gelauert, und kam nun mit seiner Waffe im Anschlag hervor, während sie bereits auf ihn feuerte.

Plopp! Plopp! Plopp! Plopp! – erledigt.

18:55 Uhr.

Ich hab's geschafft, endlich geschafft! Aber es sind noch vier Maskierte übrig! Aponi schüttelte den Kopf. Heute würde sie sich strikt an ihren Auftrag halten. Sie ging entschlossen durchs rote Hauptportal, grinste und drehte sich noch einmal um.

»Happy time«, rief ihr das Clownsgesicht in Gedanken zu.

Überraschende Begegnung in Cancún

Cancún
Sonntag, 11. März 2018

»Das fängt ja gut an!«, sagte Marianne Lessing, nicht ohne leichte Gereiztheit in der Stimme. »Seit einer Viertelstunde rollten keine Koffer mehr aufs Band und alle anderen sitzen bestimmt schon im Bus und warten auf uns!«

Lessing kratzte sich am Hinterkopf und blickte skeptisch umher. »Stimmt, da kommt nichts mehr! Ich fürchte, wir müssen meinen Koffer abschreiben.« Als er sich umdrehte, sprang das Gepäckband erneut an.

»Da ist er!«, rief Marianne begeistert.

»Dann lass uns Gas geben, bevor wir ein Taxi nehmen müssen!«

Nachdem man sie von einem Ende des Flughafens zum anderen dirigiert hatte, erreichten sie endlich den blau-weißen Bus Nummer dreiundzwanzig.

»Nett, dass Sie's noch einrichten konnten«, kommentierte ein dunkelhaariger Urlauber ihren Zustieg auf Englisch. »Wir warten hier seit einer halben Stunde!«

Lessing ignorierte dessen bissige Bemerkung, ließ sie aber in sich nachhallen. In seinen Gedanken zündete der Funke des Begreifens. *Nett, dass Sie's noch einrichten konnten. Wir warten hier seit einer halben Stunde!* Der Satz kam ihm bekannt vor. Diesen Kommentar hatte er damals in Murmansk in Richtung des russischen Paares fallen lassen, die zu spät zugestiegen waren und alle auf die Nachzügler warten mussten. Unauffällig schielte Lessing zu dem Endvierziger hinüber und bemerkte, wie dieser ihn eisig anfunkelte. *Das kann doch nicht wahr sein!*, schoss es ihm durch den Kopf. *Es sind tatsächlich die beiden Russen!*

»Du schaust, als hättest du gerade ein Phantom gesehen!«

»So in etwa«, flüsterte Lessing. »Schau mal unauffällig zwei Sitzreihen nach vorne. Das ist der Typ mit dem Kommentar eben.«

»Der sieht gut aus. Was ist mit ihm?«

»Ich habe dir doch erzählt, dass wir in Murmansk eine geschlagene halbe Stunde auf ein Pärchen im Bus warten mussten. Ob du's glaubst oder nicht – das sind die beiden! Ich habe damals die gleiche bissige Bemerkung gemacht wie er eben. Er hat's behalten und mit meinem Kommentar jetzt zurückgezahlt.«

Marianne sah ihn fassungslos an.

»Die Welt ist ein Dorf«, ergänzte er lakonisch. »Hoffentlich steigen die bald aus. Ich habe keine Lust, mir von denen meinen Urlaub vermiesen zu lassen.«

»Das kann unmöglich ein Zufall sein. Weißt du, wie hoch die Wahrscheinlichkeit für solch eine Begegnung ist? Du musst dich irren!«

»Nein, ich bin mir absolut sicher. Er hat mich erkannt, so wie der mich angeglotzt hat – garantiert!«

»Vielleicht kennt er dich von deinen Reportagen. Sie werden ja auch in Russland ausgestrahlt.«

»Zu viel der Ehre. Nein, ich bin absolut sicher. Das sind die beiden.«

Nach einer Dreiviertelstunde Fahrt saßen nur noch wenige Urlauber im Bus. Zu Lessings Erleichterung stiegen die beiden Russen aus, als sie das Hotel »Tucan« erreichten. Die Freude des TV-Moderators währte allerdings nicht lange, denn kaum hatte ihre Reiseleiterin das nächste Ziel angekündigt, hielt der Fahrer erneut an – keine fünfzig Meter vom vorigen Domizil entfernt.

»Unsere Hotels ›Tucan‹ und ›Quetzal‹ wurden als Doppelanlage konzipiert und befinden sich in einem gemeinsamen Areal«, informierte sie auf Lessings Nachfrage. »Jedes Hotel hat eigene Zimmerkomplexe, Hotellobby, Bar und Restaurants, die aber gegenseitig besucht werden können. Die

Pool-Anlage, das Theater sowie der Strand werden von beiden Hotels zusammen genutzt.«

Das kann ja heiter werden, Lessing schwante Übles.

***

Als sie nach dem Auspacken einen ersten Rundgang durch das Hotel unternommen hatten und in einem der Restaurants saßen, entdeckte Lessing die beiden Russen einige Tische weiter. Der Mann hatte ihn noch nicht bemerkt und redete auf seine kräftig geschminkte Begleiterin ein. Lessing beobachtete ihn aus den Augenwinkeln heraus. In seinem markanten Gesicht führten eingegrabene Falten zu einem schmalen Oberlippenbart. *Den würde eine Frau kaum freiwillig von der Bettkante schubsen*, dachte er widerwillig. Engstehende, tiefblaue Augen fixierten seine Partnerin. Er strich das braune, an den Schläfen kurz geschorene Haar zurück, sah an seiner Begleiterin vorbei und entdeckte den Moderator, der sich prompt ertappt fühlte. Die Freundlichkeit schmolz förmlich aus dessen Gesichtszügen und machte breitester Abneigung Platz. Ironisch zog Lessing seine Augenbrauen hoch, legte die Stirn in Falten und ließ den eisigen Blick des Russen unbeeindruckt an sich abgleiten.

Ob am Strand, am Pool oder in den hoteleigenen Geschäften – trotz des weitläufigen Areals lief ihnen das russische Paar öfter über den Weg. Die Russin hatte ihr Haar stets kunstvoll nach oben drapiert und erinnerte ein wenig an die Haarmode der Fünfzigerjahre. Außer am Pool oder am Strand trug er stets langärmelige, blaue oder weiße Hemden – wie bei einem Sonntagsausflug.

»Schau mal nach links, da sitzen sie schon wieder!«

»Konzentrierst du dich nicht ein wenig zu stark auf sie? Das wird bei dir noch zu einer Manie. Du solltest dich mehr um mich kümmern!«, nörgelte Marianne. »Ab Morgen hast du zwei Tage Ruhe vor denen. Wann legt ihr ab?«

»Morgen früh um sechs.« Er freute sich auf zwei Tage Tauchurlaub auf einer Jacht. Währenddessen würde Marianne ausgiebig den Wellnessbereich erkunden – so hatten sie beide etwas, worauf sie sich freuen konnten. Spätnachmittags sah er die Russen erneut am Strand. *Nicht mal hier hat man seine Ruhe.* Lessing war genervt, muss sich aber eingestehen, dass beiden etwas Charismatisches anhaftete. Wie nach einer stillschweigenden Übereinkunft gingen sie sich möglichst aus dem Weg. Trafen sie in der Hotelanlage aufeinander, schlug man entgegengesetzte Richtungen ein wie zwei Magnete, deren Felder einander abstießen.

Tauchausflug mit Hindernissen

DAVY JONES
Dienstag, 13. März 2018

Noch vor Sonnenaufgang suchte Lessing leise seine Sachen zusammen, verließ die Suite und lief zum Strand, vorbei am Tauchcenter, wo Guides gefüllte Tauchflaschen aus dem Kompressorraum trugen.

Er brauchte seine Auszeiten, genoss sie besonders am Morgen, wo der Strand noch leer war, nichts über sich als den klaren Nachthimmel und eine Formation Pelikane, die im Mondlicht nach silbrig blitzenden Fischen spähten.

Er legte seine Tauchtasche auf einer Liege ab und lauschte dem sanften Klingen, wenn Tauchflaschen auf harten Untergrund trafen. Ob in Asien, der Karibik oder Afrika – dieses Geräusch war überall gleich. Am Horizont zeichnete sich unmerklich eine Wolkenbank ab, deren Ränder die noch nicht aufgegangene Sonne in goldenes Licht tauchte.

Leise tönte ein Glockenschlag als Aufbruchssignal von der Jacht, die mangels Tiefgang rund fünfzig Meter vor dem Strand ankerte und sich als dunkler Schatten vom Meer abhob.

Mit ihren Taschen über dem Kopf wateten sie durch den flach abfallenden Strand zur Jacht hinüber, wo hilfreiche Geister das Gepäck in Empfang nahmen. Lessing hörte freudige Stimmen beiderlei Geschlechts: Deutsch, Englisch, Spanisch – daraus war pure Vorfreude auf die kommenden Tage zu entnehmen.

Pünktlich zum Sonnenaufgang wurde der Anker eingeholt und gellten spanische Kommandos über das Schiff, während die Passagiere ihre Sachen in spartanischen Doppelkabinen verstauten. Lessing teilte sich seine Kajüte mit einem jungen Holländer.

Zum ersten Riff würden sie rund drei Stunden unterwegs sein. Als die Sonne endgültig über dem Horizont stand, erklang erneut die Schiffsglocke. Unter einer Segelplane hatte die Crew am Heck des Schiffes Obst und Gemüse auf einer langen Tafel aufgetürmt. Lessing wünschte auf Englisch allseits guten Appetit, schaufelte sich geröstete Tomaten mit Gurkenscheiben auf den Teller, begann zu essen, schaute auf – und direkt ins Fuchsgesicht des Russen.

Dem TV-Moderator blieb der Bissen im Hals stecken. Er ließ sich nichts anmerken, erwiderte den distanzierten Blick und erkannte in den Augen des Russen Spuren von Unbehagen, das ihn davon abhielt, ihm mit geballter Faust das Nasenbein ins Gehirn zu treiben.

»Nice to meet you!« Der Unterton in dessen Stimme sagte etwas gänzlich anderes.

Lessing brummte ein »Morning«, und begann direkt eine Unterhaltung mit dem jungen Holländer.

Am späten Nachmittag erreichten sie den »Xcalak Reef National Marine Park«, Heimat des »Great Maya Reef«, des zweitgrößten Riffs der Erde. Begleitet von imposanten Tarpunen tauchten sie entlang intakter Riffe und sahen dank ortskundiger Guides sogar einige Seekühe. Am nächsten Morgen fuhren sie nach »Banco Chinchorro«, einem Atoll mit mehreren kleinen Inseln, die Mangroven säumten.

Voller Schadenfreude beobachtete Lessing, wie der Russe sich mehrfach übergeben musste und für den Rest des Tages unter Deck blieb. Nach einem kurzen Tauchgang zu einem Wrack trieben sie in der Strömung knapp unter der Wasseroberfläche an Weichkorallen und bunt bewachsenen Rifflandschaften vorbei.

Während der Überfahrt nach Cozumel ereilte Lessing das gleiche Schicksal und zwang ihn ins Bett. Frühmorgens erreichte ihre Jacht »Punta Sur«, ein im ökologischen Schutzgebiet liegendes Revier. Sein Tauchgang forderte ihm einiges ab, aber belohnte mit beeindruckenden Steilwänden, Kavernen und Spalten, worin es von schwarz-gelben Kaiserfischen, Falterfischen und wirbellosen Meereslebewesen nur so wimmelte. »Devil's Throat« war der Höhepunkt im Riffsystem. Eine Kaverne, die sich zu einer faszinierenden Unterwasserkathedrale öffnete und in ihm unvergessliche Eindrücke hinterließ.

Begegnung im Spa

Cancún
Dienstag, 13. März 2018

In der Zwischenzeit genoss Marianne die gesamte Klaviatur des Spa-Programms. Frühmorgens trank sie einen Begrüßungstee, ließ Schultern wie Nacken massieren und eine Gourmetbehandlung über das Gesicht ergehen. Am späten Vormittag bekam sie eine wohltuende Fuß- und Beinmassage, während zwei Bedienstete ihre Zehen pediküren. Nachmittags sorgte eine Ganzkörpermassage für mehrstündige Entspannung, bevor Lessings Ex-Frau abends im duftenden Aromaölbad abtauchte.

Am nächsten Morgen gönnte sie sich eine Ganzkörpermassage, bevor sie in einem als Höhle mit bunten Deckenlichtern gestalteten Ruheraum sanft schlummerte.

Als Marianne nachmittags erwachte, bemerkte sie die Russin ein paar Liegen weiter. Unschlüssig, wie sie sich verhalten sollte, bewegte sie sich nicht, sondern beobachtete sie aus den Augenwinkeln. Die Russin war in einen Kokon aus weißem Frottee gehüllt, hatte ein Handtuch über ihren Kopf drapiert und las ein Buch. Mariannes Interesse war schlagartig geweckt, als sie sah, was sie in Händen hielt: Martin Walsers »Tod eines Kritikers.«

Meine Nachbarin liest einen deutschen Roman! Marianne kannte ihn. Ein Schriftsteller war verhaftet worden. Mordverdacht. Auf der Party seines Verlegers hatte er einen berühmten Kritiker angepöbelt und bedroht, nachdem dieser am selben Abend in einer Fernsehsendung sein neues Buch verrissen hatte. Am nächsten Morgen wurde der gelbe Cashmere-Pullover des Kritikers blutgetränkt gefunden. Mariannes Neugier war größer als ihre Zurückhaltung.

»Guten Tag, taugt es was?« Es war Frage und Test zugleich.

Die Russin drehte den Kopf in ihre Richtung. »Guten Morgen«, kam es mit russisch geprägtem Akzent über ihre Lippen. »Es geht um das Zustandekommen und Wirken der öffentlichen Meinung. Wenn man Walser glaubt, geht es hinter den Kulissen des Kulturbetriebs zu wie an der Börse. Es wird auf Leben und Tod gespielt. Zeitweise ist es ein bitterböses Buch, aber ich mag Walser.«

Die Chemikerin war beeindruckt. Das war jetzt keine stereotype Buchanalyse, diese Frau wusste, worüber sie sprach. »Können Sie es empfehlen?«

»Morgen Abend bin ich durch, dann schenke ich es Ihnen und Sie können selbst urteilen«, kam es etwas förmlich zurück.

»Nett von Ihnen«, erwiderte Marianne Lessing. »Wo ist denn Ihr Mann abgeblieben?«, konnte sie sich die neugierige Frage nicht verkneifen.

»Er hat eine zweitägige Tauchtour gebucht.«

»Sagen Sie jetzt bloß nicht auf der DAVY JONES!«

»Doch, so heißt das Schiff«, erwiderte die Russin nach kurzem Nachdenken.

Marianne warf ihren Kopf zurück und lachte glockenhell auf. »Mein Mann ist auch auf der Jacht!«

»Die beiden werden es notgedrungen für zwei Tage miteinander aushalten müssen«, gab ihre Gesprächspartnerin schmunzelnd zurück. »Haben Sie heute Abend schon was vor?« Marianne schüttelte den Kopf.

»Wir könnten später shoppen und danach gemeinsam essen gehen.«

Marianne stand auf und setzte sich neben sie. »Das ist eine fabelhafte Idee! Wenn mein Mann ein Schuhgeschäft sieht, bekommt er schon Fluchtreflexe!«

»Meiner auch!«, bekam sie lachend zur Antwort. »Also abgemacht! Treffen wir uns um sechs vor der Ladenzeile.« Sie blickte zur Armbanduhr. »Oh, ich muss los. In zwei Minuten fängt meine nächste Behandlung an!«

Entführung aus dem Serail

Cancún
Donnerstag, 15. März 2018

Als sie frühmorgens wieder im Hafen anlegten, enterten mehrere Polizisten die Jacht und untersuchten das Gepäck sämtlicher Passagiere.

In der Tauchtasche des Russen fand man ein Korallenstück, in Lessings Gepäck eine antike Tonscherbe. Aufgeregt begannen die Polizisten durcheinander zu schnattern und sahen danach beide Touristen grimmig an.

»Ich habe die Scherbe nicht eingepackt!«, empörte sich Lessing auf Englisch.

»Und ich habe diese Koralle nicht genommen!«, beteuerte der Russe.

»Das können Sie uns alles auf dem Polizeirevier erzählen!«, sagte ein untersetzter Polizist in gebrochenem Englisch, der fehlende Länge durch Breite ersetzte. »Wir werden Sie verhören und anschließend in Ihre Hotels bringen! Sie müssen mit erheblichen Strafen rechnen!«

»Aber ich habe dieses Zeug nicht in meinen Sachen verstaut! Man hat mir die Scherbe untergeschoben!«, ereiferte sich der Frankfurter und wandte sich an einen Tauchguide. »Sagen Sie unserer Reiseleitung Bescheid! Sie soll das deutsche Konsulat informieren!«

»Das gilt auch für mich!«, ergänzte der Russe. »Natürlich das russische Konsulat!«

Beide folgten den Polizisten zu einem dunkelblauen Dodge Charger, auf dem in Großbuchstaben »POLICÍA FEDERAL« stand. Nach einigen Minuten bog ihr Wagen von der Landstraße ab.

Lessing wurde stutzig. »Führt dieser Feldweg zu Ihrem Revier?«, fragte er misstrauisch.

Der Polizist auf dem Beifahrersitz drehte sich um, richtete eine Pistole auf ihn und schüttelte langsam den Kopf. »Macht keine Schwierigkeiten! Wir halten jetzt gleich, ziehen euch Kapuzen über und legen Handschellen an, bevor es weitergeht. Bleibt ruhig, dann passiert keinem was!«

»Das ist eine Entführung!«, sagte der Russe fassungslos. »Ihr habt uns diese Sachen untergeschoben, um uns entführen zu können!«

»Schlaues Kerlchen! Macht keinen Ärger, dann geschieht euch nichts. In ein paar Tagen seid ihr wieder frei!«

***

»Sollten wir nicht zurücksegeln? Es kommt Sturm auf«, gebe ich zu bedenken.

»Hast du Sorge, über Bord zu gehen? Keine Angst, ich werde dich schon wieder rausfischen, wenn du den Abflug machst. Im Gegensatz zu dir lasse ich niemanden im Stich!«

»Stefan, du treibst mich –«

»Und all das nur für den Ring? Du hättest mich bestimmt dafür über Bord gehen lassen und Marianne, das eiskalte Luder, sowieso. Wenn es um ihre Profession geht, kennt sie keine Freunde!« »Lass mich in Ruhe, Stefan, verdammt noch mal!« »Warum sollte ich das tun? Allein im Wasser ist es kalt! Ein Abgrund an Kälte, der tiefer ist als alles, was du je erblickt hast!«

»Es war ein Unfall, das weißt du genau!«

»Lessing?«

Er blickte auf, direkt ins stoppelbärtige Gesicht des Russen. »Werden Sie wach! Ich glaube, sie kommen«, sagte sein Zellengenosse in holprigem Deutsch.

»Sie sprechen ja Deutsch!«, entfuhr es Lessing.

»Ich bin Russlanddeutscher!«

»Das hätten Sie früher sagen müssen!«, erwiderte der Fernsehjournalist vorwurfsvoll.

»Warum? Es war schon amüsant, Ihren Lästerungen zu lauschen!«

»Ich habe nicht über Sie gelästert!«, entgegnete er, verschränkte seine Arme und blickte beleidigt zur Seite. Die Schritte vor ihrer Tür verloren sich wieder. Er schaute sich um. Sie saßen auf dem nackten Fußboden, der wie die Wände aus getrockneten Lehmziegeln bestand. Zwei fenstergroße Öffnungen waren von außen mit Holzbrettern vernagelt. Unter löchrigem Wellblech spannten sich armdicke Deckenbalken quer durch den Raum. Durch Löcher drang grelles Licht ins Verlies. Kindheitserinnerungen poppten in Lessing hoch wie Kork an die Wasseroberfläche. Die gekalkten Wände erinnerten ihn an verdreckte Kuhställe aus Kindertagen. Neben der Tür lagerten acht große Wasserflaschen, die in einer Tragefolie eingeschweißt waren, ein halbes Dutzend Flaschen Tequila, und verpackte Maisbrote.

»Verhungern und Verdursten werden wir schon mal nicht«, sagte der Fernsehjournalist mit Galgenhumor in der Stimme. »Wozu dient das Loch dort drüben?«

»Denken Sie mal scharf nach, dann kommen Sie drauf! Was wir in uns reinstopfen«, sein Mitgefangener deutete vielsagend zu den Nahrungsmitteln, »muss ja wohl irgendwohin!«

Lessing verzog angewidert das Gesicht. »Geht's noch etwas detaillierter? Sie hätten Kabarettist werden sollen!«

»Langsam gehen mir Ihre Stänkereien auf den Keks!«

Der Deutsche blickte genervt in seine Richtung. »Dann sollten Sie weniger schnippische Antworten geben!«

***

»Was glauben Sie, haben die mit uns vor?«, fragte der Russe nach einigen Stunden des Schweigens.

Haben die Egsbrands uns entführen lassen? Reichen ihre Verbindungen bis nach Mexiko oder sind noch andere hinter dem Ring her? Steckt unser BND dahinter? Stefan hatte das

288

Ministerium ja auch über den Stein informiert, und von dort war es nur ein kleiner Schritt zum BND. »Keine Ahnung«, gab er zur Antwort.

»Warten wir ab, was passiert. Umbringen werden sie uns so schnell nicht, sonst hätten sie uns keine Kapuzen übergezogen.«

Lessing schwieg.

»Gesprächig sind Sie nicht gerade.«

Er drehte den Kopf und sah den Russen betont gleichmütig an. »Mir ist nicht nach Unterhaltung zumute! Machen Sie sich mehr Gedanken darüber, wie wir hier wieder rauskommen und lassen mich ansonsten in Ruhe!«

»Hat Ihnen schon mal jemand gesagt, dass Sie ein arrogantes Arschloch sind?«

Das brachte das Fass zum Überlaufen. Der vorangegangene Ärger, die Aussicht auf einen entspannten Urlaub, dann dieser Russe, gepaart mit seiner Entführung – für Lessing war es einfach zu viel. Sein Unmut schwoll zu einem Stausee der Wut, in deren Flutwelle jeder klare Gedanke verging. Er warf sich auf den Russen, der davon völlig überrascht wurde und verpasste ihm einen Faustschlag ins Gesicht. Sein Kontrahent taumelte, fiel aber nicht. Dessen Nase fühlte sich an, als sei eine Handgranate darin explodiert. Bunte Blitze zuckten vor seinen Augen. Er fluchte etwas auf Russisch, stürzte sich auf den Journalisten und verpasste Lessing einen Leberhaken, der ihm grunzend die Luft aus den Lungen trieb.

»Bist du jetzt völlig durchgedreht, du blöder Vyperdysch!«, schrie der Russe aufgebracht.

Plötzlich sprang die Tür auf. Ein zu kurz geratener Zyklop mit mexikanischer Wrestler-Maske platzte herein, fuchtelte mit einer Automatik vor beiden herum und brüllte etwas. Danach zielte er auf Lessings Kopf. Beide verstanden kein Spanisch, aber seiner Geste wohnte etwas Unmissverständliches inne, was mit ihnen geschähe, wenn nicht augenblicklich Ruhe herrschen würde.

Wach.

Er setzte sich verdutzt auf, bis ihm einfiel, wo er war. Das leise Schnarchen seines Nachbarn hatte etwas Beruhigendes. Lessing beobachtete ihn. Hin und wieder hob sich dessen Brustkorb, zuckte er zusammen, rollten seine Augäpfel unter den Lidern. Der irritierende Moment der Auseinandersetzung, den sie miteinander geteilt hatten, schien nie stattgefunden zu haben. Lessings schmerzende Leber war anderer Ansicht.

»Wir konnten damals nichts dafür!«

»Wofür?«

»Dass im Bus alle auf uns warten mussten. Irinas Bruder hatte einen Unfall«, schwindelte er. »Wir waren schon im Taxi zum Flughafen unterwegs, als unser Wagen eine Panne hatte. Der Bruder des Taxifahrers war ihr Busfahrer. Er hatte ihn angerufen und aufgehalten. Wir mussten zwei Kilometer zurücklaufen – mit Koffer!«

Wieder herrschte beklommene Stille.

Deshalb mussten wir damals in Murmansk so lange warten! »Schon gut«, erwiderte Lessing, um einen versöhnlichen Tonfall bemüht. »Was bedeutet ›Vilberdisch‹?«

Das Lachen seines Mitgefangenen mutierte zum Trommelfeuer von Hustanfällen. »Das wollen Sie nicht wirklich wissen!«

»Nur zu, ich kann's vertragen.« Er stand auf, nahm eine Flasche Wasser, warf dem Russen auch eine hinüber und setzte sich wieder.

»Jemand, der aus einem Furz kriecht. Wenn sich jemand wichtiger nimmt, als er in Wirklichkeit ist.«

Lessing tat so, als würde er über die Worte nachdenken. Er sah den Russen abschätzend an. »Kann sein, dass Sie recht haben.« Er lehnte sich ein Stück zu seinem Schicksalsgenossen hinüber und reichte ihm die Hand. »Frank Lessing.«

»Ich weiß, ich kenne Ihr Gesicht aus dem Fernsehen.«

»Und mit wem habe ich das Vergnügen?«

»Mit Lyshkin, Andrej Lyshkin.«

***

»Was hältst du davon? Steht mir das?«, fragte Marianne Lessing und hielt ein hauchdünnes weißes Kleid vor die Brust.

Ihre Begleiterin nickte anerkennend. »Ich heiße übrigens Irina!«

»Marianne! Wieso sprichst du so gut Deutsch?«

»Ich bin wie Andrej unter Russlanddeutschen aufgewachsen. Gibt es einen besonderen Grund für eure Reise? Silberne Hochzeit?«

»Nein, meine Mutter starb vor einem halben Jahr«, log Lessings Ex-Frau. »Wir mussten einfach mal raus!«

»Geht uns genauso!«, flunkerte ihre russische Begleiterin. »Mein Bruder ist vor einem halben Jahr gestorben.«

»Frau Lessing? Frau Poliakowa?«, unterbrach sie eine Hotelangestellte. »Bitte kommen Sie mit zum Hotelmanager. Es gibt ein paar Unregelmäßigkeiten.«

Beide Frauen sahen einander erstaunt an und folgten ihr in ein großes Büro, das einen riesigen Schreibtisch und eine lederne Sitzecke beherbergte.

Statt einer Klimaanlage sorgte ein brummender Deckenventilator für Luftzirkulation. Wenig später kam ein schwitzender, im dunklen Anzug gekleideter Mexikaner herein. Er eilte auf beide Damen zu, faltete flehend seine Hände und sagte statt einer Begrüßung in holprigem Englisch: »Es tut mir sehr leid, Ihre Gatten sind entführt worden. Aber machen Sie sich keine Sorgen, die Polizei wird sie finden!«

»Bleibt nur die Frage, ob lebend oder tot!«, kommentierte Marianne auf ihre ureigene, trockene Art und hoffte, dass alles gut ausgehen würde.

Fluchtgedanken

Cancún
Samstag, 17. März 2018

»Du bist ganz schön am Arsch, wenn du mich fragst!«
»Ich frage dich aber nicht!«, erwidere ich genervt. »Ich kann dich jetzt überhaupt nicht gebrauchen!«
»Oh, was ist unser Starmoderator wieder übellaunig. Häng die Fender raus, wir legen gleich an! Mach schon!«
»Hast du nicht gehört, was der Käpt'n gesagt hat?«, motzt Stirböck, der am Vorsegel werkelt.
»Sind wir schon da?«, höre ich Becker schlaftrunken aus der Kajüte.
»Was wollt ihr denn alle von mir? Ich will, dass ihr aus meinem Kopf verschwindet!«
Lühr lachte gellend, Becker grinste übers ganze Gesicht. »Das würde dir so passen! Ich werde dir noch einige Zeit erhalten bleiben! Ist nett mit euch hier auf meiner Jacht! Hast du eigentlich noch mal darüber nachgedacht? Blomberg hatte einen Agenten auf dem Eisbrecher. So viele Möglichkeiten gibt's nicht!«
In langsamer Fahrt passieren wir zwei Dutzend Jachten und fahren an einer Sanitärstation vorbei, wo zwei Männer einen oberschenkeldicken Schlauch an ein Bunkerschiff anschließen. Es stinkt infernalisch. Wahrscheinlich wurde gerade gebunkerte Gülle abgepumpt.

Er blinzelte die Störung weg und sah sich in seinem Gefängnis um.

In ihrer Behausung stank es unerträglich nach Fäkalien. Ihre Notdurft hatten sie ins Bodenloch des Gefängnisses verrichtet, worum sich Myriaden Fliegen stritten. Es war unerhört heiß. *Das erinnert nicht mehr an einen Kuhstall, das ist einer!*, dachte Lessing sarkastisch. Sein Bewusstsein kreiste in einer weiten Umlaufbahn um den Kopf.

»*Der Stein?*« *Lührs gelblich verschrumpeltes Gesicht glänzt im Schein mehrerer Laternen.* »*Der Stein ist der Schlüssel!*«

Lessing kniff beide Augen zusammen. Gleißendes Sonnenlicht drang durchs verrostete Wellblech und fraß sich durch die Dunkelheit. Staubpartikel tanzten in grellen Lichtbahnen. Er fühlte Schuldgefühle aufkeimen und blickte zum Nachbarn, der friedlich neben ihm schlief. Sein Rücken glänzte vom Schweiß, zeugte von der Hitze in ihrer Hütte. Ob Lyshkin Gewissensbisse plagten? Leise schlich Lessing zum verrammelten Fenster, strich seine Haare zurück und lauschte.

Nach einigen Minuten drehte er sich um – und erstarrte. Sein Leidensgenosse saß auf dem Boden, den Oberkörper gegen die Wand gelehnt. *Er muss mich schon eine ganze Weile so mustern*, durchzuckte es ihn. Er wusste Lyshkins Blick nicht zu deuten.

»Darf ich Ihnen eine Frage stellen?«, fragte der Russe.

»Tun Sie sich keinen Zwang an!«

»Warum haben die uns entführt? Was glauben Sie?«

Lessing schoss das Blut in den Kopf, was sein Gegenüber jedoch im dämmrigen Licht unmöglich sehen konnte. *Wahrscheinlich wegen dem Ring, aber das muss ich dir nicht auf die Nase binden. Vielleicht hat es auch andere Gründe.* »Keine Ahnung. Vielleicht wollen sie Lösegeld erpressen.«

***

»Frank! Aufwachen!

FRANK!«

»Mmmhh?« Schlaftrunken fuhr Lessing hoch und bedachte Lyshkin mit einer geflüsterten Verwünschung. Pochende

293

Kopfschmerzen rasten durchs Hirn, schlugen wie eine Tsunamiwelle über ihm zusammen und erinnerten ihn schmerzhaft daran, dass er zwar von dem Tequila wie ein mexikanischer Wrestler getrunken hatte, aber weitaus weniger davon vertrug.

»Hörst du das?«

Lessing, noch benommen, wusste nicht, woran er zuerst denken sollte. Zudem steckten seine Gehirnzellen noch im Morast des Promilleschleiers, der sich erst am nächsten Morgen auflösen würde. *Wieso duzt der mich eigentlich?*, poppte ein Gedanke hoch. *Nachdem, was du gebechert hast, wirst du mit Lyshkin vermutlich Brüderschaft getrunken haben.*

Stille.

Leiser werdende Motorgeräusche verrieten, dass sich ein Wagen langsam entfernte.

»Ist da jemand?«, rief Lessing laut.

Nichts.

»Machen Sie auf!«, schrie er in gespielter Not, seine pochenden Kopfschmerzen ignorierend. »Hier brennt's!«, dabei gestikulierte er auffordernd in Richtung des Russen, um ihn zum Mitmachen zu animieren.

Lyshkin ging auf das Theater ein und brüllte nach Leibeskräften: »Aufmachen! Verdammt! Machen Sie auf! Wir verbrennen hier drin!«

Nichts – keine Reaktion.

»Sie sind weg!«

***

Lessing holte sich erneut eine Wasserflasche und warf seinem Leidensgenossen ungefragt eine zu, die Lyshkin gekonnt mit einer Hand auffing. Der Russe trank einige Schlucke, danach begann er, seine Fingernägel mit einem Taschenmesser zu maniküren.

Eine Weile sah der Fernsehjournalist ihm dabei zu, dann

stand er auf, ging zur Tür und strich andächtig über ein verschraubtes Beschlagband.

Seit ihrer Gefangenschaft sah der Fernsehjournalist erstmals am Horizont einen Fluss in der Wüste, hielt er den Anfang eines Fadens in der Hand, dem er nur folgen musste.

»Wir sollten uns aus diesem Etablissement verabschieden, bevor sie zurückkommen!«, raunte er. »Eine Fünfsterne-Unterkunft ist das ohnehin nicht und der Service lässt auch zu wünschen übrig!« Gleichzeitig deutete er auf Lyshkins Taschenmesser. »Kann ich das mal haben?«

»Willst du damit hier rauskommen?«

»Das wirst du gleich merken!«, konterte Lessing, klappte aus der Griffschale des Messers einen Schraubenzieher, grinste, und begann, an der Verschraubung eines Scharniers zu werkeln.

Lyshkin blickte ihn erstaunt an. »Du bist genial!« Beide fingen unvermittelt an zu lachen – das Eis zwischen ihnen war endgültig gebrochen.

Abwechselnd drehten sie Schraube um Schraube aus den Scharnieren, zuletzt riss Lessing kräftig am oberen Türrand. Mit lciscm Knacken gab die Tür nach, als die Scharniere keine Verbindung mehr zur Zarge besaßen. Das fallende Türblatt krachte zu Boden und erzeugte eine kräftige Staubwolke. Hustend hetzten sie den schmalen Flur entlang und rissen an der Eingangstür.

Abgeschlossen.

»Mist!«, sagte der Russe.

»Kein Problem!«, beruhigte Lessing. Er strich im Halbdunkel über den unteren Querriegel der Brettertür, fühlte nach einem Schraubenkopf und setzte den Schraubenzieher des Taschenmessers an, wo das Verbindungsmittel den Riegel mit den Türbrettern verband. Nach einem Dutzend gelöster Schrauben sorgte Lessing mit einem Sidekick für eine schmale Öffnung. Sie zwängten sich hindurch ins Freie und erreichten nach einigen hundert Metern die Hauptstraße,

wo sie ein uralter Indio mit seinem noch älteren Gemüse-
wagen aufsammelte.

***

Zu viert saßen sie auf der großen Hotelterrasse und feierten
ihre Befreiung bei Sekt und Kaviar. Der Hotelmanager hatte
sich über alle Maßen erleichtert gezeigt und ihnen ein Festessen spendiert. »Das hast du wirklich Klasse gemacht!«, flö-
tete Andrej anerkennend. »Das Taschenmesser schenke ich
dir zur Belohnung!«

Lessing winkte lachend ab. »Dasselbe liegt in meiner
Nachttischschublade – nur hat es blaue Griffschalen!«

Böser Aprilscherz am Flughafen

Frankfurt am Main
Sonntag, 1. April 2018

Verdrossen blickte der Fernsehjournalist zur Station der Passkontrolle. Sie hatten nach seiner Entführung noch zwei traumhafte Wochen in Yucatán verbracht. Waren von früh bis spät am Strand, hatten sich geliebt und gemeinsame Ausflüge mit Andrej und Irina unternommen. Nach solchen Wochen war es kein Wunder, wenn ihm das puristische Interieur des Frankfurter Rhein-Main-Flughafens auf den Magen schlug.

2:00 Uhr nachts.

»Ist was mit dem Pass nicht in Ordnung?«, fragte Marianne, nachdem sich zwei Polizisten hinter einer Glasscheibe flüsternd unterhielten.

»Er ist doch hoffentlich nicht abgelaufen! Ich bin hundemüde und will nur noch ins Bett«, quengelte sie.

»Wenn wir unsere Koffer haben, sind wir in einer guten Stunde Zuhause.« *Zuhause*, er spürte in Gedanken seinen Worten nach. *Ich spreche wieder von »Zuhause«*. Ihr Urlaub, vor allem ihr beider Geheimnis um Lühr, hatte sie paradoxerweise wieder einander nähergebracht.

»Kommissar Brönner!«, hörte er seine Ex-Frau verwundert fragen. »Was machen Sie denn hier?«

»Frau Dr. Lessing! Das hätte ich mir nachts um zwei auch gerne erspart!«, gab der Angesprochene trocken zurück. »Kommen Sie mit – Runde zwei!«

»Lassen Sie den Aprilscherz!«, sagte Lessing unwillig.

Brönner sah ihn abschätzend an. »Von wegen Aprilscherz! Sie kennen ja den Weg. Darf ich bitten?« Danach drehte er sich um und ging voraus, während zwei uniformierte Polizistinnen sie flankierten.

Was ist denn jetzt schon wieder los?, schoss es ihm durch den Kopf, während sie dem Kripobeamten hinterher liefen. *Dieselbe Nummer wie nach der Ankunft aus Stockholm! Nimmt dieser Albtraum denn niemals ein Ende?*

***

»Wo ist meine Frau? Verhört man uns jetzt getrennt voneinander? Was werfen Sie uns vor? Illegaler Einfuhr von Korallen oder Antiquitäten?« Lessing beugte sich nach vorne, faltete seine Hände und platzierte die Ellbogen auf dem Tisch.

»Wenn's nur das wäre, würde ich kaum um diese Uhrzeit hier auftauchen!«, schnaubte Brönner.

»Wir haben zwölf Stunden Flug in den Knochen, inklusive Entführung!«, entgegnete der TV-Moderator. »Wir wollen nach Hause! Wenn es sein muss, kommen wir morgen aufs Revier und erzählen alles, was Sie über meine Entführung wissen wollen!«

»Habe davon gehört. Es geht nicht um Ihre Entführung, da sind andere für zuständig. Ich bin bei der Mordkommission – wie Sie wissen!«

Er spricht von Mord! Wie welke Blätter tanzten Lessings Gedanken durcheinander, von Böen des schlechten Gewissens in alle Richtungen getrieben. Wann immer er sie zu greifen versuchte, wirbelten sie davon, sodass er sich drehte und drehte. Endlich bekam er eins zu fassen, widerspenstig wollte es entwischen, doch er hielt es entschlossen fest und las darauf einen fast zur Unkenntlichkeit verwischten Namen.

Stefan Lühr

Schmerzhaft hob die kurzzeitig eingeschlafene Bestie der Erinnerung ihren Kopf – wegen Lührs Tod. Lessing kämpfte dagegen an. Gedanken jagten sich in seinem Hirn, überholten sich gegenseitig, kamen ins Straucheln, stürzten und blieben mit verknoteten Beinen liegen. *Bleib ruhig! Erstens weißt du nicht, ob es wirklich um Stefan geht, zweitens liegt er auf dem Grund der Ostsee und die Kripo hat die Ermittlungen eingestellt. Brönner hat nichts in der Hand!*«

»Seit wann haben Sie wieder regelmäßigen Kontakt zu Ihrer Ex-Frau?«

»Warum ist das so wichtig? Ist was passiert?«

»Beantworten Sie einfach nur meine Frage.«

»Seit gut fünf Monaten.«

Mit einer Geste forderte Brönner ihn zum Weitersprechen auf.

»Ich hatte sie in ihrem Institut getroffen, um ihr etwas zu zeigen.«

»Wann genau haben Sie Ihre Ex-Frau getroffen?«

Lessing griff zum Handy und scrollte. »Am Freitag, den dritten November um 18 Uhr, wenn Sie es ganz genau wissen wollen!«

»Ungewöhnliche Zeit, finden Sie nicht?«, entgegnete Brönners Kollege, der lässig am Fenster lehnte.

»Ich wollte was von Marianne«, erwiderte Lessing achselzuckend. »Also habe ich mich nach ihr gerichtet.«

»Worum ging es?«

»Ich bat sie um eine Expertise für ein Geschenk, das ich erhalten hatte.« *Hoffentlich haken sie jetzt nicht weiter nach, sonst wird es eng.* Mit Marianne hatte er damals die Grundzüge dessen, was sie bei einem Verhör aussagen sollten, während der Fahrt zur Küste abgesprochen. *Bring sie auf andere Gedanken!* »Bei meiner letzten Expedition hatte ich einen Amerikaner vor einem Eisbären gerettet. Der Mann wurde schwer verletzt. Als Dank schenkte er mir seinen Ring. Ich wollte wissen, um welchen Stein es sich handelt. Marianne hat unter anderem Geologie studiert und kennt sich gut aus.« Mit seiner Geschichte hatte Lessing erreicht, was er wollte. Die Neugier der Kripobeamten war schlagartig geweckt.

Brönner schaute ihn ungläubig an. »Gütiger Gott, was haben Sie denn mit dem Eisbären angestellt?«

»Ich habe ihm einen Felsbrocken auf die Schnauze geworfen!«

Seine Zuhörer waren sichtlich beeindruckt.

Lessing beugte seinen Oberkörper nach vorne. »Bitte sagen Sie mir, was passiert ist!«

Der Untersetzte am Fenster mit den Fuchsaugen sah ihn abschätzend an. »Der Partner Ihrer Ex-Frau wird seit Längerem vermisst!«

»Dr. Lühr?, das weiß ich.«

»Sie kennen ihn?«

»Wen kennt man schon?« Lessing schnaubte. »Marianne arbeitet seit über zehn Jahren in dem Institut, dem Lühr vorsteht. Da sind wir uns zwangsläufig begegnet.«

»Aber Sie sind nicht die dicksten Freunde.«

»Wer behauptet das?« Lessing lehnte sich zurück. »Marianne?«

»Vielleicht waren Sie auf ihn eifersüchtig. Immerhin ist Ihre Ex-Frau eine attraktive Erscheinung!«

Der Frankfurter schob seinen Oberkörper vor. »Wir haben uns vor Jahren getrennt! Erst danach begann ihre Beziehung mit Lühr! Worauf sollte ich eifersüchtig sein?«

»Vielleicht hatten beide während Ihrer Ehe bereits eine Affäre?«

Auf Lessings Zungenspitze sammelten sich tausend Antworten doch keine einzige, die von Souveränität gezeugt hätte. *Lass dich nicht provozieren!* »Keine Ahnung«, antwortete er gleichmütig. »Möglich ist alles, aber es spielt keine Rolle.«

»Sie fragen gar nicht nach den Umständen seines Verschwindens. Wir haben übrigens inzwischen eine Sonderkommission eingerichtet.«

»Offen gesagt, Marianne hatte es erwähnt, aber es interessiert mich nicht besonders. So gut hatte ich ihn auch nicht gekannt.« Kaum ausgesprochen, biss sich Lessing in Gedanken auf die Unterlippe. »Ich wünsche Marianne natürlich, dass er wiederauftaucht.«

»Und trotzdem sprechen Sie von ihm, als wäre er tot! Warum?«

Noch so ein Fehler, dann es wird eng! »Ganz einfach: Die meisten bleiben verschwunden.«

»Wann haben Sie ihn zuletzt gesehen?«

»Als ich Marianne im Institut besuchte. Wir hatten uns zu dritt über den Stein unterhalten. Soweit ich weiß, wollten beide noch am selben Abend zu seinem Haus nach Neustadt fahren.«

»Sie kennen ihn flüchtig, wissen aber, dass er in Neustadt wohnt?«, fragte Brönner lauernd.

»Natürlich!«, erwiderte Lessing eingeschnappt. »Marianne und ich hielten auch nach der Scheidung weiter Kontakt. Immerhin waren wir fünfzehn Jahre verheiratet!«

Brönner schob seinen Sitz nach hinten, lehnte sich zurück, überschlug die ausgestreckten Beine und verschränkte seine Arme vor der Brust. »Erinnern Sie sich noch an Mitte Februar, als Sie aus Stockholm zurückkamen und wir schon einmal das Vergnügen hatten?«

»Natürlich! Sind wir in Ihren Augen jetzt doch für den Tod von Becker verantwortlich?«

Brönner ignorierte Lessings Einwand. »Wir hatten Sie beide damals erkennungsdienstlich erfasst – reine Routine. Fingerabdrücke, biometrische Daten, DNA-Abstrich – und so weiter.«

»Ich habe es nicht vergessen. Das war ein Stück weit entwürdigend!«, schnaubte er.

»Irgendeinem Schlauberger in unserer Rechtsmedizin war aufgefallen, dass Ihre Ex-Frau im letzten halben Jahr erst in einen Vermissten –, dann in einen Todesfall verwickelt wurde und hat sich so seine Gedanken gemacht.«

»Wirklich?«

»Er hat DNA-Spuren aus Lührs Jacht durch unsere Er-

kennungsdatenbank laufen lassen und ist fündig geworden!«
Zugleich fixierte Brönner den TV-Moderator genau. Dessen
Gesichtsfarbe wechselte ins gallenkrank Gelbe, die Brauen
ein einziger, lastender Sorgenbalken.

»Genauer gesagt: Ihre DNA-Spuren finden sich auf Lührs
Jacht! Haben Sie dafür eine Erklärung?«

Lessing fühlte sein Herz aus dem Takt geraten. Jetzt – ausgerechnet jetzt – wo sein Adrenalinspiegel so schnell sank wie
seine Hoffnungslosigkeit emporstieg, spürte er das schlechte
Gewissen bis ins Mark. Dutzende besorgter Lessings spuk-
ten körperlos durch Lührs Jacht. *Hatten sie etwas übersehen?*
Lessings Sorgengespenster seufzten durch die Kajüte, zum
Schlafeck, zur winzigen Dusche ...

»Marianne und ich haben uns in den letzten Monaten
mehrmals gesehen und gleichzeitig war sie öfter auf seiner
Jacht. Vielleicht hat sich bei unseren Kontakten eins meiner
Haare in ihrer Kleidung verfangen und ist so an Bord gekommen – anders kann ich es mir nicht vorstellen.«

Brönner schüttelte mitleidig den Kopf. »Keine Haare, Fingernägel oder Hautschuppen ... sondern Ihr Sperma!«, höhnte er. Haben Sie dafür auch eine Erklärung?«

Lessing trat innerlich einen Schritt zurück, versuchte, sich
aus dem klebrigen Netz zu befreien, in das Brönners Verhör
ihn eingesponnen hatte.

Alles in ihm sträubte sich dagegen, den hauchdünnen
Schorf aufzukratzen, der sich in den letzten Wochen über die
Wunde in seinem Inneren wegen Lührs Tod gebildet hatte.
Doch er begriff, dass ihm die Wahrheit nicht erspart bleiben
würde, wenn er noch etwas retten wolle.

*»Hab ich dir nicht gesagt, dass eure Nummer irgendwann auf-
fliegt?«, raunte Lühr, riss heftig am Steuerrad und drehte die
Onedin wieder in den Wind. »Jetzt hast du den Ärger! Hättest auf meiner Jacht nicht so rumspritzen dürfen! Mach dich
locker, wenn du Glück hast, bist du nach acht bis zehn Jah-*

ren wieder draußen! Hahahaha!« Er lachte gellend und verschwand, bevor das Echo seiner Worte verklungen war.

»Klingt alles sehr abenteuerlich!«, entgegnete Brönner, als Lessing minutiös den Unfall und das Geschehen danach geschildert hatte. »Lühr stirbt durch einen Unfall. Sie beide karren ihn im Kofferraum sechshundert Kilometer durch halb Deutschland, vertäuen ihn an der Jacht und haben anschließend nichts Eiligeres zu tun, als miteinander zu schlafen? Klingt sehr unglaubwürdig und eher nach einem romantischen Schäferstündchen, nachdem Sie Ihren unliebsamen Konkurrenten beseitigt hatten!«

Lessing war aufgesprungen. Als sich seine Finger um die Stuhllehne klammerten, traten seine Knöchel weiß hervor. »Ich will meinen Anwalt sprechen! Fragen Sie Marianne! Sie wird Ihnen den Hergang bestätigen! Wir waren emotional völlig aufgewühlt, konnten keinen klaren Gedanken mehr fassen! Wir haben uns in dieser emotionalen Ausnahmesituation an uns selbst geklammert! Ist das so schwer zu verstehen?«

»Warum haben Sie nicht die Polizei gerufen?«

Lessing schnaubte. »Sie haben doch selbst gerade gesagt, wie unglaubwürdig unsere Geschichte klingt! Wir waren in Panik! Und Tage danach war es zu spät! Wir können den Unfall ja nicht mehr beweisen!«

***

»Wir haben Lühr aus dem Wasser gefischt!«

Obwohl kaum möbliert, abweisend und kalt, haftete der Zelle etwas unbestimmt Belebtes an – typisch für Stätten, die erst unmittelbar zuvor verlassen worden waren. Lessing saß auf der Pritsche und konnte kaum glauben, was er gerade gehört hatte. Er blickte Brönner ungläubig an, der mit verschränkten Armen und lässig überkreuzten Beinen an der Wand lehnte. »Wie um alles in der Welt haben Sie ihn gefunden?«

»Ganz einfach!«, erwiderte sein Gegenüber. »Ihre Ex-Frau gab uns die exakten Positionsdaten, wo sie ihn versenkt hatten!«

Lessing bedachte Brönner mit einem Blick, als hätte er den Verstand verloren. »Meine Frau hatte die Koordinaten notiert, wo wir Stefan ins Meer entließen?«, fragte er ungläubig.

Brönner rieb sich nachdenklich seinen Hals und sah abschätzig auf ihn herab. »Ins Meer entlassen! Netter Ausdruck für die Entsorgung einer Leiche – muss ich mir merken!«, gab er spöttisch zurück. »Ja! Hat sie! Überrascht? Gute alte deutsche Schule! Es wird alles dokumentiert!«, Brönner lachte leise. »Schauen Sie nicht so entgeistert! Seien Sie froh, dass sie die Koordinaten hatte und wir ihn herausholen konnten – oder besser gesagt – was von ihm noch übrig war!«

»Ersparen Sie mir die Details«, entgegnete Lessing.

»So zart besaitet? Erste Analysen aus unserer Gerichtsmedizin bestätigen übrigens Ihre Aussage. In Lührs Rücken ist wirklich eine abgebrochene Ecke eines Glaskastens eingedrungen und vorne an seiner Brust wieder ausgetreten! Zumindest in dieser Hinsicht stimmt Ihr Geständnis.«

»Können wir jetzt gehen?«

Brönner schüttelte den Kopf. »Nicht so schnell mit den jungen Pferden! Bleiben immer noch Körperverletzung mit Todesfolge, mindestens fahrlässige Tötung, Verschleierung einer Straftat, Falschaussage, Behinderung der Justiz –«

»Hören Sie auf!«

Vor der Ermittlungsrichterin

Frankfurt am Main
Montag, 2. April 2018

»Es war ein Unfall!« Lessing legte all seine Entschlossenheit in die Betonung dieses kurzen Satzes, als könne er seine Zuhörerin damit hypnotisieren, die ihn zweifelnd ansah.

Unbezähmbare braune Haare umgaben Haags schrulliges Gesicht, erinnerten ihn an seine gestrenge Schulleiterin aus gymnasialen Zeiten. Sie beugte sich über den Tisch, nahm mit herrischer Geste ihre Brille ab, und verschränkte die Hände. »Ich halte für diese Angelegenheit meinen Kopf hin!«, erwiderte die Untersuchungsrichterin. »Es geht also nach meinen Regeln!« Dunkel geschminkte Lippen, rauchig-dröhnende Stimme. »Sie haben zwei Stunden Zeit! Entweder Sie überzeugen mich, dann leite ich das Protokoll unseres Gespräches an die Staatsanwaltschaft weiter und Sie können gehen, andernfalls kann ich Ihnen nicht helfen!«

Andernfalls, schoss es ihm durch den Kopf, *könnte ich für ein paar Monate in Untersuchungshaft verschwinden.*

»Sie hatten ein gehöriges Motiv, ihn zu beseitigen!« Ihre Stimme war tief, dunkel, männlich. Das lag daran, dass sie fast keine Stirn- und Kiefernhöhlen besaß. Ein Fehler der Natur, kein Verdienst. Entscheidender als die Höhe oder Tiefe ihrer Stimme allerdings war, wie Haag sie einzusetzen wusste – als natürliches Instrument mit gehörigem Drohpotenzial, deren Wirkung sie auf ihre Zuhörer allzu gut kannte.

Lessing lehnte sich zurück und blickte gedankenverloren nach draußen, wo das Gezeter zweier Elstern durchs geschlossene Fenster drang, die sich auf dem kurz geschnittenen Rasen um einen Wurm stritten.
Zugleich haderte er mit dem Schicksal, dass ihm die ganze Sache eingebrockt hatte. Während er zu erzählen begann,

versuchte er sich auszumalen, was geschehen wäre, wenn er Muller nicht vor dem Eisbären gerettet hätte.

Haag trommelte ungeduldig mit den Fingern auf den Tisch. »Was hat das alles mit Lührs Tod zu tun?«

»Sie sagten, ich habe zwei Stunden, also lassen Sie mich von Anfang an erzählen!«, erwiderte Lessing ruhig.

»Gut, aber verlieren Sie nicht die Zeit aus den Augen! Und? Waren Sie im Institut?«

»Natürlich! Das war die Gelegenheit, mehr über den Stein zu erfahren. Marianne ist eine Koryphäe auf ihrem Gebiet!«

»Also hatten Sie sich von dem Besuch einiges erhofft. Auch ein Stück Dankbarkeit von Ihrer Ex-Frau? Schließlich würde sie die Fachwelt darüber informieren können.«

»Weniger Dankbarkeit, eher Neugier. Mir lief Marianne nicht ständig über den Weg und zum damaligen Zeitpunkt zerbrach ich mir nicht den Kopf darüber, ob sich aus dem Besuch für uns wieder etwas entwickeln könnte.«

»Aber es kam anders!«

»Ja«, echote Lessing. »Es kam anders.«

»Was genau ist passiert? Denken Sie dran! Zwei Stunden! Lassen Sie sich nicht jede Einzelheit aus der Nase ziehen! Wie kommt Ihr ›Sperma‹ in Lührs Kajüte?« Sie betonte das »Sperma« besonders, als hätte Haag eine persönliche Freude an der Vorstellung, was dort geschehen sein könnte.

»Wir hatten Stefan draußen vertäut, uns gegenseitig abgetrocknet … und … haben uns in dieser emotionalen Ausnahmesituation an uns selbst geklammert, dabei ist es einfach passiert. Es war wie eine Explosion.«

»Ersparen Sie mir die Details! Ich kann mir gut vorstellen, wie Sie dabei explodiert sind!« Ihre ›Explosion‹ hat überall im Schiff Spuren hinterlassen!«, erwiderte Haag boshaft. »Schlafen Sie immer mit den Frauen Ihrer Opfer?«

Lessing ignorierte die Provokation und fuhr fort. »Wir suchten nach Auswegen aus dem Schlamassel.« Er schaute erneut aus dem Fenster zu den Elstern.

»Es war Mariannes Idee. Wir nahmen Stefans Auto, legten ihn in den Kofferraum und fuhren zu seinem Haus an die Küste.«

»So schlugen Sie mehrere Fliegen mit einer Klappe, konnten Ihrer Frau nahe sein, hatten eine gute Gelegenheit, Lühr zu entsorgen und kassierten obendrein noch ein paar Streicheleinheiten von Ihrer Ex!«

»Sie kennen Marianne nicht!«

»Hatten Sie keine Sorge, dass jemand aus der Nachbarschaft etwas auffallen könnte?«

»Wir hatten das verliebte Paar im Wasser gespielt und ich Stefans Rolle übernommen.«

»Schau an! Sie besaßen in Ihrer emotionalen Ausnahmesituation trotzdem noch ganz schön viel Durchtriebenheit! Was ist danach passiert?«

»Das wissen Sie doch! Wir sind am Vormittag auf die Ostsee hinaus gesegelt und haben Stefan dort bestattet.« Schweißtropfen bildeten sich auf Lessings Stirn und perlten langsam seine Schläfen hinab.

Haag betrachtete mehrere Fotos von Lührs Leiche. »›Dort bestattet‹ – nette Formulierung. Wollen Sie sich die Fotos nicht ansehen?«

»Sie glauben, dass wir ihn absichtlich umgebracht haben, nicht wahr?«

»Sie hatten ein hübsches Motiv, finden Sie nicht?«

Lessing sprang entnervt auf. »Es war ein Unfall! Fragen Sie Marianne! Die kann es Ihnen bestätigen!«

»Haben wir.« Haag lehnte sich unbeeindruckt zurück und trommelte mit dem Kugelschreiber auf ihren Mittelfinger. »Ihre Ex-Frau sitzt jetzt auf Lührs gewaltigem Vermögen. Sie waren zwar nicht verheiratet, aber haben sich gegenseitig als Alleinerben eingesetzt. Haben Sie davon gewusst? Dafür kann man schon einen getrost über die Klinge springen lassen!«

»Davon weiß ich nichts! Das müssen Sie mir erst einmal beweisen! Ich verbitte mir solche Unterstellungen! Wenn Sie

Beweise dafür haben, dass wir die Wahrheit sagen, gibt es keinen Grund, uns weiter festzuhalten!«

Sie verdrehte die Augen und wischte seinen Einwand beiseite, als würde eine lästige Fliege um den Kopf schwirren. »Dann erklären Sie mir, wie Ihre Fingerabdrücke in Lührs Wohnung kommen! Wir haben sie überall entdeckt! Übrigens auch wieder Spermaspuren! Im Bad, im Schlafzimmer, selbst in der Küche! Haben Sie mit ihr quer durchs Haus gevögelt und gemeinsame Sache gemacht, um an sein Vermögen zu kommen?«

»Es war ein Unfall! Bitte glauben Sie mir!«

»Sehr unwahrscheinlich!«

»Aber nicht unmöglich!«

Haag sah ihn unwillig an. Lessings Sorgenfalten spiegelten sich in ihren Gläsern.

»Gehen Sie, bevor ich es mir anders überlege, aber verlassen Sie das Rhein-Main-Gebiet nicht!«

Ein unmoralisches Angebot

Frankfurt am Main
Montag, 16. April 2018

Gegen 13 Uhr stand Lessing geduldig in der Schlange und schichtete Nudeln, Gemüse und Käse auf seinen Teller. Am Getränkeautomaten zapfte er einen Becher Mineralwasser und setzte sich abseits an einen hinteren Tisch. Ihm war nicht nach Unterhaltung zumute. Ein Mann nahm gegenüber Platz und musterte ihn schweigend, während er Parmesan über seine Farfalle streute.

Er konnte ihm den Sitzplatz schlecht verbieten, ignorierte ihn jedoch und begann zu essen. Sein Tischnachbar sah aus wie das Paradebeispiel eines italienischen Adligen. Er war schlank, elegant, hatte sein graues pomadiges Haar streng nach hinten gekämmt und besaß eisgraue, stechende Augen. Der Mann schwieg noch immer und sah ihm interessiert zu, was Lessing zunehmend ärgerte.

Nicht mal hier im Sender hat man seine Ruhe!, schimpfte der Frankfurter in Gedanken. Er mochte es nicht, wenn andere ihn beim Essen über den Tellerrand hinweg anglotzten. Er trank einige Schlucke, blickte seinen Nachbarn herausfordernd an und fragte mit wohldosiert, genervtem Unterton: »Kann ich etwas für Sie tun?«, was dem Klang nach hieß, er möge sich trollen.

Der Mann lächelte versonnen, ignorierte Lessings provokanten Tonfall, und schien über eine Antwort nachzudenken. »Guten Tag, Herr Lessing.« Sein Lächeln vertiefte sich. »Vielleicht können wir im Fall Lühr etwas für Sie tun!«, erwiderte er und brachte das Kunststück fertig, lächelnd zu sprechen, ohne dass seine Lippen einander berührten. Er zog eine Visitenkarte hervor und reichte sie Lessing, der sie aufmerksam musterte.

BND! Hör dir an, was er von dir will. Verdirb es nicht! Du brauchst Unterstützung! Das mit Stefan ist noch lange nicht ausgestanden. Scheinbar gleichmütig fragte er: »Und was können Sie für mich tun? Ihn wieder lebendig machen?«

»Leider nicht«, sagte das an Fixpunkten seiner Mundwinkel aufgehängte Lächeln. »Wissen Sie«, sprach Blomberg gedehnt, »ich habe mir Ihren Fall durch den Kopf gehen lassen. Vielleicht könnten wir dafür sorgen, dass Sie und Ihre Ex-Frau mit einem blauen Auge aus dieser Sache herauskommen. Außerdem gefallen mir Ihre Produktionen.« Sein Lächeln wechselte von routinierter Artigkeit zu routinierter Herzlichkeit.

Lessing war hellwach und setzte eine erwartungsvolle Miene auf. »Unterstützung können wir in der Tat gebrauchen. Dafür wären wir Ihnen äußerst dankbar!«

Blomberg tat es mit einer beiläufigen Geste ab. »Eine Hand wäscht die andere.«

»Und welche Hand dürfen wir für Sie waschen? Sie wollen bestimmt eine Gegenleistung dafür, nicht wahr?«

»Wäre das zu viel verlangt?«

»Kommt drauf an, was Sie verlangen.«

»Erzählen Sie mir, was passiert ist.«

»Unter zwei Bedingungen!«

»Und die wären?«

»Ich will keine neuen Wanzen in meiner Wohnung, außerdem muss Marianne bei dem Gespräch dabei sein!«

Blomberg lächelte maliziös. »Einverstanden. Ich komme heute Abend um sieben bei Ihnen vorbei.«

***

Minutiös berichtete Lessing, angefangen bei der Polarreise bis zur Festnahme und sparte nur ihre Zweisamkeiten aus. Blomberg hörte geduldig zu, nippte an seinem Kaffee und bedachte ihn mit einem nachdenklichen Blick.

»Wer, glauben Sie, hat diesen Becker in der VASA ermordet?«

»Keine Ahnung. Vielleicht die Egsbrands? Wer wusste noch, dass wir in Stockholm waren?«

»Wir zum Beispiel. Wenn wir es wussten, dann garantiert auch die CIA oder andere, wenn man an Becker denkt.«

»Noch Kaffee?«, fragte Marianne Lessing.

Blomberg erwog, noch eine Tasse zu trinken, verwarf aber den Gedanken. »Gehen wir es der Reihe nach mal durch. Wer weiß was?«, fragte er und zählte ab: »Erstens: Stirböck und Muller wussten nichts von den Besonderheiten des Steins. Der Österreicher ist tot, Muller ist zurück in den Staaten – die beiden sind also raus! Stirböck wusste von der UTGARD-Station, die unweit von Schatzgräber existierte, wahrscheinlich auch, was dort vor sich ging. Zweitens: Sie haben Ihrer Frau den Ring gezeigt, sie hat Lühr informiert, er wiederum das Ministerium.«

»Wieso hat Lühr das Ministerium unterrichtet?«

»Stefan war dazu vertraglich verpflichtet, alle vorkommenden ›Auffälligkeiten‹ zu melden«, erwiderte Marianne und rutschte nervös im weißen Sessel herum.

Blomberg nickte, schwieg und schaute zu einer Schale mit Knabbereien auf dem Tisch.

»Warum?«, bohrte der TV-Moderator weiter.

»Das Institut erhält beträchtliche Fördergelder, diese sind an Gegenleistungen gekoppelt. Drittens: Stirböcks Tochter und ihr Mann hatten versucht, Ihnen den Ring abzujagen. Sie wissen zwar nichts über seine Eigenschaften, ahnen aber etwas aufgrund Ihrer beharrlichen Nachfrage im Krankenhaus!«, sagte sein Besucher vorwurfsvoll. »Zu den Egsbrands müssen wir noch andere im Hintergrund aus der okkulten Geheimloge dazuzählen. Das war übrigens sehr töricht von Ihnen, sie in Stockholm aufzusuchen! Viertens: Die Russen wissen bestimmt etwas über UTGARD, aber haben vermutlich keine Ahnung vom Ring! Außerdem haben die Russen dort eine Station namens ›Arktisches Kleeblatt‹ gebaut, also ist dort etwas im Gange! Fünftens: Sie beide wissen von den Eigenschaften des Steins und von UTGARD, aber nicht, was dort vor sich ging!« Blombergs Hand schwebte unschlüssig über Salzstangen und Erdnüssen.

Zwischen den Lessings entwickelte sich ein stummer Dialog.

Er weiß nichts von der gravitationsfreien Zone!

Und er weiß nicht, dass vermutlich ein Meteorit dafür verantwortlich ist, von dem ein Splitter im Ring steckt! Über die Fotos oder schwebenden Steine hatten wir uns nur im Golden Hill unterhalten, aber nicht in meiner abgehörten Wohnung, also kann der BND gar nichts davon wissen!

Sagen wir's ihm? Wir sind auf ihn angewiesen. Wenn es stimmt, was du sagst, kann er das mit Stefan für uns in Ordnung bringen.

Auf keinen Fall! Erst muss er uns völlige Straffreiheit zusichern, dann erst können wir alles erzählen. Wenn er vorher schon Bescheid weiß, gibt es für ihn keinen Grund mehr, uns zu helfen!

»Das ist noch nicht alles – wir wissen mehr«, sagte Lessing gedehnt. »Viel mehr!«

Sein Gegenüber lehnte sich zurück und sah ihn erwartungsvoll an.

Lessing erwiderte gelassen seinen Blick.

»Reden Sie schon!«, polterte Blombergs Stimme, der anzuhören war, dass man ihren Befehlen üblicherweise gehorchte.

Lessing schüttelte trotzig den Kopf. »Nur, wenn die Sache mit Stefan Lühr bereinigt wird!«

»Wollen Sie uns erpressen? Wir haben Ihnen ein Angebot gemacht«, erwiderte der Geheimdienstmann gefährlich leise. »Ihre vollumfängliche Mitarbeit im Gegenzug für eine beschränkte Anklage! Aber wir können das Spiel auch umdrehen!«

Lessing wappnete sich. »Das soll heißen?«

»Wissen Sie«, sagte Blomberg gleichmütig, »ich habe die Untersuchungsakten eingesehen. Bis jetzt lautet eine mögliche Anklage nur auf Totschlag. Die Staatsanwaltschaft könnte auch auf Mord plädieren!«

»Sie verdammter Mistkerl! Ich werde –«

»Auf Alexandraland gibt es eine gravitationsfreie Zone!«, unterbrach Marianne ihren Ex-Mann und strich mit einer typischen Geste ihre blonden Haare zurück.

»Vermutlich ausgelöst von einem Stein oder Meteoriten, der im Boden verborgen ist und von dem ein Splitter in Franks Ring steckt. Stirböck hatte damals den Splitter bei Utgard gefunden und als Souvenir in einen Ring einsetzen lassen.«

Lessing warf ihr einen Blick zu, von dem er hoffte, dass er sie zumindest durchbohrte, wenn nicht in Stücke schnitt. Marianne hielt eine Weile stand, dann sah sie zu Boden.

Immer noch starrte Lessing sie durch eine Wolke aus Zorn an, doch sie zersetzte sich rasch. An ihre Stelle trat ein Empfinden von Ohnmacht und Ausgeliefertsein.

Im Kopf des BND-Manns griffen Zahnrädchen ineinander, fuhren Schaltkreise hoch, nahm die Abteilung für erstaunliche Entwicklungen ihre Arbeit auf. »Woher wusste die Wehrmacht davon? Garantiert hatten sie damals noch keine technischen Möglichkeiten, um den Meteoriten im Boden detektieren zu können.«

»Das brauchten sie nicht«, antwortete Lessing, der sich wieder gefangen hatte. Er stand auf, ging zur Kommode, nahm aus einer Schublade einige großformatige Fotoaufnahmen und legte sie auf den Tisch. »Die GRAF ZEPPELIN hatte im Sommer 1931 geografische Untersuchungen auf Franz-Josef-Land durchgeführt. Mit Panoramakameras hatte sie weite Teile von Alexandraland erfasst.« Aus mehreren Blickwinkeln waren Aufnahmen vereister Hügelkappen zu sehen. »Schauen Sie sich diese Fotos genauer an.«

»Was sind das für schwarze Punkte?«

»Schwebende Felsbrocken!«, antwortete Lessing lakonisch.

Blomberg bedachte ihn mit einem kritischen Blick.

»Nach der Expedition hatten sie die Luftaufnahmen ausgewertet, dabei vermutlich auch diese Punkte entdeckt. Entweder hatten sie damals gleich erkannt, dass es schwebende Felsen waren oder einen Sondertrupp nach Alexandraland geschickt, um die Anomalie zu untersuchen. Später haben die Nazis dort UTGARD errichtet, um hinter das Geheimnis der Anomalie zu kommen.«

»Das ist fantastisch!«, brach es aus Blomberg heraus. Er stützte sich auf die Ellbogen und massierte seine Nasenflügel.

»Die Russen haben nach dem Krieg davon Wind bekommen«, fuhr Lessing fort. »Dreimal dürfen Sie raten, an welchem Ort sie ihre Arktische Kleeblattstation aufgebaut haben!«

»Bei der Anomalie und UTGARD! Sie wissen wahrscheinlich auch vom Meteoriten!«

Lessing nickte. »Mit Sicherheit!«

Blomberg schüttelte erneut den Kopf und knabberte nachdenklich an einer Salzstange. *Endlich wissen wir, was die Russen dort treiben!* Er beglückwünschte sich, den richtigen Riecher gehabt zu haben. *Schon jetzt hat sich mein spezielles Angebot mehr als ausgezahlt. Das wird mir viele Bonuspunkte in der obersten Etage einbringen. Weder CIA noch MI6, sondern der BND, respektive ich, war hinter das Geheimnis der Russen gekommen. Das muss ich Hunt oder Carter vorerst nicht auf die Nase binden. Geheimdiensttätigkeit ist eben ein schmutziges Geschäft.*

»Und wir fragten uns die ganze Zeit, warum Russland dort solch einen Aufwand betreibt. Eine große Station am Ende der Welt zu bauen, verschlingt Riesensummen! Sie hätten den Meteoriten auch verfrachten und irgendwo in Russland genauer untersuchen können, wo sie über eine bessere Infrastruktur verfügen. Diese Station muss Milliarden gekostet haben!«

»Konnten sie nicht«, erwiderte Marianne Lessing. »Das spezifische Gewicht des Ringsteins beträgt zweiundsechzig Komma fünf Gramm pro Kubikzentimeter. Wenn der Meteorit in etwa die Größe eines Hauses hat, wiegt er zigtausend Tonnen. Den schafft niemand weg!«

Blomberg nickte beeindruckt. »Das wäre eine Erklärung und bringt uns zum Punkt, wo Sie uns helfen können.«

Lessing war selbst ein gewiefter Taktiker, wenn es um Interviews ging, und hatte seit geraumer Zeit das Gefühl, dass Blomberg ihn bewusst mit seinen Fragen und Antworten genau an diesen Punkt steuern wollte.

»Wir müssen wissen, was dort gespielt wird!« Blomberg räusperte sich wie zu Beginn eines längeren Vortrags. »Wir wissen aus sicherer Quelle, dass ein Schwesterschiff der AKADEMIK LOMONOSSOW Anfang Oktober nach Alexandraland auslaufen wird.«

»Was ist an dem Schiff so besonders?«

»Es ist die AKULA, eins von mehreren schwimmenden Kernkraftwerken, und soll entfernte Städte, Bohrplattformen oder entlegene Siedlungen mit Strom und aufbereitetem Trinkwasser versorgen. Es gibt auf Alexandraland nur diese Arktische Kleeblattstation und eine Grenzschutzbasis namens ›Nagurskaja‹. Nach unseren aktuellen Informationen soll die AKULA in der Kleeblattstation zusätzlichen Strom einspeisen.«

»Das ›Arktische Kleeblatt‹ gibt es schon seit über einem Jahr, es muss also autark sein.«

»Eben!«, bekräftigte der BND-Mann. »Wir glauben auch nicht daran, dass die AKULA nur zur Versorgung dienen soll, sondern dort aus anderen Gründen ein enormer Strombedarf besteht. Vermutlich wollen sie ihre Station massiv ausbauen!«

»Aber wie soll ich Ihnen dabei helfen?« Lessing breitete hilflos seine Arme aus und sah sich übertrieben um. »Ich weiß nicht mehr als das, was ich Ihnen bereits erzählt habe.«

»Wie gehabt, wir müssen wissen, was die Russen dort treiben und da kommen Sie ins Spiel!«

Lessing schärfte das Messer seines Misstrauens. »Wieso ich?«

»Weil wir Ihr Kamerateam auf der AKULA für eine nette kleine Reportage einschiffen werden, um nach Alexandraland zu gelangen.«

Normalerweise hätten wir gar keine Chance nach Alexandraland, geschweige denn nur in die Nähe dieser Kleeblattstation zu kommen! Blombergs Angebot liefert uns die Gelegenheit frei Haus! »Werde ich das tun?«, fragte Lessing betont gleichmütig.

»Und ob Sie das tun werden!« Blomberg verdrängte den schneidenden Tonfall aus seiner Stimme, die anschließend fast wieder unbeschwert klang. »Eine klassische Win-win-Situation! Wir helfen Ihnen – Sie helfen uns!«

»Nur, wenn die Akte Lühr für immer geschlossen wird!«, balancierte Lessing auf dem dünnen Seil der Unverfrorenheit.

»Und für den Mord an Lühr erbt Ihre Ex-Frau als kleines Dankeschön noch ein hübsches Vermögen? Überziehen Sie's nicht, Lessing!«

Wenn es zur Anklage kommt, bin ich ohnehin ruiniert, also Kommando Attacke!, sprach er sich selbst Mut zu und sah den BND-Mann mit versteinertem Gesicht an. »Es war kein Mord, das wissen Sie genau! Wir wollen die feste Zusage, dass der Unfall von Stefan Lühr endgültig zu den Akten gelegt wird, ansonsten lehnen wir das Angebot ab. Dann kommt es halt zur Anklage. Marianne und ich haben uns nichts vorzuwerfen, es war ein Unfall!«

Blomberg schürzte die Lippen und sah den Fernsehjournalisten unverwandt an. »Also gut«, knurrte er.

Lessing streckte ihm die Hand entgegen, in die Blomberg widerwillig einschlug, während der TV-Moderator innerlich aufatmete.

»Und wie sollen wir zur AKULA kommen? Bei Thomas Cook buchen?«, fragte Marianne Lessing ironisch.

»Aber nein!«, sagte Blomberg nachsichtig. »Der Zufall will es, dass Ihr Mann beste Beziehungen zu einer Schlüsselperson unterhält, die Sie ganz offiziell zur Insel bringen wird – mitten durchs russische Sperrgebiet!«

»Und wer soll das sein?«, fragte Lessing argwöhnisch.

»Andrej Lyshkin natürlich! Er ist Kraftwerksleiter auf dem Schiff!«

Im selben Moment traf Lessing der Blitz der Erkenntnis. In ihm baute sich eine riesige Wut auf. Er stellte sich vor, Blomberg mit geballter Faust zwischen die Augen zu hauen.

Als Marianne sprach, klang ihre Stimme wie ein Stilett aus Eis. »Der BND steckt hinter deiner Entführung! Irgendwie hat man herausgefunden, dass ihr beide euch schon mal in Murmansk begegnet seid!«

»Stimmt. Einer unserer Leute war auf dem Eisbrecher. Nur Ihr Mann und Lyshkin waren seit der Bustour in Murmansk nicht mehr besonders gut aufeinander zu sprechen. Das mussten wir ändern.«

»Sie verdammter Mistkerl!« Lessing kochte vor Wut.

Blomberg lehnte sich zurück und hob beschwichtigend beide Hände.

»Und das hat der BND geändert«, sagte Marianne mit analytischer Kälte, als referiere sie übers Wetter, »indem diese Entführung euch beide emotional zusammenschweißte.«

Lessing saß noch wie betäubt im Sessel, holte abrupt aus und schlug Blomberg mit der flachen Hand mitten ins Gesicht.

»Sie verdammter Idiot!«, sagte der BND-Agent. Es klang beinahe mitfühlend. »Wir hatten Sie ja schlecht vorwarnen können! Zugegeben, das war nicht die feine Art, aber es bestand zu keinem Zeitpunkt eine Gefahr! Wir hatten immer ein Auge auf Sie! Wir vom BND haben Ihren Mann übrigens nicht entführt – wenn das ein Trost für Sie ist!«

»Sondern?«

»Sie waren auf dem amerikanischen Kontinent! Raten Sie mal!« Blombergs rechte Wange überzog inzwischen eine kräftige Röte.

»Aha!«, höhnte Lessing. »Und wenn's der BND gewesen wäre, hätte es statt Wasser und Brot Sekt und Kaviar nebst Klimaanlage gegeben, nicht wahr?«

»Deswegen konntet ihr auch so schnell flüchten!«, schaltete sich Marianne wieder ein. »Es war von Anfang an so geplant, dass beide nach einigen Tagen fliehen konnten.«

Stimmt. Einer unserer Leute war auf dem Eisbrecher, fiel ihm Blombergs Aussage ein. *Unter der Mannschaft oder den Passagieren?*

»Wie sollen wir Lyshkin davon überzeugen? Er braucht dazu sicherlich eine Genehmigung und die Russen werden uns kaum so dicht heranlassen.«

»Reden Sie mit ihm. Diese schwimmenden AKW's haben im Westen einen sehr schlechten Ruf. Sagen sie ihm, Sie könnten durch die Reportage für ein besseres Image sorgen!«

»Das kann ein russisches Filmteam auch!«

»Eben nicht! Rauchen ist gesund, Unterschrift: Dr. Marlboro! Ein russisches Reporterteam, dass über eigene fragwürdige Technologie positiv berichtet? Das glaubt niemand, am wenigsten die Russen selbst, aber einem unabhängigen westlichen Kamerateam sehr wohl!«

Lessing blickte zu seiner Ex-Frau hinüber, die ihre Hände zwischen den Knien gefaltet hatte.

»Was ist mit den anderen Geheimdiensten?«

»Wir ... äh ... arbeiten mit ihnen zusammen. Was wir wissen, wissen sie in der Regel auch.«

»Vielleicht kochen die ihr eigenes Süppchen, ohne dass Ihr BND davon weiß?«

»Nein«, sagte Blomberg bestimmt. »Bei diesem Projekt sind wir international aufgestellt.«

»Will heißen?«

»Wenn es funktioniert, werden wir eine Person aus Ihrem Team durch einen CIA-Agenten ersetzen, der unseren Russen auf die Finger schaut, was auf dem Schiff geschieht und in der Kleeblattstation vor sich geht!«

***

Marianne Lessing kochte vor Wut. »Nein! Nein! Nein!«, keifte sie, mit hochrotem Kopf und blitzenden Augen. *Sie ist eine richtige Wildkatze, wenn sie sich aufregt*, dachte er bewundernd. Im gleichen Moment stockte seine Ex-Frau, als hätte sie seine Gedanken gelesen. »Was schaust du so? Ohne mich würdest du über den Stein so gut wie nichts wissen! Das bist du mir schuldig! Ich will mit! Es ist auch mein Stein...« Marianne lockte ihn mit treuherzigem Augenaufschlag, dem er keine Sekunde traute.

»Das ist viel zu riskant! Wenn die Russen uns durchschauen, ist unser Leben keinen Pfifferling mehr wert.«

»Pah!« Marianne verdrehte die Augen und wischte seinen Einwand beiseite, als würde eine Mücke um ihren Kopf surren. »Spiel jetzt bloß nicht den Helden, der Kopf und Kragen riskiert!« Sie zitterte vor Aufregung, zündete eine Zigarette an und stieß heftig den Rauch aus.

»Ich wüsste nicht, dass du eine Militärausbildung absolviert hast!«

Seine Arroganz samt den Worten führten bei der promovierten Wissenschaftlerin zur Schockstarre, die sich in einem lauten Anfall von Empörung entlud. Wie schwere Körperhaken prasselten ihre Worte auf den verbal angeknockten Moderator nieder. Lessing, der sich nicht mehr zu helfen wusste, kapitulierte.

»Von mir aus, du gibst ja vorher doch keine Ruhe«, resignierte er.

Die AKULA im Fokus

Murmansk
Montag, 23. April 2018

Drinnen saß nur noch ein Pärchen am anderen Ende des Restaurants. Lessing sah zur Kellnerin, die am Tresen mit dem Polieren von Gläsern ihre Zeit totschlug, errang durch ein Handzeichen ihre Aufmerksamkeit und orderte zwei Cabernet Sauvignon. Beide warteten, bis ihre Gläser auf dem Tisch standen.

»Danke für die Einladung.« Andrej Lyshkin prostete seinem Gastgeber zu und genehmigte sich einen ordentlichen Schluck. Lessing hatte seinen neuen Freund ins »White Rabbit« eingeladen. Einem der besten Restaurants in Murmansk, nahe am Fjord gelegen.

»Was treibt dich her? Eine weitere Reportage auf einem Eisbrecher? Bist du am Ende doch auf den Geschmack gekommen?«

»Fast«, Lessing investierte in ein zaghaftes Lächeln und sah sich um. Sie saßen an zwei zusammengeschobenen Tischen, die aus armdicken, polierten Eichenbohlen bestanden. Filigrane, auf alt getrimmte Kronleuchter sorgten für weiches Licht. An den Wänden standen weiß gestrichene Sideboards und Vitrinen. Es war kein verrauchter Treffpunkt der Bohème, sondern strahlte Eleganz aus. Die Einrichtung erinnerte an glänzendes Jugendstil-Interieur Prager Cafés.

»Es geht um eine Reportage – allerdings nicht auf einem Eisbrecher – davon gibt es inzwischen mehr als genug.« Seine Finger schwebten unschlüssig über Schokoladen- und Zimtkekse. »Nein, ich habe eine Idee, von der alle profitieren könnten.«

Er sah gedankenverloren nach draußen. Regentropfen klatschten gegen das Fenster.

Lyshkin lehnte sich zurück und nestelte an seinem Jackett herum. Er nahm ein Silberetui aus der Tasche, zündete eine Zigarette an und blies genussvoll den Rauch aus Mund und Nase. »Du spannst mich ganz schön auf die Folter – lass hören!«

»Ihr habt letztes Jahr ein schwimmendes Atomkraftwerk namens ›AKADEMIK LOMONOSOV‹ vom Stapel gelassen. Sie ist derzeit offiziell das weltweit einzige schwimmende Atomkraftwerk – das erste nuklear betriebene Kraftwerksschiff. Sie wurde im Auftrag eures staatlichen Konzerns ›Rosatom‹ gebaut.«

Einige Sekunden tropften dahin, ehe Lyshkin reagierte. »Kompliment – du bist sehr gut informiert.«

Lessing winkte ab. »Das gehört zu meinem Job. Die zweite Generation dieses schwimmenden Kraftwerks, eure viel größere ›AKULA‹, liegt ebenfalls im Hafen vor Anker, wird derzeit mit atomarem Brennstoff befüllt und soll in einigen Monaten nach Alexandraland verlegt werden.«

Zwischen Lyshkins Brauen bildete sich eine Falte.

»Bereits nach Fertigstellung eurer AKADEMIK LOMONOSOV hatte Greenpeace kritisiert, dass solch eine schwimmende Konstruktion ohne eigenen Motor, dazu mit flachem Rumpf, besonders anfällig für Stürme und raue See sei. Auch die mangelhaften Sicherheitsvorkehrungen stehen im Fokus!«

»Die AKULA verfügt über einen eigenen Antrieb«, entgegnete Lyshkin.

»Ich weiß, aber eure schwimmenden AKW's bleiben trotzdem in der Kritik. Nach Auffassung einiger Experten sind solche Anlagen nicht ausreichend gegen terroristische Anschläge geschützt. Ein kaum gesichertes Atomkraftwerk mit angeschlossenem Zwischenlager an Küsten herumschippern zu lassen, ist ein unakzeptables Sicherheitsrisiko. Diese Kernreaktoren werden nicht – wie Kraftwerke an Land – von einer Betonhülle geschützt, sondern von einem Stahlmantel.

Während an Land ein Betonmantel einem Flugzeugabsturz standhalten soll, könnte die AKADEMIK LOMONOSSOW höchstens einen Hubschrauberabsturz überstehen. Ein Zwischenlager für atomaren Abfall ist auch an Bord. Abgebrannte, hoch radioaktive Brennstäbe sollen bis zu zwölf Jahre an Bord lagern.«

»Worauf willst du hinaus?«, fragte Lyshkin, zog noch einmal am Zigarettenstummel und drückte ihn im Aschenbecher aus.

Lessing ignorierte die Frage. »Kernreaktoren in einem dicht bevölkerten Gebiet wie Sankt Petersburg zu testen, ist – nach Meinung vieler Umweltaktivisten – unverantwortlich. Reaktoren im Polarmeer stellen für sie nicht nur eine Bedrohung für die Arktis, sondern auch für andere dicht bevölkerte oder gefährdete Naturregionen dar.«

Lessing trank einen Schluck, bevor er weitersprach. »Eure schwimmende Nuklearanlage sollte letztes Jahr im Hafen von Sankt Petersburg wegen eines Testlaufs hochgefahren werden. Nach Protesten russischer Bürger, der Ostsee-Anrainerstaaten und einer Petition von Greenpeace entschied euer staatlicher Atomkonzern, seine Testphase nach Murmansk zu verlegen. Auch Vertreter aus Schweden und Norwegen haben bereits Sorgen über einen möglichen Unfall auf dem offenen Meer geäußert.«

Lyshkin zündete eine weitere Zigarette an. »Rosatom argumentiert, beim Bau des Schiffes habe man genügend Vorkehrungen für den Ernstfall getroffen. Die Schiffe wurden mit einem großen Sicherheitsspielraum konzipiert, welcher alle möglichen Bedrohungen übersteigt, ihre Kernreaktoren gegen Tsunamis und andere Naturkatastrophen unverwundbar macht.«

»Glaubst du das?«, fragte Lessing ironisch.

Der Russe kniff nachdenklich seine Unterlippe. »Das ist zumindest die offizielle Verlautbarung.«

»Es gab einen Störfall auf der AKULA, von dem ein Reaktor betroffen war – dazu mindestens zwei Tote!«

In Lyshkins Augen flackerte so etwas wie Irritation auf. »Woher hast du diese Information?«, platzte es aus ihm heraus.

»Um Himmels willen, sprich leise!«, entgegnete Lessing, zur Theke schielend. Ein Kellner sah zu ihnen herüber und hatte offensichtlich den emotionalen Ausbruch des Russlanddeutschen mitbekommen. »Investigativer Journalismus. Hast du schon vergessen, welchen Beruf ich habe? Meldungen solcher Art trudeln täglich bei uns im Sender ein, werden gefiltert und an uns Journalisten übermittelt. Ist reine Routine, aber zurück zum Thema.« Er winkte der Kellnerin und deutete auf sein leeres Glas. »Euer staatlicher Betreiber möchte gern bei erfolgreichem Betrieb der schwimmenden Atomkraftwerke neue Märkte erschließen. Bislang haben fünfzehn Länder Interesse angemeldet, darunter Algerien und China. Vor einiger Zeit hatte eine russische Delegation Kap Verde besucht, das mehr Strom braucht und sich deshalb für euer Projekt interessiert.«

»Weiß ich, aber was hat das alles mit uns zu tun?«

Lessings Mund verzog sich zu einem Lächeln. »Was ihr dringend braucht, ist positive Publicity – und da kommen wir ins Spiel.« Für ihn ging es jetzt darum, auf den Serpentinen der Ausreden nicht aus der Kurve zu fliegen. »Was hältst du davon, wenn sich ein unbestechliches westliches Fernsehteam ein paar Tage bei euch einschifft und unvoreingenommen eine Dokumentation über eure AKULA dreht?«

»Und was hat das mit mir zu tun?«, wiederholte der Russe seine Frage.

Lessing rang sich ein Lächeln ab. »Sag du's mir. Schließlich bist du der Kraftwerksleiter auf dem Schiff!«

»Was du so alles weißt!«, erwiderte Lyshkin trocken. Er mochte Frank inzwischen gut leiden, aber konnte es sein, dass die ganze Sache mit ihrer Entführung inszeniert war, nur damit er an ihn herankam? Das hätte bedeutet, dass auch sein Mexikourlaub arrangiert worden wäre. Plötzlich kam Lyshkin sich vor wie ein Narr, ein Spatz, der zwischen Restauranttischen nach etwas suchte, was von den Tellern gefallen war. Eilig schob er seine Gedanken in den geistigen Abfallkorb.

»Das ist eine gute Idee!«, pflichtete er ihm bei. »Trotzdem werden sie euch nie zur AKULA lassen. Zur AKADEMIK LOMONOSSOW vielleicht«, gab Lyshkin zu bedenken, »aber niemals zur AKULA!«

Ein Sturzbach an Panik prasselte auf Lessing nieder. *Diese Akademik Lomonossow nutzt mir nichts! Nur deine Akula fährt nach Alexandraland!* Jetzt, wo seine Hoffnung so schnell sank wie Panik emporstieg, schnappte er nach einem rettenden Einfall wie ein Ertrinkender nach Luft. »Das wäre keine gute Idee. Die AKULA ist sicherheitstechnisch auf einem viel ausgereifteren Stand – kann eigenständig manövrieren und bietet viel mehr Möglichkeiten für eine positive Berichterstattung.«

»Aber Schiffe wie die AKULA wird Russland niemals exportieren! Ich wundere mich ohnehin, wie du davon erfahren hast.«

Lessing schüttelte den Kopf. »Publicity ist Publicity. Ist sie gut, strahlt ihr Glanz auch auf andere AKW's ab.«

»Und was hast du davon?«

»Das ist doch klar! Ich drehe eine brandaktuelle Dokumentation auf dem technologisch neuesten schwimmenden Atomkraftwerk der Welt. Mein Sender ist begeistert von der Idee!«

Lyshkin öffnete sein Etui, zündete gedankenverloren eine weitere Zigarette an und ließ den Rauch langsam aus seinem Mund strömen. *Franks Idee könnte ich als meine eigene verkaufen und würde mir womöglich Pluspunkte in Moskau einbringen. Eine positive Reportage wäre gut fürs Image und würde zeigen, dass wir nichts zu verbergen haben. So machen es die Amis mit ihren Flugzeugträgern. Allerdings wäre das Risiko groß, Franks Team viel zu nah an militärischem Sperrgebiet.*

Das birgt unwägbare Risiken in sich, hörte er jetzt schon den FSB *nörgeln. Andererseits – sie sind nur auf dem Schiff. Was soll er ansonsten in Erfahrung bringen können? Soll unser FSB jetzt Angst vor einem Kamerateam haben?* Sein Land verfolgte mit den schwimmenden Atomkraftwerken strategische Ziele.

»In der Arktis vermutete Öl- und Gasvorkommen sollen gesichert werden. Die globale Erwärmung lässt das Eis in der Region schmelzen, und so werden neue Seewege frei. Deshalb stärken wir dort seit einiger Zeit unsere Präsenz. Wir wollen über den Betrieb von Öl- und Gasplattformen künftig nicht nur die eigene Energieversorgung sichern, sondern auch territoriale Ansprüche in arktischen Gewässern festigen.«

»Ihr hattet vor einem halben Jahr einen Reaktorunfall auf deiner AKULA. Das ist nicht gerade vertrauenserweckend. Es gibt noch einen Grund, sich dafür einzusetzen.«

»Und der wäre?«

»Mein Sender hat mich autorisiert, für den Erhalt einer Drehgenehmigung beim Einsatz auf deiner AKULA eine Erfolgsprämie in Höhe von einer Million Euro in Aussicht zu stellen«, raunte er. »Das ist denen eine Reportage wert. Zahlbar ab Einschiffung und gilt nur für die AKULA. Die Amerikaner drehen keine Filme über veraltete Flugzeugträger, sondern auf ihren neuesten Pötten. Die wissen, wie man sich positiv vermarktet und genau das will mein Sender auch!«

Lyshkin zog beeindruckt seine Mundwinkel nach unten. In seinem Kopf herrschte Ausnahmezustand. Lessings Ankündigung hatte ihre narkotisierende Wirkung entfaltet, während sicherheitstechnische Bedenken seine Gedanken über die Grenze des Unerträglichen hinwegpeitschten. Eine Million Euro! Nach außen bewahrte er Haltung.

»Na gut, ich werde sehen, was sich machen lässt!«

SIEBTER TEIL

Verschwitztes Gipfeltreffen

Taunus Therme, Bad Homburg
Montag, 23. April 2018

Linh Carter ärgerte sich insgeheim über Blombergs Vorschlag für den Treffpunkt und zupfte das Handtuch zurecht, wo ihre Brüste die Flucht nach vorne antreten wollten. Horst hatte – was mögliche Treffpunkte anging – immer die abstrusesten Ideen. Jetzt zollte sie Tribut dafür, dass sie überpünktlich war. Der Schweiß drang ihr bereits aus den Poren, als sich die Saunatür öffnete.

»Hallo Linh, schon lange hier?«, sagte Blomberg zur Begrüßung. Sie konnte an seiner Miene nicht erkennen, ob er sie aufziehen wollte oder ob es eine ernsthaft gemeinte Frage war.

Carter verzog ihre Lippen zu etwas, das einem Lächeln ähnelte und brummte Unverständliches, was sich nach »geh zum Teufel« anhörte. Sie wartete, bis alle ihre Handtücher zurechtgelegt hatten und nahm zufrieden zur Kenntnis, dass immerhin jeder ein Handtuch um seine Hüften geschlungen hatte.

»Mein lieber Horst, deine Einfälle für besondere Orte sind ja bekannt, aber hast du diesmal nicht etwas übertrieben?«

Blomberg grinste, legte eine Art Ball auf den Boden und sagte vielsagend: »Störsender!«, was sie mit übertriebenem Augenrollen quittierte.

»Frank«, sprach Blomberg seinen Nachbarn an. »Am besten erzählst du uns, was ihr inzwischen herausgefunden habt!«

Der Angesprochene beugte sich nach vorne und fuhr sich über beide Wangen, sodass sein offener Mund ein O bildete. Auf seinem kahlen Schädel glänzten bereits erste Schweißperlen, als er zu sprechen begann. »Wir haben diese Rasins noch mal etwas näher beleuchtet. Viktor Rasin ist jedem aus Dr. Hunts Schilderungen bekannt. Ebenso Tochter Ivanka, die seine Reederei ›Nowoflot‹, leitet. Rasins Frau Eva tritt eher selten in Erscheinung, begleitet ihren Mann meist bei seinen Auslandsreisen und taucht gelegentlich in Klatschspalten russischer Gazetten auf, wenn sie auf Charity Veranstaltungen öfter den spendablen Engel mimt.«

»Mit den Geschäften ihres Mannes hat sie nichts zu tun?«

»Nein, aber sie hat noch andere, verdeckte Vorlieben, dazu kommen wir noch. Wie ihr wisst, observieren wir eine Reihe von Firmen, die aus strategischer Sicht systemrelevant sind. Unter anderem auch einen deutschen Rüstungskonzern namens ›Rheingold AG‹. Letztes Jahr demonstrierte er vor einem internationalen Fachpublikum seine Technologieführerschaft im Bereich von Hochenergielasern.«

Carter wirkte nervös. »Will heißen?«

»Rheingold kombiniert innovative Laserwaffentechnologie mit Know-how aus dem Bau militärischer Effektoren und ist inzwischen Marktführer auf dem Feld der Luftverteidigung. Besonders gegen mittlere und hochbewegliche Ziele. Bei der Vorführung hatte Rheingold bahnbrechende Fortschritte vorgestellt und die Funktionsweisen konkret demonstriert. Als Plattformen für mobile HEL-Effektoren dienten Radpanzer, modifizierte Transportpanzer oder LKW als Trägerfahrzeuge.«

»Welche Laser kamen auf welchen Fahrzeugen speziell zum Einsatz?«, fragte Hunt.

Böhm nestelte an seinem Handtuch herum und wischte sich den Schweiß aus dem Gesicht. »Ein Transportpanzer trug sowohl einen fünf Kilowatt- als auch einen zehn Kilowatt-Laser, da beide hinsichtlich Masse und Volumen identisch waren. Für die Demonstration wurde ein zehn Kilowatt HEL-Effektor installiert. Ein Kettenfahrzeug trug einen acht Kilowatt-HEL-Effektor. Auf einem Tatra-LKW war ein zwanzig Kilowatt-HEL-Effektor montiert.«

»Was hat das alles mit dieser Rasina zu tun?«, fragte Linh Carter ungeduldig, ihre Stirn abtupfend.

»Wie gehabt, wir observieren systemrelevante Firmen. Vor allem, wer dort ein- und ausgeht«, antwortete Blomberg. »Ivanka Rasina wurde letzte Woche am Produktionsstandort der Laser von Rheingold gesichtet!«

Hamill pfiff überrascht durch die Zähne. »Was hat eine Reederin, deren schwimmendes AKW im Bunker eines Militärhafens ankert, mit Lasern zu schaffen?«

»Genau das fragen wir uns auch!«, raunte Linh Carter.

Arthur Collins spitzte seine Lippen. »Das ist vermutlich reiner Zufall. Die Chinesen kaufen sich auch bei euch ein. Deutschland ist für die Chinesen deshalb so attraktiv, weil euer Mittelstand bietet, wonach sie suchen: Technisch exzellente Unternehmen, die in ihrer Nische Weltmarktführer sind. Chinesische Unternehmen wollen in der industriellen Hierarchie eine Stufe höher springen. Bei diesem Ziel – eine größere Wertschöpfung zu erreichen – hilft ihnen der Einstieg bei spezialisierten deutschen Unternehmen, sei es Maschinenbau, Autoindustrie oder Zulieferbranchen. Zielten Investoren aus China hierzulande traditionell auf kriselnde Unternehmen, um günstige Kaufgelegenheiten zu nutzen, nehmen sie nun immer häufiger solide, prestigeträchtige Industriechampions ins Visier!«

»So machen es die Russen jetzt anscheinend auch«, bestätigte Blomberg. »Kürzlich haben sie sich das Augsburger Unternehmen ›Kuka‹ unter den Nagel gerissen.«

»Kuka baut nicht nur Roboter, sondern ist auch Systemanbieter für digital vernetzte Industrie. Der chinesische ›Midea-Konzern‹ hatte Kuka ein Übernahmeangebot im Umfang von vier Komma fünf Milliarden Euro unterbreitet und fünfundneunzig Prozent seiner Anteile übernommen!«

Blomberg wiegelte ab. »Mir sind Chinesen lieber als angloamerikanische Abzocker. Meiner Ansicht nach denken Chinesen langfristig, nicht in Quartalsgewinnen. Wenn sie sich auf kleine oder mittlere Unternehmen konzentrieren, so ist das nur logisch. Denn diese sind bei uns häufig Know-how-Träger und das lässt sich nicht so leicht kopieren. Also ist Kooperation die eleganteste Form von Wissensvermittlung. Diese Strategie verfolgen auch mehrere Entwicklungsländer. Dort kooperieren Chinesen lieber und bieten einen Gegenpol zu angloamerikanischen Unternehmen mit ihrer kolonialen Ausbeutermentalität!«

»Na! Na! Na!«, motzte Hamill, zugleich hob er mahnend seinen Zeigefinger.

Blomberg fuhr ungerührt fort: »Wenn sich deutsche Unternehmen in chinesischem Besitz weiterentwickeln, besteht überhaupt kein Grund, eine Kooperation zu beenden.«

Hamill fuchtelte in der Luft herum. »Eure Betriebswirte denken nur bis zur eigenen Nasenspitze, falls überhaupt. Übergeordnetes Denken oder das Begreifen von einfachen Zusammenhängen gehört nicht zu ihren Stärken!«

»Wir haben hier drin über achtzig Grad!« Linh Carter drohte nicht nur äußerlich zu überhitzen. »Können wir jetzt marktwirtschaftlich philosophische Gedankengänge nach hinten schieben und weitermachen?«, bollerte sie lauter, als beabsichtigt.

»Linh hat recht«, pflichtete Hunt ihr bei. »Mag sein, dass Russen und Chinesen hinter eurer Technologie her sind, aber das muss nicht zwangsläufig so sein! Womit beschäftigt sich Rasins Konzern sonst noch?«

Böhm lehnte sich zurück, massierte seine glänzende Stirn und dachte einen Moment nach. »Der Konzern macht vorwiegend mit Erzen sein Geld. Eisen, Gold, Wiederaufbereitung von Metallen. Er besitzt einige Stahlwerke – nichts, was auf den Einsatz von Lasern hindeuten würde.«

»Dennoch müssen Laser für Rasin von höchster Wichtigkeit sein!«

»Sonst würde er wohl kaum sein Töchterchen auf Reisen schicken.«

»Vielleicht sind wir auf dem Holzweg und er will Putin nur eine Gefälligkeit erweisen«, widersprach Collins. »Könnte sein, dass die russische Regierung nicht selbst auftreten will und lieber Technologiekonzerne wie Siverstal technische Anlagen beschaffen, womöglich auch bezahlen lässt!«

»Das würde alles gut in Putins Pläne passen. Er will, dass sich auch Oligarchen und Wirtschaftsmagnaten an der Entwicklung des Landes beteiligen. Und diese AKULA scheint so ein Fall zu sein. So ähnlich läuft es auch mit dem größten nuklear betriebenen Eisbrecher der Welt. Der futuristische Ozeanriese soll bis 2024 fertiggestellt sein und bis viereinhalb Meter dickes Eis durchbrechen.«

»Das würde den Frachter im Marinebunker erklären.«

»Meines Erachtens hat das nichts damit zu tun«, spekulierte Collins, dessen Gesicht inzwischen vor Hitze hochrot angelaufen war.

»Das sehe ich anders!«, zückte Hamill den Dolch, bevor er zustach. »Es ist zwar sehr heiß hier drin, aber trotzdem sollte euch etwas auffallen!« Dabei schaute er auffordernd in die Runde. »Eine angeblich private Reederei will weit entlegene Orte mit Strom durch ihr schwimmendes Atomkraftwerk versorgen und ist gleichzeitig stark an Laseranlagen interessiert! Na? Klingelt's bei euch?«

»Was brauchen Laser?«, sinnierte Blomberg. »Natürlich Energie!«

»Bevor du weiterredest«, wandte Collins ein und legte Blomberg seine Hand auf den Oberarm. »Wenn ich Herrn Böhm richtig verstehe, geht es primär um mobile Laseranlagen. Die werden wohl kaum auf schwimmenden Atomkraftwerken eingesetzt.«

»Das nicht«, bestätigte Böhm, »aber wir haben herausgefunden, dass die Russen ihre Laser von Rheingold aufmotzen lassen wollen – bis hundertdreißig Kilowatt! Dazu braucht es eine gewaltige Menge Energie!«

»Die ein schwimmendes Kraftwerk wie die AKULA natürlich besitzt!«, ergänzte Hamill. »Geisterschiff, geheime Bunkeranlage, mobile, aufgemotzte Hochenergielaser – wenn ihr mich fragt, baut Russland an einem fetten Lenkwaffenkreuzer neuester Generation – mit Hochenergielasern als Bewaffnung!«

»Ach du Scheiße!«, kommentierte Carter seine Schlussfolgerung wenig ladylike und ließ sie bei achtzig Grad Celsius frösteln.

Betroffen sahen sich Hunt und Collins an.

»Da hätten wir früher darauf kommen müssen!«, durchbrach Blomberg die unangenehme Stille, die sich in der Sauna ausgebreitet hatte.

»Besser spät als nie!«, erwiderte Hamill ironisch. »Jetzt gehe ich erst mal für ein paar Minuten unter die Brause, sonst kocht mein Hirn über.«

Böhm nickte ihm dankbar zu. »Gute Idee, machen wir eine Pause.« Bis auf Carter und Hunt verließen alle das Dampfbad.

»Was hältst du von seiner Idee? Könnte da was dran sein?«

»Ich halte es für sehr wahrscheinlich. Es passt alles zusammen! Wir müssen dringend mehr darüber herausfinden! Lessing ist heute in Murmansk und trifft Lyshkin, um ihm eine Reportage auf seiner AKULA schmackhaft zu machen. Wenn sie ihm eine Drehgenehmigung erteilen, wird es wohl kaum ein militärisches Geheimprojekt sein.«

»Oder gerade deswegen! Unterschätze die Kaltschnäuzigkeit unserer russischen Freunde nicht!«, gab Linh Carter zu Bedenken. »Und wenn Horst noch mal so einen Besprechungsort wählt, treffen wir uns demnächst am Mount Sankt Helens – dort ist es auch schön warm, aber riecht nur ein wenig nach Schwefel!«

Liebesgrüße aus Moskau

Frankfurt am Main
Montag, 23. Juli 2018

»Hast du es schon mitbekommen?«

»Worum geht's?«

»Moskau hat die Drehgenehmigung erteilt, dass ihr auf dem schwimmenden Atomkraftwerk eure Reportage filmen dürft!«

Lessing durchzuckte es heiß und kalt. *Nur die AKULA bringt uns weiter.*

Gütiger Gott, falls du in der Nähe bist, bitte lass es die AKU-LA sein. »Für welches Schiff?«

»Für die AKULA. Hat mich auch überrascht, aber deine Argumente mit der höheren Sicherheitsphilosophie hat sie wohl überzeugt. Gratuliere!«

Lessing hätte schreien können vor Glück, stattdessen erwiderte er betont ruhig:

»Ist aber nachvollziehbar. Wir werden schon keine Betriebsgeheimnisse ausplaudern.«

»Das gesamte Filmmaterial muss ohnehin zur Freigabe vorgelegt werden.«

»Akzeptiert.«

»Ihr werdet ständig Personal zu eurer eigenen Sicherheit um euch haben.«

»Akzeptiert.«

»Die AKULA ist zwar gut zweihundertfünfzig Meter lang, aber kein Luxusdampfer. Ihr werdet euch gewaltig einschränken müssen. Wir sind hier nicht auf Passagiere eingestellt. Ich hoffe, du verstehst.«

»Akzeptiert.«

»Ihr schifft euch in Murmansk ein, dreht während unserer Überfahrt und werdet nach Ankunft in Alexandraland vom

Hubschrauber zu einem vorbeifahrenden Eisbrecher gebracht, der euch nach Murmansk wieder zurückbringt.«

»Akzeptiert.«

Und ... Andrej?«

»Ja?«

»Auf welchen Namen sollen wir in der Schweiz das Konto
eröffnen?«

APONI: Gedankengänge am Strand

Punta Cana
Samstag, 28. Juli 2018

Sie geben mir noch mal eine Chance!
»Aber heute ist Ihr Glückstag, Greene!«, hatte Svenson vor drei Tagen zu ihr gesagt.

Vom Horizont hetzten dunkle Wolken in Richtung Strand, wie eine Horde Bisons, die vor ihren Verfolgern flüchteten. Wind streifte mit süchtigen Fingern durch Palmen, die den Strand säumten.

Lana Greene gönnte sich eine Auszeit und konnte ihr Glück noch immer nicht fassen. Gestern Abend war sie noch im nasskalten Langley unterwegs gewesen – jetzt fläzte sie auf einer bequemen Liege unter karibischen Palmen, die ein Windschutz aus weißem Leinen umgab, genoss ihren Caipirinha und blickte aufs Meer hinaus, das Sonnenstrahlen in einen türkisfarbenen Teppich verwandelten. Von Langley bis zur Dominikanischen Republik hatte der Flieger weniger als drei Stunden gebraucht.

Eigentlich hatte sie mit dieser Chance nach dem Fiasko in Syrien nicht mehr rechnen können – bis vor drei Tagen.

***

Langley
Mittwoch, 25. Juli 2018

Eine vornehm gekleidete Dame holte Greene ab. Zwölf Etagen höher öffnete sie eine weiße, zweiflüglige Tür und führte die CIA-Agentin zu einem Tisch.

»Mr. Svenson wird gleich bei Ihnen sein.«

Greene wartete, bis sie die Tür schloss, stand auf und betrachtete auf einem schwarz glänzenden Sideboard einige Bronzeskulpturen.

»Baselitz fehlt noch!«, sagte plötzlich eine Stimme hinter ihr. Greene drehte sich überrascht um und hatte auf dem Teppichboden niemanden kommen hören. Ihr Gastgeber sah aus wie das Paradebeispiel eines Aristokraten, war schlank, elegant, besaß volles, blondes Haar, dazu blaue Augen mit durchdringendem Blick. Er setzte sich an seinen Schreibtisch und deutete ihr mit einer Geste an, Platz zu nehmen. »Becker wurde während einer Mission umgebracht. Ich wüsste gerne, von wem – und warum.«

»Keine Ahnung! Fragen Sie bei den anderen nach, das lief nicht über meinen Tisch«, erwiderte Greene emotionslos, dann dämmerte Verständnis auf ihrem Gesicht herauf.

»Sie saßen damals in der Prüfungskommission – in Französisch-Guyana!«

»Ich war Ihr Fürsprecher – ja!«

»Was wollen Sie von mir?«

»Etwas wissen. Über Becker, Syrien, über Sie!«

Ihr Gastgeber öffnete eine kleine Hausbar, drehte den Verschluss einer Flasche Scotch auf, schnupperte, goss ein und reichte Greene ein Glas.

Svenson nahm einen tiefen Schluck. »Jetzt erzählen Sie – und nichts auslassen! Ich will jedes Detail wissen!«

»Das steht alles in den Akten. Von einem Becker weiß ich nichts!«

»Dann berichten Sie über Syrien! Was war schiefgegangen?«

Syrien. Immer wieder hatte Greene an ihre Mission zurückgedacht und überlegt, was falsch gelaufen war. Sie hatte mehr Militäreinsätze als die anderen hinter sich und avancierte folglich zur Einsatzleiterin des dreiköpfigen CIA-Teams.

»Wir sollten die Einflüsse verschiedener militärischer Gruppierungen in Syrien analysieren. Dazu gehörten russisches Militär, Assads reguläre Truppen, vom Iran gesteuerte libanesische Hisbollah-Miliz, Rebellen, nicht zuletzt kurdische Peschmerga – alle kochten ihr eigenes Süppchen. Wir arbeiteten verdeckt als amerikanische Diplomaten und gingen auf begrenzte Einsätze, um die Situation im Land zu sondieren.«

Svenson lehnte sich zurück, bedachte Greene mit einem nachdenklichen Blick und tat, als müsse er angestrengt überlegen. Er drückte einen verborgenen Knopf am Beistelltisch seines Sessels. Kurz darauf kam ein Mitarbeiter herein, dem er flüsternd Anweisungen erteilte. Kaum hatte dieser Svensons Büro wieder verlassen, kam ein anderer herein. Er war klein, schmal, beinahe schmächtig, besaß schwindendes Kopfhaar – der konsequente Gegenentwurf zu einem muskelbepackten Zehnkämpfer. Seine Gesichtszüge waren nicht sonderlich markant, aber sein hellwacher Blick riet ihr, vorsichtig zu sein. »Das ist Mr. Miller.« Der Genannte grüßte schweigend mit kurzem Kopfnicken.

Svenson forderte sie durch eine Geste auf, fortzufahren.

»John hatte sich in eine Iranerin namens Alia verknallt, die Assads Regime kritisch gegenüberstand und ihm wiederholt erzählte, dass reguläre syrische Truppen, mit stillschweigender Duldung Russlands, Chlorgas einsetzen würden.

Im Laufe der Zeit gewannen wir durch Alia immer tiefere Einblicke über Assads Truppen. Ihr Bruder war als Offizier am Militärflughafen bei Damaskus stationiert. Jones Eroberung stand zwar ihrer Verwandtschaft wie alle Syrer nah, hatte nichts mit Assad im Sinn, täuschte aber gegenüber ihrer Familie Regimetreue vor. Wir erfuhren auf diese Weise von Einsätzen syrischer Truppen gegen Kurden oder Rebellen.«

Svenson stand auf, wanderte zum Sideboard, goss Scotch nach, schlenderte zurück und ließ sich in den Sessel sinken, während der andere Mann mit überschlagenen Beinen am Fenster lehnte und Greene unverwandt ansah.

»Nach einigen Wochen berichtete Alia von zwei bevorstehenden Missionen gegen Rebellen im Nordosten Syriens. Als Einsatzleiterin verzichtete ich darauf, die Rebellen über entsprechende Kontaktstellen vorzuwarnen. Dies führte zu größeren Spannungen zwischen John und mir. Im Falle einer Vorwarnung hätte die syrische Armee garantiert Verdacht geschöpft, dass ein Maulwurf in ihren Reihen saß. Es kam zu den von Alia vorhergesagten Militäraktionen bei denen Dutzende Rebellen, Zivilisten, Frauen und Kinder starben. John beschwerte sich über meine Anweisung. Langley teilte aber meine Auffassung, Rebellen über künftige Missionen in Unkenntnis zu lassen, um Alia als Informantin zu schützen.

Nach einigen Monaten berichtete sie von einem bevorstehenden Giftgaseinsatz gegen die Peschmerga im Norden – damit gewann die ganze Sache eine neue Dimension.«

»Um welches Giftgas handelte es sich?«

»Um Chlorgas. Bisher konnte niemand Assads Truppen den Einsatz von Giftgas nachweisen. Jetzt sollte für einen Bombenangriff Chlorgas aus einem Depot in Damaskus zum Militärflughafen transportiert werden.«

»Das Giftgasdepot soll mitten in Damaskus liegen? Kam Ihnen das nicht merkwürdig vor?«

Lana Greene schüttelte den Kopf. »Statt unsere Führung in Langley zu informieren, sah ich eine gute Möglichkeit, an Beweise für Giftgaseinsätze heranzukommen und Assad bloßzustellen. Alia war einverstanden, und erfuhr eine Woche später von ihrem Bruder, wo das Depot lag.

Das Gas musste für den Angriff zum Flughafen transportiert werden. Da Zeit und Ort bekannt waren, sah ich die einmalige Chance, den Transport zu dokumentieren. Wir versteckten uns in einem nahegelegenen Haus, und observierten mehrere Tage das Depot. Nachts fuhren mehrere Lastwagen vor, aber das war reine Ablenkung. Ein syrisches Spezialkommando tauchte am Hintereingang unseres Hauses auf und stürmte das Gebäude. Plötzlich war Alia verschwunden – keiner wusste wohin.«

»Und dann?«

»Wir versuchten, zur Vorderfront des Nachbargebäudes zu flüchten. Linda stürzte ab und landete drei Stockwerke tiefer auf dem Kühler eines Lastwagens.

Auf unserer Flucht wurde John von einer Feuergarbe in den Rücken getroffen. Er war sofort tot. Ich konnte in eine Seitengasse flüchten und entkommen.«

»Johns Freundin, diese Alia, gehörte zum syrischen Geheimdienst, denen eure Mission von Anfang an bekannt war!«, meldete sich Miller erstmals zu Wort.

»Richtig! Ich tippe auf einen Maulwurf, der unsere Mission von Beginn an verraten hatte!«

»Eine schwere Anschuldigung und kaum zu beweisen!«

»Assads Regime hatte nur darauf gewartet, drei CIA-Agenten im Einsatz auf frischer Tat zu ertappen! Während unserer Operation hatten wir natürlich keine Ausweispapiere dabei, daher konnten die Syrer unsere verdeckte Aktion nicht propagandamäßig ausschlachten.«

»Dennoch war dieser Einsatz ein einziges Fiasko, das Ihnen angelastet wurde! Ihr eigentlicher Auftrag bestand lediglich in der Sondierung des Machtpotenzials eingangs erwähnter Gruppierungen, nicht im Nachweis von Giftgaseinsätzen!«

»Haben Sie schon mal ein Kind durch Chlorgas sterben sehen? Ich schon!«

»Sie haben schon öfter Aufträge eigenmächtig erweitert, nun aber mit dem Ergebnis zweier toter Agenten. Und bei toten Agenten verstehen wir keinen Spaß!«, sagte Svenson.

»Ihre Schwäche war schon immer, übers Ziel hinaus zu schießen und sich nicht an Ihre eigentliche Aufgabe zu halten«, warf Miller am Fenster stehend ein. »Sie haben dennoch wertvolle Informationen geliefert, die Ihren Rauswurf verhinderten. Stattdessen verschwanden Sie im dreizehnten Stock, in dem ausrangierte Agenten Daten analysieren, die niemand braucht!«

»Wenn Sie schon alles wissen, warum fragen Sie dann?«

»Eine Untersuchungskommission kam zum Schluss, dass Sie für den Tod der beiden verantwortlich waren, den Einsatz hätten viel früher beenden müssen, da Ihr eigentlicher Auftrag längst erfüllt war. Aber Ihr Ehrgeiz brach Ihnen das Genick!«

»Aber heute ist Ihr Glückstag, Greene!«, relativierte Svenson.

Ein kaum wahrnehmbares Flackern ihrer Augen verriet Misstrauen. Sie beugte sich nach vorne. »Das wüsste ich aber!« Dabei legte die CIA-Agentin ihre Stirn in Falten. »Was wollen Sie wirklich von mir?« In ihre Augen trat etwas, das wie ein Funkeln wirkte.

***

Punta Cana
Samstag, 28. Juli 2018

Sie rekelte sich auf ihrer Liege und sog am Strohhalm des Caipirinhas.

Sie geben mir noch mal eine Chance. In einigen Wochen sollte es losgehen. Genug Zeit, sich vorzubereiten.

Das doppelte Lottchen

Frankfurt am Main
Freitag, 17. August 2018

»Was gibt's denn so Wichtiges, was du mir –« Connie Sadek stockte, Kaugummi kauend, als sie bemerkte, dass sie nicht allein waren.

»Guten Tag, Frau Sadek. Entschuldigung, dass wir Sie über Herrn Lessing hierher gelotst haben.« Zugleich nahm der BND-Mann ihre Hand und deutete einen Handkuss an. »Darf ich mich vorstellen? Mein Name ist Blomberg. Ich ... äh ... arbeite für die Bundesregierung. Sie sehen übrigens bezaubernd aus.«

»Von wegen Regierung!«, schnaubte Lessing. »Er arbeitet für den BND!«

Blomberg blickte ihn missbilligend an. »Herr Lessing! Der Begriff ›Geheimdienst‹ kommt nicht von ungefähr. Es muss nicht jeder wissen, in welchem Auftrag ich unterwegs bin!«

Der Kaugummi wanderte hurtig von einer Backe zur anderen. »Ich bin nicht jeder!«, erwiderte Connie ironisch, warf ihren Motorradhelm wie gewohnt in die Couchecke und ließ sich in einen Sessel fallen. »Worum geht's?«

»Herr Lessing wird glücklicherweise auf einem schwimmenden Atomkraftwerk eine Reportage im Polarmeer drehen können, darüber freuen wir uns!«

»Das Wort ›glücklicherweise‹ können Sie streichen! Lyshkin wird sich kräftig für eine Genehmigung eingesetzt haben, schließlich hatte ich ihm als Motivationsprämie ein Erfolgshonorar geboten. Darüber wird er sich am meisten freuen!«

»Sie haben was?« Blomberg schaute ihn entsetzt an.

»Lyshkin im Namen des Senders eine Million Euro Erfolgsprämie versprochen, die natürlich der BND zahlen muss!«

»Sind Sie jetzt von allen guten Geistern verlassen? Sie können doch nicht solche Zusagen machen!«

»Was wollen Sie?«, protestierte Lessing und streckte herausfordernd seinen Kopf vor. »Lyshkin war von der Idee alles andere als begeistert. Ich musste ihn zusätzlich motivieren! Und was ist schon eine lumpige Million?« *Ich brauche unbedingt diese Mission, damit der BND unsere Anklage wegen Stefan neutralisiert. Dafür würde ich dem Teufel höchstpersönlich alles versprechen!*

Connie blickte gelangweilt von einem zum anderen. »Können wir jetzt zur Sache kommen, wenn's recht ist? Schon wieder ins Polarmeer? Was soll's, wenn's gut bezahlt wird. Eine Geldspritze käme mir gerade recht.«

»Äh ..., das ist der Grund, warum wir Sie hergebeten haben«, sagte Blomberg verschwörerisch. »Sie können an dieser Reportage leider nicht teilnehmen.«

Connie bedachte ihn kauend mit einem Augenaufschlag zwischen Koketterie und Belustigung. »Ich kann nicht? Das wüsste ich aber!« Lessings Kamerafrau lehnte sich zurück und legte ein ausgestrecktes Bein auf den Sessel, den Blomberg soeben verlassen hatte.

Der BND-Mann blickte Connie nachdenklich an. »Frau Sadek, wir möchten Ihnen gerne jemanden vorstellen. Wären Sie so nett und würden die Eingangstür öffnen?«

»Aber es hat nicht geklingelt.«

»Bitte tun Sie mir den Gefallen.«

»Wenn's Ihnen Spaß macht.« Connie schälte sich provozierend langsam aus dem Sessel, schlenderte zur Tür, öffnete, und blickte geradewegs ihrem Spiegelbild ins Gesicht. Ihre Blicke trafen sich. Einen kurzen Moment las sie in diesen Augen eine Spiegelung ihres eigenen Erschreckens.

»Guten Tag, darf ich mich vorstellen?«, sagte ihr Spiegelbild. »Mein Name ist Connie Sadek oder besser, Lana Greene«, ergänzte ihre Doppelgängerin in perfektem Deutsch, während der Ansatz eines Lächelns ihre Mundwinkel umspielte.

Die Deutsch-Iranerin hatte sich wieder in der Gewalt und zuckte mit keiner Miene. »Komm rein, Schwester«, sagte sie stattdessen mit einem ironischen Unterton und gab den Eingang frei.

Lessing war dermaßen durcheinander, dass er jeden Versuch unterließ, den Anblick beider Connies auch nur im Ansatz zu begreifen.

»Ich glaub's nicht«, bemerkte Marianne auf ihre typisch trockene Art. »Jetzt gibt's die auch noch im Doppelpack!«

Lessing seufzte innerlich, wandte den Kopf und musterte sie vorwurfsvoll.

Als sich alle gesetzt hatten, umriss Blomberg im Groben, warum Connie Sadek durch ihre Doppelgängerin ausgetauscht werden sollte, ohne zu sehr ins Detail zu gehen.

»Die Maske ist sehr gut, trotzdem werden Hansen und Sandra sofort merken, dass die nicht echt ist«, entgegnete Sadek zweifelnd und bedachte ihre Doppelgängerin mit einem kritischen Blick.

»Machen Sie sich darüber keine Gedanken. Herr Lessing bekommt für die Reise ein anderes Team, dass sie nicht kennt.«

»Der BND hat wohl an alles gedacht, wie?«

Statt einer Antwort lächelte Blomberg konziliant.

»Warum sollte ich mitspielen?«, fragte Sadek. »Schließlich habe ich diese Geheimstation ausfindig gemacht!«

»Nun, als Dienst an Ihrem Land.«

»Scheiß auf das Land!«, unterbrach ihn Lessings Kamerafrau.

»Wenn Sie mich bitte aussprechen lassen ...«

Connie Sadek ignorierte weiterhin ihr Double und machte eine generöse Geste in Richtung des BND-Beamten.

»Wir würden Ihnen für Ihre Zustimmung eine kleine Aufmerksamkeit anbieten – als Dank für Ihr Verständnis.«

Connie ließ versonnen ihren Zeigefinger über die Tischkante gleiten. »Und wie groß wäre diese kleine Aufmerksamkeit?«, fragte sie lauernd, ihren Kaugummi zu einer beachtlichen Blase aufblasend.

»Unsere kleine Aufmerksamkeit wiegt hundertachtundsechzig Kilogramm, hat hundertvierzig PS und hört auf den Namen ›MV Agusta Brutale 800 RR‹. Die Farbe können Sie sich selbstverständlich aussuchen.«

Mit lautem Knall platzte die Kaugummiblase und verschwand blitzschnell in Connies Mund, während ihr Pendant stumm den Dialog verfolgte und keine Miene verzog. »Einverstanden – allerdings runden wir Ihre ›kleine Aufmerksamkeit‹ mit einer Bonuszahlung von fünfzigtausend Euro ab.«

Lessing schüttelte innerlich den Kopf. Für ihr Alter vermittelte Connie eine Abgebrühtheit, von der er bezweifelte, sie jemals erlangen zu können.

Blomberg verbarg seinen Ärger nicht. »Sie wollen mit dem BND feilschen?«

»Aber Ja!«, fügte Connie salbungsvoll hinzu.

Der BND-Mann lächelte säuerlich. »Ich ... äh ... bin nicht autorisiert, über –«

»Sie werden das schon klarziehen!«, unterbrach Connie Sadek und winkte lässig ab. »Zahl- und lieferbar unmittelbar vor Reiseantritt!«

Es war ihm anzusehen, wie schwer es ihm fiel, sich zu beherrschen. »Einverstanden«, bestätigte er zerknirscht. »Aus verständlichen Gründen können wir darüber aber keinen Vertrag schließen«, erwiderte Blomberg gehässig.

Connie lächelte maliziös. »Ich vertraue Ihnen.«

»Wir brauchen noch Ihre Bankdaten.«

»Sie arbeiten doch beim Geheimdienst! Finden Sie's raus!« Sprach's, nahm den Motorradhelm, küsste ihr perplexes Double auf den Mund und verließ Lessings Appartement.

»Und mit der arbeiten Sie freiwillig zusammen?«, fragte Blomberg konsterniert.

Lessing nickte. »Sie ist in ihrem Job brillant, wenn auch ein wenig exzentrisch.«

Am »Eisernen Steg«

Frankfurt am Main
Samstag, 18. August 2018

In der Abendsonne saß Feuerherz auf einer verwitterten Holzbank und blickte zum Ausflugsschiff NAUTILUS hinüber, während anlandende Wellen rhythmisch gegen die Basaltblöcke klatschten. Ein wunderbarer Spätsommerabend ging zu Ende. Letzte Sonnenstrahlen tauchten Kondensstreifen vorüberziehender Flugzeuge in goldenes Licht.

Ihr Blick wanderte zum »Eisernen Steg«, einer gegen Ende des neunzehnten Jahrhunderts erbauten Fußgängerbrücke, die über den Main führte und Frankfurts Innenstadt mit Sachsenhausen verband. Eine Woge schwappte über die Steine und trieb feuchte, moosige Luft zu ihr herauf.

Ding!

Ding!

Ding!

Sie warf einen Blick zur Anzeige und drückte den Button.

»Wo sind Sie?«

Feuerherz ärgerte sich über seine völlig überflüssige Frage. Das war alles andere als professionell. »Wie verabredet, auf der ersten Bank neben dem Steg!«, antwortete sie mit leicht nervigem Unterton, den ihr Gesprächspartner ruhig wahrnehmen sollte.

In typischer Manier strich sie das blonde Haar ihrer Perücke zurück. Es brauchte nicht viel, um ihr Äußeres bis zur Unkenntlichkeit zu verändern und sie in eine attraktive gebräunte Mittdreißigerin zu verwandeln, die anscheinend gerade von einem Sonnenurlaub zurückkehrte. Eine Perücke, farbige Kontaktlinsen – sie war ausgesprochen wandlungsfähig. Ihre sanften, eisblauen Augen blinzelten in Richtung der untergehenden Sonne, die sich träge im dahinfließenden Main spiegelte. Krächzendes Möwengeschrei erfüllte die Luft.

Morgen um diese Zeit würde sie bereits zu ihrem nächsten Auftrag unterwegs sein, um eine Arbeit zu erledigen, wofür sich andere zu schade waren. Danach hatte sie einen mehrwöchigen Urlaub verdient, zumal der letzte schon viel zu lange zurücklag, bevor sie dem übernächsten Auftrag im Oktober entgegenfieberte.

Der Wind frischte abrupt auf. Sie schloss die Augen und nahm den schwachen Geruch von Zimbelkraut wahr, das zwischen der Uferböschung wucherte. Aus der Ferne war das vertraute Summen des Verkehrs zu hören.

Der Auftrag im Oktober gefiel ihr besonders. Sie musste nicht viel Maske machen, obwohl sie es liebte, maskiert zu agieren. Aber Masken kosteten Zeit – viel Zeit, wenn sie perfekt sein sollten. Eine Maske anzulegen, gehörte nach ihrer Philosophie zum Handwerkszeug eines Agenten, und wollte gelernt sein. Der Auftrag versprach interessant zu werden. *Viel Spaß für alle Beteiligten.* Es gefiel ihr, die Fäden in der Hand zu halten. Sie hoffte nur, dass sich dieses Knäuel am Ende auch entwirren ließ. Feuerherz blickte zur Automatik aus den Dreißigern. Ruhig wanderte der Sekundenzeiger über das perlmuttfarbene Zifferblatt, ignorierte seine goldenen Nachbarn – und zeigte sich gänzlich unbeeindruckt von ihrer Ungeduld.

20:35 Uhr.

Wie die meisten Uhrenliebhaber hasste sie Verspätungen. Gleich würde sich Schmidt – so nannte er sich fantasievoll – zu ihr auf die Parkbank setzen, in Geheimdienstmanier argwöhnisch umschauen und gerade dadurch die Aufmerksamkeit flanierender Spaziergänger erregen. Das ganze Getue um seine Person nervte schon jetzt, obwohl er noch nicht mal da war. Seit Jahren war sie für den »Betrieb« tätig, erledigte Aufträge, und verschwand wieder für einige Monate in wohltuender Anonymität. Das waren die Vorteile freischaffender Spezialisten.

Ding!
Ding!
Ding!

Seufzend schaute Feuerherz erneut zum Handy. Als hätte das Klingeln den Startschuss gegeben, stoben Dutzende Nilgänse, die seit Monaten Frankfurts Mainufer bevölkerten, mit spitzen Schreien von der nahen Uferpromenade auf und flogen in Formation flussabwärts in Richtung der untergehenden Sonne.

»Wo bleiben Sie denn?«

»Deswegen rufe ich an. Ich bin in zwei Minuten da!«

Dann hättest du auch nicht anzurufen brauchen, dachte sie kopfschüttelnd.

Klack!

Ihr Blick wanderte von den verbliebenen Nilgänsen hinüber zum anderen Ufer, folgte Frankfurts Messeturm hinauf bis zur Pyramide, deren Spitze trotz August leichter Nebel umgab. Zugleich strich kühlere, von der Wetterau kommende Luft über den Main und ließ sie einen kurzen Moment lang frösteln.

Skeptisch sah sie flussaufwärts. Eine Wolkenbank näherte sich, die nichts Gutes verhieß.

»Habe mich verspätet, Entschuldigung.« Er war knapp eins siebzig groß und machte den Eindruck, als hätte er seinen Lebensunterhalt als Würstchenverkäufer in Fußballstadien verdient, bevor er sich für eine Beamtenlaufbahn im diplomatischen Dienst entschieden hatte. Er war ein Mann undefinierbaren Alters, ein Durchschnittstyp ohne hervorstechende Merkmale. Einer von der Sorte, mit denen man auf einer Party – weil man zufällig am selben Buffet anstand – belangloses Zeug plapperte, bis man drangekommen war, und kurz darauf wieder vergessen hatte.

»Drum sollten wir uns kurzfassen. Setzen Sie sich endlich!«

Hastig kam er ihrer Aufforderung nach. »Entschuldigung, ich bin in diesem Business gänzlich unerfahren«, sagte er betreten. »Ich fürchte, wir haben schlechte Nachrichten.«

In diesem Business gänzlich unerfahren, so siehst du auch aus!

»Wären es gute, würden Sie wohl kaum meine Hilfe in Anspruch nehmen«, entgegnete sie trocken. Ihr war dieser Mann zuwider. Je schneller sie das Treffen beendete, desto besser. Heftig aufkommender Wind pfiff über die Uferpromenade und ließ das Gefieder der Nilgänse aufbauschen.

»Sie kennen den Auftrag, aber wir würden ihn gerne noch um eine weitere Nuance erweitern.«

»Ich liebe Auftragserweiterungen.«

»Wissen wir – das geht aus Ihrer Personalakte hervor«, klang es vorlaut. Etwas flackerte in ihren Augen auf, das ihm dringend riet, sich zurückzunehmen.

»Tschuldigung.«

Ihr Blick glitt wieder zum Main und signalisierte, dass er fortfahren sollte.

»Es gibt Grund zur Annahme, dass ein Teammitglied ein Exponat mit sich führt, das wir, äh ... gerne in unserem Besitz wüssten.«, klang es geschraubt.

»Ich habe das Dossier gelesen und ahne, worum es geht, aber es sind mehrere dahinter her – so scheint's.«

»Da gebe ich Ihnen völlig recht, deshalb wenden wir uns auch an Sie«, erwiderte der Konsulatsbeamte.

Motorradunfall und eine Beichte

Moskau
Donnerstag, 11. Oktober 2018

»Hallo Frank, wir haben doch nächste Woche den kleinen Einsatz in Brüssel geplant. Du musst dir leider Ersatz suchen. Ich hatte einen Unfall und kann nicht mit«, drang Connie Sadeks Stimme aus dem Hörer.

»Was ist passiert?« Das war typisch. Connie erzählte das fast so beiläufig, als würde sie aus einer Zeitung vorlesen.

»Ich hatte einen Motorradunfall. Bin schon operiert und zu Hause, will nicht in der Klinik rumliegen.«

»Bin schon unterwegs!«, sagte Lessing, beendete das Gespräch, bevor seine Kamerafrau noch etwas erwidern konnte, schnappte im Vorbeilaufen seinen Schlüssel und fuhr den Wagen in Rekordzeit mit quietschenden Reifen aus der Tiefgarage. Auf der Autobahn Richtung Wiesbaden gab er Vollgas, während seine Gedanken um Connie kreisten. Damals, im Okavango-Delta, als sie tagelang in sumpfigem Gelände gelegen hatten, um Aufnahmen von Flusspferden zu schießen, war ein Teammitglied nach dem anderen entnervt ausgeschieden. Lessing genoss gerne die Annehmlichkeiten eines Fünfsternehotels, konnte aber auf Knopfdruck umschalten und sich in die Zeit seiner Einzelkämpferausbildung bei der Bundeswehr zurückversetzen. Er gehörte zu den Verrückten, der sie aus einer Laune heraus als Wehrdienstleistender freiwillig durchlaufen hatte.

Connie war damals neu zum Team gestoßen. Insgeheim hatte sich zwischen ihnen eine Art Wettbewerb entwickelt, wer es länger zwischen Puffottern, Speikobras oder sonstigem Getier aushalten konnte. Zuletzt hatten beide, von Moskitos zerstochen, allein im Tarnzelt gelegen. Nur der zur Neige gehende Wasservorrat hatte sie nach Tagen zurück in die

Lodge gezwungen, in der das restliche Filmteam es sich hatte gut gehen lassen. Connie Sadek strahlte etwas aus, dass man vorbehaltlos bereit war, sich mit ihr ins nächste Abenteuer zu stürzen. Spätestens ab diesem Zeitpunkt wusste Lessing, dass er sich auf sie unter extremen Bedingungen hundertprozentig verlassen konnte, auch wenn sie im Grunde ein verrücktes Huhn war.

Sie war die Art Frau, deren Geheimnis man niemals entlarvte – selbst wenn man mit ihr geschlafen hatte. Eine Art kumpelhafte Unnahbarkeit umgab sie. Sie ließ selten jemand in ihre Wohnung, das war auch so eine Marotte. Selbst Partner, mit denen sie es einige Wochen aushielt, ließ sie nur gelegentlich herein. Aus Furcht, was einem nachts widerfahren könne, wollte ohnehin kaum jemand mit ihr zusammenleben. In einer Nacht das Bett teilen, in der anderen vielleicht das Messer am Hals.

Als freie Mitarbeiterin arbeitete Connie eine Hälfte des Jahres beim Sender, die andere tingelte sie durch die Welt oder veranstaltete Fotoexkursionen, wenn sie Geld brauchte.

*****

»Hab mir das Bein gebrochen. Bin mit meiner Maschine aus der Kurve geflogen. Doppelter Bruch.«

Connie lag im Bett und hatte das rechte Bein bis zum Becken eingegipst.

»Und warum bleibst du nicht im Krankenhaus?«

»In dieser keimverseuchten Klinik? Ich bin doch nicht verrückt!«

»Zumindest brauchst du dir jetzt keine Gedanken mehr über deine verpasste Fahrt auf der AKULA zu machen«, bemerkte er ironisch.

»Schreib ja alles auf! Ich will genau wissen, was ihr dort erlebt. Versprochen?«

»Versprochen. Wie ist denn das passiert?«

»Meine Maschine kam in einer Kurve auf einem Ölfleck ins Rutschen.«

Bislang hatte er immer nur ihre herbe Schönheit bewundert und die kleinen Mängel darin. Jetzt durchfluteten ihn Wellen von beunruhigender Intensität. So, wie Connie ihr erotisches Temperament beherrschte und regelte, wie die Lautstärke an einem Radio, konnte sie nicht anders, als verschwenderisch zu brennen wie ein heller, heißer Stern. Und plötzlich stellte er fest, dass er alles dafür tun würde, damit dieser Stern nicht erlosch.

»Vielleicht hat der BND nachgeholfen!«

»Die konnten unmöglich wissen, welche Strecke ich fahren würde!«, widersprach sie bestimmt. »Außerdem haben sie schon bezahlt. Die Agusta steht seit gestern in meiner Garage. Aber gut, dass du da bist. Ich möchte von dir was wissen.«

»Und das wäre?«

»Was hast ausgerechnet du mit dem BND zu schaffen? Das passt gar nicht zu dir! Was haben sie gegen dich in der Hand? Und erzähl mir keine Märchen! Da ist doch was im Busch!«

Lessing nickte schweigend. »Böse Sache. Hängt mit Stefan Lühr und dem Ring zusammen.«

Connie klopfte seelsorgerisch auf die leere Seite des Doppelbettes. »Das habe ich mir gedacht!«

Lessing setzte sich und begann zu erzählen. Seine ganze Geschichte, die mit seinem Besuch bei Marianne im Institut vor knapp einem Jahr ihren verhängnisvollen Anfang genommen hatte. Anfangs stockend, sprudelte es aus ihm nur so heraus, als würde jedes Wort die Tonnenlast auf seinem Gewissen ein wenig mildern.

ACHTER TEIL

Aufbruch nach Alexandraland

Nach der Pass- und Visumkontrolle durch einen mürrischen Beamten verließen sie das barackenähnliche Gebäude und stiefelten mit ihren Rollkoffern den verwahrlosten Landungssteg hinab. Bei angenehmen fünfzehn Grad regnete es heute im Gegensatz zur letzten Einschiffung nicht, hätten alle besserer Laune sein müssen, aber die Aussicht auf dieses schwimmende AKW dämpfte ihre Erwartungen. Das Team passierte eine Militärstation mit schwer bewaffneten Soldaten und erinnerte daran, dass sie den Hochsicherheitstrakt erreicht hatten. Ganz am Ende des Piers entdeckte Lessing die AKULA.

Das Schiff war Cremeweiß gestrichen, Fensterbänder wie Bordwände teils in Dunkelblau abgesetzt und sollten an Russlands Nationalfarben erinnern. Ihr schwimmendes Atomkraftwerk sah so ungewöhnlich aus, dass Lessing auf Anhieb den Bug nicht vom Heck unterscheiden konnte. Sein unteres Drittel bestand aus einem schwimmenden Ponton, auf dem ein mehrere Stockwerke hoher kantiger Klotz saß, der sich fast über die gesamte Länge des Schiffes erstreckte. Darauf zurückversetzt saß ein zweiter, mehrgeschossiger Aufbau, dessen turmartige Auswüchse an Kontrolltürme erinnerten, wie man sie von Flughäfen kannte. *Muss eine Art zweigeteilte Brücke sein. Immerhin weiß ich jetzt, wo der Bug ist*, dachte Lessing ironisch. Eine Schönheit war das Schiff gewiss nicht, erinnerte ihn unwillkürlich an seine Kindheit, als er mit Legosteinen Schiffe wie dieses baute. Reine, kantige Effizienz – keine Spur von maritimer, eleganter Ausstrahlung.

Ein Matrose führte sie durch schmale Flure über mehrere Decks zu ihren Kabinen. Keine zwei Meter breit, besaß Lessings Domizil drei übereinandergestapelte Etagenbetten, einen winzigen Tisch, zwei Stühle und ein kleines Fenster. Kein Bad. Peters blickte mehr als ernüchtert auf die puristische Einrichtung. »Selbst in einem Kaninchenstall ist mehr Platz!«, maulte er.

»Für ein paar Tage wirst du's schon aushalten«, kommentierte Lessing halbherzig, und glaubte selbst nicht an das, was er gerade gesagt hatte.

***

Nachts tönten Kommandorufe über das Schiff, begann die AKULA zu erzittern, als das schwimmende Kraftwerk ablegte und langsam Fahrt aufnahm. Lessing kletterte vorsichtig aus der Koje, um Marianne nicht zu wecken, und lugte durchs winzige Fenster nach draußen. Es war kurz nach Mitternacht und stockdunkel. Von Mitte Mai bis Mitte Juli ging die Sonne in Murmansk nicht unter und von Anfang Dezember bis Mitte Januar herrschte ewige Polarnacht.

In ruhiger Fahrt glitt die AKULA durch den Fjord – vorbei an ausgedienten Eisbrechern, schrottreifen U-Booten und maroden Frachtern. Er dachte wehmütig an die 50. JAHRESTAG DES SIEGES zurück. Das war jetzt auf den Tag genau ein Jahr her, als er die gleiche Fahrt unternommen hatte – heute jedoch unter gänzlich anderen Bedingungen. Mit dem Aufnahmeteam war er ganz zufrieden. Peters, ein kleiner, schlanker Mittfünfziger, war ein erfahrener Mann hinter der Kamera. Er teilte eine Kabine mit Hansens Sohn, der als Mädchen für alles sein Studiengeld etwas aufbesserte. Lana Greene alias Connie Sadek teilte mit Brigitte ihr Domizil.

Zeit, wieder ins Bett zu gehen.

»Hoffentlich geht's gut!« Lühr lacht wieder sein meckerndes Lachen und dreht hart am Ruder.

»Lass dir mal was Neues einfallen!«, erwidere ich genervt. »Verschwinde endlich aus meinem Kopf!«

»Hast du eigentlich noch mal über Blombergs Hinweis nachgedacht?«

Das war wieder typisch Lühr, ihm einen Brocken vor die Füße zu werfen, sodass er gezwungen war, nachzuhaken. »Welchen Hinweis?«

»Als Blomberg dir diese verrückte Fahrt nach Alexandraland eingeredet hat – was gab er damals zum Besten?«

»Verrat's mir!«

»Er sagte: Einer unserer Leute war auf dem Eisbrecher. Hattest du das schon wieder vergessen? Meines Erachtens solltest du mal darüber nachdenken. So viele Möglichkeiten gibt's nicht!«

Wach.

Eine Warnsirene gellte durchs Schiff und riss Lessing aus unruhigem Schlaf. Zugleich tönte eine plärrende, weibliche Stimme aus dem blechernen Kabinenlautsprecher. »[...] ist ein Notfall! Begebän Sie sich sofort auf das Außendäck. Nehmän Sie kein Gepäck mit und bewahrän sich Ruhä. Ich wiederholä, dies ist ein Notfall. Begäben Sie sich [...]«

Lessing war in einem Sekundenbruchteil hellwach und sprang aus seiner Koje. »Marianne, steh auf! Es ist was passiert!«

Mürrische, dumpfe Laute drangen aus der oberen Koje. Zugleich wurde ihre Kabinentür aufgerissen. Peters' Kopf lugte herein. »Hast du das gehört?«, stellte er Lessing die völlig überflüssige Frage. »Was sollen wir jetzt machen?«

»Der Ansage folgen, was sonst! Marianne, schaff endlich deinen Hintern aus dem Bett! Wir müssen raus!«

Marianne brummte etwas Unverständliches und bedachte ihren Ex-Mann mit einem genuschelten Fluch.

»Habt ihr schon –«

»Haben wir, Brigitte! Macht, dass ihr rauskommt!«

»[...] ist ein Notfall! Begebän Sie sich sofort auf das Außendäck. Nehmän Sie kein Gepäck mit und bewahrän sich Ruhä. Ich wiederholä, dies ist ein Notfall. Begäben Sie sich [...]«

Lessing stopfte Marianne in ihren Morgenmantel und trug sie mehr, als dass er sie zog, den Flur entlang, mehreren Uniformierten hinterher.

Alle strömten nach draußen. Peters filmte mit einer kleinen Kamera die Evakuierung, bis ihn ein Maschinist im blauen Overall heftig anrempelte. Seine Kamera flog im hohen Bogen durch den Flur und zerlegte sich nach der Landung in ihre Einzelteile.

Lessing hatte den Vorfall beobachtet, war stinksauer und machte Anstalten, den Mann zur Rede zu stellen, aber Greene packte ihn an den Schultern, schüttelte ihren Kopf, und schob beide weiter Richtung Schott, bevor es zu einer ernsthaften Auseinandersetzung mit dem Russen kommen konnte. Auf dem Außendeck scheuchte man alle Passagiere in Richtung der Rettungsboote. Neben dem Reporterteam waren noch zwei Dutzend Wissenschaftler sowie eine Ablösung des Stationspersonals an Bord, deren Gesichter Besorgnis zeigten.

Lessing schlug eiskalter Wind entgegen und ließ seine Augen tränen. Unter lautem Gebrüll wurden sie weiter in Richtung eines knallroten Rettungsbootes getrieben. Diese Behandlung nervte den Fernsehjournalisten zusehends. Er kannte den Drill von seiner Militärzeit, aber einige Soldaten hatten anscheinend Spaß daran, die Passagiere zu schikanieren.

Peters maulte über die Behandlung: »Ich bleibe keine Minute länger auf diesem Schiff und in dieser Scheißkabine!«

»Prima!«, erwiderte Lessing trocken. »Was willst du machen? Über Bord springen und zurückschwimmen?«

Als sie in eine Rettungskapsel stiegen, schlug ihnen ein Mief aus Teer, Gummi und Heizöl entgegen. Im Boot wurde es spürbar ruhiger. Verängstigte Gesichter blickten sich an. Niemand schien zu wissen, was passiert war.

»Ihrä Übung ist beändät!«, drang es aus dem Deckenlautsprecher. »Bittä verlassän Sie die Rättungsbootä. Gehän Sie in Ihrä Kabinän zurück.« Die Ansage wurde auf Russisch wiederholt.

Beim Aussteigen entdeckte Lessing einen Offizier, ging mit grimmigem Gesichtsausdruck auf ihn zu, wurde aber in holprigem Englisch bereits angesprochen, bevor er seinem Unmut Luft machen konnte. »Sie sind also Mr. Lessing, der bekannte Fernsehjournalist, der sich unsere AKULA als Filmkulisse ausgesucht hat!«

Nach dieser Ansage spürte er sofort, dass seine Anwesenheit alles andere als erwünscht war.

»Einer Ihrer Matrosen hat absichtlich meinen Mitarbeiter angerempelt, dabei wurde eine wertvolle Kamera zerstört! Ich werde mich darüber beschweren und Ihrer Reederei die Rechnung präsentieren!«

»Gar nichts werden Sie! Es war nicht erlaubt, irgendwelche Gegenstände aus den Kabinen mitzunehmen! Wenn also Ihr Mann bei einer Evakuierung des Schiffes ein Filmchen drehen will, darf er sich nicht wundern, wenn etwas dabei zu Bruch geht!«

Als der Journalist zu einer geharnischten Antwort ansetzen wollte, schnitt ihm der Offizier mit einer herrischen Handbewegung das Wort ab. »Diese Übung ist vorbei, Mr. Lessing! Das ist kein Passagierschiff, sondern ein schwimmendes Kernkraftwerk! Hier sind überall Sicherheitszonen! Gehen Sie sofort wieder in Ihre Kabinen zurück und warten Sie dort auf weitere Anweisungen!«

»Frank! Lass sein, das bringt nichts, sich mit diesen Sturköpfen anzulegen«, hörte er Brigittes Stimme und ließ sich wegzerren, bevor die Situation eskalieren konnte.

***

Lyshkin zuckte die Achseln, betrachtete sinnend das Etikett der Flasche, goss zwei Gläser halbvoll und nahm Lessing gegenüber Platz. »Sieh's mal von unserer Seite. Das Schiff ist nicht für Passagiere ausgelegt. Offiziere mussten ihre Kabinen zugunsten der Wissenschaftler und eures Teams räumen. Fast alle sind über ein westliches Kamerateam an Bord wenig begeistert, dazu kommt noch die Ablösung für die Arktisstation – das ist für manche einfach zu viel«, versuchte der Kraftwerksleiter das Verhalten des Militärs zu rechtfertigen. »Sie sind misstrauisch und verstehen nicht, warum ausgerechnet ein westliches Kamerateam den Auftrag bekam. Außerdem haben wir wegen euch noch drei Politoffiziere an Bord, die überall herumschnüffeln.«

Lessing schnaubte. »Unsere Kabinen sind durchsucht worden. Man hat sich nicht mal die Mühe gemacht, es zu verbergen!«

Hoher Besuch auf der AKULA

AKULA
Samstag, 20. Oktober 2018

»Erinnerst du dich an diese Vibrationen vorhin?«, fragte Lessing. »Ich habe Andrej danach gefragt, ob es Probleme gibt und er hat nur gelacht. Andrej sagte, Viktor Rasin sei eben mit seiner Entourage in einem Hubschrauber gelandet.«

»Was will denn Rasin an Bord?«

»Schließlich gehört die AKULA seiner Reederei. Vielleicht will er nur einen Kurztrip nach Alexandraland unternehmen oder sich sein eigenes Schiff anschauen und dann mit seinem Hofstaat wieder verschwinden.«

Streitgespräch mit Connie II

AKULA
Sonntag, 21. Oktober 2018

»Ich sage es dir gerne noch einmal! Mach dir um mich keine Gedanken und kümmere dich um deine Angelegenheiten! Ich bin auf keinen Hubschrauber angewiesen und habe andere Möglichkeiten!«

»Das habe ich mir fast gedacht.«

Jetzt war sie dicht an ihn herangetreten. »Wenn ich merke, dass du mir hinterher spionierst, bekommst du Ärger.« Ihr Tonfall wurde hörbar feindseliger.

»Was willst du machen? Mich verprügeln?«

»Du wärst nicht der Erste, der eine Packung von mir kriegt! Aber es gibt andere Möglichkeiten. Zum Beispiel dein Deal mit dem BND!«

Lessing schnaubte: »Wie hast du denn das herausgefunden? Ihr Geheimdienstleute seid doch alle Schwatzweiber!«

»Glaubst du im Ernst, wir wüssten die Hintergründe nicht? Wir wollen schon wissen, mit wem wir es zu tun haben! Du tust gut daran, deinen Auftrag zu erfüllen und über dieses Schiff samt seinen Sicherheitsstandards ein Loblied zu singen. Bisher seid ihr noch nicht durch rege Dreharbeiten aufgefallen!«

»Was hast du inzwischen herausgefunden?«

»Das unterliegt der Geheimhaltung, oder glaubst du, wir machen das hier zum Spaß?«

»Immerhin sind wir ›Kollegen‹ und sollten uns gegenseitig auf dem Laufenden halten.«

»Gefällt dir unsere Geheimdienstarbeit so gut?«, fragte Greene ironisch.

Lessing hob seine Achseln.

»Ich habe aber eine Neuigkeit, die nicht der Geheimhaltung unterliegt, dich aber brennend interessieren dürfte«, ergänzte sie.

»Lass hören!«

»Krista Egsbrand ist an Bord!«

Unterwegs nach Alexandraland

AKULA
Donnerstag, 25. Oktober 2018

Im Morgengrauen lehnte Lessing an der verwitterten Reling des Vorschiffs und blickte zum Packeis. Seine dunkelbraunen Augen blinzelten in Richtung des orangefarbenen Horizonts. Krächzendes Geschrei vorbeifliegender Seemöwen drang in seine Ohren. Er sog die kalte Polarluft tief in seine Lungen. Genau vor einem Jahr war er schon einmal hier gewesen. Damals auf Druck des Senders, als er Wessels Reportage übernehmen musste und als Sonderprämie zwei weitere Reportagen versprochen bekam. Jetzt war er erneut nach Franz-Josef-Land unterwegs – aber unter gänzlich anderen Voraussetzungen. Der BND hatte ihn und Marianne am Schlafittchen, also spielten sie beide mit.

Käme es wegen Stefan Lühr zur Anklage – auch wenn die Staatsanwaltschaft nur auf fahrlässige Tötung plädieren würde – könnte er als Fernsehjournalist einpacken und Marianne wäre garantiert ihren Job im Institut los. Andererseits brachte es sie ein Stück näher an UTGARD heran, auch wenn Russland dort inzwischen eine riesige Militärbasis aufgebaut hatte. Vielleicht ergab sich eine Möglichkeit, mehr darüber herauszufinden. Ihre Chancen standen jedenfalls hier besser, als zu Hause auf der Couch.

Lessings Blick wanderte zum Horizont und verlor sich in der Ferne. Die aufgehende Sonne tauchte das vor ihm liegende Packeis in warmes Licht. Eine Windbö trieb ihm Eispartikel ins Gesicht, spürte er sie wie tausend Nadeln auf der Haut.

Skeptisch sah er nach oben. Von Nordosten näherte sich eine Wolkenbank, die Schnee ankündigte.

Die letzten Tage hatte sein Team mit Filmaufnahmen, Interviews und Reportagen verbracht, stets unter Aufsicht der allgegenwärtigen Politoffiziere. Zu Peters' Verdruss mussten sämtliche Aufnahmen vorgeführt und genehmigt werden. Bis auf das kurze Gespräch mit Andrej hatte sich noch keine Gelegenheit ergeben, Andrej und Irina länger zu treffen oder beide gingen ihnen bewusst aus dem Weg.

In der Kabine lag Marianne in ihrer Koje, hatte die Beine nach oben abgewinkelt, surfte am Laptop und trug im Stil eines Reiseleiters Informationen vor.

»[...] Franz-Josef-Land besteht aus knapp zweihundert Inseln, die zusammen ungefähr der Fläche Schleswig-Holsteins entsprechen. Ihre größte Ausdehnung hat die Inselgruppe mit knapp dreihundertachtzig Kilometern.« Sie griff nach der Schachtel und zündete sich eine Zigarette an. »Alexandraland ist einschließlich ihrer nordöstlichen Halbinsel rund siebzig Kilometer lang, und knapp dreißig Kilometer breit. Die Halbinsel ist über eine Brücke mit dem Hauptteil verbunden. Im Norden liegt die russische Polarbasis ›Nagurskaja‹. Sie ist Russlands nördlichste Grenzschutzbasis [...]«

Ihr Monolog ließ seine Gedanken abdriften und um Stefan Lühr kreisen. *Würde der BND zu seinem Wort stehen?*

Ihr vorwurfsvolles Räuspern holte ihn zurück. »Hörst du mir überhaupt zu?

Die Station wird bis heute als einzige in Franz-Josef-Land ganzjährig betrieben. Im letzten Sommer gab das russische Verteidigungsministerium bekannt, dass dort zusätzlich eine Militärbasis – ›Arktisches Kleeblatt‹ genannt – errichtet wurde, worin mehrere Hundert Soldaten zwei Jahre autark leben können. Diese Militärbasis ist vierzehntausend Quadratmeter groß. Auf der Hayes-Insel ›Ostrow Cheisa‹ steht seit 1957 eine von zwei russischen Polarstationen. Ab 1965 baute man sie zum größten Wetterobservatorium der Arktis aus. Zeitweise arbeiteten dort bis zu zweihundert Wissenschaftler. Von 1956 bis 1990 starteten von hier aus Höhenforschungsraketen [...]«

Seine Gedanken galoppierten erneut davon. *Was suchte dieser Oligarch auf dem Schiff? Gab es eine Verbindung zwischen ihm und Alexandraland oder der Anomalie? Wusste er überhaupt davon?*

»Du sagst gar nichts!«

»Ich wollte dich nicht unterbrechen«, log er.

Damit gab sich Marianne offensichtlich zufrieden und las weiter. »Zu Ehren eines russischen Polarforschers erhielt die Station auf der Hayes-Insel 1972 den Namen ›Geophysikalisches Observatorium E. T. Krenkel‹. Im Jahr 2001 zerstörte ein Feuer die Stromversorgung sowie mehrere Gebäude. Im Rahmen des Internationalen Polarjahres 2008 wurde dort eine neue Forschungsstation gebaut.

In Franz-Josef-Land strukturieren Mahlzeiten den Tag. Sechs Monate geht die Sonne in der Polarnacht nicht auf! Die Polarnacht ist einhundertachtundzwanzig Tage lang – von Mitte Oktober bis Ende Februar – während die Mitternachtssonne von Mitte April bis Ende August dauert.« Lessings Ex-Frau schluckte und machte eine längere Pause. »Überwiegend besteht Franz-Josef-Land aus erdmittelalterlichen Sedimenten. Formationen aus magmatischen Gesteinen sind dazwischen eingelagert. Durch ihre größere Verwitterungsresistenz bilden sie turmartige Felsstufen. Ein weltweit einmaliges Phänomen sind die bis zu drei Meter großen Steinkugeln, ›Geoden‹ genannt, insbesondere am Kap Triest. Geoden entstehen innerhalb von Sedimentgesteinsschichten durch schalenförmige Ablagerungen um einen Ausgangspunkt, wie zum Beispiel ein kleines Fossil. Sie zeichnen sich durch eine höhere Dichte aus, verglichen mit dem sie umgebenden Gestein. Dass sie heute frei liegen, ist ihrer größeren Härte geschuldet: Das sie umgebende Gestein verwittert schneller.«

Wieder enteilten seine Gedanken. *Er hätte niemals geglaubt, noch einmal mit ihr gemeinsam etwas zu unternehmen und jetzt ...*

»[...] während des Zweiten Weltkriegs errichtete ein deutscher Trupp namens ›Schatzgräber‹ im September 1943 eine Wetterstation in Alexandraland [...]«

Das Wort »Deutsch« ließ Lessing aufhorchen und zog ihn zu Mariannes Vortrag zurück.

»Zehn Männer wurden an Bord des Wetterforschungsschiffs KEHDINGEN unter dem Schutz von U-387 zur Ostküste gebracht. Im Mai 1944 wurde ihre Station von Flugzeugen versorgt. Durch den Verzehr von rohem Eisbärfleisch erkrankten kurze Zeit später mehrere Männer an Trichinose. Zwei Monate später wurde die Station evakuiert. Im Zuge des Kalten Krieges und der atomaren Abschreckung gewann Franz-Josef-Land als strategischer Stützpunkt zunehmend an Geltung – über den Nordpol hinweg war Amerika gut erreichbar.

In den Siebzigerjahren sank die strategische Bedeutung russischer Militärbasen in Franz-Josef-Land durch den Bau von Interkontinentalraketen. Trotzdem blieb die Inselgruppe innerhalb der Sowjetunion eine Sonderzone, zu der nur ausgewählte Wissenschaftler Zugang hatten, mit wenigen Ausnahmen: so gab es die internationale Arktisexpedition des Luftschiffs GRAF ZEPPELIN, von sowjetischen Forschern begleitet [...]«

GRAF ZEPPELIN ... *hatten sie damals schon schwebende Steine während des Fluges entdeckt oder erst später bei der Auswertung ihrer Aufnahmen?*

»[...] in den Dreißigerjahren durften deutsche Wissenschaftler zur Tichaja-, in den Siebzigern französische Wissenschaftler zur Krenkel-Station. Seit 1992 sind wieder Reisen mit Veranstaltern nach Franz-Josef-Land möglich. Erste Anlaufstelle ist stets die russische Polarstation Nagurskaja. Dort werden alle Pässe mit russischen Visa kontrolliert. Das trifft für uns nicht zu, schließlich sollen wir offiziell die Insel nicht betreten [...]«

Lessing dachte darüber nach, wie es weitergehen sollte. *Die AKULA würde in einigen Tagen –*

»Schau mal auf deine Uhr! Wir kommen noch zu spät zur Audienz bei ihrer Heiligkeit – Kapitän Rybkow«, hörte er Mariannes Stimme hinter sich. Lessing nickte und schaute ein letztes Mal aus dem Fenster zum Horizont. Keine Insel in Sicht, nur Eis, soweit das Auge reichte, und keine Antworten auf so viele Fragen.

***

Nicht ohne Stolz führte Kapitän Rybkow das Kamerateam durch den Maschinenraum und dem Allerheiligsten des Schiffes – den Reaktorraum. Seine Erläuterung zur Funktionsweise des schwimmenden Kernkraftwerks folgte im Kameralicht einer Steuerungszentrale. Ton, Beleuchtung, Maske, Gesicht abtupfen – Rybkow genoss sichtlich seine Zeit als temporärer Filmstar.

»Unsere AKULA ist rund zweihundertfünfzig Meter lang, fünfzig Meter breit und verdrängt gut sechzigtausend Tonnen! Jeder Reaktor der Version KLT-40S liefert eine elektrische Bruttoleistung von fünfunddreißig Megawatt. Die Reaktoren haben eine thermische Leistung von dreihundert Megawatt! Damit könnten wir eine Stadt wie Jekaterinburg mit Strom oder Süßwasser versorgen«, führte er aus. »Die Brennstäbe unserer beiden Druckwasserreaktoren arbeiten mit zwanzig Prozent Uran-235.«

»Welche Sicherheitsphilosophie verfolgen Sie?«, fragte Lessing und hielt Rybkow das Mikrofon vor den Mund.

»Wir halten nicht nur sämtliche Sicherheitsstandards der internationalen Atomenergiebehörde ein, sondern haben sogar Erdbeben Stärke zehn simuliert, um einer möglichen Katastrophe vorzubeugen, falls unsere AKULA durch einen Tsunami an Land gespült werden sollte. Ferner haben wir ein System entwickelt, das verhindern soll, radioaktives Material nach außen dringen zu lassen, wenn es zu einer Kernschmelze kommt. Dieses System trug dazu bei, dass bereits eine 2015 begonnene Konstruktion nicht wie geplant 2017, sondern erst kürzlich fertiggestellt wurde.

Es unterscheidet sich vom Mark-I-System, das in Fukushima eine Katastrophe nicht verhindern konnte, unter anderem dadurch, dass es nicht erst geflutet werden muss, um den Reaktor zu kühlen. Dazu verbindet es ein aktives Pumpennotfallkühlsystem mit einem passiven Sicherheitskonzept, bei dem die Reaktorenergie durch Dampferzeuger abgeführt wird, wenn alle Pumpen ausfallen. Hierzu muss allerdings nach vierundzwanzig Stunden frisches Kühlwasser zugeführt werden [...]«

***

Lessing lag in seiner Koje, hatte seine Hände hinter dem Kopf verschränkt und dachte über die letzten Tage nach. In seinem Bauch rumorte es. Vor einer halben Stunde hatte er einen merkwürdig riechenden Eintopf vertilgt. Wehmütig dachte er an ihre Verpflegung auf der 50. JAHRESTAG DES SIEGES zurück. Hier gab es nur wechselweise Bohnensuppe oder Borschtsch.

Die Wogen hatten sich in der Zwischenzeit etwas beruhigt. Peters durfte Offiziere und Mannschaften interviewen. Nach Auswertung des Filmmaterials hatten sich sogar die Politoffiziere sichtlich entspannt. Das Team hatte der Schiffsbesatzung kräftig Honig um den Mund geschmiert, um die Stimmung nicht weiter eskalieren zu lassen. Ob und wann etwas davon gesendet wurde, stand ohnehin in den Sternen. Er wollte diese Expedition möglichst rasch hinter sich bringen, falls sie Alexandraland nicht betreten durften. Er hoffte, dass der BND sich an seine Zusage hielt, seinen Einfluss geltend machte, um Lührs Akte endgültig zu schließen. Daran dachte er jede freie Minute.

Inzwischen durfte das Team auch ohne Aufpasser allein durchs Schiff – wenn keine Aufnahmen oder Interviews anstanden. Marianne war mit Lana Greene, die brav mitspielte, auf Entdeckungstour. Hansen filmte am Bug des Schiffes treibendes Packeis, und hoffte auf Eisbären oder Wale, die er mit seinem Monsterobjektiv einfangen konnte. Peters saß in seiner Kajüte und war mit ersten Schneidearbeiten beschäftigt. Brigitte ging Peters zur Hand. Er wollte gar nicht darüber nachdenken, was ihnen allen drohte, würden sie Greene entlarven. Seinem Team hatte er ihre Maskerade als notwendiges Übel verkauft, da nur Connie eine Genehmigung für die AKULA besaß, aber russischer Formalismus keinen kurzfristigen Ersatz zuließ. Er musste vor ihrer Ankunft in Alexandraland überlegen, ob er bereit war, seinem Team den wahren Grund ihrer Reise zu offenbaren. Je länger die Reise dauerte, desto weniger war er bereit, seine Karten offen zu legen. Warum auch? Wer nichts weiß, kann nichts verraten. Nur Connie, Marianne und Lana Greene wussten um die wahren Beweggründe für diese Reportage.

Lessing schwang sich aus der Koje, lief zu seinem Lieblingsplatz am Heck des Schiffes und sog die Meeresluft ein, während der Wind an seinen Haaren zauste. Nach wie vor mussten sie ihre Filmaktionen anmelden, sich alles genehmigen lassen. Da blieben die Russen stur.

Vom Oligarchen und seinem Hofstaat war nichts zu sehen. Er fragte sich ohnehin, was ein Mann wie Rasin auf dem Schiff verloren hatte. Ihre AKULA würde deutlich länger unterwegs sein, als die 50. JAHRESTAG DES SIEGES, die gute drei Tage für knapp siebenhundertfünfzig Seemeilen benötigt hatte. Boris Rybkow hatte sich gestern Abend dazu herabgelassen, gemeinsam mit der Filmcrew das Abendessen einzunehmen und in einem Anfall von Redseligkeit ihre voraussichtliche Ankunft für den 27. Mai prophezeit, falls das Wetter so blieb.

»Da bist du ja!«, hörte er Mariannes Stimme in seinem Rücken. »Hätte ich mir denken können.« Sie umschlang von hinten seinen Oberkörper, lehnte sich gegen ihn und genoss den Anblick des vorbeitreibenden Packeises.

Als beide wieder ihre Kabine betraten, fanden sie ein elegant marmoriertes Kuvert auf dem Bett. Lessings Name war kunstvoll mit breiter Feder in blauer Tinte geschrieben. Auf der Rückseite prangte in goldenen Lettern die Adresse des Absenders: Viktor Rasin.

Akula, den 25.10.2018

Sehr verehrter Herr Lessing,

zunächst erlaube ich mir, Ihnen zu den großartigen Reportagen zu gratulieren, die fremde Kulturen so vielen Menschen nahebringen und denen Sie auf informative und gleichsam unterhaltende Weise neue Eindrücke vermitteln.

Da wir einige Tage gemeinsam auf der AKULA verbringen werden, nutze ich die Gelegenheit, Sie und Ihre werte Gattin heute Abend zum Essen einzuladen.

Bitte geben Sie dem Steward bis 17 Uhr Bescheid, ob Ihnen meine Einladung genehm ist.

Mit herzlichen Grüßen

Viktor Rasin

»Da können wir schlecht Nein sagen«, entgegnete Marianne mit Genugtuung in der Stimme.

Er nahm sie in seine Arme und sah sie ironisch an. »Weil dadurch Frau Dr. Lessing ihre Garderobe präsentieren kann, die mehrere Koffer bevölkert! Völlig verrückt, Abendkleider auf ein schwimmendes Kernkraftwerk mitzunehmen!«

»Aber wie du siehst, habe ich sie nicht umsonst mitgenommen!«, erwiderte seine Ex-Frau triumphierend.

Richtung Außendeck kamen sie bei der Haupttreppe an einer großformatigen Porträtaufnahme vorbei, vor der Lessing verdutzt innehielt.

»Was ist denn? Du siehst ja aus, als ob du einen Geist gesehen hättest.«

»Habe ich auch gerade«, raunte der Fernsehjournalist, zugleich betrachtete er die Aufnahme genauer.

»He!« Ich hab's nicht gern, wenn du anderen Frauen nachschaust!«, sagte Marianne schnippisch.

Er starrte weiterhin die Aufnahme an. »Darf ich vorstellen? Das hier ist Christina Sandberg, alias Krista Egsbrand, alias Kriminalhauptkommissarin Barbara Jacoby! Greene hatte recht!«

»Ich glaube, ihr beide fantasiert gewaltig. Wie soll ein Porträt von dieser Egsbrand hier auftauchen? Ihr müsst euch irren!«

»Eben, Liebling!«, entgegnete er geistesabwesend und schüttelte den Kopf. »Genau das frage ich mich auch. Und wer dieser Rollmops neben ihr ist.«

Eine besondere Einladung

AKULA
Donnerstag, 25. Oktober 2018

Ein Steward führte sie zum Heck des Schiffes. Am Ende eines breiten Flurs öffnete er eine weiße zweiflügelige Tür, auf der in goldenen, schlicht gehaltenen Buchstaben Rasins Name stand.

Lessing blickte in einen Salon, der fast wie eine kleine Turnhalle anmutete. Er verstrahlte eine Mischung aus opulentem Wohnzimmer und riesigem Arbeitszimmer. Der Salon bestand aus verschiedenen Ebenen, als hätte man den Boden der Länge nach durchgeschnitten und um ein halbes Stockwerk versetzt zueinander wieder zusammengefügt.

Links führten zwei Treppenabgänge zur tieferliegenden Etage, erschloss unten eine mit goldenen Intarsien verzierte weiße Doppeltür – durch die ein Oberklassewagen hätte fahren können. Der dunkle Marmorboden war größtenteils durch dicke, cremefarbene Teppiche bedeckt.

Durch eine Glaswand gegenüber blickte Lessing zum Heck des Schiffes. Er konnte ungefähr abschätzen, wo sich diese Suite befand. Davor thronte eine cognacfarbene Couch – knopfgeheftet im klassisch-englischen Stil – und flankiert von vier mit braunem Leder bezogenen Ohrensesseln.

Lessings Blick wanderte von der tieferen Etage durch den Salon und blieb rechts am offenen Kamin hängen, in dem klobige Holzscheite brannten. Gelegentliches Knistern war zu hören, wenn Flammenzungen gierig empor leckten. Vor dem Kamin residierte ein brauner Konferenztisch, mit einem Dutzend Bürosesseln im Gefolge, auf dem dekorative Tischlampen sanftes Licht ausstrahlten. In den Ecken des Salons standen im Chesterfield-Stil gehaltene Computertische. Börsendiagramme huschten unablässig über die Bildschirme.

Großformatige Gemälde dekorierten braun gedeckte Wände. *In diesem Saal wird gearbeitet und zugleich gewohnt,* dachte der Fernsehjournalist und blickte nach oben. Die abgehängte Decke in mehreren Metern Höhe erinnerte ihn von ihrer Struktur her an Korbgeflecht und war im Braun der Wände gehalten.

Die Gäste waren vom Anblick des Salons wie erschlagen. Mit angrenzenden Schlafzimmern, Bad und eigener Küche musste diese Suite mehrere Hundert Quadratmeter umfassen. Hier geriet Wohnraum zur wahren Machtdemonstration, wurde Geld gelebt und zugleich zur Schau gestellt. Wohl wissend, dass man in Kenntnis dieses luxuriösen Anwesens im Anschluss wieder als Gast in seinen Hühnerkäfig zurückkehren musste, war der Gedanke daran kaum zu ertragen.

»Schön, dass Sie unserer Einladung gefolgt sind!«, sagte eine dunkle Stimme in Deutsch mit russischem Akzent. Im ersten Moment konnten beide innerhalb des mit Mobiliar überfrachteten Salons die Stimme nicht verorten.

»Hier!«, kam es von links. »Hier bin ich!«

Endlich erblickte Lessing Nase, Stirn und Halbglatze eines Mannes, dessen Körper durch die Kante der tiefer gelegenen Halbetage verdeckt war. Langsam stieg ein Männlein die flache Treppe hinauf, trippelte durch die kathedralenartige Weite des Salons und breitete entwaffnend seine Arme aus.

»Verzeihen Sie mir meinen Auftritt, aber ich beobachte gerne Besucher, wenn Sie zum ersten Mal mein Arbeitszimmer betreten. Hoffentlich nehmen Sie es mir nicht übel!« Gleichzeitig drehte er sich spielerisch um seine eigene Achse, als würde es ihm Freude bereiten, sich zur Schau zu stellen. Ein schütterer dunkler Haarkranz umgab Rasins glänzenden Schädel, der auf einem halslosen Rumpf saß. Er besaß eine rundliche Figur, passende, wie aufgepumpt wirkende Extremitäten und verbarg seine Bernhardineraugen hinter einer dicken Hornbrille, die sie beide aufmerksam musterten.

»Kompliment! Wieso sprechen Sie so ausgezeichnet Deutsch?« *Aufpassen! Das ist alles nur Theater, der Mann ist milliardenschwer. Dummköpfe besitzen keine Milliarden!* Lessing beäugte seinerseits den Zwerg, als hätte er ein besonders exotisches Tier vor sich.

Rasin ignorierte seine Frage. »Schockiert? Ja, ich bin ein Zwerg!« Dabei lachte er wie über einen guten Witz, während Beutelwangen sein feistes Gesicht noch mehr in die Breite zogen. »Ich bin dick, habe Wurstfinger, meine Gesichtshaut schlägt Wellen, wenn ich lache – und ich lache viel! Sie sollten mich aber nicht unterschätzen!« Es klang wie ein gut gemeinter Rat. Rasin schlenderte zum Kamin, griff einen Schürhaken, zerteilte die Glut und legte zwei klobige Holzscheite hinein.

»Viktor! Du sollst doch nicht mit unseren Gästen spielen!«, sagte eine vorwurfsvolle Frauenstimme in Lessings Rücken. Es klang wie »*Kusch*« oder »*Sitz*«.

Diese angenehme, dunkel klingende Stimme kannte er nur zu gut. Sie hatte ihn befeuert, ihn zur Raserei gebracht, während verschwitzte Schenkel seinen Kopf umklammert und Zuckungen die Welle ihres hereinbrechenden Orgasmus angekündigt hatten. Betont langsam drehte Lessing sich um. Vor ihm stand Barbara Jacoby, alias Krista Egsbrand, seine vermeintliche Kommissarin, die ihn verführt hatte, wenn auch mit veränderter Haarfarbe.

»Was suchst du denn hier auf dem Schiff?«

»Das könnte ich Sie auch fragen!«, antwortete Rasins Begleiterin schnippisch.

Krista siezt mich, will sie Rasin etwas vorspielen?

Krista Egsbrands Ansprache schien eine glättende Wirkung auf Rasins Temperament auszuüben. Er war eine Generation älter als Krista, die seine Tochter hätte sein können.

»Haben Sie etwas dagegen, dass ich mit einer schönen Frau ein paar romantische Tage auf meinem Schiff verbringe?« Er schnaubte und schob seine kantige Brille nach oben, die sich während des Dialogs stetig den Nasenrücken nach unten gearbeitet hatte. Lessing schwieg, konnte aber seine Augen nicht von Krista Egsbrand lassen, bis Marianne unauffällig in seine Rippen kniff.

Romantische Tage im Polarmeer ... während der Polarnacht – bei dauernder Dunkelheit? Lessing schüttelte innerlich den Kopf.

»Und Sie sind ...« Ihre Finger, lang und feingliedrig, drückten überraschend fest zu.

Marianne erwiderte den Händedruck. »Wir hatten noch nicht das Vergnügen.«

»Dr. Marianne Lessing!«, ergänzte Rasin, deutete zur Sitzgruppe vor der Glaswand und quetschte sein Hinterteil in einen Sessel.

»Viktor ist von Ihren Filmen begeistert.« Kristas Lächeln wich einem Ausdruck spöttischer Amüsiertheit.

Rasin nickte heftig. »Ihre Dokumentationen sind sehr informativ und gut recherchiert!«

Der Fernsehjournalist deutete ironisch eine höfliche Verbeugung an und blickte hinaus aufs Packeis, das langsam am Heck vorbeizog. »Sie sprechen ausgezeichnet Deutsch«, wiederholte er. *Aus irgendeinem Grund sprechen alle Russen, mit denen ich Kurzem zu tun habe, deutsch*, dachte er ironisch.

»Was bleibt mir anderes übrig?« Zugleich tätschelte Rasin vielsagend die Hand seiner Begleiterin und wechselte das Thema. Er verwickelte Marianne in ein Gespräch über Mondgestein, das ihr Institut vor Jahrzehnten untersucht hatte, während Krista ihn durch den Salon führte. Lessing ignorierte ihre Blicke, sah sich demonstrativ um und wiederstand der Versuchung, sie weiter auszufragen. Er entdeckte immer neue Details. Hier eine filigrane Makonde Figur aus Ebenholz, dort eine Bronzeskulptur von Lüpertz, dazu überall Monitore, auf denen Kursdaten vorbeiflimmerten.

Lessings Gedanken wehten erneut davon. *Eine romantische Kreuzfahrt mit schwimmenden Atomreaktoren zehn*

Decks tiefer? Das ist wie auf einem Vulkan kurz vor dem Ausbruch Polka tanzen und nehme ich dir nicht ab – also wozu der ganze Aufwand? Das macht nur Sinn, wenn du länger auf der AKULA bleiben willst, aber dein Schiff soll das »Arktische Kleeblatt« mit Strom versorgen, ist also nicht mobil!

Ein leiser Gong schwappte wie eine Welle durch den Salon, und schob weitere Überlegungen auf den Schrottplatz der Spekulationen.

Rasin schob seine Brille hoch und streckte gebieterisch den Zeigefinger nach oben. »Ah! Das Essen ist fertig! Kommen Sie!«

Lessing musste unwillkürlich lächeln als er seinen Gastgebern über die tiefer gelegene Halbetage durch einen breiten Flur ins Esszimmer folgte. Rasin reichte seiner Begleiterin gerade mal bis zur Schulter. Bei Tomatencremesuppe und Steinbutt-Lachsroulade im Kräutermantel betrieben sie banale Konversation. Marianne schälte eine knoblauchduftende Garnele aus ihrem Panzer, während Rasin Gänseleber auf dunkelrotes Fleisch schaufelte. »Wissen Sie, was ich mich die ganze Zeit über frage?«

Krista Egsbrand beugte sich vor, Reste von Steinbutt mit dem Doppelgestirn ihrer Brüste beschattend, die sie zur Feier des Abends in einen Hauch von Nichts gedrängt hatte. »Viktor! Bitte nicht beim Essen!«

Ihr Gastgeber hob beschwichtigend beide Hände, als Zeichen seines Einverständnisses. Das Garnelenfleisch verschwand zwischen Mariannes ebenmäßigen Zähnen.

Nach Chili-Schokoladentörtchen mit Vanilleeis führte Rasin seine Gäste zurück in den Salon und nahm am Kamin Platz.

Knisternd leckten gierige Flammenzungen an den Buchenscheiten empor. Im flackernden Schein des Feuers führten die Schatten der Bronzestatuen ein bizarres Eigenleben.

Rasin sah den Fernsehjournalisten abschätzend über den dicken Rand seiner Hornbrille hinweg an, platzierte seine

Unterarme auf den Oberschenkeln und tippte im schnellen Rhythmus die Fingerkuppen aneinander. »Wissen Sie, was ich mich die ganze Zeit über frage?«, unternahm der Milliardär einen zweiten Anlauf, ohne von seiner Begleiterin erneut getadelt zu werden.

»Verraten Sie's mir.«

»Ich frage mich die ganze Zeit, wo Mullers Ring geblieben ist.« Seine Stimme klang heiser, ebenso das kehlige Lachen, das dem Satz folgte. Im Tonfall des Oligarchen war kein Platz mehr für Clownerie wie noch zu Beginn ihrer Begegnung.

Ich frage mich die ganze Zeit, wo Mullers Ring geblieben ist.

Es war ein fast beiläufig hingeworfener Satz und schwebte im Raum, bereit, eingefangen zu werden. Krista Egsbrand sah Lessing aufmerksam an.

Daher weht der Wind! Es geht ihm um den Stein! Er spricht nicht von »Stirböcks Ring«, *sondern von* »Mullers!« *Rasin will mir damit andeuten, dass er Muller kennt, aber warum?*

»Sie sind gut informiert.«

»Die Information ist der wichtigste Gebrauchsgegenstand, den ich kenne – finden Sie nicht auch?« Rasin vertiefte sich in die Betrachtung seiner Fingernägel.

Weiß er was über die Besonderheiten des Steins? Wahrscheinlich nicht, Krista weiß auch nichts, vermutet nur, dass er wertvoll sein könnte. Lessing versuchte, Ordnung in den Hornissenschwarm seiner Gedanken zu bringen. »Das wüsste ich auch gerne! Vielleicht sollten Sie Ihre Begleiterin danach fragen. Sie war sich für nichts zu schade, um an den Ring zu kommen!«

Rasin lehnte sich zurück und tätschelte Egsbrands Hand. »Ah, ich liebe es, wenn mit ganzem Körpereinsatz gearbeitet wird!«, kommentierte er süffisant.

Lessing investierte ein gequältes Lächeln und hob bedauernd die Schultern. »Ich habe ihn nicht mehr«, zugleich schaute er in Egsbrands Richtung. »Er ist verschwunden.«

»Ich habe ihn nicht«, parierte Krista seinen unausgesprochenen Vorwurf. »Viktor, willst du unseren Gästen nichts anbieten?«

Mit gespieltem Entsetzen schlug sich der Oligarch die Hand vor den Mund und riss seine Augen auf. »Wo habe ich nur meine Manieren?« Er drückte einen verborgenen Knopf unterhalb der Sessellehne. Ein monströses, abstrakt expressionistisches Gemälde fuhr nach oben und gab den Blick frei auf eine luxuriös eingerichtete Hausbar.

»Cognac?« Rasin blickte in nickende Gesichter. Er ging zur Bar hinüber, öffnete eine Flasche Remy Martin Louis XIII und schenkte ein. Lessing schielte immer noch zu Krista, konnte es nicht fassen, sie hier an Rasins Seite zu sehen, und raunte: »Du hast wirklich einen toleranten Mann, das muss ich dir lassen.«

Nachdem ihr Gastgeber die Schwenker verteilt und sich einen kräftigen Schluck gegönnt hatte, betrachtete Rasin erneut seine Fingernägel. Lessing fiel auf, dass sie perfekt maniküsrt waren. Wie poliert wirkten sie, alle akkurat auf gleiche Länge gefeilt, mit hell schimmernden Halbmonden.

»Sie haben unseren Siegelring wirklich nicht mehr? Denken Sie noch mal in Ruhe darüber nach. Ich biete Ihnen eine Million Euro«, fügte er beiläufig hinzu. »Nur für den Stein, wohlgemerkt«, dabei machte er eine schnoddrig wirkende Geste, »den Ring können Sie behalten.«

Vorsicht, das ist eine Falle! Der Stein ist hundertmal mehr wert, aber wenn ich das jetzt sage, weiß er, dass ich mehr weiß, als ich zugebe! Es ist ein Trick, um mich aus der Reserve zu locken! »Eine Million Euro für ein kleines Steinchen, das Sie nie gesehen haben?«

»Sagen wir, ich möchte ihn wieder in den Schoß der Familie zurückführen«, zugleich nahm er Kristas Hand und küsste sie. »Aus sentimentalen Gründen – wenn Sie wissen, was ich meine«, ergänzte Rasin salbungsvoll. Krista Egsbrand hielt seine Hand fest und drückte sie.

Eine perfekt inszenierte Show von den beiden, das muss

man ihnen lassen. »Ich glaube, Sie wissen mehr über den Stein als ich«, bemerkte Lessing schalkhaft und tänzelte auf dem schmalen Seil des Übermuts.

»Als weiteren Bonus könnten Sie eine geräumige Gästesuite für Ihren Aufenthalt beziehen.« Rasin leckte sich die Lippen. »Sie ist schalldicht ..., wenn Sie verstehen ...«, zugleich grinste er seine Gäste vielsagend an.

In Anbetracht ihrer winzigen Kabine, stellte dies eine verlockende Versuchung dar. Stattdessen erwiderte Lessing: »Danke, wir verzichten. Vermutlich bevölkern mehrere Kameras Ihre Gästesuite. Für Zweisamkeit brauchen wir keine Zeugen.«

Krista Egsbrand warf ihren Kopf in den Nacken und lachte auf. »Siehst du, Victor? Du musst dir schon ein anderes Unterhaltungsprogramm für unsere Reise aussuchen!«

»Schade«, bedauerte er. »Ich hätte Sie wirklich gerne in Aktion gesehen.« Dabei ließ sein lüsterner Blick in Mariannes Richtung keine Zweifel darüber aufkommen, wen er im Besonderen damit meinte.

»Sie müssen Viktor entschuldigen. Er hat bei uns Schweden die Gepflogenheit völliger sexueller Freizügigkeit kennengelernt«, hauchte Rasins Partnerin in einem Tonfall, dass Lessing innerlich rot anlief.

Rasin klatschte und rieb sich die Hände. »Zurück zum Thema: Was haben Sie über den Stein herausgefunden?«

Lessing zuckte die Achseln. »Wenig«, log er. »Er verschluckt Licht – reflektiert nichts.«

»Ein bisschen Licht schlucken soll schon alles sein?«, fragte der Oligarch argwöhnisch und sah Marianne mit hochgezogenen Brauen an, die sich bisher zurückgehalten hatte.

Wenn Rasin erfährt, dass ich den Ring noch habe, sind wir so gut wie tot, durchzuckte es ihn.

»Vielleicht haben wir noch nicht all seine Geheimnisse entdeckt – falls es welche gibt«, schwindelte Marianne, nicht weniger unverblümt.

»Kommen Sie, Dr. Lessing!« Rasin vollführte eine ungeduldige Geste. »Sie sind eine internationale Koryphäe auf dem Gebiet und haben in Ihrem Institut ein Equipment, worum Sie die halbe Welt beneidet! Ich kann nicht glauben, dass Ihnen etwas entgangen sein sollte.« Dabei betrachtete er sinnend sein Cognacglas. Als er weitersprach, klang seine Stimme plötzlich befehlsgewohnt frostig, ein wenig nach Kaserne und Hauptfeldwebel. »Sind Sie nicht zur Institutsleiterin aufgestiegen, seit Ihr Liebhaber vermisst wird?«

Es war eine gezielte Provokation, die an Mariannes norddeutsch unterkühlten Art abprallte, wie Hagelkörner an einer Fensterscheibe. »Wie war das vor dem Essen? ›Die Information ist der wichtigste Gebrauchsgegenstand, den ich kenne‹. Von daher gehe ich davon aus, dass Ihre ...« Marianne zögerte, als müsste sie über das treffende Wort nachdenken.

Lessing lächelte in sich hinein. Rasin war nicht der Einzige, der sich auf ein effektvolles Auftreten verstand.

»... Informanten Sie bereits ins Bild gesetzt haben!«

Rasin nickte und verzog seinen Mund, als würde er anerkennen müssen, dass Lessings Ex-Frau in seinem Spiel einen Punkt gemacht hatte.

»Ich glaube Ihnen kein Wort!« Krista Egsbrands Stimme war ruhig, desinteressiert und geeignet, die Raumtemperatur um einige Grad herabzusetzen. Damit brachte sie das fragile Gebäude gegenseitiger Höflichkeiten und Komplimente abrupt zum Einsturz.

Marianne zauberte ein geziertes Lächeln ins Gesicht und ihr gelang das Kunststück, es völlig abweisend aussehen zu lassen.

Beschwichtigend legte Rasin seine Rechte auf Egsbrands Oberschenkel. »Ihre Reportage von unserer AKULA können Sie weltweit vermarkten und damit eine Stange Geld verdienen! Haben wir nicht ein wenig Dankbarkeit verdient?« Zugleich fuchtelte er wild in der Luft herum. »Wer – glauben Sie – hat arrangiert, dass Sie beide hier sind? Ihr ehemaliger

Zellengenosse Lyshkin? Oder die Million, die als Erfolgsprämie geboten wurde?« Der Oligarch, lehnte sich zurück und verschränkte beleidigt seine Arme.

»Keine Ahnung«, kommentierte Lessing. »Ich weiß nur eins ...« Zugleich blickte er Rasins Begleiterin herausfordernd an. »Sie sind nicht Krista Egsbrand!«

***

Währenddessen lag Lana Greene alias Connie Sadek in ihrer Koje, blickte gegen die Decke und spürte wieder Rückenwind. Ihr Geheimdienst hatte ein Double gebraucht. Die CIA war dabei wie immer ganz pragmatisch vorgegangen, hatte das Porträt der Zielperson zusammen mit eins, zwei Randbedingungen durch ihre Erkennungsdatenbank laufen lassen und mit sämtlichen achtundvierzigtausend CIA-Mitarbeitern verglichen.

Ausgerechnet ihr Profil passte am besten zu einer Deutsch-Iranerin, die gedoubelt werden sollte. So viel zu ethnischen Differenzen.

Greene sprach perfekt Deutsch. Als Tochter eines Captains – der über zwanzig Jahre in Ramstein stationiert war – und einer Deutschen hatten ihre Eltern sie nicht in militäreigenen Akademien, sondern in einem Ramsteiner Gymnasium unterrichten lassen.

Ihre Sommerferien hatte sie stets bei den amerikanischen Großeltern verbracht. Als zweite Fremdsprache hatte sie Russisch belegt und sprach es ganz passabel. Außerdem gab es innerhalb Russlands so viele Dialekte, dass ihr Slang kaum auffallen würde. Von ihrem Vater hatte sie seine Hakennase und den bronzenen Teint geerbt, der besonders Frauen im Nahen Osten auszeichnete. Es floss eine gehörige Portion Irokesenblut in ihren Adern – dafür dankte sie allen Irokesen dieser Welt. Es bedurfte nur weniger Korrekturen wie Make-up, braune Kontaktlinsen, dunkelbraune Perücke – und sie verwandelte sich in Connie Sadek.

Ihre Gesichtszüge und Hautfarbe ähnelten der Zielperson so perfekt, dass die CIA-Spitze gar nicht anders konnte, als sie mit der Mission zu betrauen. Bei Enttarnung würde sie allerdings dreißig Jahre im Gulag oder mit einer Kugel im Kopf im Eis verschwinden.

Diese Ähnlichkeit zur Zielperson hatte sie zurück ins Spiel gebracht. Das Problem, das sie nicht in den Griff bekam, war ihre Stimmlage – einfach zu hoch. Aber das ließ sich verschmerzen, zumal aus Lessings Kamerateam niemand dabei war, der Connie Sadek persönlich kannte. Im Geiste ging Greene die Teilnehmer ihrer Reisegesellschaft durch. Peters teilte mit dem jungen Hansen eine Kabine, die Lessings eine zweite. Ihr hatten sie eine Kabine mit dieser Brigitte zugewiesen, was ein Problem war. Sie konnte schwerlich Maske auflegen, wenn ihre Zimmergenossin dabei interessiert zusah.

Schlimm genug, dass Lessing Bescheid wusste. Was ihn betraf, gab es neben ihrem eigentlichen Auftrag noch eine separate Order. Greene resümierte, was sie bisher wusste. Russland baute seit Jahren seine Präsenz im Nordpolarmeer, speziell in Franz-Josef-Land, kontinuierlich aus und investierte Milliarden in eine gigantische Militärstation namens »Arktisches Kleeblatt«.

Die Frage war nur: warum? Nach neuesten Informationen hatten die Russen kürzlich die Station am Standort einer alten Nazi-Basis in Alexandraland errichtet. Dafür musste es einen Grund geben. Die CIA versuchte, mehr darüber in Erfahrung zu bringen, allerdings bisher ohne Erfolg.

Abgehörte Gespräche wiesen darauf hin, dass die Wehrmacht dort entweder ein geheimes Atomprogramm oder technische Experimente durchgeführt hatte.

Was war den Russen Milliarden wert, ausgerechnet an diesem Ort eine Basis zu errichten? Man verfügte schließlich über atomgetriebene Eisbrecher, die den Sinn einer kostspieligen Station für fast zweihundert Personen mehr als infrage stellten.

Über Lessings Kontakt zum Leiter des schwimmenden Kraftwerks hatte ihr Verein zumindest die Möglichkeit, etwas näher heranzukommen und eine Strategie entwickelt, um dieses Ziel zu erreichen.

Die Agentin machte sich wenig Gedanken um das Fernsehteam. Ihr Auftrag war ihr wichtiger. Dass Lessing am Ende ein paar unangenehme Fragen beantworten musste, wo denn seine Assistentin abgeblieben sei, nahm sie billigend in Kauf. Es gab bei solchen Einsätzen immer Kollateralschäden.

Der zweite Auftrag betraf Lessing selbst. Nach den abgehörten Gesprächen war er im Besitz eines Steins, der ein dreifach höheres spezifisches Gewicht hatte, als das schwerste auf Erden vorkommende Element. Auch dahinter waren ihre Leute her. Sie hatte selbst während ihrer Ausbildung genug Naturwissenschaften studiert, um zu wissen, was diese Entdeckung bedeutete. Greene war von dem Gedanken fasziniert, dass es solches Material überhaupt gab. Bedauerlicherweise wurde Lessing der Ring entweder gestohlen oder er hatte ihn verloren, was weniger glaubhaft war.

Dazu kam, dass Tom kurz nach ihrem missratenen Einsatz in Syrien beim Bergsteigen tödlich verunglückte. Hatte sie bis dato noch an ihrem missglückten Einsatz samt dem Tod ihrer beiden Kollegen zu knabbern, gab ihr Toms Absturz – zumindest in den Augen ihres Führungsoffiziers – den Rest.

Seitdem staubte sie im Hinterzimmer des CIA-Hauptgebäudes vor sich hin und analysierte Tag für Tag so wichtige Meldungen, dass in Kabul wieder ein neues Feuerwehrfahrzeug angeschafft wurde, in Tibet eine kleine Moschee abgebrannt war oder ein versoffener Bürgermeister in Changcheng die Dorfälteste mit seinem Wagen über den Haufen gefahren hatte. Ihre Aufgabe war bisher gewesen, aus der Fülle solch wichtiger Meldungen Extrakte zu bilden und nach oben zu leiten. Die CIA-Agentin fragte sich, ob auf dem Schreibtisch der Sicherheitsberater ihre Meldungen überhaupt ankamen.

Viel hatte sie in den vergangenen Tagen noch nicht herausfinden können, da ständig russische Politoffiziere um alle herumschnüffelten. Aber es ergaben sich neue Gelegenheiten, denn Brigitte hatte vor einigen Tagen mit dem zweiten Offizier angebandelt. Jetzt verbrachten beide jede freie Minute in der Kabelkammer und vögelten sich das Hirn raus.

Sie hoffte, jetzt in Ruhe Maske machen, sich als Wissenschaftlerin tarnen und frei im Schiff bewegen zu können. Natürlich war es riskant, aber »no risk, no fun«. Ihre Mutter war Schauspielerin gewesen, der sie ihre Wandlungsfähigkeit verdankte.

Sie hatte viel Pech gehabt in den letzten Jahren, aber mit John eine neue Liebe gefunden und war bis in die Haarspitzen motiviert, sich diese Chance nicht entgehen zu lassen. Sie war extrem ehrgeizig und konnte über Leichen gehen, wenn es darauf ankam. Ideale Bedingungen für eine wissenschaftlich ausgebildete CIA-Agentin und vorwiegend dem Drill ihres Großvaters sowie ihrer nicht weniger ambitionierten Mutter geschuldet.

Sinclair hatte ihr zu verstehen gegeben, dass sie – bei erfolgreicher Mission – wieder auf den Karrierezug aufspringen konnte. Sie hatte die Absicht, sich von nichts und niemandem diese Gelegenheit verderben zu lassen. Es galt, eine Probe des Meteoriten zu besorgen? Bitte schön! Koste es, was es wolle. Mit einem Hightech-Draht aus »Graphen«.

Schon eine extrem dünne Schicht aus nur zwei Atomlagen Kohlenstoff konnte so hart werden wie Diamant. Physiker deponierten mehrere Lagen aus dem erst 2004 entdeckten Kohlenstoffmaterial auf einer Oberfläche aus Siliziumkarbid. Danach drückten sie die Spitze eines Mikroskops auf die Schichten. Diese wurde dabei extrem hart und konnten nicht einmal durch eine Diamantspitze verformt werden. Berechnungen ergaben eine immense Festigkeit mit einem Elastizitätsmodul von mehr als tausend Gigapascal.

Weitere Analysen mittels Rasterelektronenmikroskop offenbarten den Grund für diese verblüffende Stabilität. Unter dem Druck der Mikroskopspitze vollzogen die Graphenschichten einen Phasenwechsel. Es bildete sich eine zwei Atome dicke Schicht, in denen sich Kohlenstoffatome in Tetraedern wie in einem Diamanten anordneten. Den dabei entstandenen Film nannten die Forscher »Diamen«. Das Kunststück gelang jedoch nur mit zwei Graphen-Lagen. Dünnere wie dickere Schichten zeigten den kompletten Phasenwechsel nicht, blieben deutlich weicher.

Parallel bestimmten Physiker die elektrische Leitfähigkeit von Graphen- und Diamen-Schichten. Unter Druck nahm sie wegen des Phasenwechsels deutlich ab. Ohne drückende Mikroskopspitze stieg sie jedoch wieder an. Dieses Verhalten legte nahe, dass der Phasenwechsel reversibel war. Auf solcher Grundlage konnten extrem leichte und dünne Schutzschichten entstehen, die erst bei einer Druckbelastung hart wie Diamant wurden. Mit einem graphenhaltigen Spezialgerät galt es, ein Stück des Meteoriten zu lösen. Graphen trifft auf Meteoriten – High Noon in der Physik.

***

Rasin schaute ihn verdutzt an, klatschte in die Hände und hüpfte wie ein Stehaufmännchen in seinem Sessel herum. »Gewonnen! Gewonnen!«, feixte er in Richtung seiner Begleiterin. »Ich hab's gleich gesagt! Er kommt dir auf die Schliche!«

Von seinen Gästen erntete er nur verständnislose Blicke.

»Ich hatte mit Eva gewettet, dass Sie die Täuschung durchschauen werden!« Rasin klatschte auf seine Oberschenkel. »Chapeau, Herr Lessing! Wie haben Sie's herausgefunden? Ich hoffe, Sie nehmen uns das kleine Spielchen nicht übel.«

»Warum sollte ich? Ich habe ja mitgespielt!« Lessing grinste. »Das war nicht besonders schwierig, hat nur etwas gedauert – ich wollte sicher sein.«

»Alte journalistische Tugend!«

»Ihre Frau spricht sehr gut Deutsch und sieht Krista Egsbrand verblüffend ähnlich. Es ist schon ein gewaltiger Zufall, aber Sie haben Kristas Zwillingsschwester kennengelernt – und geheiratet! Sie benutzen allerdings ein anderes Parfüm als Krista.«

»Bingo!«, Rasins Körper bebte unter herzhaftem Gelächter. »Ich hatte mit ihrem alten Herrn in Schweden Geschäfte gemacht, beide Schwestern kennengelernt, aber Krista war schon vergeben«, er lachte erneut und fing sich einen spöttischen Klaps seiner Frau ein. Die anfangs verkrampfte Stimmung war inzwischen entspannter Atmosphäre gewichen, sodass Lessing mutiger wurde, während sich Marianne bis jetzt spürbar zurückhielt.

»Teilen Sie die Leidenschaft Ihrer Schwester? Beziehungsweise«, ergänzte Lessing in Richtung des Oligarchen, »Ihrer Schwägerin?«

Eva bedachte ihn mit einem Lächeln, das geeignet war, einen bewaffneten Angriff zu stoppen. »Sie sind sehr neugierig!«

Rasin hob beschwichtigend beide Hände. »Aber, aber«, tadelte er. »Wir wollen doch unsere Gäste nicht vor den Kopf stoßen. Du kannst von einem Wissenschaftsjournalisten keine Nachsicht erwarten.«

»Nachsicht in welcher Hinsicht?«, mischte sich erstmals Marianne ein. Lessing hielt die Luft an. Jederzeit konnte ihre Stimmung wieder umschlagen.

Ihr Gastgeber schürzte die Lippen. »Mein liebe Marianne«, es klang, als würde er mit seiner Tochter sprechen, »ich darf doch Marianne sagen?« Zugleich richtete er den Blick zu Lessing. »Frank?«

Beide nickten.

»Eva«, ergänzte die vermeintliche Krista Egsbrand trocken.

»Meine liebe Marianne«, wiederholte Rasin gönnerhaft.

»Es gibt Dinge zwischen Himmel und Erde, die sich nicht rational erklären lassen.«

»Haben Sie's gewusst?« Es war keine Frage, sondern eine Feststellung. »Wie dumm von uns – natürlich haben Sie's gewusst. Ihre bessere Hälfte, zugleich deutete sie auf Eva, hat ihnen natürlich alles verraten, von ihrem Vater, von Sandberg, UTGARD und den schwebenden Felsen!«

Rasin blieb äußerlich unbewegt.

»Richtig. Mein Name ist Eva Rasin, geborene Stirböck. Ich bin die Zwillingsschwester von Krista und – ja – eine Vril. Im Gegensatz zu Ihnen wissen wir wirklich um die Gesamtheit der Vorgänge dort Bescheid!«

Marianne nickte verstehend. »Tauschen Sie auch Kochrezepte mit ›Aldebaran‹ aus?«

Lessing stockte der Atem. Während er nach einem Mauseloch Ausschau hielt, in das er sich verkriechen könnte, hörte er seine Ex-Frau fortfahren: »Es gab Gerüchte, dass Vril-Frauen in den Zwanziger- und Dreißigerjahren in obskuren Kreisen als Trance-Medien Mitteilungen einer außerirdischen Zivilisation von Aldebaran erhalten hätten. In sumerischer Schrift verfasste Dokumente beschrieben eine Maschine, die mit einer Energiequelle namens ›Vril‹ arbeiten würde.« Mit ihrem sarkastischen Hinweis auf Aldebaran ließ Marianne durchblicken, was sie davon hielt – absolut nichts. Das hatte sie Lessing bei seinen Theorien über UTGARD auch schon unmissverständlich klar gemacht.

Rasin munterte Marianne durch eine Geste zum Weitersprechen auf. »Nur zu, sagen Sie, was Sie denken!«

Lessing trat ihr unmerklich auf den Fuß, aber seine Ex-Frau war inzwischen in voller Fahrt. »Für Sie ist das doch nur ein Spiel, nicht wahr? Ein netter Zeitvertreib, um Evas esoterische Sperenzien auszuleben! Ihre Frau war so überzeugend, dass sie Ihnen einige hundert Millionen aus den Rippen leiern konnte. Geld haben Sie ja genug! Das ist für Sie nur ein kleines Hobby, und wenn doch was dabei abfällt, sind Sie ein uneigennütziger Gönner, der sich selbstlos für Russland engagiert, oder glauben Sie wirklich an diesen Vril-Unsinn?«

Rasin lächelte verzerrt.

»Mit einem milliardenschweren Vermögen lässt es sich vortrefflich in okkulten Sphären schweben! Vielleicht sogar von Flügen nach Aldebaran träumen!« Marianne schüttelte den Kopf, griff an ihre Stirn und sah ihn fragend an. »Und da machen Sie ernsthaft mit, Viktor?«

»Sie wissen von UTGARD und den Versuchen!«, bemerkte Eva Rasina.

Das wissen wir eben gerade nicht, aber beide scheinen zu denken, dass wir es wissen!, durchzuckte es Lessing. Beide nickten bestimmt. *Marianne hat es sofort verstanden und spielt mit!*

»Dann ist Ihnen auch bekannt, dass physikalische Geset-ze dort außer Kraft gesetzt sind«, ergänzte Rasin. »Mangels technischer Möglichkeiten konnte die Wehrmacht nicht hin-ter das Geheimnis kommen, aber Eva hat so lange gebohrt, bis ich in eine Expedition investierte, die mit modernstem Equipment der Sache auf den Grund ging.«

Lessing legtc eine Honigspur aus, von der er hoffte, dass sein Gastgeber darauf anspringen würde. Er nickte sinnend und sah Eva Rasina ironisch an. »Ja, Sie konnten Ihren Gatten und seine finanziellen Möglichkeiten für sich einnehmen. So ein schwebender Felsengarten kann schon äußerst überzeu-gend sein, n'est-ce pas?«

Rasin spitzte die Lippen. »Siehst du, Liebling? Das Abend-essen hat sich schon jetzt gelohnt. Unsere Gäste wissen be-unruhigend viel!«

»Sollte uns Becker deshalb aus dem Weg räumen? Hatten Sie Sorge, wir würden Ihr kleines Geheimnis in alle Welt hi-nausposaunen?«

»Jetzt sehen Sie aber Gespenster, huuuhh!«, witzelte Rasin.

Während Eva mit eingefrorenem Lächeln Lessings Ex-Frau ansah, verwandelte sich Rasins Clownsmiene zurück in die eines erwachsenen Mannes. »Sie spielen mit dem Feuer, Dr. Lessing!« Zwischen seinen Brauen bildete sich eine steile Falte.

»Oder Sie mit unserer Geduld!«, konterte die Chemikerin. »Glauben Sie ernsthaft, wir kommen auf Ihr Schiff, ohne uns vorher gründlich abzusichern?«, bluffte sie. »Wenn uns hier etwas passieren sollte, wandern mehrere Dossiers über drei verschiedene Notare an mehrere Presseagenturen und berichten über UTGARD samt dem schwebenden Steingarten – danach wird dieses Fleckchen Erde zum lohnendsten Ziel für sämtliche Spionagesatelliten!«

»Halten Sie mich für einen Spinner, der Fantastereien nachhängt?« Rasin verdrängte den schneidenden Tonfall aus seiner Stimme. »Glauben Sie, dass ein Fantast«, dabei schaute er sich demonstrativ um, »einen weltweit agierenden Konzern leiten kann?«

»Nein.« Marianne Lessing schüttelte ernsthaft den Kopf.

Ihre sanftes »nein« schien eine glättende Wirkung auf Rasins Gemüt auszuüben.

»Sehen Sie. Ich höre mir am Tag tausend Ideen an. Eine davon wähle ich aus!«

Lessing witterte seine Chance, das Gespräch wieder in ruhigeres Fahrwasser zu lenken und warf seinen Köder aus. »Wall Street!«, kommentierte er.

»Bitte?«

»Wall Street! Ihre letzte Bemerkung eben. Das ist ein Zitat aus dem Film ›Wall Street‹. Den Satz spricht Michael Douglas in seiner Hauptrolle als Gordon Gecko.« Lessing grinste den Magnaten an, als wenn er ihn beim Schokolade stibitzen erwischt hätte, und fing sich ein Lächeln seines Gastgebers ein, dessen Zeigefinger mahnend hin und her wedelte.

Aponi: Gedankengänge Teil 2

AKULA
Freitag, 26. Oktober 2018

Wie ein gereizter Tiger lief Lana Greene in ihrer winzigen Kabine Auf und Ab, überlegte fieberhaft, wie sie sich der Bewachung des Türpostens entziehen könnte.

Ihre Möglichkeiten, sich im Schiff zu bewegen, waren mehr als begrenzt und beschränkten sich im Wesentlichen darauf, das allgemeine Bordleben auf der AKULA zu dokumentieren – immerhin.

Eins ihrer bisherigen Highlights war eine sicherheitstechnische Übung im Reaktorraum gewesen, die ihr Team filmen durfte, untermalt von russischen Beschwichtigungsparolen, wie sicher alles sei.

Ein Ingenieur hatte erklärt, die Reaktoren würden keine Gefahr darstellen. Man habe aktive und passive Sicherheitstechniken kombiniert – falle ein System aus, würde ein anderes einspringen. Der AKULA würde weder ein Erdbcbcn der Stärke zehn, noch ein Tsunami oder eine Kernschmelze etwas ausmachen. Radioaktivität bliebe stets im Reaktordruckbehälter gefangen.

Wer's glaubt.

Für mehrere Tage geheimdienstlicher Tätigkeit war dies dürftig, aber von vornherein war klar, dass die Russen das Kamerateam auf einem Schiff modernster Bauart keine Sekunde lang aus den Augen lassen würden.

Eine ihrer Fähigkeiten – sich perfekt verkleiden und in andere Rollen schlüpfen zu können wie bei Connie Sadek – fiel bisher aus. Sie konnte schlecht als Connie ihre Kabine betreten, und als Köchin, Matrose oder Maschinist das Domizil wieder verlassen, zumal das Schiff – wie die wesentlich kleinere AKADEMIK LOMONOSOV – ebenfalls nur siebzig Personen an Besatzung besaß, wo jeder jeden kannte und seit Tagen ein Posten ausgerechnet vor ihrer Tür stand.

Zumindest hatte sie einiges in Erfahrung gebracht, wie zum Beispiel die Mannschaftstärke, Anzahl des Reaktorpersonals, und den paar Brocken Russisch nach zu urteilen, die sie aufgeschnappt hatte, schien auf der AKULA nicht immer alles so rund zu laufen, wie Kapitän Rybkow behauptete.

Von irgendwelchen Waffensystemen war bisher nichts zu entdecken, geschweige denn von Laseranlagen, die anstelle herkömmlicher Lenkwaffensysteme eingesetzt werden sollten. Entweder waren auf Plattformen montierte Laser perfekt in den Decks versenkt und wurden nur nach Bedarf ausgefahren, oder es gab schlichtweg keine auf dem Schiff. Bei den wenigen Rundgängen mit ihren Aufpassern waren weder Rillen noch Fugen in den Decks zu sehen, die auf eine solche Bewaffnung hindeuteten. Auch unter der Besatzung war ihr kein größeres Marinekontingent aufgefallen. Matrosen waren hinter den wenigen Köchinnen her, das Reaktorpersonal, hälftig bestehend aus Männern und Frauen, blieb weitestgehend unter sich, während abgestellte Wachsoldaten dem Kamerateam ständig auf die Finger schauten.

Trotz der spärlichen Ausbeute war die Fahrt durchaus ein Erfolg. Noch nie war die CIA so nahe an ein russisches Hightech-Schiff geschweige denn an Alexandraland herangekommen. Sie sollte zufrieden sein.

Auch für ihren Zweitauftrag – etwas über Lessings Ring herauszufinden oder ihn gar an sich zu bringen – war sie noch keinen Schritt weitergekommen. Er stand nicht auf sie und umgekehrt, was die Sache nicht vereinfachte. Connies Double tröstete sich mit dem Gedanken, ihm den Ring jetzt ohnehin nicht abnehmen zu können, sie darauf warten musste, bis sie wieder in Murmansk waren. Zur Not konnte man Lessing auch mit Lührs Polizeiakte noch einmal ordentlich einheizen. Vielleicht besaß er ihn auch tatsächlich nicht mehr.

Greene blickte aus dem winzigen Bullauge, beobachtete die Annäherung der AKULA an Alexandraland und machte sich darüber Gedanken, wie sie ihr nächstes Ziel – die Kleeblattstation – erreichen konnte. Falls sie tatsächlich dort hineinkam, würde es von der Ausbeute abhängen, ob sie mit den anderen zurückkehren, oder sich von einem U-Boot aufnehmen lassen würde. Das hing von der Bedeutung ihrer Informationen ab, denn einen internationalen Zwischenfall mit Russland zu provozieren, war nicht im Sinne der CIA – sie setzte hingegen andere Prioritäten.

Vor einigen Tagen war Rasins Hubschrauber gelandet und deutete darauf hin, dass etwas im Busch sein musste, sonst würde der Oligarch nicht auf das Schiff kommen. Sein Helikopter stand nach wie vor auf der Plattform, also war er noch an Bord, dazu in Begleitung von Krista Egsbrand, was zugleich die Frage aufwarf, was beide miteinander verband. Egsbrand war nachweislich eine Vril, wusste um UTGARD und die Anomalie. Vielleicht hing Rasins Besuch damit zusammen – zumindest deutete die Anwesenheit einer Vril darauf hin.

Die Lagerräume hatte sie bisher noch nicht inspiziert. Sie könnten eventuell darüber Aufschluss geben, was die AKULA wirklich im Schilde führte.

Die Zeit würde knapp werden, denn zwei Tage nach Ankunft in Alexandraland sollten sie in einem Hubschrauber zu einem vorbeifahrenden Eisbrecher übersetzen, der auf dem Weg zurück nach Murmansk schipperte. Glücklicherweise waren die Wetterverhältnisse zurzeit so schlecht, dass sich ein Flug mit dem Hubschrauber über das Polarmeer verbot. Dadurch gewann sie mehr Zeit, um weitere Informationen zu sammeln.

NEUNTER TEIL

Ankunft in Alexandraland

AKULA
Samstag, 27. Oktober 2018

Lessing hörte ein Klopfen an seiner Kabinentür. »Kommt raus«, rief Peters, »Alexandraland kommt in Sicht!«

Nasskaltes Wetter umfing sie auf dem Achterdeck des schwimmenden Kernkraftwerks. Sie zwängten sich zwischen den Wissenschaftlern an die Reling, um einen Blick auf die Insel zu erhaschen. Das vom Hochnebel gebrochene Mondlicht tauchte das Meer in einen bläulich schimmernden See aus Aluminium. Schemenhafte Umrisse einer schneebedeckten Bergkette zeichneten sich ab, sonst wäre der Übergang vom Polarmeer zur Insel nicht erkennbar gewesen. Vorher hatte Lessing noch einmal gegoogelt und rief sich die wichtigsten Daten ins Gedächtnis. Alexandraland lag auf fast einundachtzig Grad nördlicher Breite. Hier dauerte die Polarnacht von Mitte Oktober bis März, kam die Sonne nicht über den Horizont, herrschte monatelang nur Dunkelheit, bestenfalls ein Hauch von Dämmerung.

Nur wenige Wochen im Sommer taute das Eis und gab den felsigen Boden frei. Die Jahresdurchschnittstemperatur lag bei minus zwölf, ihre Extremtemperaturen bei minus neunundvierzig und plus vierzehn Grad Celsius. Wie überall in Franz-Josef-Land war die Niederschlagsmenge relativ gering, der Himmel jedoch meist bedeckt.

Lessing blickte durch seinen Hightech-Feldstecher, um den ihn jeder Kapitän eines Luxusliners beneidet hätte, und stellte scharf. Das Glas – mit modernster Elektronik ausgestattet – nutzte das wenige Restlicht, erlaubte den Einsatz selbst jetzt in tiefer Polarnacht. Trotz Dunkelheit und Nebel erkannte er die flache, vereiste Küste. Er blickte auf den im Glas integrierten Entfernungsmesser.

1 300 m

Wie der Stachel eines Rochens ragte vom Strand aus ein langer, von Laternen beleuchteter Landungssteg mehrere hundert Meter ins eisige Polarmeer hinaus, den sie geradewegs ansteuerten. Lessing peilte Anfang und Ende des Stegs an und las die Distanz ab.

580 m

Genug Platz für ein Ungetüm wie die AKULA.

Auf der rechten Seite der Anlegestelle entdeckte er zwei hintereinander vertäute U-Boote. Das ließ keinen Zweifel darüber aufkommen, dass es sich um eine militärische Anlage handelte.

Der Nebel hatte sich etwas verzogen. Im milchigen Mondlicht sah Lessing hinter blau-weiß gestrichenen Containern eine geschwungene Hügellandschaft, wo filigrane Gittermasten einem sanft ansteigenden Berghang ins Landesinnere folgten und an Gondelanlagen über Skipisten erinnerten. Durch seinen Feldstecher sichtete er statt Kabinen nur durchhängende, vor Nässe silbrig glänzende Hochspannungsleitungen. *Das dürfte die Stromtrasse zur Kleeblattstation sein*, kam ihm in den Sinn. Er ließ das Glas noch einmal über die Insel schweifen und blickte auf die Entfernungsanzeige.

750 m

Ein Versorgungstender ankerte am anderen Ende der Bucht.

950 m

Hier ankerte eine Fregatte.

1 450 m

Zwei kleine, containerartige Technikgebäude bedeckten eine Anhöhe.

1 250 m

Zwei große, turmartige Aufbauten mit kranartigen Auslegern standen im ersten Drittel des Landungsstegs.

850 m

Der Bug des vorderen U-Bootes.

1 020 m
Der Bug des hinteren U-Bootes, also besaßen sie eine Länge von rund 170 Metern und entsprachen der Typhoon-Klasse.
1 410 – 1 450 m
Zwei große Tanklager.
1 650 m
Ein Umspannwerk mit Trafostationen.
1 830 m
Eine Plattform mit zwei großen Transporthubschraubern.
2 150 m
Ein Wachturm.
384 000 000 m
Der Mond.
Dank einer Schemazeichnung der AKADEMIK LOMONOS-SOW wusste er, dass es sich bei den Aufbauten um Andockstationen für Trinkwasser- und Stromleitungen handelte. Der Frankfurter schwenkte das Glas nach rechts, wo fußballgroße Basaltblöcke den dunklen Lavastrand bevölkerten. Verrostete Fässer lagen zwischen zersplitterten Holzbrettern, waren entweder vom Polarmeer angeschwemmt oder durch Stürme aus dem Inselinneren zum Strand getrieben worden.

Lessing sog die kalte Meeresluft ein, die nach Fisch, Robbenkadavern und Fäkalien stank! Marianne hielt ihre behandschuhte Rechte vor die Nase und lehnte sich an, suchte instinktiv ein wenig Wärme in dieser nasskalten Nacht, mit der Alexandraland sie empfing. Langsam schälten sich immer feinere Umrisse aus dem dunstigen Vorhang. Weiße Armeelaster parkten neben Schiffscontainern. Dazwischen bemerkte er patrouillierende Soldaten.

Er streifte seine fellbesetzte Kapuze über und schloss den Reißverschluss. *Schade, dass wir uns den schwebenden Steingarten nicht anschauen können, aber unsere Russen werden uns niemals von Bord lassen. Hauptsache, der BND sorgt dafür, dass Stefans Akte endgültig geschlossen wird.* Viel konnten sie nicht von ihrer Reise berichten, Blomberg würde enttäuscht sein, es sei denn, Greene, alias Connie Sadek, würde mehr in Erfahrung bringen. Seit ihrem Streit waren sie sich aus dem Weg gegangen.

Lessing knetete seine tauben Finger. »Lass uns wieder reingehen!«, nuschelte er, als die Mannschaft das Schiff am Landungssteg vertäut hatte. Seine Mundpartie war steif vor Kälte.

»Gute Idee, bin schon halb erfroren!«

Eine Bö aufrichtiger Zuwendung durchbrach die Windstille seiner Laune, dann drückte er Marianne unvermittelt an sich und gab ihr einen kratzenden Kuss auf die Wange.

Zur Schlafenszeit beobachte Lessing durch das winzige Fenster seiner Kabine, wie Tatra-Lastwagen aus dem Bauch des Schiffes über den Landungssteg ins Landesinnere fuhren. Offensichtlich versorgte ihre AKULA die Basen auch mit Nachschub.

***

Tags drauf durften sie nach dem Frühstück unverhofft das Schiff verlassen und am vereisten Lavastrand die Gegend erkunden – begleitet von bewaffneten Soldaten, die ständig nach Eisbären Ausschau hielten.

Auf knirschendem Schnee liefen sie den körnigen Lavastrand entlang. Hansen schoss einige Fotos, während Peters gestenreich den Reiseführer spielte. Überall lagen verrostete Tonnen herum. Dazwischen ragten halbverschüttete, bunkerartige Betongebäude aus dem Boden. Im diffusen Licht der Polarnacht legte sich ein beklemmender Schleier über die Ruinen. Elfenbeinmöwen krächzten beleidigt wegen der Ruhestörung. Sie schritten an mehreren verfallenen Behausungen vorbei, bis ihre Aufpasser unmissverständlich Richtung Schiff deuteten.

Zur Mittagszeit gesellten sich Irina und Andrej in der Kantine hinzu.

»Wir haben schlechte Nachrichten«, begann Lyshkin. Kapitän Rybkow steht mit der ROSSIJA in Kontakt. In zwei Tagen solltet ihr mit dem Hubschrauber übersetzen. Aufgrund anhaltend schlechter Wettervorhersagen sind unsere Hubschrauber auch bis Mitte nächster Woche nicht einsetzbar. Im schlimmsten Fall müsst ihr noch ein paar Tage länger bleiben, bis euch ein anderer Eisbrecher nach Murmansk zurückbringt, aber Sicherheit geht vor.«

Lessing nickte verstehend und sah Greene vielsagend an, die über diese Entwicklung alles andere als traurig schien.

Ein Unglück kommt selten allein

AKULA
Sonntag, 28. Oktober 2018

Wach.

Eine Warnsirene gellte kurz nach Mitternacht erneut durchs Schiff und riss Lessing aus einem schwierigen Traummanöver mit Stefan Lühr. Zugleich drang eine helle Stimme aus dem blechernen Lautsprecher. »Dies ist ein Notfall und keinä Übung! Begebän Sie sich sofort auf das Außendäck. Nehmän Sie kein Gepäck mit und bewahrän sich Ruhä. Ich wiederholä, dies ist ein Notfall und keinä Übung. Begäben Sie sich [...]«

Entspannt verschränkte Lessing seine Hände unter dem Kopf und blieb liegen.

»Wasisnjetzschonwiederlos?«, quengelte Marianne im Halbschlaf.

»Bleib liegen. Die haben anscheinend Langeweile. Jetzt ziehen unsere Freunde schon wieder eine Rettungsübung durch.«

Kaum hatte er den Satz beendet, stürmten zwei uniformierte Soldaten in ihre Kabine, zerrten sie unsanft aus den Kojen, drückten ihnen Schuhe in die Hände und stießen beide im Pyjama zum Flur hinaus, wo sie mit anderen Passagieren wie eine Viehherde zum Landungssteg hinabgescheucht wurden.

Erst dort konnten sie unter Laternenlicht ihre Schuhe anziehen, so überhastet war die Aktion verlaufen. Zum Glück war es heute mit elf Grad Celsius außergewöhnlich warm. Flankiert von bewaffneten Soldaten eilten Besatzung, Wissenschaftler, Stationspersonal und Fernsehteam im Laufschritt die Anlegebrücke entlang. Ein Uniformierter dirigierte sie zu mehreren Pritschenwagen, deren Ladeflächen olivgrüner Stoff umspannte. Darunter standen vierreihige Sitzbänke, auf denen sich die gestrandeten Passagiere drängten. Lessing half seiner Ex-Frau beim Aufsteigen und nahm zwischen den anderen Platz, schon setzte sich ihr Pritschenwagen auf der grob geschotterten Piste in Bewegung. Auf dem halb offenen Lastwagen nahm er Marianne in den Arm und spürte, wie sie – vor Schrecken, weniger vor Kälte – zitterte.

Alle schwiegen, standen noch unter Schock durch die rüde Behandlung der Militärs. *Es muss etwas passiert sein*, dachte Lessing grimmig, *sonst würde Rybkow nicht dermaßen überhastet das ganze Schiff evakuieren.* Nach einer halben Stunde Fahrt hielten die Pritschenwagen an. Das umzäunte Areal war hell erleuchtet.

Wachsoldaten führten die Gestrandeten zu blauen, bogenförmig gewölbten Baracken, vorbei an einem sternartigen Komplex, den drei verglaste Kuppelgebäude umgaben. Lessing war wie elektrisiert. *Wir sind in der Arktischen Kleeblattstation. Halte die Augen auf!* Fotos dieser Militärbasis hatte er im Internet gegoogelt, aber sie real zu sehen, war etwas ganz anderes.

***

»Irina!« Lessing hatte Lyshkins Partnerin am anderen Ende der Baracke ausgemacht und bahnte sich mit Marianne den Weg zu ihr. »Wo ist Andrej? Was, um Himmels Willen, ist denn passiert?«

»Andrej ist mit den Gruppenleitern noch auf dem Schiff. Es gab einen Störfall, mehr weiß ich auch nicht.« In ihrer Stimme schwang tiefe Besorgnis mit. Marianne umarmte sie und tätschelte ihr sanft den Rücken.

Zwei dickleibige, in weiße Kittel gekleidete Küchendamen, fuhren auf einem Rollwagen einen großen stählernen Bottich herein, zapften heißen Tee ab und verteilten die Tassen an dicht gedrängt stehende Gestrandete der AKULA. Ein paar

Minuten später schoben zwei Soldaten Wäschecontainer in die überfüllte Baracke.

»Sie habän Glück, normalärweise hat die Kleeblattstation eine Personalstärke von hundertfünfzig Personän. Jetzt sind nur zwei Dutzänd hier, dahär gibt es genug Uniformän.«

Marianne drehte den Kopf und sah zum Wäschecontainer, als säße eine besonders giftige Spinne darin. »Ich soll dieses Zeug anziehen?«

Lessing musste gegen seinen Willen grinsen. »Entweder du siehst jetzt gleich aus wie eine russische Soldatin oder du erfrierst.«

Sie waren endgültig in der Arktischen Kleeblattstation angekommen – wenn auch unter besorgniserregenden Umständen.

Die Wände haben Ohren

Beide Damentoiletten waren verschlossen, sodass Marianne kurzerhand ins Herren-WC wechselte. Wenig später kamen zwei Männer herein, die sich vor den Urinalen leise unterhielten. Zu Mariannes Überraschung sprachen beide Deutsch.

»[...] nicht dein Ernst. Emig haben sie auch drauf angesprochen, ob das technisch machbar wäre. Ich frage mich, wozu die hier solche Energiemengen brauchen! Tausenddreihundert Megawatt! Da ist doch weit und breit nichts! Diese Dinger arbeiten mit dreißig Kilowatt Leistung. Das ist sogar ausreichend, um einen LKW in Brand zu schießen! Andere erreichen sogar sechzig Kilowatt Leistung. Jetzt haben unsere Leute diese mobilen Kisten auf über hundertdreißig Kilowatt aufgemotzt! Die sind doch alle verrückt!«

Zu ihrer Erleichterung gingen beide wieder hinaus, aber sie wunderte sich, was deutsche Ingenieure auf der AKULA zu suchen hatten. Das sollten Frank und Greene erfahren, aber sie musste sich gedulden, konnte schlecht in der vollen Baracke davon berichten.

Nach abgepackten Essensrationen wurden Schaumstoffmatten verteilt, auf denen sie eine unruhige Nacht verbrachten. Am Morgen gab es wieder schwarzen Tee mit warmen Blinis und ließ die Laune der Evakuierten zumindest nicht weiter absinken.

Am späten Vormittag hielt ein dekorierter Offizier eine kurze Ansprache. Noch bevor Irina übersetzen konnte, brandete lauter Jubel auf. Sie musste schreien, um sich verständlich zu machen.

»Alles ist unter Kontrolle! Es gab einen Unfall, aber Gott sei Dank ist keine Radioaktivität ausgetreten, also nicht so schlimm wie vermutet. Wir können morgen wieder auf das Schiff zurück! Ist das nicht wunderbar?«

Ja, das ist ganz wunderbar!, dachte Marianne. *Jetzt sind wir so nah am Meteoriten ... und doch so fern ...*

Wieder auf der AKULA

»Das ist alles, was du gehört hast?«

Marianne zuckte die Achseln. »Beide Techniker haben von einer Jahresleistung von tausenddreihundert Megawatt gesprochen, dass irgendwelche Aggregate mit dreißig Kilowatt Leistung auf über hundertdreißig Kilowatt getunt wären und dass sie davon alles andere als begeistert sind.«

»Das würde erklären, warum sie hier ein schwimmendes Atomkraftwerk anlegen lassen. Tausenddreihundert Megawatt schüttelt man nicht einfach so aus dem Ärmel. Vermutlich leiten sie den Strom zum Arktischen Kleeblatt.«

»Oder nach Nagurskaja.«

»Was weißt du darüber?«

»Sie ist die nördlichste Grenzschutzbasis. Neben dem Kleeblatt der einzige bewohnte Ort auf Alexandraland. Diese Station besteht aus Kasernengebäuden, Lagerhäusern, Garagen, einem Flughafen und einer kleinen Holzkirche.«

»Einer Holzkirche?«

»Es sind halt Russen«, entgegnete er, als wäre damit alles gesagt. »Nach dem Zweiten Weltkrieg haben sie ein Flugfeld auf der Insel angelegt. Anfang der Sechzigerjahre wurde neben dem Flugplatz Nagurskaja errichtet. In den Achtzigerjahren arbeiteten neben Grenzsoldaten auch Meteorologen und Geologen in der Station.«

»Also ist sie fast siebzig Jahre alt. Was soll es dort geben, das eintausenddreihundert Megawatt verbraucht?«, fragte Marianne und gab sich selbst die Antwort: »Nichts!«

Oder es gibt noch eine unbekannte Basis!, dachte er, und entschied, sich dieses gedankliche Abenteuer nicht auch noch zuzumuten.

Kriegsrat mit Überraschungen

AKULA
Mittwoch, 31. Oktober 2018

Als Lessing, Marianne und Lana Greene alias Connie Sadek den Konferenzraum betraten, schlug ihnen von den Uniformierten offene Feindseligkeit entgegen. Halbvolle Tassen, volle Aschenbecher – Lyshkin musste im kleinen Kreis eine Unterredung vor der eigentlichen Besprechung angesetzt haben. Kapitän Rybkow saß wie ein steinerner Buddha am Kopfende des langen Konferenztisches. Eine Reihe glänzender Orden zierte seine perfekt sitzende Uniform. Irina und Andrej saßen seitlich neben ihm. Am anderen Ende bildeten drei Uniformierte, mit Oberst Valin in der Mitte, nicht nur optisch einen Gegenpol.

Ein Mann Anfang sechzig, die vordere Kopfpartie fast kahl, schien sich Valins Haupthaar vom Rest des Schädels nicht verabschieden zu wollen. Seine Augen hatte er unter der gefurchten Stirn zu schmalen Schlitzen verengt, sodass sich Lessing unvermittelt fragte, wie groß sein Sichtfeld war. Unter einer knolligen Nase reichte sein buschiger Schnauzer bis zu den schmalen Lippen.

Zu ihrer Überraschung fehlten Viktor und Eva Rasin. Sie setzten sich zu beiden Seiten mittig an den Tisch, um Neutralität anzudeuten.

»Darf ich mich nach Familie Rasin erkundigen?«, fragte Lessing betont höflich in Englisch.

»Mr. und Mrs. Rasin wollten einer Vorführung in der Kleeblattstation beiwohnen«, erwiderte Oberst Valin, der wie alle Russen gut Englisch sprach. »Gestern früh waren sie zusammen mit einem Begleittrupp zur Station aufgebrochen.«

Marianne Lessing legte ihre Hände um den Kaffeebecher. »Um welche Art von Vorführung handelte es sich?«

»Diese Information unterliegt der Geheimhaltung. Wir sind nicht befugt, Ihnen darüber Auskünfte zu erteilen«, kam es förmlich zurück.

»Das erklärt nicht, warum sie nicht anwesend sind«, bohrte Marianne nach.

Valins Begleiter tauschten nervöse Blicke aus.

Es geht nicht nur um den Reaktorunfall! Da steckt mehr dahinter, dachte der Fernsehjournalist.

»Gestern brach um 10:48 Uhr der Funkkontakt ab.«

»Sie haben seit vierundzwanzig Stunden keinen Kontakt mehr? Weder zur Station, noch zum Trupp?«, wiederholte Lessing ungläubig. »Haben Sie keine Aufklärungstrupps entsandt?«

Lyshkin sah Kapitän Rybkow abwartend an, der nach einem kurzen Moment widerstrebend nickte. »Natürlich. Mittags drei und abends fünf Soldaten – auch zu ihnen besteht kein Kontakt.«

»Kapitän Rybkow! Wir protestieren in aller Form gegen die Offenlegung geheimer russischer Operationen –«

»Hören Sie auf!«, unterbrach ihn der Kapitän unwirsch. »Wir haben andere Sorgen, als uns Gedanken um die Geheimhaltung zu machen!«

Marianne nippte an ihrem Kaffee. »Warum sind Sie so reserviert?«, fragte sie Valin gerade heraus.

»Es gab auf dem Schiff sicherheitsrelevante Vorfälle, die bis dato ungeklärt sind«, entgegnete ein Politoffizier mit grauen Haaren. »Daher vertreten wir die gleiche Auffassung wie Oberst Valin.«

Lessing blickte seinen Freund über den Tisch hinweg fragend an.

»Der Störfall – so wie es ausschaut, war es Sabotage«, sagte Lyshkin verhalten. »Es war geschickt gemacht. Zwei Ventile wurden geschlossen und sorgten für Überdruck, der einen Kessel platzen ließ. Außerdem wurden winzige Mengen Uran verteilt. Gerade so viel, dass wir von ausgetretener Radioaktivität ausgehen mussten – deswegen auch die Evakuierung. Als unsere Leute den beschädigten Reaktor heruntergefahren und Messungen vorgenommen hatten, fand man Spuren von Uran, die nicht aus dem Reaktor stammen. Wir müssen von Sabotage ausgehen.«

»Ja!«, blaffte Valin und deutete mit ausgestrecktem Zeigefinger auf Lessing. »Und ist es nicht ein seltsamer Zufall, dass es ausgerechnet zu einem Störfall kommt, seit das Fernsehteam an Bord ist?«

Marianne beugte sich herausfordernd vor. »Das ist blanker Unsinn und das wissen Sie! Wenn Ihre Theorie stimmt, wer war denn vor einigen Monaten für den Störfall in Murmansk auf dem Schiff verantwortlich? Da war kein westliches Fernsehteam an Bord!«

Valin sah erst Rybkow, danach Lyshkin gehetzt an. Nach einer gefühlten Ewigkeit ließ er langsam den Atem entweichen.

»Das unterliegt strengster Geheimhaltung! Woher wissen Sie davon?«

»Bei allem gebotenen Respekt, Oberst Valin. Wir sind schließlich Journalisten«, antwortete Lessing im sanften Tonfall, den er bei Interviews in heiklen Situationen anwandte und dessen Wirkung er bestens kannte.

»Alle Deutschen standen permanent unter Beobachtung. Sie hatten keinerlei –«

»Die ganze Zeit über haben Sie uns observiert?«, fragte Marianne empört. »Das ist doch eine Unverschämtheit!«

»Glauben Sie, wir lassen ein westliches Fernsehteam auf unserem modernsten Schiff frei rumlaufen? Wir –«

»Andrej, das hast du mir gar nicht gesagt!«, mischte sich Irina Poliakowa vorwurfsvoll ein.

»Das geht Sie auch gar nichts an!«

»Können wie wieder zu einer sachlichen –«

»Sie haben Irina Poliakowa nicht zu sagen, was sie angeht oder [...]«

Alle redeten jetzt wild durcheinander, nur Greene alias Connie blieb unauffällig im Hintergrund.

Was haben die jetzt für ein Problem? Wir haben doch ganz andere Sorgen. Kein Trupp meldet sich, geschweige denn ihre Kleeblattstation. Dazu gab es einen Störfall – nicht den ersten. Lessing fasste sich ein Herz und donnerte: »RUHE!«

Ob die anderen über seinen Ausbruch erschrocken waren oder nur für dreistes Auftreten hielten – zumindest schwiegen alle verblüfft.

»Ihre Kleeblattstation meldet sich nicht. Zu unseren drei Trupps haben wir keine Verbindung. Ein Reaktor hatte einen Störfall, der vermutlich auf Sabotage zurückzuführen ist.« Lessing setzte geschickt Pronomen wie »wir« und »uns« ein.

Bevor jemand etwas entgegnen konnte, fuhr er fort. »Wir kommen nur weiter, wenn wir all unser Wissen zusammenlegen! Vielleicht ergeben sich daraus Hinweise, die uns weiterhelfen!« Dabei sah er sämtliche Teilnehmer der Reihe nach fragend an. Nur bei den Offizieren blickte er in ablehnende Gesichter, hatten sie ihre Arme vor der Brust verschränkt. »Ich schlage vor, Sie beraten sich! Nach dreißig Minuten treffen wir uns wieder. Entweder arbeiten alle gemeinsam an einer Lösung oder wir bleiben bis zum Abflug in den Kabinen!«

***

Nach der Pause trafen alle erneut im fensterlosen Konferenzraum zusammen, in dem es trotz Lüftungsanlage nach kaltem Zigarettenrauch und Kaffee roch.

»Mr. Lessing fängt an!«, brummte Rybkow zum TV-Moderator. Als Warnung für andere trat ein entschlossener Ausdruck in sein Gesicht, der daran erinnerte, dass man sich besser nicht mit ihm anlegen sollte.

Lessing schaute in die Runde.

Wer weiß was?

Valin weiß gewiss von den Anomalien bei der Kleeblattstation und was sie erzeugt.

Was wissen Andrej oder seine Irina? Sicherlich, dass ihre Station plötzlich jede Menge zusätzliche Energie benötigt, sonst wahrscheinlich nichts.

Kapitän Rybkow? Vermutlich nicht mehr als Andrej.

Sein Blick wanderte zu Lana Greene hinüber. *Unsere CIA-Agentin weiß vermutlich fast so viel wie wir. Bestimmt von UTGARD – aber wahrscheinlich nichts vom Meteoriten oder schwebenden Steinen, sonst hätte Greene schon längst dazu etwas gesagt. Blomberg musste es ihnen verheimlicht haben, aber warum? Wenn die Russen herausfinden, dass alles ein inszeniertes Kommandounternehmen ist, verschwinden wir entweder für dreißig Jahre in einem sibirischen Arbeitslager, oder man jagt uns eine Kugel in den Kopf und überlässt uns den Eisbären.*

Wieviel mehr weiß ich als die anderen? Was soll ich sagen, was verschweigen?

Lessing trank einen Schluck Wasser und räusperte sich. »Wir wissen von den Hintergründen der Militärbasis, die auf dem Areal einer geheimen Wehrmachtstation errichtet wurde, von Antigravitation und schwebenden Felsen, die Gegenstand von Untersuchungen der SS waren. Wir gehen davon aus, dass Ihre Kleeblattstation erbaut wurde, um diese Anomalie näher untersuchen zu können.«

Valin sprang auf. »Ich hab's gewusst, diese verdammten –«

»Ich bin noch nicht am Ende!«, bellte Lessing zurück. »Sie können sich aufregen, wenn ich fertig bin!«

Rybkows Blick zwang Valin auf seinen Sessel zurück.

Lessing öffnete sein Hemd, griff zum Nacken und zauberte eine feingliedrige Kette hervor, woran sein angeblich vermisster Siegelring baumelte. Alle reckten neugierig ihre Hälse.

»Ich dachte, du hast den Ring nicht mehr!«, feixte Lana Greene alias Connie. Die CIA-Agentin sah jetzt die Erfüllung ihres Zweitauftrages in greifbare Nähe gerückt. *Das ändert alles! Ich bin nicht mehr auf ein Stück vom Meteoriten angewiesen!*

Er legte das Schmuckstück auf den Tisch, nahm einen Streuer und schüttete Zucker darüber. Wie in Mariannes Labor bildete sich über dem Ring eine Halbkugel aus Zuckerkristallen. Lessing blickte in fassungslose Gesichter.

Marianne bemerkte die unverhohlene Gier in Lana Greenes Augen. Davon hatten die Amerikaner nichts gewusst. Dass der Stein etwas Besonderes war, das schon, aber über seine antigravitatorische Wirkung hatten sie nichts gewusst! Die CIA-Agentin würde für diesen Ring einen Mord begehen, das stand ihr ins Gesicht geschrieben.

Der Fernsehjournalist zuckte die Achseln. »Wir haben alle unsere kleinen Geheimnisse, n'est-ce pas?«

Mariannes Gesicht wirkte ebenso angespannt, wie sie sich fühlte. »Du hast den Ring noch?«, presste seine Ex-Frau zwischen den Zähnen hervor. Sie drehte ihren Kopf und sah ihn an, als wünschte sie ihn zur Hölle. »Na warte, darüber sprechen wir noch!«

Allen war anzusehen, wie fasziniert sie von Lessings Vorführung waren. »Der Ring war wirklich verschwunden. Ich habe ihn erst seit der Wanzensuche wiedergefunden. Ehrenwort!«

Die Chemikerin ignorierte seinen Kommentar und wollte nach dem Ring greifen, aber Lessing kam ihr zuvor, streifte seine Kette wieder über den Kopf und knöpfte eilig das Hemd zu, als hätte er Sorge, jemand könne ihm den Ring stehlen. »Ursache ist vermutlich ein Meteoritensplitter, der sich im Ring befindet«, kommentierte sie. «Was diese Zuckerkristalle schweben lässt, befindet sich im großen Maßstab bei der Kleeblattstation. Wir haben Grund zur Annahme, dass sich im Boden ein Meteorit verbirgt, der für diese schwebenden Steine und die dort vorherrschende Antigravitation verantwortlich ist.«

Ein paar Sekunden herrschte betroffenes Schweigen, dann brach Tumult aus. Oberst Valin sprang auf, wies erneut mit ausgestrecktem Zeigefinger auf Lessing. »Da haben wir's! Jetzt ist klar, dass Sie mehr als nur über dieses Schiff berichten wollen! Jetzt haben Sie sich verraten! Sie wissen von Vorgängen strengster Geheimhaltung und haben wahrscheinlich auch unseren Reaktor sabotiert, um eine Evakuierung zur Kleeblattstation zu erzwingen! Das war schon immer Ihr Ziel!«

»Was macht Sie so sicher, dass es Sabotage war?«, fragte Marianne ungerührt.

Lyshkin war die Frage sichtlich unangenehm, das war ihm anzusehen.

»Ist da was, was wir wissen sollten?«, fragte Rybkow gedehnt.

Lyshkin zupfte nervös an einem Ärmel. »Es ist außerdem ein Plutoniumzylinder verschwunden.«

»Sag das noch mal!« Valin blickte ihn fassungslos an. »Wieso weiß ich nichts davon?« »Wie kann denn ein Plutoniumzylinder verschwinden?«, fragte sein Nachbar.

»Er wurde gestohlen! Was denn sonst?« Valin nestelte an seinem Holster herum und machte Anstalten, seine Waffe zu ziehen. »Und ich weiß auch, wer dafür verantwortlich ist! Ich verhafte Sie im Namen der russischen –«

»RUHE!«, brüllte Rybkow. »Mr. Lessing hat sicherlich nicht den Reaktor sabotiert oder Plutonium gestohlen, sonst würde er zweifellos seine Karten nicht so offen auf den Tisch legen! Ich selbst wusste nichts von den Vorgängen in der Station. Sonst jemand?« Alle blickten in die Runde, nur der Sicherheitsoffizier starrte Lessing hasserfüllt an.

Irina Poliakowa mischte sich ein. »Haben Sie uns etwas zu sagen, Oberst Valin?«

»Einen Teufel werde ich tun! Das unterliegt der obersten Sicherheitsstufe!«

Rybkow schlug mit seiner blanken Faust dermaßen auf den Tisch, dass die Tassen ihren Inhalt verschütteten.

»Jetzt reicht's! Ich pfeif auf Ihre Geheimhaltung! Das ist mein Schiff! Alle unterstehen meinem Kommando, solange Sie auf der AKULA sind! Wenn das jemandem nicht passt, kann er ja zur Kleeblattstation auswandern!«, höhnte er.

Oberst Valin rutschte verschnupft in seinem Sessel herum. »Es gibt schwebende Felsen und auch den Meteoriten!«

Erstmals mischte sich Lana Greene ein: »Welcher Vorführrung wollten die Rasins beiwohnen, wenn ich fragen darf?«, wiederholte sie Lessings Frage, betont gelassen.

Marianne sah Greene feindselig an, hatte offensichtlich ihre Abneigung auch auf Connies Doppelgängerin übertragen und seit ihrer Abreise nur das notwendigste Wort mit ihr gewechselt. *Merkwürdig*, dachte sie, *eigentlich ist sie kein unsympathischer Bursche. Was ist mein Problem? Habe ich eins mit ihr?* In ihrem tiefsten Inneren wusste Marianne die Antwort. Connie hatte sie vor Jahren am Ende einer ausgelassenen Feier im Sender angemacht und in einer schummrigen Ecke ihrer Kantine urplötzlich geküsst. Sie hatte ihr damals ins Gesicht geschlagen und erinnerte sich noch an den kurzen Dialog.

»Du bist pervers!«

Connie hatte sie damals nur lächelnd angesehen und geantwortet: »Ich bin nicht pervers. Ich bin bi!«

Sie war schon immer für Zuneigungen beiderlei Geschlechter empfänglich gewesen. Das gab Franks Kamerafrau freimütig zu und lebte es noch freimütiger aus. Man wusste bei Partys nie, ob Connie mit einem Mann oder einer Frau kommen oder gehen würde.

Valin starrte – Greenes Frage ignorierend – zu den verstreuten Zuckerkristallen, die auf dem Tisch lagen.

»Antworten Sie«, sagte Lyshkin gefährlich leise. »Machen Sie endlich den Mund auf!«

»Es ging um ein technisches Experiment, bei dem Mr. Rasin anwesend sein wollte.«

»Ich möchte gerne Einzelheiten hören«, sagte Lyshkin genervt.

»Ein Teilstück des Meteoriten sollte abgespalten werden.«

»Dafür kommt Rasin extra zur Kleeblattstation?«, fragte Greene verblüfft.

»Bisher war es unmöglich, ein Stück davon abzutrennen. Wir haben alles versucht. Mechanisch, mittels Sprengungen – ohne Erfolg.«

»Aber es muss möglich sein, den Meteoriten zu spalten.« Marianne nagte gedankenverloren an ihrer Unterlippe, »denn schließlich hatte Stirböck ja ein Stück davon bei UTGARD gefunden!«

»Warum haben Sie den Meteoriten nicht komplett geborgen, sondern betreiben solch einen Aufwand mit dem schwimmenden AKW?«

»Die größten Kräne heben um siebentausend Tonnen. Ich vermute, ›Hoba‹ ist wesentlich kleiner als der Meteorit.«

Valin starrte geradeaus, als gäbe es an der Wand einen kostbaren Picasso zu bewundern.

»Was ist Hoba?«, fragte Irina.

»Der bislang größte, gefundene Meteorit«, antwortete Lana Greene. »Vermutlich ist der Meteorit wesentlich größer, dann würde er zigtausend Tonnen wiegen. Kein Kran der Welt hebt so etwas aus dem Boden!«

»Wissen Sie, für welche Uhrzeit dieser Versuch angesetzt war?«, fragte Marianne.

»Ich weiß nicht, was –«

»Bitte beantworten Sie meine Frage, es ist sehr wichtig«, unterbrach sie ihn ruhig.

»Um 10.30 Uhr sollte der Versuch beginnen.«

»Und um 10.48 Uhr brach jeglicher Funkkontakt ab, sagten Sie.«

Valin nickte und öffnete den obersten Knopf seiner Uniform.

»Ich glaube, jetzt ist es an mir, etwas beizutragen«, entgegnete die Wissenschaftlerin. »Ich konnte den Stein im Institut näher untersuchen. Er hat neben einem dreifach höheren spezifischen Gewicht als Osmium, dem schwersten Element auf unserer Erde, noch andere Eigenschaften. Er erzeugt ein Antigravitationsfeld, wie Sie gerade gesehen haben«, dabei deutete sie auf den Zucker.

»Aber das ist längst nicht alles.«

Lessing drehte langsam den Kopf in ihre Richtung und ahnte Böses.

»Wir haben versucht, den Stein zu ritzen und ... äh ... weitere Experimente zur Spaltung des Steins durchgeführt – ohne Erfolg.«

»Sag das noch mal! Ich glaube, ich habe mich verhört!«, echauffierte sich Lessing.

»Danach hat man ihn verschiedensten Strahlungen ausgesetzt. Wärmestrahlung, Lichtstrahlung – der Stein absorbiert jegliches Licht. Wir haben ihn mit Photonen beschossen und dabei eine emittierte Strahlendosis von etwa 0,4 Gy gemessen. Bei eins Komma null Gy erkrankt man an der Strahlenkrankheit. Dass haben wir Gott sei Dank im abgesicherten Bereich durchgeführt, denn dieser Stein begann, Gammastrahlung zu emittieren!«

»Gammastrahlung?«, fragte Lana Greene ungläubig. »Wo soll denn die Gammastrahlung plötzlich herkommen?«

Marianne Lessing schüttelte ihren Kopf. »Wir wissen es nicht.«

Lessing traf der Blitz der Erkenntnis: *Deshalb ist Rodriguez' Detektor bei unserer Wanzensuche damals durchgebrannt! Sein Gerät war nicht defekt, sondern hatte eine Ladung emittierender Strahlung vom Stein abgekommen. Das passt exakt zu Mariannes Beschreibung!*

»Na warte, darüber sprechen wir noch!«, wiederholte er ihren Satz. Marianne zuckte die Achseln. »Und du hast vergessen mir zu sagen, dass du den Ring noch besitzt, so haben wir alle unsere kleinen Geheimnisse!, n'est-ce pas?«, konterte sie seine flapsige Bemerkung.

»Vielleicht steht das Experiment mit dem Kommunikationsausfall in Verbindung«, versuchte Lyshkin die Debatte wieder auf das eigentliche Thema zu lenken.

»Unsere AKULA hat Lastwagen mit mobilen Laseranlagen nach Alexandraland transportiert und nachts zur Kleeblattstation gebracht«, platzte es aus Oberst Valin heraus. »Die Laser sollten ein Stück aus dem Meteoriten herausbrennen! Er ist sehr hart, ließ sich auch mit Diamanten nicht schneiden. Die einzige Möglichkeit, den Stein zu bearbeiten, besteht in ultrastarken Lasern!«

»Deshalb also das schwimmende Kernkraftwerk! Sie versorgen über Hochspannungskabel die mobilen Laser in der Station mit Energie!«

Lessing sah Marianne in gegenseitigem Verstehen an. *Dein abgehörtes Gespräch der beiden deutschen Techniker! Sie hatten nur Leistungswerte erwähnt, keine Anlagen. Es ging um Laser, die – auf Lastwagen montiert – als mobile Kanonen einsetzbar sind!*

»Man braucht zwischen zweihundertfünfzig bis dreihundert Kilogramm vom Meteoriten, um ein Kampfflugzeug von elf Tonnen Gewicht schwerelos zu machen!«

Valins misstrauischer Blick sprach Bände. »Sie kennen sich sehr gut aus! Für meinen Geschmack viel zu gut!«

Lessing zuckte die Achseln. »Schließlich besitze ich ein Stück davon. Der Rest war reine Rechnerei.«

Marianne Lessing war von dem Dialog genervt. In ihren Augen lenkte dies nur vom eigentlichen Thema ab.

«Wir sollten sofort die Strahlendosis auf dem Schiff messen«, schlug Irina vor. »Ich habe einen Verdacht.« Sie sagte es in einem Tonfall, der Böses ahnen ließ.

Marianne und Irina nickten sich zu.

»Kapitän Rybkow, unterbrechen Sie bitte unsere Sitzung für eine Stunde, damit wir sofort mit den Messungen beginnen können. Ich hätte dazu gerne Dr. Lessing an meiner Seite.«

Beiläufig schaute sie Oberst Valin dabei an. Der presste

seine Lippen aufeinander und gab mit einem kurzen Kopfnicken zu verstehen, dass er einverstanden war.

»Vor dem Hintergrund einer möglichen Sabotage des Reaktors werde ich ab sofort alle hier am Tisch sitzenden Personen unter Dauerbewachung stellen.«

Zu Valins Überraschung nickte Kapitän Rybkow. »Hätten Sie es nicht vorgeschlagen, hätte ich es jetzt angeordnet!«

***

Sechzig Minuten später trafen alle wieder im Konferenzraum ein. »Setzen Sie sich«, sagte Marianne Lessing, die geistesabwesend umherlief, und längst in ihren Vortragsmodus geschaltet hatte.

»Wir haben inzwischen den Gy-Wert auf dem Schiff gemessen. Er ist höher, als die natürlich vorkommende Dosis. Dies lässt nur einen Schluss zu. Es gibt in der Nähe eine Quelle, die Gammastrahlung emittiert!« Sie machte eine Pause, um ihre Worte wirken zu lassen. »Eine Frage an dich, Andrej: Versorgt ihr eure Kleeblattstation noch immer mit Strom?«

Der Werksleiter nickte.

»Werden hohe Energiemengen abgenommen?«

»Und ob! Unsere derzeitige Einspeisung entspricht über das Jahr hochgerechnet rund Tausendeinhundert Megawatt, das ist so viel wie ein mittleres Kernkraftwerk herkömmlicher Bauart erzeugt!«, erwiderte er stolz.

»Eine gewaltige Energiemenge«, sinnierte Marianne.

»Du vermutest, dass die Energie weiterhin zu den Lasern fließt?«

»Wohin sonst? Es gibt einen Zusammenhang zwischen Lasern und dem enormen Strombedarf. Ich will gar nicht daran denken, dass unser Meteorit derzeit mit solchen Energiemengen beschossen wird!«

»Momentan fließt unsere gesamte Leistung über Hochspannungskabel zur Station.«

»Was ist so schlimm an dieser Gammastrahlung?«, fragte der links neben Valin sitzende Offizier.

»Ok, kurzer Nachhilfeunterricht in Sachen Verstrahlung«, antwortete Marianne, setzte sich wieder, stützte ihre Ellbogen auf den Tisch und formte mit den Fingern beider Hände ein Spitzdach.

»Erstens: Zehn bis zwanzig Gy bedeuten eine akute Strahlenkrankheit, hundert Prozent Todesfälle nach sieben Tagen. Diese hohe Dosis führt zu spontanen Symptomen innerhalb von dreißig Minuten. Nach sofortiger Übelkeit durch direkte Aktivierung der Chemorezeptoren im Gehirn und einem starken Schwächeanfall folgen mehrtägige Phasen des Wohlbefindens.

Danach folgt die Sterbephase mit raschem Zelltod im Magen-Darmtrakt, der zu massivem Durchfall, Darmblutungen und Wasserverlust sowie der Störung des Elektrolythaushalts führt. Der Tod tritt mit Fieberdelirien durch Kreislaufversagen ein. Eine Therapiemöglichkeit besteht nur noch im Lindern von Schmerzen!«

»Was bedeutet ›Gy‹?«, fragte Kapitän Rybkow.

»Das ›Gy‹ steht für ›Gray‹, ist eine von den SI-Einheiten Joule und Kilogramm abgeleitete Größe. Sie gibt eine durch ionisierende Strahlung verursachte Energiedosis an und beschreibt die pro Masse absorbierte Energie. Auch die ›Kerma‹ wird in Gray gemessen. ... ein Gy = ein J/kg = hundert rd«, erläuterte Irina, als wäre damit alles gesagt.

Marianne nickte ihr dankbar zu.

»Zweitens: Zwanzig bis fünfzig Gy bedeuten akute Strahlenkrankheit, hundert Prozent Todesfälle nach drei Tagen.

Drittens: über fünfzig Gy, sofortige Desorientierung und Koma innerhalb von Sekunden oder Minuten. Der Tod tritt in wenigen Stunden durch völliges Versagen des Nervensystems ein.

Viertens: Über achtzig Gy, US-Streitkräfte rechnen bei einer Dosis von achtzig Gy mit dem sofortigen Tod. Diese Werte beziehen sich auf die Ganzkörperdosis, verursacht durch Einwirkung von Röntgen- oder Gammastrahlen.«

»Ab wann ist mit gesundheitlichen Schäden zu rechnen?«

»Eine Strahlenkrankheit kann bei einer kurzfristigen Belastung von null Komma zwei fünf Sievert auftreten. Das sind zweihundertfünfzig Millisievert. Die durchschnittliche Belastung aus unserer Umwelt beträgt etwa zwei Millisievert pro Jahr. Eine Kurzzeitbelastung von vier Sievert gilt als tödlich.«

»Und was ist verträglich?«, fragte ein Uniformierter.

»Null Komma null fünf Gy pro Jahr, null Komma eins Gy pro fünf Jahre und null Komma vier Gy über die gesamte Lebenszeit!«, antwortete Irina trocken.

In das undurchdringliche Fuchsgesicht des Russen geriet Bewegung.

»Wir haben jetzt in regelmäßigen Abständen Strahlungsspitzen gemessen.« Lessings Ex-Frau merkte gar nicht mehr, dass sie im Kreis um die am Tisch sitzenden Personen herumlief. »Sie treten alle fünfzehn Minuten auf, dazwischen haben wir Werte knapp über einer natürlichen Strahlenbelastung.«

»Was passiert«, fragte Lessing, von dunklen Ahnungen getrieben, »wenn man den Meteoriten dauerhaft mit Laserkanonen beschießen würde?«

»Wie gesagt, dein Stein besitzt eine Masse von zehn Gramm und hat im Labor eine Strahlendosis von null Komma eins Gy emittiert. Dieser Meteorit ist milliardenfach schwerer. Ich schätze, man würde nach einem konzentrierten Laserbeschuss in unmittelbarer Nähe einige Tausend Gy aufnehmen – theoretisch.«

»Ach du Scheiße! Und in zweihundert Meter Entfernung?«, entfuhr es Rybkow.

»Es würde nicht zum Überleben reichen, wenn Sie das meinen. Die Strahlung nimmt zwar schnell ab, je weiter man sich entfernt. Grund ist eine einfache geometrische Regel, das Abstandsgesetz. Jemand, der einen Kilometer von einer

Gamma-Strahlungsquelle entfernt ist, absorbiert nur ein Millionstel der Strahlung, die jemand direkt am Reaktor aufnimmt. Aber wir sprechen hier wie gehabt über einen Faktor von Milliarden!«

Eine Weile herrschte beklommenes Schweigen. Alle sahen sich betroffen an, hallte Marianne Lessings Vortrag in den Köpfen der Anwesenden nach.

Lessing durchzuckte ein Gedanke. »Ich weiß nicht, ob es wichtig ist, aber als man meine Wohnung mit einem Detektor nach Wanzen absuchte, brannte das Gerät an einer bestimmten Stelle plötzlich durch. Genau dort fand ich in einem Aktenordner meinen Ring wieder. Er muss beim Abstreifen auf den Boden durchs Griffloch gesprungen sein, als hätte man ein Golfball auf dem Grün versenkt.«

Marianne Lessing schlich noch immer gedankenverloren, an ihrer Unterlippe nagend, um die Gruppe herum. Es war ihr nicht anzumerken, ob sie von seinem Hinweis irgendetwas mitbekam.

»Und was hat das mit unserer Situation zu tun?«, fragte Lyshkin.

»Ich weiß noch, dass Rodriguez sekundenlang mit dem Gerät diese Stelle sondierte, bevor es durchbrannte. Vielleicht hat mein Stein die Strahlung wie ein Akkumulator [...]«

Mariannes Gedanken oszillierten zwischen Spitzen und Normalwerten, versuchten, sich in einem Sinn zu verhaken, Seilschaften der Logik zu spleißen ... *hat mein Stein die Strahlung wie ein Akkumulator* ... Sie entspannte sich zusehends, tauchte im Sog eigener Ideen ab, ... *wie ein Akkumulator* ... Langsam trieb die Silhouette eines Gedankens aus dem Strudel nach oben, gewann an Kontur ... *Akku* ... Im Blick der Wissenschaftlerin zündete der Funke des Begreifens. Sie schnippte mit den Fingern.

»Ich hab's!«, sagte sie so laut, dass alle am Tisch zusammenzuckten. »Eure Laser bestrahlen den Meteoriten immer noch, deswegen ist der Energieverbrauch so konstant hoch, aber was löst die Strahlungsspitzen aus?« Marianne Lessing blickte in die Runde, als würde Hercules Poirot vor einem Kreis von Mordverdächtigen seine kleinen grauen Zellen bemühen, den Täter in ein Frage- und Antwortspiel verwickeln, um ihn dann zu überführen. »Dein Hinweis mit dem Akkumulator war richtig!«, sagte sie in Richtung ihres Ex-Manns.

»Du meinst, der Meteorit speichert erst Energie und strahlt sie dann in einer Art Gammablitz wieder ab?«

Marianne Lessing nickte heftig. »Fünfzehn Minuten lang absorbiert er Laserenergie. Danach kommt es zur Überladung und der Meteorit setzt seine vorher gespeicherte Energie auf einen Schlag in Form von Gammastrahlung wieder frei! Das müssen mehrere Hundert Gy sein! Wer sich dort im Umkreis von einigen Hundert Metern aufhält, ist sofort tot!«

»Wir müssen augenblicklich die Energiezufuhr unterbinden!«, sagte Irina an Lyshkin gewandt.

»Auf keinen Fall!«, widersprach Connies Double bestimmt. »Wir müssen erst sicherstellen, dass der Meteorit keine Gammastrahlung mehr emittieren kann – erst danach dürfen wir abschalten!«

»So machen wir es!«, bekräftigte Marianne. »Unmittelbar nach dem nächsten Peak unterbinden wir die Energiezufuhr. Wenn meine Theorie stimmt, sollten danach keine Strahlungsspitzen mehr zu messen sein! Geben Sie uns eine Stunde Zeit, um das zu überprüfen!«

Rybkow nickte bedächtig, straffte sich und faltete seine Hände auf dem Tisch. »Kraft meines Amtes als Kapitän verhänge ich ab sofort den Ausnahmezustand über dieses Schiff sowie über die gesamte Insel!«, sprach er gestelzt. »Es ist nach derzeitigem Stand davon auszugehen, dass alle Personen im näheren Umkreis der Arktischen Kleeblattstation nicht mehr am Leben sind! Ich untersage jeglichen Funkverkehr, das gilt auch für Telefonate.« An Oberst Valin gewandt, fuhr er fort. »Lassen Sie sämtliche Funkmasten und Satellitenantennen entkoppeln. Postieren Sie Wachen vor dem Reaktorraum. So verhindern wir weitere Sabotagefälle. Ich vermute ebenfalls, dass der Anschlag auf den Reaktor dazu dienen sollte, unser Schiff zu evakuieren, um Saboteuren den Zugang zur Kleeblattstation zu ermöglichen! Im schlimmsten Fall haben wir mehrere Saboteure oder Spione an Bord. Außerdem will ich keinen Funkkontakt mit Moskau, sonst weiß in null Komma nichts die halbe Welt Bescheid, in welchem Schlamassel wir stecken!«

Rybkow stützte sich mit den Knöcheln auf die Tischplatte. »Ich bilde eine Task Force, bestehend aus André Lyshkin, Oberst Valin, Frau Dr. Lessing und meiner Person. Hoffen wir, dass sich alles als böser Albtraum erweist und alle wohlauf sind.«

Marianne blickte starr auf ihre gefalteten Hände. Ihrem Gesichtsausdruck nach zu urteilen, glaubte sie nicht daran.

»Wir verfahren ansonsten wie von Frau Dr. Lessing vorgeschlagen! In einer Stunde treffen wir uns wieder!«

***

»Es hat funktioniert!«, sagte Andrej Lyshkin. »Mari- ... Frau Dr. Lessings Theorie scheint zu stimmen. Direkt nach dem letzten Peak um 13:15 Uhr wurde die Energiezufuhr zur Kleeblattstation gekappt! Seitdem konnten wir keine Strahlungsspitzen mehr messen!«, sagte er erleichtert. »Es ist davon auszugehen, dass die Kleeblattstation jetzt gefahrlos begangen werden kann!«

»Sagen Sie!«, höhnte Oberst Valin, dessen uniformierte Begleiter ihre Mundwinkel skeptisch nach unten zogen und damit zum Ausdruck brachten, was sie von Lyshkins Einschätzung hielten. »Wir haben bereits genug Soldaten verloren!«

»Aber wir brauchen Gewissheit! Jammern hilft uns nicht weiter!« Kapitän Rybkow machte aus seiner Ablehnung gegenüber dem Sicherheitsoffizier keinen Hehl.

»Wenn Sie von Dr. Lessings Theorie so überzeugt sind – warum gehen Sie nicht selbst dorthin?«

Rybkow schnaubte. »Damit Sie an Bord den Kommandeur spielen können? Träumen Sie weiter!«

»Wo ist denn der zweite Schiffsarzt oder sein Sani? Die sollten bei dem Trupp ebenfalls dabei sein!«

»Das ist leider unmöglich.«

»Und warum?«

»Dr. Krutow und Maxim begleiteten die Rasins zur Station.«

»Wir haben außer Mrs. Poliakowa keinerlei medizinischen Sachverstand mehr an Bord?«, fragte Lessing ungläubig.

»Leider nein«, erwiderte Kapitän Rybkow zerknirscht.

»Ich werde fahren!«, sagte Irina, zu Lyshkins Entsetzen. »Wenn jemand dort gebraucht wird, dann ist es ein Arzt!«

»Ich bin auch dabei!«, ergänzte Lana Greene alias Connie »Ich habe mehrere Semester Medizin studiert.«

»Ich auch!«, fügte Marianne hinzu. »In unserem Institut bin ich außerdem als Ersthelfer im Einsatz.«

»Das kommt überhaupt nicht infrage!«, sagte Lessing. »Das ist viel zu gefährlich! Du bleibst hier an Bord!«

»Sag du mir nicht, was ich zu tun oder zu lassen habe«, knurrte sie ihren Ex-Mann an.

Lessing spielte den Zerknirschten: »Gut, dann komme ich ebenfalls mit!«

»Genau wie ich!«, erklärte Lyshkin.

Oberst Valin straffte sich. »Abgelehnt! Das ist kein Sonntagsausflug, sondern eine Mission zu einer Station mit oberster Geheimhaltungsstufe!«

»Sonst noch jemand?«, fragte Kapitän Rybkow ungerührt und blickte die Uniformierten an.

Valin rutschte unruhig auf dem Sessel herum. »Wir haben bereits sechzehn Soldaten verloren! Den Rest brauchen wir hier zur Aufrechterhaltung –«

Rybkow ignorierte Valin als wäre er Luft. »Gut, also Irina Poliakowa, Dr. Lessing, Mr. Lessing, Andrej und Miss Sadek!«

»Wir halten nichts davon, die Deutschen zur Station fahren zu lassen!«

»Warum nicht? Glauben Sie etwa, einer von uns wäre der Saboteur? Oder Peters? Vielleicht Hansen?« Lessings Tonfall war anzumerken, dass er den Sicherheitsoffizier für einen paranoiden Geisteskranken hielt. »Sie können ja mitkommen oder«, gleichzeitig nickte er schnippisch in Richtung Valins uniformierter Paladine, »ihre Aufpasser mitschicken!«

Die CIA-Agentin alias Connie beobachtete Valins Offiziere aufmerksam. Anscheinend waren beide von dieser Idee wenig begeistert.

»Ich kann nicht mit«, entgegnete Valin gepresst, »solange nicht klar ist, ob Saboteure an Bord sind!«

»Wie praktisch für Sie!«, kommentierte Rybkow. »Da haben Sie ja eine schöne Ausrede! Was ist so schlimm daran, wenn die Deutschen dabei sind? Wenn ich es recht verstehe, wissen sie ohnehin, was in der Station abläuft, und wozu sie dient. Mehr zu spionieren gibt es meines Erachtens dort nicht oder täusche ich mich?«

Valin verschränkte abwehrend die Arme vor der Brust. »Ich untersage Ihnen jedwede Fotos, Skizzen oder Dokumentationen anzufertigen! Was Sie dort zu sehen bekommen, unterliegt –«

»Halten Sie doch endlich den Mund!«, blaffte Rybkow. »Sie verstecken sich hinter irgendwelchen Formalien und wenn es drauf ankommt, tauchen Sie ab!«

Marianne wartete, bis sich sein Unmut in Schweigen aufgelöst hatte. »Wir sollten vierundzwanzig Stunden warten, danach dürfte von der Gammastrahlung keine Gefahr mehr ausgehen.«

»Also gut.« Valins Stimme klang gepresst. Ein trotziger Ausdruck trat in seine Augen.

»Morgen Abend brechen Sie auf!«, sagte Kapitän Rybkow.

»Zwei Mann Begleitschutz!«, ergänzte Valin.

Rybkow nickte: »Danke, das klingt vernünftig!«

»Je besser wir vorbereitet sind, umso mehr Erfolgschancen haben wir«, betonte Lessing. »Was können Sie uns über das Arktische Kleeblatt sagen?«

Oberst Valin versteifte sich.

Marianne winkte ab und klappte ihren Laptop auf. »Am besten lese ich vor, was ich im Internet darüber gefunden habe. Am nördlichsten Punkt Russlands auf einer Inselgruppe des ›Franz-Josef-Landes‹ wurde ein einzigartiges militärisches Objekt errichtet, das ›Arktische Kleeblatt‹. Niemand baute bisher einen Komplex von diesem Ausmaß so nah am Nordpol. Dieses Arktische Kleeblatt ist bis zum heutigen Tag das einzige Großbauprojekt der Welt, das auf dem achtzigsten nördlichen Breitengrad realisiert wurde. Sie ist eine von fünf Garnisonen, die in den nördlichen Breiten errichtet werden. Die Basis befindet sich auf Alexandraland, Russlands nördlichstem Vorposten in der Arktis. Diese Militärbasis ist laut dem ›Strategischen Kommando Nord‹ für die umfassende Erhaltung der Sicherheit zuständig. Es gibt drei wesentliche Aufgaben: die Verteidigung des Schelfs im Nordmeer, die Aufrechterhaltung der nördlichen Seeroute sowie der Nordwestpassage. Es ist geplant, ähnliche Stationen entlang Russlands gesamter nördlicher Grenze zu errichten!«

»Das steht alles im Internet?«, fragte Valin erschrocken. Rybkow grinste.

»Natürlich!«, erwiderte Marianne Lessing lakonisch, »oder meinen Sie, ich hätte das gerade erfunden? Wollen Sie weiter vorlesen?«, fragte Lessings Ex-Frau auf ihre unnachahmliche, trockene Art, bei der man nie sicher sein konnte, ob sie es ernst meinte oder man gerade von ihr veräppelt wurde. Valin hob abwehrend beide Hände. »Nein, nein, machen Sie weiter.«

Marianne nickte zufrieden. »Der Verwaltungs- und Wohnkomplex des ›Arktischen Kleeblattes‹ ist ein vierstöckiges, sternförmiges Gebäude, das in den Farben der russischen Trikolore gehalten ist. Drei Strahlen gehen von dem Sterngebäude ab, die auf drei elliptische Kuppelgebäude zulaufen und Sterngebäude mit Gastronomiekomplex, einem Kultur- und Freizeitzentrum und einer Klinik miteinander verbinden. Mittig im Arktischen Kleeblatt existiert ein Atrium, dessen gläsernes Dach sowie umlaufende, große Glasflächen für ausreichend Tageslicht sorgen. Oberhalb einer zentralen Säule inmitten des Atriums befindet sich eine Aussichtplattform. Sie ermöglicht eine visuelle Beobachtung sämtlicher Anlagen innerhalb der militärischen Infrastruktur. Hier arbeiten Militärs, Wissenschaftler und IT-Experten in Werkstätten, Laboratorien, biologischen Labors, Tanks- und Lagerhäusern.

Die Militärbasis ist so konzipiert, dass sämtliche Kasernen, Kraftwerke, Kläranlagen, Lager oder Magazine mittels beheizter Übergänge erreichbar sind. Mitunter herrscht Frost bis minus zweiundfünfzig Grad Celsius. Auf Alexandraland wurden asphaltierte Straßen gebaut und es wird an der Küste eine Station betrieben, die Kraftstoff aus Tankern zur Basis pumpt und in Silos bunkert. Auf Alexandraland gibt es sogar eine kleine Kapelle, wo Offiziere und Soldaten zur inneren Einkehr finden können.«

***

»Du hast den Reaktor sabotiert, nicht wahr?«, schnauzte der Fernsehjournalist die CIA-Agentin an.

»Ich habe damit nichts zu tun! Das gehört nicht zu meinem Auftrag!«

Sie standen am Heck des Schiffes, wo niemand sie hören konnte.

»Ich glaube dir kein Wort!«

Greene straffte sich und reckte das Kinn vor. »Komm mir nicht in die Quere! Im Job kenne ich kein Pardon!«

Er lächelte grimmig. »Das glaube ich dir aufs Wort! Aber vielleicht weiß dein Laden von mir auch nicht alles und ich habe für dich vielleicht die eine oder andere Überraschung!«

»Das sollte mich wundern und werden wir ja sehen!« Sie machte aus Ihrer Abneigung ihm gegenüber jetzt keinen Hehl mehr. »Ich freu mich jetzt schon drauf!«

Lessing trat dicht an sie heran, machte mit seinem Dreitagebart, den windzerzausten Haaren und seinen dunklen Augen selbst auf so eine abgebrühte Agentin wie Lana Greene einen bedrohlichen Eindruck, dass sie instinktiv eine Abwehrhaltung einnahm.

»Ihr seid in euren Methoden wenig zimperlich. Ich vermute mal, es ging von Anfang an nicht nur um die AKULA! Die CIA wollte auch diese Arktische Kleeblattstation ausspionieren!«

»Und wenn es so wäre? Ich glaube kaum, dass dich das was angeht! Kümmere dich besser um deine Angelegenheiten, anstatt mir nachzuschnüffeln!«

»Wegen dem Störfall mussten alle evakuiert und zur Kleeblattstation gebracht werden. Das war doch sicherlich ganz in deinem Interesse!«

»Ich brauche keinen inszenierten Reaktorunfall, um dort reinzukommen. Wenn ich rein will, komme ich rein – verlass dich drauf!«

»Nehmen wir mal an, du würdest es schaffen. Wie willst du von der Insel wieder runterkommen, falls uns in dieser Zeit ein Hubschrauber zum Eisbrecher fliegt?«

In ihren Augen blitzte es warnend auf. »Mach dir um mich keine Sorgen. Ich bin nicht auf euren Hubschrauber angewiesen!«

»Das habe ich mir fast gedacht. Vermutlich liegt irgendwo eins eurer U-Boote vor der Küste!«

»Wie willst du eigentlich den Störfall in deiner Reportage verarbeiten?«, lenkte sie ab.

»Das kommt darauf an. Im Fall von Sabotage werden wir ihn ignorieren. Wenn sich herausstellen sollte, dass es ein realer Störfall war, kommt er in den Bericht.«

»Das werden sie dir mit Sicherheit herausstreichen. Ich

würde dir raten, den Vorfall – so oder so – nicht zu erwähnen.«

»Hast du wirklich eine medizinische Ausbildung absolviert oder war das nur eine Ausrede, um in die Station zu gelangen?«

»Egal, für welches Arschloch du mich hältst. Ja ich habe eine medizinische Ausbildung abgeschlossen und wenn dort noch jemand am Leben ist, möchte ich helfen! Hast du dir genau überlegt, was dich dort erwartet? Vermutlich ist die Station voller Leichen!«

»Es wäre nicht die Erste, die ich zu sehen bekomme. Hab schon einiges hinter mir.«

»So? Na, warten wir's ab. Weißt du«, sagte sie gedehnt, »Eisbären sind nicht wählerisch, wenn es um Nahrung geht … Du solltest dir gut überlegen, ob du Marianne den Anblick angefressener Leichen zumuten willst.«

»So um sie besorgt? Du solltest sie nicht unterschätzen! Glaub mir, das wäre ein böser Fehler!«

ZEHNTER TEIL

Aufbruch zum Kleeblatt

Alexandraland
Donnerstag, 1. November 2018, 21:00 Uhr

Am Abend eskortierten sie zwei vermummte, schwer bewaffnete Uniformierte durchs Schiff. »Alexej« und »Gregori« stand auf den Aufnähern. Wortlos stiegen sie voraus, durch endlos lange Flure, wechselten die Decks, durchquerten mehrere Lageräume und öffneten am Ende eines Frachtraums ein breites Rolltor. Aus dem Dunkel schlug ihnen eisiger Wind mit solcher Heftigkeit entgegen, dass sie kaum atmen konnten. Aus schmalen Augenschlitzen sah Lessing im Flutlicht einen grünen MI-8-Hubschrauber im Zentrum der Landeplattform stehen. Geduckt kämpften sie gegen Sturmböen und dem Winddruck zunehmend drehender Rotorblätter an.

Alexej öffnete die Einstiegsluke, klappte eine Trittleiter heraus und schob einen nach dem anderen hinein. Kaum hatte er die Luke hinter sich geschlossen, hob der Helikopter ab und gewann schnell an Höhe. In einer Kehre flog er über die AKULA, und erlaubte seinen Insassen einen Blick zum Schiff, worüber gerade der Schneesturm hinweg zog. Ein wolkenverhangener Himmel spannte sich als dunkelgraue Kuppel über das im diffusen Mondlicht glänzende Meer. Sie waren unterwegs zur Arktischen Kleeblattstation.

Der Helikopter folgte den Hochspannungsleitungen ins Landesinnere. Im linken Fenster war eine steile Eiskappe zu erkennen. Auf seinem Kurs Richtung Nordost überflog er ausgedehnte eisfreie Ebenen, aus denen bizarre Felsenketten ragten. Nach zehn Minuten wandte Lessing den Kopf und ließ seinen Blick zu einem dichter werdenden Lichtgespinst schweifen. Glühende Schaltkreise, leuchtendes Geflecht auf eisigem Grund – das Arktische Kleeblatt.

»Andrej! Lass euren Hubschrauber mehrmals kreisen, damit wir einen Überblick bekommen!«

Lyshkin nickte, kletterte nach vorne, und instruierte den Piloten.

Mehrere Flutlichtmasten leuchteten das gesamte Areal der Kleeblattstation aus. Lessing erspähte das vierstöckige Hauptgebäude im Zentrum der Militäranlage. Es sah aus wie ein riesiger Mercedesstern, zwischen dessen Flanken elliptische Kuppelgebäude postiert waren. Soweit Lessing sehen konnte, standen alle Gebäude auf meterhohen Stelzen. Von den Spitzen zweier Zacken des sternförmigen Gebäudes führten tunnelartige Gänge zu entfernteren, kasernenartigen Baracken, aus deren Fenstern Licht drang. Mehrere Röhren führten zu kleineren Nachbargebäuden. Von den elliptischen Kuppeln verliefen ebenfalls geschlossene Gänge zum sternförmigen Zentrum, waren sämtliche Gebäude auf diese Weise miteinander verbunden.

Kurz vor der Landung sichtete Lessing durch das leicht beschlagene Fenster westlich des Kuppelgebäudes einen riesigen bogenförmigen Hangar, der sich kaum vom Eis unterschied. Vor der nordwestlichen Kaserne hoben sich ein Tanklager mit mehreren Silos sowie eine große Umspannanlage vom Eis ab.

Lyshkin stieß ihn an und deutete auf eine beleuchtete Landebahn. Aus den Fenstern des Kontrollturms drang Licht. Mehrere graue Transportflugzeuge parkten seitlich der Piste. Trotz des Schneesturms sah von oben alles friedlich aus. Nichts deutete darauf hin, dass hier eine Katastrophe geschehen sein könnte.

Wie Baumgeäst zogen sich schwarze Adern durch das Militärgelände – vom Schnee befreite Fahrwege, auf denen normalerweise Transporter unterwegs waren.

»Jemand muss die Straßen vom Schnee beräumt haben, sonst wären sie auch vereist!«, brüllte der Fernsehjournalist Richtung Werksleiter.

Lyshkin schüttelte den Kopf. »Die Straßen sind beheizt, dort bleibt kein Schnee liegen!«

Der Journalist nickte beeindruckt, bemerkte einen mit grünem Camouflage-Anstrich versehenen Lastwagen, dessen Fahrertür offenstand, und deutete nach unten. »Dort sollten wir landen und zuerst nachschauen!«

Lyshkin nickte. Ihr Helikopter befand sich im Sinkflug. Trotz des Schneesturms waren jetzt Kasernen, Kuppelgebäude und Tanksilos im Schein radial angeordneter Flutlichtmasten deutlicher zu erkennen. Schuhkartonartige Betonbunker umgaben den sternförmigen Zentralbau mit seinen drei Kuppelgebäuden, die von oben nicht zu erkennen waren.

An einem höher gelegenen Kraterrand entdeckte Lessing eine Funkstation, unterhalb davon gruppierten sich mehrere barackenähnliche Gebäude. Im Südosten gab es ein Treibstofflager, das aus Raffinerie-Tanks und einem Dutzend Tankwagen bestand. Ihr Hubschrauber sank langsam dem Heliport entgegen. Eine für die Welt unbekannte Station an einem für die Welt unbekannten Ort.

Lessing war nicht wohl in seiner Haut. Diese ringförmig verstreuten Gebäude strahlten im Schneesturm etwas Unheimliches aus. Das empfand auch Marianne so, wie er an ihrem Mienenspiel erkannte. Ihre Maschine setzte unweit des Lastwagens butterweich auf. Gregori sprang sofort mit seiner Maschinenpistole im Anschlag hinaus und sicherte das Gelände. Alexej klappte eine Trittleiter aus, obwohl die Rotorblätter den Schnee zusätzlich zum Sturm aufwirbelten und winkte den Insassen.

Lessing zog seiner Ex-Frau die Kapuze über den Kopf, schloss ihren dicken Parka bis zum Kinn und sprang hinaus, der eisigen Kälte entgegen, während der Sturm heulend über das Eis peitschte, Schneewehen emporriss und ihm jegliche Sicht nahm. *Willkommen in der Arktischen Kleeblattstation*, dachte er ironisch. *Wir wünschen Ihnen einen angenehmen*

Aufenthalt. In geduckter Haltung und eingezogenem Genick folgten sie den beiden maskierten Soldaten, die sich, nur noch als Schemen erkennbar, in Richtung eines olivgrünen Wachhäuschens vorkämpften.

Ankunft im Arktischen Kleeblatt, 21:25 Uhr

Gedämpftes Licht drang aus den Fenstern des Wachgebäudes. Hinter ihnen hob der Helikopter ab, vollführte einen eleganten Schwenk, und flog zurück ins Dunkel Richtung Küste.

Als sie eintraten, schlug ihnen feuchtwarmer Mief aus Gummi und Heizöl entgegen. Die spartanische Inneneinrichtung erinnerte Lessing an seine Militärzeit, wo er in Wachstuben ähnlicher Bauart so manches Wochenende verbracht hatte. Eine fleckige Glühlampe sorgte für mäßiges Licht. Kartenmaterial bedeckte größtenteils die gelben Wände.

Am Kopfende des Tisches saß ein Uniformierter und starrte mit leblosen Augen auf einen erotischen Wandkalender gegenüber, auf dem sich Miss November lasziv in den schäumenden Wellen eines tropischen Strandes räkelte. Langsam schritt Irina um den Toten herum und untersuchte ihn. Gleichzeitig waren Alexejs leise Worte zu hören, der per Funk erste Meldungen zur AKULA durchgab. »Er ist seit gut zweiundsiebzig Stunden tot. Das würde zeitlich zum ersten Gammaschock passen.«

Gammaschock, dachte Lessing. *Das wäre wirklich ein passender Name, wenn Mariannes Theorie stimmt.*

Sie verließen die Wachstube. Wind pfiff um die Ecken, saugte verwirbelte Schneefahnen auf, die Eiskristalle wie Nadeln in ihre Gesichter trieben. Ein Geruch von Öl, Fisch und Vogelkot drang in die Nasen. Als sie in Richtung des Lastwagens marschierten, hinterließen ihre Sohlen tiefe Abdrücke im Neuschnee. Der Tatra war verlassen. Eine blutrote Schleifspur zog sich von seiner offenen Fahrertür ins Dunkel der Polarnacht.

Irina deutete auf Abdrücke, gegen die ihre Spuren winzig wirkten.

»Eisbären!«, raunte Lyshkin ihnen zu und nahm den Karabiner von seiner Schulter.

Lessing nickte, als hätte er gerade eine wertvolle Lektion gelernt und beobachtete, wie die vermummten Soldaten sich ständig umschauten und mit ihren Maschinenpistolen das Gelände sicherten. Er deutete auf zwei dreiachsige Geländewagen mit gewaltigen Reifen, die er im Helikopter aufgrund des weißen Anstrichs nicht bemerkt hatte.

»Das sind Trekols!«, sagte Lyshkin stolz. »Ein Geländewagen der Extraklasse! Das Besondere daran sind die Reifen! Er ist auch extremsten Boden-Verhältnissen gewachsen. Durch regulierbaren Reifendruck kann der Geländewagen sogar über einen Menschen fahren, ohne dass ihm etwas passiert! Und schwimmen kann er auch!«

Der Sturm drosch mit Wucht gegen die Karosserie des Lastwagens und erzeugte sirenenartige Geräusche wie bei Windstärke zwölf auf hoher See. Im Lichtkegel der Laternen schossen Eispartikel mit Formel-1-Geschwindigkeit durch die Luft, peitschten Schneewehen im schummrigen Licht um Gebäudeecken, ließen sie als geisterhafte Eisfahnen emporsteigen.

Minus fünfzehn Grad. Ihn fröstelte bei dem Anblick. Auf ihrem Weg zum sternförmigen Hauptgebäude marschierten sie an halb im Boden eingelassenen Wachstationen vorbei. Lessing legte seine Hände als schützende Halbschatten um die Augen und schaute durchs Fenster ins Innere. Drinnen war es dunkel. Er leuchtete mit einer Taschenlampe hinein und musste sich zusammenreißen, um nicht aufzuschreien. Der Lichtstrahl fiel genau in die offenen Augen eines Uniformierten. Zögernd trat Irina ein, gefolgt von Marianne.

»Gleiche Symptome«, diagnostizierte die Ärztin. »Er ist ungefähr seit drei Tagen tot.«

Der TV-Moderator presste seine Lippen zusammen. »Kommt raus, ihm können wir nicht mehr helfen!«

Sie passierten zwei horizontale Dieseltanks, die in mehreren Metern Höhe auf einem roten Stahlgerüst aufgeständert waren. Daneben standen verschneite Tankwagen, mobile Autokräne und weiß getarnte Lastwagen mit Radarschüsseln auf den Dächern.

»Dort ist jemand!«, rief Lana Greene, die seit dem Abflug auffallend still gewesen war, und rannte zwischen zwei Tanklastwagen hindurch, ehe jemand reagieren konnte.

»Connie! Mach keinen –«

Ein markerschütternder Schrei gellte durch den Sturm zu ihnen herüber, schien weder Mensch noch Tier zu gehören. Er drang Lessing durch Mark und Bein, pflanzte sich durch seine Eingeweide und schlug Wurzeln in seinen Knochen, aus denen er ihn nie mehr würde herausreißen können. Ein solcher Schrei vermochte gewöhnliche Menschen um den Verstand zu bringen, aber Lessing hatte keine Zeit darüber nachzudenken, sondern erwischte gerade noch den Ärmel von Irinas Jacke, die zu den Tankwagen rennen wollte, und riss sie energisch zurück. »Hiergeblieben! Da kannst du nichts mehr tun!«

»Aber wir müssen doch –«

Lessing schüttelte sie regelrecht durch. Zugleich war das ohrenbetäubende Gebrüll eines Eisbären zu hören, in das sich menschliche Schreie höchster Not mischten. Sie sahen im eisigen Schneesturm nur eine dichte weiße Wand vor sich, dann brachen Schreie wie Gebrüll abrupt ab. Nur noch das Heulen des Sturms war zu hören. Lyshkin ging zögernd mit dem Karabiner im Anschlag Richtung Tankwagen. Langsam schälten sich die Konturen mehrerer Führerhäuser aus der aufgewirbelten Schneewand. Wieder war ein lang gezogenes tiefes Knurren zu hören und signalisierte ihm, zu bleiben, wo er war. Alexej zerrte ihn brutal zurück, machte unmissverständlich klar, dass hier jede Hilfe zu spät kam.

Marianne suchte Lessings Blick und hielt sich vor Entsetzen die Hand vor den Mund. Lana Greene und er waren alles andere als beste Freunde gewesen, aber solch ein Schicksal wünschte man nicht einmal seinem ärgsten Feind. *Das wird der CIA nicht gefallen. Seine Agentin von Eisbären getötet. Tote Agenten liefern keine Informationen. Hoffentlich hält sich unser BND an sein Versprechen!*

Betroffen standen sie wie erstarrt im Schneesturm. Gregori gab einen Feuerstoß zwischen zwei Tankwagen in Richtung des Eisbären ab, und holte sie in die Gegenwart zurück. Lyshkin brüllte den Maskierten an. Der Frankfurter verstand zwar kein Wort, konnte sich aber seinen Teil denken. In Richtung Tankwagen zu feuern, war sicherlich nicht die beste Idee.

»Wir müssen weiter!«, drängte Marianne und zog ihn sachte am Arm.

Lessing nickte und sah noch einmal zu den Tankwagen hinüber, als könne er den Eisbären in die Hölle verdammen. *Es hatte ein erstes Todesopfer gegeben, dabei waren sie gerade erst in der Kleeblattstation angekommen.*

Außengelände, 21:45 Uhr

Vom Fuhrpark näherten sie sich einer blauen Kaserne mit erleuchteten Fenstern, das durch Tunnelgänge mit anderen Gebäuden verbunden war. Lyshkin öffnete die Eingangstür. Beide Frauen zwängten sich hinein, gefolgt von den anderen, während Alexej draußen Wache hielt. Ein langer Korridor durchzog das Gebäude, der beiderseits zwei Dutzend Unterkünfte erschloss. Links neben dem Eingang stand eine kleine Wachstube mit verglastem Oberteil. Hinter der Theke saß ein Soldat mit leerem Blick, aus dessen Mundwinkel ein getrockneter Blutfaden lief. Irina untersuchte den Wachsoldaten, während Lessing sämtliche Türen öffnete. Keine Stube war belegt. Plötzlich hörten sie draußen eine Feuergarbe aus einem automatischen Gewehr, gefolgt von einem Schrei. Gregori wirbelte herum, riss die Tür auf und gab zwei kurze Feuerstöße ab. Durch die offene Tür sahen sie Alexej verletzt am Boden liegen, unmittelbar hinter ihm lag ein erschossener Eisbär. Irina hastete sofort zu Alexej, der heftig an der Schulter blutete.

»Du hattest doch von einem Hospital gesprochen, das in einem dieser Kuppelgebäude untergebracht ist. Wir müssen ihn dorthin bringen!«

Nickend werkelte Lyshkin an Alexejs Funkgerät herum. »Hat was abbekommen und funktioniert nicht mehr!« Auf Russisch bellte er Gregori an, der aber nur den Kopf schüttelte. Anscheinend hatte nur Alexej per Funk Kontakt zur AKULA gehalten.

»Wir sollten innerhalb der Gebäude bleiben. Dort draußen sind jede Menge Eisbären unterwegs.«

»Hört auf, zu diskutieren! Ich muss Alexej versorgen! Lasst euch was einfallen!«, forderte Irina. Lyshkin deutete auf eine Bahre unterhalb eines Rotkreuz-Emblems. Sie betteten Alexej auf die Liege, den Irina inzwischen von seiner Sturmhaube befreit hatte. Mit dem Verwundeten eilten sie durch den Gang zum anderen Ende des Gebäudes. »Wenn mich nicht alles täuscht, muss hier ein Steg zum Sterngebäude führen.« Lyshkin öffnete die Tür. Ein Tunnelgang verband tatsächlich ihre Kaserne mit dem etwa fünfzig Meter entfernten Zentralbau.

Kuppelgebäude 1, 21:55 Uhr

»Gregori! Wir müssen herausfinden, wo das Hospital ist!« Lyshkin klopfte dem Maskierten auf die Schulter. Beide rannten in verschiedene Richtungen davon. Fünf Minuten später war Lyshkin wieder zurück. »Ich hab's gefunden!«, schnaufte er. Völlig außer Atem, beugte er sich nach vorne und stützte keuchend beide Hände auf die Knie.

Lessing nickte dankbar und folgte Lyshkin, dem Verwundeten mit Marianne im Schlepptau, während Irina versuchte, Alexejs Blutung zu stillen.

Wenig später erreichten sie das kleine Hospital im östlichen Kuppelgebäude. Keine Menschenseele war zu sehen. Irina deutete ungeduldig auf eine Tür, die sie als Zugang zum Operationssaal identifiziert hatte. Drinnen hievten sie Alexej auf einen Tisch, wo Irina sofort mit den Vorbereitungen für die Operation begann.

»Wo ist denn Gregori abgeblieben?«

Lyshkin zuckte die Achseln. »Keine Ahnung. Er wird schon irgendwann auftauchen.«

»Ich habe hier genug zu tun. Ihr könnt weiter die Gebäude inspizieren – vielleicht lebt noch jemand!«, sagte Irina Poliakowa.

»Ich bleibe bei dir!«, entgegnete Lyshkin in einem Tonfall, der keinen Widerspruch duldete.

Marianne und Lessing sahen sich vielsagend an. Das war genau in ihrem Interesse. Natürlich ging es darum, das Geschehene aufzuklären, aber im Idealfall konnten sie bis zum Meteoriten vordringen. Marianne, das wusste er, war aus wissenschaftlicher Neugier zu allen Schandtaten bereit.

»Wir können jetzt hier auf Gregori warten –«

»Oder wir verlieren keine Zeit und schauen, ob wir ihn unterwegs auflesen!«, ergänzte sie. Mariannes Tonfall ließ keinen Zweifel darüber aufkommen, welche Variante ihr lieber wäre.

»Kannst du damit umgehen? Falls Eisbären auch ins Gebäude eingedrungen sind«, fragte Lyshkin den Deutschen, zugleich hielt er ihm seine Makarow hin. An Lessings Stelle griff Marianne zu, klinkte das Magazin aus, ließ in einer fließenden Bewegung den Schlitten vor- und zurückschnellen und betätigte den Abzug, sodass der Hahn mit einem lauten Klacken gegen die leere Kammer schlug. Danach setzte sie das Magazin wieder ein, lud durch, sicherte die Waffe und verzog dabei keine Miene.

Lessing bemerkte den fragenden Blick des Freundes. »Passionierte Sportschützin, Großkaliber Automatik«, raunte er vielsagend. »Ich würde keinem Eisbären empfehlen, ihr in die Quere zu kommen.«

Marianne lächelte Irina aufmunternd zu. »In einer Stunde sind wir wieder zurück!« Danach verließen die Lessings den Operationssaal Richtung zentrales Hauptgebäude.

Zentralgebäude, 22:15 Uhr

Wenig später schauten sie sich im Zentralgebäude um und ließen den Anblick des Atriums auf sich wirken. Das Foyer dominierte eine weiße Stahlsäule, woran aus drei Richtungen kommende Plattformen gleicher Farbe anschlossen. Vor den cremefarbenen Wänden des Atriums stützten armdicke Wandsäulen geschossweise Galerien ab, von denen aus man ins Innere der drei abgehenden Sternsegmente gelangte. Der Anblick erinnerte Lessing unwillkürlich an Strafvollzugsanstalten, in denen Gefängniszellen in ähnlicher Bauweise angeordnet waren.

Er schaute nach oben. Die zentrale Säule schraubte sich hoch, vorbei am rundum verglasten obersten Geschoss, bis unter das von einer filigranen Stahlkonstruktion getragene Glasdach, das bei Sonnenschein für ein lichtdurchflutetes Foyer sorgte. Über drei Wandsäulen spannte eine russische Trikolore, während gegenüber eine Flagge mit blauen Diagonalen auf weißem Grund – Russlands Marineflagge – befestigt war.

»Wir sollten uns zuerst die Kuppeln vornehmen, danach das Zentralgebäude. In welche gehen wir zuerst?«

»Du links, ich rechts!«

»Sollten wir nicht besser zusammenbleiben?«

Sie schüttelte den Kopf. »Wir wollen in einer Stunde wieder bei Irina sein, hast du das vergessen? Wenn wir beide Kuppeln nacheinander abklappern, schaffen wir das nie! Außerdem kann ich gut auf mich selbst aufpassen.« Zugleich blies sie wie ein Revolverheld imaginären Pulverdampf aus dem Lauf der Automatik. Lessing musste unwillkürlich grinsen. Wo andere Frauen in solch einer Situation Schnappatmung bekamen, blühte seine Ex-Frau regelrecht auf.

»Also gut, Ladies First. Such dir einen Gang aus!«

Sie schaute auf ihre Uhr. »In vierzig Minuten wieder hier?«

Der Frankfurter nickte. »In vierzig Minuten.«

Kuppelgebäude 2: Böse Überraschung, 22:35 Uhr

Wo war bloß Gregori abgeblieben? Der TV-Moderator öffnete linker Hand die Schleusentür, lief durch den Tunnelgang zum Kuppelgebäude, und betrat am Ende einen Vorraum, von dem Flure in alle Richtungen führten. Tischfußball, Tischtennisplatte – er war im Freizeitkomplex angekommen.

Wo war die Besatzung? Alle bisherigen Toten schienen Mariannes Theorie zu bestätigen, aber weder im Hospital noch im Zentralgebäude hatten sie Leichen gefunden. Lessing ging den gegenüberliegenden Flur entlang und öffnete eine Tür.

In dem knapp zehn Quadratmeter großen Raum stand eine weiße Couch, die zugleich als Schlafstätte diente. Die Möblierung bestand lediglich aus farblich passendem Sessel, schmalem Schreib-, und niedrigem Abstelltisch. Bis auf den Heizkörper unterhalb der Fensterbrüstung war das cremefarben gestrichene Zimmer ansonsten leer. Keinerlei private Gegenstände deuteten darauf hin, dass hier jemand wohnte.

Lessing ging zum Fenster und schaute den vom Sturm emporgerissenen Eisfahnen zu, bis sich plötzlich seine Nackenhaare aufstellten.

Da war jemand.

Dicht hinter ihm.

Lessing fuhr herum.

Im selben Moment erhielt er einen Tritt gegen den Rücken, der ihn mit voller Wucht gegen das Fenster schleuderte. Das Letzte, was er spürte, war ein dumpfer, stechender Schmerz am Hinterkopf. Dann wurde es dunkel und still um ihn.

Kuppelgebäude 3:
Alte Bekannte, 22:45 Uhr

Nachdem Marianne das Kuppelgebäude erreicht hatte, schritt sie zunächst durchs Treppenhaus nach unten. Das Gebäude war zweigeschossig unterkellert. Lessings Ex-Frau öffnete im untersten Geschoss eine rote zweiflüglige Tür. Sofort trieb ihr der heulende Schneesturm spitze Eiskristalle ins Gesicht, dass sie die Augen unwillkürlich zusammenkniff. Die Tür führte ins Freie zu einer links abschüssigen Rampe, die ein rotes Rolltor verschloss. Das Tor musste schon einige Zeit nicht mehr bewegt worden sein, denn am Boden hatten sich ansehnliche Schneewehen gebildet.

Das breite Rolltor besaß mittig eine Schlupftür. Marianne zog ihre Kapuze über, den Reißverschluss ihres Fellparkas bis zum Kragen hoch, stiefelte hinüber, und schaute durch das kleine Sichtfenster. Soweit im Licht der seitlich angebrachten Neonröhren zu erkennen war, führte die Rampe weiter abwärts, und verlor sich irgendwo in der Dunkelheit. *Die Rampe führt weiter in die Tiefe zum Meteoriten, da wette ich!* Sie blickte zu den seitlichen Torzargen, konnte aber nirgends einen Schalter entdecken.

22:55 Uhr.

Sie musste sich beeilen, wollte sie in zwanzig Minuten wieder am vereinbarten Treffpunkt sein. Sie drückte die Klinke der Schlupftür – abgeschlossen. Hier kam sie nicht weiter. Im Kontext aller bisheriger Widrigkeiten war das auch nicht zu erwarten gewesen.

Marianne ging zurück ins Treppenhaus, einen Stock höher und genoss die wohlige Wärme, die ihr entgegenschlug. Draußen auf der Auffahrtsrampe war es schrecklich kalt gewesen. Hinter der roten Tür öffnete sich ein circa zwanzig Meter langer Gang. Beiderseits standen meterhohe Stahlregale, in denen Lebensmittelvorräte lagerten. Zwischen zwei Regalen führte eine teilverglaste Tür zum Kühlraum und ein Quergang zur nächsten Regalreihe. Es war bedrückend still. Bis auf ihren eigenen Atem, der feuchte Wolken entließ, war nichts vom tosenden Schneesturm hier drinnen zu hören. Plötzlich streifte ein Windhauch ihren Hinterkopf.

Marianne erstarrte.

Jemand musste leise die Tür zum Lager geöffnet haben.

Sie schlich ans andere Ende des Regals und spähte vorsichtig um die Ecke. Mitten im Gang stand ein schwarz gekleideter Elitesoldat und drehte ihr den Rücken zu.

»Gregori!«, rief sie auf Englisch erleichtert. »Gott sei Dank! Wo waren –«

Ihr Begleitschutz drehte sich langsam um, die Maschinenpistole einhändig im Anschlag, zog er seine Sturmhaube vom Kopf und grinste.

Marianne riss ungläubig die Augen auf. »Du? Ich dachte, du wärst tot!«

Lana Greene schmunzelte. »Totgeglaubte leben länger – das solltest du doch schon mal gehört haben!«

Die Chemikerin starrte durch eine Wolke aus Zorn. »Was sollte das Theater vorhin? Du hast uns alle zu Tode erschreckt!«

Die CIA-Agentin lehnte sich lässig mit überschlagenen Beinen gegen eine Regalstütze. »Ich hatte keine Lust auf einen Betriebsausflug und bei meinem Auftrag würdet ihr alle nur stören! Also musste ich von der Bildfläche verschwinden – ganz einfach!«

»Aber die Schreie! Der Eisbär!«

»RRROOOOOAARR!«

Mit einem tiefen, furchteinflößenden Grollen ahmte die Mohawk das Knurren eines Bären nach. »Ich habe eben meine Talente. Eine Mohawk lernt das von klein auf!« Greenes Stimme klang leise und rau, ebenso das spöttische Lachen, das dem Satz folgte. Ihre Waffe deutete immer noch Richtung Marianne. »Jetzt hätte ich gerne den Ring, wenn's recht ist.«

»Ich habe ihn nicht!«

»Spiel keine Spielchen mit mir«, zugleich blickte sie vielsagend auf den Gewehrlauf.

»Er hatte ihn an der Kette wieder umgehängt, das hast du doch selbst gesehen!«

Greene hob eine Hand und Marianne verstummte, als hätte eine Lehrerin einen Zweitklässler zum Schweigen gebracht.

»Dein Ex-Mann hat ihn nicht!«, erwiderte Connies Double gedehnt. »Ich habe ihn durchsucht, also bleibst nur du übrig!«

Wie Schneeflocken tanzten Mariannes Überlegungen durcheinander, vom Sturm der Angst in alle Himmelsrichtungen geblasen. Wenn immer sie einen zu fassen versuchte, trieb sie der Luftschwall davon. Endlich bekam sie eine Gedankenflocke zu fassen, schon schmolz sie dahin, ließ den darin enthaltenen Gedanken verpuffen.

»Was hast du mit ihm gemacht?« Ihr Unterkiefer mahlte vor Zorn.

Die CIA-Agentin erzeugte die Illusion eines Lächelns. »Noch nicht viel, aber das kann sich ändern!«

»Bist du jetzt völlig durchgeknallt? Der Ring gehört dir nicht! Außerdem sind wir gemeinsam wegen der AKULA und dem Meteoriten hier!«

»Ich habe keine Zeit, mit dir lange zu diskutieren! Wenn wir den Meteoriten finden und ich meine Probe habe, bekommst du deinen Ring wieder, aber solange −«

»Wer hindert dich daran? So wie es ausschaut, sind alle in der Station nicht mehr am Leben! Dann geh doch zum Meteoriten und versuch dein Glück!«

»Würd' ich ja gerne, aber leider ist das Rolltor verschlossen! Mein Auftrag lautet unter anderem, ein Meteoritenstück zu besorgen. Solange ich nicht an ihn herankomme, ist der Ringstein alles, was bleibt!«

Mariannes Vermutung verdichtete sich zur Gewissheit. *Also führt die abschüssige Rampe zum Meteoriten! Danke für diese Information!* »Was hast du mit Frank angestellt?«

»Dein Ex-Mann schlummert friedlich in einer Wohnkabine. Er wird nach dem Aufwachen allerdings einige Kopfschmerzen haben –«

Marianne machte Anstalten, sich der CIA-Agentin zu nähern, blieb aber abrupt stehen, als eine Kugel neben ihr einschlug und als Querschläger jaulend davonstob.

»Bist du verrückt? Du hättest mich treffen können!«

»Du hast es wohl noch immer nicht kapiert, wie?«, Greene schüttelte mitleidig den Kopf. »Das hier ist kein Spiel! Ich will euch nichts Böses, aber wenn ihr nicht spurt, habt ihr euch die Konsequenzen selbst zuzuschreiben!«

»Was hast du vor?«, schrie Marianne aufgebracht. »Willst du uns umbringen? Das bringt dich dem Meteoriten oder dem Ring keinen Deut näher! Außerdem läuft dir die Zeit davon! Die AKULA wird bestimmt in den nächsten Stunden einen weiteren Trupp losschicken, dann ist es mit deinem Privatausflug vorbei!«

»Glaube ich nicht! Das Funkgerät ging bei dem Angriff des Eisbären zu Bruch! Mit dem Ausfall der Funkverbindung werden Valin oder Rybkow glauben, wir wären auch der Strahlung zum Opfer gefallen. – Außerdem sind beide keine Wissenschaftler. Sie werden es bestenfalls nach Moskau melden und Spezialtruppen anfordern. Bis die da sind, bin ich längst über alle Berge!«

»Du solltest mich nicht unterschätzen! Glaub mir, das wäre ein böser Fehler!«

»Hat dein Ex auch schon gesagt.«

Marianne ging nicht darauf ein. »Wie willst du Valin erklären, dass du allein zurückkommst? Wurden alle anderen Opfer von Eisbären?«, spottete Marianne und ließ ihre Rechte unmerklich zum Halfter wandern.

Lana zauberte einen verwunderten Ausdruck in ihr Gesicht. »Marianne ... ich kehre nicht zur AKULA zurück. Ich werde ... sagen wir ... abgeholt.« Greene musste über ihre eigene Formulierung schmunzeln.

In Marianne schlugen alle Alarmsirenen an. *Dann muss sie auf niemanden mehr Rücksicht nehmen!*, schoss es ihr durch den Kopf. *Ich muss sie ablenken! Zeit gewinnen! Vielleicht kommt Andrej, oder dieser verdammte Gregori taucht endlich auf!* »Rein interessehalber: Nehmen wir mal an, du schaffst es bis zum Meteoriten, wie willst du ein Stück davon abtrennen?«

»Entweder haben die Laser Stücke davon abgesprengt oder unsere Eierköpfe haben sich in den Labors etwas Besonderes einfallen lassen. Schon mal was von ›Graphen‹ gehört?«

Marianne zog ihre Mundwinkel nach unten. »Das ist ein Bluff! Graphen besteht aus einer Lage Kohlenstoffatome, ist hauchdünn, härter als Diamant zwar, aber damit kannst du nichts schneiden!«

»Was machst du dir Gedanken darüber? Zieh jetzt langsam deine Waffe, leg sie auf den Boden, schieb sie rüber und zieh dich aus!«

Die Chemikerin zauberte Unverständnis in ihr Gesicht, als ob sie sich verhört hätte. »Warum soll ich mich ausziehen?«

Der CIA-Agentin war ihre Ungeduld anzusehen. »Ich will den Ring! Entweder du ziehst dich aus, oder ich jage dir eine Kugel in deinen Schädel und filze dich dann in aller Ruhe. Du kannst dir's aussuchen! Fang mit deinen Handschuhen an. Ich habe schon beobachtet, dass du auf Schmuck stehst.«

In Marianne poppte ein Gedanke nach oben. Langsam legte sie ihre Automatik auf den Fußboden, zog ihren rechten Handschuh aus, streifte blitzschnell den Ring ab und verschluckte ihn krampfhaft.

»Du bist ein solcher Idiot«, sagte die CIA-Agentin. Es klang beinahe mitleidig. »Ich habe schon ein Dutzend Hirsche, aber noch keinen Menschen ausgenommen. Du lässt mir keine andere Wahl!« Greene lehnte ihr AK-200 gegen die Wand und zog – langsam auf sie zugehend – ihr Kampfmesser aus der Scheide, als unvermittelt ein Handschuh in ihrem Gesicht landete. Im ersten Moment war die Agentin einfach nur verblüfft und begann schallend zu lachen.

Die Angst tauchte Mariannes Hirn in Eiswasser, sodass sie vorübergehend wieder klar denken konnte. Sie nutzte Greenes Unaufmerksamkeit, um ihre Reflexe zur Geltung zu bringen. Mit dem rechten Arm holte sie wie ein Diskuswerfer aus, wischte in einer blitzschnellen Bewegung über das Regal und schleuderte der CIA-Agentin eine freistehende Konservendose an den Kopf. Marianne Lessing hatte mit ihrem Treffer immenses Glück – Lana Greene ebenso viel Pech.

Instinktiv drehte sich die Chemikerin um, rannte um die Ecke des Lagers, den Flur entlang, zurück zum Treppenhaus und ins oberste Geschoss.

Keuchend blieb sie an der Tür des Treppenhauses stehen und sah sich gehetzt um. *Wo zum Teufel steckt Gregori?* Sie wusste nicht, wie schwer Greene verletzt war, gab sich maximal eine Minute Vorsprung.

Verstecken!

Aber wo?

Sie rannte den Flur nach rechts und erreichte Sekunden später die Kantine. Greene würde hinter ihr her sein. Ärgerlich, dass sie nicht genug Geistesgegenwart besessen hatte, um die Makarow wieder aufzuheben. Die Wände der Kantine waren hellgrün gestrichen, passten zum holzfarbenen Laminat und der Möblierung. Links sah Marianne eine in Edelstahl gehaltene Essensausgabe, dahinter eine Doppeltür, die zur Küche führte.

***

Greene wischte sich das Blut von der Schläfe und war völlig außer sich. Wie eine Anfängerin hatte sie sich übertölpeln lassen, anstatt achtsam zu bleiben. Sie hätte Marianne mit einem Schuss töten und ausweiden sollen, um an den Ring zu kommen, das wäre professionell gewesen. Stattdessen hatte sie, nur mit dem Messer bewaffnet, einfach weitergelabert, war unachtsam gewesen. Was für eine Blamage! Das einzig Gute daran war, dass niemand ihre Stümperei beobachtet hatte.

Unter der Schicht flüchtig geschminkter Gekränktheit nervte der Gedanke, dass sie zuerst Marianne jagen musste, bevor sie zum Meteoriten aufbrechen konnte. Der Ring im Magen galt als Rückversicherung, falls sie nicht an ihn herankam, zugleich durchflutete sie das Jagdfieber. Aponi tastete mit Zeige- und Mittelfingern an ihren blutenden Kopf, bestrich beidseitig ihre Wangen als Zeichen der Kriegsbemalung, und rannte Richtung Treppenaufgang.

Kuppelgebäude 3:
Küchengeflüster, 23:15 Uhr

Nüchtern betrachtet, hatte sie bestenfalls vier Stunden Zeit zum Öffnen des Tors, um den Meteoriten zu finden, ein Stück davon abzutrennen und ihren selbstgestellten Auftrag zu erledigen, bevor sie verschwinden musste. Marianne durfte man nicht unterschätzen. Gregori war schwer bewaffnet, Mitglied einer Eliteeinheit, irgendwo in dieser Station unterwegs und stellte fraglos die größte Gefahr dar. Eventuell könnten er oder Lyshkin noch auftauchen. Vorsichtig schielte die CIA-Agentin am Treppenabgang um die Ecke.

Niemand war zu sehen.

Rechts oder links?

Nach rechts. Ihr Bauchgefühl trog selten. Aponi schlich an der Wand entlang, schloss die Augen, fuhr alle Sinne hoch. Ihre Erfahrung lehrte: Es gab immer eine Spur, man musste sie nur finden. Kein Laut war zu hören. Die Luft roch süßlich, etwas abgestanden – keine Luftbewegung war auf der Haut zu spüren. Aponi öffnete ihre Augen, sah sich aufmerksam um, blickte durch imaginären Wald, durch imaginäre Prärie und erspähte in einigen Metern Entfernung einen winzigen roten Flecken am Boden.

Geduckt schlich sie näher, tauchte ihren Finger hinein, leckte daran, ließ den Geschmack im Mund ausbreiten und rang sich ein Lächeln ab.

Frisches Blut – keinesfalls drei Tage alt!

Einige Meter weiter fand Aponi den nächsten Tropfen, schaute sich um und folgte der Blutspur zur Kantine. Die Mohawk schärfte die Klinge ihres Argwohns. Sie konnte sich nicht erinnern, dass sie Marianne verletzt hatte.

Weitere Tropfen – in kürzeren Abständen – deuteten darauf hin, dass ihre Beute Richtung Großküche unterwegs war.

Aponi hätte sich eher einen gefangenen Raum gewünscht, aber Küchen besaßen normalerweise einen Hintereingang zum Transport von Nahrungsmitteln, aus dem Marianne flüchten konnte, also durfte sie keine Zeit verlieren. *Nach der blutverschmierten Spur auf dem Boden zu urteilen, muss es sie stärker erwischt haben!* Greene öffnete sachte die Schwingtür. Die Wände der Großküche waren weiß gekachelt. Mittig thronte eine riesige Theke aus Edelstahl. Eingelassene runde Öffnungen mit aufgeklappten Deckeln erinnerten an offene Raketensilos russischer Typhoons. Darin wurden vermutlich Suppen und Soßen zubereitet. Darüber schwebte eine monströse Ablufthaube. An den Wänden verlief ringsum eine Küchenzeile. Rechts lagen mehrere Spanferkel, Koteletts und dutzende Würstchen, links geschälte Kartoffeln, Karotten, Tomaten, Sellerie und ein Dutzend Brotlaibe. Auf der Küchenzeile gegenüber stapelten sich Obstkisten. Offensichtlich hatte man mit den Vorarbeiten eines Menüs, aber noch nicht mit dessen Zubereitung begonnen. Wahrscheinlich sollte es nach der Vorführung mit den Rasins ein Festessen geben.

Der Gammaschock hatte die Leute an Ort und Stelle ereilt. Wieso lag niemand in der Küche? Prüfend sog sie die Luft ein. Es roch nicht nach Fäulnis, also funktionierte die Lüftungsanlage. Mariannes Blutspur führte links an der langen Mitteltheke vorbei. Ein sardonisches Lächeln umspielte Greenes Mundwinkel. An einem der Unterschränke haftete eine kleine Blutspur. Im Prinzip keine schlechte Idee, sich darin zu verstecken. Insgeheim zollte sie der Chemikerin Respekt, aber es würde ihr nicht viel nutzen. Und während Aponi ihren Triumph bereits in stiller Vorfreude auskostete, stellten sich ihre Nackenhaare auf.

Da war jemand.

Nicht vor ihr im Schrank, sondern direkt hinter ihr. Die Mohawk spürte mit allen Sinnen, dass sich etwas heranpirschte, sich aus dem Nichts manifestierte, noch bevor sie etwas aufblitzen sah.

BAMMM!

Marianne schlug mit aller Kraft zu, derer sie fähig war, erwischte mit der Pfanne aber nur Greenes Schulter, die sich im letzten Moment weggedreht hatte. Ihre Idee von der Blutspur war aufgegangen, als hätte man im Wald einen Köder ausgelegt, um Raubtiere anzulocken. Es war kein Blattschuss, hatte sie – um es in der Jägersprache zu sagen – nur einen Hinterlauf erwischt.

Unfassbarer Schmerz wellte durch Greenes Schulter, hinab zum Unterarm, und ließ ihre Hand taub werden. Das AK-200 fiel zu Boden. Sie verdrängte ihre Wut über Mariannes gelungene Finte und verbannte den Schmerz hinter eine Wand aus Adrenalin. Halb blind stolperte sie einige Schritte vorwärts, sank auf die Knie, und kämpfte den heftigen Anflug von Übelkeit nieder. Marianne war nur wenige Schritte hinter ihr. Greene tastete zur Theke, fühlte einen Henkel, schleuderte etwas Richtung Lessing, die mit erhobener Pfanne auf sie zukam.

Ein leerer Topf traf Marianne im Bauch und ließ sie mit einem überraschten Gesichtsausdruck zu Boden gehen.

Keuchend rappelte sich Greene wieder hoch. Inzwischen hatte das Taubheitsgefühl auch ihr rechtes Bein erreicht. Ihre unverletzte Linke versuchte umständlich, das Kampfmesser aus der Scheide zu ziehen.

Marianne hechtete nach vorn und schleuderte die CIA-Agentin gegen einen großen Aluminiumtopf. Greene knickte ein, als Lessings Ex-Frau ihr in die Kniekehlen trat. Reflexartig versuchte sie, sich am Topf festzuhalten, riss ihn im Fallen mit. Ein Sturzbach fettiger Gemüsebrühe ergoss sich über sie. Sellerie, Möhren, Lauchstangen, Rindsknochen – alles prasselte herab. Völlig durchnässt wälzte sich Aponi auf dem Küchenboden, sah Marianne erneut mit der schweren Pfanne auf sie losstürmen.

Ihre Gegnerin blickte verblüfft in Greenes schmerzverzerrtes Gesicht und entdeckte zwei rote Streifen auf den

Wangen, die offensichtlich eine Art Kriegsbemalung darstellen sollten. Den Schmerz in der Rechten ignorierend, packte Greene den leeren Topf und rammte ihn der Chemikerin heftig gegen das Schienbein.

Die Wissenschaftlerin stieß einen überraschten Schmerzenslaut aus.

Wie ein Lurch zappelte Connies Double durch eine Fettlache, kam schlitternd wieder hoch, rutschte erneut aus und riss ein Regal um. Pfannen, Töpfe, Bleche, Kasserollen und mehrere Besteckschubladen schepperten zu Boden. Marianne sprang vor der Lawine zurück. Unter unzähligen am Boden verstreuten Küchenutensilien entdeckte Greene den Schaft ihrer Automatik, riss die Waffe hektisch an sich, und feuerte blindlings Richtung Lessings Ex-Frau.

Mehrere Geschosse jaulten als Querschläger davon. Eine riss Mariannes Kopf nach hinten, ließ sie wie eine seelenlose Marionette um die eigene Körperachse wirbeln und dann zusammenbrechen.

Erschöpft sank Lana Greene gegen einen Unterschrank und blickte zur leblosen Kontrahentin hinüber. Blut quoll aus deren Kopf und bildete auf dem Küchenboden eine immer größere Lache. *Dafür, dass du keine Kampfausbildung absolviert hattest, bist du ein würdiger Gegner gewesen, selbst für meine Begriffe*, dachte die CIA-Agentin. Stöhnend kam sie wieder hoch, schälte sich aus ihrem Armeehemd und schmiss es angeekelt zu Boden.

Die Mohawk warf ihre Perücke achtlos beiseite und ließ kaltes Wasser über den Kopf laufen. In der polierten Fläche des Oberschranks spiegelte sich ihr Gesicht. Die Kriegsbemalung war leicht verwischt. Zusammen mit dem kurzrasierten Seiten-, und nur wenige Zentimeter langen Haupthaar, sah Aponi wie ein Irokese aus – nicht unbeabsichtigt. Einen kurzen Moment dachte sie darüber nach, den Ring aus dem Bauch zu schneiden, entschied sich aber dagegen. Es gab schon genug Schweinereien und Tote liefen nicht weg.

Ihre Linke betastete die schmerzhafte Schulter. Sie spürte das Etui in ihrer Hosentasche, worin das Spezialgerät mit dem Graphen lag. Falls am Meteoriten damit kein Erfolg zu erzielen war, konnte sie Marianne immer noch um den Ring erleichtern.

23:30 Uhr.

Ihr lief die Zeit davon. Irgendwann würde Lyshkin die anderen suchen. Dieser schwer bewaffnete Gregori musste auch noch hier herumlaufen. Es galt, höllisch aufzupassen. Wie das Rolltor öffnen? Darum musste sie sich jetzt als Nächstes kümmern. Lana Greene alias Aponi alias Connie nahm das AK-200, wich vorsichtig Mariannes Blutlache aus, ohne ihre Rivalin eines Blickes zu würdigen, und verließ entschlossenen Schrittes die Küche.

Rückblick Kuppelgebäude 2:
Böses Erwachen, 22:45 Uhr

Lessing öffnete die Augen. Das Pochen im Schädel erinnerte ihn an diesen Verrückten, der in Murmansk im Bauch eines Schiffes mit einem Hammer die Bordwand malträtiert hatte. Er blinzelte hektisch, als sein aufgestauter Zorn zu Tränen kondensierte. Er hatte sich wie ein Anfänger niederschlagen lassen! Wo war Gregori? Wahrscheinlich ebenso wie er außer Gefecht gesetzt. Er schlich, noch immer von Schwindelanfällen gepackt, zum winzigen Waschbecken. Nach einer halben Minute kalten Wassers über den Kopf fühlte er sich allmählich besser. Eine große Beule hatte der Niederschlag nicht hinterlassen, aber seiner Sensorik zugesetzt. Vor dem Spiegel schien er sich kurzfristig zu verdoppeln. Es war fraglich, ob er in diesem Zustand ins Geschehen eingreifen konnte. Mühsam taumelte er zur Tür.

Abgeschlossen.

Schwankend öffnete der Journalist das Fenster. Bis zum Boden waren es gute vier Meter. *Wenn du rauskletterst und dich an der Fensterbank baumeln lässt, sind es nur gute zwei Meter! Außerdem dämpft der Schnee deinen Aufprall!* Er hangelte sich mit gestreckten Armen nach draußen und ließ los.

Der erwartete weiche Schnee entpuppte sich als betonhartes Eis.

Mit einem Aufschrei kippte Lessing zur Seite und griff sich mit schmerzverzerrtem Gesicht an den Knöchel.

»Frank?«

Ein vermummter Elitesoldat stand in voller Kampfmontur vor ihm. »Gregori? Wo, verdammt, hast du so lange gesteckt? Ich habe mir vermutlich den Knöchel verstaucht!«

Der Angesprochene zog seine Sturmmaske vom Kopf. Lessing blickte in Lana Greenes Gesicht und zweifelte langsam an seinem Verstand, war aber unendlich erleichtert. »Lana! Wir dachten, der Eisbär hätte dich erwischt! Wieso –« dann fiel sein Blick zum Stoffschild.

»Gregori«

Ich dreh gleich durch, dachte Lessing, kurz vor dem Durchdrehen. *Eine Tote, die nicht tot ist! Ein Gregori, der nicht Gregori ist!*

Sie lächelte ein Mona-Lisa-Lächeln. »Ich bin's, Frank – die echte Connie!«

»Was machst du denn hier?«, fragte er fassungslos und legte verwirrt seine Stirn in Falten. »Wieso kannst du überhaupt laufen? Du hast doch ein gebrochenes Bein!«

Connie Sadek schüttelte grinsend den Kopf. »Irgendjemand muss ja auf dich aufpassen!«

»Aber wie kommst du hierher?« Währenddessen tastete er vorsichtig seinen geschwollenen Fuß ab.

»Was glaubst du wohl?«, entgegnete sie, und half ihm, zurück ins Kuppelgebäude zu humpeln. »Als blinder Passagier auf der AKULA natürlich!« Sie deutete auf eine offene Kabinentür, verfrachtete ihn auf eine Couch und legte sein Bein hoch.

Lessing presste seine Lippen zusammen und sah sie nachdenklich an. »Du warst nie in Indien, nicht wahr?«

Schweigend schüttelte Connie den Kopf.

Ernüchtert schob er seine Unterlippe vor. »Hätte mir schon viel früher auffallen müssen, dass der Kamerajob für eine Frau wie dich nicht genug ist. Seit dem Okavango-Becken hätte ich es wissen müssen. Du hast eine Militärausbildung absolviert, stimmt's?«

»Mehrere.«

»Geheimdienst?«

Ein neuerliches Nicken.

Einer unserer Leute war auf dem Eisbrecher, fiel ihm Blombergs flapsige Bemerkung wieder ein, die er bei seiner Anwerbeaktion ausgeplaudert hatte.

»BND?«

»Mossad!«

Lessing nickte verstehend. »Da ist so ein Job als Kamerafrau natürlich ideal. So kommt man unauffällig in alle Länder! Das erklärt auch dein Händchen für das Schließfach oder deine SS-Akten.«

Erneut ein Nicken.

Lessing lief es eiskalt den Rücken hinab, kroch eisiges Wasser langsam in seinen geistigen Neoprenanzug und breitete sich dort wie ein Krake aus. »Warst du in Stockholm, als Marianne und ich die Egsbrand aufgesucht haben?«

»Warum ist das so wichtig für dich?«

Missmutig schaute er aus dem Fenster ins Dunkel und wieder zurück. »Verdammt Connie! Hast du Becker umgebracht?«

»Hätte ich es nicht getan, wärt ihr beide jetzt tot! Gefällt dir die Alternative?«, fragte sie ironisch.

»Wieviel Menschen hast du auf dem Gewissen?«

Connie Sadek wiegelte ab. »Warum sich mit solchen Informationen belasten? Was versprichst du dir davon?«

»Becker wollte uns nicht umbringen, wir sollten nur eine halbe Stunde warten, bevor wir das Schiff verlassen durften! Ihn zu töten war unnötig!«

»War es nicht! Auf seinem Rückweg bekam er einen Anruf und den Auftrag, euch zu erledigen!«

»Du überraschst mich immer wieder«, entgegnete er beeindruckt. »Dann müssen wir uns wohl bei dir bedanken! Aber warum interessiert sich der Mossad dafür? Das ist doch kein israelisches Einzugsgebiet!«

»Es geht nicht nur um Physik, sondern auch darum, ehemaligen NS-Verbrechern auf die Spur zu kommen, die in UTGARD für den Tod von gefangenen Juden verantwortlich waren.«

Lessing presste schmerzverzerrt die Lippen aufeinander. »Vielleicht sehe ich weiße Mäuse, aber hast du was mit Stirböcks Tod zu tun? Der kam für alle völlig unerwartet. Die OP war gut verlaufen und plötzlich –«

Connie Sadek grinste diabolisch.

»Jetzt wird mir einiges klar. Deine langen Einzelreisen, immer nur eine Jahreshälfte für den Sender tätig, danach für ein halbes Jahr durch die Welt tingelnd – da hast du dich um andere Aufträge gekümmert!«

Sie nickte, schwieg jedoch.

Das musste Lessing erst einmal verdauen. »Hast du Kontakt zur AKULA?«

»Leider nicht. Der Eisbär hat Andrejs Funkgerät zertrümmert.«

»Wo sind die anderen?«

»Irina und Lyshkin kümmern sich um Alexej.«

»Ich möchte wissen, wer mir eins übergebraten hat.«

»Meine Doppelgängerin!«

»Unsinn, Greene ist tot! Ein Eisbär hat sie erwischt.«

»Hat er nicht! Sie erfreut sich bester Gesundheit und geistert hier durch die Station!«

Der Fernsehjournalist schaute ungläubig auf. »Das kann unmöglich sein! Ich habe genau gesehen, wie Greene zwischen den Tankwagen verschwunden ist und ein Eisbär über sie herfiel. Du hast es doch auch gesehen!«

Connie schüttelte den Kopf. »Wir haben gar nichts gesehen nur gehört und uns täuschen lassen. Sie hat die Attacke eines Eisbären simuliert, damit sie ihrem eigentlichen Auftrag nachgehen konnte!«

»Du meinst den Meteoriten?«

»Genau!«

»Hat sie auch den Reaktor sabotiert, sodass wir zur Kleeblattstation evakuiert werden mussten?«

»Natürlich! Sonst hätte Greene keine Chance gehabt, zur Kleeblattstation zu gelangen! Das Schiff musste evakuiert werden. Man konnte die Leute ja nicht in der Kälte erfrieren lassen, zumal ein Fernsehteam alles aufnahm! Also entweder

Leute an Strahlenschäden sterben lassen oder alle zur abgeriegelten Kleeblattstation bringen. Greene hatte mit Letzterem gerechnet und ihre Rechnung ging auf, wie du weißt.«

»Und wer«, fragte Lessing, von dunklen Ahnungen getrieben, »hat die Plutoniumkartusche gestohlen?«

»Rate mal. Greene will ein Stück des Meteoriten abtrennen und anschließend mit einer schmutzigen Bombe das Arial verseuchen, um die Russen an weiteren Untersuchungen zu hindern. Plutonium-239 weist eine wesentlich höhere Radiotoxizität auf, als alle anderen Nuklide. Das Gebiet wäre auf Jahre hinaus kontaminiert!«

»Dann hat Greene die Patrone mit dem uranhaltigen Material also doch gestohlen! Marianne ist allein in der Station unterwegs! Greene wird sie umbringen! Du musst sofort was unternehmen!« Zugleich schaute er grimmig auf seinen geschwollenen Fuß.

Der Blick ihrer dunklen Augen war scharf, das Gesicht verkniffen, als wäre ein Lächeln eine unzumutbare Anstrengung. Einen Moment lang ruhte Connies Rechte auf Lessings Schulter. Dann verließ die Deutsch-Iranerin den Raum und lief im Laufschritt Richtung Sterngebäude.

Lessings Blick wanderte vom geschwollenen Knöchel durchs Fenster hinaus in die Nacht. Er hoffte, dass Connie nicht zu spät kam.

Am schwarzen Loch, 0:30 Uhr

Arktisches Kleeblatt
Freitag, 2. November 2018, 0:30 Uhr

Zurück im Sterngebäude, lehnte sich die CIA-Agentin gegen eine Wandnische. Sie musste das Rolltor öffnen – und zwar schnell. In einer gesicherten Militärbasis brauchte es keine Geheimniskrämerei um eine Schaltzentrale, die wäre am besten im zentralen Gebäude untergebracht.

Verdammt! Wo war dieser Gregori?

Von unten nach oben durchkämmte Greene alle Stockwerke, da jeden Moment Gregori auftauchen konnte. Hinter der zwölften Tür verbarg sich die Schaltzentrale. Im Raum war es fast dunkel. Fünf Monitore sorgten für spärliches Licht, auf denen sechzehn Bildausschnitte von Überwachungskameras zu sehen waren. Drei Sessel waren besetzt, blickten tote starre Augen auf tote starre Bilder. Die CIA-Agentin überflog die einzelnen Einstellungen und sah auf dem dritten Schirm das geschlossene Rolltor. Ihr Zeigefinger drückte eine bestimmte Taste mit kyrillischen Schriftzeichen.

»Жалюзи«

Einige Sekunden später zeigte der Monitor das hochfahrende Tor. Sie konnte ein Triumpfgefühl nicht unterdrücken. Greene verlor keine Zeit und schlich nach allen Seiten sichernd zum Kuppelgebäude Nummer drei.

Der Zugang zur Rampe war frei!

Sie rannte auf dem Permafrostboden unter dem Kuppelgebäude die abschüssige Rampe hinab, die sie nach hundert Metern zu einer fußballfeldgroßen Grube führte.

Die CIA-Agentin ließ den Anblick auf sich wirken und ihren Rucksack bedächtig zu Boden gleiten. Die senkrechten Wände bestanden aus stählernen, gelben Spundbohlen. Die Grubensohle musste gut fünfzehn Meter unter der Geländeoberfläche liegen. Prüfend sog sie die kalte, nach Torf riechende Luft ein. Eine stählerne Dachkonstruktion wölbte sich über die gut siebzig Meter breite Grube, erinnerte an eine Halle der chinesischen Terrakotta-Armee und schützte vor neugierigen Blicken westlicher Spionagesatelliten. Von Toten war auf dem gesamten Areal nichts zu sehen.

Entlang der Spundwände führte eine ringsum aufsteigende Rampe zur Oberfläche. *Vermutlich, um größere Baufahrzeuge oder Lastwagen nach unten bringen zu können, die für den Zugang unter dem Kuppelgebäude zu groß waren,* kam ihr in den Sinn. In den Ecken der Grube leuchteten vier große Flutlichtmasten jeden Winkel des gut hundertfünfzig Meter langen Areals taghell aus. Zwei Dutzend mannshohe Findlinge warfen darin harte Schatten.

Feine Nebelschwaden waberten über den Permafrostboden. Ihr Blick wurde vom Zentrum des Areals magisch angezogen, schien dort ein schwarzes Loch jede Einstrahlung aufzusaugen, als könnte ihm das gleißende Licht nichts anhaben. Andächtig näherte sich Greene dem schwarzen Nichts. Es schluckte jeden Lichtstrahl, der sich darauf verfing wie ein schwarzes Loch, dass nichts mehr aus seinem Ereignishorizont entließ, als wäre es ein Zeitbrunnen, der bis zum Urknall zurückführte, wo anfangs nichts war, nichts sein konnte, nur absolute Schwärze und Leere.

Habe ich dich endlich gefunden!

Vier große Tatras mit mobilen Lasern umringten den nachtschwarzen Meteoriten. Armdicke Kabel liefen von den Fahrzeugen in Richtung der Spundwände. Offensichtlich hatten sie die Laser mit Energie von der AKULA versorgt, bis die Stromzufuhr unterbrochen wurde.

In den Führerhäusern saßen keine Toten, waren die Laser offenbar von außen zentral gesteuert worden.

Ergriffen wanderte Lana um den Meteoriten herum. Nur indem sie verschiedene Positionen einnahm, konnte sie überhaupt seine Konturen trotz gleißender Helligkeit erkennen. Seine Umrisse erinnerten an die Djoser-Pyramide, die leicht zur Vertikalen geneigt war. Es gab keine Schrägen, keine Unebenheiten, nur glatte, treppenartige Flächen, stets rechtwinklig aufeinander zulaufend.

Die CIA-Agentin schätzte seine Grundfläche auf zehn mal zehn, seine Höhe auf acht Meter. Greene rief sich das spezifische Gewicht in Erinnerung. Zweiundsechzig Gramm pro Kubikzentimeter, also wog der Meteorit rund fünfzigtausend Tonnen. Nichts bewegte solch eine Masse und erklärte den Riesenaufwand, den Russland hier betrieb. Sie hatten den Meteoriten in dem Riesenfeld komplett freigelegt, aber die großen Findlinge liegen lassen. Wahrscheinlich wäre ihr Abtransport zu aufwendig gewesen.

Noch immer lief sie um den Meteoriten herum. Eine Filmszene aus »2001 Odyssee im Weltraum« kam ihr in den Sinn, wo in einer ähnlichen Grube Astronauten auf dem Mond ehrfürchtig vor einem schwarzen Monolithen standen.

Sie streckte die Hand aus, kam dem dunklen Nichts ganz nah, zuckte jedoch im letzten Moment zurück, als der Meteorit sie mit einem schwarzen Schleier belegte, ihre Finger unsichtbar werden ließ und zu verschlucken drohte. Instinktiv hatte sie Sorge, dass eine Berührung dieser undurchdringlichen pechschwarzen Wand sie unwiederbringlich ins Dunkel ziehen würde.

Der Meteorit war gewaltig, gewiss, aber warum hatten die Russen eine derart große Grube angelegt? Das machte keinen Sinn. Greene blickte nach oben, wurde vom gleißenden Flutlicht geblendet und kniff die Augen zusammen.

An der Spundwand hinter dem Meteoriten schraubte sich ein stählerner Treppenturm nach oben bis zu einem Pavillon, der mehrere Meter über die Abbruchkante in die Grube hineinragte. *Wahrscheinlich war dort ein Beobachtungsstand, von dem aus alles koordiniert wurde.* Sie stieg die Stufen hinauf, und blickte durch die Glasfront ins Innere. Wie in einem Hörsaal waren darin circa fünfzig Plätze schräg angeordnet und von Uniformierten, Technikern in blauen Overalls und Küchenpersonal besetzt. In vorderster Reihe saßen Viktor und Eva Rasin, flankiert von weiß bekittelten Wissenschaftlern.

Jetzt ist mir klar, warum in der Kleeblattstation fast keine Toten zu finden sind. Rasin hatte fast das gesamte Personal an der Vorführung mit den Lasern teilnehmen lassen. Alle – vom Oligarchen bis zur Küchenhilfe – zeichnete in diesem Moment eine Gemeinsamkeit aus. Als der Meteorit während des Laserbeschusses seine gespeicherte Energie in Form von Gammastrahlung emittiert hatte, unterschied er nicht zwischen reich oder arm. Sämtliche Zuschauer waren in diesem Augenblick miteinander vereint, alle gleich und alle gleich tot.

Selbst für eine abgebrühte Agentin hatte diese Szene etwas Gespenstisches, zugleich Anrührendes, waren Menschen, ob reich, ob arm, aus dem Leben gerissen worden, blickten fast alle mit starren, leblosen Augen zum Meteoriten.

Einigen war der Kopf herabgesunken.

Lana Greene wollte diesen Ort nicht länger stören und stieg langsam die Stahltreppe hinab, blickte auf halber Höhe zum schwarzen Loch, schaute ungläubig genauer hin und war vom Anblick, der sich ihr bot, wie verzaubert. Im grellen Schein der Flutlichtmasten schwebten Felsen wie von Zauberhand über dem Meteoriten. Es mussten Hunderte, vielleicht sogar Tausende sein, die – unterschiedlich groß – ihn im weiten Umkreis umschwärmten.

Greene überkam bei diesem Anblick ein überwältigendes Gefühl, das sie zu Tränen rührte. Am Boden zog sie das schwarze Loch erneut magisch an. Im Gegensatz zum schwebenden Felsengarten rief der Anblick des Meteoriten in ihr ein beklemmendes Gefühl hervor. Trotz des gleißenden Lichts starrte sie in ein unendlich schwarzes Nichts.

Plötzlich überfiel sie das Gefühl, in dieses schwarze Nichts hineingesaugt zu werden. Mit Gewalt wandte sie den Blick ab, beschattete ihre Augen, und sah nach oben zu den schwebenden Felsen. Sie waren nicht halbkugelförmig angeordnet wie bei Lessings Vorführung, sondern schwebten in unterschiedlichen Höhen. Mit ihnen hatten russische Wissenschaftler wahrscheinlich experimentiert, um den Wirkungskreis der Antigravitation zu testen.

Vermutlich haben die Russen ihre Halle zunächst über den schwebenden Felsbrocken errichtet und danach so viel Erdreich abgetragen, bis der Meteorit frei lag. Was für ein Aufwand. Diesen Ort umgab gleichermaßen etwas Magisches wie Beklemmendes. Am Boden der lichtschluckende Meteorit – im weiten Umkreis darüber ein schwebender Felsengarten.

»Faszinierend, nicht wahr?« Hörte sie plötzlich eine Frauenstimme in ihrem Rücken.

Sie wirbelte herum. Das grelle Licht blendete. Ihre rechte Hand beschattete die Augen. »Mit dir habe ich jetzt überhaupt nicht gerechnet!«

»Solltest du aber!«

»Wo kommst du denn her?« Greenes Blick haftete am Namensschild »Gregori«. *Connie Sadek muss sich an Bord geschmuggelt und, als maskierter Gregori getarnt, zur Kleeblattstation mitgeflogen sein. Wahrscheinlich liegt der echte Gregori entweder im Polarmeer oder, wenn er Glück hat, gefesselt in seiner Kabine.* »Ich dachte, dein Bein wäre gebrochen!«

Connie zuckte die Achseln. »Das denken viele, kleine Ablenkung!« Sie blickte vielsagend zum Gewehrlauf. »Lass deine Waffe fallen und schieb sie rüber!«

Greene kam ihrer Aufforderung nach. »Was willst du hier?«

»Dich an einer Dummheit hindern? Weißt du überhaupt, wie du aussiehst? Bist du auf dem Kriegspfad?«, klang es spöttisch.

»So ungefähr! Lass mich in Ruhe! Ich habe hier zu tun und keine Zeit für Diskussionen!«

Connie schüttelte bedauernd den Kopf. »Tut mir leid, Schwester! Dass du dir ein Stück des Meteoriten einverleiben willst, dafür hätte ich ja noch Verständnis, aber bei deiner eigenmächtigen Auftragserweiterung muss ich dir leider dazwischenfunken!«

»Was du so alles weißt!«

Connie Sadek lachte gedämpft. »Von einer kleinen Wanze kann man vieles erfahren. Zum Beispiel, dass ein Zylinder mit Plutonium verschwunden ist! Du weißt nicht zufällig etwas darüber?«

»Du glaubst, ich habe ihn?«

Auf Sadeks Gesicht zeigte sich erstmals Verärgerung. »Hör auf, Spielchen zu spielen! Ein Plutoniumzylinder ist verschwunden! Die Sabotage am Reaktor geht auch auf dein Konto! Du willst ein Stück vom Meteoriten und anschließend das Areal mit einer schmutzigen Bombe verstrahlen, um deinen Leuten einen Vorsprung bei der Analyse des Steins zu verschaffen! Glaubst du, die Russen damit dauerhaft aufhalten zu können?«

»Für ein paar Jahre wird's reichen!« Natürlich konnte sie mittels schmutziger Bombe – unter diesen widrigen Bedingungen selbst gebastelt – die Untersuchungen nicht ewig verhindern, aber in solch einer abgelegenen Station, wo sämtliche Ausrüstung mühsam antransportiert werden musste, stellte eine radioaktive Kontamination schon ein gewaltiges Problem dar und würde die Russen auf Jahre zurückwerfen. In der Zwischenzeit könnten amerikanische Wissenschaftler mit einem Meteoritenstück – zur Not mit dem Splitter aus Lessings Siegelring – Versuche durchführen und ihnen einen entscheidenden Vorsprung verschaffen.

»Du hast Marianne ausgeschaltet und Frank fast erschlagen!«

Sadek stand zu weit von ihr entfernt. Statt einer Antwort rannte Greene los. Connie riss das AK-200 hoch und feuerte, doch die CIA-Agentin war schon hinter dem Meteoriten verschwunden.

Wahrscheinlich hat sie noch eine Handfeuerwaffe! Geh sofort in Deckung, sonst fängst du dir eine Kugel ein!, dachte sie und spurtete, das schwarze Loch des Meteoriten im Rücken, zu einem zwanzig Meter entfernten Felsen.

***

Die CIA-Agentin haderte mit sich selbst. Eine zweite Automatik lag im Rucksack, allerdings gut achtzig Meter entfernt, wo sie ihn an der Rampe zur Grube abgelegt hatte. »Du hättest mich absuchen sollen! Wenn du deine Nase rausstreckst, knall ich dich ab!«, bluffte sie und hoffte, dass ihre Kontrahentin darauf hereinfiel. Der direkte Weg zum Rucksack war zu riskant, hätte Sadek über eine längere Distanz freies Schussfeld. *Nutz die herumliegenden Felsen als Deckung, arbeitete dich Stück für Stück zur Rampe vor!* Einen faustgroßen Brocken wie eine Handgranate zur Ablenkung schleudernd, rannte sie zum nächsten Felsen und sprang in Deckung. Eine Feuergarbe weitab verriet, dass Sadek ihre Position nicht kannte.

Wieder ein Schuss – erneut weitab. Geduckt ging es hinter den nächsten Felsen, näher zur Rampe und damit zum Rucksack. Noch vierzig Meter. Vor ihr lagen noch zwei mannshohe Findlinge, die Schutz boten. Greene nahm einen weiteren Brocken, warf ihn mit aller Kraft, hinter dem Felsen stehend, blind in eine Richtung, in der sie Sadek vermutete und spurtete zum nächsten Felsbrocken. *Wenn Sadek noch am alten Standort ist, würden jetzt knappe hundert Meter zwischen uns liegen! Riskier's! Auf diese Entfernung hast du eine reelle Chance!* Greene sprang auf, rannte im Zickzackkurs am nächsten Felsen vorbei, schnappte sich im Laufen den Rucksack und hechtete in eine Bodenmulde.

Keine Sekunde zu früh.

Eine Feuergarbe ließ den Boden vor ihr aufspritzen, Steine umherfliegen, Sandwolken aufwirbeln. Durch den feinen Nebel, der über dem Boden lag, war fast nichts zu erkennen. *Lauf den gleichen Weg zurück, dann hast du das Flutlicht im*

Rücken! Fluchend sprang Lana auf, hetzte wieder zum vorletzten Findling, hinter dem sie zuletzt Deckung gesucht hatte, verschnaufte einen Moment, sprintete zwanzig Meter weiter und warf sich hinter dem nächsten Felsbrocken erneut in Deckung. Sie schlug mit dem Gesicht auf dem Boden auf, schmeckte Eis und Sand im Mund. Ihr keuchender Atem erzeugte weiße Dampfwolken in der kalten Luft, die in den Nebelschwaden versanken. Diese zweihundert Meter hatten ihr alles abverlangt. Sadeks Rivalin atmete durch, zerrte die Automatik aus dem Rucksack, schielte am Felsen vorbei, sah einen Schatten und feuerte.

Rückblick Kuppelgebäude 3:
Totgeglaubte leben länger, 23:02 Uhr

Arktisches Kleeblatt
Donnerstag, 1. November 2018, 23:02 Uhr

Marianne öffnete die Augen und kniff sie gleich wieder zusammen. Die Helligkeit des schmerzhaft klinisch-weißen Neonlichts blendete. Sie blinzelte, bewegte sich nicht, versuchte, ihre pochenden Kopfschmerzen zu ignorieren, und blickte direkt vor ihren Augen in eine Blutlache. Es schien, als hätte ein gewaltiger Radiergummi sämtliche Erinnerungen an ihre Auseinandersetzung mit der CIA-Agentin ausgelöscht, aber dann setzten sie wieder ein. Einerseits benommen, sah Marianne zugleich jedes Detail der Umgebung in beängstigender Schärfe. Blut, Fliesen, Suppengrün, Töpfe. In ihren Ohren rauschte das Blut.

Blut – überall Blut.

Kopfverletzungen bluten stark!, poppte es in ihrem Gedankenozean an die Oberfläche, *das hat mir wahrscheinlich das Leben gerettet, weil Greene dachte, ich sei tot!*

Tränen liefen über beide Wangen, ihre Unterlippe begann zu beben. Extrakte der Hilflosigkeit. Von überallher schien Flüssigkeit zu kommen, aus Augen, Nase, Mundwinkel, Kopfwunde.

Und plötzlich machte sie die eigenartige Erfahrung, wie zu Gefährten gewordene Schmerzen mit den Tränen herausgeschwemmt wurden, bis nur noch tiefer Zorn über die Niederlage in ihr wurzelte.

Vorsichtig betastete Lessings Ex-Frau ihre blutverkrustete Schläfe, die zum Glück nur einen Streifschuss abbekommen hatte. Sie hob den Kopf etwas an und erschrak über die Lache. *Ich muss viel Blut verloren haben.* Ächzend zog sie sich an einer Theke hoch, wartete einen Moment, verschnaufte. Langsam griffen wieder gedankliche Zahnräder ineinander, fühlte sie das Leben in ihre Adern zurückfließen. Etwas in ihr zerbrach, aber die Scherben sprangen nicht in alle Richtungen davon, sondern gruppierten sich neu, formierten sich zu Buchstaben, Worten, Sätzen.

Wo war Frank, wo dieser Gregori? Verdammt! Wo waren die alle? Am besten lässt du dich von Irina verarzten! Marianne taumelte Richtung zentrales Sterngebäude und erreichte nach einigen Minuten das Atrium, von dem aus alle anderen Kuppelgebäude erreichbar waren. Es fiel ihr schwer, darüber nachzudenken, in welcher Richtung Kuppel eins lag. Das war sicherlich der Verletzung geschuldet.

»Marianne?«

Wie durch einen Schleier erblickte sie Lana Greene, taumelte übertrieben, und warf sich in ihrer Verzweiflung mit letzter Kraft in ihre Richtung. Diese wich spielerisch dem Angriff aus und schüttelte vorwurfsvoll den Kopf. »Ich bin's! Die echte Connie!«

Diese Stimme weckte ungute Erinnerungen. *Du fängst an, zu fantasieren und hörst schon Stimmen von Leuten, die gar nicht da sind!*

»Marianne!«

Langsam klärte sich ihr Blick. »Connie?«, rief sie perplex, »wo kommst du denn her? Wieso trägst du Gregoris Klamotten?«

Sadek winkte ab. »Ist eine lange Geschichte! Greene hat Frank hinterrücks niedergeschlagen, aber er ist am Leben. Irina und Andrej sind ok. Was ist mit dir passiert?« Connies Augen fanden ihren Blick, tanzten dann zur Seite. «Du willst nicht wirklich wissen, wie du aussiehst!«

»Kann's mir denken«, kam es kurz angebunden zurück. »Kleine Auseinandersetzung mit deiner Doppelgängerin.« Sie knurrte es mehr, als dass sie es aussprach.

»Dein Double wollte mir den Bauch aufschlitzen, weil ich

Franks Ring verschluckt hatte. Sorry, aber das nehme ich persönlich!«

Connie nickte grimmig. »Wenn sie es nicht sofort getan hat, dann deswegen, weil sie sich vom Meteoriten ein größeres Stück erhofft. Unsere CIA-Agentin hat Graphen dabei, um ein Stück herauszutrennen, und will anschließend das Areal mit einer schmutzigen Bombe verseuchen! Ich darf keine Zeit verlieren!«

Marianne presste die Lippen zusammen. »Wir müssen zum Kuppelgebäude Nummer drei! Im zweiten Untergeschoss führt eine Rampe zum Meteoriten.« Ihre Augen sahen so müde aus, wie sich ihre Stimme anhörte. »Vorhin war das Rolltor geschlossen, wahrscheinlich hat sie es inzwischen geknackt. Ich werde –«

Connie blickte unter der Sichel aus dunkelbraunem Haar auf, die ihr über die Stirn gefallen war. »Gar nichts wirst du! Das ist meine Angelegenheit!«

»Ich habe mit dem Fräulein eine Rechnung offen!«, knurrte Marianne. »Außerdem kann ich mit Waffen umgehen!« Ihre Ablehnung schwoll an zu einer Lawine des Hasses. »Gib mir dein Gewehr!«

Connie schüttelte den Kopf. »Ich auch! Du bist angeschlagen und hättest keine Chance. Das übernehme ich!« Connie Sadek sprach es in einem Ton, der keine Widerrede duldete.

Die unbewältigte Kränkung, den Kampf gegen Greene verloren zu haben, hing Marianne wie modriger Geruch in den Kleidern, aber wich der Einsicht, dass weder Frank noch Connie Schuld an ihrem Zustand traf. Die Deutsch-Iranerin stand auf und strich ihr übers blutverkrustete Haar. Eigenartigerweise fühlte sich Marianne von dieser Geste gleichermaßen getröstet wie beschämt.

Duell unter dem Felsengarten, 1:15 Uhr

Arktisches Kleeblatt
Freitag, 2. November 2018, 1:15 Uhr

Vor ihr spritzte der Boden auf, hatte ein Schuss sie nur knapp verfehlt. Connie Sadek rannte geduckt hinter den nächsten Felsen. Ihrem Gefühl nach hätte Connies Double in einem völlig anderen Gebiet sein müssen. Ein Sturzbach der Unsicherheit schlug über ihr zusammen. Der Schuss war aus entgegengesetzter Richtung gekommen. Sie kroch um den Felsbrocken und spähte vorsichtig hinüber zum schwarzen Nichts.

»Du lebst noch!«, plärrte Greenes Stimme.

»Es geht mir ausgezeichnet!«, erwiderte Connie gelassen.

»Nimm's jetzt mal mit einem Profi auf! Bin gespannt, was du drauf hast! Du hast mir übrigens mit deinem Spurt zur Rampe einen großen Gefallen getan.«

»Musste mich erst noch mit einer Waffe eindecken!«

»Es ist nur eine Frage der Zeit, bis die anderen kommen!«

»Und du musst irgendwann deine Deckung verlassen! Das weißt du genau! An meiner Stimme hörst du, dass ich nicht weit weg bin. Aus dieser Entfernung werde ich dich nicht verfehlen!«

Es hätte dieser Worte nicht bedurft, um klarzumachen, dass ihr mit der Mohawk eine zu allem entschlossene Agentin gegenüberlag, die alles, aber auch wirklich alles daransetzen würde, um an eine Probe des Meteoriten zu gelangen.

Das bedeutete, noch behutsamer zu operieren. Im Augenblick besaß sie einen zeitlichen Vorteil und konnte abwarten.

»Es ist unentschieden!«, rief die CIA-Agentin herüber. »Keiner von uns kann jetzt eine Entscheidung herbeiführen.«

»Ich fühle mich nicht in einem Patt!«

Du kannst Greene stärker verunsichern, wenn du schweigst! Connie schätzte, dass sie vielleicht dreißig Meter entfernt war und hinter einem Felsen oder in einer Mulde lauerte.

»Wir sollten darüber reden, wie wir dieses Patt beenden können!«

»Mach dir keine Gedanken«, antwortete die Deutsch-Iranerin freundlich. »Ich werde dein eingebildetes Patt schneller beenden, als dir lieb ist.«

Ihre Rivalin lachte gehässig. »Du willst mich bluffen? Das ist, als wolltest du dich selbst hereinlegen!«

»Du hörst dich ein bisschen schizophren an, Teuerste.« *Diese Irokesin auf dem Kriegspfad versucht, mich nervös zu machen,* dachte Connie, sich umblickend. In der näheren Umgebung gab es nicht viel Deckungsmöglichkeiten. Sie musste vorsichtig agieren, wenn sie zu einer anderen Stellung wechseln wollte.

»Weißt du, was ich befürchte? Dass wir uns schließlich gegenseitig umbringen werden!«

»Ich habe nicht vor, diese Auseinandersetzung zu verlieren!«, versetzte die Mossad-Agentin grimmig.

Ihre Kontrahentin lachte. »Sogar darin sind wir uns einig!«

Sadek nahm eine buckelförmige Erhebung in etwa zwanzig Metern Entfernung als Ziel. Wenn sie flach über den Boden robbte, konnte sie die Deckung vielleicht erreichen, ohne von ihrer Feindin gesehen zu werden.

Plötzlich flogen Gesteinssplitter umher, durchpflügten Geschosse den Boden, spritzte Sand auf, barsten Felsvorsprünge und flogen in alle Richtungen. Der gefrorene Erdhaufen, hinter dem Connie in Deckung lag, begann, unter dem Dauerbeschuss zu zerbröckeln. Für die Deutsch-Iranerin war es das Signal zum Stellungswechsel. Flach auf dem Boden liegend, robbte sie davon. Hinter ihr zerplatzte ein Stein, trafen Bruchstücke schmerzhaft ihre rechte Wade.

»Komm endlich raus! Ich weiß genau, wo du bist, und ebne sonst deine Deckung ein!«

Connie unterdrückte den Wunsch, das Feuer zu erwidern. Es kam jetzt darauf an, eine sichere Stelle zu erreichen.

Greene lachte und schien sich durch den Beschuss des Felsens von einer inneren Spannung zu befreien. Vielleicht war sie auch im Begriff, durchzudrehen.

»Wo bist du? In welches Loch hast du dich verkrochen?«

Connie reagierte nicht auf die Beschimpfungen und orientierte sich. Wenige Schritte von ihr entfernt begann ein Leitungsgraben, in dem Hochspannungskabel zu den Tatras führten. Er war ein Meter breit, ebenso tief, und führte im großen Radius um den Meteoriten herum. Für Connie bot er eine Möglichkeit, in Greenes Rücken zu gelangen, doch dazu musste sie diesen Graben erreichen.

»Wo bist du?« Connie hörte einen Hauch Unsicherheit aus der Stimme der anderen.

Lessings Kamerafrau überlegte, wie man sie ablenken konnte und warf einen faustgroßen Brocken in die entgegensetzte Richtung. Der Graben war circa zehn Meter von ihr entfernt. Sie musste es riskieren und rannte geduckt los. Sekundenlang hatte sie das schreckliche Gefühl, von einem Schuss im Rücken getroffen zu werden, doch nichts geschah. Mit einem letzten verzweifelten Sprung hechtete sie in den Graben, prellte sich die Schulter und schlich geduckt langsam um den Meteoriten herum. Sie hörte, wie Greene einen unterdrücken Fluch ausstieß. »Willst du dieses Spiel ewig treiben?«

Connie antwortet nicht, vermied, dass die CIA-Agentin ihren Standort anpeilen konnte.

»Ich werde dich trotzdem besiegen, Sadek! Du bist mir nicht gewachsen! Ich bin abgebrühter als du! Ich werde dich überlisten, noch bevor die Stunde rum ist!« Greene verließ ihre Deckung und blickte umher. Sadek war nicht zu sehen. Lag sie noch irgendwo versteckt hinter einem Felsen oder war sie schon weiter entfernt? Die Agentin befürchtete, dass Connie sie unbemerkt umgehen wollte. Vor allem das

Schweigen der anderen bestätigte diese Vermutung. Die Mohawk beschloss alles zu riskieren, rannte geduckt zum Graben und sah, wie er im weiten Bogen den Meteoriten umging. Kein Schuss fiel. Greene presste knirschend die Zähne aufeinander. Sadek hatte sich tatsächlich abgesetzt. Aber noch konnte sie nicht weit weg sein. »Ich komme jetzt zu dir, Schwester!«

Diesmal bekam sie zu ihrer Überraschung sofort eine Antwort.

»Ich bin nicht deine Schwester, du Psychopathin!«

Die Stimme der anderen drückte Ungeduld und Ärger aus. Ihre Rivalin kämpfte anscheinend mit den gleichen Problemen wie sie. Greene wusste genau, dass ihre Gegnerin sie verstand. »Wie wollen wir unsere Auseinandersetzung beenden? Wenn ich sterben sollte, möchte ich unter einigen Tonnen Eis begraben werden! Kannst du das einrichten? Aber vielleicht hast du ebenfalls besondere Vorstellungen!«

Eine Flutwelle von Verwünschungen schwappte auf Connies Zungenspitze, stattdessen sagte sie beherrscht: »Es ist mir gleichgültig, ob du unter oder auf dem Eis liegst!«

»Wie pietätlos!«, beklagte sich Greene. »Mein letzter Wunsch sollte dir heilig sein. Ich werde alles für dich tun – wenn du tot bist! Wir hätten uns die letzte Stunde sparen können!« Greene schaffte es, einen Anflug von Bedauern durchklingen zu lassen.

Zum ersten Mal fühlte Connie so etwas wie ein Einverständnis mit ihrer Gegnerin. Das gemeinsam Erlebte verband sie, ob es ihnen recht war oder nicht.

Oder ging diese Gemeinsamkeit noch tiefer?

»Seltsam, ich habe gerade darüber nachgedacht, was wir alles gemeinsam erreichen könnten.«

Sadek war überrascht, hatte nicht damit gerechnet, dass die andere solche Überlegungen preisgeben würde. War es ein Zeichen von Schwäche?

»Du weißt, ein Bündnis ist zwischen uns nicht möglich!

Du würdest dich mir nicht unterordnen und umgekehrt ist es ebenso!«

Als Connie aus der Senke hervorspähte, entdeckte sie Greene am Anfang der Mulde. Der Abstand zwischen Ihnen betrug vielleicht dreißig Meter.

Connie duckte sich.

»Wo bist du Schwester? Komm raus, es hat keinen Sinn mehr!« Die Mohawk stieß einen Kriegsschrei aus. »Es ist aus, Connie! Endgültig aus! Ich weiß genau, wo du bist!« Greene feuerte blindlings und hoffte, Sadek würde in diesem Chaos die Nerven verlieren. »Schwester! Ich warte auf dich!« Sie hatte das Magazin gewechselt und war schussbereit. Früher oder später musste Sadek hervorkommen. Die CIA-Agentin glaubte eine Gestalt im Graben zu erkennen und eröffnete das Feuer. Die Schüsse wurden sofort erwidert. Sie fühlte eine Kugel am Stoff ihres Kampfanzugs zupfen.

Ihre Kontrahentin verschwand in der bogenförmigen Senke. »Ich komme, Schwester!«, rief die Mohawk. Noch bevor sie hinter einen Felsen kriechen konnte, spritzte es neben ihr auf. Greene warf sich zu Boden und suchte Deckung in einer kleinen Bodenwelle. Im Augenblick konnte sie nichts unternehmen, aber anscheinend war ihre Kontrahentin ebenso zum Abwarten verdammt.

Sadek lag in der Senke und wartete. Greene kauerte auf der anderen Seite des Meteoriten, kroch ein Stück weit aus der Deckung und richtete sich vorsichtig auf. Connie sah plötzlich ihre Gegnerin und schoss, ohne zu überlegen.

Die andere brach schreiend zusammen. Lessings Kamerafrau stand zögernd auf, war misstrauisch, konnte nicht sicher sein, ob sie wirklich getroffen hatte. In den vergangenen sechzig Minuten hatte Greene zahlreiche Tricks versucht. Es war möglicherweise auch diesmal ein Bluff.

Zögernd trat die Mossad-Spezialistin hinter der Deckung hervor. Ihre Vorsicht erwies sich als begründet, denn Greene rannte in geduckter Haltung in Richtung des Meteoriten, nutzte dabei Felsen geschickt als Deckung. Sie hatte keine andere Wahl, als der Widersacherin zu folgen, musste unter allen Umständen verhindern, dass sie die schmutzige Bombe präparieren konnte.

***

Lana, die eiskalte Perfektionistin, wusste um den Dämon, der in ihr lauerte, nur zu gut. Die heiße, ungezügelte Gier nach Beute, die ihr an diesem Punkt ebenso nützen wie gefährlich werden konnte, je nachdem, welchen Schritt sie als Nächstes tat. Jeden Funken von Eitelkeit oder übertriebener Zurschaustellung ihres Könnens musste sie sich unter diesen Umständen verkneifen. Plötzlich durchzuckte sie ein Gedanke. *Denk an deine Hand, die beim Meteoriten fast nicht mehr zu sehen war! Wenn du dich dicht an ihn schmiegst, wird sie dich nicht sehen können!* Mit langen Schritten rannte sie zum Meteoriten und sah nicht zurück, wohl wissend, dass Connie sie jeden Augenblick entdecken konnte. Sie erreichte den Meteoriten, lehnte den Rücken dagegen, hoffte, seine lichtschluckende Eigenheit würde sie davor unsichtbar werden lassen und begann, den Meteoriten eng angeschmiegt zu umrunden, bis Connie in ihr Blickfeld geriet.

Ihre Rechnung ging auf. Sadek schien sie vor dem Hintergrund des schwarzen Meteoriten nicht wahrzunehmen, denn die Rivalin kroch im Zeitlupentempo direkt in ihre Richtung.

Die Mohawk bewegte sich jetzt nicht mehr, verschmolz zu einem schwarzen Nichts mit dem Hintergrund, war einem Chamäleon gleich nicht mehr zu sehen und wartete mit der Geduld einer erfahrenen Jägerin. Ein zutiefst befriedigender Moment des Wartens – und war das Warten nicht die Ewigkeit der Geduldigen? War sie nicht überaus geduldig gewesen? Hatte sie sich das nicht redlich verdient? In diesem Moment erkannte sie in Sadeks suchendem Blick die Unkenntnis des Opfers, das nicht weiß, wie ihm gleich geschieht. Ihre

Gegnerin kroch noch immer in Zeitlupentempo direkt auf sie zu, war keine zwanzig Meter mehr entfernt.

Aponi hielt ihre Automatik dicht am Körper, um nicht vor dem Hintergrund des schwarzen, lichtschluckenden Nichts doch noch entdeckt zu werden. Ja nicht durch hastige Bewegungen auffallen. Lana Greene zielte sorgfältig und schoss.

Diesmal traf sie.

Rückblick Außengelände:
Eine Stunde zuvor, 0:15 Uhr

Zwischen Gäule von Neugier und Fluchttrieb gespannt, schaute Marianne umher, dann setzten sich ihre Beine wie von selbst in Bewegung. Nach einigen Minuten rang sie um Orientierung. In ihrer Benommenheit war sie nicht Richtung Kuppelgebäude eins geirrt, sondern durch einen Tunnel, der zum Außengelände führte.

Ein wolkenloser Nachthimmel spannte als dunkelblaue Kuppel über das im Mondlicht silbrig glänzende Eis. Angefrorener Neuschnee knirschte unter den Stiefeln, als sie aus der Schleuse trat. Obwohl der Schneesturm sich gelegt hatte, spürte Lessings Ex-Frau schneidende Kälte im Gesicht, die sie binnen Sekunden wieder zu sich kommen ließ. Sie tastete die Wand entlang, entdeckte im gegenüberliegenden Gebäude eine Fluchttür und schlüpfte hindurch.

Langsam gewöhnten sich die Augen an das schummrige Licht. Vor ihrem halb geöffneten Mund bildeten sich in rhythmischer Folge weiße Wolken. Dieser riesige Dom mit seiner bogenförmigen Dachkonstruktion erinnerte in seiner Architektur an eine gigantische Tennishalle.

Plötzlich hallte Schusswechsel, brach sich das Echo sekundenlang unter dem Dach. Schlagartig verflog ihre Müdigkeit. Woher kamen die Schüsse? Geduckt schlich Marianne zu einem gelben Raupenbagger, der einige Meter entfernt stand. »Liebherr 926« war in fetten schwarzen Lettern zu lesen. Ein kleineres Modell hatte das Bauunternehmen ihres Onkels besessen. Leise öffnete sie die Seitentür, schwang sich auf den Fahrersitz, blickte zur Frontscheibe und erstarrte. Der Bagger stand wenige Meter vor einer Kante, an der es senkrecht in die Tiefe ging.

Im Zentrum der gewaltigen Grube thronte ein schwarzes

Loch, das nur der Meteorit sein konnte. Wie durch Zauberhand umgaben ihn Hunderte Felsbrocken, hingen wie in einem Zaubergarten in der Luft. Ihr Verstand brauchte einige Sekunden, bevor er bereit war, diesen unwirklichen Anblick zu akzeptieren.

Der Schusswechsel konnte nur von Connie und Greene stammen. Vom erhöhten Sitz aus reckte sie den Hals und sah Lessings Kamerafrau verletzt am Boden liegen. Langsam löste sich ein Schatten vom Meteoriten, der sich zu Lana Greene manifestierte, die – ihre Waffe auf Connie richtend – im sicheren Abstand stehen blieb. Den Gesten nach zu urteilen, sprach sie auf Sadek ein.

Im Geiste sah sie Stefan vor ihren Augen, wie er damals seinen Schlüsselbund in die Halbkugel schwebender Kügelchen hatte gleiten lassen. Gewisse Ereignisse neigten dazu, ihren Schädel zu bevölkern wie Blutegel. Sie schloss die Augen und rief seine Worte in Erinnerung.

[...] *die Wirkung des Antigravitationsfelds konzentriert sich auf den massereichsten Gegenstand, danach in absteigendem Maß auf leichtere Objekte innerhalb seiner Einflusszone* [...]

Auf den massereichsten Gegenstand.

Massereich.

Das belebende Element eines Plans sickerte in den Strom ihrer Gedankengänge. Dr. Marianne Lessing wusste nun, was sie zu tun hatte.

Der Felsengarten von Utgard, 1:46 Uhr

Die CIA-Agentin sah sofort, dass sie Connie Sadek nicht tödlich verletzt, sondern nur ihre Schulter getroffen hatte.

Das befriedigende Gefühl des Jägers über sein Opfer fühlte sie nur kurz. Sollte sie ihr den Fangschuss geben? Nein, Sadek sollte sehen, auf welche Weise sie überlistet worden war. Lana Greene löste sich gerade so weit aus dem dunklen Schleier des Meteoriten, bis ihre Gegnerin sie sehen konnte.

Plötzlich hatte Connie keine Eile mehr. Sie wusste, dass es zu spät war. Sie hatte schnell gelebt, sie würde schnell sterben. Sie hoffte wenigstens, dass es schnell ging. Manchmal hatte sie sich gefragt, wie es wäre zu sterben, was einem durch den Kopf geistern mochte, wenn man endgültig erkannte, dass es soweit war. Der Tod würde sagen, ich bin da. Du hast zehn Sekunden. Denk, woran auch immer du willst, ich bin heute großzügig. Wenn du möchtest, kannst du dein ganzes Leben noch einmal Revue passieren lassen, die Zeit gebe ich dir.

»Clever!«, lobte sie. »Das war wirklich clever! Darauf wäre ich nicht gekommen. Mich dicht vor den Meteoriten zu stellen und zu hoffen, dass er neben dem Licht auch meine Körperkontur aufsaugt«, drang es mit brüchiger Stimme zu Greene hinüber. »Gratuliere. Ich habe dich einfach nicht gesehen«, ächzte sie.

»Das war der Sinn des Ganzen – danke für die Blumen«, erwiderte Lana Greene. »Du hast mir auch alles abverlangt. Kompliment. FSB, MI6?«

»Mossad.«

Greene nickte verstehend und zog beeindruckt die Mundwinkel nach unten »Nicht schlecht. Aber du hast hoffentlich Verständnis dafür, dass ich nicht länger mit dir plaudern kann.«

»Natürlich!«, stöhnte Sadek und schaute in Greenes Richtung. »Verrat mir noch eins: Willst du hier wirklich eine schmutzige Bombe zünden?«

Aus den Augenwinkeln nahm Lana Greene am Ende der Grube eine Bewegung wahr. Lessing tauchte, auf ein Gewehr gestützt, an der Rampe auf. »Nicht schießen«, brüllte er aus Leibeskräften, zugleich war plötzlich Motorlärm zu hören.

Prioritäten setzen! Behalte Lessing mit dem Gewehr im Auge, Sadek ebenfalls, auch wenn verwundet, ist ihr noch alles zuzutrauen und kümmere dich später um die Motorgeräusche, denn von Motorenlärm stirbt man nicht, analysierte sie mit all ihrer Erfahrung.

Connie lag inzwischen auf dem Rücken, musste zu ihrer Kontrahentin hochschauen und fantasierte im Hintergrund einen gelben Raupenbagger, der langsam über die Kante der Spundwand rutschte. Er fiel einige Meter und verharrte dann wie durch Zauberei in der Luft. Zugleich regnete ein Großteil der Felsbrocken herab, hatte sich die Antigravitation des Meteoriten auf das Gewicht des Baggers als größte Masse konzentriert und keine ausreichende Kapazität mehr, sämtliche Felsen ebenfalls in der Schwebe zu halten.

Es regnete Hunderte Felsbrocken.

Einer traf Lana Greene am Kopf – und beendete Aponis Existenz in einem Sekundenbruchteil, ohne dass die CIA-Agentin noch einmal Gelegenheit bekam, ihr Ableben bewusst wahrzunehmen.

Aus.

Connie Sadek sank erleichtert zurück und blickte nach oben, wo immer noch einzelne Felsbrocken schwebten.

»Hier oben«, hörte sie eine schwache Stimme. »Hier oben bin ich!«

Sadek griff sich an die verletzte Schulter, kniff ihre Augen zusammen und sah angestrengt zur Spundwandkante hinauf. Dort oben entdeckte sie die Überreste von Marianne Lessing, die ihr erschöpft zuwinkte.

»Mensch Marianne! Du siehst aus, wie ich mich fühle!«

Inzwischen kam Lessing herangehumpelt. »Du hattest wirklich im allerletzten Moment einen genialen Einfall!«, rief er zu seiner Ex-Frau hinauf.

»Aber das war doch klar! Wie bei unserem Versuch damals! Die Antigravitation wirkt zunächst immer auf den massereichsten Gegenstand, danach auf den zweitschwersten und so weiter. Wenn das Antigravitationspotenzial ausgeschöpft ist – fällt alles andere zu Boden und darauf hatte ich spekuliert!«

Connie lag inmitten herabgefallener Felsbrocken. »Aber das hätte auch mich treffen können!«, spielte sie empört die Gekränkte.

»In dieser Situation warst du ohnehin schon Vergangenheit«, erwiderte Marianne staubtrocken, »denn sie hätte dich sowieso gleich erschossen. Dann doch lieber mit dem Risiko leben, von einem herabfallenden Felsbrocken getroffen zu werden und möglicherweise lädiert weiterzuleben. Du hast Riesenglück gehabt!«, ergänzte seine Ex-Frau. »Und du, mein Lieber, hast bei mir was gutzumachen!«, rief sie vorwurfsvoll zu ihm hinab.

Und er hatte auch schon eine vage Idee, was sie sich unter einer Wiedergutmachung vorstellte.

Du hast Riesenglück gehabt!

Lessing musste unwillkürlich schmunzeln und dachte bei Mariannes Satz an die Überredungskünste des Intendanten vor gut einem Jahr zurück, der ihm mit ähnlichen Worten die Übernahme von Wessels Polarexpedition hatte schmackhaft machen wollen.

»Sie haben Riesenglück, Lessing! Nutzen Sie diese Gelegenheit!«, hatte van Morten zu ihm gesagt. Kam es diesen Leuten nicht irgendwann blöd vor, so etwas zu sagen?

– ENDE –

Akteure

HORST BLOMBERG
Abteilungsleiter und Agent des BND
mit wissenschaftlicher Ausbildung

GEORGE BLOWER
Admiral der United States Navy

FRANK BÖHM
BND-Agent und Mitarbeiter Blombergs

GERD BECKER
Killer mit unbekanntem Auftraggeber

ULRICH BRÖNNER
Hauptkommissar bei der Kripo Frankfurt

VALENTIN BUKOV
Kapitän der KAPITAN DRANITSYN

LINH CARTER
Bereichsleiterin und Agentin der CIA.
Charismatisch, analytisch und sehr ehrgeizig

FRED CLINE
Carters Mitarbeiter

ARTHUR COLLINS
Abteilungsleiter beim MI6

JANE COLLINS
Arthur Collins' Tochter

KURT EGSBRAND
Mann von Krista Egsbrand

BRIGITTE ENGELHARD
Lessings Kameraassistentin auf der AKULA

HORST ENDERS
BND-Agent und Mitarbeiter Blombergs

VIKTOR FALIN
Wissenschaftlicher Leiter der AKULA

DR. OLEG FETISOV
Chefarzt im Militärkrankenhaus in Murmansk

LANA GREENE alias APONI
CIA-Agentin, hat indianische Wurzeln,
ist sehr ehrgeizig und hält sich selten an Direktiven

JOHN GREENE alias ONATHA
Lanas Großvater

MECHTILD HAAG
Ermittlungsrichterin in Frankfurt am Main

JACK HAMILL
CIA-Agent und Carters Mitarbeiter

MANFRED HANSEN
Regisseur in Lessings Team auf der 50. JAHRESTAG DES SIEGES

ULI HANSEN
Sohn von Manfred Hansen und Mädchen für alles
auf der AKULA

DR. IAN HUNT
Wissenschaftlicher Analytiker beim MI6

BARBARA JACOBY
Eine Frau mit Geheimnissen

VALENTIN KAMINSKI
Leiter der »Arktischen Kleeblattstation«

SANDRA KIELING
Lessings Tontechnikerin und Connie Sadek
alles andere als gewogen

FRANK LESSING
Ein bekannter, inzwischen mäßig erfolgreicher Fernsehjournalist, ist Mitte vierzig, eitel, smart, charmant, aber auch zynisch

DR. MARIANNE LESSING
Lessings Ex-Frau, arbeitet als Chemikerin in einem wissenschaftlichen Institut. Sie ist nordisch kühl, trocken, analytisch und sehr von sich eingenommen

IGOR LOBUSOV
Kapitän der 50. JAHRESTAG DES SIEGES

VOLKER LÜDERS
Brigadegeneral der Deutschen Bundeswehr

PROFESSOR DR. STEFAN LÜHR
Marianne Lessings neuer Lebensgefährte, dem kein gutes Schicksal beschieden ist

ANDREJ LYSHKIN
Werksleiter eines besonderen Kernkraftwerks

MIKE MULLER
Amerikanischer Tourist, der Lessing sein Leben verdankt

UWE PETERS
Regisseur in Lessings Team auf der AKULA

DMITRI POLIAKOW
Gruppenleiter unter Lyshkin

IRINA POLIAKOWA
Notärztin, Ehefrau von Dmitri Poliakow und heimliche Geliebte Lyshkins

IGOR POTEMKIN
Stellvertreter Lyshkins

VIKTOR RASIN
Russischer Oligarch, Reeder und Eigentümer der AKULA

EVA RASINA
Rasins Ehefrau

IVANKA RASINA
Rasins Tochter, unterhält beste Geschäftskontakte
zu deutschen Laserherstellern

ANTONIO RODRIGUEZ
Informatiker und einer von Connie Sadeks
speziellen Freunden

BORIS RYBKOW
Fühlt sich für seine Crew verantwortlich

CONNIE SADEK
Die Kamerafrau ist verführerisch, temperamentvoll,
impulsiv, trägt ihr Herz auf der Zunge. Sie ist das Enfant
terrible in Lessings Filmteam und immer für eine
Überraschung gut.

HEINZ SANDBERG
Wissenschaftlicher Mitarbeiter während des
Zweiten Weltkrieges in Alexandraland

DR. URSULA SCHEUERLEIN
Wissenschaftliche Mitarbeiterin im Leibniz-Institut
für Länderkunde

MARK SINCLAIR
Gehört zum Sicherheitsstab des Präsidenten
und ist Carters oberster Vorgesetzter

KARL STIRBÖCK
Ein uralter schrulliger Österreicher mit Geheimnissen

JAN STOLTEN
Mädchen für alles in Lessings Kamerateam auf der AKULA

ALEXANDER VASEW
Lyshkins Mitarbeiter

OBERST IGOR VALIN
Sicherheitschef auf der AKULA und neurotisch misstrauisch

MAXIM
Sanitäter auf der AKULA

ALEXEJ
Elitesoldat

GREGORI
Elitesoldat

ALBERT WESSEL
Lessings tödlich verunglückter Kollege

Kurzvita des Autors

Bernd Monath wurde 1960 in Bad Kreuznach geboren. Seit Abschluss des Studiums ist der Diplomingenieur im Projektmanagement tätig. Nach Publikationen im Bereich der  wissenschaftlichen Literatur und humorvollen Belletristik stellt er bei der Brighton Verlag® GmbH nach dem Thriller »BORDIOC« mit diesem Buch einen weiteren komplexen Roman vor. Bernd Monath lebt mit seiner Frau und seinem Sohn in der Nähe von Frankfurt am Main.

Ein packender SF-Thriller des Autors Bernd Monath

ISBN 978-3-95876-597-9
524 S. • 24,90 €

Bernd Monath

BORDIOC

Wenn es nicht das Ende der Menschheit gewesen wäre, dann zumindest der Zusammenbruch unserer Zivilisation – so viel ist sicher. Auch die NASA leugnet es nicht.

Ein Mega-Sonnensturm hat die Erde am 23. Juli 2012 nur um einen kosmischen Wimpernschlag verfehlt. Doch wie die Gefahr endgültig bannen? Wie besessen entwickelt der Geophysiker Justus Böhm dafür komplexe Programme und warnt den Bundessicherheitsrat vor einem bevorstehenden Mega-Sonnensturm. Auf einer Antarktisexpedition kommt der Wissenschaftler unter rätselhaften Umständen ums Leben

© James Hiller

EBENSO SPANNENDE WIE INTELLIGENTE NOVELLEN DES AUTORS JAMES HILLER ZU LETZTEN MENSCHHEITSFRAGEN

Twinking
ISBN 978-3-95876-628-0 · 156 S · 19,90 €

Jim, Sammy, Gabrielle, Arabella und Annik sind die fünf jugendlichen Protagonisten, deren Leben sich im Jahre 2081 mit der Ankunft eines Raumschiffes schlagartig verändert ... Parallel zu der Wissenschaftsnovelle „Twinking" („Zwillingskönig") steht die Bibelgeschichte über die Vertreibung von Adam und Eva aus dem Paradies.

Worstory
ISBN 978-3-95876-659-4 · 9,90 €

„Worstory", die „schlimmste Erzählung", begleitet die in sieben verschiedene Epochen der Menschheits-geschichte wiedergeborene Seele Semaj von der Fleischwerdung bis zum Abschluss der evolutionären Metamorphose durch Transformation in eine körperlose Intelligenz (Gottheit) – vor dem temporären Ende des Universums. Geschrieben aus der Ich-Perspektive; die Religion dient als verbindendes, sinngebendes Element und Verursacher von Leid zugleich. Themen sind u.a. die zukünftige Welt unter der Herrschaft Chinas in diesem Jahrhundert und dem Einfluss der paneistischen Einheitsreligion im nächsten Jahrtausend..

© James Hiller